SAIN… AUR

JEAN-CHRISTOPHE
PORTES

Édition revue et corrigée
par l'auteur

City
Poche

ISBN : 978-2-8246-1483-0
Code Hachette : 61 6252 4
Couverture : Studio City

Collection dirigée par Christian English & Frédéric Thibaud.
Catalogue et manuscrits : city-editions.com

Dépôt légal : Octobre 2019

Novembre 1791

La Révolution est terminée...

C'est en tout cas ce que veut croire la nouvelle Assemblée *législative*. La Constitution est enfin adoptée et l'ordre bourgeois règne depuis la fusillade du Champ-de-Mars en juillet 1791, qui a permis de mater les agitateurs parisiens.

Pourtant jamais la situation n'a été plus explosive : depuis sa fuite et son arrestation à Varennes, Louis XVI est discrédité et les nobles *émigrés* aux frontières se préparent à revenir, les armes à la main. Pour les combattre, Brissot et un groupe de députés venus de Gironde prêchent pour une croisade patriotique.

Deux ans et demi après la prise de la Bastille, la guerre semble être devenue la seule issue.

QUELQUES PERSONNAGES

VICTOR BRUNEL DE SAULON, CHEVALIER D'HAUTEVILLE, DIT DAUTERIVE : lieutenant de la Gendarmerie nationale.

ANTOINE-LOUIS CHARPIER : ancien graveur, puis commissaire de police, il est député et membre du Comité de surveillance de l'Assemblée nationale, sorte de ministère de l'Intérieur bis. Il fait partie des Cordeliers, l'un des clubs politiques les plus à gauche.

OLYMPE DE GOUGES : écrivaine, amie de Victor.

VICTOR-JOSEPH TURPIN, DIT JOSEPH : jeune mendiant devenu domestique de Victor.

***

AZUR : policier de la municipalité de Paris.

BACHELU : ancien indicateur, il est policier pour le Comité de surveillance de l'Assemblée nationale.

BEAUVISAGE : cocher, garde-chasse et homme à tout faire des Ferrières.

JEANNE-RENÉE DE BOMBELLES : ancienne épouse du marquis de Travanet, dame de compagnie de Madame Élisabeth, sœur de Louis XVI.

JEAN-JOSEPH BOURGUET : ci-devant marquis de Travanet, maire de Villiers-le-Bel.

EMIRA CHARPIER : épouse d'Antoine-Louis Charpier.

DUPERRIER : ancien greffier du Châtelet nommé archiviste au moment de sa fermeture.

ANTOINE FERRIÈRES : baron de Méry-sur-Seine et seigneur de Charenton-Saint-Maurice, propriétaire du Mesnil à La Varenne, près de Saint-Maur.

MARIE-AGNÈS FERRIÈRES : baronne de Méry-sur-Seine, née Rigaud de Bellevue, épouse d'Antoine Ferrières.

JEANNE FERRIÈRES : fille aînée de la famille.

ANNE-LOUISE FERRIÈRES : leur fille cadette.

EDWARD FITZGERALD : membre des United Irishmen, les indépendantistes irlandais.

GRUCHET : juge de paix du canton de Saint-Maur.

HACAR : assesseur du juge de paix du canton de Saint-Maur. Il est aussi serrurier.

JEUNET : secrétaire particulier de Travanet.

NICOLAS LARCHER : commissaire de police élu de la section des Thermes-de-Julien, le quartier où vit Dauterive.

LAWLESS : homme de main d'Edward FitzGerald, membre des United Irishmen.

NATHANIEL PARKER-FORTH : homme d'affaires et agent anglais.

HENRI-FRANÇOIS DE PAULE LEFÈVRE, MARQUIS D'ORMESSON : juge au premier tribunal criminel d'arrondissement de Paris.

MARGUERITE PERRET DE BEAUCHAMPS : ancienne abbesse du couvent des Pénitentes.

MADELEINE PRÉVOST : ancienne religieuse au couvent des Pénitentes qui vit chez sa tante à Arcueil, au sud de Paris.

TONY SMALL (dit Tony *the Faith* – Tony le Fidèle) : serviteur d'Edward FitzGerald.

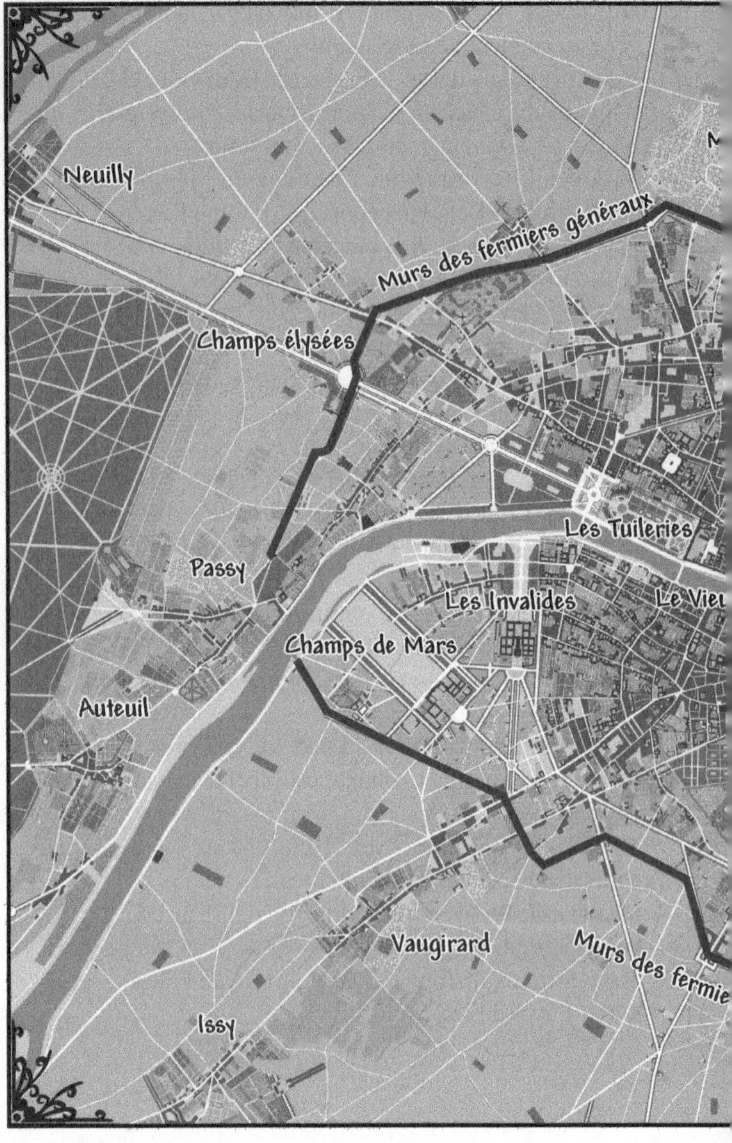
Neuilly
Murs des fermiers généraux
Champs élysées
Les Tuileries
Passy
Les Invalides
Le Vieu
Champs de Mars
Auteuil
Vaugirard
Murs des fermie
Issy

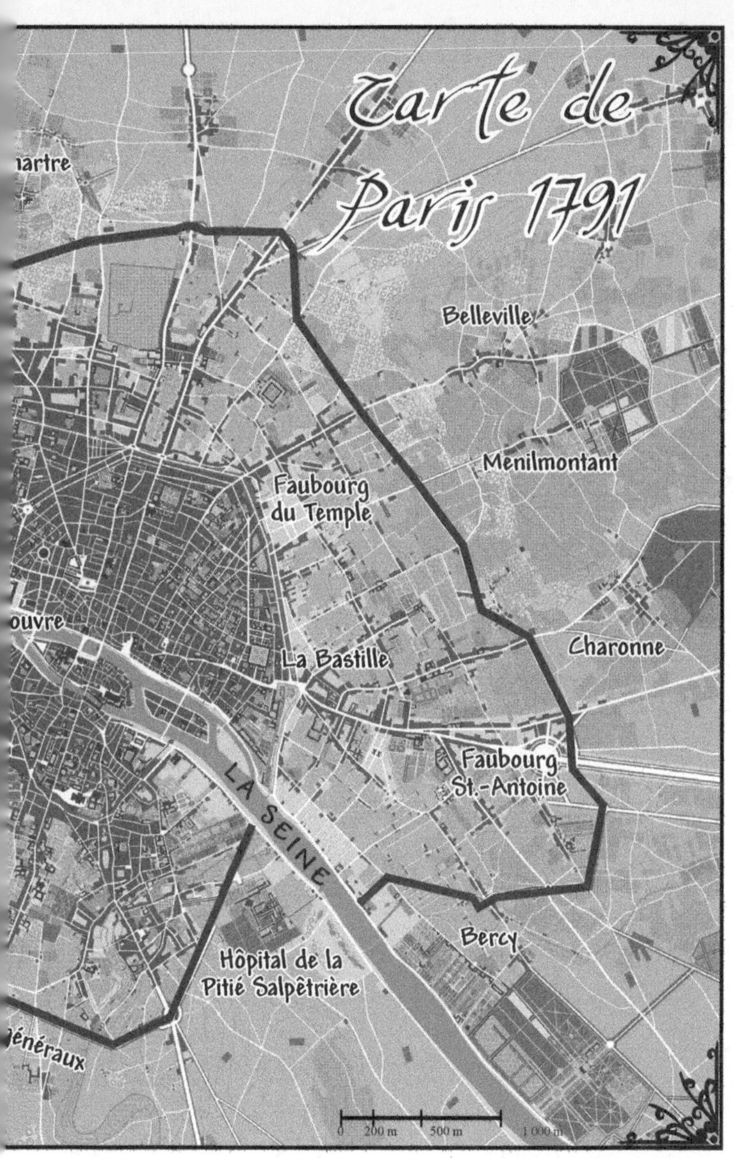

Carte établie par Michel Huard, site http://www.paris-atlas-historique.fr.

PREMIÈRE PARTIE

1

Mardi 29 novembre 1791, neuf heures quarante du matin

Encore une fois, le lieutenant Victor Dauterive s'était montré présomptueux. Les choses s'étaient gâtées dès le faubourg Saint-Antoine. Le temps qu'il arrive à la barrière du Trône entre les deux pavillons de l'octroi[1], le ciel était passé à un noir couleur d'encre, le vent s'était levé, avec des tourbillons de pluie et de glace. Le jeune homme – il n'avait pas vingt ans – pestait. Il était encore temps de faire marche arrière, de laisser Gris-Poil à son écurie et de prendre une voiture, mais il ne voulait pas renoncer. Passé l'avenue de Vincennes, il s'engagea dans le bois derrière le vieux château. L'averse, capricieuse, le giflait par bourrasques. De rares paysans quittaient Paris, leurs charrettes vides. Beaucoup s'arrêtaient dans les tavernes, le long de l'avenue. Mais pas Victor qui voulait arriver à Saint-Maur avant d'être totalement trempé.

Mais loin de se calmer, les éléments se déchaînaient. Après le bois de Vincennes, il apprit qu'il était arrivé au Perreux, et donc bien trop au Nord. Il rebroussa chemin et n'arriva à Saint-Maur qu'aux environs de midi, deux heures après son départ.

1. Aujourd'hui place de la Nation, à Paris.

Ses gants, son chapeau à deux pointes, le haut col de son manteau de cavalier et jusqu'à ses bottes, tout était imbibé d'eau. Il lui semblait porter une carapace. Ses joues le brûlaient, le plumet tricolore de son bicorne pendait, ses jambes et son dos l'élançaient ; voilà bien longtemps qu'il n'avait pas chevauché aussi longtemps, surtout par un temps pareil. Pourquoi diable s'était-il obstiné ainsi ?

Saint-Maur était un bourg de quelques dizaines de maisons, certaines en pierre assez cossues. On devinait au-delà un grand parc arboré puis une plaine en pente douce vers ce qui lui parut la boucle d'une rivière. La pluie confondait ciel et terre comme dans une estampe trop encrée.

Il mit pied à terre au centre du bourg au moment précis où la pluie s'arrêtait. Il n'était plus temps de regretter sa sottise. Poussant la porte de la maison commune, il se heurta presque à un jeune homme qui s'apprêtait à sortir. Plus grand que lui d'une tête, il avait à peu près son âge, l'expression franche et juvénile malgré ses gros favoris noirs.

— Oh. On ne vous attendait pas si tôt. Mais je tiens à vous dire qu'il n'y a pas eu de mort. Les citoyens de la Branche-du-Pont sont des coquins et des menteurs !

Dauterive le regarda avec surprise sans oser retirer son couvre-chef, de crainte de ruiner définitivement son plumet. Un froid glacial s'immisçait dans son dos et à l'intérieur de ses bottes.

— Dauterive, lieutenant de gendarmerie, fit-il avec un salut militaire. Qui êtes-vous ?

— Hacar, serrurier. Je suis assesseur du juge de paix.

Il ôta brièvement son chapeau en lui tendant une main ferme.

— Je suppose que vous venez de la résidence de Bourg-la-Reine. On vous interdit de prendre des voitures, chez les gendarmes ?

Dauterive masqua son agacement en s'efforçant de retirer ses gants, sans grand succès à cause du cuir qui lui collait à la peau.

— Je ne viens pas de Bourg-la-Reine. De quel mort parlez-vous ?

— Il n'y a jamais eu de mort. On vous a menti et c'est pas bien. C'est une simple dispute entre gardes nationaux. Certains ont tiré le sabre et Blanchet a été blessé au bras. Il a saigné un peu, mais à l'heure qu'il est, il doit travailler à son atelier. Et d'où venez-vous si vous ne venez pas de Bourg-la-Reine ?

— Je viens de Paris.

Son interlocuteur écarquilla les yeux.

— De Paris ? Ces brigands ont écrit à Paris ?

Le lieutenant avait enfin réussi à retirer ses gants.

— Je ne viens pas pour cette histoire de dispute et je n'appartiens pas à la brigade de Bourg-la-Reine. Pourriez-vous m'indiquer la maison du sieur Ferrières ?

Volontairement, il n'avait pas précisé que le sieur en question était baron – on avait aboli tous les titres de noblesse au mois de juin 1790. Lui-même était né Brunel de Saulon, chevalier d'Hauteville. Deux ans plus tôt, il avait fui la tyrannie de son père pour trouver refuge auprès de La Fayette, son mentor, et était devenu Victor Dauterive. C'est sous ce nom qu'il avait entamé une nouvelle vie.

Le visage de son interlocuteur passa de l'étonnement le plus intense à la méfiance, puis à une sorte de pitié, comme il aurait regardé un voyageur un peu trop original, voire un peu fou.

— Oh. Le baron. Je vois. Je ne sais… Permettez que je vous montre le chemin.

Il remit son chapeau et fit signe à l'officier de le suivre. Il pleuvait de nouveau, cette fois plus décemment. Après l'église ils passèrent devant les grilles d'un somptueux château, de construction récente mais qui semblait abandonné.

— Le château de Condé, expliqua Hacar. Son altesse est partie en émigration dès le 17 juillet 1789. Il paraît qu'il regroupe une armée, à Coblence. Saviez-vous cela ?

— Qui pourrait l'ignorer ? dit Victor avec un mince sourire, auquel son guide répondit, timidement.

Ils avançaient le long d'un vaste parc tapissé de feuilles et de branches cassées. Entre les bosquets du jardin à la française, le lieutenant aperçut deux silhouettes chargées de bois mort. Les rangées de buis, sans doute pas taillées depuis des mois, ressemblaient à des têtes mal peignées.

Hacar fit un grand geste du bras.

— Tout ça, c'est au prince de Condé.

La route s'engageait dans une succession de champs et de friches, on ne voyait guère que deux ou trois petits bois, assez loin. Un clocher se dressait à une lieue, juste avant la rivière, mais la pluie rendait tout un peu flou.

— Tout ce qui est dans cette boucle de la Marne, reprit Hacar avec amertume. La ferme de Champignot, toutes les îles que vous voyez là, sur la Marne, les deux moulins sur le pont, une maison au port de Créteil, des arpents de terre partout. Faut-il vraiment que des hommes possèdent autant ? La terre ne rapporte rien ici, c'est du sable, et des inondations tous les hivers. Quand ces gens-là chassaient, quelle que soit la saison, ils massacraient les récoltes. Et si on se plaignait, l'inspecteur des chasses vous riait au nez. Dieu merci, c'est terminé. Enfin, terminé…

Il s'interrompit brusquement, comme s'il craignait d'en dire trop.

— Je sais que vous êtes pas obligé de me le dire, mais qu'est-ce que vous lui voulez, à Ferrières ?

Le lieutenant grimaça. On lui avait toujours recommandé d'en révéler le moins possible sur ses enquêtes en cours.

— Vous m'avez parlé de cette dispute entre gardes nationaux. Ferrières y aurait pris part ?

Hacar le regarda ébahi, l'air d'être sur le point d'éclater de rire.

— Lui ? La Garde nationale ? Il n'en fait pas partie et il n'en fera jamais partie. S'il le pouvait, il nous ferait tous fusiller. C'est un *noir*[1] acharné. Pour lui, rien ne s'est passé, on a brûlé *son* banc à l'église il y a deux ans, il ne l'a jamais digéré. Dans le pays, c'est le dernier à chasser comme du temps de Condé. Je ne sais pas ce que vous lui voulez, mais méfiez-vous de lui.

Ils se séparèrent un peu plus loin. La demeure du sieur Ferrières, expliqua Hacar, se trouvait à une demi-lieue de là, vers le hameau de La Varenne, pas loin de l'hostellerie des *Quatre fils Aymon*.

— Vous ne pouvez pas vous tromper. C'est au bord de la Marne, presque en face du bac de Chenevières, à main droite. Il y a un mur tout autour et un fossé. On appelle ça le Mesnil, vous verrez, c'est un vrai château fort ! Vous savez ce que vous avez à faire, mais méfiez-vous de Ferrières. Moi, il m'a menacé de me tirer dessus. Méfiez-vous aussi de Beauvisage, c'est leur garde. Méfiez-vous de tout le monde. Voulez-vous que je vous dise, ils sont tous fous là-dedans.

***

La Varenne comptait une dizaine de maisons accolées à la Marne. Un bac assurait le service vers l'autre rive, une pente chargée de vignes. Il n'y avait pas âme qui vive sous le ciel sombre, qui paraissait vouloir lâcher de la neige à présent. Frissonnant, Victor poussa sa bête dans un étroit chemin luisant de boue. Cinq ou six cents pas plus loin, c'était le Mesnil.

1. Royaliste.

Cernée d'un mur en grosses pierres, la demeure du sieur Ferrières était en outre défendue par un fossé bordé d'une haie vive. Le jeune homme se souvenait des douves autour de Saulon, le château de son enfance, à demi comblées, aisément franchissables. Ici, cela n'avait rien à voir, comme si les propriétaires craignaient une attaque de coupe-jarrets, comme autrefois.

Au bout du chemin, une petite porte était close. Il contourna donc le mur et ses fossés jusqu'à l'accès principal, une haute porte cochère aux battants grands ouverts. Deux chiens aboyaient depuis un moment, il les découvrit au milieu d'une grande cour où il mit pied à terre. Le logis était formé d'un vaste pavillon d'un étage où s'appuyait une tour. De part et d'autre s'allongeaient les dépendances, l'une servant d'écurie. Le toit moussu du pavillon principal, le papier huilé aux fenêtres et les herbes folles en bas du mur, tout indiquait non pas la misère, mais une certaine gêne.

Dauterive eut une bouffée de nostalgie. Il croyait revoir certaines gentilhommières de son voisinage, lorsqu'il était enfant, dont les propriétaires auraient cru déroger en faisant fructifier leurs terres, ou en se livrant au commerce. Ses réflexions furent interrompues par l'apparition sur le perron d'un homme d'une soixantaine d'années, la silhouette encore alerte, tête nue, portant une grosse écharpe, une veste en laine sans manches et de grosses chaussures à boucles. Il avait l'impression de voir son père. Cela lui fit un coup au cœur.

Comme les chiens aboyaient toujours, deux épagneuls boueux jusqu'à la truffe, l'officier calma son cheval en lui flattant l'encolure.

Antoine Ferrières, baron de Méry-sur-Seine et seigneur de Charenton-Saint-Maurice, l'observait sans mot dire. Assez mince, il avait un maintien fier mais une allure fort simple, bien moins dangereux en apparence que ne le prétendait Hacar. Ses traits délicats aux yeux gris donnaient au contraire l'impression d'une certaine résignation.

Le lieutenant le salua militairement, annonçant qu'il venait de la part du colonel Hay, commandant les gendarmes de l'hôtel de ville de Paris.

Le baron lui fit signe d'entrer, impassible. De dos, ses épaules étaient étroites mais solides. Dauterive qui le suivait d'un pas lent ôta ses gants et son chapeau, sans trouver où les poser. Une humidité glaciale lui tombait sur les épaules. Encore la même impression de replonger dans son enfance. Il connaissait bien ce genre de petits maîtres, capables de dépenser des fortunes pour préserver leur apparence mais économisant le moindre sol pour leur intérieur. Ils comptaient chaque morceau de sucre, mais quand ils recevaient, ils sortaient leurs plus beaux habits, le feu flambait dans l'âtre et l'on mangeait de la viande.

Ils entrèrent dans un cabinet sombre, à peine meublé, et le jeune homme eut un frisson. Sous le manteau, son uniforme était mouillé jusqu'aux manches. Son hôte hocha le menton en le considérant, perdu dans ses pensées. Se souvenait-il de ses campagnes, lorsqu'il était militaire ?

— Je viens pour Anne-Louise, commença le lieutenant, surpris par l'apparente indifférence de Ferrières.

Il surprit néanmoins une lueur au fond de son regard et se demanda s'il n'allait pas pleurer, ou se mettre en colère.

— Le colonel Hay m'a dit que vous lui aviez écrit. Je… Il m'a mandaté pour vous aider à la retrouver.

— Quel âge avez-vous donc, Monsieur ?

— Dix-neuf. Vingt ans bientôt.

Dauterive se sentit rougir. Et ce n'était certes pas dû à la température du domicile. Il s'étonnait presque ne pas voir leurs haleines former de la buée. Il essayait de respirer lentement, sans se crisper, espérant que la chaleur reviendrait peu à peu.

Et ils restaient debout face à face, absurdement, comme si leur entretien avait déjà trop duré.

— Ma fille, reprit le baron d'une voix terne, n'a pas reparu à la maison depuis mercredi dernier. Il n'y a malheureusement pas grand-chose à faire, à part prier Dieu. Mais vous remercierez bien mon ami Hay. Comment se porte-t-il ?

— Il se porte bien, répondit Victor, de plus en plus mal à l'aise.

La maison était parfaitement silencieuse. À part le moisi, aucune odeur. Il se demandait où étaient les autres, et s'ils mangeaient parfois ensemble.

— Votre fille ne vous a rien laissé ?

— Laissé ? Que voulez-vous dire ?

— Un mot, quelque chose qui aurait indiqué ses intentions. Savez-vous… savez-vous si elle aurait eu quelque raison de vouloir partir ?

Ferrières secoua brièvement le menton. Le visage inexpressif, il regardait régulièrement vers la cour à travers le carreau. Dauterive n'y voyait rien d'autre qu'un sol sablonneux où frémissaient des flaques.

— Vous venez de Paris, lieutenant ?

Dauterive inclina la tête.

— La route n'a pas été facile, hein…

Un petit silence se fit, sans que le lieutenant sache comment reprendre le fil. Alors qu'il réprimait les frissons, les chiens se mirent à aboyer. Une voiture arrivait. Comme mû par un ressort, le baron quitta le cabinet. Victor entendit les éclats d'une voix féminine avant que ne surgisse une femme vêtue d'un grand manteau couleur prune, le visage livide.

— Mon Dieu, fit-elle en rabattant brusquement sa capuche. Mon Dieu. Où l'avez-vous trouvée ?

Sa voix se brisa. Deux silhouettes se profilaient derrière elle, son mari et une jeune femme d'environ trente ans, blafarde elle aussi, et qui lui ressemblait trait pour trait.

Dauterive les salua, horriblement mal à l'aise.

— Je… Je n'ai trouvé personne. Pas encore…

La femme battit des cils en paraissant chercher l'air, si bien que son mari s'avança d'un pas vers elle.

— Pas encore ?… Pourquoi dites-vous cela ?

— Pour rien, s'excusa le jeune homme, agacé de se montrer si maladroit.

Il se présenta de nouveau, tout en sentant les frissons revenir. Quelle idée de venir à cheval par ce temps ! Pour une première enquête en solitaire, les choses s'engageaient bien mal.

Madame Ferrières – il ne pouvait s'agir que d'elle – poussa un bref soupir, tout en le dévisageant de pied en cap. Assez petite et ronde, le visage aux joues pleines, elle avait à peu près le même âge que son époux, mais contrairement à lui, transpirait la peur par tous les pores de la peau, comme une bête aux abois.

— Nous avons signalé la disparition d'Anne-Louise au juge de paix. Il n'a jamais été question qu'il envoie les gendarmes…

— C'est le colonel Hay qui m'envoie. Il dirige les gendarmes de l'Hôtel de ville, à Paris.

Elle se tourna vers son mari.

— Le colonel Hay. L'ami dont vous m'aviez parlé ?

Le baron acquiesça du menton.

— Ah, fit-elle en scrutant de nouveau Dauterive, soudain méfiante. Eh que voulez-vous savoir ?

— Votre mari me dit qu'elle a disparu depuis mercredi dernier.

Elle se raidit, l'air fâché par la question. Elle délaçait le cordon de son col.

— En effet. Comptiez-vous que je vous dise le contraire ?

— Certes non. Elle n'a rien laissé, pas de billet ou de lettre ?

— Non. Personne ne sait ce qui s'est passé. Elle n'avait aucune raison de disparaître.

Toujours cet œil noir et inquiet. La baronne tendit son manteau à la jeune fille au visage blême (inévitablement, sa fille). Dessous, elle portait une robe noire de coupe ancienne lustrée par le temps.

— Savez-vous où elle aurait pu aller ?

En posant la question, il se maudit pour sa sottise. Une déception teintée de mépris apparaissait d'ailleurs déjà sur les traits de son interlocutrice.

— Si je le savais, vous ne seriez pas là, je pense.

— Certes. Quelle heure était-il quand elle a disparu ?

La baronne soupira derechef, l'air soudain lasse.

— C'était mercredi dans l'après-midi, c'est tout ce qu'on sait. À ce moment, j'étais au village, je passais voir mes pauvres avec Jeanne et Beauvisage. Monsieur le baron et Perruchon visitaient nos fermes. Il n'y avait que Manon ici, la servante, mais elle n'a rien vu. Voulez-vous la voir ? Monsieur Gruchet a déjà posé toutes ces questions, vous savez.

L'officier refusa l'offre d'un geste de la main. Il tremblait presque de froid.

— Je verrai cela plus tard.

Il avait une envie terrible de sortir de cet endroit glacial. Par la fenêtre, il vit un homme en grand manteau vert déharnacher un bidet[1] gris, tous deux environnés d'un halo vaporeux.

— Donc, mercredi dans l'après-midi, reprit-il entre ses lèvres contractées. Qui l'a vue pour la dernière fois ?

1. Un genre de cheval à tout faire au *XVIII*e siècle, sans grand prestige.

— Moi, Monsieur.

Elle le contemplait d'un œil sec.

— À quelle heure ?

— Huit heures. Elle a sellé son cheval et elle est partie, sans rien me dire. Ça lui arrivait souvent. Ensuite, j'ai préparé mes dons à l'office, nous avons dîné et nous sommes partis avec Jeanne et Beauvisage, comme je viens de vous le dire. Manon ne l'a pas vue revenir. Lorsque nous l'avons appelée pour le souper vers 6 heures 30, elle n'était pas là.

— Son cheval était là ?

— Son cheval était là. Elle l'avait étrillé elle-même, comme d'habitude. Qu'avez-vous, Monsieur ?

— Rien.

Victor était au supplice. Il fit quelques pas sur place pour tenter de masquer ses tremblements. Des années qu'il n'avait pas eu aussi froid.

— Je voudrais voir les alentours, fit-il, les mots passant difficilement ses lèvres.

— Comme vous voudrez. Beauvisage va vous accompagner. Vous le trouverez dehors.

Elle paraissait être la seule personne autorisée à s'exprimer dans cette maison.

Dans la cour, Dauterive tenta de prendre sa respiration à plusieurs reprises, sans grand succès. Ses épaules se crispaient, il grelottait par à-coups. Son manteau lui semblait une armure pesante et glacée. Beauvisage – l'homme à la capote verte – le regardait avec dédain. Son nom lui convenait assez mal : la quarantaine, il avait les traits rustiques et la maigreur solide d'un paysan.

Sans un mot, il accompagna Victor partout où il le lui demanda. Outre la porte cochère qui servait d'entrée principale, le Mesnil comportait deux autres accès : une petite porte qui donnait sur le chemin de Trou Javeau, emprunté par le gendarme pour arriver jusqu'ici. La plupart du temps, expliqua Beauvisage, elle était close. Seul monsieur le baron en possédait la clé. L'autre issue s'ouvrait dans la haie vive, à l'arrière du bâtiment principal, et donnait sur le chemin au bord de Marne. Gonflé par l'hiver, le fleuve roulait des flots verdâtres sur plus de trois cents pas de large, dans une grande courbe paresseuse. Une île boisée affleurait du flot juste face à eux. Sur l'autre rive, les pentes étaient couvertes de vignes noires et griffues.

Les deux hommes échangèrent un coup d'œil.

— Nous avons une barque pour accéder à l'île, elle appartient à monsieur le baron, déclara le cocher. Mais la barque n'a pas bougé. J'ai visité l'île, elle n'est pas dessus.

Son regard se perdait dans la Marne, chargée en cette saison de nombreux débris.

— Pour moi, elle est ici, dit-il d'un ton presque inaudible.

Dauterive claquait presque des dents à cause du vent qui suivait la vallée et soulevait leurs manteaux. Il aurait payé un louis d'or pour se sécher et boire un grog.

— Se serait-elle jetée à l'eau ? demanda-t-il néanmoins. Il dut faire un gros effort pour articuler convenablement.

Beauvisage ne répondit rien, le visage lisse, vaguement dédaigneux comme celui de la baronne.

— Quel âge avait-elle ?

— Trente ans, plus ou moins. Elle ne s'était jamais mariée.

— Vous parlez d'elle comme si elle était déjà morte.

— Que voulez-vous que ce soit d'autre ?

Le cocher ne quittait pas le courant du regard.

— Peut-on aller ?

Il planait une légère odeur de soupe lorsqu'ils revinrent au manoir. Dès qu'il poussa la porte, à demi paralysé par le froid, Victor vit madame Ferrières arriver droit sur lui.

— Nous avons à causer, Monsieur, lui fit-elle en lui indiquant la petite pièce.

Ils se retrouvèrent à nouveau face à face dans le petit cabinet.

— Nous avons parlé, monsieur le baron et moi-même.

Justement ce dernier apparaissait à son tour, la mine désolée.

— Nous remercions bien monsieur le colonel Hay, mais je crains que vous ne vous soyez déplacé pour rien…

— Que…

— Je vous supplie de me laisser finir. Le nom des Ferrières est sans tache, je suis moi-même née Rigaud de Bellevue, je suis alliée à la duchesse de Polignac.

Dans un sursaut de dépit, Dauterive se demanda comment elle pouvait vivre aussi pauvrement, étant alliée à cette famille comblée de richesses par Marie-Antoinette.

— Mon mari a servi le roi vingt années, il a la croix de Saint-Louis[1]. Nous ne souffrirons pas que vous puissiez salir notre réputation…

— Je veux juste retrouver votre fille. Le colonel…

— Le colonel a cru bien faire. Mais il y a un juge de paix ici. Il sait ce qu'il doit faire. Vous, vous ne connaissez personne, vous ne connaissez pas le pays. Vous ne pourrez pas nous aider.

Dauterive se sentait paralysé. Il avait oublié à quel point le froid pouvait faire souffrir.

— Madame, je suis officier de gendarmerie…

— Personne n'en doute. Mais vous avez vu la Marne, vous avez vu les bois, n'est-ce pas ? Que voudriez-vous faire ? Poser partout des questions ? On nous accuse de tous les maux puisque nous sommes aristocrates, on nous cherche querelle pour tout. On interdit à Perruchon de

1. L'équivalent de la Légion d'honneur sous l'Ancien Régime.

chasser, alors que tous les épiciers de Saint-Maur le font, sous nos yeux. Bientôt on m'interdira de porter l'aumône aux pauvres. Vous jetterez le discrédit sur notre nom, et personne ne vous aidera. Vous ne feriez qu'ajouter le déshonneur à notre douleur. Si le colonel Hay savait tout cela, il ne vous aurait pas envoyé. Je suis désolée…

Sa voix se brisa dans un court sanglot.

— Nous la retrouverons un jour, n'en doutez pas. Dans le fleuve ou dans un fossé. Et nous n'avons pas besoin de vous pour cela, Monsieur. Je vous en supplie, au nom de la mère que je suis. Quittez cette maison.

Elle le dévisagea, le regard rempli de larmes, et quitta brusquement le cabinet. Ferrières fixait le jeune homme, ses yeux gris inexpressifs, l'air presque absent. Victor sentit que son menton tremblait. Son ventre gargouilla dans un long spasme douloureux. Son orgueil, son instinct, tout lui commandait de ne pas renoncer, mais il n'en eut pas la force.

Il salua de nouveau, recoiffa maladroitement son bicorne et tourna les talons.

2

Mardi 29 novembre, Midi

— Ne vous l'avais dit, qu'ils étaient tous fous là-dedans !

Debout en veste sans manches devant sa cheminée, Hacar tisonnait une belle flambée. Croisant Victor sur la place d'armes, il avait eu pitié de sa mine défaite et l'avait pour ainsi dire forcé à venir se réchauffer chez lui. Le lieutenant avait à peine protesté. Son manteau, son habit d'uniforme et ses gants fumaient, suspendus au dossier d'une chaise, devant l'âtre. Il sentait la circulation revenir dans ses pieds, avec des élancements qui portaient au cœur.

— Fous, je ne sais pas. Inquiets sûrement, répondit-il, la voix pâteuse.

Un engourdissement bienfaisant le gagnait, brûlant ses joues et ses doigts.

— N'empêche… ces brigands vous ont chassé. Ils vous ont même pas proposé un verre de vin. Mais pour qui ils se prennent, ces bougres d'aristocrates ?

Dauterive se garda de répondre que lui aussi était bien né.

— Ils ont l'air persuadé que leur fille est déjà morte.

— Pas étonnant. Une semaine dehors, avec ce temps…

Il s'interrompit, attendri, pour contempler son épouse

qui apportait un bol de bouillon, une petite femme au visage rond qui avait l'air d'une poupée de porcelaine. Au parfum de cette soupe qui lui brûlait les mains, Victor s'aperçut qu'il défaillait de faim.

— Ce qui est certain, c'est que personne dans le pays n'a entendu parler de cette disparition, reprit Hacar, la mine sombre.

— Je croyais qu'ils avaient vu le juge de paix.

— Eh bien je suis pas au courant. Et pourquoi Gruchet m'aurait rien dit, à moi ? Je suis son assesseur !

Dauterive avalait son breuvage à petites gorgées prudentes, il avait l'impression de revivre. La maison de son hôte, étroite mais confortable, s'élevait sur trois étages à côté d'une grande manufacture. Par la fenêtre, on devinait en face la lisière de la forêt, déjà envahie par le crépuscule.

— Pour quelle raison m'aurait-elle menti à ce sujet ? C'est très facile à vérifier.

— Je sais pas. N'empêche que je suis pas au courant, et Gruchet n'a posé aucune question à personne, je l'aurais su. Vous trouvez ça normal ?

Victor se caressa l'arête du nez, perplexe.

— Que pouvez-vous me dire au sujet des Ferrières ?

— Pas grand-chose, fit Hacar en fourrageant ses gros favoris. Le plus souvent, ils se cachent dans leur manoir. Quelques terres, pas beaucoup. Depuis que Condé a émigré, c'est les seuls aristocrates du pays. Le père est un ancien militaire, il ne fait que chasser, on le voit presque pas, et de toute façon il parle jamais.

— Je croyais que c'était un noir acharné, et qu'il avait failli égorger son fermier ?

— Ça, c'est sûr. C'est un querelleur, un bonhomme dangereux.

Dauterive n'avait pas eu cette impression, mais il n'objecta rien.

— Ils ont deux filles, l'aînée qu'est un laideron qui ressemble à la mère, Jeanne. Une vieille fille. L'autre, c'est la disparue.

— Anne-Louise.

— C'est ça. C'est comme la Jeanne, elle est pas mariée, et pourtant c'est une belle fille, celle-là. On la voit toujours à cheval. Un beau cheval pommelé, c'est son cheval à elle, et elle monte bien.

Son regard se fit rêveur. Son épouse épluchait des carottes en les écoutant, un sourire aux lèvres.

— Il n'y a pas d'histoire sur elle ?

Hacar fronça les sourcils en tortillant son index dans son favori.

— Quel genre d'histoire ?

— Je ne sais pas. Une dispute, un amoureux éconduit. Il y a toujours des histoires sur les familles.

— Si vous croyez qu'ils nous racontent ! Ils clabaudent entre eux, ça oui, mais sûrement pas avec les serruriers comme moi.

— Et sur la mère, rien non plus ?

— À part qu'elle se croit pour une princesse d'Espagne, et qu'elle traite tout le monde comme du fumier, pas grand-chose. Soi-disant qu'elle est alliée aux Polignac… tu parles ! Ils ont même pas de quoi refaire leur toit là-dedans !

Il employait toujours la même expression coléreuse pour parler du manoir : *là-dedans*.

— Et les domestiques ?

— Il y a Perruchon, un imbécile qui fait des mines. C'est lui qui fait la tournée des fermes pour les loyers, un gros lard qui vous regarde de haut, comme la baronne. *Ta ta ta* par ici… *ta ta ta* mon bon ami…

Il gonflait les joues en clignant des yeux, déclenchant le rire de Dauterive et de madame Hacar.

— Il y a aussi une cuisinière et une fille de chambre, mais je les connais pas.

— Et le garde ?

— Beauvisage… Celui-là, c'est un mauvais. C'est un ancien soldat, il leur sert de cocher et de garçon d'écurie, il fait aussi le garde-chasse.

— C'est lui qui vous a tiré dessus…

— Tout juste. Enfin presque. Un jour, je l'ai croisé qui chassait à la carabine près du bois de Grand-Plant. Je lui ai demandé ce qu'il faisait là et il m'a dit que ça ne me regardait pas…

— Quand était-ce ?

— Bah… Il y a six ou sept mois. Juste avant que le roi s'enfuie. J'ai dit que le juge serait prévenu. Il m'a dit qu'il s'en foutait bien et que si je continuais à l'asticoter il me tirerait dessus…

Il était tout rouge, le poing serré. Sa femme buvait ses paroles, riant ou s'effrayant tour à tour, sans cesser d'éplucher. Dauterive remarquait seulement maintenant qu'elle était enceinte.

— Tu oublies l'histoire du fils, dit-elle doucement.

— Le fils ? Ferrières a un fils ?

Avant de l'envoyer ici, le colonel Hay lui avait brièvement décrit la famille, mais ne lui avait parlé que de deux filles.

— Vous êtes pas au courant ? C'était en 88. Non, en 89. Il est mort d'un accident de chasse.

— Comment ça ?

— On n'a jamais trop su. Il y a eu une battue, avec gens de Condé. Il a pris un coup de fusil dans le ventre. Il paraît qu'il s'est vidé en deux minutes, c'est Hobuchon qui me l'a dit.

— Il paraît que le prince de Condé aurait versé aux Ferrières une grosse indemnité, ajouta madame Hacar.

— Oui… Parce que ça s'est passé sur leurs terres. Enfin, ils n'ont pas l'air plus riches pour autant.

— Il n'y a pas eu d'enquête ?

— Une enquête sur le prince de Condé ? Vous êtes bien bon, vous !

Il riait, d'un rire amer.

Victor n'ajouta rien. Y avait-il un lien entre cette mort tragique et la disparition d'Anne-Louise ? À présent bien réchauffé, il jugea qu'il était temps de regagner Paris avant la nuit. Mais il devrait vite revenir : ce juge de paix, dont Hacar était l'assesseur, ne semblait guère s'intéresser à la disparue.

***

Victor repassa entre les deux colonnes de la barrière du Trône vers 7 heures du soir, à nouveau transi et d'humeur maussade. Comment avait-il pu se laisser faire par ces gens ?

À cette heure, la rue du Faubourg-Saint-Antoine était presque déserte. Il avançait au pas, attentif à ne renverser personne. C'était un jeune homme au visage encore poupin, les traits agréables, la bouche sensuelle et le regard azur, mince mais solide, les cheveux coupés à la Titus. Il dégageait une impression de raideur et de violence, qui attirait souvent l'œil des passantes.

Deux ans maintenant qu'il vivait à Paris, et que de changements depuis ! Arrivant ici, il sortait à peine de l'adolescence. Placé par son père, un homme tyrannique qui le détestait, auprès d'un procureur de la maréchaussée, en Bourgogne, il avait rencontré La Fayette au hasard d'une affaire criminelle. Lequel, remarquant ses qualités d'enquêteur et touché par son histoire, l'avait pris sous son aile et lui avait offert un poste dans la gendarmerie nationale, qui remplaçait à peine la vieille Maréchaussée. Officiellement, l'ancien chevalier d'Hauteville devenu Victor Dauterive faisait partie de la petite garnison de l'hôtel de ville de Paris. En réalité, il remplissait régulièrement des missions secrètes au profit du héros des Deux-Mondes[1].

Le jeune homme traversa la Seine par le pont Notre-Dame, balayé par le vent du fleuve. Hormis les réverbères à huile, tous les soixante pas, Paris semblait entièrement plongé dans le noir. On devinait à peine le Pont-Neuf au loin, et les bâtiments du Vieux-Louvre.

La ville, hostile et trop grande à son arrivée, lui était devenue familière. L'enfant solitaire et muet s'était peu à peu transformé, au contact de ce monde nouveau qui s'érigeait sur les décombres de l'ancien. Fervent lecteur de Rousseau et des philosophes, il s'était enflammé pour la Révolution, la déclaration des droits, l'abolition des privilèges, la naissance des municipalités, d'une Assemblée nationale, d'une nouvelle justice et d'une Garde nationale composée de citoyens libres.

Mais la ferveur laissait peu à peu place au doute.

En juin, le roi avait tenté de fuir vers la frontière autrichienne pour y prendre la tête d'une armée. Ce n'était pas un *enlèvement*, comme avaient tenté de le faire croire La Fayette et ses partisans : en réalité, le roi *refusait* la Révolution. Les patriotes qui avaient voulu le juger pour sa trahison avaient été massacrés sur le Champ-de-Mars, devant un La Fayette impuissant. On avait relevé cinquante morts. Le général, accusé de toutes parts, mortellement dépité, avait abandonné son poste pour se retirer sur ses terres, en Auvergne.

Depuis on ne parlait que de guerre. Les aristocrates rassemblés en Allemagne menaçaient de revenir à Paris, armes à la main. L'armée était en alerte. Désormais, la grande Révolution devrait triompher ou périr.

1. Surnom de La Fayette dans les débuts de la Révolution.

Victor confia son cheval à l'auberge de la place Maubert où il louait une écurie, puis gagna son logis. Depuis son arrivée à Paris, il habitait un immeuble boiteux, rue Saint-Séverin, dont il était l'un des seuls occupants de condition. Avec ses deux mille livres de traitement annuels, il aurait même pu prétendre à bien plus de confort, mais il n'y songeait pas.

Encore timide, parfois sauvage, il se contentait d'une vie sobre, conforme à ses idéaux. Préférant toujours observer plutôt que parler, fuyant les mondanités, il se contentait de rares amis rencontrés lors de ses aventures. Le départ récent de La Fayette avait accentué sa solitude ; il se sentait presque orphelin. Mais ni les noirceurs ni les violences de la Révolution n'avaient entamé son enthousiasme. Il s'en fallait de beaucoup.

Poussant la porte de son appartement, au troisième étage, il fut contrarié de le sentir aussi froid, sans la moindre odeur de repas. Depuis quelques mois, il avait pris Joseph à son service, un petit boiteux d'une dizaine d'années qui vagabondait dans Paris. L'enfant l'avait assisté lors d'une enquête et lui avait même sauvé la vie. Il n'avait pas eu le cœur de le rendre à la rue et l'avait chargé de l'entretien de son logis, de celui de Gris-Poil et des petites courses qu'il n'aimait pas faire lui-même. En échange, il lui fournissait le gîte et le couvert.

Le garçon, qui s'amusait sur son propre lit avec un petit soldat d'étain, les pieds nus, se leva d'un bond. Sans un mot mais le regard assombri, Victor se débarrassa de ses gants, de son bicorne et de son manteau-capote. Il grelottait dans son habit d'uniforme mais hésitait à l'enlever.

— Tu es passé chez le père François ? demanda-t-il d'un ton aigre.

Tous les soirs, il se faisait préparer son souper par le boulanger du rez-de-chaussée. Joseph lui montra sans un mot la marmite et une bouteille de vin posées en équilibre sur son nécessaire à dessin. D'un geste brusque, Dauterive déplaça le tout sur la table du salon. C'était peu dire que cette cohabitation commençait à lui peser.

L'appartement ne comportait que deux pièces, une chambre presque entièrement occupée par une malle militaire et par un lit de coin ; une salle à manger où l'on pouvait à peine circuler, entre les deux chaises, la table surchargée de matériel de peinture et l'étagère où s'empilaient livres et journaux politiques. Seule concession au confort : un poêle de faïence récemment acquis chez un marchand de la rue de la Roquette.

Il se figea, sourcils froncés. Sur le parquet, il ne restait qu'une bûche. Il chassa l'air d'un geste exaspéré. Comment avait-il pu oublier d'acheter du bois par un temps pareil ? Le garçon le regardait d'un air contrit.

— Peut-être que je pouvions demander à la veuve Pinsonnet ? tenta-t-il.

— La belle idée ! Bon Dieu, je te l'avais dit !

Il se tut brusquement en déboutonnant le plastron de son habit. La colère et l'humiliation de la journée remontaient d'un coup. Ce n'était pas la première fois qu'il s'emportait contre Joseph. Il avait eu pitié de lui autrefois, mais son comportement l'agaçait de plus en plus. Plusieurs fois il avait essayé de lui enseigner comment mieux parler, de l'intéresser à l'écriture. Mais rien à faire. Le garçon n'avait aucune envie de s'instruire, de s'élever dans le monde. C'était tout juste s'il consentait à se débarbouiller de temps en temps. Quand aux souliers en bon cuir – de seconde main – que lui avait achetés le gendarme, il refusait obstinément de les porter.

— Je pouvions quand même demander à la dame Pinsonnet…

— Je peux, pas je pouvions ! Quand vas-tu cesser de parler comme dans ta campagne ? Pour la veuve, c'est non. Je vais devoir la remercier, elle va encore m'inviter chez elle pour boire un chocolat, et me proposer une fille à marier. Fais donc chauffer cette bon Dieu de marmite, qu'on ne meure pas de faim, au moins.

Quelques instants après, ils dévoraient sans un mot le ragoût de poulet du boulanger (ou plus sûrement de sa femme). Le lieutenant sentait sa mauvaise humeur s'envoler à mesure qu'il remplissait son estomac. Joseph aussi mastiquait avec entrain, bien emmitouflé dans sa veste croisée. Il avait le visage fin, triangulaire, le nez retroussé et des yeux bleus naïfs, comme son maître, doutant de tout mais toujours prêts à rire même si la dureté de son sort – il avait perdu ses deux parents en Mayenne, puis avait vécu seul dans la rue pendant des semaines – transparaissait un peu.

Le souper fini, Victor étendit ses affaires trempées, puis se coucha. Il sentit bientôt la chaleur le gagner sous la couverture, ses yeux et ses doigts picotaient. La journée avait été épuisante.

Il souffla sa chandelle. Joseph avait installé sa paillasse dans la salle, il entendait déjà son petit souffle régulier.

Son esprit était reparti vers Saint-Maur. Il pensait à cette jeune fille galopant sur son cheval pommelé, une belle jeune fille solitaire qui passait sur la lande sans parler à personne.

Il revoyait aussi la baronne Ferrières le chassant du manoir, voix brisée, visage défait. Certes, sa douleur devait être immense, mais d'autres pensées lui venaient. Et si elle l'écartait pour d'autres raisons ? Pour empêcher d'autres investigations, par exemple ?

La pensée le mit mal à l'aise, et il s'endormit là-dessus.

3

Mercredi 30 novembre, sept heures du matin

Victor se réveilla parfaitement reposé, alors qu'une agréable odeur lui chatouillait les narines. Les premières neiges étaient tombées pendant la nuit. Une fine couche de givre filtrait la lumière aux carreaux. Joseph s'affairait dans la salle à manger, sa paillasse roulée et la table rangée. Il avait disposé quelques pains à café et deux pommes sur une assiette. La carafe remplie de café au lait chauffait sur la fonte du poêle, mystérieusement alimenté en bois depuis la pénurie de la veille. Le garçon, qui guettait la réaction de Victor, en fut pour ses frais : son maître se contenta de vérifier si son uniforme avait eu le temps de sécher. Et ce n'était pas tout à fait le cas.

Ils déjeunèrent en silence et bientôt, Dauterive, cheveux brossés, dents nettoyées et frottées à l'eau du sieur Botot[1], enfila ses bottes et son habit.

— Je pars pour la journée, dit-il d'un ton sec. Tu videras les pots, hier tu avais encore oublié. Et fais attention quand tu le jettes dans la rue. Cette fois, achète du bois, je ne sais pas où tu as trouvé celui de ce matin et je préfère ne pas le savoir. Prends un pain et n'oublie pas

1. Liquide dentifrice composé de badiane, girofle, cannelle, benjoin, essence de menthe et alcool à 80°.

d'aller chercher les draps chez la lingère, rue des Rats. Tu vois où c'est ? Et pense à passer le balai. Et fais attention à ne pas déranger mon nécessaire à dessin. Est-ce bien compris ? Et n'oublie pas le souper pour ce soir.

Le petit domestique hochait la tête avec sérieux.

Coiffé de son bicorne à plumet tricolore, Dauterive se rendit d'un bon pas jusqu'à l'auberge ou l'attendait Gris-Poil. Au sol, la neige ne tenait pas, formant avec la boue de la chaussée un tapis glissant. Le ciel bas et chargé d'humidité n'annonçait rien de bon.

Il n'était pas question de renouveler ses erreurs de la veille. Il s'arrêta donc chez un fripier face au Vieux-Louvre pour y acheter une longue pelisse fourrée de lapin, ainsi qu'une paire de gants à crispins. Puis il prit la direction du faubourg Saint-Antoine. Une heure plus tard, alternant le pas et le petit trot, il arrivait en vue de Saint-Maur.

***

Pierre-Antoine Gruchet, le juge de paix du canton, était un grison haut comme trois pommes, à demi bossu, la tête grosse et la barbe blanche très fournie, la cravate crasseuse sous son habit à la française en gros drap. Il semblait outrageusement fier de lui, dressé sur ses ergots comme un coq. Son cabinet au premier étage d'une belle maison, non loin de la place d'armes, sentait le feu de bois et la soupe. Derrière son dos, une imposante bibliothèque croulait sous des piles de livres de droit.

Assis devant une grande feuille surchargée de ratures et de chiffres, il avait écouté le lieutenant avec une certaine impatience durant son exposé.

— Je suis en charge de cette enquête, en effet. Mais je ne comprends pas ce que vous venez faire ici. Vous n'avez aucune compétence à Saint-Maur. C'est Hacar qui vous envoie chez moi ?

Le gendarme décida d'ignorer sa question (et son regard sévère).

— Puis-je savoir ce qu'ont donné vos recherches ?

— Je viens de vous dire que cela ne vous regarde pas.

Il semblait sur le point de se lever, les pommettes déjà roses.

Longtemps, il avait exercé la charge de greffier au présidial[1] de Melun, ce qui lui assurait de confortables revenus. Les grandes réformes de 1790 avaient tout bouleversé. En quelques mois il avait vu disparaître tout l'ancien système, les parlements, les tribunaux ecclésiastiques ou seigneuriaux, les prévôtés et les sénéchaussées. Désormais, la justice devait être gratuite, prompte et impartiale. Nul ne devait plus être jugé selon sa richesse ou son rang. Le nouveau code pénal promulgué par l'Assemblée prévoyait d'ailleurs précisément les peines en fonction des crimes et délits.

Comme tous les anciens magistrats et officiers de justice, Gruchet avait reçu une indemnité pour le remboursement de sa charge. Il aurait pu se retirer des affaires pour jouir de son pécule mais il s'était présenté aux élections pour devenir juge de paix, ces nouveaux magistrats dévolus aux petits litiges, ou aux enquêtes criminelles. Depuis un an, il exerçait dans le canton de Saint-Maur-des-Fossés.

— Je suis mandaté par le colonel Hay, qui commande aux gendarmes de l'Hôtel de ville de Paris, fit Dauterive d'un ton sec. Je vous demande donc de me dire ce que vous avez entrepris pour retrouver cette jeune fille. À moins que vous n'ayez rien fait ?

Le juge de paix souffla par les narines, l'œil étincelant.

— Je vous répète que vous n'êtes pas compétent sur ce territoire.

1. Tribunal civil et criminel de l'Ancien Régime.

— Personne ne vous a vu poser de questions dans le pays. Vos assesseurs ne sont même pas au courant de la disparition. Êtes-vous certain de vouloir retrouver cette jeune fille ?

Gruchet mit quelques secondes à reprendre son calme.

— Très bien. Je n'ai pas à le faire mais je vais vous expliquer. Figurez-vous qu'à la Révolution, la commune s'est divisée en deux. Nous avons maintenant deux municipalités et deux Gardes nationales. À Saint-Maur, on est patriote. À la Branche-du-Pont[1], ils sont royalistes. Et tout le monde se chicane. L'autre jour, ces brigands se sont battus au sabre, il y a eu un blessé.

— Je sais. Et alors ?

— Ces gens-là sont prêts à s'égorger au moindre prétexte, et ce n'est pas moi qui vais leur en fournir un. Une aristocrate qui disparaît, vous n'imaginez pas les proportions que ça peut prendre. De toute façon, on la retrouvera bien tôt ou tard, hélas.

— Vous croyez qu'elle est morte ?

— Vous avez vu le temps ? Elle a disparu il y a une semaine, et elle n'avait pas d'argent. Que voulez-vous qu'il lui soit arrivé ?

— Elle aurait pu être enlevée.

— Personne n'a vu de voiture ou de cavalier inconnus dans la région, le jour de sa disparition, je m'en suis assuré moi-même. J'ai sondé les alentours du Mesnil, il n'y avait aucune trace suspecte de roues ou de sabots. Non, je pense hélas que cette jeune fille a mis fin à ses jours et que la famille veut éviter le scandale. Est-ce si difficile à comprendre ?

Le petit homme regardait vers la fenêtre d'un air sombre, son menton carré dans la paume de sa main. Finalement, il avait agi avec une certaine finesse.

1. Aujourd'hui Joinville-le-Pont.

— Et que diriez-vous si cette jeune fille était retrouvée assassinée ?

Gruchet se caressa la barbe de l'index, intrigué.

— Savez-vous quelque chose ?

— Non. Mais que se passerait-il si d'autres jeunes filles étaient assassinées ? Et si vos électeurs apprenaient que vous n'avez pas mené d'enquête, pour protéger l'honneur d'une famille d'aristocrates ?

— Vous élucubrez, murmura Gruchet en haussant une épaule.

— En êtes-vous si sûr ? Les Ferrières ont beau l'affirmer, rien ne nous prouve qu'il s'agisse d'un suicide. Ils ont l'air persuadés que tout est fini, qu'il n'y a rien à faire. Pourquoi les croire ? Anne-Louise Ferrières n'a laissé aucun mot. Avez-vous interrogé les gens de la maison ? Avez-vous fouillé les chambres, au Mesnil ?

— Certes non. Tout de même, ce sont des gens de qualité.

— Les gens de qualité tuent aussi bien que les autres.

Le juge de paix, qui avait passé de nombreuses années au présidial de Melun, pouvait difficilement contredire Victor. Il poussa un soupir plus profond que les précédents.

— D'accord. Et que voulez-vous ?

— Que vous me chargiez officiellement des investigations.

— Il y a des procédures à respecter, jeune homme. D'ailleurs, pour que vous investiguiez à Saint-Maur, il faudrait que vous apparteniez à la brigade de Bourg-la-Reine.

— Écrivez-leur. Ils ne sont pas si nombreux et avec le temps qu'il fait, ils ne refuseront pas de me laisser agir à leur place.

Gruchet haussa une épaule.

— Vous êtes du genre têtu, hein. Eh bien comme vous voudrez, je vais leur écrire… Mais je vous avertis que les

Ferrières ne sont pas des gens simples. Je vous donne un mois. Si dans un mois vous n'avez rien trouvé, je vous prierai de quitter ma juridiction.

***

Comme la veille, les deux épagneuls de la ferme se jetèrent entre les jambes de Gris-Poil en aboyant. Mais cette fois, ils agitaient la queue et l'un d'eux se laissa même caresser. Déjà, Beauvisage arrivait d'un bon pas sur Victor, le visage crispé.

— Qu'est-ce que vous faites là ? lui lança-t-il.

Le lieutenant s'était préparé à ce genre d'accueil, cependant son cœur battait à grands coups. Il attacha la longe de son cheval à un anneau, dans le mur.

— Je suis officier de police judiciaire et je suis chargé d'investiguer sur la disparition de votre maîtresse, sous les ordres de monsieur Gruchet, juge de paix de ce canton.

Dans son dos, il sentait la présence du garde, raide, prêt à l'affrontement. Il se retourna lentement vers lui.

— Ces raisons vous suffisent, ou faut-il que je vous arrête pour vous être opposé à la justice ?

Les traits rudes du cocher étaient déformés par la colère. Il regarda tour à tour le cheval du gendarme avec sa couverture réglementaire, son uniforme, son sabre. Puis il grommela quelque chose et guida Victor vers la maison, les épaules basses.

La demeure était toujours aussi froide, mais il y flottait un fumet de soupe aux poireaux. Dauterive supposa qu'ils en préparaient pour la réchauffer les jours suivants, par mesure d'économie. Le baron l'attendait, planté au milieu du vestibule, vêtu exactement comme la veille. Son visage aux yeux gris ressemblait à un masque sans vie. Il paraissait à la fois digne et humilié, l'air d'un général en chef qui fait sa reddition.

— Madame la baronne ne désire pas vous voir, annonça-t-il d'un ton neutre.

Pour toute réponse, Dauterive fronça le nez. Des relents de vomi flottaient autour de lui et il se rendit soudain compte que cela venait de sa pelisse. Il l'ôta et la tendit à Beauvisage qui attendait plus loin, le visage renfrogné, puis se tourna vers le baron.

— Nous verrons plus tard. Je dois vous poser quelques questions au sujet de votre fille.

Ferrières inclina le menton, impassible, et lui fit signe de le suivre dans le même cabinet sombre et crasseux que la veille. Cette fois, le gendarme s'assit d'autorité, désignant l'autre chaise (bancale comme la première) à son hôte. Ils se turent un moment. Hormis un crucifix, la pièce ne comportait aucune décoration. Un grand livre de comptes traînait sur la table, à côté d'une plume défraîchie. On entendait des bruits de cuisine étouffés.

Ferrières répéta à Victor que sa fille n'avait laissé aucun écrit, aucun indice annonciateur d'une prochaine disparition. Il ne voyait pas ce qu'il pourrait lui apprendre de nouveau.

— Lui était-il déjà arrivé de partir sans prévenir ?

Le baron sursauta, un éclair humide au fond des yeux. Victor avait la pénible impression que chacune de ses questions le faisait affreusement souffrir.

— Pourquoi l'aurait-elle fait ? Qui croyez-vous que…

Le lieutenant attendit en vain qu'il termine sa phrase.

— Je ne crois rien, ce n'est qu'une question. Quel âge avait-elle ?

— Trente ans. Elle est du mois de février 1761…

Sa voix se mit à trembler. Dans son regard grisé venaient les premières larmes, qu'il essuya en détournant le visage.

— Pourquoi ne s'est-elle pas mariée ?

De nouveau, Ferrières parut piqué au vif.

— Pourquoi cette question ?

— Ce n'est qu'une question.

— Je ne vois pas… Nous avions parlé de fiançailles il y a une dizaine d'années. Mais nous n'avons pas trouvé de parti. C'est… Ce n'est pas si aisé. Pour notre aînée non plus… ça ne s'est pas fait. Enfin, c'est sans importance.

Victor comprit que les Ferrières n'étaient sans doute pas assez riches pour réunir les dots afin de marier leurs filles, et que le prestige de leur nom n'était pas suffisant non plus pour attirer un beau parti. Ils n'avaient même pas réussi à faire alliance avec une famille de rang identique. Ce devait être une terrible humiliation.

— Personne n'aurait pu être fâché par cette histoire ? Un promis éconduit…

— Allons… Qui aurait pu… Il ne s'est rien passé…

— Qui voyait-elle, avait-elle des amis dans le pays ?

Il parut peiné par la question.

— Nous recevons très peu de monde.

Il regardait autour de lui, comme si le décor pouvait expliquer sa réponse. Victor supposa qu'ils n'avaient pas les moyens de recevoir, et s'abstenaient donc de lancer des invitations, pour ne pas avoir à y répondre.

— Anne-Louise… n'avait aucun ennemi, Monsieur. Il ne reste plus qu'à prier maintenant.

Victor se tut un instant, un peu perdu.

À sa demande, le baron lui décrivit les journées de la disparue : levée tôt, elle s'occupait de son cheval, le soignait ou le montait, sauf quand il y avait un office, auquel cas toute la famille y assistait, deux ou trois fois la semaine. L'après-midi était consacré aux tâches ménagères. Parfois, elle accompagnait sa mère et sa sœur chez les pauvres de la paroisse. Il ne semblait question ni de lecture ni de jeux ou d'autres distractions.

— Elle ne correspondait avec personne ?

— Non… c'était…

Il secoua la tête. De grosses larmes couraient à nouveau ses joues.

— Quand l'avez-vous vue pour la dernière fois ?

— Mardi dernier… La veille de son…

Le gendarme eut l'impression qu'il avait failli prononcer le mot « suicide ». Il fouilla ses poches, puis se moucha entre ses doigts avant de les essuyer sur sa cuisse.

— Le mercredi, quand j'ai pris mon café à 9 heures, elle était déjà partie. L'après-midi, je suis parti avec Perruchon par le bac à Chenevières, nous avons des fermages à encaisser. On est à la fin du mois.

Victor songea qu'il ne devait certes pas laisser traîner ce genre de choses.

— Quand je suis rentré, au souper, tout le monde était là. Mais pas elle…

— Ça lui était déjà arrivé de ne pas souper avec vous ?

— Jamais ! Nous avons cherché autour. Elle n'était pas là et…

— Vous n'avez rien remarqué d'inhabituel ? Des étrangers ? Une voiture ?

— Le juge m'a posé les mêmes questions. Non… Non…

— Je vous remercie. Je ferai noter vos déclarations par procès-verbal, fit l'officier en se levant. Puis-je visiter sa chambre ?

Ferrières l'imita, les yeux troubles. L'interrogatoire semblait l'avoir anéanti. Sans discuter, il conduisit le gendarme à l'étage.

Après l'entrée carrelée de tommettes brunes, ils empruntèrent un escalier à vis aux marches creusées par le temps. Au premier étage s'ouvrait un couloir glacial long d'une douzaine de toises[1], percé de hautes fenêtres.

1. La toise fait environ 1,95 mètre.

Anne-Louise de Ferrières vivait dans l'une des quatre chambres de ce niveau, dans une pièce très haute de plafond, dotée d'énormes solives en chêne et d'une cheminée en pierre blanche. Les murs écaillés étaient passés à la chaux comme ceux d'une cellule monacale. L'ameublement se composait d'un lit étroit surmonté d'une tenture en imprimé, d'un petit secrétaire à pente surmonté d'une étagère, d'une chaise et d'un gros coffre en cerisier d'une simplicité paysanne. Seule décoration : une estampe à l'encre passée représentait un paysage traversé d'une rivière ; il fallait presque une loupe pour y distinguer un minuscule promeneur.

En ouvrant l'abattant du bureau, le lieutenant n'y trouva qu'une plume à la pointe racornie, sans encrier ni feuilles. Il s'assit pour ouvrir les tiroirs : tous vides et poussiéreux. L'un d'eux résista toutefois, et il en retira un morceau de ruban de deux pouces[1] environ tout effrangé, qu'il empocha. À l'entrée de la pièce, le baron n'avait rien remarqué. Il appuyait la tête contre le montant de la porte, l'air absent.

Par acquit de conscience, Victor passa les doigts sous le bureau puis derrière. Rien.

Une dizaine de livres garnissaient l'étagère. Un missel aux pages presque détachées, deux recueils de poésie, deux volumes du théâtre de Corneille, une *Vie des saints pour tous les jours de l'année* et, plus étonnant pour une jeune femme de famille noble, *L'Histoire de Gil Blas de Santillane* de Lesage et *Les Aventures de Télémaque*, de Fénelon, ouvrages critiquant pour le premier la corruption, et pour le second l'absolutisme de Louis XIV.

Il ouvrit les livres et les feuilleta en les dirigeant vers le sol. De l'un des volumes de Corneille s'échappa un papier plié en quatre. Le dessin naïf et maladroit d'une petite maison noyée dans la verdure, les fenêtres encadrées

1. Le pouce fait environ 2,5 centimètres.

de vigne vierge, qui comportait une inscription : *1787.* Victor le replaça dans le livre.

À quoi pouvait ressembler cette jeune femme ? Selon Hacar, le serrurier-assesseur, elle était belle. Mais à trente ans, elle vivait ensevelie dans cette demeure glacée, sans vie sociale, trop pauvre pour espérer se marier un jour. D'ordinaire ce genre de situation conduisait les filles au couvent, mais peut-être s'y était-elle refusée. Ses lectures semblaient indiquer un esprit indépendant, peut-être rebelle. Il la devinait solitaire, amoureuse de son cheval et de la nature, fière peut-être, murée dans son statut d'aristocrate. Hacar avait raison : le Mesnil n'était pas seulement une forteresse, mais aussi une prison aux habitants presque emmurés vivants.

À part ses bottes, qui résonnaient sur le plancher de chêne, il n'y avait aucun bruit. Il eut la sensation que toute la maison guettait ses allées et venues, comme la veille. Sans s'occuper du baron, il fouilla le coffre, n'y remarquant rien d'anormal. Anne-Louise Ferrières ne possédait que trois robes et une dizaine de chemises, en bel état mais sans luxe. Il ressentit un horrible malaise en filant la soie de ses bas sous ses doigts, comme s'il violait son intimité ; c'était la première fois qu'il s'immisçait ainsi dans la vie privée d'une famille. Une senteur fleurie imprégnait les jupons, peut-être de l'eau de Cologne et un infime reste de transpiration. Et le jeune homme songeait que ces tissus légers avaient effleuré sa peau, ses cuisses, et qu'ils avaient été réchauffés à son contact.

Le tintement d'une cloche le tira de ses réflexions.

— C'est… Je dois aller, c'est l'heure du dîner.

Ferrières se dandinait sur place comme un enfant que ses parents appellent.

Dauterive hocha la tête. Il s'aperçut qu'il avait faim lui aussi. Il faisait encore plus froid que la veille, l'humidité commençait à transpercer son uniforme.

Il convint de revenir au Mesnil après le repas.

— Je voudrais entendre vos domestiques et votre famille.

Ferrières approuva du menton, les yeux rouges.

— Comme vous voudrez. Je dirai… Mais pour madame la baronne, je vous ai dit qu'elle ne désirait pas vous voir.

Dauterive ne répondit rien et quitta la pièce.

Au rez-de-chaussée, une jeune domestique qu'il n'avait jamais vue lui tendit sa pelisse. Le remugle de vomi semblait plus vigoureux encore. Pourquoi n'avait-il rien senti chez le fripier ? Il se promit de retourner le voir et de lui jeter sa défroque puante à la figure.

La fille l'observait, le regard vide, le teint blême et des poches sous les yeux. Ses lèvres rouges, sensuelles, tranchaient avec des mèches rousses échappées de son bonnet gris. Elle lui tendit son chapeau.

— C'est eux qui l'ont tuée.

Pendant un temps, Victor crut qu'il avait rêvé. Elle avait de grands yeux verts assez beaux, où passait une terreur sans fond. Elle prit son inspiration pour parler à nouveau mais Ferrières s'approcha d'eux.

Victor coiffa lentement son bicorne. La rouquine baissait les paupières et de nouveau, il eut l'étrange sensation qu'elle ne lui avait pas parlé.

4

Mercredi 30 novembre, midi et demi

C'est eux qui l'ont tuée.

Jusqu'aux premières maisons, le lieutenant se demanda s'il n'aurait pas dû intervenir tout de suite, forcer cette fille à parler, qu'on sache pour de bon. Mais il avait hésité, sans doute à cause de la peur qu'il avait lue dans ses yeux. À côté de son maître, elle aurait certainement nié. Non, il devrait l'interroger à nouveau, à l'abri des regards.

De la vingtaine de demeures de La Varenne, la moins misérable était l'hôtellerie des *Quatre fils Aymon*. Une chaussée boueuse traversait le bourg, creusée d'ornières. Sur l'autre rive, le bac commençait sa traversée, chargé d'une charrette et de paysans.

Ayant installé Gris-Poil à l'écurie, il entra dans la salle de l'auberge. Il faisait bon. Sous un plafond noirci par d'anciennes fumées se dressaient quatre tables et une haute cheminée pourvue d'un tournebroche. Un délicieux fumet de volailles rôties lui assaillit aussitôt les narines. Il se débarrassa de sa pelisse et s'assit le plus près possible de l'âtre. Pour quinze sous, le patron lui apporta un potage, un demi-poulet et un pichet de vin rouge. Sitôt servi, le jeune homme vida ses plats et son pot.

La porte s'était ouverte pour laisser passer un groupe d'hommes emmitouflés dans leurs capes, les joues cramoisies, qui parlaient fort en riant. Ils s'assirent à une table en jetant des regards curieux en direction de l'officier.

— Le bac de Chenevières vient d'arriver, déclara un vieil homme assis au coin de la cheminée, le tricorne en arrière du crâne. Il dévisageait le gendarme depuis son arrivée, une pipe en porcelaine aux lèvres.

— C'est vous, hein ?

L'officier leva un sourcil étonné.

— Moi quoi ?

— Vous qu'on a vu hier à Saint-Maur. Il paraîtrait que la fille Ferrières est morte.

Au moins il ne s'embarrassait pas de précautions. Pour un peu, Victor se serait senti rougir sous son regard très bleu, aux paupières bordées d'écarlate. Son nez proéminent ressemblait à une fraise difforme.

— Alors ?

— Vous savez beaucoup de choses, grand-père. C'est ça qu'on dit dans le pays ?

— Certains le disent… Ils disent aussi que le père Dorendot parle mieux quand il a le gosier bien arrosé.

Il lâcha un petit rire, l'œil pétillant, un lac de rides s'étoilant sur ses joues. Victor sourit et commanda un deuxième pichet. À force de rester près du feu, son bras et sa cuisse le brûlaient presque côté gauche, mais il n'avait aucune envie de s'éloigner des flammes.

— Alors ? demanda-t-il au vieillard une fois que celui-ci eut étanché sa soif.

— C'est-y vrai qu'elle est morte ?

— Je vous ai payé votre coup, c'est à vous de causer.

— Bah.

Le vieux vida le pot sans s'essuyer le menton. Fasciné, Victor observait son nez difforme.

— Certains disent qu'elle est sûrement morte.

Il clignait de l'œil, rigolard, mais cela n'amusa pas le gendarme, qui fronça les sourcils.

— Et vous en pensez quoi, vous ?

— Vous avez vu le temps ? Elle aurait pu se noyer dans la Marne, avec son sacré cheval. Déjà rien que ça.

Dauterive ne répondit rien, mais il savait que c'était faux : le cheval d'Anne-Louise n'avait pas quitté son écurie.

— Quelqu'un lui en voulait, à cette jeune fille ?

Le vieux avança la mâchoire en signe de doute. Il lui manquait toutes les dents du dessous.

— Des brigands auraient pu lui tomber dessus, dans la forêt de Vincennes. C'était un beau brin de fille, oui ! Ou bien des ouvriers de la fabrique de draps. Ou même les citoyens de la Garde nationale. Ils sont tous armés et, ma foi, quelques-uns sont de vrais ivrognes. Vrai ! Ça fait du monde…

Dauterive réfléchit un instant.

— Et les Ferrières ? Qu'est-ce qu'on en dit dans le pays ?

Le vieil homme dévisagea son interlocuteur, soudain sérieux. Il suçotait l'embout de sa pipe d'un air pénétré.

— On sait pas trop ce qui se passe chez eux. Ils reçoivent jamais. C'est des nobles, c'est sûr, mais quand même…

Son regard assombri errait sur les autres occupants de la salle.

— Vous pensez qu'il aurait pu se passer quelque chose dans la famille ?

— Vous voulez dire… entre eux ?

Ses traits se contractèrent.

— Je ne veux pas accuser, Monsieur. Mais ce que je sais, c'est que ces gens-là ne sont pas comme nous. Non, pas comme nous. Ça ne tourne pas rond là-dedans.

Sans le vouloir, il reprenait l'expression de Hacar quand il parlait des Ferrières. *Là-dedans*. Une expression à la fois méprisante et effrayée.

***

À peine avait-il mis pied à terre que la porte du Mesnil s'ouvrit. La baronne attendait le lieutenant devant l'entrée, blême, le torse bombé, l'œil noir. Avaient-ils surpris la confidence de la servante rousse ?

— Vous avez gagné, Monsieur, lui lança-t-elle d'un ton hautain. J'accepte de vous recevoir. Et j'imagine que tout le pays va bientôt savoir notre malheur.

Victor préféra ne rien répondre, satisfait malgré tout de la voir capituler. Comme avec le baron, ils s'assirent face à face dans le cabinet du rez-de-chaussée, à l'écart du reste de l'habitation. Elle le regardait avec un mélange de défi et d'impatience. On aurait dit deux duellistes sur le point de croiser le fer.

— Alors ? Que faut-il que je vous dise encore ?

— Tout ce qui pourrait m'aider à retrouver votre fille, répondit l'officier, piqué par sa brusquerie.

Elle lui parlait à peine mieux qu'à un laquais.

— Personne ne peut plus l'aider, Monsieur. Il lui est arrivé malheur, voilà tout. Tenez-vous tant à traîner notre nom dans la boue ?

— Je tiens simplement à connaître la vérité.

Elle inspira profondément par le nez. C'était le genre de femme à n'avoir jamais été belle. Il devinait une enfant sans grâce, aux traits quelconques. Même les yeux en amande, assez grands, restaient secs, repoussant par avance tout sentiment. Les autres étaient des ennemis, la vie un champ de bataille.

— La vérité, nous la connaissons déjà, fit-elle d'un ton amer.

— Nous n'avons pas trouvé votre fille, répliqua doucement le gendarme. Vous semblez sûre qu'elle a mis fin à ses jours, n'est-ce pas ?

La baronne se pinçait les lèvres. Sa lourde poitrine était compressée dans une robe à la française d'ancienne coupe, les paniers larges, la pièce d'estomac[1] surchargée de broderies noires. Ses cheveux gris étaient relevés haut sur la tête, peignés en gros rouleaux sur la nuque. Elle portait plusieurs bagues et un camée au cou, attaché par un ruban de velours noir. Pourquoi s'apprêter avec autant de soin, elle qui ne croisait personne ?

— Votre fille avait-elle une raison de vouloir disparaître ?

Elle agita le menton.

— Aucune.

— Avant mercredi dernier, rien ne s'est passé qui soit de nature à vous inquiéter ? À justifier un acte… de ce genre ?

Elle fit un nouveau signe du menton. Elle avait l'air d'un bloc de colère ou de douleur. Dauterive eut l'impression qu'elle était sur le point de se lever et de lui sauter à la figure.

— Vous-même, vous n'avez pas eu… des mots avec elle ? Une dispute ?

— Pour quelle raison ?

— À vous de me le dire.

— Eh bien non. Ni avec moi, ni avec personne dans cette maison.

— Comment occupait-elle ses journées ?

La baronne haussa le buste, comme piquée par un aiguillon.

— Elle occupait ses journées comme toute jeune femme de bonne famille doit le faire. Elle… elle lisait, elle montait à cheval. Elle voyait… Elle m'aidait lorsque

1. Pièce de tissu qui se porte sur le devant du buste.

je vais secourir les miséreux de La Varenne ou de Saint-Maur. Ce n'est pas ça qui manque par les temps qui courent. On tyrannise nos prêtres mais en attendant, personne ne prend soin des pauvres.

Dauterive ne releva pas. Nul n'exerçait de *tyrannie* sur les prêtres. Depuis la Constitution civile du clergé, ces derniers étaient rémunérés par la nation, à laquelle ils devaient prêter serment. Louis XVI avait accepté tout cela, mais une sourde opposition naissait, soutenue en sous-main par le Vatican. Nul doute que la baronne soutenait les prêtres non-jureurs.

— Qui voyait-elle en dehors de votre maison ?

— Peu de monde. Mon mari vous a dit que nous ne recevions pas.

— Pourrait-il s'agir d'un ancien promis ?

Il sentit qu'elle se raidissait, le regard brusquement noir.

— Quel promis ? Ma fille n'avait pas de fiancé !

— J'ai cru comprendre qu'elle avait failli se marier, il y a une quinzaine d'années.

Elle poussa un bref soupir, où l'agacement se mêlait à la pitié.

— Alors… mon mari a dû aussi vous dire que le mariage n'a pas eu lieu. Ni les fiançailles. Il n'y a même pas eu de rencontre avec le promis.

— Ce serait donc un accident…

L'œil de la baronne s'éclaircit un peu. Elle haussa une épaule.

— Je ne sais, murmura-t-elle après une hésitation. Anne-Louise était une jeune fille… solitaire. Nul ne savait ce qu'elle pensait ou voulait. Elle n'aimait pas à parler ni à se lier. Elle… rêvait… Sans doute lisait-elle un peu trop.

Le lieutenant se caressa l'arête du nez, perplexe.

— Ne me regardez pas ainsi. Certaines personnes

n'aiment pas la société, voilà. Sans doute… Anne-Louise avait… de grandes idées…

— Quelles idées ?

— Qu'en sais-je, moi ? Je ne lis pas ces sottises, moi ! Croyez-vous que partir à cheval, seule, des heures, sans parler à personne, soit digne d'une jeune femme ? Que lire ces extravagances soit d'une jeune femme ? Vous ne comprenez donc pas ! Ne comprenez-vous pas ce qui s'est produit ? Elle a lu je ne sais quoi, elle s'est enflammée, elle s'est laissé prendre à ces idées. Mais la vie, Monsieur, ce ne sont pas ces divagations de rimailleurs. La vie n'est pas un rêve ! Quand on rêve trop, la vie n'est jamais assez belle. Non, la vie n'est pas un rêve !

Elle criait presque. Un gros sanglot bizarre l'interrompit et elle se détourna brusquement. Dauterive fut saisi par sa violente émotion. Son visage ingrat se pinçait, elle ne se reprit qu'après un effort intense.

— Veuillez me pardonner, Monsieur le lieutenant. Vouliez-vous savoir autre chose ?

— Pas pour le moment. Je reviendrai plus tard avec un greffier enregistrer vos dépositions. Pour l'instant, je souhaite entendre les occupants de cette maison.

— Tous ? Très bien, admit-elle en baissant le menton. Bien que je ne voie guère… et, moi, puis-je aller maintenant ? J'ai à faire à Saint-Maur.

— Si vous voulez.

— Comptez-vous réellement mener vos recherches dans le pays ? Vous savez, monsieur Gruchet a déjà fait sonder les environs du Mesnil.

— Mais cela n'a pas suffi, n'est-ce pas ?

— Je sais… Comptez-vous poser des questions aux gens, dans le pays ?

Son regard se faisait à nouveau anxieux. Dauterive la plaignait presque. Sa réputation était son ultime fierté.

— Je verrai. Peut-être.

Elle serrait les lèvres en se redressant. Il sentit la colère passer à nouveau sur ses traits.

***

Jeanne, la fille aînée, ressemblait presque trait pour trait à sa mère, l'hostilité en moins. Petite, le visage adipeux, elle se tenait aussi droit qu'elle, poitrine en avant, à la fois méfiante et fière. Sa mise – casaquin[1] couleur lie-de-vin, fichu noir et robe à fines rayures – était d'une grande simplicité, élimée par endroits. Ses cheveux très noirs étaient serrés dans un bonnet gris, ses traits lisses malgré son âge déjà mûr.

Elle et Dauterive se dévisageaient de part et d'autre de la table. Autour d'eux, le manoir était parfaitement silencieux, si bien que l'officier eut à nouveau l'impression qu'on les épiait. Comment la servante rouquine se risquerait-elle à lui révéler quoi que ce fut, dans ces conditions ?

— Je vous remercie d'être là, se crut-il obligé de dire, s'agaçant aussitôt de sa déférence.

Elle inclina la tête avec grâce en attendant la suite, bien droite sur sa chaise.

— Pouvez-vous me dire quand vous avez vu votre sœur pour la dernière fois ?

D'une voix fluette qui contrastait singulièrement avec celle de sa mère, elle lui expliqua qu'Anne-Louise était partie tôt le matin pour un tour à cheval. Il faisait grand soleil ce jour-là. Elle-même ne l'avait pas vue. Après avoir visité les pauvres de la paroisse avec sa mère et le cocher, elle était rentrée vers 6 heures de relevée, sans chercher à la voir.

— Était-elle encore au Mesnil ?

— Je ne sais. Peut-être. J'ai brodé un peu et je n'ai pas

1. Sorte de blouse dont le bas se termine par des basques qui retombent au-dessus de la jupe.

cherché à la voir. Si j'avais su… Ce n'est qu'à six heures et demie, au moment du bénédicité, que nous avons compris.

— Ce jour-là, avez-vous remarqué quelque chose d'inhabituel ou d'anormal ?

Elle secoua lentement la tête.

— C'était un jour comme les autres. Elle partait bien souvent ainsi, sans rien nous dire.

Victor tourna le regard vers le carreau. Il s'était mis à pleuvoir, un crachin épais qui brouillait la vitre. À quoi pouvait bien ressembler la disparue ? Sûrement pas à sa sœur aînée, cette petite femme qui était tout sauf belle.

— Comment était votre sœur ? Je veux dire, de caractère ?

Jeanne lui lança un regard douloureux. Ses pupilles étaient d'un joli brun pailleté d'or. Elle lui décrivit une jeune femme fantasque, toujours rêveuse et plongée dans ses livres quand elle ne partait pas chevaucher dans la campagne.

— C'était une bonne personne, la meilleure des sœurs, même si l'on ne savait pas ce qu'elle pensait.

Il fut surpris : elle parlait d'Anne-Louise exactement comme sa mère.

— Elle ne vous a rien dit qui puisse nous aider à savoir ce qui s'est passé ? À comprendre ?

Jeanne poussa un profond soupir, puis se prit le visage dans les mains.

— Pardonnez-moi.

Elle renifla à plusieurs reprises, puis se moucha dans un tissu jaunâtre, effrangé aux bords.

— Elle ne nous parlait pas. C'était… comme si elle se parlait à elle-même. Comme si elle ne s'intéressait pas au monde…

Il attendit la suite, en vain. Elle semblait soudain anéantie.

— Vous la croyez morte ?

— Je… Pourquoi demander cela ?

— Tout le monde a l'air de croire qu'on ne la reverra pas.

— Vous avez vu le temps… Quoi qu'il lui soit arrivé, elle ne peut rester une semaine dehors seule et sans secours.

— C'est vrai. Y a-t-il eu une dispute ? Quelque chose qui aurait pu expliquer sa disparition ?

— Pourquoi dites-vous cela ? Nous nous aimions, Anne-Louise et moi. Nous nous aimions tendrement, pourquoi nous serions-nous disputées ?

— Ce sont des choses qui arrivent, même quand on s'aime.

Elle se remit à renifler plus fort, le nez dans son mouchoir.

***

L'interrogatoire des domestiques dura tout l'après-midi. Ils se méfiaient tous et ne répondaient qu'avec parcimonie, d'autant qu'à chaque instant leur maîtres – surtout madame – les interrompaient en passant le nez par la porte. Victor se fâcha, exigeant qu'on les laisse tranquille (ce qui n'empêcha pas la baronne d'apparaître encore plusieurs fois).

Comme l'avait décrit Hacar, Perruchon était un gros imbécile en habit de velours grenat, portant perruque et affichant un air de supériorité grotesque. On aurait dit un prélat grimé en domestique.

À la demande du lieutenant, il expliqua qu'il se chargeait de l'encaissement des fermages, mais aussi des revenus et dépenses de la maison Ferrières – Dauterive faillit lui répondre que cela ne devait pas lui prendre trop de temps. Il était irritant et pathétique. Ses déclarations recoupaient celles des autres membres de la famille : il n'avait pour ainsi dire pas quitté son maître de la journée.

— Les gens d'ici ne nous aiment guère, précisa-t-il. Ssurtout depuis les derniers événements.

— Quels événements ?

Le gros personnage haussa le col.

— Je parle de ce qui se passe à Paris.

À son ton, on aurait pu penser qu'il parlait du lieu le plus atroce de l'univers.

— On vous dira pis que pendre de monsieur le baron. J'espère que vous n'écouterez pas ces misérables.

Le jeune homme ne prit pas la peine de répondre.

Beauvisage, le mal nommé, se présenta ensuite en faisant claquer les talons. Guère plus bavard que son prédécesseur, il avait l'air de retenir ses insultes. Victor lui fit raconter sa querelle avec Hacar.

Le cocher fit un grand geste, son visage aux traits rudes tout rouge.

— Il vous a raconté ça, hein ? Et quel rapport avec la disparition de Mademoiselle ?

Victor regarda un instant par la fenêtre en se massant le bout du nez.

— Contentez-vous de répondre à mes questions.

Grimaçant, Beauvisage raconta l'altercation, selon lui sans importance.

— Si on écoutait les Jacobins, il faudrait pendre tous les nobles. Et pour quoi faire ? Hacar n'est qu'un serrurier minable, un jaloux. Alors que monsieur le baron a versé son sang pour le roi, lui. Et qu'il ne demande rien pour lui. Juste le respect. Il a eu son lot de malheur.

— De quoi parlez-vous ?

Le cocher garde-chasse afficha une moue de colère.

— De son fils. L'accident de chasse. Hacar ne vous a pas raconté ?

— Si.

— Quel pire malheur que de perdre son fils… Depuis, monsieur n'est plus le même. Moi qui ai combattu sous ses ordres en Silésie, et ensuite aux Indes, je peux vous dire qu'il n'est plus le même, non. Il n'est pas fait pour cette vie-là, voilà tout.

Il se tut soudain, le regard tristement fixé sur le sol. À le voir, Victor comprenait mal pourquoi Hacar le taxait de violence. Certes, ce n'était pas un homme raffiné, mais de là à se méfier de lui…

— Je peux partir ? finit-il par demander. Si vous le voulez, je vous mènerai pour fouiller encore les environs. Qui sait…

Dauterive le remercia sans pouvoir se départir d'un sentiment de sympathie. Il était assez impatient de parler à la servante rouquine, sans bien savoir comment il s'y prendrait. La voyant entrer, il comprit que l'affaire serait encore moins commode qu'il ne l'imaginait.

Enserré dans son pauvre bonnet gris, son visage lui parut encore plus maigre que ce matin. Elle était livide, sa bouche sensuelle tremblait légèrement. Elle semblait paniquée.

À sa demande, elle raconta qu'elle avait vu Mademoiselle tôt le matin de la disparition, alors que cette dernière sellait son cheval. Le reste de la journée s'était déroulé comme toujours, entre ménage et corvées. Seule tout l'après-midi, elle n'avait ni vu ni entendu personne.

— Vous ne l'avez pas vue rentrer de sa promenade ?

La servante secoua le menton, paupières baissées, le souffle rapide. Sans sa vieille cotte et ses traits tirés, elle aurait certainement attiré bien des regards. Sa bouche vermeille faite pour embrasser était gercée de froid.

— Ils la détestaient tous, murmura-t-elle.

De nouveau, Victor eut la sensation qu'il rêvait.

— Ils sont jaloux parce qu'elle est belle. Elle n'est pas comme eux. Dimanche, ils ont brûlé tout son courrier.

Son regard restait fixé sur le sol. Dans un éclair, le gendarme se remémora le petit ruban trouvé dans la chambre d'Anne-Louise. Le ruban qui devait maintenir ensemble ses lettres. Un bout devait s'être coincé dans le meuble alors qu'*ils* s'emparaient du paquet, *ils* avaient tiré fort, sans se rendre compte. Il ne voyait pas le père se livrer à de telles opérations. Il était tellement triste, tellement absent. Était-ce la mère ? La mère, aidée de Beauvisage ? Qui d'autre ?

— À qui écrivait-elle ?

— Je ne sais. Elle avait son amie, au château du Parangon. (Elle chuchotait ses confidences d'un ton hâtif, en regardant autour d'eux.) Elle s'appelle Agnès, vous la retrouverez vite. Ne dites pas que c'est moi qui vous ai dit.

Elle lança un regard implorant où perlaient déjà les larmes.

— Parangon, où est-ce ? Agnès comment ?

— Je ne sais… C'est de l'autre côté de la Marne. Mais ne dites pas…

La porte s'ouvrit d'un coup, les faisant sursauter tous les deux. Madame Ferrières passa la tête par l'entrebâillement.

— Est-ce bientôt fini ? Il faut aller chercher le petit bois chez Thieret. Beauvisage aimerait partir avant la nuit.

Dauterive contracta la mâchoire.

— Je vous avais demandé de ne plus nous déranger.

— Pardonnez-moi, mais nous n'avons pas de quoi nous chauffer pour ce soir.

— Sortez.

La baronne, toute pâle, lui répondit d'une œillade meurtrière. Puis elle glissa son regard vers la servante.

— Ne fais pas perdre de temps à monsieur l'officier, toi. C'est une petite sotte et une voleuse, si je la garde, c'est par charité chrétienne, ajouta-t-elle à l'attention de Dauterive avant de claquer la porte.

Dans le silence revenu, le lieutenant frissonna. L'humidité glaciale de la maison retombait à nouveau sur ses épaules. Un instant, il hésita. Devait-il forcer Manon à parler ? Il renonça aussitôt, supposant qu'elle n'en dirait pas plus pour le moment.

Ils se levèrent. De près, elle lui parut plus mince encore, avec une bonne tête de moins que lui.

— Quand vous partirez, lui souffla-t-elle en regardant vers l'entrée de la pièce, attendez auprès de la Marne. Il y a une petite porte, je vous dirai tout.

Une lueur scintillait dans son regard vert. Victor y devina à nouveau la peur, mais aussi la confiance. Elle partit sans un bruit.

***

Pierrette, la cuisinière, ne lui apprit rien. Tandis qu'elle pérorait, le lieutenant décida de revenir au plus vite pour enregistrer les dépositions, fouiller la maison et ses dépendances. Surtout, il mettrait les Ferrières face à leurs mensonges. La jeune femme prétendument fantasque et solitaire correspondait régulièrement avec une amie : pourquoi le lui avoir caché ? Pourquoi avaient-ils brûlé sa correspondance ? Victor se souvenait du dessin trouvé dans le livre de Corneille. Cette maison existait-elle ? Que s'y était-il passé en 1787 ?

— *C'est eux qui l'ont tuée*, avait dit Manon.

La peur dans ses yeux n'était pas feinte.

Le jour déclinait sérieusement. Il devait être quatre ou cinq heures et il pleuvait toujours. Il était temps de partir. En tout cas d'affecter de le faire.

Après avoir parcouru quelques centaines de toises en direction de La Varenne, il fit demi-tour par le chemin de halage, au bord de la rivière. Un vent glacial bousculait les nuages remplis d'ombre. On devinait en face la masse des collines de Chenevières, la Marne grossie par l'hiver. Il vit le mur d'enceinte du Mesnil.

Laissant Gris-Poil dans un pré, il s'approcha de la petite porte, fermée à clef. En scrutant les environs, il aperçut une forme qui l'observait depuis un groupe d'arbres, à une centaine de pas, immobile. Un bruissement immense l'entourait, la pluie mêlée au cours de la rivière. Il s'approcha lentement, le cœur battant. Et si cette fille était folle ? Ses révélations étaient peut-être nées d'un esprit malade. Elle aurait éliminé Anne-Louise, et s'apprêtait à récidiver avec lui…

Il n'y avait personne au bord de l'eau, mais un tronc d'arbre aux contours étranges.

Victor ôta la main de sa poche, où il sentait son petit pistolet, pour s'essuyer le visage. Cette rouquine avait le cerveau dérangé. Ou alors elle ne l'avait pas vu venir. L'air était glacial, et il se dit que le retour vers Paris ne serait pas de tout repos.

Alors qu'il s'apprêtait à aller retrouver Gris-Poil, un bruit de pas retentit, étouffé. Il plissa les yeux, sans succès. Puis sursauta. Un hurlement retentit, perdu dans le grésil. Une femme.

— Au secours ! Pitié !

Un cri instinctif, brutal, qui finit en gémissement. Puis le silence. Victor courut, embarrassé par son sabre, sa pelisse et son bicorne à plumet qui glissait vers l'arrière. Revenu au bord de la rivière, hors d'haleine, il mit quelques instants avant de discerner dans la nuit une tache claire, au ras de l'eau. Une face, avec un bras qui s'agitait devant. Elle s'effaça un instant dans les flots, ne laissant plus flotter qu'une matière ondulante, ses cheveux peut-être.

Il manqua de déraper. Le bord de la Marne, boueux, surplombait le courant d'une bonne toise. Il n'était plus très sûr de ce qu'il avait perçu, tout se confondait avec la pluie et l'ombre. Puis il distingua de nouveau la figure de Manon qui refaisait surface. Elle ouvrait grand la bouche, l'eau lui rentrait dans le corps. Elle voulut cracher, disparut de nouveau. Victor regardait autour de lui. Rien pour l'aider. Il n'y avait plus que le silence, l'odeur de glaise et l'onde noire hérissée de milliers de gouttes.

Il se souvint de la barque dont avait parlé Beauvisage mais ne la trouva pas. Il n'y voyait plus, les yeux remplis d'eau et de neige fondue.

5

Mercredi 30 novembre, neuf heures du soir

— Comment pouvez-vous être aussi sûr de vous ? grogna Gruchet sans trop de conviction.

Le juge de paix se dressait de toute sa petite taille dans la salle à manger du Mesnil : murs garnis d'un papier peint pouilleux, une table et quelques chaises tendues de soie élimée. Une peinture naïve, en dessus-de-porte, représentait le manoir deux siècles plus tôt, du temps de sa prospérité. Une dizaine de paysans passaient la charrue ou menaient les troupeaux dans les champs alentour.

Dauterive haussa une épaulette.

— Je vous repose ma question, à vous tous : quelqu'un a surpris ma conversation avec votre servante lorsque j'étais dans le cabinet. Cette personne l'a ensuite suivie jusqu'à la Marne et l'a poussée dans l'eau. Qui est-ce ? Qui !

Réunis face à lui, les Ferrières, leur fille et leurs trois domestiques répondirent par un lourd silence. Après être resté un long moment au bord de la rivière, le lieutenant avait envoyé Beauvisage chercher le juge de paix. Plus d'une heure plus tard – sans qu'un seul mot ne soit prononcé dans le manoir – le magistrat était arrivé avec son assesseur Hacar, tout rose de froid, emmitouflé dans son long manteau gris, et de cinq hommes de la Garde nationale.

Cette arrivée en force n'avait rien changé : les membres de la maisonnée répétaient que personne n'était sorti du manoir après le départ du lieutenant, qu'ils n'avaient rien vu. Gruchet fourrageait son épaisse barbe en lançant des coups d'œil irrités à l'adresse du gendarme. Hacar ne semblait guère plus à l'aise.

— Si personne n'est sorti, grogna le juge de paix, c'est que cette pauvre fille a glissé toute seule, voilà tout.

Dauterive leva les yeux au plafond, exaspéré.

— Arrêtez avec ça ! Quand on perd l'équilibre, on ne dit pas « pitié » !

Les Ferrières demeuraient impassibles, évidemment humiliés. La mère d'une pâleur effrayante ; Beauvisage écarlate, les poings serrés.

— Je l'ai vu se noyer, reprit le gendarme. Et avant, elle a crié : « Au secours, pitié ! » Il y avait des traînées de pas près de la berge, vous les avez vues comme moi. (Consulté du regard, Gruchet approuva mollement.) On l'a poussée !

— Monsieur… s'insurgea la baronne.

— Je n'ai pas fini ! J'ai vécu des affaires plus difficiles que la vôtre, et j'en suis venu à bout, ne vous méprenez pas. Pourquoi avez-vous brûlé la correspondance de votre fille ?

Surprise, madame Ferrières se redressa.

— Moi ? Brûlé ?

— Vous m'entendez bien. Qu'y avait-il dans cette correspondance ?

— Vous êtes un extravagant. Personne n'a rien brûlé.

— Ce n'est pas ce que m'a dit Manon.

— C'est une voleuse et une menteuse. Vous n'auriez pas dû la croire.

— À menteur, menteur et demi.

— Retirez cela, Monsieur !

Tout le monde s'était figé : Ferrières avait fait un pas en avant, la main levée, la figure déformée par la rage.

— Retirez ce que vous venez de dire, ou je vous corrige, parole d'officier.

— Souvenez-vous que vous parlez à un représentant de la loi.

— Et vous à la baronne de Méry-sur-Seine, née Rigaud de Bellevue, cousine de la duchesse de Polignac. Retirez cela.

Le baron respirait fort en dardant sur lui son regard. Dauterive finit par incliner la nuque.

— Très bien, je vous prie de m'excuser, maugréa-t-il. Ce que je voudrais savoir, moi, c'est pourquoi cette servante qui voulait me parler hors de votre vue a été poussée à l'eau. Et pourquoi vous avez brûlé les lettres de votre fille.

— Nous n'avons rien brûlé !

Cette fois, la baronne avait presque hurlé. Bousculant son mari, elle se planta devant Dauterive, l'œil étincelant. Pour un peu, elle l'aurait pris au collet.

— Cessez cela. Cessez ! Qui êtes-vous pour nous dire ces horreurs ? Pour qui vous prenez-vous ?

— Prétendez-vous n'avoir rien brûlé dans la chambre de votre fille ?

— Je ne prétends rien. Oui, j'ai brûlé quelques papiers sans importance. Ces stupides poèmes. Ma fille se piquait d'écrire, voyez-vous, et ces bêtises l'ont conduite là où elle est maintenant. J'ai tout brûlé et je ne le regrette pas. J'ai tout cela en horreur. Pouvez-vous comprendre le désespoir, avec votre air fier et votre bel uniforme, vos belles certitudes ? Encore heureux qu'on n'ait pas eu à entendre vos tirades sur la Liberté et l'Égalité, je vois bien ce que vous pensez de nous. Vous nous jugez, vous croyez tout comprendre et tout savoir. Mais que savez-vous réellement ?

Dauterive sentait son cœur tambouriner lourdement. Elle repoussa sèchement Gruchet qui faisait mine de s'interposer.

— Et vous, alors ! Quand cesserez-vous de vous laisser manœuvrer comme un enfant ? N'avez-vous pas honte de voir ce blanc-bec me traiter comme il le fait ? On lui presserait le nez qu'il en sortirait du lait ! C'est donc ça, votre foutue *nouvelle justice* ?

Dans sa bouche, l'expression sonnait étrangement. Les témoins réunis dans la salle s'entre-regardaient, médusés.

— Le premier béjaune peut s'installer chez moi par la force, piétiner mon honneur, devant *mes* gens ! M'insulter et me traiter de menteuse ? C'est cela, votre justice ?

— Allons Madame, c'est aller un peu loin… murmura le juge de paix.

Victor restait tétanisé. Il lui revenait des sensations douloureuses, ce jour où il avait osé insister pour partir à la chasse, un dimanche, il avait treize ans. Le marquis de Saulon, son père, lui avait infligé une formidable tempête de reproches et d'insultes, comme lui seul en était capable, ce genre de mots qui vous brûlaient pour la vie. Victor avait tout enduré devant les domestiques, devant son frère et sa sœur, devant sa mère qui ne disait mot, jusqu'à ce qu'il en sanglote, de rage et de honte. Pour finir, le marquis l'avait souffleté. Il n'avait rien pu répondre et son silence avait duré des années.

Et voilà qu'il se taisait encore, gorge serrée, joues en feu et jambes tremblantes. Il sentit la haine remonter en lui, violente, avec l'envie de frapper cette folle. Hacar, plus courageux, tenta de prendre la parole. Elle le fusilla d'un regard.

— Vous, restez à votre place ! Il ferait beau voir !

Elle éclata d'un rire aigu.

— Vous, un officier de justice ? Vous n'êtes qu'un gueux, Hacar. Un ramassis de gueux, voilà ce que vous êtes tous !

Elle se tut, essoufflée, toute pâle. Sa fille pleurait. Les autres osaient à peine se regarder. Ses cris étaient montés haut, on devait l'entendre depuis la cour.

— Est-ce fini ? murmura enfin Dauterive.

La baronne ne lui accorda pas un regard.

— Non, ce n'est pas fini, reprit-elle d'une voix sourde. Vous préférez croire une fille de rien plutôt qu'une famille estimable, à votre guise. Je le répète, personne n'a jeté cette moins que rien à la rivière. Et si vous ne me croyez pas, arrêtez-nous donc, qu'on en finisse.

Dauterive sentait tous les regards braqués sur lui. À présent il se sentait presque fautif. C'est vrai, il avait agi sous le coup de la colère. Rien ne prouvait que cette Manon ait dit la vérité.

— Je n'ai rien contre vous, fit-il, et il dut s'éclaircir la gorge tant il était secoué. Je vais cependant vous demander l'autorisation de fouiller cette maison.

— Qu'est-ce que vous dites ? souffla le juge de paix, livide.

Victor laissa passer un silence. Tous avaient baissé les yeux, sauf la baronne.

— Vous m'avez bien entendu, répondit-il d'une voix plus ferme. Je vous demande l'autorisation de mener une perquisition dans cette maison.

— Je vous la refuse.

— Et sous quel motif ?

— Laissez, Monsieur Gruchet, intervint doucement la baronne.

Elle parlait lentement, la voix chargée d'un infini mépris.

— Ce monsieur croit sans doute que nous avons assassiné Anne-Louise. Eh bien laissez-le croire et laissez-le fouiller, puisque c'est sa fantaisie.

Gruchet observait Victor d'une mine fâchée, comme un père qui s'interroge sur l'avenir d'un garnement.

6

Jeudi 1er décembre, sept heures et demie du matin

Victor dormit mal, hanté par le visage de la petite servante, et par ses cris d'horreur. Sa colère contre madame Ferrières n'avait fait que monter durant la nuit. Elle mentait, ils lui mentaient tous. Pourtant la perquisition n'avait rien donné. Le jeune homme s'était contenté de prendre, en douce, le dessin de la petite maison dans le volume de Corneille. Maintenant, il devait retrouver ce château du Parangon, cette Agnès, l'amie d'Anne-Louise dont lui avait parlé la petite rouquine. Ensuite, il retournerait à Saint-Maur et il leur mettrait le nez dans leurs saletés, dans tous ces petits secrets qu'il devinait.

En attendant, il devait régler quelques affaires à Paris. Il s'habilla rapidement et quitta l'appartement sans s'occuper de Joseph. Le temps s'était radouci. Il faisait sec, un soleil terne perçait à peine l'écran sombre des nuages et la rue Saint-Séverin se tapissait de boue.

Dans le petit estaminet où il avait ses habitudes, il commanda un café au lait et un morceau de brioche.

— Ah bien, s'exclama le patron qui grognait derrière son comptoir. Vous avez entendu pour le sucre ?

Il lui montrait la salle presque déserte du menton. Victor eut une moue perplexe.

— C'est bien beau de vouloir libérer les Nègres. Seulement maintenant, il n'y a plus de sucre, il est passé à trois livres la livre. Et maintenant j'ai plus aucun client !

Trois livres, c'était en effet exorbitant : l'équivalent de trois journées de travail pour un manouvrier.

Beaucoup de Parisiens pauvres se contentaient le matin d'un grand bol de café au lait bien sucré, ne dînant qu'une fois le travail achevé, vers les 5 heures de l'après-midi. Mais depuis la révolte des esclaves à Saint-Domingue, le cours du sucre avait triplé, et beaucoup d'ouvriers partaient au travail le ventre vide.

— La pénurie de sucre n'a rien à voir avec la révolte de nos frères nègres, déclara un homme au fond de la salle.

Dauterive n'avait pas besoin de se retourner pour savoir que ce dernier appartenait probablement à l'une de ces dizaines de sociétés politiques nées depuis la prise de la Bastille. Lui-même se rendait parfois à la société des amis de la Constitution, plus connue sous le nom de club des Jacobins.

Le clubiste, veste et cheveux courts, gros souliers à boucle et pantalon, observait le cabaretier avec colère.

— La vérité, reprit-il, c'est que les entrepôts des accapareurs sont remplis de sucre. Ils attendent que le peuple crève de faim pour le vendre au plus cher. Bailly[1] est un gredin qui laisse faire et qui envoie sa garde pour tirer sur le peuple. (Il faisait allusion à la fusillade de juillet sur le Champ-de-Mars, lorsqu'une manifestation populaire avait demandé la déchéance du roi.) Nous nous sommes débarrassés de La Fayette et nous l'aurons, celui-là aussi. Foutre de ces gueux.

Au début de la semaine, une foule enragée avait forcé les portes d'un dépôt, faubourg Saint-Marcel ; on avait revendu le sucre à son tarif habituel, vingt et un sous la

1. Sylvain Bailly, maire de Paris.

livre. Le patron lançait des regards indignés en direction de Dauterive, mais ce dernier n'eut aucune réaction.

***

La place entre le Vieux-Louvre et Saint-Germain-l'Auxerrois était fort animée, chacun se réjouissait de ce redoux inattendu. Marchands ambulants, porteurs d'eau et chasseurs de rats croisaient des voitures, toujours nombreuses. Deux cochers en houppelande s'insultaient en se menaçant du fouet, à la grande joie des badauds. Victor avait appris à aimer cette ville, son mouvement perpétuel, tour à tour puante, frivole ou inquiétante, où la misère croisait les plus insolentes fortunes.

Depuis quelques mois, il fréquentait assidûment l'atelier du fameux peintre Jacques-Louis David, l'un des plus réputés du royaume. Pour rien au monde il n'y aurait perdu sa place. Sachant que son enquête l'en tiendrait éloigné un certain temps, il voulait s'en excuser par avance.

Dès le collège, il avait montré des dispositions pour le dessin, au point d'en user parfois lors de ses enquêtes. Croisant par hasard le vieux peintre Fragonard, il s'était lié d'amitié avec lui, et ce dernier l'avait fait admettre chez David. Depuis, Victor se rendait deux ou trois fois la semaine au Louvre, qui hébergeait gratuitement les ateliers des artistes les plus en vue.

Le jeune homme grimpa un petit escalier à hélice face à Saint-Germain-l'Auxerrois, qui débouchait sur un long alignement d'éviers transformés en latrines, aux relents si forts qu'ils en piquaient les yeux. Le parquet séculaire résonnait sous ses pas. Deux jeunes gens chargés de bûches le croisèrent, détaillant son uniforme et son sabre d'un air surpris. Plus loin, il emprunta un second escalier qui menait au-dessus du grand atelier de David.

Avec un peu de nostalgie, il entendait sous ses pieds la rumeur habituelle de la salle. Un des élèves fredonnait une ritournelle. Quelqu'un l'interrompit et des rires éclatèrent. S'il venait assez peu, le lieutenant se sentait parfaitement à l'aise dans cette communauté d'une quarantaine d'apprentis. Dès son arrivée, on avait croqué sa caricature au crayon, sur les hauts murs blanchis à la chaux, c'était la coutume pour chaque nouvel arrivant. Bientôt, il avait pris son tour comme les autres pour chercher le bois et remplir le poêle. Il lui semblait alors vivre la vie qu'il souhaitait, loin des noirceurs humaines, des crimes et de la violence.

Le niveau où se trouvait le jeune homme servait à la fois de cabinet privé et de débarras, occasionnellement de chambre à coucher pour le maître. Sombre et vaste, il était encombré de chaises en acajou, de mannequins drapés aux airs de cadavres raidis, de châssis et de toiles, les parois crasseuses couvertes de reproductions en plâtre de statues et de figures antiques.

L'officier fut déçu de ne pas y trouver David. Ce dernier, peu disert, la figure triste déformée par une boule à la joue, avait plusieurs fois exprimé son regret de ne pas le voir plus souvent.

À peine avait-il terminé de lui écrire un billet que la porte s'ouvrit dans un courant d'air frais. Une personne enveloppée dans une immense cape en laine rouge, les mains enfoncées dans un manchon de renard, glissa sans un mot jusqu'à la table où Victor s'était installé pour y poser un panier à provision. Puis elle recula d'un pas et fit tomber sa capuche, dévoilant un visage ovale au teint diaphane, des cheveux sombres rangés en bouclettes savantes sous un foulard de soie.

— C'est donc vous Dauterive ? déclara-t-elle d'un air curieux.

Ses iris couleur d'eau semblaient vouloir le transpercer.

Interloqué, l'officier ne répondit pas. Jamais une personne du sexe ne s'adressait si librement à un homme, surtout lorsqu'ils se trouvaient seuls dans une pièce. Il se contenta d'incliner le buste tout en la dévorant des yeux.

— Que faites-vous là ? Je pensais que vous preniez les cours avec les autres élèves, dit-elle en ôtant sa cape rouge dans un grand froissement. Dessous, elle portait une robe redingote en tissu rayé bronze et or. Elle était assez petite, ses mains fines, dont l'une était ornée d'un saphir.

— D'ordinaire, je suis en bas. Mais je venais pour m'excuser, je ne pourrai pas suivre les cours un certain temps.

— Mais vous faites bien ce que vous voulez !

Elle ponctuait ses phrases d'un rire. Et lui la contemplait, troublé et confus. Elle avait une trentaine d'années, les lèvres fraîches, sensuelles, un parfum fleuri un peu entêtant. Il lui trouvait un visage irrésistible, plein de douceur et d'esprit, et il dut faire un effort pour finir son billet. Ne trouvant rien pour le cacheter, il le lui tendit, la gorge un peu serrée.

— Pourrez-vous donner ceci à monsieur David ?

— Je le ferai.

Les doigts de la jeune femme frôlèrent les siens. Elle le dévisagea avec intensité, comme pour mémoriser ses traits.

— Vous ne restez donc pas ?

— Une affaire va m'occuper quelque temps, répondit-il en se levant. Dites-lui que je regrette bien de devoir abandonner l'atelier.

Elle approuva du menton, légèrement ironique. Elle devait être l'une des élèves fortunées que le maître admettait à ses leçons particulières. Plus riches que talentueux, ces apprentis-là ne se mêlaient guère aux autres.

La jeune femme chassa l'air d'un geste et sortit de derrière une tenture une toile enchâssée sur son support en bois. Tracée à grandes arabesques, on devinait l'esquisse d'un temple grec devant lequel se battaient des hommes à demi nus.

— Ulysse à la prise de Troie, annonça-t-elle non sans fierté.

Depuis quelques années, la mode était à l'antique. Tout y passait, l'architecture, les meubles, les coiffures et bien sûr la peinture. Le grand acteur Talma se faisait confectionner des sandales identiques à celles de patriciens de Rome. Cinq ans plus tôt, David lui-même s'était fait connaître avec son fameux *Serment des Horaces.* La jeune femme, qui guettait une réaction de Victor, en fut pour ses frais.

— Eh bien, je ne vous inspire pas grand-chose ! fit-elle avec un rire clair, reposant son tableau. Mais il est vrai que je n'ai certainement pas autant de dispositions que vous.

— Pourquoi dites-vous cela ?

— On m'a parlé de vous. Un gendarme qui peint, ce n'est pas si courant. J'ai demandé à voir vos esquisses et je vous fais mes compliments. Je serais presque tentée de vous commander mon portrait.

Ses pupilles se posèrent sur lui, acérées. Il eut l'impression qu'elle voulait dire autre chose.

— Il ne tient qu'à vous, murmura-t-il, la voix un peu enrouée.

Elle eut un rire insolent.

— Nous verrons. Faudrait-il encore que vos affaires et les miennes nous en laissent le loisir…

Lui tournant le dos, elle prit sa boîte à couleurs sur une étagère, le satin de sa redingote chatoyant autour d'elle.

Comme elle s'absorbait dans la contemplation de son esquisse, il salua de nouveau, puis se dirigea vers l'étroit escalier en retenant son sabre.

***

Pour la troisième fois en trois jours, Dauterive traversa la barrière du Trône, puis le bois de Vincennes jusqu'aux premières maisons de Saint-Maur. Il faisait presque doux, si bien qu'il n'eut pas besoin de mettre sa pelisse, même lorsqu'il s'amusa à lancer Gris-Poil au grand trot.

Vers midi, il trouva Hacar à son atelier, jurant comme tous les diables après un apprenti.

— Je t'ai dit vingt fois de surveiller les braises, bougre d'imbécile ! Et qui c'est qui paye le bois, hein ?

Le garçon baissait la tête, les joues aussi écarlates que celles de son maître car il faisait une chaleur de fournaise, malgré le feu presque éteint. Le serrurier, chemise retroussée jusqu'aux coudes sous son tablier de cuir, se retourna en apercevant Victor et se précipita vers lui, bras écartés ; pour un peu, il l'aurait pressé contre son sein.

L'instant d'après, il servait la soupe à son hôte. Comme deux jours plus tôt, une bonne flambée faisait rougeoyer le salon. Il avait envoyé ses apprentis manger entre eux, à l'atelier.

— Eh bien vous avez réussi votre coup, vous ! On ne cause plus que des Ferrières dans le pays. Eux qui voulaient qu'on sache rien de leurs petites affaires !

Il ponctua sa phrase d'un rire déplaisant.

— Ce n'était pas mon idée. Vous avez des nouvelles de Manon ?

Le serrurier entortilla son index dans un de ses grands favoris.

— Rien. Gruchet a fait comme vous vouliez, la Garde

nationale a fouillé partout. Je les ai vus à la rivière ce matin. Mais avec ce courant… Vous croyez vraiment que c'est quelqu'un du Mesnil qui l'a noyée ?

— Peut-être. Je ne sais pas…

S'il ne l'avouait pas, il était encore persuadé que Manon avait été poussée à l'eau. Mais par qui ? Tous les habitants du manoir étaient à l'intérieur au moment du crime, vêtements et cheveux secs. S'étaient-ils concertés pour lui mentir ?

La femme de Hacar arriva, leur servit une potée aux senteurs de saucisse et de coriandre, et repartit tout aussi discrètement.

— Alors vous allez faire quoi ? demanda l'artisan avant d'enfourner une énorme fourchetée, qu'il mastiqua avec vigueur.

— Connaissez-vous un château du Parangon ?

L'artisan déglutit avant de répondre, intrigué.

***

Le château du Parangon se trouvait à quelques pas de celui de Saint-Maur, au bout d'une voie qui partait de la place d'armes. Un imposant portail en pierre de taille surmonté de deux sphinx en défendait l'accès, garni d'une grille en fer forgé aux pointes dorées. Derrière s'étendait une cour pavée puis un bâtiment de cent toises de large encadré de pavillons carrés. Il rappelait au lieutenant Saulon, le château de son enfance, en beaucoup plus vaste et luxueux.

La cour était vide et les cheminées éteintes. Après avoir longuement sonné, Dauterive vit apparaître sur le perron la silhouette fragile d'un vieillard en livrée jaune et bleue. Tandis que ce dernier se dirigeait à petits pas vers la grille, le jeune homme s'interrogeait : comment Anne-Louise Ferrières, qui ne pouvait même pas s'offrir une robe neuve, aurait-elle fréquenté cette riche maison ?

Une fois renseigné, le majordome dodelina du chef et repartit vers le château. De longues minutes s'écoulèrent avant qu'il ne revienne vers la grille, une grosse clef à la main. Victor laissa Gris-Poil au pied du perron et suivit le domestique jusqu'au vestibule d'entrée.

Plus que son luxe insolent, le silence du château le surprit. Leurs pas résonnaient dans tout le bâtiment, où régnait un froid glacial, comme s'ils en étaient les deux seuls habitants. Le majordome guida son visiteur jusqu'à un petit salon aux meubles couverts de draps. Puis il repartit, aussi silencieux que les statues de marbre dans leurs niches. Enfin, un bruit de talons annonça à Victor l'arrivée de son hôte, qui se présenta : Antoine-Jean Amelot de Chaillou, marquis et propriétaire de ces lieux.

— Me voici donc visité par la gendarmerie, dit-il d'une voix forte.

Il faisait à peine plus de cinq pieds, le menton volontaire et les yeux vifs noyés dans la graisse. Malgré sa tenue étonnamment simple, grosse veste d'intérieur en laine verte et calotte en soie hors d'âge, il était impossible de le confondre avec un domestique.

— Que puis-je pour votre service, Monsieur le lieutenant ? À moins que vous ne vinssiez m'arrêter, bien sûr.

D'un geste vif, il ôta le tissu blanc qui recouvrait les sièges et se laissa tomber dans l'un d'eux, en invitant l'officier à l'imiter.

— Vous arrêter ? Certes non. Votre majordome ne vous a pas informé ?

— Bourguignon ? fit le marquis avec un petit rire. Il est sourd comme un pot ! Il va falloir tout me redire, Monsieur.

En quelques phrases, Victor lui expliqua les raisons de sa venue.

— Le nom d'Anne-Louise Ferrières ne vous dit rien ? Vous ne l'avez jamais vue ici ?

— Ferrières ? Vraiment, non. D'où la connaîtrais-je ?

— Une personne m'a dit qu'elle avait fréquenté ce château.

— Quelle personne ?

— Une fille de chambre.

— Ah… Eh bien non, ça ne me dit rien. Il est vrai que nous recevons beaucoup. Et où vit cette dame Perrières ?

— Elle logeait dans un manoir appelé le Mesnil, vers La Varenne. On m'a dit qu'elle échangeait des courriers avec une dénommée Agnès, au château du Parangon.

— Mon cher, je ne vois pas. Aucune de mes filles ne s'appelle Agnès. Êtes-vous sûr de votre fait ?

Il croisait et décroisait les jambes, visiblement agacé par la conversation.

— Comment s'appellent vos filles ?

Le marquis émit un rire sec. Il semblait sur le point de donner congé au lieutenant.

— Justine et Jeanne-Marie. Nous tournons en rond, mon cher. Est-ce tout ce dont vous vouliez m'entretenir ?

— Peut-on les voir ?

Le visage de son interlocuteur se rembrunit.

— Elles ont quitté ce doux royaume, comme toute ma famille, répondit-il d'un ton glacial.

La grande fuite des aristocrates avait commencé dès le lendemain de la chute de la Bastille. Artois, Polignac ou Condé, les grands, avaient émigré à Turin ou à Londres. Puis tout s'était accéléré l'été précédent, après la fuite manquée du roi et son arrestation à Varennes. Les châteaux se vidaient. Dans certains régiments, la *totalité* des officiers avait déserté, beaucoup allaient grossir les rangs d'une armée rassemblée dans les principautés allemandes, notamment à Coblence. L'Assemblée avait bien tenté de les forcer à revenir en France, les menaçant de la confiscation de leurs biens, mais le roi avait opposé son droit de veto, à la fureur des patriotes[1].

Victor se caressait l'arête du nez, décontenancé.

— Cette Agnès pourrait-elle être une parente ? Une de vos domestiques ?

— Hum. Je n'y avais pas pensé, mais en cherchant je ne crois pas. Vous m'avez dit qu'elle logeait dans un manoir à La Varenne ?

— Le père est baron de Méry-sur-Seine, un ancien militaire. Ils ont deux filles, Anne-Louise et Jeanne. Leur fils aîné est mort dans un accident de chasse, il y a quelques années. Leur manoir s'appelle le Mesnil, un vieux manoir entouré d'un mur et d'un fossé, au bord de la Marne…

Chaillou le regardait intensément, les yeux plissés.

— Cette histoire d'accident de chasse… Perrières, dites-vous ?

— Ferrières. Avec un F…

— Oh oh… Ce seraient ces gens-là…

Il parut se plonger dans ses souvenirs.

— À quoi pensez-vous ?

— À une histoire ancienne. Il y a quatre ou cinq ans, ma fille Justine, celle qui est chanoinesse[2], m'avait parlé d'une jeune femme dont le frère était mort d'un accident de chasse. Elle lui avait écrit parce qu'elle recherchait un couvent pour l'héberger, mais elle n'avait pas les moyens de payer.

— Pourquoi voulait-elle aller au couvent ?

Le cœur de Dauterive commençait à tambouriner.

— Oh. Une histoire de séduction comme il en arrive parfois. Elle était partie avec un homme, elle voulait

1. Droit qui lui permettait d'interdire sans discussion possible une loi ou une décision de l'Assemblée.

2. Exclusivement issues de la noblesse, les chanoinesses occupent une place à part dans les couvents. Elles ne sont pas tenues aux vœux religieux et bénéficient du confort et d'un revenu.

se retirer du monde quelque temps. Oh mon Dieu… Si Justine était là, elle vous raconterait. Est-ce de cette jeune fille dont nous parlons ?

— Ça y ressemble. Votre fille connaissait donc Anne-Louise Ferrières ?

— Non, non. Elle écrivait de la part d'une connaissance. Il me semble…

Il fronçait les sourcils, le regard perdu vers la fenêtre. On apercevait derrière un vaste jardin à la française, qui coulait en pente douce jusqu'à la rivière. Le soleil luisait sur les figures géométriques des allées bordées de buis.

— Diable !

Victor avait sursauté.

— Je me souviens. Le séducteur. Je me souviens que Justine était embarrassée, parce que cet homme était l'un de ses amis. Il voulait désespérément l'appuyer pour lui trouver un couvent et il l'avait adressée à Justine. Sans doute pensait-il qu'elle l'aiderait à intégrer le sien, mais il me semble que cela ne s'est pas fait.

— Le séducteur, vous vous souvenez de son nom ?

— Ma foi pas du tout. C'était une vague relation, je ne l'ai vu qu'une fois. Il me semble que c'est une espèce de rustre, un insolent très déplaisant. Un homme assez grand avec un visage de paysan. Nous l'avions à souper et il a failli en venir aux mains avec un de nos cousins.

— Pour quelles raisons ?

— Je ne sais, soupira le marquis. Certaines personnes aiment à s'emporter pour rien. Je l'ai prié de ne plus faire de scandale et j'ai demandé à Justine de ne plus le recevoir. Pour en revenir à cette affaire d'enlèvement, il me semble me souvenir que les Ferrières s'opposaient à cette union et que les deux tourtereaux s'étaient enfuis. Naturellement ils se sont fait prendre au bout d'un certain temps, et je suppose que c'est pour cette raison que la jeune fille a voulu prendre le voile. Lui, je ne sais pas ce qu'il est devenu. Voilà toute l'histoire, mon cher Monsieur. Enfin, tout ce que j'en sais !

Victor garda le silence un long moment. Ces hypocrites de Ferrières s'étaient bien gardés de lui révéler l'affaire. Et si le séducteur était tout simplement revenu enlever Anne-Louise ?

— Une bonne raison de mettre le feu à ses lettres, marmonna-t-il, prolongeant ses réflexions à voix haute. Savez-vous où l'on peut trouver ce Don Juan ?

Le marquis haussa les lèvres en signe d'ignorance.

— Il faudrait demander à Justine. Mais figurez-vous que le courrier circule assez mal entre l'Allemagne et Saint-Maur.

— Vous souvenez-vous de son visage ?

— Ma foi, fit le marquis un peu surpris. La figure d'un paysan, un nez assez fort… les yeux sombres… Qu'est-ce que cela fait ?

Le gendarme sourit imperceptiblement.

— Auriez-vous un papier et de quoi écrire ?

7

Jeudi 1er décembre, dix heures du matin

Dauterive fit quelques pas, perplexe.

— Votre fille a disparu, votre servante a disparu et vous n'avez rien à me dire ? Vous vous moquez de moi !

— Que voulez-vous qu'on vous dise ? (La mère seule lui répondait.) Qu'on invente des choses ? Qu'on vous fasse des contes ?

Au Mesnil, l'officier avait de nouveau rassemblé les Ferrières dans la salle à manger du manoir (malgré les œillades furieuses de la baronne) et leur avait jeté à la figure tout ce qu'il avait appris. Sans grand effet. Comme à son habitude, Jeanne, la fille aînée, pleurait en baissant la tête. Le père se taisait, regard vide. Seule la mère lui tenait tête, tour à tour écarlate ou livide.

— Vous ne m'avez pas parlé de la fugue de votre fille. Pourquoi ?

— Mais je l'ai mentionnée ! s'exclama la baronne.

De surprise, le gendarme resta muet quelques instants.

— À moi ? Vous vous moquez ?

— Oui, à vous. Certes, je n'ai pas parlé de cette… histoire. Mais je vous ai bien dit que ma fille lisait trop, qu'elle s'était mis en tête des idées folles, des rêveries… indignes… ces rêves, ces amours de roman. Voilà ce qui l'a perdue.

Sa voix se brisa en sanglots. Ferrières fit un pas vers elle, sans oser la toucher.

— Êtes-vous vraiment sûr que cet homme n'est pas revenu ? demanda Victor d'un ton plus conciliant. Il aurait pu essayer de voir votre fille, de lui parler. On m'a dit qu'il était violent. Il aurait pu vouloir se venger.

Elle le regarda, étonnée.

— Se venger de quoi ? Et puis c'est ancien... plus de sept ans.

— Êtes-vous sûre que votre fille ne correspondait plus avec lui ?

— Je l'aurais su. Nous la surveillions. Je n'aurais pas supporté un nouveau scandale dans ma maison.

Elle respirait plus fort, les yeux rouges, qu'elle tamponnait doucement.

— D'accord. Et comment s'appelle cet homme ?

— Charles-Marie Baroux. Ses parents sont armateurs à Nantes. Mais il vit à Paris. Enfin à l'époque. Maintenant je ne sais plus, et je n'en ai que faire.

— Et le couvent ?

— Quel couvent ?

— Ne faites pas semblant de ne pas comprendre. Vous avez cherché un couvent pour votre fille après l'avoir retrouvée, n'est-ce pas ?

La maîtresse de maison lança un bref coup d'œil à son mari. Mâchoire serrée, celui-ci fixait un point invisible dans la salle.

— Vous aimez bien tout savoir, Monsieur...

Il y avait beaucoup de mépris dans sa voix.

— Je cherche la vérité. Alors, l'a-t-elle trouvé, ce couvent ?

— Elle n'y est pas restée.

— Ce n'était pas ma question, dit sèchement Dauterive.

Elle détourna la tête, les lèvres tremblantes. Une infinie tristesse voilait son regard.

***

Comme souvent, Joseph était seul. Bien sûr, il mangeait à sa faim et passait l'hiver au chaud. Mais il n'aimait pas cette vie. Ici tout était sombre et triste, les rues sales, pleines de boue et de gens méchants, pressés, qui ne prenaient garde à personne. Les enfants ne valaient pas mieux, cruels et sournois. Plusieurs fois on avait tenté de le dépouiller. On devinait qu'il était domestique et qu'il avait peut-être de l'argent sur lui, enfin, celui de ses maîtres.

L'enfant marchait les traits fermés, le long du quai Pelletier, scrutant par réflexe les marcheurs. Ses pensées s'envolaient vers les collines et les prés en Mayenne, le décor de son enfance. C'était avant que sa mère se noie, avant qu'il parte à l'aventure sur les routes, à la recherche de sa tante à Paris. Il travaillait dur aux champs ou près de bêtes, parfois il avait fait ; mais il n'avait pas peur, il sentait sur lui le regard de sa mère, même quand elle n'était pas là. Il savait qu'elle l'attendait, même épuisée de sa journée ; il y avait sa présence, son amour silencieux.

Bien sûr, il avait eu de la chance dans son malheur : l'été dernier, le lieutenant l'avait pris à son service alors qu'il crevait de faim, seul à Paris. Mais avec le temps, le caractère de son jeune maître semblait s'être aigri. Il lui criait dessus, le forçait à apprendre à lire, à porter des chaussures, à parler autrement. Rien ne lui convenait. Son visage était dur, ses mots aussi. Il était devenu un autre homme. Et Joseph était triste.

Arrivé sur l'autre rive sur la place de l'ancien Petit-Châtelet, il passa comme chaque soir au rez-de-chaussée chez le père François.

— Du petit salé de cochon avec de la purée de pois, lui dit la dame François en lui donnant le plat. Dis à monsieur Victor que ça se garde plusieurs jours.

Puis elle lui tendit dans un panier quelques poires et du pain. C'était une blonde généreuse au regard tendre, qui n'avait pas d'enfant et dévorait Joseph des yeux comme pour se l'approprier.

Le petit garçon fila jusqu'au troisième étage. Il battit le briquet et mit une bûchette dans le poêle. À quelle heure rentrerait son maître, il n'en savait rien, mais mieux valait être prévoyant. Au début, le lieutenant le prévenait. Maintenant, il s'en fichait, partait et revenait à sa guise, soupait parfois à l'extérieur sans le lui dire. Il s'en excusait mais il recommençait toujours.

Ce soir-là, l'attente fut assez courte. À peine Joseph avait-il lancé le feu qu'un bruit de bottes résonnait dans l'escalier. Dauterive ouvrit grand la porte, apportant l'air froid du dehors, la mine réjouie.

— Oh oh... Je vois que je tombe à pic, fit-il en jetant sa pelisse fourrée sur un coin de la table.

Il se débarrassa de son ceinturon et de son sabre, qu'il posa contre le mur avant de soulever le couvercle de la marmite.

— C'est du petit salaud de cochon, annonça Joseph avec un sourire fier.

Dauterive éclata de rire.

— Ça ? Un petit salaud ? Je vais dire ça à la mère François, elle va te regarder autrement !

Toujours riant, il ôta son manteau et demanda au garçon de l'aider à retirer ses bottes.

— Ne fais pas cette tête ! Ça s'appelle un petit salé de cochon. On n'en mange pas, dans ton pays ?

Joseph secoua le menton, tout rouge et les yeux brillants de larmes, si bien que l'officier sentit la honte l'envahir. Il se souvenait des piques de son père, quand il était enfant. Il n'avait qu'à fermer les yeux pour entendre de nouveau son rire cruel, sentir ses larmes couler. Quel âge avait-il alors ? Douze, treize ans ?

Il passa une veste d'intérieur et chaussa les pantoufles en feutre avachies qu'il traînait depuis le collège. Puis ils soupèrent de bon appétit, sans trop parler. Victor était assez content de lui. Pour la première fois en trois jours, il avait l'impression d'avancer du côté de l'enquête à Saint-Maur.

Le repas fini, le jeune homme prit un papier et une plume. Son courrier terminé, il en fit un deuxième semblable, inscrivit les noms des destinataires, les sabla et les plia avant de les cacheter.

— Demain, tu porteras ce mot au sieur Duperrier, dit-il à Joseph en posant le billet devant lui. Tu te souviens, un vieux monsieur rue de la Juiverie, au-dessus du pharmacien ? Nous y avons dîné en octobre, un dimanche.

Joseph acquiesça du menton.

— L'autre, tu le porteras au palais de Justice, à monsieur d'Ormesson, juge au premier tribunal criminel.

Duperrier avait été plus de quarante ans greffier au Châtelet de Paris, l'ancien siège du tribunal de la ville et en était la mémoire vivante. Quant à d'Ormesson, c'était un magistrat qu'il avait croisé récemment. Le lieutenant comptait sur eux pour obtenir des informations au sujet d'Anne-Louise Ferrières et de son suborneur.

— Maintenant, écoute-moi bien, dit-il en posant une fesse sur la table. Je dois retrouver un homme qui a peut-être été méchant, tu me comprends ?

Le garçon hocha la tête, l'œil brillant.

— Duperrier et d'Ormesson vont chercher dans leurs papiers pour voir s'ils le connaissent. Toi, tu vas faire la même chose, mais dans la rue. Tu me comprends ?

— Oui. Mais comment qu'il s'appelant ?

— Charles-Marie Baroux, tu te souviendras ?

Il prit dans sa poche le croquis exécuté suivant les indications du marquis de Chaillou, au château du Parangon. En voyant le dessin, celui-ci l'avait couvert de compliments. C'était Baroux, exactement lui ! Nez épais, regard charbonneux sous des sourcils prononcés, un air de brute qu'atténuait à peine la rondeur du visage.

— C'est quelqu'un de grand, de plus grand que moi, reprit Victor tandis que le garçon regardait son œuvre. On m'a dit aussi qu'il est très querelleur.

— Quelqu'un de quoi ?

— Il se dispute facilement avec les gens. Tu dois savoir aussi que c'est un homme qui a beaucoup d'argent, enfin ses parents. Ça veut dire qu'il a forcément des domestiques. Si tu t'y prends bien, tu as des chances de le trouver avec ce dessin.

Enfin, il lui précisa que les parents de Baroux étaient armateurs à Nantes, ce qui voulait dire qu'ils possédaient de grands bateaux de mer. Il entamerait ses recherches dès le lendemain, en commençant par le quartier de la Chaussée-d'Antin. Il n'aurait qu'à dire qu'il voulait se faire engager chez cet homme.

Cette conversation achevée, Victor se sentit étrangement fébrile, comme lorsqu'il était sur le point de résoudre une enquête. Dehors, il faisait noir. Un enfant pleurait dans les étages ; au loin, une mouette criait sur la Seine. Joseph s'était couché sur sa paillasse, les pieds nus. Il se racontait des histoires en faisant sautiller son petit soldat en étain, un fantassin à la tunique rouge presque effacée. Le lieutenant se demanda où il l'avait trouvé.

Sa mine de plomb courait sur une feuille à dessin. Il esquissa un décor de verdure, un toit, puis l'ovale d'un visage aux traits parfaits. Son esprit n'était plus dans cette chambre ni même à Paris, il flottait dans un monde imaginaire, connu de lui seul. À traits légers il fit renaître le visage de l'inconnue rencontrée au Louvre, son regard clair, ses lèvres ourlées, il ne manquait plus que le son de sa voix. Il n'en doutait pas, c'était une aristocrate ; elle avait cette assurance un peu méprisante, cette ironie facile qu'il avait parfois lui aussi.

Le souvenir de son parfum fleuri, un peu trop fort, le hantait encore.

Deux coups brefs retentirent à sa porte. Victor sursauta avant d'échanger un regard avec Joseph, qui écarta les deux mains en signe d'ignorance. Il prit le pistolet qu'il posait toujours sur sa table de chevet et en arma le chien, après avoir vérifié le silex[1].

À la porte, le visiteur s'impatientait.

Lentement, le lieutenant fit signe à Joseph d'ouvrir. La porte bâilla en grinçant sur une grande silhouette. Il sursauta violemment.

***

Quatre mois seulement s'étaient écoulés depuis leur dernière rencontre, mais il eut l'impression que c'étaient des années. Il ne s'était pas seulement habitué à cette séparation, il l'avait savourée, en homme neuf et libre, sans attaches ni obligations, hormis celles de son service. Il prit conscience que tout cela prenait fin et que des moments difficiles l'attendaient.

Immobile dans l'encadrement de la porte, le marquis de La Fayette ne parut pas remarquer le dépit de Victor. Grand, l'air assuré, la fraîcheur du soir lui donnait un teint plus pâle que d'ordinaire. Ses cils étaient longs et roux sur des yeux clairs, un peu globuleux. Comme souvent, il souriait largement.

— Eh bien Victor ? Êtes-vous saisi à ce point que vous me refusiez l'hospitalité ?

Derrière lui sur le palier, le jeune homme reconnut un grand moustachu habillé en bourgeois, un gendarme qui servait à La Fayette d'homme de main. Ils échangèrent un salut bref et Victor les fit entrer, le cœur empli d'incertitudes.

1. Mécanisme de mise à feu des pistolets, fusils et carabines.

Sa dernière aventure lui avait laissé un sentiment amer. Lui qui se croyait son protégé, presque son fils adoptif, avait eu l'impression de n'être que son instrument, un pion qu'on déplace au hasard des coups. La tragédie du Champ-de-Mars, à laquelle il avait assisté à ses côtés, impuissant, avait encore aggravé son malaise. Depuis, il se demandait s'il ne s'était pas trompé de camp. Certes, La Fayette était son guide, son mentor, l'homme qui lui avait donné la liberté. Mais agissait-il encore pour le bien du peuple, ou pour son propre intérêt ? Ce jour de juillet, il avait commandé le feu sur des patriotes qui s'indignaient de la fuite de Louis XVI vers la frontière. Or, n'avaient-ils pas raison, ces Danton, ces Brissot, qui criaient à la trahison ? N'avaient-ils pas aussi raison quand ils disaient que la véritable égalité n'existerait pas tant qu'il subsisterait des citoyens *actifs*, au côté de citoyens *passifs* ?

Souvent le jeune homme avait songé à cela depuis le départ en exil de La Fayette, et il y repensait encore tandis que ce dernier se débarrassait de son chapeau rond, le confiant à Joseph sans un regard pour lui.

— Ce n'est pas bien grand chez vous, dit-il en acceptant la petite chaise que lui avançait Dauterive.

— Je vais bientôt déménager, répondit le jeune homme.

Il se sentait mal à l'aise avec sa veste d'intérieur et ses vieilles pantoufles, un peu comme s'il se montrait nu, d'autant que La Fayette arborait une tenue des plus coûteuses, redingote en velours bleu, gilet en soie rayée et bottes en cuir fauve qui luisaient un peu dans l'ombre. Il sourit avec indulgence.

— Je vous dérange, mais il le fallait. Ma présence à Paris ne doit pas être connue.

Victor inclina le menton en attendant la suite.

— Pour moi, je n'étais pas pressé de quitter mon Auvergne, mais je suis bien content de vous revoir. Oui, bien content !

Se penchant brusquement, il lui saisit la main et leurs chaleurs se mêlèrent. Il avait suffi de ce simple contact et du regard du marquis pour que ses réticences s'envolent. Comment d'ailleurs aurait-il pu lui en vouloir, lui, si peu rancunier ?

— Qui est-ce ? Un de vos modèles ?

Le regard de La Fayette venait de se poser sur le dessin de la jeune fille à la cape rouge.

— Oui. Enfin si on veut, murmura Victor, les joues roses.

— Je ne savais pas que vous dessiniez… C'est remarquable…

Il le prit pour l'examiner de plus près.

— Remarquable vraiment. Quand Adrienne sera revenue, je vous demanderai de faire son portrait. Vous voudrez bien ? J'ai oublié de vous dire, elle vous salue bien, et les enfants aussi.

Ils échangèrent un sourire nostalgique. Pendant longtemps, le jeune homme s'était rendu les dimanches au domicile du général, rue Saint-Honoré. Il y voyait son épouse très aimée, Adrienne, leurs quatre enfants et leur fils adoptif, l'Indien Kalenhala. Il y rencontrait aussi ses amis, témoins de l'épopée américaine, Gouverneur Morris ou Thomas Paine.

— Ne barguignons pas, mon cher Victor. Je ne suis pas venu vous parler du passé. Joseph peut rester, vous aurez peut-être besoin de lui.

Comme à son habitude lorsqu'il était préoccupé, La Fayette s'était levé pour arpenter la pièce de long en large, ce qui en l'occurrence se résumait à de fort petits mouvements.

— Vous savez combien la situation est difficile depuis l'élection de la nouvelle Assemblée[1].

À la mine perplexe du jeune homme, il leva une main et poursuivit. On aurait dit qu'il tenait une conférence devant son état-major.

— Côté droit, nous sommes 264, la plupart tenants d'une monarchie constitutionnelle et membres du club des Feuillants[2]. Côté gauche, 136 Jacobins, des égalitaristes prêts à tout pour plaire au peuple. Certains parlent même de renverser le roi pour établir une République. Leurs chefs sont Brissot et Condorcet. Au milieu des deux partis, 345 députés indépendants, le centre.

— Donc, les monarchistes ont la majorité. Et puis il y a le roi, tout de même.

La Fayette secoua la tête avec tristesse.

— Le roi ne compte plus, mon pauvre Victor… Il n'a plus que son droit de veto. Bloquer les lois contre les aristocrates émigrés ou contre les prêtres, voilà désormais son rôle. Le plus mauvais.

— Et le centre ?

— Les députés du centre ont peur. Si la Révolution s'arrête, si les émigrés reviennent avec une armée autrichienne, ils perdront tout ce qu'ils ont gagné. Les Jacobins le savent, ils en jouent. S'ils gagnent le centre à leurs vues, ils auront la majorité. Et s'ils ont la majorité, ils s'en prendront au roi, et ce sera l'anarchie. Pour l'instant, c'est à nous qu'ils s'en prennent, leurs journaux sont déchaînés. Nous serions des traîtres, des amis des aristocrates, des comploteurs et des corrompus. Nous, les vainqueurs de la Bastille, les rédacteurs de la Déclaration des droits de l'homme !

1. En septembre 1791, l'Assemblée nationale législative succède à l'Assemblée nationale constituante instituée en juin-juillet 1789.

2. Issu en juillet 1791 de la scission des Jacobins. La majorité d'entre eux suit La Fayette et ses amis dans le club des Feuillants, plus conservateurs. Les nouveaux Jacobins, plus à gauche, se reconstituent par le travail de Robespierre et de Pétion.

Cent fois La Fayette avait tenu ce genre de discours devant le jeune homme. Mais ce soir-là il semblait particulièrement grave. Il n'avait pas quitté son exil sans raisons très sérieuses.

— Et notre position est d'autant plus faible, mon cher Victor, que nous avons commis une terrible erreur.

— De quoi parlez-vous ?

— De la Garde nationale. C'était la seule arme à notre disposition et nous l'avons perdue. Après mon départ, les Jacobins ont fait en sorte que je n'aie pas de successeur, si bien que le commandement se répartit désormais entre bataillons Feuillants et bataillons Jacobins. Elle n'a plus de tête, et serait donc impuissante à s'opposer à un coup de force.

La Garde nationale, cette milice bourgeoise née à l'été 1789, était le bras armé de la Révolution. Ses membres devaient être citoyens actifs, c'est-à-dire ne pas être domestiques et payer en impôts l'équivalent de plus de trois journées de travail. Mais l'enthousiasme des débuts s'était singulièrement émoussé.

— Les choses n'en sont pas là, tout de même, frissonna le lieutenant.

— J'ai bien peur que si, Victor. Jamais le parti de la monarchie constitutionnelle n'a été si faible.

— Le roi a bien choisi ses ministres parmi les Feuillants ? Ça ne compte donc pas ?

— Hélas, non. Les ministres n'ont pratiquement plus de pouvoir. Le pouvoir siège dans deux endroits aujourd'hui : à l'Assemblée et à la Commune de Paris. Le reste ne compte pas.

Dauterive se tut. Joseph écoutait gravement, sans tout comprendre. Les pensées du jeune homme contre le marquis, ses réticences lui semblèrent soudain puériles. Plus que jamais, il restait le seul recours contre l'anarchie.

Mais il n'était plus député, et pas ministre non plus. Comment pourrait-il peser sur le destin de la nation ?

— J'en viens à ce qui m'amène, Victor. Dans ces circonstances, notre parti gardait un atout : la municipalité de Paris. Bailly est un homme tempéré, un sage qui comprend où sont nos intérêts. Or il va démissionner.

Victor ouvrit la bouche, stupéfait.

— Pour quelle raison ?

— Il ne supporte plus ce qu'on dit de lui. Depuis la malheureuse fusillade du Champ-de-Mars, les Jacobins se déchaînent contre lui. Ils le traitent de monstre, de Caligula, les insultes sont quotidiennes. Bailly n'est plus si jeune, il est malade. Je compte donc me présenter à sa place.

— Maire de Paris…

— Exactement. Moi à l'Hôtel de ville, ce serait le seul moyen de maintenir l'ordre. Et d'assurer la sûreté du roi.

— D'accord. Et que dois-je faire ?

— C'est très simple, répondit La Fayette avec la désinvolture qui chez lui semblait une deuxième nature. Mon adversaire principal dans cette élection est Pétion. Je suppose que vous avez entendu parler de lui.

Le jeune homme acquiesça. Jérôme Pétion s'était fait connaître au moment de la fuite de Varennes. Envoyé par l'Assemblée à la rencontre de la famille royale, il l'avait raccompagnée dans leur calèche jusqu'à Paris (répétant à qui voulait l'entendre, non sans forfanterie, que madame Élisabeth, la sœur cadette du roi, n'avait pas été insensible à ses charmes). Cet épisode l'avait rendu extraordinairement populaire auprès des Jacobins, presque autant que son ami Robespierre. Victor l'avait un jour aperçu. C'était un grand et bel homme, le visage aimable et le verbe facile, toujours souriant, fort bien habillé, que l'on appelait le Vertueux (le surnom de Robespierre étant l'Incorruptible).

— Pétion est un sbire de Robespierre et un ami des égalitaristes. Je ne suis pas dupe, il est populaire chez certains électeurs et l'affaire ne sera pas facile. Mais moi aussi je suis populaire, et j'entends que les électeurs soient éclairés sur lui. Vous allez me renseigner, Victor. Trouvez qui sont ses amis, ses maîtresses s'il en a, voyez s'il a des dettes, des procès, des scandales qui pourraient le décrédibiliser, n'importe quelle affaire. Apprenez s'il est corruptible, mettez-le à nu, je veux pouvoir lui briser les reins. Cet homme ne doit pas être élu, et je dois l'être.

Il s'immobilisa, les joues un peu rouges, campé au beau milieu de la pièce. Jamais il n'avait paru si brutal à Victor, lui qui se maîtrisait toujours parfaitement, en habitué de la Cour. Ce soir, il lui semblait jaloux comme un mari trompé.

— Nous avons deux semaines, dit-il en sortant une bourse de son manteau. Voici cinq mille livres pour vos frais. Si vous avez besoin de plus, faites-le savoir à mon majordome, hôtel de Noailles. Ne parlez à personne de mon projet. Nul ne doit savoir que je reviens à Paris, nos ennemis m'accuseraient de comploter. La surprise doit être totale. Deux semaines, Victor, je compte sur vous. Eh bien, qu'avez-vous ?

— C'est que… le colonel Hay m'a chargé d'une enquête et je…

— Je sais cela, dit La Fayette, lèvres pincées. C'est sans importance.

— Mais…

— Ne discutez pas, Victor, occupez-vous des choses sérieuses. Avez-vous oublié ce que je viens de vous dire ?

Le jeune homme ne trouva rien à répondre. Son cœur cognait sourdement, comme s'il avait reçu une gifle.

8

Vendredi 2 décembre, huit heures du matin

Bien avant le jour, Dauterive était déjà debout. Une fine couche de givre renvoyait la flamme de sa bougie. Il secoua Joseph, les joues marquées de lignes roses, et s'habilla rapidement. Des rêves pénibles avaient accompagné sa nuit et déjà, il n'aimait pas sa journée, avec cette impression lancinante de revenir en arrière. La Fayette ne l'avait-il arraché à la tyrannie paternelle que pour mieux le soumettre à la sienne ? Ne serait-il jamais libre, vraiment libre, comme il avait cru l'être ces mois derniers ?

Se dirigeant vers la place Maubert sous une pluie glacée, il songeait à sa famille, en Bourgogne. Il était sans nouvelles depuis qu'il l'avait quittée, voilà plus de deux ans. Avaient-ils fui la France comme tant d'aristocrates ? Son père le marquis devait enrager de cette Révolution qui osait contrarier ce qu'il jugeait être l'*ordre naturel*. Il l'imaginait pestant contre les Jacobins, contre la Garde nationale, contre ces paysans qui se croyaient tout permis. Sa mère, sa sœur ne disaient rien comme toujours. Aux dernières nouvelles, François, l'aîné, servait au régiment d'artillerie de la Fère, à Douai. Un grand garçon osseux qui tenait plutôt de leur mère, un lâche qui avait pris le parti paternel, à peine croisé depuis son départ pour un collège militaire, sept ans plus tôt. Lors de leurs dernières retrouvailles François portait fièrement l'uniforme bleu à parements écarlates ; il avait toisé Victor, qui l'avait pris à la gorge. Un métayer avait dû les séparer. Et celui-là, qu'était-il devenu ?

Gris-Poil l'accueillit avec des hennissements, et bientôt en selle, le jeune homme traversa l'île de la Cité vers le faubourg Saint-Denis. Il mit quelques minutes à comprendre que les relents désagréables dans l'air ne venaient pas de la boue mais de sa pelisse, roulée à la place du portemanteau[1]. Mais avec la longue route qui l'attendait, il pourrait en avoir l'usage.

Il avait décidé, par bravade, de ne pas obéir immédiatement à La Fayette. Encore une fois le marquis le jetait dans la bataille sans préciser ses intentions : souhaitait-il simplement se renseigner sur Pétion ? Ou confirmer des hypothèses à son sujet… et quelles hypothèses ? En attendant de le savoir, Victor s'octroyait deux jours de plus pour son enquête à Saint-Maur.

***

Sitôt levé, Joseph n'avait guère traîné. Le retour soudain de La Fayette, cette recherche que lui confiait Dauterive, tout indiquait un changement. Il y aurait du danger, pour sûr, mais son maître serait peut-être enfin de meilleure humeur.

Après avoir remis son billet au vieux Duperrier, au Châtelet, le garçon traversa la Seine. Il avait à peine écouté les jérémiades de l'ancien greffier, qui se plaignait de ne pas recevoir assez de visites de Victor (mais il promit — en toussant à fendre l'âme — de faire des recherches au sujet de la demoiselle Ferrière).

1. Sac cylindrique réglementaire attaché à l'arrière de la selle, qui contient les effets du cavalier.

Le destinataire du second billet, monsieur d'Ormesson ne se trouvait pas à son cabinet du palais de justice. Joseph voulut l'attendre, mais des commis le chassèrent en poussant de hauts cris.

Essoufflé, le cœur battant la charge, le garçon s'arrêta quai de l'Horloge. La Seine coulait ses flots gris-vert, large et puissante sous une averse intermittente. Pour quelques liards, il s'offrit un pâté à la viande au goût douteux et un café au lait, auprès de marchands ambulants. Puis il prit la direction de la Chaussée-d'Antin, le nouveau quartier à la mode aux confins de la ville, où des chantiers d'hôtels particuliers sortaient de terre chaque mois.

À midi passé, Joseph poussa la porte d'une taverne dont la grande enseigne en bois peint représentait un chat en habit écarlate, muni d'une balle de jeu de paume et d'une raquette. L'intérieur du *Chat qui pelote* n'offrait pas des couleurs aussi vives. Une trentaine de clients buvaient et mangeaient dans un vacarme assourdissant, à la faible lueur de lampes à huile. On aurait dit un festin aux enfers.

Joseph s'approcha d'un garçon à peine plus âgé que lui en livrée bleue, les joues rouges et luisantes, qui avalait une soupe avec application, une grande serviette nouée autour du cou.

— Qu'est-ce que tu veux, boiteux ? lui dit-il avec méfiance.

Joseph lui conta sa fable sans se vexer : il arrivait de Laval et cherchait à Paris le maître de son grand frère, un dénommé Baroux, homme de condition dont les parents fabriquaient des bateaux, à Nantes, vers la Bretagne (mais il ne lui montra pas le portrait que lui avait donné Victor, jugeant que cela éveillerait la méfiance de son interlocuteur).

L'assiette du jeune domestique était vide. Il termina son pot de vin et rota bruyamment.

— Tu cherches une aiguille dans un tas de foin, boiteux, annonça-t-il en se levant. Je serais toi, je passerais au *Veau qui tête*, rue des Saint-Jacques, voir le sieur Hérodeau. Hérodeau, tu te souviendras ? C'est mon placier, il me trouve du travail quand j'ai besoin. Il connaît toutes les maisons de Paris. Si tu lui donnes une commission, il te trouvera ton Bourroux avant qu'il fasse nuit. Sur ce, adieu.

Il recoiffa sa perruque puis son tricorne d'air important, sans se soucier de ses doigts luisants de graisse puis quitta les lieux en clignant de l'œil à l'attention de Joseph.

***

Deux heures après son départ, Dauterive s'arrêta au relais de poste à Saint-Denis. Le temps de se réchauffer un peu, il reprit la route en direction de Chantilly, droit vers le nord. L'averse s'obstinait, alourdissant son manteau-capote, glissant sur son visage et dans ses sourcils.

Au village de Sarcelles, il tourna à main droite dans un chemin entre les arbres. Un quart de lieue plus loin, les deux côtés de la route s'aplanirent ; Victor vit le lieu dont la mère Ferrières avait eu tant de réticences à donner le nom : le couvent des Pénitentes.

L'emplacement n'avait pas été choisi au hasard. Le paysage entier, bois, chemin, plaine, tout semblait dessiné par la main d'un géant pour y placer un trésor, en son plus bel endroit. Mais un trésor qui aurait aussi été une prison.

Au-delà d'une allée de tilleuls et d'un pavillon carré se dressaient de hauts murs qui renfermaient les bâtiments conventuels, dominés par la flèche d'une église. Le lieutenant grimaça, songeant à l'amertume qu'avait dû éprouver Anne-Louise Ferrières en arrivant ici, après sa fugue avortée.

Le couvent des Pénitentes paraissait surgir intact du Moyen Âge, austère et solide, ses pierres de taille à peine érodées par les siècles et défiant les temps nouveaux. Et Victor ne put s'empêcher d'avoir le cœur serré. Car tout cela était promis à l'abandon, peut-être à la destruction.

Au début de l'année précédente, l'Assemblée avait en effet nationalisé la totalité des biens du clergé. Vendus au profit du Trésor public (qui remplaçait le Trésor royal), ils devaient rapporter au bas mot trois milliards de livres, ce qui couvrait en principe largement l'énorme dette du pays. Dans la foulée, l'Assemblée avait supprimé les ordres religieux. Plus de cent mille ci-devant moines ou nonnes avaient été chassés de leurs établissements ; en contrepartie, l'État prenait à sa charge leur traitement. Une véritable désolation, qui laissait sur le carreau deux ou trois fois plus de serviteurs et d'employés, sans revenus du jour au lendemain.

Dauterive chassa vite ces pensées. Au diable tous ces superstitieux !

Devant le pavillon, au pied la façade principale, deux silhouettes s'agitaient autour d'un monticule de quatre pieds de haut. En s'approchant, le lieutenant vit qu'il s'agissait d'une énorme quantité de livres anciens jetés à même le gravier. Deux commissionnaires l'alimentaient avec des ouvrages entassés sur une charrette. Un particulier en grand manteau noir armé d'une plume pointait une liste au fur et à mesure.

Dauterive posa pied à terre au moment même où s'ouvrait la porte principale du pavillon. Deux autres hommes en sortirent, l'un en sabots, l'autre pieds nus, ahanant sous le poids d'une malle. Ils renversèrent tout son contenu dans la boue, des dizaines d'in-folio éclaboussant leurs pieds.

— Bon Dieu ! s'exclama l'homme à la plume. On vous dit de faire attention !

Les deux portefaix, des paysans, se tenaient tête baissée, leurs visages luisants de transpiration. Le plumitif se détourna d'eux et dévisagea le gendarme.

— Qu'est-ce que c'est ?

Son expression, rude et grossière, contrastait bizarrement avec sa figure pâle, sa tenue discrète d'homme de cabinet.

Dauterive le salua militairement et lui expliqua ce qu'il venait faire.

— L'abbesse ? répondit son interlocuteur, le sourcil ironique. Et vous lui voulez quoi ? L'arrêter ?

— Je viens l'interroger sur l'une de ses anciennes pensionnaires.

À sa surprise, tous les hommes présents s'esclaffèrent.

— Vous arrivez un peu tard ! Ces petites dames sont toutes parties depuis belle lurette. Il n'y a plus personne ici.

— Bah si, il reste des sœurs ! protesta l'un des déménageurs, tout en déposant dans la charrette d'autres volumes, qui s'écroulèrent dans un océan de boue. Le plus épais s'ouvrit en laissant apparaître une tête de chapitre finement enluminée. Certains de ces ouvrages, songea Victor, devaient avoir cinq ou six siècles, peut-être plus. Pourquoi les traitait-on avec tant d'irrespect ?

— Et où sont-elles ? demanda-t-il d'un ton plus sec.

Le commissionnaire lui désigna le bâtiment principal d'un geste vague.

— Après la cour, dans le cloître. Normalement tout est ouvert. Vous verrez une affiche au mur. Ces dames logent à l'infirmerie, juste au-dessus.

Il s'apprêtait à jeter un gros in-quarto à la couverture blanchie de poussière. Le lieutenant arrêta son geste.

— Qu'est-ce que vous faites ?

Le commissionnaire haussa les sourcils avec stupeur.

— L'inventaire a été dressé, on lève les scellés, répondit-il. Tout ça appartient à la nation maintenant, ça ira dans les bibliothèques publiques. Quelque chose ne va pas ?

Victor lui lança un regard glacial.

— Si ces livres appartiennent à l'État, traitez-les un peu mieux.

Il tourna les talons en tirant Gris-Poil par la longe.

***

Le couvent ressemblait à un navire abandonné. Après avoir attaché son cheval à un anneau à l'entrée, Victor traversa une première cour cernée de bâtiments à trois étages, qui semblaient assez récents. Un couloir menait au cloître, nettement plus ancien. De larges galeries voûtées entouraient un jardin à la française, leurs colonnettes jaillissant comme autant de plantes minérales, dans une sensation d'infinie quiétude. Le silence était à peine troublé par le ruissellement de milliers de gouttes tombant des corniches.

L'affiche dont on lui avait parlé était collée sur l'une des portes qui ouvrait dans la galerie. À en juger son état, elle s'y trouvait depuis plusieurs mois.

LOI

Relative à la vente de la maison
conventuelle & des biens dépendans de
la ci-devant Abbaye de Villiers-le-Bel.
Donnée à Paris, le 27 juillet 1791.
Louis, par la grâce de Dieu, & par la
Loi constitutionnelle de l'État,
Roi des François :
À tous présens & à venir ; salut...

Une porte claquée le fit se retourner brusquement, le cœur battant. Personne. Une brusque chaleur lui parcourut le dos ; lentement, il glissa la main sous son manteau-capote, à la recherche de son pistolet d'ordonnance.

— Lecture intéressante, n'est-ce pas ? lança une voix féminine, moqueuse, qui le fit sursauter.

C'était une petite personne en cape noire et robe de nonne, la figure enserrée dans une coiffe blanche. Même ainsi, son visage était dépourvu de toute grâce, avec ses yeux noirs sans éclat, son teint couperosé, et son petit nez quelconque. Sa silhouette évoquait irrésistiblement celle d'un tonneau.

— Je vous ai surpris, veuillez me pardonner. Puis-je vous aider ?

Elle souriait mécaniquement, la voix forte et grasseyante.

— Je cherche madame l'abbesse, fit Dauterive après s'être présenté.

— Vraiment ? Et que lui veut la maréchaussée ?

Son visage s'était renfrogné. Un jour, son ami Fragonard avait montré à Victor la copie d'un tableau de Vélasquez représentant l'infante d'Espagne. À la droite de la princesse, on y voyait une naine prognathe ; la religieuse lui ressemblait trait pour trait.

— Je cherche des informations au sujet d'une de vos anciennes pensionnaires. Anne-Louise Ferrières, une jeune fille qui habite La Varenne, cinq lieues à l'est de Paris. Elle aurait séjourné ici en 1787.

— Je vois. Je suis Marguerite Perret de Beauchamps, la mère abbesse de ce couvent. Mais comme vous le voyez, il n'y a plus personne ici. On a chassé tout le monde, nous ne sommes plus que trois. Et encore, on nous fait bien comprendre que nous ne sommes plus les bienvenues.

Elle pointait l'affiche d'un doigt boudiné.

— Celles qui n'ont pas rompu leurs vœux iront au

couvent de Vaux-du-Cernay, puisque c'est la volonté du roi.

Victor hocha la tête en regardant autour de lui.

— Et vos pensionnaires ?

— Dispersées, Dieu sait où. Vous semblez surpris. À quoi est-ce que vous vous attendiez ?

— À rien, répondit le lieutenant en reportant à nouveau son attention sur elle.

— S'il ne fallait pas surveiller la saisie des biens inventoriés, vous ne m'auriez pas trouvée ici. J'aurais préféré brûler vive plutôt que d'assister à ça.

Des larmes perlaient à ses yeux. Elle se détourna. Un instant, Victor songea à l'alerter sur la façon dont les commissionnaires traitaient ses vieux livres, mais il préféra s'en abstenir. Presque naturellement, ils s'étaient mis à marcher dans la galerie.

— Il y a deux ans, ce cloître était rempli de monde. Cent soixante-cinq, sœurs, novices ou pénitentes. Quel mal faisions-nous, je vous le demande ?

Elle lui lança un regard larmoyant, semblant attendre une réponse, mais l'officier préféra garder le silence. Il avait trop lu Voltaire pour ne pas penser comme lui que ces femmes étaient plus prisonnières de leurs superstitions que de hauts murs en pierre, eussent-ils trente pieds de hauteur.

— Connaissez-vous l'ordre des filles de Marie-Madeleine, Monsieur ?

Victor secoua la tête.

Ils avançaient lentement, leur pas résonnant sous les voûtes. Apparemment ravie de trouver un confident, la mère abbesse lui expliqua que si certains bâtiments comme ce cloître dataient du *XIII*e siècle, leur ordre, lui, n'existait que depuis cent cinquante ans. Au départ, il s'agissait de recueillir des femmes perdues et des prostituées, mais celles-ci étant de plus en plus souvent prises en charge par l'Hôpital général[1], le public des recluses avait peu à peu changé. Le plus souvent, elles arrivaient à la demande de leur propre famille, sur lettre de cachet[2]. Des filles, belles-filles, des épouses volages au comportement scandaleux, que l'on voulait remettre sur la voie du salut. Souvent, elles y restaient des années sans que la justice soit consultée. Certaines veuves étaient placées ici, le temps qu'une succession se règle, mais cela durait parfois jusqu'à leur mort. Quoi qu'en dise la religieuse, ce couvent était une prison, la pire des prisons puisqu'on enfermait ses pensionnaires sans jugement.

Sans la Révolution et sa rencontre avec La Fayette, Victor aurait fort bien pu se retrouver dans ce genre d'endroit, pour s'être rebellé contre l'autorité paternelle, dans une de ces maisons de correction qui avaient parfois tout du bagne. Brusquement, il se rendit compte qu'il n'était pas si différent d'Anne-Louise Ferrières. Comme elle, il avait rêvé d'amour et de liberté, il avait voulu rompre les liens familiaux. Comment aurait-il réagi en arrivant ici ? N'aurait-il pas été désespéré, lui aussi ? N'aurait-il pas été tenté de mettre fin à ses jours, comme le prétendait la baronne Ferrières pour sa fille ?

— Enfin, s'exclama l'abbesse sur un ton soudain plus gai, tout cela est du passé. Je suppose que le roi sait ce qu'il fait. Enfin… le sait-il vraiment ? On dit qu'il est presque prisonnier aux Tuileries… Que savez-vous, vous qui venez de Paris ?

Le lieutenant grommela une vague réponse. Elle n'avait pas tout à fait tort. Même avant sa fuite et son arrestation à Varennes, Louis XVI et les siens étaient très étroitement surveillés par la Garde nationale. Maintenant,

---

1. Lieu d'enfermement créé *sous* Louis XIV *pour* les mendiants, pauvres, prostituées, malades mentaux, bref toute la misère du monde.

2. Les lettres de cachet, signées par le roi ou son représentant, permettaient d'enfermer ou d'exiler sans jugement une personne, tant pour des affaires familiales, financières, que politiques. Combattues par les philosophes, elles sont abolies en 1790.

c'était encore pire. Ils étaient arrivés dans les bâtiments plus récents, autour de la cour. C'était le premier quartier – celui de l'enfermement – expliqua la supérieure, toute pensive. Dauterive jugea qu'il était grand temps d'en revenir à Anne-Louise Ferrières.

— Ah. Oui. Je me souviens qu'elle est arrivée en 1787. Une jeune fille bien peu causante, je l'ai reçue comme toutes les autres, à son arrivée. Mais elle n'est pas restée longtemps.

— Combien de temps ?

— Deux mois, répondit-elle sans hésiter.

— Pas plus ?

— Non. Elle ne se plaisait pas ici. Et puis…

Elle chercha ses mots quelques secondes, embarrassée.

— Sa famille n'avait pas d'argent. Il y a des frais, ici.

— Et que se passe-t-il dans ces cas-là ? demanda Victor, soudain glacial.

— Rien. Nous les rendons à leur famille. Si ça n'est pas possible, elles peuvent être placées comme domestiques, et puis il y a l'Hôpital général pour les irrécupérables.

Elle lui souriait, candide, sans remarquer que le regard de son interlocuteur avait viré au noir. Elle parlait de ces filles comme de poulets ou de morceaux de bois.

— Et elle ?

— Elle ?

— Nous parlons d'Anne-Louise Ferrières, il me semble.

— Et bien quoi ?

— Qu'est-elle devenue ?

— Sa famille est revenue la chercher.

— Quand ?

Elle réfléchit un court instant.

— C'était au début de l'hiver 1787. Deux mois. Vous voyez, elle n'est pas restée bien longtemps. Que se passe-t-il donc ?

— Elle a disparu de son domicile voilà une semaine, annonça Dauterive en scrutant son visage.

Mais rien n'avait changé dans l'expression de Marguerite Perret de Beauchamps, comme si la guimpe en gommait les sentiments.

— Oh. Eh bien elle n'est pas ici.

— Quand l'avez-vous vue pour la dernière fois ?

— Mais… je viens de vous le dire.

— Non. Vous m'avez dit qu'elle avait séjourné deux mois ici en 1787. Quand l'avez-vous vue pour la dernière fois ?

— Pardon monsieur. Eh bien non, je ne l'ai pas revue depuis ce temps.

Elle fichait ses petits yeux noirs dans les siens d'un air de défi.

— Pourquoi nous faites-vous tant de mal ?

Le gendarme ne trouva rien à répondre, désarçonné.

— La religion est attaquée. On enferme le roi. Que nous veut-on ?

Victor eut un geste vague. Il n'avait aucune envie d'engager une telle discussion. Certains religieux remplissaient admirablement leur office, il le savait bien, lui qui avait bénéficié de l'enseignement des Oratoriens. Mais d'autres ne faisaient que prêcher la soumission, tout en dépensant leurs formidables bénéfices à Versailles, dans le luxe et le libertinage. Ceux-là n'avaient-ils pas précipité l'église à sa perte ?

— Pour quelles raisons l'avait-on placée ici ? reprit-il.

— Je ne sais pas exactement. Les familles n'aiment pas forcément raconter, vous savez. Je crois qu'elle avait fui son domicile en compagnie d'un prétendant. Enfin d'un prétendant, je m'entends. Les enlèvements sont des choses intolérables. De toute façon, ce mariage n'était pas possible, m'a-t-on dit.

— Qui vous l'a dit ?

— La mère. Le père était là mais il ne disait rien. J'ai cru comprendre qu'ils ne pouvaient pas payer la dot. Et… enfin, ils ne pouvaient pas non plus tolérer un tel scandale. Il fallait bien l'enfermer, le temps qu'elle revienne à la raison, n'est-ce pas ?

— Ce jeune homme, le connaissez-vous ?

— Non.

Il lui tendit le portrait de Baroux, le ravisseur, dont il avait fait une copie. L'abbesse secoua la tête derechef. Puis elle se tut, l'air d'attendre une autre question.

— Quelqu'un est-il venu voir Anne-Louise Ferrières durant son séjour ?

Elle sourit sèchement. L'espace d'une seconde, il eut l'impression de *voir* son étroitesse d'esprit, sa cruauté.

— Nous ne recevions pas d'autre visite que celles de la famille.

— Avait-elle une amie ici ? Vous souvenez-vous d'un fait qui vous aurait marquée ? Une inimitié ? Une querelle ?

— Pas à mon souvenir. Vous savez, elle n'est restée que deux mois ici, et ce n'était pas une fille causante. Voulez-vous voir les registres ? J'ai peut-être gardé sa lettre de cachet, à vrai dire je ne m'en souviens plus.

Elle s'immobilisa, le regard levé vers la façade.

— Vous avez entendu ?

Elle lui montrait une rangée de fenêtres, à l'étage.

Le lieutenant ne remarqua rien.

— Entendu quoi ?

Les yeux inquiets de la religieuse balayaient l'édifice.

— Non, j'ai cru. Je vous montre les registres ?

Il accepta d'un signe et ils quittèrent la galerie vers l'une des ailes du bâtiment. Avec ses trois étages et ses dizaines de fenêtres, ce premier quartier était tout aussi imposant que la partie ancienne, autour du cloître. Il pleuvait toujours. Au beau milieu de la cour, ils s'arrêtèrent net. Le tintement d'une vitre brisée.

— Ah, je vous l'avais dit, murmura la supérieure.

Elle le regarda de nouveau, un peu paniquée.

— Il fallait que je vous dise… ce qui se passe ici…

Elle se tut. Au même instant, une détonation retentit, suivie d'un claquement sec. Des paillettes grises passèrent devant leurs yeux, puis de la poussière. Victor comprit que la balle avait touché le pavé de la cour, le faisant voler en éclats. L'abbesse restait immobile. D'un geste brusque, il la prit par l'épaule, mais elle se défendit sans comprendre. Pendant un temps, ils se débattirent, agrippés grotesquement l'un à l'autre. De près, elle dégageait une odeur aigre de transpiration.

Finalement ils se retrouvèrent à l'abri avant que le tireur ne lâche un second coup.

— Bon Dieu ! s'exclama Dauterive, furieux.

Il plongea la main dans ses basques et en sortit son pistolet, dont il arma le chien maladroitement. Il tremblait encore de peur et de colère.

— On nous tire dessus ? fit l'abbesse en rajustant son voile.

Elle avait la voix cassée.

— À votre avis ? Restez à l'abri.

Il se glissa au bord de la galerie, à l'abri d'une colonne, pour observer l'aile du bâtiment d'où lui semblait venir la détonation. Rien ne bougeait. Il distinguait nettement des carreaux brisés au deuxième étage. Un léger nuage gris s'effilochait devant.

— Comment monte-t-on là-haut ?

L'abbesse lui montra une porte, trente pas plus loin. Tout le sang s'était retiré de son visage, comme passé au blanc de céruse[1]. Dauterive lui ordonna de ne plus bouger

1. Pigment blanc très utilisé comme un fond de teint au *XVIII*e siècle.

et se glissa jusqu'à l'entrée qu'elle lui avait montrée. Il l'ouvrit doucement et y glissa la tête. Une cage d'escalier s'élevait au-dessus de lui sur trois niveaux, une pénombre grise et humide. Il s'avança, maudissant le bruit du fer de ses bottes. Pour couronner le tout, les marches en bois craquaient bruyamment sous son poids.

Victor montait avec réticence, le sang frappant la cadence à sa tempe et dans sa gorge. Pourquoi se lancer seul dans une telle entreprise ?

Il arriva au premier palier, à l'entrée d'un long couloir figé dans la poussière. Toutes les fenêtres étaient fermées. Il s'essuya le front du revers du poignet, irrité par cette peur qui le prenait, qui lui sciait presque les jambes. Il se débarrassa de son manteau-capote et de son bicorne et reprit sa progression.

Une dizaine de marches plus haut, il se sentit presque rassuré. Le deuxième niveau était tout aussi désert que le premier. Il s'adossa au mur pour reprendre son calme. Par quel hasard malheureux avait-il choisi ce diable de métier, où l'on risquait sa vie à chaque instant ?

Il explora longuement l'étage, une succession de cellules vides, aux odeurs moisies. Puis il redescendit. Arrivé au rez-de-chaussée, un infime craquement le fit se retourner. Deux toises au-dessus de lui, l'acier d'une carabine s'animait d'un léger mouvement, celui du chasseur qui ajuste sa cible. Victor fit feu au jugé, au moment où le tireur lâchait lui aussi son coup.

Le fracas des deux détonations avait empli toute la cage d'escalier, en même temps que l'odeur soufrée de la poudre. Il sentit que sa cuisse lui manquait. Brisée sans doute. Il n'avait pas mal mais il bascula lourdement en arrière, sa tête heurtant le sol dans une explosion d'étoiles blanches.

9

Vendredi 2 décembre, une heure de l'après-midi

Le ciel était immobile, marbré de traces grises. Et sec. Victor referma l'œil. L'arrière de son crâne n'était que douleur ; à chaque battement de cœur, il la sentait se répandre sous son front pour se concentrer sous ses sourcils, autour de ses globes oculaires.

Des voix bourdonnaient au-dessus de lui. Paupières closes, il essayait d'évaluer sa blessure à la jambe mais ne ressentait rien. Un jour, un invalide lui avait raconté qu'il sentait encore sa jambe, pourtant broyée dix ans plus tôt sous un chariot. Mais là, rien. Il fit un nouvel effort pour lever les paupières.

Cette fois, une grosse tête apparut dans son champ de vision. Une grosse tête à la bouche large et gourmande comme celle d'un batracien, les yeux mobiles, le menton fort et les cheveux en crinière. La grande bouche s'ouvrit et ce fut comme un tonnerre.

— Alors ? Je vous l'avais pas dit, que ce garçon était solide ?

La phrase, prononcée d'une voix mâle et pleine, résonna douloureusement entre les oreilles du lieutenant. La tête lui tournait, il découvrit qu'il était allongé sur un large canapé de satin vert, dont la présence jurait au milieu d'une cellule aux murs blancs. Ce qu'il avait pris pour le ciel était un plafond sale, avec des taches d'humidité. Outre l'homme à la grosse tête, deux gardes nationaux se tenaient à son chevet, ainsi que l'abbesse qui se tordait les mains, le teint blême.

— Dieu soit loué ! Elle voulut s'approcher mais l'un des gardes la retint par le bras.

— Taisez-vous donc un peu, la mère Perret, dit l'homme au-dessus de Victor. S'il s'en tire, ce n'est pas grâce à vous. Donnez-moi ça.

D'un geste brusque, il lui arracha le verre qu'elle tenait à la main et le colla contre ses lèvres.

— Ça va vous faire du bien, buvez d'un coup.

L'alcool brûla la gorge du jeune homme. Repoussant la main de son sauveteur, il se redressa. Apparemment, il se trouvait dans une ancienne cellule, sa capote et son bicorne sur une table bancale, son sabre appuyé dans son fourreau contre le mur.

— Vous avez de la chance, fit l'homme à la grosse tête une fois Victor remis d'aplomb, au bord du canapé. La marche a cédé sous votre pas et vous êtes tombé. Sans quoi à cette distance, le tireur ne vous manquait pas !

Son interlocuteur portait un habit à haut col en velours couleur noisette, une cravate blanche et des bottes souples à revers, tenue flambant neuve qui valait bien trois mois du traitement d'officier de Victor. Ses cheveux, une abondante crinière brune, étaient libres à la mode nouvelle. Outre la richesse, insolente, il dégageait une irrésistible autorité que renforçaient sa voix puissante et son visage taurin au nez large, à la bouche immense comme s'il voulait croquer le monde.

Il se présenta : Jean-Joseph Bourguet, ci-devant marquis de Travanet. Le jeune homme lui rendit la politesse, rétrospectivement effrayé. Une marche bancale lui avait sauvé la vie.

Travanet éclata d'un rire tonitruant.

— Pour une fois qu'il y a un miracle ici ! Hein, mère Perret ?

L'abbesse ouvrit la bouche, cramoisie, mais il ne lui laissa pas le temps de répliquer.

— Je suis le maire de Villiers-le-Bel. On m'a prévenu de ce qui se passait et je suis venu aussitôt, avec ces messieurs.

— Avez-vous investi le bâtiment ? fit Dauterive d'une voix pâteuse, tandis qu'une ondée de douleur envahissait son crâne. Il grimaça en fermant les yeux.

— Oui, mais il n'y avait personne, déclara Travanet sans même laisser les gardes ouvrir la bouche.

Avec cet homme, les autres ne comptaient plus. Il occupait tout l'espace.

— J'ai interrogé Jeunet, l'employé qui surveille pour moi l'inventaire. Il n'a rien vu. Votre assassin a dû fuir par le parc. Enfin, s'il a réellement disparu…

Travanet regardait l'abbesse avec insistance, mais cette dernière restait de marbre ou plutôt de brique, l'œil pétillant de colère.

S'étant un peu remis, le gendarme interrogea brièvement la supérieure, chaque parole lui faisant souffrir le martyre. Elle répondit qu'elle ne l'avait pas quitté de toute sa visite, qu'elle était donc innocente et que toutes sortes de brigands couraient les campagnes ces derniers temps. L'un d'eux avait dû se glisser dans le couvent… Elle ne quittait pas Travanet du regard. Ce dernier, yeux étrécis et soufflant fort par les narines, semblait un taureau sur le point de charger.

— Arrêtez donc ça, la mère. On trouvera bien ce que vous machinez, fit-il d'un air excédé. Vous ne vous en tirerez pas toujours si bien ! Allons-y, nous autres…

D'un geste du menton, il désigna la porte à Dauterive. L'entretien était clos. Le jeune homme avait trop mal au crâne pour protester. Il se leva pour le suivre.

Dehors, il pleuvait toujours aussi fort.

***

— Alors, vous lui vouliez quoi, à cette vieille carne ?

Avec sa petite escorte, Dauterive retrouvait le pavillon à l'entrée du couvent. Un coupé de ville aux portières vernies attendait là, le cocher encapuchonné sous une cape en toile cirée. Ce dernier sauta de son siège et courut ouvrir à Travanet qui s'engouffra à l'intérieur. Il fit signe au lieutenant de le suivre mais ce dernier refusa, d'autant plus irrité qu'il venait de découvrir son plumet tricolore cassé net, qui pendait sur le devant du chapeau. Il n'en avait pas fini avec l'abbesse : elle devait encore lui montrer les registres et les lettres de cachet des pensionnaires.

Surtout, il se souvenait de son visage blafard lorsqu'on leur avait tiré dessus, de ses mots aussi. *Il fallait que je vous dise... Savez-vous bien ce qui se passe ici ?* Elle avait peur. Elle avait peur et elle n'était pas si surprise. Et si c'était *sur elle* qu'on avait tiré, et pas sur lui ?

— Eh ? Et alors ? Vous allez encore perdre connaissance, l'ami ?

Travanet lâcha un gros rire en voyant Dauterive sursauter.

— Vous n'avez pas vu souvent le feu, hein ?

Il se remit à rire, sa mâchoire de prédateur grande ouverte. Le jeune homme passa outre la remarque, vexé. Bien sûr que si, il avait vu le feu !

— Eh bien vous ne m'avez pas dit : vous lui vouliez quoi, à la mère Perret ?

Il le regardait avec un bon sourire, sans impatience. Le lieutenant lui raconta l'affaire en quelques mots, évitant toutefois d'évoquer Baroux, le fiancé.

Travanet l'écoutant attentivement, le front soucieux.

— Et que pensez-vous de ce qui vient de se passer ?

Victor répondit d'une moue sceptique (ce faisant, il sentait la douleur irriguer tout l'arrière de son crâne).

— Je vais être franc avec vous, jeune homme, reprit Travanet d'une voix plus basse. Vous avez vu l'affiche à l'intérieur ?

— Celle de la vente ?

— Tout juste. Ce couvent est bien national depuis le 27 juillet. Vous entendez, le 27 juillet ! Et que s'est-il passé depuis ?

Il s'indignait, l'œil brillant, un doigt levé. Victor haussa l'épaule.

— Rien ! Il ne s'est rien passé. Parce que cette foutue gueuse a fait traîner l'inventaire tant qu'elle a pu. Vingt fois Jeunet s'en est plaint à moi, il a fallu que je me déplace au conseil du département et que je fasse venir la Garde nationale. Et qu'est-ce à dire, selon vous ?

— Je n'en sais rien.

— Vous n'en savez rien… C'est-à-dire qu'elle refuse de vendre, voilà ! Mais dans un mois, ce sera réglé, on les foutra dehors, elle et ses putains en soutane, foi de Travanet ! Parce que je ne joue pas les chattemites, moi. Je vais acheter tout ça !

Il accompagna sa phrase d'un grand geste du bras, qui fit balancer le coupé sur ses ressorts.

— Ce tombeau, j'y établirai une fabrique, qu'elle le veuille ou non. Je détruirai l'église et j'en ferai des ateliers, tout est prêt. J'ai les fonds pour les machines et pour les canalisations, je produirai le meilleur coton du monde, et je donnerai du pain à quatre cents ouvriers. Mais *elle* ne veut pas. *Elle* vous fait tirer dessus. Cette garce a dû croire que vous veniez l'expulser et elle a voulu vous faire peur. Voulez-vous que je vous dise ?

Il attendit l'approbation de Victor, mais ce dernier se contenta d'un grognement.

— Elle cache quelque chose. Et moi, je crois que vous avez mis dans le mille avec cette histoire de jeune fille. Je ne serais pas surpris que la mère putain ait un rôle à jouer dans sa disparition.

— Je n'en sais rien, peut-être…

— Posez-vous la question. J'ai reçu des lettres de menace. Oui, moi, qu'est-ce que vous croyez ? Que c'est une sainte ? On m'égorgera si j'achète le couvent. Voilà ce que j'ai reçu.

— Quand ?

— Je vous les montrerai. Deux en deux mois. Et maintenant, on vous tire dessus. Qui, et pourquoi ? Posez-vous la question, lieutenant !

— Je me la pose.

— Il y a encore deux mois, la mère Perret faisait travailler un dénommé le Nantais, un ancien bagnard qui s'occupait des jardins. Un assassin. Posez-vous la question de ce qu'il est devenu. Posez-vous la question.

Le lieutenant ôta son bicorne pour en arracher le plumet, qui pendait ridiculement devant son œil. Il devait à nouveau questionner cette femme.

Il remercia Travanet et s'éloigna après avoir décliné son invitation à dîner. Gris-Poil se mit à broncher, croyant qu'ils allaient repartir. Victor lui flatta l'encolure au passage en frissonnant. Le froid le prenait tout entier. Des paquets de pluie irréguliers lui frappaient tantôt le visage, tantôt la nuque. La douleur frappait à coups réguliers contre ses tempes. Il inspira largement. L'idée d'interroger à nouveau l'abbesse le rebutait, l'idée même de retourner dans ce tombeau, mais il devait le faire, maintenant. Avec la mission dont La Fayette l'avait chargé, il n'aurait pas l'occasion de revenir avant longtemps.

Deux pas plus loin, une chaleur désagréable lui envahit le dos. Il s'arrêta. Le mal de crâne revenait, avec un picotement dans la nuque. Ses jambes tremblèrent, il hoqueta violemment et s'appuya au mur pour expulser un long filet de bile.

10

Samedi 3 décembre, neuf heures du matin

Victor rouvrit l'œil aux premières lueurs du jour, alors qu'une femme de chambre tirait ses rideaux.

— Il a gelé cette nuit, annonça-t-elle d'un ton fatigué. Monsieur Travanet doit partir, mais il vous attend pour déjeuner. Vos affaires sont là, faut-il vous aider ?

Il la remercia d'un geste de la main qui lui causa des élancements dans la nuque et les épaules. Il avait l'impression qu'on l'avait piétiné, mais toute sensation de nausée avait disparu.

Après son malaise, Travanet l'avait forcé à venir dans sa luxueuse propriété de style Louis XIII, en briques et pierres de taille qui rappela au jeune homme Saulon, le château de son enfance. Un médecin l'avait examiné, puis il était tombé dans un sommeil agité.

Anne-Louise entrait dans l'eau grise, les larmes aux yeux. Avait-elle vraiment mis fin à ses jours ? Était-ce en lien avec sa fugue ou avec son séjour au couvent ? Il s'était réveillé en pleine nuit, plusieurs fois.

Au petit jour il se leva enfin. Tout dans la chambre était neuf, meubles en acajou, cheminée de marbre et toile imprimée tendue aux murs, on aurait dit une pièce d'apparat. Son habit repassé sentait la lavande, on avait ciré ses bottes et réparé le plumet de son bicorne. Cela lui fit autant de plaisir que s'il retrouvait un membre coupé. Au bas du grand escalier de chêne, un domestique le conduisit jusqu'à une salle à manger aux couleurs chaudes, lambrissée de panneaux de bois sculptés. Un feu vif réchauffait la pièce. Assis seul à table, Travanet entamait un beignet luisant de graisse. Le ci-devant marquis, en chemise et veste de satin sans manches, le col béant sur son torse, fit signe à Dauterive de le rejoindre.

Debout à ses côtés, le gendarme reconnut l'homme qu'il avait croisé la veille, surveillant les inventaires. Il s'apprêtait à lui lire un courrier, mais Travanet leva ses doigts pleins de graisse.

— Ça suffit comme ça, Jeunet. Fiche le camp et écris à ce bougre de maquignon qu'il n'est qu'une canaille. Qu'ils aillent se faire pendre, lui et ses chevaux, si on peut appeler ça comme ça. La dernière fois, sa rosse a crevé d'une fièvre. Celle d'avant s'était cassé la jambe en trois mois, et tout ça pour six cents livres !

Jeunet s'inclina avec grâce et s'éloigna, lançant au passage une œillade ironique au gendarme. Déjà Travanet, un large sourire aux lèvres, prenait le jeune homme par les épaules.

— Les maquignons, tous des voleurs, mon ami !

Il le fit asseoir presque de force.

— Je vois que vous avez repris des couleurs. Il y a tout ce que vous voudrez. Du café ? Du chocolat ?

Devant lui, un service en faïence bleue disparaissait sous les pâtisseries, les laitages et les crèmes. Il servit au jeune homme une assiette remplie et une grande tasse de café au lait bien sucré.

— C'est bien, riait-il, vous avez les habitudes du populaire ! J'aime les gens qui ne font pas de manières !

Un peu écœuré par le monceau de pâtisseries, Victor se contenta de croquer dans une brioche.

— Alors ? Qu'est-ce que vous allez faire ?

— À quel sujet ?

Travanet lâcha un gros rire, dévoilant une mâchoire de carnassier. Ses petits yeux pétillaient. Il avala la moitié d'une crème avant de reprendre la parole.

— On vous a tiré dessus, non ? Que comptez-vous faire ?

— Je ne sais pas encore, fit Dauterive, contrarié. Son hôte l'observa avec un regard plus dur.

— C'est vrai. Vous n'êtes pas obligé de me répondre.

Il reposa sa tasse de café sans se soucier des projections sur la nappe, puis partit se planter devant la fenêtre en hochant la tête. Victor apercevait les parterres où le gel commençait à fondre, brillant sous un soleil pâle.

— Pour qui tenez-vous, Monsieur ? fit Travanet en faisant volte-face.

— Que voulez-vous dire ?

— Vous savez très bien ce que je veux dire. Êtes-vous pour les aristocrates ou pour les patriotes ? Êtes-vous pour les curés réfractaires et le pape, ou pour la Constitution ? De quel côté êtes-vous, Monsieur ?

— Je suis du côté de la loi, répondit Dauterive d'une voix sourde.

— La loi autorise-t-elle que l'on tire sur vous ?

— Personne ne dit le contraire.

Le visage de Travanet lui semblait changé du tout au tout. Il avait l'air de vouloir mordre. Il allait reprendre la parole quand une aimable personne d'une trentaine d'années fit son apparition dans un nuage de parfum. Ses abondants cheveux frisés volaient autour d'un visage rond aux proportions parfaites et aux yeux mutins. Une robe à l'anglaise[1] assortie d'une ceinture en soie rayée

1. La robe à l'anglaise comportait un corsage assorti d'un fichu, ainsi qu'une jupe gonflée par un rembourrage appelé cul de Paris. Durant les années 1780, le fichu menteur, qui permet de faire passer la poitrine pour plus généreuse, connaît un vif succès.

tricolore soulignait sa taille fine. Elle prit Travanet par le cou pour l'accabler de caresses et de mots tendres.

Puis, remarquant enfin Victor (qui s'était pourtant levé d'un bond), elle le salua du menton en le scrutant des pieds à la tête.

— Ne traînez pas, mon cher, dit-elle à Travanet en arrangeant son fichu. Nous devons partir dans une demi-heure.

Elle disparut.

Travanet avait les joues roses, comme un enfant fier de montrer ses plus beaux jouets. Mais à peine leur visiteuse partie, ses traits se tendirent à nouveau.

— Maintenant écoutez-moi bien, jeune homme. Je ne vous connais pas, mais je *sais* qui vous êtes. On en voit beaucoup comme vous ces derniers temps. La cocarde et le plumet sont tricolores, mais le sang reste bleu, hein[1]. Qu'êtes-vous au juste ? baron ? chevalier ? Eh bien, regardez autour de vous ! Tout ce qui est ici, il a fallu que je le prenne. Mon arrière-grand-père était maquignon. Je n'ai reçu mes titres de noblesse qu'à l'âge de trente ans, mais rien n'y faisait : plus je m'élevais, plus ils me méprisaient. Ils venaient à mes fêtes, ils buvaient mon champagne mais je savais ce qu'ils disaient de moi quand j'avais le dos tourné. *Bourguet, le maquignon.* J'aurais pu être cent fois plus riche, j'aurais pu être ministre, rien n'aurait changé ; je n'étais pas digne d'eux puisque je n'avais pas leurs quartiers de noblesse. Aujourd'hui, nous les avons chassés et je les conchie. Eux, leurs évêques et leurs abbés. Ces bougres-là parlaient de Dieu et de religion, mais ils ne pensaient qu'à leur estomac… et à leurs pines, bien sûr. Nous les chasserons. Et s'ils résistent, tant pis pour eux, on les pendra, on leur foutra la paille au cul et on y mettra le feu !

1. Allusion au sang bleu, qualificatif que s'attribuait la noblesse (on disait aussi talons-rouges).

Il se tut, un peu essoufflé et les joues rouges, comme un orateur à la tribune.

— Où voulez-vous en venir ? murmura Dauterive, le cœur battant.

Il détestait les joutes oratoires et ne se sentait pas de taille à contredire son interlocuteur.

— Je veux en venir que nous sommes en révolution et que le monde change. Ne soyez pas prisonnier de vos préjugés, jeune homme. Cette Perret, l'abbesse, c'est une privilégiée. Marguerite Perret de Beauchamps. Elle et sa famille ont sucé le sang du peuple pendant des siècles. Elle vivait grassement, on a vu ça dans l'inventaire. Vous n'avez pas idée des biens que ces gredins avaient accumulés. Croyez-vous qu'elle va tout abandonner, comme ça, sans rien faire ?

— Elle n'aura pas le choix.

— Elle ne se laissera pas faire, elle a quelque chose à cacher. Que savez-vous de ce qu'il se passait ici avant la fermeture du couvent ? Rien ! Vous me dites qu'une ancienne pensionnaire a disparu. Que vous a-t-elle dit à son sujet ?

— Peu de chose…

— Rien ! Elle ne veut pas qu'on sache.

— Qu'on sache quoi ?

— C'est vous le gendarme. À vous de trouver ! Je vous ai parlé de ce Nantais, ce jardinier qui la servait et qui se cache. Un ancien bagnard, ça ne vous dit rien ?

Il s'empara d'une liasse de papier posée sur une console à pieds sculptés et dorés et la jeta sous les yeux du lieutenant.

— Lisez ça…

Trois lignes étaient tracées en capitales maladroites sur un papier blanc sale :

Si tu achete le couven, tu sera pendu

Travanet, visage grave, lui montra un deuxième courrier :

Les bien de dieu ne son pas a vendre

Renonce ou tu sera égorgé comme un cochon que tu és

Trois autres missives étaient des menaces de mort. Toutes comportaient un trou ou une déchirure en haut : on les trouvait clouées sur sa porte d'entrée, expliqua le ci-devant marquis. La première datait de début août, quelques jours après qu'il eut annoncé qu'il se portait acquéreur des bâtiments conventuels. Quatre autres avaient suivi, une par mois.

— On n'a pas attrapé le messager, c'est un malin. La dernière fois il s'est méfié, il a glissé le billet sous une porte de service. Mais je l'attends, j'ai fait poster un chasseur chaque nuit.

— Rien ne dit qu'il reviendra.

— Il reviendra. Et ce ne sera pas forcément pour déposer un mot de menace. Vous avez vu de quoi ils sont capables.

Travanet chuchotait presque, tête baissée, regard mi-clos.

***

Victor retrouva Gris-Poil avec plaisir, et la réciproque était vraie. Le pur-sang, un arabe entier[1], assez petit mais résistant, doux et entêté. Parfois le jeune homme avait l'impression que leurs caractères se confondaient. Saisi par le froid, il avait enfilé sa capote fourrée, avec regret. Chaque jour l'odeur se faisait plus âcre et plus incommodante, comme dotée de sa propre existence.

Arrivé au couvent, à une demi-lieue à peine de la demeure de Travanet, il tira sur la chaîne à droite du porche, qui commandait une cloche. Sans cacher son déplaisir, une religieuse le conduisit sans un mot jusqu'à

1. Pur-sang de race arabe non castré.

l'espèce de cellule monacale où il s'était réveillé après son évanouissement. Il y régnait des odeurs lourdes de soupe et de transpiration. Dans un coin, une marmite cuisait sur un petit réchaud. Les trois dernières sœurs vivaient là dans la promiscuité, comme des réfugiées, survivantes d'un grand désastre.

— Vous avez meilleure mine !

L'abbesse le reçut en se tordant les mains, exactement de la même façon que la veille. Son visage large et rouge bien serré sous le linge blanc du voile, elle paraissait un peu absente. À quoi pouvait-elle donc occuper ses journées ?

Le lieutenant voulut voir les registres d'entrée.

— Oh, vraiment. Tout est là.

Elle lui désignait de grands volumes empilés à même le sol, devant une armoire déjà bien remplie. Un peu gênée, elle ajouta qu'ils n'étaient plus très bien tenus. Le couvent n'était plus ce qu'il avait été.

En effet, le lieutenant ne trouva nulle part le nom de Ferrières. Il reposa son registre, les mains pleines de poussière.

— Elle aurait pu être inscrite sous un autre nom ?

— Seigneur non ! Pourquoi ?

Ses petits yeux noirs brillaient d'une innocence outragée.

— Pour rien, c'était juste une question. Avez-vous la lettre de cachet ?

— Je ne sais pas si mademoiselle Ferrières a fait l'objet d'une lettre de cachet, en tout cas tout est ici. Vous n'avez qu'à regarder.

Il fallut une bonne demi-heure au jeune homme pour déchiffrer les courriers officiels, entassés en désordre au fond d'une malle ; des veuves placées là par leur famille en attendant le dénouement d'une succession, des mineures en fuite ou turbulentes, des épouses volages ; aucune ne concernant Anne-Louise Ferrières.

Il frottait ses doigts noircis d'encre, un peu découragé. L'abbesse s'agitait près de lui, avec son odeur écœurante de femme malpropre.

— Je ne comprends pas ce que vous cherchez, Monsieur. Elle était comme les autres. Que voulez-vous savoir, au juste ?

— Êtes-vous bien sûre de m'avoir dit tout ce que vous saviez d'elle ?

Elle rougit un peu plus sous son regard sévère.

— Monsieur Travanet vous a parlé de moi, n'est-ce pas ? Et que vous a-t-il dit ? Que nous faisions du mal à nos filles ? Que nous étions des fanatiques ?

— Il m'a parlé du Nantais.

Le sang se retira du visage de la religieuse.

— Encore cette histoire. Cet homme était mon jardinier, il était au bagne parce qu'il avait volé du bois. Eh bien oui, je l'ai recueilli par miséricorde, où est le mal ? De toute façon il n'est plus là, puisqu'il paraît que nous n'avons plus le droit de vivre.

— Vous n'avez plus le droit de vivre sur le dos du peuple.

— Ah !

Elle éclata d'un rire grinçant, un peu forcé.

— J'ai bien raison, Travanet vous a raconté ses histoires. Il vous a dit ça parce qu'il veut le couvent, et il le veut tout de suite.

— Il semble qu'il n'y parvienne pas tout à fait. Où est ce Nantais ?

— À vous de le trouver, moi, je n'en sais rien.

— Vous ne l'avez pas revu depuis son départ ?

Elle secoua la tête, la mine renfrognée.

— Qui a envoyé ces billets à Travanet ? Vous ?

— De quoi parlez-vous ?

— Vous le savez très bien. Vous êtes prête à tout pour éviter la vente !

Dauterive s'aperçut qu'il criait presque. Cette femme l'horripilait, trop proche, épaisse, avec son regard obtus. Il se calma en prenant une longue inspiration.

— Je n'ai rien écrit à cet homme et je sais fort bien le sort qu'on me réserve. Je vous trouve bien naïf à l'endroit de monsieur Travanet.

— Votre avis m'importe peu. Niez-vous avoir tout fait pour retarder l'inventaire ?

— Mensonge !

Elle était écarlate.

— L'inventaire a pris du retard parce que Jeunet est un fripon qui ne cesse de voler pour son profit. Et soit dit en passant une créature de monsieur Travanet.

L'information ne surprit guère Victor : malgré sa tenue, Jeunet avait tout du mauvais garçon. Le fait qu'il surveille l'inventaire d'un bien national pour le compte d'un particulier était d'ailleurs probablement illégal.

— Voulez-vous que je vous fasse la liste de ce qu'il a chapardé ? J'ai dû faire des réclamations auprès du directoire du département, voilà la cause du retard. Sans cela, tout aurait été déménagé et je serais partie depuis longtemps. Et de vous à moi, j'en aurais été bien contente. Bien contente ! Pensez-vous que je me plaise à vivre ici comme la dernière des misérables ?

Le lieutenant ne répondit pas, déconcerté. Pas un instant il n'aurait imaginé une telle guerre entre l'abbesse et Travanet. Lequel des deux lui disait la vérité ? Il se leva pour prendre congé, inclinant la tête, ce qui lui causa des élancements dans la nuque.

— Vous ne me croyez pas, n'est-ce pas ? fit l'abbesse d'un air déçu. Mais vous ne savez pas qui il est vraiment. Savez-vous comment il a fait sa fortune ?

Ce n'était pas une question car Victor n'eut même pas le temps d'ouvrir la bouche.

— Il a été banquier de jeu de Marie-Antoinette, à la Cour. Oui Monsieur !

Dauterive avait presque sursauté. Pour pratiquer le pharaon, ce jeu de hasard où la reine avait abandonné des millions, il fallait un banquier de jeu. Son rôle consistait à distribuer les cartes mais surtout à empocher les mises de parieurs lorsqu'ils perdaient, ce qui était le plus fréquent. Pas étonnant qu'à ce compte, le ci-devant marquis ait pu amasser autant d'argent.

— Il ne s'en est pas vanté, n'est-ce pas ? Il a dépouillé notre pauvre reine, voilà comment il a acheté son château. Et savez-vous comment il s'est fait anoblir ? Par sa femme. Et maintenant que c'est la Révolution, il ne veut plus entendre parler de tout ça. Il l'a répudiée. Voilà qui est Travanet !

L'officier recula d'un pas, mais elle n'en avait pas fini.

— Si vous ne me croyez pas, vous n'avez qu'à demander à sa femme, une personne honnête, elle. Pas comme la… enfin, celle qui est au château avec lui.

— Et où peut-on la trouver, cette femme ?

— Elle n'est pas difficile à trouver, elle vit aux Tuileries à la Cour, auprès de notre malheureuse Marie-Antoinette. Elle s'appelle Jeanne-Renée de Bombelles. Allez-y, elle a certainement beaucoup de choses intéressantes à vous dire.

***

Vers quatre heures de l'après-midi Victor aperçut avec plaisir l'étendue grise des toits de Paris, et ses centaines de fumerolles montant au ciel. Le soleil était revenu, sec et froid, qui l'avait contraint à porter de nouveau sa pelisse puante. Après l'octroi à la barrière de Saint-

Denis, il s'enfonça dans le faubourg. Depuis son départ du couvent, il se sentait un peu perdu.

En passant devant l'enclos Saint-Lazare il se souvint de l'émotion populaire qui avait ravagé ses immenses bâtiments le 13 juillet 1789. Des milliers d'émeutiers avaient envahi cette sorte de prison réservée aux jeunes hommes débauchés ou trop libres, exactement comme le couvent des Pénitentes. Près de vingt mille ouvrages précieux de la bibliothèque avaient été détruits ou volés et maintenant, le vieux bâtiment était dévasté.

Pourquoi s'acharnait-t-on ainsi sur l'Église ? Bien sûr, certains de ses serviteurs avaient été cupides ou corrompus. Mais d'autres avaient fait preuve de charité, se dépensant sans compter pour les pauvres. À présent, ils avaient renoncé à leurs privilèges et s'étaient soumis à la loi. Que fallait-il de plus ?

Pourtant certains fanatiques s'acharnaient, tourmentant les fidèles, les traitant de papistes et d'aristocrates, proposant parfois de marquer les prêtres non jureurs au fer rouge, sur la joue ! Quelle sottise ! Des curés émigraient, entraient en clandestinité. Le roi indigné opposait son Veto aux lois contre les prêtres.

Après avoir brossé Gris-Poil, Dauterive regagna son appartement. Joseph avait fait une provision de bois ; il entassait les bûchettes dans un ordre relatif, à côté du poêle.

— Bon sang, pas comme ça, fit le lieutenant, en l'écartant avec humeur.

— J'avans pas encore pris la marmite au boulanger, déclara Joseph en reprenant son équilibre, impassible.

— J'ai bien vu. Tu as si faim que ça ?

— Moi, toujours. Pas vous ?

Il le regardait par en dessous en se balançant d'un pied sur l'autre, la mine boudeuse. Victor ne put retenir un sourire, un peu confus de s'être emporté.

— Si, moi aussi. Avec ce froid, c'est normal, mais tant pis, tu iras plus tard pour la marmite. Tiens, prends ça.

Le petit garçon attrapa au vol sa pelisse dont il venait de se débarrasser.

— Et maintenant, sens.

Joseph lui rendit un regard ahuri.

— Allez, sens !

Il approcha le nez, méfiant. Pour le retirer aussitôt d'un air dégoûté.

Victor éclata de rire.

— Qu'est-ce que c'est, à ton avis ?

— Je savans point ; de la merde ?

— Ou du vomi. Ce brigand de fripier avait réussi à enlever l'odeur je ne sais comment. Il ne perd rien pour attendre. Toi, vas voir la mère François et demande-lui s'il n'y a pas un moyen de nettoyer ça. Ensuite tu remonteras la gamelle.

Un quart d'heure plus tard, le petit boiteux était de retour.

— Alors ?

— Alors elle dit qu'il n'y avans pas grand-chose à faire. La fourrure est en train de pourrir, c'est tout. Elle m'a dit qu'elle peut mettre de la poudre dessus, du palque, et du poivre moulu aussi.

— Du palque ?

— C'est ce qu'elle a dit.

Victor se caressa l'arête du nez, perplexe. C'était certainement une erreur, mais il ne voyait pas de quoi il pouvait s'agir.

— Elle a dit aussi qu'il ne faut pas la mouiller sinon tous les poils vont partir.

— Au point où on en est, ce ne serait peut-être pas si mal. Eh bien tu lui porteras. Et dès lundi, j'irai botter les fesses de ce fripon.

— Ou lui mettre le nez dans sa crotte !

Le gendarme ne put s'empêcher de rire.

— Tu as raison, on le fera étouffer dans son vomi.

Joseph le regardait d'un air vainqueur.

— Eh bien quoi ?

Il sortit de sa poche le dessin du ravisseur d'Anne-Louise.

— C'est bien Baroux, son nom ?

— Oui. Eh bien ?

Le garçon répondit d'un large sourire.

***

En quelques minutes, ils eurent de la boue jusqu'aux genoux. Joseph boitillait, incommodé par les chaussures que le lieutenant le forçait à porter. Pour y faire tenir son pied atrophié, il avait rempli l'un des souliers de charpie, mais cela ne fonctionnait pas bien. Deux fois il le perdit dans la fange de la chaussée. Deux fois il le rechaussa, stoïque, tandis que Victor attendait plus loin sans un mot.

Baroux n'avait pas été si difficile à trouver, lui avait raconté Joseph. Une cuisinière l'avait rapidement mis sur sa piste. Ils passèrent devant la ci-devant abbaye de Saint-Germain-des-Prés, puis l'hôpital de Petite-Maison, encore un lieu d'enfermement, se dit Dauterive. Ici aussi on emprisonnait les fous et les indigents, souvent par lettre de cachet, à la demande des familles.

Puis ils traversèrent le faubourg Saint-Germain, où des dizaines d'hôtels particuliers avaient remplacé les champs et les vergers, pour le plus grand bénéfice d'habiles spéculateurs immobiliers.

Arrivé rue Monsieur, Joseph conduisit son maître jusqu'à un porche en pierre de taille de plus de vingt pieds de haut, surmonté d'élégants balustres à l'antique. Un portefaix déposait devant une dame bien mise, qu'il avait fait traverser sur son dos. Elle vérifia que le bas de sa robe n'avait pas de traces de boue, lui donna la pièce puis s'annonça au Suisse de garde[1].

Dauterive se présenta à son tour.

— Sans invitation, on n'entre pas, déclara le portier en le toisant. C'était un géant de six pieds six pouces, la figure rude taillée à la serpe.

— Mon Dieu. J'ai oublié mon invitation. Et toi Joseph, as-tu la tienne ?

Le petit garçon écarta les deux mains d'un air ennuyé.

— Dans ce cas, je suis au regret… déclara leur interlocuteur avec un sourire qui était tout sauf désolé. Revenez lundi.

Une voiture qui arrivait les força à reculer, une élégante berline en bois verni, des armoiries peintes sur les portières. Le concierge examina le billet que lui tendait le cocher puis inclina la nuque. Une fois la voiture arrêtée, il sursauta : le gendarme et le petit vas-y-dire en avaient profité pour entrer, et traversaient la cour à grands pas.

Il les rattrapa péniblement, embarrassé par sa taille immense. Derrière lui, des laquais en livrée écarlate accueillaient les invités, torches en main. On entendait dans l'entrée des rires et le son d'un orchestre.

— Qu'est-ce que vous faites ? dit-il, hors d'haleine. Je viens de vous dire qu'on n'entr…

— J'ai entendu, mon ami, mais je ne suis pas d'humeur à patienter. Va chercher ton maître.

— Monsieur Baroux est très occupé. Revenez le…

Victor reprit sa marche. Le Suisse fit un pas de côté pour lui barrer la route, Joseph lui avait échappé et filait vers l'hôtel particulier. Le portier faisait de grands gestes du bras à l'attention des laquais sur le perron.

— Je n'ai pas le temps d'attendre. Que décidez-vous ?

1. Les portiers des grandes maisons portaient parfois un uniforme chamarré semblable à celui des gardes suisses, militaires dévolus à la sécurité du roi.

Vous me laissez voir monsieur Baroux maintenant, ou je reviens avec une patrouille de la Garde nationale ?

Ils se défiaient l'un face à l'autre, leurs fronts prêts à se toucher. À la lueur des torches, le teint du Suisse semblait rougeoyer lui aussi. Il montra les dents.

***

— Je vous donne cinq minutes. Pas une de plus.

Avec ses cinq pieds neuf pouces et ses cent quatre-vingt-dix livres[1], Charles-Marie Baroux dominait Victor d'une bonne tête. Le châtelain du Parangon, à Saint-Maur, n'avait pas menti : Baroux avait l'allure d'un rustaud, l'air d'être déguisé avec ses bas de soie et ses escarpins, les sourcils épais sous une perruque grise qui paraissait de seconde main. Il devait avoir une trentaine d'années.

Lui et Victor s'étaient installés près d'une calèche découverte, dans les dépendances. On entendait dans l'hôtel une cascade de rires.

— Ce sera rapide, répondit Dauterive d'un ton neutre. Connaissez-vous Anne-Louise Ferrières ?

Visiblement, Baroux s'attendait à tout sauf à cela. Il se raidit et ses traits se tordirent, comme ceux d'un chien qui s'apprête à mordre.

— Que venez-vous faire ici ?

— Vous poser cette question.

Pendant un instant, le jeune homme s'imagina que son interlocuteur allait lui tomber dessus. Il était bien campé sur ses jambes, légèrement penché vers l'avant.

— Je la connaissais. Mais je ne l'ai plus vue depuis le mois de juillet 1787.

— Quatre ans et demi, donc.

— Je vois que vous avez étudié la mathématique. Je peux partir maintenant ?

1. 1,85 m et 85 kg.

Sans attendre la réponse, il fit demi-tour vers la sortie, mais Dauterive lui coupa le chemin.

— Je vous ai répondu, dit Baroux, la voix rauque.

— Vous ne l'avez pas revue récemment, ni n'avez cherché à la voir ?

— Vous me prenez pour un menteur ? La dernière fois... (il avala lourdement sa salive) c'était... des exempts de police. Ils nous ont surpris dans une auberge, en juillet 1787. Je préfère ne plus y penser, voyez-vous.

— Êtes-vous sûr de ne pas l'avoir revue par la suite ? On m'a dit que vous cherchiez un couvent pour elle.

— C'est vrai. On me pressait d'éviter le scandale. J'ai cherché un couvent... auprès de connaissances... Mais je n'ai pas revu Ann...

Il changea brusquement de figure et se tut.

— Et ? L'avez-vous trouvé, ce couvent ?

— Oui. Enfin on m'a aidé. C'était ce qu'il fallait, les parents cherchaient un endroit éloigné, à cause du scandale.

— Le couvent des Pénitentes...

Baroux papillota des yeux, en manière d'approbation. Il était au bord des larmes.

— Vous ne vous y êtes jamais rendu ?

— Croyez-vous qu'on m'aurait reçu ?

Sa voix n'était plus qu'un filet. Il semblait un enfant sur le point de pleurer. Et bientôt en effet, une larme roula sur sa joue, sans qu'il cherche à l'écraser. Dauterive le dévisageait, l'œil un peu moins froid.

— Vous ne voulez pas savoir pourquoi je vous pose la question ?

— Elle est morte ?

Ses larmes redoublaient. Il se détourna pudiquement.

— Elle a disparu de son domicile. Depuis le 23 novembre.

— Plus d'une semaine... Est-elle... est-ce qu'elle est...

Baroux se redressa lentement, il s'était essuyé les joues à la hâte, y laissant une trace noire. Victor le regardait toujours fixement, impassible.

— Je ne sais pas. Personne ne sait rien.

— Et… C'est vous qui êtes à sa recherche ?

— Oui. Êtes-vous sûr de ne pas pouvoir m'aider ?

Cette fois, Baroux parvint à se contenir. Ses lèvres tremblèrent, il renifla puis inspira un grand coup.

— J'aimerais. Mais je ne sais rien. C'est peut-être mieux ainsi… Oui, c'est sûrement mieux…

Comme il ne disait plus rien, le lieutenant prit congé. Mais à peine s'éloignait-il que Baroux le rattrapait.

— Si vous avez des nouvelles… j'aimerais savoir…

Victor hocha la tête. Au loin, un carrosse se garait au pied du grand perron, le laquais sautant au sol pour en ouvrir la portière. Il crut le reconnaître et s'arrêta. Où l'avait-il déjà vu ?

Un homme descendit. Bien vêtu, la carrure athlétique, le visage taurin. Travanet, ci-devant marquis et banquier de jeu de Marie-Antoinette.

L'homme qui rêvait d'acquérir le couvent des Pénitentes. Déjà Baroux venait le saluer, bras écartés, le visage essuyé, tout souriant.

11

Dimanche 4 décembre, huit heures trente du matin

Il étira son bras droit, puis le gauche, toujours surpris de retrouver pour tout horizon ce plafond gris, ce poêle endormi le long du mur, comme une étrange statue. Bientôt levé, Joseph battit le briquet pour enflammer les bûchettes. Il prit le pichet en étain, où restait un peu de café. Il l'aimait beaucoup, ce pichet, et surtout l'ergot à l'arrière du couvercle à charnière. Cela faisait comme deux oreilles de lapin et il s'imaginait toujours des histoires en l'observant. Pendant un moment, il s'amusa à faire claquer le couvercle, puis il roula sa paillasse et sortit.

Après avoir pris quelques pains à café chez le père François, au rez-de-chaussée, il confia la pelisse de son maître à la boulangère pour qu'elle la nettoie avec son mystérieux mélange. Le petit boiteux perdit vite son sourire en regagnant l'appartement. Dauterive, en veste de velours bleue, sans cravate, était en train de jeter le reste du café brûlant par la fenêtre. Il se retourna vers lui, le regard noir.

— Bon Dieu, qu'est ce qui te prend de laisser chauffer le café sans me prévenir ? Tu veux que j…

Il recula brusquement, mais trop tard. Une longue traînée noire maculait sa veste. Le temps se suspendit.

Victor regardait tour à tour son petit valet, le pichet vide au bout de son bras et la tache de café, une belle balafre sale sur son ventre, impossible à dissimuler. Joseph s'apprêtait à recevoir une taloche, ça aurait été bien le moins. Mais l'officier se contenta de fouiller sa malle (il n'avait toujours pas acheté d'armoire) pour remplacer sa veste souillée par celle de son uniforme, couleur chamois.

Ils descendirent prendre leur déjeuner dans une taverne des environs, bondée, car la température avait encore baissé durant la nuit. Le lieutenant paraissait bouder, perdu dans ses pensées. Dehors il gelait presque, le ciel se teintait de rose pâle. C'était l'un de ces dimanches silencieux où ceux qui ont un toit savourent leur journée de repos à l'abri, bien nourris, oubliant l'hiver.

Ils avaient deux heures à tuer avant leur départ. Après avoir lancé un bon feu, l'officier sortit le dessin commencé quelques jours plus tôt. Le visage de l'inconnue de l'atelier de David apparaissait sur un arrière-plan de forêt. Il se remémorait leur rencontre, par bribes. Sa cape rouge et son manchon de renard, ses yeux clairs aux prunelles acérées, ses joues rondes et son parfum violent ; son émotion lorsqu'elle lui avait proposé de faire son portrait. Quelque chose le contrariait dans l'esquisse, ce regard un peu artificiel, sans doute. Il aurait certainement déplu à son maître David, qui l'encourageait à *copier la nature*, à se *défier de la roideur et de l'académisme*. Découragé, il s'assit sur son lit, en veste ouverte et bas de laine, le regard perdu vers Joseph qui jouait avec son petit soldat d'étain en se racontant des histoires.

Ses pensées glissaient vers Anne-Louise Ferrières, une fois encore. Ainsi donc Baroux, son ancien fiancé, et Travanet se fréquentaient. S'étaient-ils associés, par exemple pour acheter l'ancien couvent des pénitentes ? Était-ce lié d'une manière ou d'une autre à la disparition de la jeune fille ? Pour l'instant, Victor devait laisser tout cela de côté : il avait déjà bien trop tardé à obéir à La Fayette. Lundi, il devrait travailler pour lui, même s'il n'en avait pas la moindre envie.

D'anciens souvenirs remontaient, lorsqu'il revenait à Saulon, pour les vacances. La peur s'installait quelques jours avant qu'il ne quitte le collège, elle grandissait lentement jusqu'à ce qu'il arrive au château, tremblant et silencieux, renfermé, attentif à ne pas donner la moindre prise à son père. Ce qui n'empêchait ni les brimades, ni les coups.

Non, il n'aimait pas le tour que prenait leur relation. Il n'était plus le fils adoptif de La Fayette, mais son obligé, un employé parmi d'autres.

***

Les passants se hâtaient, le visage rouge, de la buée autour de la tête. La cloche de Saint-Séverin sonna 11 heures.

Depuis l'été dernier, les dimanches avaient bien changé. La constitution civile du clergé avait déchiré la France entre le parti des prêtres assermentés et celui des réfractaires. Nombre d'églises ou de bâtiments cultuels, vendus comme biens nationaux, avaient été détruits ou transformés en édifices laïcs, parfois en entrepôts. L'Église n'imposait plus ses fêtes et ses processions. Victor, qui avait la religion en horreur depuis que son père avait essayé de le faire entrer de force au séminaire, ne s'en portait pas plus mal.

Joseph en croupe, le jeune homme traversa la ville encombrée de badauds malgré le froid. Ils longèrent la Seine avant d'arriver, passablement refroidis, à Auteuil, l'un des petits villages qui dominaient l'ouest de la capitale[1]. Depuis que Molière et ses amis en avaient lancé la mode, un siècle plus tôt, les Parisiens aisés venaient

1. Auteuil, Passy, Chaillot ou La Muette.

goûter ici le calme de la campagne. Des maisons bourgeoises et de somptueuses propriétés alternaient avec des vignes et des champs.

Les cavaliers passèrent un portail moussu, au fond d'une rue. Il donnait sur une maison d'un étage, d'apparence modeste et dont le jardin semblait à l'abandon. Au-delà du mur, on devinait un bois. La porte s'ouvrit alors que le lieutenant attachait son cheval à un anneau du mur. Une femme d'une quarantaine d'années s'avança, les longs cheveux noirs ramenés dans un chignon compliqué, le visage aimable et rond, les yeux mordorés, souriante. Olympe de Gouges.

Victor avait connu l'écrivaine l'été précédent, et ils étaient devenus amis (peut-être un peu plus) malgré leurs vingt ans d'écart. Depuis le départ de La Fayette de Paris, Victor venait presque chaque dimanche à Auteuil. Après le repas, ils causaient longuement, enfin surtout Olympe. De son accent chantant – elle était née à Montauban – , elle évoquait l'un de ses projets en cours, tragédie, pamphlet, ou proposition de loi qu'elle n'hésitait jamais à porter devant le roi ou l'Assemblée, son esprit libre et fantasque jamais en repos. Le soir, ils allaient parfois au théâtre à Paris. Et lorsqu'une fois assis leur bras s'effleuraient, que leurs parfums se mêlaient, ils sentaient bien, sans rien oser, qu'autre chose était possible.

Pour une fois le dîner semblait prêt. Il régnait dans la maison une agréable odeur d'herbes aromatiques et de viande mitonnée. Olympe fit entrer le lieutenant dans son petit salon, le dévisageant avec un air de reproche.

— Qu'est-ce qui vous prend de venir à cheval par un temps pareil ? Et avec votre garçon en croupe, comme des paysans ? N'avez-vous pas de quoi vous payer un fiacre ?

Le jeune homme haussa une épaule, un peu bravache, même s'il regrettait le trajet. Il se sentait transi. Il se frotta vigoureusement les mains devant la cheminée, Joseph à ses côtés, tout pâle et tremblant. La cuisinière accourut et se mit à frictionner le petit boiteux après l'avoir enveloppé dans un châle de laine. Puis elle repartit avec lui, non sans avoir fusillé Victor du regard.

Quelques instants plus tard, Olympe et le gendarme s'attablaient devant un potage épais dans lequel flottaient des carottes et d'autres légumes, dont le parfum sembla l'étonner.

— Ne faites pas cette tête, sourit l'écrivaine, malicieuse. On ne va pas vous empoisonner. Ce sont des carottes et du panais cuits avec de l'oseille, du cerfeuil et du pourpier.

Dauterive finit son assiette sans commenter. Habitué à la frugalité, pain, soupe, viandes rôties ou bouillies, fruits pour dessert, il n'était pas amateur de découvertes culinaires. Certains dimanches, son vieil ami Duperrier, l'ancien greffier du Châtelet et fin gastronome, l'invitait chez lui à dîner ; s'il n'en laissait pas une miette et se régalait de vins fins, le jeune homme appréhendait toujours le moment fatidique où son hôte décrirait savamment l'élaboration de ses plats. Pour apprécier un tableau, fallait-il savoir la quantité de peinture que l'artiste avait utilisé ?

Olympe, justement, l'interrogeait sur ses cours chez David. Avait-il commencé une toile ? Le maître lui avait-il donné des conseils ? À la mine boudeuse du jeune homme, son visage rond aux traits doux s'éclaira d'un large sourire. Elle portait ce jour-là un ensemble que Victor ne lui avait jamais vu, caraco à basques et jupe en satin vert d'eau, qui faisait ressortir le jais de ses cheveux.

— Oh, je vois… Dois-je comprendre que vous avez d'autres préoccupations ? Je croyais que votre ami La Fayette n'était plus à Paris, ces derniers temps.

Pour lui avoir apporté son aide l'été précédent, elle n'ignorait rien du rôle très particulier que Victor remplissait parfois auprès du marquis.

Le jeune homme finit son verre pour se donner une contenance. L'écrivaine avait un don pour percer ses secrets, c'en était même étonnant (irritant, aussi). Autant, avec les autres, il était passé maître dans l'art de dissimuler, autant, avec elle, il se sentait parfois transparent.

Il tenta de changer de conversation.

— Connaissez-vous le couvent des Pénitentes ?

— Mon Dieu non, nous n'avions pas ça à Montauban. S'agit-il d'une confrérie en particulier ?

La cuisinière les interrompit. Elle apportait le plat principal, une rouelle de veau à sa façon. Tout en les servant (assez brusquement), elle jetait des regards noirs en direction de Victor. Puis elle repartit, hautaine.

— Qu'est-ce qui lui prend ?

— Elle aime beaucoup Joseph. Il paraît que vous n'êtes pas gentil avec lui.

Olympe souriait doucement, avec un peu de peine, quand même.

— C'est lui qui raconte ça ?

— Certainement pas. Ce garçon vous aime, jamais il ne dit de mal à votre propos. Mais il faut bien reconnaître que vous êtes brutal avec lui.

— Ça alors. Sans moi, il serait mort à l'heure qu'il est !

— Ce n'est pas la question. Vous lui donnez le gîte et le couvert, mais avouez que vous n'êtes guère patient avec lui, Victor.

Surpris, le lieutenant se tut, découpant sa viande en grands morceaux puis la mastiquant. C'était vrai, le petit boiteux l'agaçait parfois, mais il n'avait pas l'impression de le rudoyer.

— Eh bien, que vouliez-vous savoir au sujet du couvent des Pénitentes ? reprit Olympe après un silence.

— Rien.

— Ne faites pas l'enfant. Je vous ai parlé en amie…

Le lieutenant se fit encore un peu prier avant d'expliquer que ce couvent se trouvait quatre lieues au nord de Paris, près d'un village nommé Villiers-le-Bel. Les religieuses appartenaient à l'ordre des filles de Marie-Madeleine.

— Les cloîtres de ce genre sont nombreux, fit Olympe, soudain plus sérieuse. Le plus souvent, ce ne sont que des prisons pour les femmes. Qu'avez-vous à y faire ?

— Moi, rien. Il se trouve que je suis à la recherche d'une jeune fille qui y a séjourné, en 1787.

— Pour quelles raisons ?

Il raconta la fugue d'Anne-Louise, son internement chez les Pénitentes, puis son retour à Saint-Maur, se gardant toutefois d'évoquer la disparition de la petite servante rouquine et l'attentat au couvent. Olympe écoutait, les yeux grands ouverts et la mine peinée.

— Et vous, qu'en pensez-vous ?

— Au début, j'ai cru qu'elle avait mis fin à ses jours. Maintenant, je ne sais plus…

— Oh, Victor. Que cette jeune fille ait mis fin à ses jours ne serait pas si surprenant. Je ne la connais pas mais j'imagine ce qu'elle a vécu. L'an passé, j'ai écrit une pièce qui s'appelait *Le Couvent ou Les Vœux forcés*, un drame en trois actes, et nous l'avons jouée quatre-vingt-dix fois. Combien sont-elles à être jetées dans ces lieux comme dans des tombeaux ?

— Elle n'y est restée que deux mois.

— Pour retourner dans une autre prison, sa famille. Quand donnera-t-on aux femmes les mêmes droits qu'aux hommes ? Imaginez, Victor, que vous restiez mineur toute votre vie. Toute votre vie, il vous faudrait l'aval d'un père, d'un frère, d'une famille, pour décider de votre sort. Jamais vous ne ferez ce que vous voulez. Savez-vous qui l'on jette dans ces couvents ? Des filles comme cette malheureuse qui ont désobéi à leur famille ; des femmes dont le mari ne veut plus ; des héritières que l'on veut écarter des successions ; des filles nées hors mariage dont les héritiers d'un premier lit veulent se défaire. On les déclare démentes au juge, le juge signe la lettre de cachet et les fait emmurer vivantes dans un couvent, sans aucun moyen de se défendre. Mais quand donc pourrons-nous, nous, les femmes, décider de notre propre sort ? Quand pourrons-nous quitter notre mari s'il nous bat ? Quand donc cessera-t-on de nous interdire le divorce, au motif qu'il serait sacrilège, et qu'il rompt les liens sacrés du mariage ? Est-il sacrilège de vouloir vivre sa vie ? Est-il *sacré* de vivre sous le joug d'un mari ou d'un père, de subir l'injustice et de devoir se taire toute sa vie durant ? Ces messieurs de l'Assemblée et des clubs nous parlent sans cesse de liberté et d'égalité. La liberté et l'égalité, oui, mais pour eux uniquement. La véritable égalité existera, Victor, quand les femmes auront le droit de monter sur l'échafaud et à la tribune tout autant que les hommes !

— Tenez-vous donc tant à monter sur l'échafaud ? sourit le jeune homme.

Tout le restant de sa vie, il devrait regretter cette phrase.

— Je tiens surtout à ma liberté ! dit Olympe, un doigt levé. Tenez, vous me donnez une grande idée, Monsieur.

— Moi ?

— Oui, vous. Je vais proposer une loi sur le divorce à mon ami Condorcet. Je crois qu'il est grand temps de le faire.

Le jeune homme ne commenta pas, songeant que la toute récente *Déclaration des droits de la femme et de la citoyenne* rédigée par son amie n'avait guère eu de succès. Même la reine, à qui elle avait dédié l'ouvrage, avait refusé de la recevoir. Mais Olympe ne renonçait à rien. Dans ses écrits, elle avait pensé au droit de vote pour les femmes, à la possibilité pour elles d'entrer dans la Garde nationale, ou à la création d'hôpitaux spéciaux où les femmes pourraient accoucher ; alors pourquoi pas au divorce ?

Ils finirent le dîner avec des entremets, puis des compotes aux poires. Dans la cuisine, on entendait Joseph s'étrangler de rire.

— Alors. Que comptez-vous faire maintenant ? demanda Olympe en s'étirant.

— À quel propos ?

— Pour cette jeune fille. Anne-Louise.

— Sans doute essayer d'en savoir plus.

Il lui raconta sa rencontre avec Travanet, puis Baroux, l'ancien fiancé. Les deux hommes, ajouta-t-il, s'entendaient peut-être pour acheter le couvent.

— Tous les banquiers de Paris ne s'occupent que de cela, des biens nationaux. L'argent avant tout ! On dirait que toute la France est à vendre ! Mais pourquoi s'en prendre à cette pauvre jeune fille ?

— Je n'en sais rien. Pour lui arracher un secret ou pour l'empêcher de parler. Tout est possible.

Ils passèrent au salon. Le temps s'était obscurci. Il n'y avait pas un souffle de vent dans le jardin figé. Olympe relança le feu dans l'âtre, il jetait d'étranges reflets rouges dans le vert de sa robe. Elle se redressa, le visage empourpré, servit un verre de liqueur pour Victor et un autre pour elle, d'eau de violette.

— Et si je vous aidais ? fit-elle en s'enfonçant dans son fauteuil.

Le gendarme leva un sourcil.

— M'aider ? Comment cela ?

— En posant moi-même certaines questions. Il s'agit d'une affaire de femmes et je m'y entends aussi bien que vous. Je pourrais aller voir cette abbesse et l'interroger. Ou que sais-je, retrouver d'anciennes religieuses ou pensionnaires.

Pour toute réponse, il fit une figure renfrognée. Loin de battre en retraite, elle s'animait.

— Vous croyez que je ne saurais pas ?

Olympe le regardait, les joues rosies. Elle vida son verre d'un trait et le reposa sèchement.

— C'est donc cela. Je vous croyais moins influencé par vos préjugés, Monsieur.

— Il ne s'agit pas de préjugés. Vous n'êtes pas revêtue de l'autorité de la loi.

Il se retint d'ajouter qu'une personne du sexe n'avait pas à se mêler d'investigations policières.

— Pas *revêtue*, fit-elle en contrefaisant son air sérieux. Comme vous y allez, mon cher. Vous étiez bien *revêtu* de votre grande autorité quand vous avez entendu ces gens à Saint-Maur, et la mère abbesse, et pourtant, personne ne vous a rien révélé. On vous a même tiré dessus, vous, en uniforme ! Vous êtes donc comme les autres, vous usez de grands mots pour justifier votre despotisme !

— Vous exagérez, bougonna Victor en détournant le regard.

Mais il voyait bien qu'elle n'avait pas tellement tort.

— Me croyez-vous trop sotte pour mener une enquête ?

— Je n'ai jamais dit cela.

— Mais vous le pensez très fort.

— Sans l'autorité de la loi, vous n'aurez pas de moyen de pression. Et pas de protection du tout. Vous ne savez pas ce que c'est.

Elle eut un rire sec.

— Très bien, Monsieur le grand homme de loi. Parlons d'autre chose.

Mais loin de continuer la conversation, elle se mura dans le silence en contemplant le reste de liqueur qui irisait le fond de son verre. Il se força à sourire, mécontent du tour qu'avait pris leur échange. Le contour du visage d'Olympe rougeoyait sous la lueur de l'âtre. On aurait dit de la soie.

Il eut brusquement l'idée d'y poser les lèvres.

***

De retour à Paris, Dauterive s'arrêta au Louvre, laissant sa monture à la garde de Joseph. Mais les grands couloirs étaient plus vides et puants que jamais. L'atelier de David aussi était désert. Le jeune homme repensait à l'inconnue en cape rouge, ses yeux clairs et provocants. Son parfum lui avait paru un peu trop violent, pourtant il aurait aimé s'y perdre, découvrir la chaleur de sa peau, plonger ses yeux dans les siens. Pourquoi ne lui avait-elle pas dit son nom ?

En quittant le vieux bâtiment, il réalisa qu'Olympe avait ce même visage un peu rond, ces joues pleines et douces, et qu'il n'avait pas cessé de penser à elle depuis qu'il l'avait quittée. Il regrettait de l'avoir fâchée au point de vouloir, absurdement, faire demi-tour jusqu'à Auteuil.

Le soir tombait rapidement avec la fraîcheur. La Seine lui parut un gouffre noir, sans lune, aussi triste sans doute que les jours qui s'annonçaient.

12

Lundi 5 décembre, sept heures quinze du matin

C'était lundi, donc. Victor se réveilla avec la désagréable impression de devoir retourner à l'école après de longues vacances. La Fayette n'attendrait pas plus longtemps.

Il avait gelé pendant la nuit et des étoiles blanchâtres tissaient leur toile aux carreaux. Le lieutenant tira Joseph hors du lit, mit le café à chauffer puis se brossa les dents et les cheveux. Il ne savait comment se couvrir ; porter l'uniforme, c'était agir en mission commandée, au service de la loi. S'habiller en bourgeois, c'était entrer en clandestinité.

Jusqu'à maintenant, il ne s'était jamais posé ce genre de question : les enquêtes que lui confiait La Fayette devaient rester discrètes, mais elles étaient légitimes. Aujourd'hui, le marquis n'avait plus de fonction officielle, il n'était même plus député. Alors à quel titre le servait-il ?

Il passa finalement l'uniforme. Après tout, ce qu'il avait à faire ce matin ne demandait pas le secret. La boue de la chaussée avait gelé durant la nuit. Le lieutenant remonta le col de son manteau-capote et se dirigea vers le Châtelet en empruntant le Petit-Pont, puis le Pont-Notre-Dame. Après avoir hautement protesté, les Parisiens se faisaient très bien à l'absence des maisons, détruites quelques années plus tôt[1]. Aujourd'hui, ils s'indignaient du retard de la démolition des habitations du Pont-Saint-Michel, le dernier chantier. Au loin sur le fleuve gris de froid, on apercevait les arches du Pont-Neuf puis le Louvre et les Tuileries. Le fleuve s'encombrait de gabarres et de voiles sous un ciel triste à pleurer.

Un quart d'heure après son départ, le gendarme parvint à la Grande-Boucherie, au pied du Châtelet. À sa surprise, le vieux Duperrier se tenait à l'entrée de la vieille forteresse, emmitouflé dans un savant ensemble composé d'un manteau à col de fourrure, d'un cache-col, d'une toque et de mitaines. De son visage, seuls apparaissaient ses épais sourcils surmontant un nez en bec d'aigle. Appuyé à une canne à pommeau d'argent, le vieillard surveillait deux manutentionnaires qui chargeaient une charrette de cartons d'archives. Étrangement, Victor eut l'impression d'avoir déjà vécu la scène, avant de se rendre compte que c'était le cas quelques jours plus tôt, au couvent des Pénitentes. La France entière déplaçait ses archives ! Se sentant observé, l'ancien greffier remarqua enfin son visiteur.

— Ce bon Victor ! fit-il, un brin acerbe.

Le jeune homme crut un instant que Duperrier le battait froid, mais il était surtout occupé à surveiller les portefaix.

— Regardez, regardez bien, mon ami. Un monde ancien disparaît. Adieu le Châtelet ! Bienvenue à cette nouvelle justice que vous appelez de vos vœux.

Il ne paraissait ni moqueur ni triste, peut-être un peu trop solennel.

— Bientôt, seuls les savants consulteront ces papiers, reprit-il après un soupir, et le passé s'effeuillera sous leurs doigts. Nous ne serons plus que des noms dans des papiers oubliés. Ainsi va le monde !

1. En 1788.

Il se tourna vers le jeune homme, grimaçant un sourire qui lui faisait cent mille rides. Ses yeux larmoyaient un peu.

— Allons, grand-p…

Victor s'interrompit. *Grand-père*, c'était le surnom qu'il donnait à un homme qu'ils avaient connu tous les deux, mort l'été précédent dans d'affreuses circonstances[1]. Heureusement Duperrier n'avait rien remarqué. Il houspillait un des manutentionnaires qui avait manqué de faire tomber l'un des cartons. Quelques minutes plus tard, la charrette chargée s'éloigna.

— Allons venez, fit Duperrier en prenant son ami par le bras. Dans une semaine, mon travail sera fini, j'ai même entendu dire que le Châtelet serait détruit. Ma foi, au point où nous en sommes…

Ils commandèrent un vin chaud dans l'une des nombreuses auberges autour de la Grande-Boucherie. Par la fenêtre, on voyait un boucher trancher un quartier de bœuf à grands coups de couperet, le sang coulant jusqu'à la rue en ruisseaux fumants. Et la buée se formait aussi aux carreaux de la taverne, dans une odeur de tabac et de graisse chaude.

— Alors… cette fois, c'est donc Pétion, fit Duperrier avec un large sourire.

Victor répondit d'une moue fataliste.

— Décidément vous ne vous intéressez qu'au gros gibier. Malheureusement, il n'y a pas grand-chose à dire au sujet de cet individu.

La façon dont le vieillard venait de prononcer ce mot disait assez ce qu'il pensait de lui. Souriant avec amertume, il reprit :

— J'ai fouillé les archives comme vous me l'avez demandé, mais vous serez déçu. Pétion n'a ni procès ni

1. Voir *L'affaire des corps sans tête*.

affaire en cours. Il n'aime pas le jeu ni l'argent, enfin pas plus qu'un autre. S'il a des affaires privées, vous devrez l'apprendre par vos propres moyens.

Dauterive hocha la tête, guère surpris. Si l'homme avait eu un point faible, nul doute que La Fayette le lui aurait signalé. Déjà l'ancien greffier reprenait la parole, bavard comme une pie.

— Avant la Révolution, lui dit-il, Jérôme Pétion n'était rien. Enfin, rien… il était avocat. Il s'est fait élire député à l'Assemblée constituante en 1789 et, bien que bon bourgeois, s'est vite rangé du côté de ces extrémistes qui veulent tout détruire. Son grand ami est Robespierre, c'est tout dire.

Dauterive, habitué aux opinions conservatrices de l'ancien greffier, s'abstint de toute remarque (souvent, cela lui coûtait).

— Son moment de gloire a eu cours en juin dernier, lors de cette dramatique affaire des Varennes. Il fut l'un des trois députés envoyés à la rencontre de notre malheureux monarque et de sa famille. Il monta dans le carrosse royal pour rentrer à Paris avec eux. Depuis, cet homme est devenu le héros des Jacobins. Lorsque l'Assemblée s'est séparée en septembre dernier, le peuple les a portés sur ses épaules, lui et Robespierre.

Le vieillard sortit de sa poche un journal plié en quatre, *Les Révolutions de Paris* ; celui de Camille Desmoulins, donc.

— Lisez ceci, c'est édifiant.

À la lecture de l'article, l'officier se sentit ébranlé : Pétion *le Vertueux* semblait sincère et honnête, certainement pas un corrompu.

— Et que fait-il, maintenant qu'il n'est plus député ?

— Il s'est surtout occupé du club des Jacobins, avec son ami Robespierre. Après la fusillade du Champ-de-Mars, votre ami l'avait presque détruit en entraînant la plupart des membres dans son nouveau club des Feuillants. Contre toute attente, Pétion et Robespierre ont réussi à reconstituer les Jacobins. Ils ont pris un nouvel essor, ils ont maintenant des dizaines de sociétés correspondantes en province. La peste s'étend sur tout le royaume.

Dauterive se caressait le nez pour masquer son agacement. Heureusement, le greffier était une mine d'informations – et aussi un ami – , sans quoi il l'aurait vite remis à sa place.

— Avec Pétion et Robespierre, enchaîna le vieil homme d'un ton docte, les Jacobins ont changé de visage. Ils ont attiré des révolutionnaires enragés. Leur nouvelle idole est un certain Jacques Brissot, une espèce d'aventurier soutenu par un groupe de députés de la Gironde[1]. Ces gens-là prêchent toutes sortes de folies égalitaristes dont Robespierre était autrefois le seul promoteur, le suffrage universel, le divorce ou l'abolition de l'esclavage, au risque de ruiner ce qui reste de nos colonies. Mais surtout, ils veulent la guerre. Ils aimeraient forcer le roi à prendre parti pour la Révolution, et qu'on aille exterminer les émigrés à Coblence. Ils disent que la Révolution doit devenir universelle, qu'elle changera le monde. Quelle vanité !

À cela, Victor n'avait rien à répondre. Ces discours belliqueux n'étaient qu'une conséquence inattendue mais fort logique de la tentative de fuite du roi. La crainte d'un retour armé des aristocrates, soutenus par les troupes autrichiennes, effrayait les patriotes.

— On m'a dit que Pétion voulait se faire élire maire de Paris.

Duperrier sourit après une gorgée de vin chaud.

— On ne vous a pas menti.

— Et quelles sont ses chances ?

— Elles sont grandes, il n'y a guère de concurrents

1. Ébauche de ce que l'histoire désignerait sous le nom du parti Girondin.

à part un certain Desmeuniers, dont on dit qu'il serait soutenu par la Cour. Sauf si bien sûr une autre candidature venait à être annoncée. Auquel cas les cartes seraient rebattues, je suppose.

Il regardait le jeune homme d'un air entendu, n'ignorant pas ses liens avec La Fayette, mais Victor restait impénétrable. Pendant quelques instants, ils ne s'occupèrent plus que de leur vin. Avec le froid, les clients continuaient d'affluer, chalands ou employés de la Grande-Boucherie. Certains lorgnaient curieusement vers le couple qu'ils formaient, et le gendarme finit par regretter d'être venu en uniforme.

— Tout cela ne vous apprend pas grand-chose, déclara Duperrier, et j'en suis désolé. Enfin, vous n'êtes pas venu pour rien, mon cher : l'un de mes informateurs, ancien policier au service des affaires étrangères, m'a appris un fait assez curieux.

Il se gratta un sourcil, une véritable occupation chez lui compte tenu de leur épaisseur. Son œil brillait avec malice.

— Je vous écoute.

— Figurez-vous que Pétion est *très ami* avec madame la comtesse de Genlis.

— De Genlis ? La maîtresse d'Orléans ?

— Soi-même, sourit le greffier. Enfin, son *ancienne* maîtresse.

— *Très ami*, qu'entendez-vous par là ?

— Pas forcément ce que des esprits mal tournés pourraient y entendre. D'après mon informateur, il serait plutôt une sorte d'éminence grise de la comtesse.

Dauterive se taisait, étonné. Stéphanie-Félicité du Crest de Saint-Aubin, comtesse de Genlis, avait longtemps été la maîtresse en titre du duc d'Orléans, aujourd'hui la gouvernante de ses enfants. Intelligente et prodigieusement ambitieuse, elle était sa plus proche conseillère politique, et ce n'était pas rien. Car le duc – premier prince de sang[1] et cousin du roi – était l'un des hommes les plus puissants du royaume, une alternative possible au pouvoir des Bourbons. Certains voyaient d'ailleurs en lui le maître d'œuvre occulte de la Révolution, non sans raison ; l'émeute du 14 juillet avait commencé dans les jardins de son Palais-Royal ; les hommes de main de son parti avaient été vus dans la foule lorsqu'elle avait envahi Versailles pour ramener le roi et sa famille à Paris, en octobre 1789 ; enfin, il n'était pas étranger à la terrible fusillade du mois de juillet précédent, au Champ-de-Mars ; Dauterive ne le savait que trop bien.[2]

— Pétion serait donc du parti d'Orléans.

— Plus ou moins, comme Brissot d'ailleurs, qui est l'un de ses obligés, et beaucoup de membres des Jacobins. À vous d'établir à quel degré exactement. Mais vous devez savoir autre chose de plus étonnant.

Cette fois, le vieux greffier avait abandonné son air malicieux.

— Continuez.

— Pétion et la comtesse se sont rendus à Londres il y a deux semaines. Ils en rentrent à peine.

— À Londres… Qu'allaient-ils y faire ?

— Quelque chose de suffisamment important pour y passer deux semaines. Pour la comtesse, c'est assez habituel car le duc d'Orléans possède un grand nombre de biens de l'autre côté de la Manche. Mais pour Pétion… disons que c'est un peu étonnant. Je ne suis pas certain que Londres soit le meilleur endroit pour d'aussi longues vacances. Si j'étais à votre place, j'essayerais peut-être d'en savoir un peu plus.

***

1. Dans la monarchie, ce titre est attribué au prince de sang qui vient après les fils et petits-fils de France dans le rang de succession.

2. Voir *L'affaire de l'homme à l'escarpin*.

Arrivé à son appartement, le jeune homme, toujours en manteau d'uniforme, rédigea un mot à l'attention de La Fayette, qu'il ordonna à Joseph de porter aussitôt. Le garçon parti, il se mit à l'aise, chargea le poêle et relança le feu. L'hiver arrivait d'un coup. Dehors, les premiers flocons voletaient. Deux coups assez rudes à sa porte le firent se retourner.

Ce n'était pas Joseph, mais un gendarme de l'Hôtel de ville, tout essoufflé d'avoir grimpé les trois étages. Il le salua avec raideur et lui tendit un billet plié en quatre. Victor sentit son cœur s'accélérer. Il fit sauter le cachet.

— Je peux vous aider ? demanda le militaire, un peu inquiet.

— Quand ce courrier est-il arrivé ?

Il reboutonnait son manteau et fouillait dans sa malle, à la recherche de sa pelisse.

— Hier matin je crois, par la poste aux lettres. Je peux partir ?

Le lieutenant referma brusquement le couvercle. Où donc ce petit imbécile avait-il fourré sa pelisse ?

Il avait totalement oublié qu'il l'avait donnée la veille à la boulangère. Il décida de partir sur-le-champ. D'ici quelques heures, il ferait nuit.

Vers la Seine, une voiture de place regagnait son emplacement. Il interpella son conducteur.

— Votre prix pour aller à Saint-Maur ?

L'homme lui répondit d'un regard fatigué, à peine visible sous son chapeau de feutre. Il était engoncé dans une énorme redingote, les jambes calfeutrées sous une couverture. Pour un écu (six livres tout de même !), l'affaire était faite : il leur faudrait une heure.

Victor accepta sans barguigner.

13

Lundi 5 décembre, trois heures de l'après-midi

Il faisait un froid de tous les diables dans le fiacre, heureusement, le cocher tenait à la disposition de ses clients une couverture dans laquelle Victor se pelotonna, malgré son odeur rancie. Par la vitre, il revoyait défiler le même paysage que la semaine précédente, comme un vieux livre un peu trop lu.

Le mot envoyé par Hacar contenait juste assez de détails pour faire naître en lui une immense tristesse, un dégoût de lui-même, de sa sottise et de sa vanité. C'était sa première véritable enquête en solitaire, et voilà comment elle se terminait : il avait tout raté.

Jusqu'à la Marne, le fiacre du gendarme ne croisa personne. Le ciel gris sombre se confondait avec la terre dans un tableau sépulcral et le manoir du Mesnil lui parut plus hostile que jamais. Seule une lumière brillait au rez-de-chaussée, tout était désert, à part un chien qui jappait entre ses bottes en remuant la queue. La porte s'ouvrit brutalement sur Beauvisage. Victor crut voir passer derrière lui une silhouette, dans l'obscurité du vestibule, comme un fantôme.

— Qu'est-ce que vous voulez ? lui demanda le cocher en montrant les dents.

Ce n'était pas une question, mais plutôt une sommation, si brutale que le lieutenant se sentit troublé.

— Vous savez très bien ce que je veux, finit-il par répondre d'un ton sec. Des flocons dansaient autour d'eux, dans la buée de leurs souffles.

Le baron de Ferrières apparut à son tour. Ses yeux étaient rouges, ses traits affaissés, comme démantelés par la douleur.

— Ah, c'est vous… alors vous savez… Oui, tout est fini…

Son ton était toujours aussi lent et hésitant.

Tout était fini, en effet, songeait Victor. Dans son courrier, Hacar l'instruisait que le corps d'Anne-Louise avait été retrouvé ce samedi par un laboureur des environs. C'était dans un petit bois, non loin du manoir. Il n'y avait pas d'autre détail.

— Où est le corps ? demanda-t-il avec effort.

Le baron échangea un rapide regard avec Beauvisage, puis en lança un autre plus rapide encore vers la maison. Victor hésita : il sentait le cocher sur le point de le frapper, et il l'aurait fait avec plaisir. Une lueur dansait au fond de ses prunelles, pas seulement de colère. C'était aussi le regard d'un homme aux aguets, d'un homme qui se reproche des choses. Était-ce lui qui avait poussé la petite rouquine à l'eau la semaine passée ? Lui qui avait tué Anne-Louise ? Victor préféra ne pas lui poser la question pour le moment.

À présent il voyait le manoir autrement. Il n'était pas triste par avarice ou parce qu'on y étouffait sous la morale. C'était la peur qui y régnait, la violence et les secrets malsains.

— Pouvez-vous me dire de quoi votre fille est morte ?

Ferrières fit un signe à son cocher, qui bouillait d'impatience.

— Elle s'est perdue dans les bois… nous l'avons trouvée samedi. Voilà tout ce qu'il y a à dire… Maintenant, je vous prie de nous laisser, ce sera mieux croyez-moi. Il…

Les larmes avaient jailli, il les effaça d'un geste avant de se reprendre.

— Elle n'était pas si loin d'ici, vers… mais comment aurions-nous su ?

— Depuis combien de temps était-elle là ?

Ferrières posa sur Victor ses yeux gris, comme s'il voyait à travers lui, comme s'il n'y avait plus rien, plus de manoir, plus de vie. Il n'eut pas le temps de répondre car l'arrivée d'un phaéton[1] les fit tous se retourner. Juché sous la capote, le petit Gruchet s'arrêta à grands cris et sauta au sol, fort lestement pour son âge. Deux hommes l'accompagnaient, un domestique et un officier de la Garde nationale, un colosse de plus de six pieds boudiné dans sa tenue, les joues écarlates.

Le juge de paix courut vers Victor, le doigt pointé.

— Vous… vous… Qu'est-ce que vous faites là ?

— À votre avis ?

— Vous n'avez rien à faire là ! Et d'abord, qui vous a averti ?

— Cela ne vous regarde pas.

Gruchet émit un petit rire.

— Je ne sais pas pourquoi je vous le demande, ce ne peut être que ce Jacobin de Hacar. Maintenant, je vous prie de ne plus vous mêler de cette affaire. Vous n'êtes pas compétent sur ce territoire. La récréation est terminée. Qu'avez-vous donc trouvé, monsieur le grand *enquêteur-mandaté-par-Paris* ? Rien du tout !

— Plus de choses que vous, rétorqua Dauterive, la voix blanche.

— Ah oui ? Quoi donc, je vous prie ?

— Saviez-vous qu'Anne-Louise Ferrières s'était enfuie

1. Petite voiture hippomobile. Le conducteur s'abrite sous une capote, les domestiques sont sur un banc, derrière.

de chez elle ? Qu'elle avait fait un séjour de plusieurs mois dans un couvent, et que ce couvent est aujourd'hui convoité par son ancien fiancé ? Voilà ce que j'ai trouvé. Un peu plus que vous, je crois.

Il ne sentait même plus le froid malgré la minceur de son manteau d'uniforme. Gruchet rangeait son fouet dans son tube, sur le côté du phaéton, nullement impressionné.

— Et qu'en déduisez-vous, mon ami ?

— Que cette jeune fille a été assassinée, pour des raisons qui tiennent à ce couvent.

Le juge de paix haussa une épaule.

— Ce que l'on sait, Monsieur, c'est que cette malheureuse s'est égarée, qu'il faisait nuit et froid. Tout le reste, ce sont des élucubrations, j'ai déjà eu l'occasion de vous le dire.

Il lui tourna le dos puis le fixa de nouveau.

— Pour ce que vous avez appris, faites-moi donc un procès-verbal.

Il eut un bref sourire et partit vers le manoir.

— Que fait-on maintenant ? fit Victor en lui emboîtant le pas.

Gruchet était arrivé à la porte. Comme s'il n'attendait que ce moment, il sortit un papier de sa poche et le lui tendit, avec une sorte de pitié.

Surpris, l'officier le parcourut du regard :

Nous, Louis-Marie-Jacques Amalric de Narbonne, Maréchal-de-Camp, ministre de la Guerre, ordonnons que le lieutenant Victor-Alexandre-Louis Dauterive soit dessaisi de toute investigation criminelle relevant de la justice de paix de Saint-Maur et alentours. Charge à l'autorité judiciaire de l'en informer ainsi que la brigade de gendarmerie de Bourg-la-Reine.
Fait à Paris, le 3 décembre 1791,
Le ministre de la Guerre, de Narbonne

Victor sentit un froid polaire s'abattre sur ses épaules. Gruchet le dévisageait, un demi-sourire aux lèvres. Au prix d'un gros effort, le jeune homme hocha la tête et repartit d'un pas raide en direction de son fiacre.

***

Aucun doute : le coup venait de La Fayette. Le marquis qui avait quasiment dirigé le royaume pendant deux ans n'avait pas perdu toute son influence. Il voulait Victor à son service et prenait les mesures nécessaires.

Le lieutenant arrêta le fiacre devant l'hôtellerie des *Quatre fils Aymon*, plus si pressé de rentrer à Paris. À vrai dire, il n'avait plus envie de grand-chose. Dans l'auberge remplie, il ne fut pas surpris en reconnaissant, près de la haute cheminée, la silhouette du vieux poivrot à qui il avait causé la semaine précédente, exactement au même endroit, avec le même tricorne, la même pipe en porcelaine qu'il suçotait en chiffonnant les lèvres.

— Ah ah, fit ce dernier d'un air entendu en s'approchant. Alors ? Je vous l'avais pas dit ?

— Dit quoi ? grogna l'officier en retirant son manteau.

Il s'installa près du feu, aussitôt imité par le vieux.

— On l'a tuée, hein ?

Victor ne prit même pas la peine de lui rendre son regard. Il sentait ses relents vineux, ses yeux très bleus bordés de rouge plantés sur lui.

— C'est pas la première fille à qui ça arrive… reprit-il en tétouillant sa pipe. J'ai soif, moi.

Il lui tendait sa timbale en étain, sans se gêner. L'officier poussa un soupir et la lui remplit. Elle fut vidée en un clin d'œil.

— Vous avez vu la fabrique de draps à l'entrée de Saint-Maur. Ils prennent n'importe qui là-dedans, des ouvriers qui viennent d'on sait pas où. Il paraît que deux enfants sont morts là-dedans.

— Quand ?

— Je sais pas quand exactement. Mais quand je dis qu'ils sont morts, c'est qu'ils ont été tués. C'est un ouvrier de la fabrique qui a fait le coup.

Le lieutenant ne se sentait pas la force de répliquer. Il tremblait presque de faim. La pensée (réjouissante) lui vint de prendre ce vieil imbécile par le collet et de l'envoyer au sol, en plein dans la cheminée tant qu'à faire. Heureusement, l'aubergiste arrivait avec son demi-poulet fumant. Il l'attaqua aussitôt tandis que le vieux continuait à l'abreuver de sottises et de contes à faire peur ; des brigands se terraient dans le bois ; ils rôdaient la nuit autour des fermes, volaient les grains et les récoltes ; des laboureurs venus de coins sauvages prenaient tout le travail ; des bohémiens enlevaient les enfants et les vendaient ou les mangeaient. Anne-Louise Ferrières aurait assisté à ces horreurs. Les bohémiens l'auraient tuée, pour la faire taire.

Une exclamation interrompit le vieux. C'était Hacar, tout essoufflé, les joues rosies par le froid, qui ôtait son chapeau rond. Revoir son expression franche fit du bien au gendarme.

— Tiens, le père Dorendot vous a demandé un coup. Eh ben, vous n'êtes pas rendu avec lui. Allez voir plus loin si j'y suis, le vieux !

Il le releva sans ménagement et prit sa place après s'être débarrassé de son manteau. La bonne laine brillait de mille perles, des cristaux qui fondaient à la chaleur du feu. Même ses gros favoris scintillaient d'humidité.

— Bon Dieu, cette fois ça y est, on va avoir de la neige.

Il fit signe à l'aubergiste de lui apporter de quoi boire et sourit à Victor.

— Alors, qu'est-ce qu'il vous racontait, ce vieux singe ? Des imbécilités, pour sûr. Et encore, on n'est pas le soir, il se tient à peu près. Alors, vous avez reçu mon mot… J'ai écrit à l'Hôtel de ville, je n'étais pas sûr.

En quelques phrases, le lieutenant lui expliqua ce qu'il en était.

— Bon Dieu, ils vous ont même pas laissé entrer.

Il avala le contenu de sa timbale d'un coup, l'air d'un forban.

— Gruchet se fout de nous.

— Pourquoi dites-vous ça ?

— Parce qu'il est de mèche avec les Ferrières. Il veut pas de scandale, comme eux !

— Pourquoi ferait-il ça ?

— Pour avoir la paix dans le pays, pardi ! C'est lui qui me l'a dit : si on accuse les Ferrières de meurtre, le parti aristocrate à la Branche-du-Pont va crier au scandale, dire qu'il persécute les nobles ; ils vont s'en prendre aux patriotes de Saint-Maur et ce sera la guerre civile. Et ça, il n'en veut pas ! La garce a été tuée, tant pis pour elle. Elle sera enterrée et c'est tout, comme ça, pas de procédure.

— Tuée, vous n'en savez rien.

— Oh que si !

Il se pencha pour chuchoter à son oreille.

— J'ai vu le corps. Ils disent qu'elle est morte dans les bois, qu'elle se serait perdue. Ah ouiche ! Et pourquoi elle aurait eu le crâne enfoncé, alors ?

Victor sursauta presque. Apercevant le père Dorendot qui tendait l'oreille, il le regarda d'une telle manière que ce dernier se détourna aussitôt.

— Vous êtes sûr de ce que vous dites ?

— Je l'ai vu comme je vous vois. Elle avait le côté enfoncé, là (il montrait sa tempe), et il y avait du sang dans son nez et dans sa bouche. Ils ont essayé de nettoyer, mais tu parles…

Le gendarme sentit son cœur cogner. Anne-Louise, assassinée… Mais, même si c'était le cas, le témoignage de Hacar ne suffirait pas à le prouver.

— Savez-vous si un médecin est venu voir le corps ?

— Bouillonet est passé hier, mais il a fait semblant de rien. Ils sont tous de mèche !

L'officier se caressa l'arête du nez, songeur. Jamais les Ferrières ni Gruchet ne le laisseraient approcher le corps. Entrer par la force, c'était impensable. Même s'il y parvenait, il n'aurait pas le temps de constater quoi que ce soit, tout le monde lui tomberait aussitôt dessus. Quant à trouver un allié dans la place, c'était hors de question. Il ne restait qu'une solution, un peu folle et très risquée. Une affaire à perdre sa place dans la gendarmerie s'il se faisait surprendre…

— Pourriez-vous m'héberger cette nuit ?

Hacar se redressa sur sa chaise, surpris.

***

— Vous êtes sûr de ce que vous faites ?

Victor leva le doigt pour intimer le silence au serrurier. Avec la nuit, le visage de ce dernier, d'ordinaire rosé et plein d'enthousiasme, était d'une pâleur cadavérique. Ils regardaient un point dans le noir, les joues ruisselantes.

La neige s'était transformée en pluie, une grosse pluie généreuse et bruyante, la même que lorsque le lieutenant était venu la première fois dans ce pays. Autour d'eux, tout luisait sous l'eau et l'on ne voyait rien à dix pas.

Après avoir quitté l'auberge, dans l'après-midi, le lieutenant était sorti du village en fiacre. Mais à peine arrivé dans le bois, il avait payé le cocher, puis était revenu à pied vers la maison de l'assesseur en profitant de l'obscurité.

Les deux hommes avaient soupé en attendant minuit. Mais plus l'heure avançait, plus Hacar se montrait sec et tendu. Le lieutenant semblait ne pas s'en apercevoir.

Le serrurier possédait une charrette toute simple. Vers une heure de la nuit, il y avait attelé son cheval, l'expression fermée.

— Et si on se fait prendre ? avait-il chuchoté, geste levé.

Victor n'avait rien répondu.

Ils n'avaient rencontré personne dans la plaine. La pluie noyait tout, elle coulait dans leurs yeux. On devinait très loin le murmure du fleuve charrié par le vent. Enfin l'artisan avait immobilisé sa voiture dans un chemin creux à La Varenne.

— Bon Dieu. S'il y a une patrouille de la Garde nationale, on est bons ! Et vous, vous allez perdre votre grade !

D'un geste, le lieutenant lui fit signe de se taire et lui ordonna de manœuvrer sa charrette pour la placer dans le sens du départ, puis ils prirent à pied la direction du manoir, bien plus proche qu'ils ne l'imaginaient : une dizaine de pas plus loin, ils se heurtaient aux murs.

— La porte est fermée. La porte cochère aussi…

Hacar semblait sur le point de défaillir.

— On va passer par le côté du fleuve, fit Victor en repartant en avant.

Curieusement la terreur grandissante de son acolyte renforçait son propre courage. Ils contournèrent le mur d'enceinte, glissant parfois dans les flaques de boue, jusqu'au chemin de halage le long de la haie vive. On voyait par des interstices la lourde silhouette de la maison Ferrières.

— Allez, quoi, supplia Hacar. Je vous ai dit ce que j'ai vu. Ça ne vous suffit pas ?

Il avait plaqué la main sur l'avant-bras de Victor, une main calleuse, forte, aux grosses articulations brillantes sous la pluie. Mais ses doigts tremblaient comme ceux d'un enfant.

— Faites ce que je vous ai dit. Ils ne s'y attendront pas.

— Ils doivent veiller le corps.

— Je sais bien, bon Dieu, c'est pour ça que vous êtes là ! Vous voulez vous débarrasser de Gruchet, oui ou non ?

— Pas comme ça. Ça ne marchera pas. C'est lui qui va se débarrasser de moi. Il serait trop content, foutre ! Vous êtes complètement fou !

— Ça marchera. On aura la preuve qu'il est de mèche avec les Ferrières.

— Vous l'avez, la preuve, je vous ai déjà tout dit.

— Vous n'êtes pas officier de gendarmerie, Hacar. Votre témoignage ne compte pas.

Ils chuchotaient fort, sur le point de s'empoigner. Pendant de longues secondes, on n'entendit plus que la pluie et le fleuve. Finalement, l'assesseur tordit la bouche.

— Très bien. Mais si ça tourne mal, je dirai que c'était pas mon idée. J'ai une famille à nourrir, moi.

Victor préféra ne rien répondre. Le premier, il franchit la haie par l'une des minces ouvertures, au prix d'un effort important. Le serrurier le suivit, d'abord la jambe puis le torse. Il passa en force dans un grand craquement, tomba de l'autre côté dans les bras du gendarme. Un premier aboiement retentit à cet instant précis. Puis un véritable concert.

Après une dernière consigne à Hacar, Dauterive courut jusqu'à l'entrée du manoir tandis que son complice gagnait les communs, les épagneuls jappant toujours. Resté seul, Victor sentit la peur l'envahir, au point de l'empêcher de réfléchir. Sa raison lui commandait de fuir. Mais il songeait à cette fille qui reposait à l'étage, dans une chambre mortuaire. Une jeune fille assassinée, il n'en doutait plus.

Doucement, il se glissa dans le Mesnil.

À l'intérieur, tout était calmé, plongé dans la pénombre. Le jeune homme avait remarqué une petite porte au pied de l'escalier. Un débarras, comme il l'imaginait. Il s'y faufila et referma derrière lui. Les chiens aboyaient toujours. Aux étages, toujours rien. Son cœur cognait à l'étouffer. Pendant quelques instants, il s'imagina qu'il se faisait prendre, qu'il était emmené dans la cour, devant Gruchet appelé à la rescousse. Hacar avait raison : il était fou !

Un bruit lointain l'arracha à ces pensées. Un fracas de planches qui s'écroulait, ou de vitres brisées, à l'extérieur. Hacar, enfin. Il entendit des pas sur le plancher, au-dessus de sa tête. Un cheval hennissait dans les écuries, Beauvisage hurlait au feu.

Les habitants sortis du manoir (c'était du moins ce qu'il lui semblait), Victor quitta lentement son refuge. Il n'avait que quelques minutes devant lui. Il manqua de trébucher en arrivant en haut, surpris par la hauteur de la dernière marche. Le couloir était sombre, hormis une lueur diffuse sous l'une des portes.

Le vieux plancher craquait sous ses pas. Dehors, la mère Ferrières vociférait, demandait des seaux. Un homme, Beauvisage peut-être, criait qu'on aille chercher les habitants de La Varenne. Il retint son souffle.

Anne-Louise Ferrières gisait sur son lit, éclairée d'une unique chandelle, un missel ouvert et un chapelet abandonnés sur le siège miteux, à côté d'elle. Victor s'approcha, le sang battant à ses tempes, intensément ému, comme s'il retrouvait une personne aimée. Il l'avait toujours imaginée libre, galopant sur la lande, et maintenant elle dormait pour toujours dans une robe blanche, les mains jointes, un crucifix posé sur la poitrine, la peau du visage tendue, très légèrement orangée sous la flamme.

Comme il se l'était imaginé, son visage était infiniment gracieux, triangulaire, le menton délicat, les lèvres ourlées, les yeux clos. Elle n'était pas morte de la veille, car malgré le froid, une odeur de chair corrompue flottait dans l'air, âpre et révoltante, l'odeur de notre propre trépas.

Pourtant elle restait belle, de cette beauté pure et totale qui fait se déchirer les hommes. Il fut tenté de poser un doigt sur sa peau, absurdement, mais n'en fit rien.

On entendait toujours l'agitation dehors, les hennissements du cheval affolé. Le lieutenant revint à lui. Malgré ce qu'avait affirmé Hacar, il n'y avait pas de traces de sang sur le visage de la jeune morte, juste quelques caillots noirs aux narines, rien aux commissures des lèvres. Mais une plaie s'ouvrait en haut du front, à la racine des cheveux, s'élargissant et s'approfondissant. Maladroitement appliqué, le maquillage ne masquait rien. La chair avait éclaté comme un fruit trop mûr, comme l'écorce d'une noix. Comment Gruchet pouvait-il écarter l'hypothèse d'un meurtre ?

L'officier sortit de sa poche un papier, un peu humide. À peine avait-il commencé son portrait macabre que la porte s'ouvrait, en bas. Un pas lourd résonna dans le vestibule, et bientôt dans les marches.

14

Mardi six décembre, huit heures un quart du matin

Le front collé à la vitre, il regardait la cour plongée dans le noir. Hormis son majordome et deux de ses plus fidèles serviteurs, personne ne savait qu'il était là. Une semaine qu'il prenait ses repas seul à l'étage, qu'il ne sortait presque pas. Parfois, il se réveillait en pleine nuit, surpris par le silence de cette grande demeure, surpris aussi par cette situation. Comment en était-il arrivé à cette clandestinité, à ces manœuvres occultes qu'il exécrait tant ?

Lorsqu'il avait quitté la capitale, près de deux mois plus tôt, il pensait ses travaux achevés. La nouvelle Assemblée était en place, la Constitution votée et sanctionnée par le roi. Il avait reçu cent témoignages d'amour, on lui avait forgé une épée avec les verrous de la Bastille, offert un buste en marbre de Washington. Les cent vingt lieues de trajet, de Paris à Chavaniac, avaient été un triomphe de chaque instant. On l'attendait pour des discours, les jeunes filles lui offraient des fleurs devant les corps constitués.

Aujourd'hui, tout cela lui paraissait presque irréel.

Les émigrés continuaient à grossir leur armée, à la frontière. À Paris, perturbateurs et anarchistes semaient la haine et la division. Il n'était plus possible de fermer les yeux : lui seul pouvait encore sauver le trône.

Il se retourna en entendant la porte s'ouvrir.

— Alors ?

Son majordome secoua la tête tout en poussant Joseph dans la pièce, d'un geste brusque.

— Il est presque minuit et ton maître n'est pas là, lui dit La Fayette. Es-tu sûr de ne pas me cacher des choses ?

Le petit boiteux secoua la tête. Il s'était habillé à la hâte et tenait entre les mains son tricorne.

— Tu me comprends au moins ?

— Oui.

Le marquis soupira et se mit à arpenter la pièce.

— Es-tu bien certain que Victor n'a pas de maîtresse ?

Joseph ouvrit des yeux ronds.

— Une bonne amie, traduisit le majordome en le bousculant du plat de la main. Je lui ai posé la question mais ce petit drôle prétend que non. Et il prétend aussi qu'il ne sait pas où le lieutenant a passé la nuit. Je suis sûr qu'il se fait plus bête qu'il n'est. Je peux lui faire passer l'envie de se moquer de nous si vous voulez.

La Fayette refusa d'un geste las. Dauterive commençait à l'agacer avec ses envies d'indépendance. Et quelle idée, aussi, de prendre pour valet ce petit boiteux qui parlait à peine français. Il lui avait procuré une charge de lieutenant de gendarmerie. N'avait-il pas les moyens de vivre sur un autre pied, avec un véritable domestique ? Quand donc deviendrait-il honnête homme ?

Il congédia Joseph en lui donnant l'ordre d'avertir Dauterive de venir le voir à l'hôtel de Noailles toutes affaires cessantes.

— Toutes affaires cessantes, entends-tu ? Dis-lui aussi de s'habiller en bourgeois et de passer par l'entrée de service. Tu te souviendras ?

Le petit garçon hocha vigoureusement la tête.

***

Victor se réveilla brusquement au claquement clair, assourdissant, d'un marteau. Pendant quelques instants, il s'imagina que des charpentiers lui dressaient un gibet. Il ne reconnut pas le décor, une chambre étroite aux murs écaillés, sans meubles, du papier huilé en guise de carreaux à la fenêtre. La couverture du lit, humide, pesait comme du plomb. Il faisait si froid que sa respiration se transformait en buée.

Tout lui revenait. Alors qu'ils rentraient de leur expédition, Hacar, trop heureux de s'en être sorti, lui avait vingt fois raconté comment il était entré dans l'écurie des Ferrières, comment il y avait renversé le bois coupé avant d'incendier la réserve de paille. Bon Dieu, elle était à moitié mouillée et il avait bien cru que ça ne partirait pas, mais finalement le feu avait pris, et tous les habitants du manoir étaient arrivés en courant. Et il riait comme un gamin, fier de lui mais surtout terriblement content de s'en tirer à si bon compte.

De son côté, le gendarme s'était enfui par le couloir au dernier moment, alors que la baronne remontait, puis il avait sauté de la fenêtre d'une chambre. Une fois rentré chez l'assesseur, il avait achevé le croquis d'Anne-Louise. On y voyait fort bien la plaie profonde sur son front.

— C'est exactement ça, avait murmuré Hacar en regardant le dessin, fasciné. Et Gruchet qui raconte qu'elle est simplement tombée en se promenant ! On va lui fourrer sous le nez, il sera bien obligé de s'expliquer.

Le gendarme avait secoué la tête.

— Non, ce n'est pas une preuve légale. Je vais simplement décrire ce que j'ai vu dans mon procès-verbal. La plaie est si profonde qu'on distingue l'os du crâne. On verra bien ce que la brigade de gendarmerie de l'arrondissement en dira. Et s'il ne se passe rien, je leur montrerai le dessin.

— Foutre de brigands ! Ils sont prêts à tout, hein !

Victor n'avait pas répondu, ne sachant pas de qui il parlait exactement.

Après un rapide déjeuner, il prit un fiacre pour Paris, retrouvant avec plaisir son quartier Saint-Séverin. Il salua les boulangers puis croisa la veuve Pinsonnet, l'apparieuse du premier étage, s'étonnant encore une fois de sa mine triste qui n'avait pourtant aucun lien avec son humeur – il avait mis du temps à le comprendre. Ils échangèrent quelques mots sur le temps et le voisinage, puis sur la guerre qui menaçait, ce qui l'inquiétait fort. Victor la rassura : l'Autriche et la Prusse étaient bien trop occupées en Pologne ou en Turquie pour nous faire la guerre ! Il se sentait d'humeur joyeuse. Ce triste sire de Gruchet avait voulu l'écarter de l'enquête. On verrait bien maintenant s'il ne devrait pas lui confier de nouveau !

Sa gaîté s'envola lorsqu'il découvrit Joseph allongé sur son lit, les pieds nus, jouant avec son petit soldat en étain. Le garçon bondit sur ses pieds, tout pâle, l'air penaud.

— Je pouvans aller chercher des pains ? Il n'y a plus de café mais je pouvans aller en chercher.

L'officier refusa d'un geste, jetant son manteau sur la table.

— Je ne sais pas pourquoi tu es tout le temps sur mon lit. Tu n'as rien d'autre à faire ? Hier, j'ai cherché partout ma pelisse…

On frappait à la porte. Le battant s'ouvrit sans qu'il réponde sur un majestueux personnage, qu'il reconnut aussitôt.

— Vous voilà enfin, fit ce dernier en inclinant la tête non sans dédain. Monsieur le marquis vous espère depuis hier soir.

Son ton était à peine poli. D'un geste impératif, il lui indiqua la direction de l'escalier, lui ordonnant de se vêtir en bourgeois sur le champ.

Il n'avait même pas ôté son tricorne.

Victor inclina la nuque avec raideur et partit se changer, un goût amer au fond du palais.

***

À la surprise du gendarme, ils descendirent de leur fiacre de louage aux environs des Tuileries et continuèrent à pied jusqu'à la rue Saint-Honoré. Le majordome s'arrêtait tous les vingt pas pour observer leurs arrières avec des mines de conspirateur.

Enfin arrivés à l'hôtel de Noailles, ils empruntèrent une porte, puis un couloir de service qui les mena jusqu'à l'un des salons du premier étage.

La Fayette lui tournait le dos, debout à la fenêtre, jambes écartées et mains jointes, absorbé dans la contemplation du grand jardin à la française. Il portait un habit de drap noir que Victor ne lui avait jamais vu. Pendant un long moment il ne dit rien, aussi immobile que les lourdes penderies de soie aux embrasures. Puis il se retourna d'un bloc.

— C'est bien, vous êtes là…

Il se tut comme s'il cherchait ses mots. Son visage était aussi avenant que d'ordinaire, bien plus en tout cas que le jeune homme ne l'aurait pensé. Il en éprouva un grand soulagement.

— Je sais que je peux compter sur vous, n'est-ce pas ?

— Bien sûr, répondit Victor après une hésitation.

Il venait de reconnaître, à la porte, un grand gendarme que La Fayette utilisait souvent comme homme de main, un dénommé Lafleur.

— Comme un père peut compter sur son fils…

Le gendarme s'inclina, faute de trouver une réponse. Il sentait l'entretien dériver lentement vers autre chose, quelque chose qu'il n'aimerait pas. La Fayette avait les lèvres serrées, une ombre noire au fond de son regard si clair d'ordinaire.

— Mais je ne peux pas compter sur vous comme un père. Vous me mentez, Victor. Je vous avais confié une mission, et vous ne l'exécutez pas.

— Je…

— Je ne veux pas avoir à vous surveiller, je veux pouvoir compter sur vous, vous comprenez ?

Ce n'était pas une question car il reprit aussitôt la parole.

— Nous nous sommes vus jeudi dernier. Qu'avez-vous fait pour moi en cinq jours ?

— Vous le savez. Je vous ai écrit.

Le marquis le regarda fixement en hochant la tête, puis il se mit à marcher.

— Oui, j'ai vu. Vous avez fort bien travaillé, comme toujours. Et c'est ce qui me désole. En faisant peu, vous obtenez beaucoup. Beaucoup plus que mes autres agents.

À ces mots, Victor sentit la colère sourdre en lui. Il n'était donc plus son fils adoptif, mais seulement l'un de ses agents, plus doué que les autres, et pour cette raison seule plus précieux.

— Le temps nous presse, Victor. Je vous avais donné deux semaines. Êtes-vous assuré que ce voyage à Londres ait eu lieu ?

Le jeune homme dut rassembler ses idées avant d'approuver. Il n'y avait pas lieu de penser que Duperrier se soit trompé.

— Qu'avez-vous appris d'autre ?

— Rien. Je ne suis pas sûr qu'il y ait grand-chose à apprendre…

Le marquis s'arrêta de marcher et lui lança un regard noir.

— Ce n'est pas à vous d'en juger. Cherchez d'abord !

Victor sentait les larmes monter, larmes de peine et de colère, enfantines. En même temps, il lui semblait que ses yeux se dessillaient. Pour la première fois il voyait l'orgueil de La Fayette à nu, sa violence et sa soif de pouvoir, sa vanité. Et cela lui fit mal.

— Vous ai-je jamais déçu ? murmura-t-il, si bas que le général l'entendit à peine.

— Ne raisonnez pas tant, reprit ce dernier. Souvenez-vous que nous avons tous fait le même serment. Celui de vivre libre ou de mourir. Vous en rappelez-vous ?

— Nous l'avons tous fait.

— Alors ne l'oubliez pas. N'oubliez pas que vous servez la grande cause de la liberté.

— La liberté, ou votre propre cause ?

Pendant un instant, La Fayette ne trouva rien à dire. Avec une amère satisfaction, le jeune homme le vit rosir, comme sous une injure. Jamais ils ne s'étaient parlé ainsi. En vérité, ils ne s'étaient jamais affrontés.

— Vous ne savez pas ce que vous dites, Victor. Je préfère l'oublier. Je n'ai pas à me justifier devant vous…

Il cherchait ses mots, le regard fixé vers le sol, bouche crispée.

— Jusqu'à maintenant, vous étiez sous ma protection. (Il leva brusquement la main pour faire taire le lieutenant.) Moi aussi, je vais vous dire quelque chose que vous n'aimerez pas. Quel âge avez-vous ?

— Vous le savez très bien.

— Répondez-moi !

— Dix-neuf ans.

— Vous êtes mineur, Victor. Pendant deux ans, votre père a encore tous les droits sur vous. Y compris celui de vous placer en maison de correction, tête de mule que vous êtes. Et il le ferait, croyez-moi, si vous n'étiez pas officier de gendarmerie. Que croyez-vous qu'il se passerait si ce n'était plus le cas ?

Le jeune homme inspira difficilement.

— Votre père n'a jamais renoncé. Il a écrit au ministère de la Justice, à celui de la Guerre, dès qu'il a su votre position. Il a tout fait. Il a même écrit au roi ! Vous faites l'étonné… Seigneur. Vous vous croyez libre, Victor, vous pensez que vous décidez de votre sort, des missions que vous entreprendrez ou non. Vous jouez à l'artiste. Oui, je sais cela aussi ! Mais sans moi, vous n'êtes rien ! Il me suffirait d'un mot pour vous chasser de la gendarmerie. Les motifs ne manquent pas…

— À qui la faute… Vos ordres…

— Ce n'est pas la question. Sans moi, sans ma protection, demain, vous retournez chez vous en Bourgogne, à bon droit ! Est-ce cela que vous voulez ?

Tout était sorti d'un coup, sèchement, comme une salve de mousqueterie. Et Victor hochait lentement la tête, sonné, la tête vide et l'envie de se jeter sur son mentor. Son *ancien* mentor, se dit-il.

15

Mardi 6 décembre, midi

Le déjeuner servi (café, chocolat, pommes, laitages et autres petits pains à café), le marquis mangea de bon cœur, Victor refusant de toucher quoi que ce soit. Silencieux, il fixait tantôt le parquet à chevrons, tantôt le ciel blême par la fenêtre. Douze coups sonnèrent au couvent des Feuillants tout proche.

— Il nous reste une semaine et demie avant l'élection, dit La Fayette avant de terminer son café, l'œil vague. Il faut agir promptement.

Il avait repris la conversation d'un ton léger, comme si tout ce qu'ils venaient de se dire était sans importance. De son côté, Victor avait la sensation d'avoir perdu une forme de respect peut-être ou d'intimité, il voyait maintenant La Fayette *de l'extérieur*, tel un étranger.

— Êtes-vous assuré que Pétion n'a aucune affaire de justice en cours, aucun scandale ?

— Je vous l'aurais dit.

Le marquis reposa sa tasse et se tamponna les lèvres.

— Que savez-vous de ce voyage à Londres ?

— Rien d'autre que ce que je vous ai déjà rapporté, répondit Dauterive de mauvaise grâce.

Il s'était assis le plus loin possible de la table, le dos raide. Il grimaça ; une douleur fulgurante lui traversait l'arrière du crâne, séquelle de sa chute, au couvent. La Fayette ne remarqua rien.

— Je suis certain qu'il y a quelque chose à trouver sur le séjour de Pétion à Londres. Il accompagnait la comtesse de Genlis, la conseillère intime du duc d'Orléans, et il y est resté deux semaines entières. Ce qui veut dire que cela cache encore je ne sais quelle manœuvre du duc, j'en mettrais ma main au feu.

Le jeune homme fit une moue sceptique.

— Peut-être. Mais rien ne le prouve.

— À nous de le prouver. C'est pourquoi vous irez là-bas sur-le-champ, et vous me rapporterez tous les détails de ce voyage.

De surprise, Victor en oublia sa colère.

— À Londres ? Je ne parle pas un mot d'anglais !

— Je sais. Mais vous n'irez pas seul. J'ai retenu les leçons du passé, mon cher Victor.

Il poussa brusquement sa chaise pour se mettre à marcher, le visage animé et les yeux brillants, si bien que le jeune homme eut (brièvement) l'impression de retrouver leur complicité d'autrefois.

— Je ne suis pas sûr qu'il s'agisse d'affaires politiques, fit le marquis, un doigt levé. Depuis la fusillade du Champ-de-Mars, Orléans a perdu tout crédit chez les agitateurs parisiens. Ils ont vu que l'homme était un pantin. Plus personne ne le soutient ouvertement.

— Et donc ?

— Et donc il s'agit certainement d'affaires financières. Le duc est l'homme le plus riche du royaume. Il avait déjà quelques biens en Angleterre, ce n'est pas un secret, mais je crois qu'il veut aller plus loin. Je pense qu'il est en train de transférer *l'ensemble de ses biens* à Londres.

— Pour se préparer à l'émigration ?

— Tout juste ! Jamais nous n'avons été si proches de la guerre. Les émigrés se regroupent aux frontières, l'Autriche et la Prusse ont juré de rétablir l'Ancien Régime en France. Maintenant qu'Orléans a compris cela, qu'il n'accédera jamais au trône, il quitte le navire !

— Et Pétion serait son agent ?

— Oui. Avec la Genlis. Vous irez à Londres et vous en rapporterez la preuve. La duplicité de ce brigand sera reconnue et sa candidature à la mairie de Paris s'effondrera. Nous emporterons la partie.

Il se tut, un peu essoufflé. Victor roulait le bout de son nez sous son index, perplexe. La Fayette, l'homme le mieux renseigné du royaume, n'émettait sûrement pas cette hypothèse au hasard.

— Vous m'avez dit que je devais partir avec quelqu'un.

— Ah. Oui. J'ai trouvé la personne qu'il vous faut. Il est insoupçonnable, c'est un proche de Pétion et des Jacobins, il connaît bien Danton et les hommes d'Orléans. Et il est habile. Il a été commissaire de police, il est aujourd'hui député et membre du Comité de surveillance de l'Assemblée nationale[1]. Vous n'aurez pas de meilleur allié…

Le visage fermé, il tourna les talons pour ouvrir une porte avec une sorte de gêne. Victor se leva à demi, les sourcils froncés. Un ancien commissaire de police, proche de Pétion… Ce n'était tout de même pas…

Ses réflexions s'arrêtèrent là. Comme dans un mauvais rêve, il vit apparaître l'homme qui correspondait à cette description. Comment le marquis avait-il pu faire appel à lui ?

La Fayette referma doucement le battant. Âgé d'une cinquantaine d'années, le visage ascétique marqué de deux longs plis d'amertume aux joues, le nouveau venu portait comme toujours un habit sombre de belle facture, une cravate blanche et des bas de soie. Six mois plus tôt,

1. Comité créé à l'automne 1791, sorte de ministère bis de la Police et de la Justice. Son nom serait transformé en Comité de sûreté générale.

il n'était encore qu'un bourgeois à son aise, mais il avait changé, cela se sentait à ses vêtements, et surtout à son attitude plus assurée. Son regard, bleu, entouré de longs cils noirs qui lui donnaient l'air d'être maquillé, était toujours le même. Calme et cynique.

À la réaction de Dauterive – mélange d'incrédulité, de colère et d'impuissance – , il esquissa un sourire et se tourna vers La Fayette :

— Ne vous l'avais-je pas dit, que nous nous exposerions à quelques réticences ?

— N'en faites pas trop, Monsieur Charpier, dit le marquis d'un air agacé. Il obéira, peut-être mieux que vous. Et vous, Victor, ne faites pas cette figure. Dans ces affaires, il me faut des auxiliaires efficaces. Charpier parle parfaitement anglais. C'est l'homme de la situation.

Victor bouillait de colère, mâchoires contractées. Lors de leur première confrontation au printemps 1791, l'ancien commissaire avait failli le tuer. Homme retors et violent, Charpier servait alors la Cour, tout en s'affichant au côté des agitateurs parisiens comme Marat ou Danton. À plusieurs reprises par la suite, il avait tenté de faire assassiner Victor, mais ses forfaits étaient restés impunis : rendus publics, ils auraient fait imploser la Révolution. Il avait fallu l'amnistier.

Après la fuite avortée du roi, Charpier s'était remis à comploter, cette fois pour le compte d'Orléans. Mais sentant le vent tourner, il avait trahi son nouveau maître pour servir La Fayette, moyennant finances bien sûr. Que pouvait-on espérer d'un tel individu ?

— Et je suppose que je n'ai pas le choix, murmura le gendarme, amer.

La Fayette eut un geste d'impatience.

— Que voudriez-vous ? Aller seul à Londres, vous qui ne parlez pas la langue ?

— Ce serait moins dangereux qu'avec ce traître. Il me poignardera dans le dos.

— Arrêtez ! Nous servons la nation, le reste ne compte pas. Vous irez à Londres, Victor, et vous ferez ce qu'on vous dit.

Charpier attendait la fin de l'échange, impassible, mais semblant tout de même beaucoup s'amuser.

***

— Vous feriez mieux de profiter du moment, mon cher…

Le ci-devant commissaire examinait avec intérêt l'un des panneaux de bois peints du cabinet privé où il se trouvait avec Dauterive. Le dessin vivement coloré, à l'antique, représentait une paysanne – compagne de Dionysos ou de Bacchus peut-être – en longue robe rouge, bras et jambes dénudés, une coupe pleine à la main. Il y avait de la naïveté et de la grâce, de la pureté dans les détails et les couleurs. Bien des années plus tôt, Charpier avait exercé la profession de graveur, il ne connaissait alors de la vie que les ateliers, l'odeur aigre de l'eau-forte et celle des papiers imprimés. Ses journées, il les passait penché sur ses ouvrages, les mains noircies par l'encre, soumis aux caprices de ses riches clients. Artisan habile mais anonyme, jamais il n'aurait imaginé vivre à Paris et s'élever aussi haut dans le monde.

Victor n'avait aucune envie de lui parler. Une fois les consignes données par La Fayette, lui et son compagnon de circonstances avaient pourtant gagné le Palais-Royal tout proche, où l'ancien commissaire l'avait prié à dîner. Il fallait bien qu'ils préparent leur mission.

Dix ans plus tôt, ce gigantesque ensemble de bâtiments et de jardins, propriété du duc d'Orléans, avait fait l'objet d'une formidable opération immobilière. Un nouvel opéra, des galeries marchandes, des restaurants et des cercles de jeux, des bordels, tout avait été fait pour attirer le chaland – riche de préférence. Victor n'aimait guère cet endroit, pas seulement à cause de ce tourbillon de vice et de frivolité, mais aussi parce que le duc y entretenait un désordre politique permanent, une corruption née de l'ancien régime qui commençait à gangrener le nouveau.

Mais il avait suivi Charpier sans un mot au café de Chartres[1], somptueux établissement dont le premier étage abritait des cabinets particuliers. Après avoir examiné une autre peinture, l'œil plissé, l'ancien commissaire se tourna vers Dauterive. Il semblait serein, presque souriant, à mille lieues de l'homme violent qu'il était encore quelques mois plus tôt. Il leva son verre

— À nos succès…

Comme le lieutenant ne trinquait pas, il le dégusta tranquillement. L'espace d'un instant, il parut absent, puis il examina à nouveau le jeune homme, une gaîté froide au fond des yeux. L'arrivée de deux serveurs qui amenaient les potages et les hors-d'œuvre le détourna de son observation.

— Nous allons travailler ensemble… déclara-t-il en entamant son entrée. (Il mangeait à bouchées franches, une serviette étalée sur son buste.) Ne pensez-vous pas que nous devrions le faire en bonne intelligence ? Le passé est le passé. Des temps nouveaux nous appellent.

— Je me souviens d'un soir de février, au début de l'année. Vous m'avez livré à la foule en disant que j'étais un espion de La Fayette. J'ai été sauvé par un honnête homme nommé Gastine, que vous avez fait assassiner par vos tueurs. Peut-être même avez-vous pris part au crime. Un autre homme est mort par votre faute, le vieux Bouvreuil. Et une jeune fille qui n'avait rien demandé à personne.

1. Aujourd'hui le Grand Véfour.

— Ce n'est pas moi qui commandais, vous le savez.

— Vos forfaits n'ont pas été punis. Ne comptez pas sur moi pour être votre ami. Vos mains sont pleines de sang. Le sang de mes propres amis.

L'ancien commissaire reposa sa cuiller, un peu pâle, les traits tendus. Certes, son apparence avait changé, il était plus poli, plus souple, mais Victor comprit qu'il n'avait rien perdu de son ambition et de sa hargne.

— Les temps changent, mon cher, déclara-t-il en détachant ses mots. L'ennemi d'hier peut devenir l'allié d'aujourd'hui, vous devriez y songer…

Il se tut, alors qu'on emportait les plats vides pour servir une poularde et un canard en hochepot[1]. L'odeur fit presque défaillir Victor. Il était presque une heure de l'après-midi et il n'avait rien dans le ventre. Charpier avait le verbe facile. Il exposa toutes les raisons qui pouvaient justifier leur alliance. Certes, il avait commis des erreurs, mais qui n'en commettait pas ? Et puis il s'était amendé ! Ne lui avait-il pas sauvé la vie quelques mois plus tôt – au péril de la sienne ? Enfin, les temps étaient troublés. Pour que la grande Révolution aille de l'avant, il fallait user de tous les moyens, quitte à porter un masque. Leurs idées, les idées du grand Jean-Jacques[2], triompheraient, mais pour l'instant, on ne pouvait agir publiquement. Il fallait louvoyer, simuler et se dissimuler. Enfin, La Fayette, son maître, son quasi-père, avait ordonné qu'ils agissent ensemble tous les deux. Voulait-il trahir sa confiance ?

À mesure que Charpier plaidait sa cause, Victor s'était servi un peu de poularde. Il avait pris une bouchée, puis deux, puis avait tout englouti. Le verbe enveloppant de son compagnon le grisait, presque autant que le vin. Il oublia sa colère, poussé par la faim, finit un reste de

1. Sorte de pot-au-feu.

2. Jean-Jacques Rousseau.

potage au riz, prit du canard, puis les beignets à la crème qu'on apportait pour le dessert.

L'ancien commissaire le regardait s'empiffrer, une lueur moqueuse au fond des yeux.

— Enfin mon cher ami, conclut-il, n'oubliez pas ma nouvelle position. Je pourrais vous rendre service.

Victor le dévisagea d'un regard interrogateur, le beignet levé. Une goutte de crème s'en échappa sur sa cuisse.

— Je suis député, mon cher.

— Avec de tels députés, nous voilà sauvés…

— J'appartiens au Comité de surveillance de l'Assemblée nationale. Nous avons aujourd'hui presque plus de pouvoir que le ministère de l'Intérieur…

— Grand bien vous fasse. Mais si votre idée est de me recruter, vous perdez votre temps. J'ai assez d'employeurs comme ça…

— … qui ne vous traitent pas si bien. À votre place, je me méfierais. J'ai cru comprendre que La Fayette menaçait de vous chasser de la gendarmerie pour vous rendre à votre père. Prenez garde à votre beignet, vous êtes en train de tapisser votre culotte.

Le jeune homme reposa sa pâtisserie, agacé. Il se sentit soudain ridicule, le ventre lourd, la tête pleine d'étoiles.

— Il vous en a parlé…

— Naturellement. Il connaît votre esprit rebelle. Il ne lui a pas échappé que vous cherchiez à vous libérer de son emprise. Il y a mis fin à sa façon. Vous avez des investigations en cours je ne sais où. Saint-Maur ? Est-ce cela ? (Victor, furieux et stupéfait, sentit ses joues le brûler.) Je peux représenter une alternative heureuse. Le Comité de surveillance a besoin de gens comme vous. Si j'appuie votre candidature, vous serez fonctionnaire de l'État, appointé par l'Assemblée nationale. Vous aurez un bon traitement et serez définitivement à l'abri de la tyrannie de votre père. Vos missions seront parfaitement légitimes : elles émaneront de l'Assemblée nationale et non de l'ambition d'un homme seul. Combien gagnez-vous comme officier ? Deux mille livres par an ? Deux mille cinq cents ? Je vous en offre dix mille. Qu'en dites-vous ?

Victor le fusilla du regard.

— Vous y songerez plus tard, sourit Charpier.

Son visage dur n'exprimait aucun sentiment. Il s'essuya la bouche du revers de la main, sonna au cordon et revint s'asseoir. Maussade, Dauterive mâchonnait le reste de son beignet. Il finit son vin d'un coup et s'essuya les lèvres. Devenir l'obligé de ce serpent ? Très peu pour lui !

Les cafés arrivaient. Le jeune homme sucra largement le sien et commença à le boire à petites gorgées tandis que l'ancien commissaire détaillait le trajet : il leur faudrait trois jours pour arriver à Londres, sauf si le mauvais temps s'y mettait, ce qui était toujours possible en cette saison. Deux jours sur place leur suffiraient pour glaner les renseignements qu'ils cherchaient. Ils pourraient donc être de retour dans huit à dix jours, juste avant l'élection municipale à Paris.

— Nous partons demain. Préparez votre bagage cet après-midi et prenez de quoi vous couvrir. Il fait plus froid en Angleterre qu'ici, et la Manche peut être très mauvaise à cette époque. Connaissez-vous un peu Pétion, au moins ?

Dauterive haussa une épaule avec indifférence.

— Vous avez tort, mon cher. On n'en sait jamais assez sur ses *clients*. Même si cela vous apparaît inutile de prime abord. Si vous aviez été membre des Jacobins, je vous aurais conseillé d'y aller ce soir. Il s'y prépare une belle joute entre Brissot et Robespierre. Tout le monde attend de savoir de quel côté Pétion se rangera.

— Est-ce vraiment important ?

— Peut-être. Peut-être pas. Moi, j'ai tendance à penser que l'avenir de la Révolution se joue en ce moment.

Si Brissot l'emporte, nous basculons dans la guerre. Si c'est Robespierre, ce sera autre chose. Jusqu'à présent, Pétion, qui est son ami le plus proche, le soutenait dans la lutte contre la guerre, mais le duel de ce soir pourrait le faire basculer dans le camp des bellicistes. Nous verrons bien.

— Le club des Jacobins n'est pas l'Assemblée. Ce n'est pas eux qui décideront de la guerre.

— Juste observation. Mais ils sont de plus en plus influents. Ce sont eux qui ont fait voter les décrets contre les émigrés ou les prêtres. Si Pétion devient maire de Paris, ils vont renforcer leur emprise. Mais bah, toute cette politique ne vous intéresse sans doute pas. Je vous en parlerai demain, cela nous occupera pour le voyage. Il me tarde de converser avec vous.

Victor lui découvrait un ton sarcastique qui lui rappelait quelqu'un d'autre, mais il ne sut déterminer qui, et cela ne lui déplaisait pas tant.

— Je suis membre des Jacobins, j'y ferai un tour ce soir, lâcha-t-il doucement, remarquant avec un peu d'orgueil la surprise chez son interlocuteur.

Mais ce dernier se reprit aussitôt.

— Il est vrai que vous avez le don de fourrer votre nez partout. J'aurais dû m'en douter. Je crois de plus en plus que nous allons former une joyeuse équipe.

Charpier sourit, cette fois franchement, avant de finir son café à petites gorgées gourmandes.

16

Mardi 6 décembre, neuf heures du soir

Comme souvent, le club des Jacobins, rue Saint-Honoré, était bondé. Les derniers arrivés se hâtaient de traverser la grande cour, vers l'église où se réunissait l'assemblée. À leur passage, deux torches projetaient sur le fronton leurs ombres immenses, dans un air glacial qui embaumait la résine.

Bien que sociétaire depuis l'été précédent (pour cela, il fallait être un homme, parrainé par cinq autres membres, et s'acquitter d'un copieux droit d'accès[1]), Dauterive ne fréquentait plus guère cette société, la plus puissante du royaume, passant beaucoup plus de temps à l'atelier de David qu'à discuter politique. Il est vrai que ses dernières enquêtes l'avaient singulièrement refroidi. Des hommes comme Mirabeau ou Danton vivaient dans un luxe très éloigné du commun des citoyens. Corrompus par les puissants qu'ils prétendaient combattre, ils ne parlaient fort que pour mieux être payés. Dénoncer ces tartufes ne servirait à rien : à force de flatter le peuple, ils en étaient devenus ses idoles, ils étaient intouchables.

Victor ne les jugeait pas tous à cette aune, mais il se méfiait : même Pétion le Vertueux, l'ami de Robespierre

1. Vingt-quatre livres, soit un mois de salaire pour un ouvrier.

(ce qui plaidait plutôt en sa faveur), pouvait porter un masque.

Après avoir quitté son nouvel acolyte dans l'après-midi, il était rentré chez lui vers Saint-Séverin, vaguement découragé. Les gens se hâtaient, visages rouges, couverts comme ils pouvaient, et Victor se demandait comment les plus miséreux pouvaient marcher pieds nus par de telles températures.

Chez lui, tout était sale, il avait houspillé Joseph, lui demandant de ramener toutes sortes de fournitures, du pain, du café, du papier à dessin et des bûchettes. Il n'aimait pas l'idée de devoir laisser le garçon seul dans cet appartement pendant plus de huit jours. Il l'imaginait dérangeant ses livres et ses dessins, s'allongeant sur son lit avec ses pieds souillés et son sacré petit soldat d'étain. Ces pensées l'irritaient ; il se consola en pensant à Gris-Poil auquel Joseph apporterait des soins attentifs.

Avant que Victor ne reparte pour les Jacobins, Joseph lui avait rapporté sa pelisse en fourrure. Le gendarme fit des yeux ronds.

— Chez la mère François ? Tu aurais pu me le dire... Tu la remercieras bien.

Le petit garçon avait gardé les yeux baissés, un peu brillants, Victor lui avait pincé le menton, maladroitement.

— Je dois te remercier aussi. Je croyais... Je dois sortir ce soir, tu peux dîner tout seul. Fais attention.

Arrivé aux Jacobins, il avait déchanté : sa défroque puait toujours autant. Après avoir fait illusion pendant une dizaine de minutes, elle avait pour ainsi dire repris vie de dégageait maintenant une violente odeur poivrée. Il chassa son irritation d'un geste du bras et poussa la porte de l'église, où les débats avaient déjà commencé.

Trois lustres suspendus à la voûte éclairaient à peine une nef de plus de trois cents pas de long. Comme dans la plupart des sociétés politiques, on avait remplacé les anciens bancs par des tribunes. Seul élément de confort, un imposant poêle à bois trônait au milieu, son tuyau montant jusqu'au cintre de l'édifice. Il n'y avait presque que des habits noirs, beaucoup de perruques de bourgeois, quelques prêtres, et un public nombreux, hommes et femmes mêlés. Un homme montait en chaire. Victor l'aurait reconnu entre mille.

Deux fois déjà il avait rencontré Robespierre, toujours ici. En moins de deux ans, le petit avocat de province s'était taillé une place à part au sein des patriotes. Il était devenu l'Incorruptible, un héros du peuple parisien. Âgé d'une trentaine d'années, de taille moyenne, frêle d'apparence, il était toujours bien couvert, les cheveux soigneusement poudrés. Ses traits étaient harmonieux mais peu expressifs ; Victor leur trouvait quelque chose de félin, avec ses narines frémissantes et son regard clair.

Il déplia lentement son papier avant d'entamer son discours. Sa voix ne portait pas loin, comme chez Danton ou d'autres, habitués aux effets de manche. Il n'était que simplicité, rigueur, et détermination. Un feu brûlait en lui, le feu de la Révolution.

La guerre, disait-il, la guerre ! Voilà ce que voulaient le roi, la Cour et les ministres. Ils poussaient les patriotes à combattre les aristocrates à Coblence en Allemagne, où ils s'étaient réfugiés. Et il fallait aussi batailler contre les princes allemands qui les protégeaient. La voix de l'orateur s'élevait, sèche et nette, plus ample.

— À Coblence, dites-vous, à Coblence ! Est-ce à Coblence qu'est le danger ? Non, Coblence n'est point une seconde Carthage ; le siège du mal n'est point à Coblence, il est au milieu de nous, il est dans notre sein. Est-ce le moment de vous engager dans une expédition dont vous ne connaissez ni le plan, ni les causes secrètes, ni les conséquences ? Vous ressemblez à un homme qui court incendier la maison de son ennemi, au moment ou le feu prend à la sienne !

L'ancien député d'Arras laissait planer son regard un peu myope sur l'assistance, souvent en direction d'un homme dans la salle. Le discours, murmura à Victor son voisin, ne s'adressait en réalité qu'à Brissot, qui menait campagne en faveur de la guerre, à la tête d'un groupe de nouveaux députés venus de la Gironde. Le menton levé par défi, ce dernier crispait une main sur son banc, son visage un peu allongé tout pâle.

— La plus extravagante idée qui puisse naître dans la tête d'un politique, poursuivit l'ancien député d'Arras, pointant le doigt dans sa direction, est de croire qu'il suffit à un peuple d'entrer à main armée chez un peuple étranger pour lui faire adopter ses lois et sa constitution. Personne n'aime les missionnaires armés !

Un murmure avait accompagné cette déclaration. Encore une fois, le verbe de Robespierre semblait sur le point d'emporter les suffrages. Sur son banc, Brissot tordait sa drôle de figure un peu concave. Les regards se portaient aussi sur Pétion, dont on attendait qu'il choisisse enfin son camp.

— La guerre est bonne pour les officiers militaires, pour les ambitieux, pour les agioteurs qui spéculent sur ces sortes d'événements. Elle est bonne pour les ministres, elle est bonne pour la Cour, elle est bonne pour le pouvoir exécutif dont elle augmente l'autorité. Et voilà monsieur Brissot qui me dit qu'il faudra marcher sous les ordres du marquis de La Fayette ! Et que c'est au roi qu'il appartient de mener la nation à la victoire et à la liberté. Jamais les trônes des princes d'Allemagne ne seront brisés par de telles mains !

La conclusion fut suivie d'applaudissements, mais Victor y sentit plus de respect que d'enthousiasme. Les expressions étaient tendues. Robespierre refusait la guerre, très bien. Mais que proposait-il pour défendre la Révolution ?

Brissot prit la parole, d'un style moins construit peut-être, mais plus vif et plus direct. S'il consentait à monter encore à la tribune, déclara-t-il, c'était qu'il fallait éclairer son frère, le patriote Robespierre (il y avait dans son ton de la lassitude et un soupçon d'ironie, comme s'il s'adressait à un enfant têtu). Bien sûr que non, la Cour *ne voulait pas la guerre*. Ceux qui la désiraient étaient les émigrés à nos frontières, ils menaçaient la Révolution. Au nom de quoi Robespierre voulait-il les épargner ?

Des applaudissements et des cris l'interrompaient régulièrement. Il levait la main en portant souvent ses regards sur son contradicteur, qui restait de marbre.

Cette guerre, dit Brissot, serait différente de toutes les autres. Elle serait celle d'un peuple libre, conduit par des citoyens-soldats qui ne pilleraient pas, qui ne s'attacheraient pas à un général dictateur. Aucun militaire ne serait assez fou pour braver l'autorité de l'Assemblée ! Les Allemands finiraient par chérir notre armée, qui l'emporterait immanquablement. La victoire n'avait-elle pas toujours été aux Français lorsqu'ils attaquaient ? Robespierre croyait-il le peuple incapable de prendre les armes ? Doutait-il de nos succès ? De longues acclamations viriles soulignèrent cette phrase.

— Nous traverserons le Rhin, et nous apprendrons aux Allemands le langage de la liberté…

Nouveaux applaudissements. L'orateur hocha la tête en promenant les yeux sur l'assemblée.

— Les nations nous y invitent secrètement. Cette attaque que nous porterons sur les princes allemands ébranlera toutes les Bastilles étrangères… (Il dut s'interrompre. Reprit en élevant le ton.) Toutes les âmes seront électrisées !… Le moment est venu pour une croisade de liberté universelle… les soldats prêcheront ce que chacun veut, la liberté… (La passion montait dans le public, c'est à peine si Brissot pouvait encore parler.) Chaque soldat dira à son ennemi : frère, je ne viens point t'égorger, je viens te tirer du joug sous lequel tu gémis. Je viens te montrer le chemin du bonheur… Comme toi, j'étais esclave ; je me suis armé, le tyran a disparu ; me voilà libre, tu peux le devenir, voici mon bras !

Le député parvint à sa conclusion dans un tumulte extraordinaire. Il ne fallait pas être grand clerc pour comprendre où penchaient les cœurs. Ce fut un torrent d'acclamations. Des frissons parcouraient la foule, même Victor ne put s'en défendre. On se levait frénétiquement, certains demandaient que l'on imprime le discours et qu'on le distribue à toutes les sociétés sœurs de province (ce qui n'avait pas été demandé pour l'intervention de Robespierre). Un mouvement se fit en direction de la chaire, on se poussait, on se disputait l'honneur de toucher Brissot, les bancs se vidaient. Au premier rang de ces admirateurs, le gendarme reconnut un homme d'assez grande taille, la figure avenante, élégant. C'était Pétion qui pleurait presque, les joues enluminées.

Il s'était déclaré. Robespierre avait perdu.

Celui-ci finit par se lever, un peu raide et pâle. Certains lui jetaient des regards chagrins. Sans que ni lui ni Brissot l'aient voulu, les Jacobins les poussèrent l'un vers l'autre. Il fallait bien qu'ils se réconcilient. Alors ils tombèrent dans les bras l'un de l'autre, mais Robespierre toujours aussi tendu, comme s'il craignait de se salir. On l'acclama.

Pétion s'approcha d'eux.

— Le moment est venu d'une nouvelle croisade, Robespierre. Ce sera la guerre des peuples contre les rois !

Il avait une belle voix chaude, grave, qui portait assez loin. Des cris ponctuèrent sa phrase.

— Pétion a raison, ajouta Brissot, l'œil scintillant : le roi sera obligé de nous suivre, ou bien de nous trahir. Ne soyez donc pas si suspicieux, Robespierre. N'ayez pas peur des grandes crises !

Son adversaire répondit d'un sourire éteint.

***

Le jeune homme ne croisa presque personne en rentrant chez lui. Tous les soixante pas, les réverbères perçaient à peine l'obscurité. Au-dessus, c'était un gouffre sans étoile. On sentait la neige arriver.

Victor dut repousser un groupe de petits mendiants qui l'avaient approché de trop près. Ils s'éloignèrent en se chamaillant. Un adulte les avait rejoints, on l'entendait crier lui aussi, d'une grosse voix de paysan à l'accent rocailleux. Il frissonna en songeant à la nuit qui les attendait. Ils dormiraient comme des bêtes, serrés les uns contre les autres dans un recoin de la ville. Dans peu de temps, les services municipaux retrouveraient certains d'entre eux morts de froid. C'était le cas chaque hiver.

Arrivé à Saint-Séverin, il jeta sa pelisse sur une chaise, dégoûté. Il avait suffi d'une soirée pour qu'elle reprenne son infernale senteur, c'était à se demander si quelque sorcière ne lui avait pas jeté un sort, ou si les esprits des lapins de la garniture ne cherchaient pas à se venger. Le vêtement glissa au sol sans qu'il cherche à le ramasser. Joseph surgit au même instant, les cheveux hirsutes, une marque rose à la joue.

— Tu étais encore sur mon lit, remarqua l'officier en commençant à déboutonner son habit.

— Je vous aidans à retirer vos bottes ?

— Merci. Laisse.

Une assiette mal lavée traînait sur la table. Il n'avait pas le courage de relancer le poêle (Joseph avait l'ordre de ne jamais s'en servir seul, et l'appartement était glacial). Il se sentait fatigué, maussade. Plus il y pensait, plus il trouvait cette soirée aux Jacobins détestable. Tous ces hommes qui se lançaient si facilement dans la guerre. Bien sûr, Robespierre ne l'avait pas convaincu. Brillant théoricien sans doute, mais piètre tacticien : pouvait-on rester l'arme au pied quand tous les rois de l'Europe vous défiaient ? Ne valait-il pas mieux attaquer ces brigands couronnés, délivrer leurs peuples, nos frères ?

Mais la guerre, tout de même…

Le gendarme entendait encore la voix de Robespierre, dans un silence profond… *Personne n'aime les missionnaires armés*… Les croisades finissaient toujours dans le sang, il suffisait de lire l'Histoire pour le savoir.

— Je voudrais bien repartir chez moi…

— Hein ?

Joseph se tenait debout devant lui, sa petite figure contrariée. Il avait dû faire un gros effort pour parler.

Il répéta sa phrase.

— Je voudrais repartir chez moi, en Mayenne. Ici je trouveras jamais ma tante. Chez moi en Mayenne, y a ma famille, y m'aiderans… Je préférans comme ça.

Le lieutenant le considéra avec stupeur. Il ne manquait plus que ça.

— Et qui s'occupera de Gris-Poil ? Je t'ai dit que je partais au moins dix jours.

D'un geste, il lui montra le petit sac de voyage en cuir préparé dans l'après-midi.

— Je sais-t-y, moi. L'aubergiste ?

— Ce voleur ? Comment veux-tu…

Il se tut, découragé. L'espace d'un instant, il s'imagina emmener le petit boiteux à Londres, mais il eut peur pour lui. Et puis, Charpier n'avait pas prévu de troisième voyageur, pas même un valet. Une tristesse montait, qui le surprit, comme s'il perdait un amour. Pour un peu il en aurait pleuré. Décidément, rien n'allait plus.

Il ôta une botte et la lança violemment dans un coin.

— Comme tu veux. Mais attends au moins que je sois revenu.

Ses yeux brillaient, mais l'enfant ne vit rien. Il avait l'air soulagé.

Deuxième partie

Deuxième partie

17

Mercredi 7 décembre, neuf heures vingt du matin

Posté au sommet d'une colline, l'arbre jetait ses branchages tordus vers le ciel comme un personnage d'épouvante, bras et cheveux dressés, guettant les voyageurs. De près, il était encore plus impressionnant avec son tronc noueux, ses branches tordues par le vent. À peine approché, il disparut vers l'arrière. La grand-route royale redescendait dans une immense pente, grise et triste, les champs blanchis par le gel, le ciel moiré de noir, la ligne de bois lointains où passaient des bandes de corbeaux.

Les braises du petit réchaud que Charpier avait emporté, une boîte en métal, s'étaient éteintes depuis longtemps. Ils avaient quitté Paris à minuit dans une confortable berline de voyage, passant Saint-Denis, puis Luzarches, puis Chantilly dans un noir absolu, emmitouflés dans leurs couvertures, chacun se faisant face. Bien qu'il lui soit interdit d'atteindre le galop, le postillon menait bon train. Un courrier chevauchait loin devant, chargé d'annoncer leur arrivée aux relais où ils changeraient leurs chevaux, afin de perdre le moins de temps possible. Ce soir, ils coucheraient à Calais, avait expliqué le député. Si l'état de la mer l'autorisait, ils arriveraient à Douvres le lendemain, à Londres le surlendemain.

Les routes s'étaient considérablement améliorées depuis le début du siècle. Les géographes et les ingénieurs du nouveau corps des Ponts-et-Chaussées avaient couvert le royaume de grands-routes. Larges de soixante pieds, pavées, encadrées de fossés et de rangées d'arbres, elles allaient toujours en ligne droite, même en montagne.

Un service de diligences et de messageries postales parfaitement organisé déterminait à présent les heures, les prix et les temps de trajet entre Paris et les principales villes. Il ne fallait plus que deux jours pour gagner Lille en partant de la capitale, huit jours pour Bordeaux.

Depuis leur départ, Victor et son compagnon n'avaient pas échangé deux phrases. Le gendarme était pris de sentiments contradictoires, où dominait la colère. La sortie inattendue de Joseph le contrariait bien plus qu'il ne l'aurait imaginé. Pourquoi partir ? Il lui offrait le gîte et le couvert, un emploi, de quoi ne pas mourir de faim, et voilà comment il le remerciait ! Rien n'allait comme il voulait. La Fayette disposait de lui comme d'un laquais, le menaçait de le rendre à son père, le livrait à Charpier, ce traître. Et cette affaire à Saint-Maur qui ne serait sans doute jamais résolue…

Aux premières lueurs de l'aube, Charpier avait allumé une petite lanterne qui se balançait au mouvement des ressorts. Puis il s'était rendormi, les traits maussades et durs, la couverture ramenée sur la bouche. Victor lisait le petit guide de voyage que son acolyte avait emporté, *L'Indicateur fidèle*, où l'on trouvait les villes traversées, les horaires, les lieux de dîner, de coucher, sur les routes ou les fleuves. Le jeune homme se plongea dans des trajets lointains, Marseille, Strasbourg, Munich ou Vienne. Il lui semblait que ce voyage à Londres en ouvrirait peut-être d'autres, et cette pensée le surprit agréablement.

— On aimerait tout connaître, n'est-ce pas ?

Charpier, réveillé, le regardait d'un air bonhomme, avec cette expression pincée qui était sa façon de sourire.

— Je n'ai pas beaucoup voyagé, moi-même. Mais j'aime bien ce guide. Connaissez-vous Londres ?

— Non, mais j'aurais pu, rétorqua le jeune homme en refermant brusquement *L'Indicateur*. L'été dernier, j'ai fait un certain périple à Boulogne, mais je n'ai pas eu à prendre le bateau.

La bouche mince de Charpier se durcit aussitôt. Au mois de juin précédent, Victor l'avait arrêté alors qu'il tentait de fuir le pays, à la suite de l'échec d'une conspiration. Mais pour des raisons d'État, l'affaire avait été étouffée et il avait été relâché.

— L'Angleterre est un curieux pays, peuplé de gens curieux, reprit le député, le regard tourné vers l'horizon. Vous parlez anglais ?

— Pourquoi me demander, vous connaissez la réponse.

— Vous avez de l'instruction. Vous auriez pu avoir quelques rudiments.

— J'aurais pu. J'aurais aussi pu me trouver ailleurs que dans cette voiture, mais je n'ai pas eu le choix.

À nouveau Charpier esquissa son espèce de sourire rentré.

— De toute façon, vous n'aurez pas à parler.

— Pourquoi me faire venir, dans ce cas ?

— Il faut croire que monsieur le marquis n'a pas toute confiance en moi. Vous serez garant que je n'ai pas cherché à tromper votre maître. Et vous avez certaines qualités que…

Il s'interrompit pour bâiller longuement, à s'en tirer les larmes des yeux. La berline ralentissait pour entrer dans une bourgade et le fracas des roues sur le pavé fut tel qu'il leur fut impossible de poursuivre la conversation. Au relais de poste, on changea les quatre chevaux et le postillon. Le courrier, qui voyageait en avance, avait déjà tout payé. Cinq minutes plus tard, ils repartaient, d'abord au pas dans le village, puis au grand trot en dehors.

— Vous avez certaines qualités, reprit Charpier. Vous ne réfléchissez guère mais vous êtes jeune et vif, et vous savez combattre. Vous assurerez notre sécurité.

Victor fit une moue dubitative, le regard perdu vers le paysage qui défilait dans l'autre sens. Nullement refroidi, son compagnon lui expliqua ce qu'ils auraient à faire. Une fois arrivés à Londres, ils logeraient dans une certaine auberge, la *Jerusalem Tavern*, dans le quartier de Clerkenwell (Charpier prononçait tous ces mots en allongeant les lèvres, avec une pédanterie involontaire). Un agent les y attendrait pour leur donner toutes les informations relatives au séjour de Pétion dans la capitale anglaise. Ils n'auraient plus qu'à regagner Paris au plus vite pour informer La Fayette.

Interloqué, le lieutenant dévisageait Charpier.

— C'est tout ?

— C'est tout. Vous voyez qu'il n'y a pas de quoi nous fâcher, vous et moi.

— Et cet agent nous attendra sur place ?…

— Tout juste. Un certain Jeffrey. Ne m'en demandez pas plus, je ne sais rien d'autre. Votre maître n'aime pas à révéler tous ses secrets, vous êtes bien placé pour le savoir.

Pendant un temps, Victor ne trouva rien à dire. La berline freinait dans une longue descente, on entendait grincer le frein à manivelle. Tout cela lui paraissait presque irréel. Ce voyage, qui devait coûter une fortune – quarante ou cinquante louis, un quart de son année de son traitement – ne servait donc qu'à recueillir un message !

— Je me suis fait les mêmes réflexions, dit Charpier qui observait le jeune homme. Ma foi, je suppose que les informations que ce Jeffrey doit nous transmettre ne peuvent pas être confiées à n'importe quel messager, et encore moins à la poste. Peut-être qu'il veut nous remettre certains documents. Nous verrons.

— Et s'il ne vient pas ?

Le député ne parut pas étonné par l'objection.

— La Fayette m'a juré ses grands dieux que cet homme viendrait. Si ce n'est pas le cas ma foi... nous nous débrouillerons nous-mêmes.

— Je ne vois pas comment. Nous ne savons rien sur lui à part son nom.

— Certes. Mais j'ai quelques relations à Londres. Et vous, mon cher, vous avez de la ressource. À nous deux, nous devrions arriver à quelque chose.

Cet optimisme un peu artificiel déplut fort à Victor. Charpier, personnage habile et calculateur, n'était pas homme à tout miser sur le hasard.

***

Le lieutenant finit par somnoler, bruyamment enveloppé par le grincement des ressorts, le claquement des sabots et le roulement des roues en fer. Charpier et lui se penchaient en même temps, se redressaient ou plongeaient vers l'arrière quand le rythme s'accélérait, au gré des cahots et virages. Et l'on sentait la sueur de chevaux, le froid et l'odeur un peu rance de la cabine.

Vers midi apparurent au loin (c'est ce que leur cria le postillon, un colosse barbu au teint violacé) les remparts d'Amiens. Bientôt en effet, ils franchirent une des portes de la ville, où le postillon s'acquitta du droit de péage. Il leur fallut un bon quart d'heure pour atteindre le relais de poste, au milieu de rues incroyablement sales et resserrées, plus encore que celles du centre de Paris. Tandis qu'on dételait les chevaux fumants, Victor s'étira en faisant quelque pas dans la cour. Déjà Charpier réapparaissait, les bras chargés, et ils repartaient. Le député avait rempli son petit réchaud portatif de braises, il avait aussi pris de quoi boire et manger.

À la sortie de la ville, le nouveau postillon lança ses bêtes au grand trot. La route, expliqua Charpier, longeait la Somme en direction d'Abbeville. Ils atteindraient Calais vers 10 ou 11 heures de la nuit si tout allait bien.

Les braises délivraient une chaleur bienfaisante, pourtant ni l'un ni l'autre n'avaient quitté leur manteau. Charpier mastiquait une tranche de terrine étalée sur du pain à grands coups de mandibules. Dauterive l'imita. Ils arrosèrent le tout d'un cidre un peu piquant, dans deux gobelets de voyage en étain. Il y avait aussi du poulet froid, des tranches de gâteau et de l'eau-de-vie. Ils ne disaient pas grand-chose, perdus dans leurs pensées. La cabine était pleine d'odeurs de nourriture un peu écœurantes. Le froid revint dès le dîner fini. Un peu de buée se formait à leur respiration.

Depuis un long moment, Charpier observait la pelisse du gendarme, une lueur moqueuse au fond du regard (du moins Victor eut-il cette impression).

— Les fripiers sont des gueux, déclara-t-il après un long moment. Et la fourrure se conserve mal.

Le jeune homme se sentit presque rougir. Charpier continuait à le considérer, sans malveillance.

— Êtes-vous apparenté aux La Fayette ?

— Cela ne vous regarde pas.

— Non. Mais La Fayette vous aime bien.

Victor haussa l'épaule.

— Faut-il être parents pour bien s'aimer ?

— Non. Regardez-nous. Nous ne sommes pas parents, cependant je vous aime bien. Un peu d'eau-de-vie ?

Le lieutenant refusa d'un geste dédaigneux.

— Moi, je prends les choses telles qu'elles viennent.

Nos routes se sont croisées et la fortune a voulu que nous n'y laissions pas la vie. N'est-ce pas un signe ?

— Sans le secret d'État, on vous aurait pendu. C'est tout ce que vous méritiez.

— Ne soyez pas présomptueux, mon cher jeune homme, répondit Charpier, l'œil pétillant. Vous pourriez aussi vous trouver dans le mauvais camp. Qui vous dit que La Fayette ne trahira pas le roi, ou la Révolution ? Vous êtes proche de lui et, croyez-moi, l'on vous passerait une belle cravate en chanvre autour du col. À moins, fit-il en souriant toujours, que l'on ne vous réserve l'épée…

Ils se dévisagèrent. L'allusion à la naissance de Dauterive était claire : alors que les roturiers condamnés à mort étaient roués vifs ou pendus, les aristocrates étaient décapités à l'épée. L'ancien commissaire éclata de rire, plus franchement, alors qu'un brusque écart de la voiture les projetait presque l'un contre l'autre.

— Santé, cher petit Monsieur !

Il vida d'un trait son godet d'eau-de-vie, qu'il avait réussi à garder plein. Son ton était soudain moins soigné, comme s'il baissait un peu le masque. Dauterive sentit la chaleur lui monter aux joues. Travanet, l'homme qui voulait acheter le couvent des Pénitentes, lui avait fait le même genre de remarque. Il fallait croire qu'être né aristocrate commençait à représenter une faute politique.

— Quelle importance, après tout, reprit Charpier avec un geste d'indifférence. Noble ou pas noble, qu'est-ce que cela fait !

Une amertume passa cependant dans sa voix. Sans que Victor ait posé la moindre question, il se mit à raconter son enfance. Né à Chartres dans une modeste famille de sept frères et sœurs, il avait très tôt révélé ses dons pour le dessin. À l'âge de dix ans, il ne connaissait déjà que l'atelier, des journées entières courbé sur sa feuille. Monté à Paris à dix-sept ans, il y avait achevé son apprentissage chez Saint-Aubin, graveur du roi. Puis il avait enseigné son art dans sa ville natale. C'est à cette époque qu'il avait connu Pétion et Brissot, natifs de Chartres eux aussi, des obscurs comme lui qui voulaient changer le monde.

L'ancien graveur s'exprimait avec affection, comme pour impressionner Victor, ses belles mains nerveuses posées à plat sur les genoux. Au moment de la Révolution, il avait rejoint ses amis à Paris, et il s'était élevé, se mariant avec la sœur aînée du fameux brasseur Santerre, un des vainqueurs de la Bastille. Élu commissaire de police de la section du Théâtre-Français en 1790, membre assidu des Cordeliers et des Jacobins, proche de Danton ou de Marat, et avait fini par se faire élire député à la nouvelle Assemblée.

Victor, qui connaissait bien La Fayette et ses amis, découvrait un autre monde. Des hommes sans fortune, bourgeois ou de petite noblesse, mais déterminés, qui posaient peu à peu le pied dans les antichambres du pouvoir.

— On m'a dit que vous étiez élève de David ? fit soudain le député.

— Qui vous a dit ça ?

Charpier reprit son air de policier, dur et méfiant.

— Quelqu'un me l'a rapporté, en qui j'ai toute confiance.

Victor détourna la tête. Un grand soleil glacé régnait sur la campagne. Au loin, on apercevait un clocher, qui disparut bientôt dans un pli de terrain.

***

Ils dormirent à Calais dans une chambre d'auberge. La nuit était tombée trop tôt pour qu'ils voient seulement la mer, au grand regret de Victor. En fermant les yeux, le jeune homme croyait encore entendre le fracas de la berline sur le pavé. Une douleur irradiait depuis l'arrière de son crâne. Il songea une fois de plus que l'affaire du couvent des Pénitentes ne serait jamais résolue.

Ils embarquèrent dans le paquebot le lendemain matin, un trois-mâts à peine plus grand que certains bateaux que l'on voyait parfois sur la Seine. On déployait les voiles. Partout autour, d'autres navires prenaient la mer. Les marins, en paletot de toile et pantalon long, certains pied nu malgré la température, grimpaient le long des échelles de cordage à toute vitesse, on aurait dit des animaux sauvages.

Victor observait la manœuvre, le col serré entre ses poings. Non contente de puer, la maudite défroque s'était peu à peu délitée durant le voyage, et laissait maintenant passer l'air par ses coutures béantes. Il tremblait presque mais voulait assister à l'appareillage, c'était son premier grand voyage. Six ou sept passagers se tenaient au bastingage, comme le font sans doute tous les voyageurs du monde. Le navire passa la jetée puis s'élança sur la Manche dans le claquement majestueux de ses toiles. Calais disparut de l'horizon, l'étrave frappait les vagues dans d'immenses gerbes glacées. Victor se sentait bien, campé sur ses jambes. Et s'il ne s'arrêtait pas à Londres, s'il continuait jusqu'aux Amériques ? Qui viendrait le chercher là-bas ?

Deux ou trois heures plus tard, ils virent les côtes, avant Douvres.

Ils reprirent aussitôt la route. Victor était étourdi de tant de nouveauté, ces petits Anglais aussi vifs et crasseux que son Joseph, les porteurs, les marchands, ces filles aux joues rouges. Par la vitre, le paysage ne lui semblait guère différent de la France, avec des fermes aux murs gris, un ciel moutonneux, des champs entrecoupés de haies vives. Ils dormirent dans une petite ville au bord de la Tamise (Gravesend, lui apprit Charpier), et repartirent le lendemain à la pointe du jour. À cet endroit, le fleuve était si large qu'il ressemblait à la mer. De grands navires croisaient, dans les deux sens. Le vent sentait l'iode.

Enfin ils découvrirent Londres, grande cité noire dont les toits s'étendaient jusqu'à l'horizon ; le fleuve s'encombrait d'une infinité de bateaux, barges, gabarres, chaloupes de toutes sortes et gros bâtiments de guerre. Un port, un peuple de marins.

Ils débarquèrent au pied d'une formidable forteresse grise aux tours carrées, aussi grise que la Tamise elle-même (la Tour de Londres, expliqua Charpier alors qu'ils montaient dans un autre fiacre). Ils empruntèrent des rues assez propres et larges, aux maisons riches, passèrent au pied d'une grande église (*Saint-Paul's cathedral*, indiqua le député, les lèvres ridiculement allongées comme chaque fois qu'il parlait anglais). Quittant ces larges voies, le fiacre s'engagea dans des rues plus populaires aux maisons de briques.

Après trois jours de voyage, ils arrivaient enfin à la *Jerusalem Tavern*, où les attendait en principe l'agent anglais, le mystérieux Jeffrey.

***

Victor s'était jeté tout habillé sur le lit, à peine arrivé à l'auberge. Sa chambre sentait le propre et une autre odeur, proche de celle du cidre. Il y avait une table en acajou, avec un nécessaire de toilette, des rideaux verts à la fenêtre, deux estampes marines. Il faisait un peu froid, la nuit approchait mais le chandelier était éteint. Le jeune homme mit plusieurs secondes à se remémorer l'endroit où il se trouvait. Des coups résonnaient à la porte. Il se leva.

Charpier s'était changé mais n'avait pas eu le temps de se raser. Il fit quelques pas jusqu'aux carreaux et contempla la rue, les traits durs. Il posa sur la chaise le vêtement qu'il tenait plié sous le bras.

— Pour vous, fit-il d'une voix enrouée, se raclant aussitôt la gorge. Ce sera plus discret que votre pelisse.

Victor déplia un long manteau-capote de couleur brune, semblable à celui d'un cocher, exactement à sa taille. Il dormait encore à moitié, le dos moulu, avec l'envie de prendre un bain et de se laver les dents. Son compagnon ne semblait guère plus frais.

— Je suis descendu dans la salle, reprit ce dernier, le nez à la fenêtre. Jeffrey n'est pas là.

— Laissons-lui le temps d'apprendre notre arrivée.

Charpier guettait la rue, les traits figés. Sous la perruque à deux canons, on voyait dépasser quelques cheveux blancs. Dans le contre-jour, Victor distinguait le grain rude de sa peau et la barbe naissante.

Dans la salle en bas, personne ne leur porta attention, pas même la patronne, une femme à la figure altière que gâtaient un teint d'ivrogne et des yeux bouffis. Deux garçons en perruques et tabliers circulaient entre le comptoir, une cheminée où cuisaient un chaudron et des broches, et cinq ou six longues tables chargées de consommateurs. D'évidence, la *Jerusalem Tavern* attirait une clientèle très mélangée, choix judicieux pour une rencontre discrète.

Dans cette ville, lui expliqua Charpier tandis qu'ils s'installaient à une petite table à l'écart, chaque *tavern* ou *coffee-house* avait ses pratiques bien particulières. Autour de la bourse, les financiers, autour de Westminster, siège du Parlement, les politiques, vers Covent Garden, les écrivains et les artistes. La *Jerusalem Tavern*, lieu de passage pour étrangers ou curieux en mal d'exotisme, était bien connue pour son cosmopolitisme, un peu comme le Palais-Royal à Paris. En effet, deux clients aux visages basanés, les têtes ceintes de hauts turbans indiens, venaient d'arriver, accompagnés d'un jeune bourgeois en redingote.

Le député commanda le seul plat qui semblait servi, un *steak and kidney pie* (toujours cette bouche en cul-de-poule quand il parlait anglais), un mélange de bœuf et de rognons englués dans une sauce piquante et sucrée qui surprit Dauterive, désagréablement. La bière, aigre et entêtante, lui déplut tout autant. Il finit sans plaisir.

Chaque fois qu'un nouveau client arrivait, ils l'envisageaient discrètement. Mais la plupart venaient retrouver des connaissances. À quoi pouvait bien ressembler ce Jeffrey ?

Et que ferait-on s'il ne venait pas ? finit par demander le lieutenant. Charpier s'agaça. Il viendrait. Et puis s'il ne venait pas, il s'arrangerait pour donner des nouvelles, cela ne faisait aucun doute. Ses yeux viraient au noir, il tournait entre ses doigts l'anse de sa chope. Il commanda une autre bière, d'autres chalands arrivaient, certains partaient. La taverne s'emplissait de fumée de tabac et de rires, de cette langue dure et pointue dont Victor n'entendait pas un traître mot. Il se sentit fatigué, mais aussi très mal à l'aise, perdu dans cette contrée lointaine, sans moyen de retour. Une angoisse le saisit lorsqu'il s'aperçut qu'il n'avait pas d'argent sur lui. Charpier détenait les cordons de la bourse. Que se passerait-il s'il lui faisait faux bond ?

Une heure passa, qu'ils tuèrent en demandant un échiquier. Ils jouèrent une partie ou deux, très lentement, sans bien regarder leurs coups. Toujours pas de Jeffrey. S'était-il glissé dans l'assistance pour les observer, s'assurer qu'il n'y avait pas d'espions à leurs trousses ? Attendait-il la nuit pour se signaler ?

À onze heures et demie, ils remontèrent dans leur chambre. Charpier était blême, des poches sous les yeux.

— Que fait-on maintenant ? demanda l'officier sur le seuil de sa chambre.

— Nous verrons demain.

Il ouvrit la bouche pour dire autre chose, mais renonça et ferma doucement la porte.

18

Samedi 10 décembre, huit heures du matin

En se réveillant, il avait eu la même curieuse impression que la veille : impossible, pendant quelques secondes, de se rappeler l'endroit où il se trouvait. Puis tout lui revint d'un coup. Charpier l'attendait dans la salle au rez-de-chaussée, avec sa mine des mauvais jours, ses deux plis aux joues plus amers que jamais.

Sans poser de question, l'officier s'attaqua au déjeuner qu'on leur avait servi, une sorte de pain blanc, sans saveur et sans croûte, assorti de beurre, d'une jatte de confiture et d'un pot de thé. Il n'en avait jamais bu et la saveur herbeuse et poivrée ne lui inspira pas grand-chose. Son café bien sucré lui manquait. Charpier triturait une cuiller, pensif. Puis il se leva pour prendre un exemplaire du *Daily Courant* sur une table à côté. Il n'y avait qu'une page, scindée en deux colonnes, mais cela lui prit plus d'une demi-heure pour le parcourir.

Neuf heures sonnèrent à une cloche lointaine ; il reposa brusquement la gazette.

— Ce bougre ne viendra pas… fit-il entre les dents.

Victor leva les deux mains.

— Il semblerait que non. Mais nous n'avons pas de moyen de le retrouver…

Charpier retournait une cuiller entre ses doigts.

— S'il ne s'est pas montré, c'est qu'il a une bonne raison. Soit il se cache, soit on l'a empêché de venir… Si votre maître n'avait pas cette manie du secret, nous aurions eu une chance de le trouver par nous-mêmes. Vous êtes sûr de n'avoir aucune information sur ce Jeffrey ? La Fayette ne vous a rien dit ?

Dauterive haussa une épaule. Ce n'était pas la première fois que son mentor lui cachait certaines informations pourtant essentielles. Comme un général d'armée, il avançait ses pions (en l'occurrence les nombreux espions de son réseau) indépendamment les uns des autres, quitte à les mettre en danger. Deux ou trois fois, le jeune homme avait manqué d'y laisser la vie.

La patronne leur apporta un nouveau pot de thé. Elle échangea quelques mots avec Charpier, non sans lorgner vers son compagnon, puis repartit en balançant majestueusement son arrière-train.

— Elle voulait savoir ce que nous venons faire à Londres. Je n'aime pas cela. Si les choses sont comme à Paris, la police ne tardera pas à s'intéresser à nous.

— Nous ne faisons rien de mal.

Charpier leva brusquement la main.

— Nous ne sommes pas en villégiature et vous le savez. La police anglaise n'est pas plus sotte que la française. Son travail ressemble au nôtre, elle veut savoir qui sont ses visiteurs, et ce qu'ils viennent faire. Et nous, nous ne savons rien de ce Jeffrey. Nous voilà coincés ici, sourds et aveugles. Ceci est ridicule !

Victor n'était pas loin d'approuver : d'évidence, leur situation était absurde, peut-être dangereuse.

— Dans ce cas, changeons d'auberge.

— Et comment Jeffrey nous trouvera ?

— *Nous* le trouverons. Du moins s'il se présente. Partons d'ici, procurez-moi de quoi me grimer en mendiant et je me posterai dans les environs. Personne ne me remarquera. Il me suffira d'aborder ceux qui sortent d'ici.

Le député réfléchissait.

— Sauf que vous ne parlez pas anglais.

— Nous payerons un enfant de la rue, ce n'est pas ce qui manque, ici. Vous lui expliquerez quoi dire, c'est lui qui abordera notre homme.

En prononçant ces paroles, Victor se rendit soudain compte qu'il n'avait pas pensé un instant à Joseph depuis son départ. Il s'en voulut. Repartir en Mayenne, quelle étrange idée, vraiment ! Il songeait à son regard, devenu triste ces derniers jours. Cela ne venait pas de l'hiver, de la fatigue ou de la dureté des temps. Cela venait de lui. Il avait été mauvais. Il lui en avait voulu d'être ce qu'il était, un petit paysan inculte, sans imagination, sans rêves. Mais comment Joseph aurait-il pu se comporter différemment, lui dont le seul objectif était de survivre ? C'était à lui, Victor Dauterive, de l'élever, de l'éloigner de son destin, de lui ouvrir les yeux. Non seulement il ne l'avait pas fait, mais en plus il l'avait méprisé.

— Votre plan me paraît judicieux, fit Charpier non sans ironie. Je m'en vais vous trouver de quoi vous vêtir, et un petit auxiliaire. Vous pourrez observer la taverne à loisir. Nous nous retrouverons ce soir.

Victor avait presque sursauté.

— Où allez-vous ?

— D'abord trouver une autre auberge. J'y mettrai nos bagages. Ensuite, j'ai quelques connaissances dans cette ville. Ils pourront peut-être me renseigner sur le séjour de notre ami Pétion. Si Jeffrey se présente, vous prendrez ses renseignements. Et s'il ne vient pas, tant pis. Avant demain soir, quoi qu'il arrive, nous devrons avoir quitté les lieux si nous voulons informer votre maître avant les élections. Je ne serai pas fâché d'en finir avec cette affaire, elle me paraît bien mal engagée. Vous voyez ce que je vois par la fenêtre ?

Victor haussa un sourcil interrogateur. On ne distinguait pas grand-chose, tout venait brusquement de se noyer de brouillard.

— On appelle cela le *fog* ; en hiver, cela peut arriver un jour sur deux. Voilà où nous nous trouvons par la grâce des manœuvres de votre ami. J'aimerais assez que nous ne nous y perdions pas.

Les sons de la rue leur parvenaient, étouffés. On vit circuler, comme dans un rêve, l'ombre diffuse d'un passant.

***

L'heure du dîner passa, puis l'après-midi. À présent, le brouillard (le *fog* donc) effaçait presque tout le décor au-delà des trente pas.

Vêtu d'une vieille cape et un tricorne défoncé, Victor s'était posté contre une de ces grilles qui séparaient les maisons de la rue, à deux pas de la *Jerusalem Tavern*, dont il observait tous les nouveaux arrivants, le visage dissimulé derrière une écharpe remontée très haut. Un jeune garçon répugnant de crasse, dûment chapitré par Charpier, attendait à ses côtés le moment d'aborder l'homme que le lieutenant lui désignerait.

Par moments, Dauterive tapait du pied sur le sol, une boue noire et gelée. Un jeune homme assez bien mis s'approcha dans le jour déclinant et lui adressa quelques mots. Le petit vas-y-dire lui répondit d'un ton acerbe. L'autre, après avoir dévisagé le gendarme de pied en cap, s'éloigna vivement, l'air mécontent.

— Jeffrey ? demanda Dauterive au petit garçon.

L'enfant secoua la tête. Il tremblait de froid mais eut un sourire malin qui lui rappela Joseph.

Puis ce fut un vieux mendiant à la peau tannée, l'œil jaune et la barbe pleine de morve. Sèchement repoussé par le vas-y-dire, il partit à son tour, non sans cracher un jet de chique au sol.

Deux heures sonnèrent, trois heures. Un homme en manteau vert venait de s'attabler dans la *Jerusalem Tavern*. Dauterive, le cœur battant, s'approcha de la fenêtre embuée, pour y découvrir un individu d'une trentaine d'années, bien couvert d'une redingote brune, les cheveux et les favoris très sombres, à l'expression à la fois indolente et moqueuse. Il lisait distraitement son journal, relevant souvent le nez vers le comptoir. Victor retourna à son poste, patienta un long moment. Le jeune homme ne ressortait pas. Il s'approcha de nouveau et le vit toujours le journal entre les doigts, une chope de bière à peine entamée devant lui, qui parlait avec la patronne d'un air enjoué.

***

Charpier avait donné au cocher l'adresse d'une boutique dans Park Lane, l'une des avenues les plus prestigieuses de la ville. La fièvre immobilière qui régnait au nord de cette voie n'était pas sans rappeler celle de la Chaussée-d'Antin à Paris : partout, ce n'étaient que des chantiers et des lotissements, de part et d'autre d'une grande avenue[1]. Parfois, des voitures aux portières armoriées surgissaient du brouillard, lanternes allumées, avant de disparaître.

La chapellerie dont Charpier poussa la porte, Gravel Lane, était déserte hormis son patron, penché sur ses grands registres. C'était un homme petit et rond d'une quarantaine d'années, la bouche en cerise, vêtu de noir, héritage peut-être de ses ancêtres huguenots qui avait fui

1. La New Road percée en 1750 pour contourner les rues enchevêtrées du vieux centre.

la France après la révocation de l'édit de Nantes, au début du siècle. Nombre de ses coreligionnaires exerçaient leurs talents dans le domaine de la mode, quand d'autres produisaient du vin ou du fromage.

Maître Vachon sourit en reconnaissant l'ancien commissaire. Outre leurs origines modestes, les deux hommes partageaient de nombreux points communs, dont la rage de s'élever et le désir d'une société plus juste.

Ils s'étaient connus un an plus tôt alors que Charpier accompagnait le duc de Chartres, dont il était le secrétaire, lors d'un voyage à Londres. Depuis, il avait renoncé à cette charge grassement payée, mais qui lui rappelait trop sa honte de ne pas être bien né.

Après s'être embrassés avec chaleur, les deux amis gagnèrent une enfilade de pièces minuscules à l'étage. Voyant les yeux battus de son hôte et son air préoccupé, le chapelier lui proposa un verre de brandy. Charpier accepta avec détachement.

— Maudit *fog*, vous avez vu ? Presque deux semaines que c'est tous les jours, s'exclama Vachon après qu'ils eurent trinqué.

Il parlait un français assez curieux, teinté d'accent britannique et lardé de mots anglais. Comme son hôte ne disait toujours rien, il détailla ses préoccupations du moment. Les aristocrates émigrés, nombreux ces derniers temps, commandaient quantité de couvre-chefs plus coûteux les uns que les autres, alors qu'ils n'avaient pas le moindre sol. Et comment refuser leurs commandes ? Ils auraient crié au scandale, et lui auraient fait la pire des réputations !

— *Damned*, on n'est pas en France ! Ici, les mauvais payeurs ne s'en tirent pas sur leur bonne figure, on les envoie à Marchelsea[1] ! Nobles ou pas nobles !

1. Célèbre prison de Londres où étaient enfermés entre autres les débiteurs.

Il cherchait une approbation dans le regard de son interlocuteur mais ce dernier l'écoutait à peine.

— Oh, pardon. Vous avez… *you seem to be tired*[1]… Votre voyage n'a pas été bon ?

Charpier se détendit un peu. Le voyage, répondit-il, avait été aussi bon que possible. Puis, sans mentionner aucun nom ni détail, il lui exposa les raisons de sa visite.

— Des informations sur Pétion, répéta le chapelier d'un air un peu surpris. Ma foi, je sais qu'il est venu à *London* il y a une ou deux semaines… Mais j'ignore… Ah, si, *wait, wait*[2] !

Il se leva d'un bond et quitta la pièce en coup de vent. Charpier l'entendit aller et venir puis il revint, essoufflé, une feuille imprimée à la main. *L'Ami des citoyens, journal fraternel par J.-L. Tallien*, lut l'ancien graveur. Il connaissait vaguement ce Tallien, le directeur de la publication. Un arriviste qui rôdait autour de Danton ou de Marat, dont il plagiait le journal sans vergogne[3].

Un article détaillait la visite de Pétion à une assemblée de patriotes anglais. Ils avaient porté des toasts aux *droits de l'homme ou* à *la révolution anglaise de 1688*[4]. *La fête s'était terminée au son du Ça ira, cet air qui donnait au monde le signal de la liberté.*

Le député reposa la feuille de chou avec une moue contrariée. Tout ça n'avait aucun intérêt.

— Savez-vous autre chose de ce voyage ?

— Non, vraiment, non. *I am sorry*… Je ne sais…

— Avez-vous entendu parler de la comtesse de Genlis ?

— Je connais le nom, mais…

1. Vous avez l'air d'être fatigué.

2. Attendez…

3. Marat était connu pour son journal *L'Ami du peuple*.

4. Cette révolution met fin en 1688 au règne de Jacques II d'Angleterre, roi catholique soutenu par Louis XIV. Il est remplacé par Guillaume III, prince d'Orange, un protestant qui conforte le pouvoir du Parlement face à la couronne.

Il se tordait les mains d'un air désolé.

— Oh, je vois bien que je ne peux aider…

Charpier se leva, le ventre noué. Cependant Vachon s'éclaircissait la voix. Il connaissait bien quelqu'un. Un ami, qui plaçait des domestiques dans les maisons françaises de Londres. Mais serait-il chez lui ? Et saurait-il autre chose de plus… *interesting* ?

— Savez-vous où je puis le trouver ? fit Charpier d'un ton glacial. Je dois le voir au plus vite. Demain soir, je reprends la route pour Paris.

Vachon savait. Il s'habilla en informant sa femme qu'il s'absentait pour l'après-midi. Son ami, dit-il en boutonnant son manteau, habitait à un peu plus de deux miles de là, vers Covent Garden. Il pourrait les aider, c'était sûr !

Dehors, la vue ne portait pas à plus de cent pas. La température semblait avoir baissé, ils dégageaient à chaque pas de longs nuages de buée.

— Marchons un peu, fit Vachon, enveloppé d'une immense redingote à collet de fourrure et boutons d'acier. *There must be cabs*[1]… vers Park Lane…

Cent pas à peine plus loin, Charpier se raidit. Un homme les suivait. Vêtu de noir, il ne cherchait nullement à se cacher. Le chapelier, qui n'avait rien remarqué, babillait au sujet du *fog*, simplement attentif au verglas ou aux flaques de boue.

Plus loin, une autre silhouette leur barrait la route, immobile au milieu du trottoir. Décidément, tous les policiers du monde se ressemblent, songea l'ancien commissaire avec une espèce d'amusement. Cette affaire leur échappait depuis le début ; l'absurde rendez-vous dans un lieu public avec un inconnu ; ce Jeffrey qui ne venait pas. Existait-il seulement ? Les avait-il trahis ? Ou Dauterive ?

1. Il doit y avoir des fiacres.

Il réfléchissait très vite. Il ne transportait aucun document compromettant sur lui, ni dans ses bagages, rien qu'on puisse lui reprocher. Quoiqu'il arrive, ça ne pourrait pas être bien grave. On n'enfermait pas les gens ainsi, sans preuves, en tout cas pas en Angleterre, le pays de l'*habeas corpus*[1].

***

Le jeune homme brun à l'air insolent sirotait toujours sa bière à petites gorgées. À force, elle ne devait plus être si fraîche, s'était dit Victor, qui l'observait toujours de l'extérieur de la taverne. Heureusement, les mendiants étaient si nombreux qu'il passait parfaitement inaperçu. De temps en temps, le petit vas-y-dire à ses côtés lui jetait un œil perplexe.

La brume se leva, puis une marchande ambulante s'installa près d'eux. Vingt ans à peine, le profil parfait d'une statue grecque et la peau diaphane, elle disposa sa marchandise sur une petite planche en ignorant ses regards. Dans le cabaret, le jeune homme à la bière avait disparu. Victor retourna à son poste, près de la petite marchande.

Un quart d'heure passa. À vrai dire, il ne s'inquiétait plus de Charpier, ni de leur mission. L'affaire était manquée, tant pis. Demain soir, ils rentreraient à Paris, ils feraient leur rapport et seraient débarrassés. La Fayette pourrait bien lui crier dessus, s'exaspérer, pourquoi pas le menacer de le rendre à son père, ça lui était égal. Cette fois, il ne se laisserait pas faire. Il n'avait pas fui la tyrannie d'un père pour en retrouver une autre. Il décamperait, et il trouverait un moyen de subsister jusqu'à sa majorité.

Cette pensée imprévue, mais brusquement évidente, le surprit. Il ne ressentait ni colère ni peur. Il était soulagé.

---

1. Principe de la loi qui interdit d'emprisonner un homme sans jugement, considérablement renforcé depuis la révolution de 1688.

Une période de sa vie se terminait. Il ne voulait plus être l'un des agents du marquis, il ne voulait plus de ce genre de mission, avec des hommes comme Charpier, servir le pouvoir en aveugle.

Depuis un moment, le lieutenant était perdu dans ses pensées. Lorsqu'il revint à la réalité, deux particuliers se tenaient devant lui, dont le jeune homme aux favoris sombres. L'autre était un Nègre de petite taille, plus âgé, les traits carrés, vêtu d'un long manteau vert et d'un petit chapeau.

— Voudriez-vous nous suivre dans notre cabriolet ? déclara aimablement le jeune homme aux favoris bruns.

Il parlait assez bien le français, presque sans accent, et son sourire effaçait presque son insolence. Plus massif que Dauterive, il était à peu près de sa taille. À ses manières, on devinait l'éducation parfaite d'un gentilhomme. Le lieutenant plongea la main dans sa poche, se souvenant en même temps qu'il n'était pas armé. Charpier le lui avait déconseillé. L'autre surveillait les environs, les yeux mobiles, mais avec un calme absolu.

— Mon nom est FitzGerald, ajouta-t-il. Je viens de la part de Jeffrey.

— Je ne connais pas cet homme.

Son interlocuteur sourit.

— C'est avec lui que vous aviez rendez-vous. Vous êtes le lieutenant Dauterive, et votre ami s'appelle Charpier. Jeffrey n'a pas pu venir, je vous en dirai plus tout à l'heure. Nous ferions mieux de ne pas nous attarder. La police vous recherche. Ne tentez pas de retrouver votre ami Charpier, il vient d'être arrêté, ajouta-t-il en se méprenant : Victor tournait la tête en tous sens pour chercher une issue autour d'eux.

— Je ne comprends pas ce que vous dites, murmura-t-il, saisi.

Un froid glacial s'empara de son dos, de ses membres. Il se sentit sur le point de trembler, comme chez les Ferrières. Le sang battait sourdement à ses veines. Où aurait-il pu fuir ? Il n'avait pas un liard en poche. FitzGerald – celui du moins qui disait se nommer ainsi – semblait maintenant impatient. Il fit signe à la petite marchande de déguerpir, elle ramassa ses mouchoirs et partit en courant, sans se retourner.

Victor fit un pas en arrière, se heurtant au gros ventre d'un troisième personnage, un colosse celui-là, le visage couperosé. Avec le petit Nègre, ils l'empoignèrent par les bras, le soulevèrent et l'emportèrent comme un panier de linge vers un fiacre qui venait de se garer.

19

Samedi 10 décembre, deux heures trente de l'après-midi

Bien que très peu éclairée, la pièce respirait le luxe. De lourds rideaux en soie masquaient les hautes fenêtres, les murs étaient lambrissés de bois sombre, le bureau et les chaises en acajou garnis de soie. Pour autant qu'il ait pu en juger, Charpier pensait que l'hôtel particulier où il venait d'entrer se trouvait quelque part dans le quartier Saint-James, l'un des plus huppés de la ville ; après que les deux policiers l'eurent fermement invité à monter dans un fiacre, vers Park Lane, ils n'avaient roulé que quelques minutes.

Peu de temps après leur arrivée, la porte capitonnée s'ouvrit sur un homme en habit de drap rayé sombre, le visage rose gonflé, deux yeux pâles. Sa perruque courte et frisée lui donnait l'air d'un magistrat ou d'un prédicateur.

Il inclina négligemment la tête et se laissa tomber dans un siège avec un profond soupir, comme s'il en rêvait depuis des heures.

— Monsieur Charpier, n'est-ce pas ? fit-il en anglais, désignant un siège à ce dernier.

Le député répondit d'une minuscule inclinaison de la nuque et s'assit à son tour.

— Nos manières ont pu vous paraître… cavalières, et je vous prie de m'en excuser. Mais nous avions besoin de vous parler.

Et comme son hôte regardait autour d'eux avec une ironie glaciale, il sourit à son tour, froidement.

— Lorsque je dis *nous*, je parle des intérêts de la couronne britannique.

Charpier ne cilla pas, mais il sentit son cœur s'accélérer.

— Parlons net : où se trouve votre ami Dauterive ?

— Pas ici, en tout cas.

Les yeux de son hôte se réduisirent à deux fentes.

— Je vous trouve bien insolent, Monsieur. Une chance que vous soyez député, sans quoi je vous aurais fait passer vos manières.

— Et peut-on savoir qui vous êtes ?

L'homme à la perruque courte hocha la tête.

— Je m'appelle Nathaniel Parker-Forth, mais c'est sans importance. Je suis au service de sa majesté le roi George III et vous êtes dans sa capitale, tâchez de ne pas l'oublier. Nous ne sommes pas en train de jouer.

— Je ne joue pas, répondit Charpier en s'efforçant de prendre un ton plus sec. Vous me demandez où se trouve Dauterive, eh bien je vous réponds qu'il n'est pas avec moi.

— Dans ce cas, où est-il ?

Le ton de son interlocuteur était plus menaçant que poli. Son regard, en particulier, lui parut soudain effrayant, totalement dénué de pitié. Comme s'il abandonnait peu à peu son masque d'aimable jouisseur pour laisser voir son vrai visage, autrement plus sanglant.

— Je n'en sais rien, fit Charpier en se passant la langue sur les lèvres.

— Il n'était pas à la *Jerusalem Tavern*. Où se trouve-t-il à présent ?

Il le scrutait toujours avec ses yeux de poisson mort. Charpier répondit d'un geste vague. Qu'en savait-il ? Il n'était pas son valet, ni son fils.

— Que venez-vous faire à Londres ?

L'ancien graveur hésita une seconde avant de répondre.

— Je visite le pays.

— Allons allons. Vous n'avez pas quitté la taverne.

— Nous venions juste d'arriver. Nous avons pris un peu de… troublé, il mit quelques instants avant de trouver le mot anglais.

— De ?

— Repos…

— Qui êtes-vous venu voir ?

— Personne en particulier, murmura Charpier, sans pouvoir s'empêcher de crisper les mâchoires.

— Je n'en crois rien. Connaissez-vous un certain Jeffrey ?

Parker gardait son regard froid rivé sur lui, deux yeux vides qui paraissaient dépourvus de pupilles. L'ancien graveur inspira longuement, mais ne répondit rien.

— C'est étrange, reprit son hôte (son teint oscillait entre le rose et le rouge), car monsieur Jeffrey vous connaît. Il nous a affirmé qu'il devait vous retrouver à la *Jerusalem Tavern.*

— Moi ?

— Vous et votre ami.

Un long silence s'installa, chacun des deux hommes attendant que l'autre baisse le regard. Finalement Charpier haussa le menton d'un air désinvolte.

— Je ne puis vous aider. Ce particulier ne m'est pas connu.

— J'aurais aimé vous confronter à lui, mais hélas le pauvre homme n'est plus en mesure de parler. (Parker-Forth suspendit sa phrase, le temps que Charpier digère l'information.) Eh bien nous n'en saurons pas plus, je suppose. Je ne vous retiens pas. Mes amis vont vous raccompagner.

Il poussa un long soupir, se leva assez prestement puis, arrivé à la porte, se retourna d'un bloc.

— Pour vos bagages, ne vous inquiétez de rien, ils vous suivront. (Il leva la main pour interrompre Charpier.) Vous prendrez le premier bateau pour la France.

— Que… que voulez-vous faire ?

Le député cherchait ses mots, furieux.

— J'ajoute, pour que les choses soient bien claires, qu'il est de votre intérêt de ne plus remettre les pieds à Londres durant un certain temps. C'est une ville dangereuse, parfois.

Il esquissa de nouveau son sourire de reptile.

Charpier ricana, mais cela sonnait faux. Sur un signe de son interlocuteur, les deux policiers s'étaient approchés de lui sans un bruit.

— Oh, j'oubliais, fit Parker : auriez-vous par hasard quelque chose à dire à votre ami Dauterive ?

— Comment le lui transmettrez-vous si vous ne savez pas où il est ? répliqua le député en se raclant péniblement la gorge.

Le sang palpitait à ses tempes, une ondée de sueur l'avait pris d'un coup.

— Nous le trouverons, ne vous en faites pas. Sans argent, il n'ira pas loin. Et ma foi, nous verrons bien ce qu'il a dans le ventre. Car il n'aura pas droit aux mêmes égards que vous, cher monsieur le député. Je suis réellement curieux de connaître le véritable but de votre voyage en Angleterre.

— Vous perdez votre temps, fit Charpier, la gorge serrée. Ni lui ni moi ne savons rien sur votre Jeffrey.

— Nous verrons bien.

Le sang tambourinait aux tempes de l'ancien graveur. Il avait l'impression que le sol se dérobait sous ses pas.

Il réfléchit à toute allure. Comment leur faire comprendre que ni lui ni Dauterive ne connaissaient ce Jeffrey, qu'ils n'étaient que de simples messagers ?

Écorchant les mots et les phrases, il raconta tout de leur mission ; l'élection municipale à Paris, les ambitions de La Fayette et son désir de se renseigner sur le voyage de Pétion. Parker eut un sourire sec.

— La Fayette, tiens donc… Ne le prenez pas mal, mais je ne vous crois pas. Ce voyage de monsieur Pétion à Londres est parfaitement connu en France.

— Je vous ai dit la vérité. Nous ne faisons rien qui pourrait nuire à votre nation. Je vous assure…

Parker leva brusquement la main.

— Nous verrons ce que dira votre jeune ami quand nous l'attraperons. (Il abaissa la poignée de la porte avant de se retourner une dernière fois.) Si toutefois vous connaissez sa famille en France, dites-leur de prendre patience, il pourrait mettre du temps à revenir. Je vous ai prévenu, Londres est une ville dangereuse parfois.

***

Un chien aboyait, loin derrière. Victor s'était enfoncé au plus profond d'une forêt pentue, entrecoupée de fondrières et de fossés remplis d'eau ; deux fois il était tombé, deux fois il était reparti, les genoux et les joues sales. Il avait pris de l'avance. Et puis il s'était heurté au mur. Plus de deux toises de hauteur, une couronne d'épineux, des pierres disjointes et glissantes qu'il n'était pas parvenu à escalader. Déjà le chien arrivait sur lui, un mâtin qui lui arrivait à la taille et pesait bien deux cents livres[1], ses aboiements devaient s'entendre à une demi-lieue alentour. Heureusement, il ne semblait pas dressé à l'attaque, mais il montrait les crocs dès que Victor esquissait un geste.

1. Le mâtin napolitain peut mesurer 75 centimètres de hauteur et peser 90 kilos.

Ses poursuivants arrivèrent, hors d'haleine, le petit Nègre et son compère le colosse, la figure écarlate. Lui aussi était tombé, ses deux manches et sa jambe étaient noirs de boue, mais ni l'un ni l'autre ne paraissaient en colère. Ils encadrèrent le gendarme sans un mot et repartirent vers la maison, vers le bas du parc. Au détour d'une allée, le paysage se révéla, d'aimables collines parsemées de groupes d'arbres, quelques hautes demeures isolées. Le crépuscule éclairait l'horizon de traînées roses. Il n'y avait pas de brouillard et le froid était mordant.

L'homme aux favoris sombres – le prétendu FitzGerald, donc – attendait Dauterive dans un salon près de l'entrée de la demeure ; un manoir trapu au toit d'ardoise, les murs en grès sombre et les fenêtres entourées de pierre blanche. Pensif, il examinait un tableau en tournant entre ses doigts un verre à pied empli d'un liquide ambré, où scintillait le reflet vif d'un feu de cheminée. La maison sentait la cire et la cuisine simple.

— Un peu de cherry ? fit-il en se tournant vers Victor.

Lui non plus ne semblait absolument pas fâché.

Le lieutenant était monté dans un fiacre en compagnie de son ravisseur et de deux sbires, et la voiture avait roulé plus d'une heure. Ils avaient quitté la ville, sans un mot. Mais arrivés devant une belle demeure, au cœur d'un parc, Dauterive avait tenté son va-tout : bousculant le plus gros de ses gardiens, il avait tenté de s'enfuir dans les bois. À sa surprise, personne n'avait essayé de tirer sur lui.

— Ma foi, Monsieur le lieutenant, je vois qu'on ne vous a pas choisi au hasard pour cette mission. Pour un peu, vous nous échappiez. Vous voilà bien mis, maintenant !

Concluant d'un sourire, il tira le cordon d'une sonnette. Quelques instants plus tard, une femme de chambre vint prendre des consignes. Elle lorgnait vers le gendarme en écoutant FitzGerald.

— Je comprends votre méfiance, déclara son hôte une fois la domestique partie. Mais nous devions quitter la taverne au plus vite : des personnes malintentionnées sont après vous.

— Vous me l'avez déjà dit. Quelles personnes ?

— Celles qui ont tué Jeffrey. Et qui ont arrêté votre ami Charpier.

Une ombre triste passa dans son regard. Victor s'efforça de ne pas réagir.

— Et qui sont ces gens ?

Son interlocuteur poussa un petit soupir, l'air un peu perdu dans ses pensées.

— Que savez-vous de Jeffrey, exactement ?

— Rien du tout.

L'autre hocha la tête. À nouveau, une ombre passait sur son visage, et Dauterive crut même voir briller ses yeux. Il se détourna, puis s'approcha d'une peinture naïve qui représentait un moulin à eau au toit de chaume, au bord d'un lac. Une femme se tenait sur la rive, un homme allongé à ses pieds. Quelques vaches paissaient plus loin sous un ciel tourmenté.

— Cet endroit s'appelle Blackrock, murmura FitzGerald. Le rocher noir. Il est près de Dublin, en Irlande. Vous me direz qu'on ne voit pas de rocher noir, mais peut-être s'agit-il de la colline où se trouvent ces gens.

Victor s'était approché pour mieux voir la toile, un peu surpris par le tour que prenait leur échange.

— J'aime bien ce tableau, reprit son hôte, un sourire triste aux lèvres, il représente un pays calme et beau, mais que l'orage menace. Et cet homme que vous voyez ici n'est pas en train de dormir. Il est mort, et la femme à ses côtés le pleure. Cette femme, c'est l'Irlande. Et sur ce sol, et dans les eaux de cette rivière, sont couchés deux cent mille cadavres tués par les Anglais. (Les yeux du jeune homme brillaient de colère et de dégoût.) Je suis Lord Edward FitzGerald, cinquième fils du duc de Leinster. Je suis un homme riche. Ma famille est protestante, je suis protestant. Mais voici ce que les Anglais ont fait à l'Irlande il y a plus d'un siècle. Pendant la guerre civile, en 1650, Cromwell et ses *ironsides* ont tué un Irlandais sur deux. Un Irlandais sur deux, Monsieur[1].

Pendant quelques instants, Victor ne sut que dire. Il se voyait plongé dans une guerre qui ne le regardait pas. Il ne connaissait pas l'histoire de l'Angleterre ou de l'Irlande, mais Cromwell était toujours cité comme l'exemple d'un militaire qui profite d'une révolution pour s'emparer du pouvoir.

FitzGerald se détourna du tableau.

— Tout ceci ne vous dit rien, n'est-ce pas ? Il est vrai que personne en Europe ne se soucie de nous. Moi-même, autrefois, j'ai voulu ignorer ce qui se passait sous mes yeux mêmes. Asseyez-vous, je vous prie…

Une domestique arriva, faisant comprendre à Victor qu'il devait enlever son habit. Elle lui en tendit un autre qui sentait le savon, puis se retira après une courte révérence.

— Jeffrey devait vous apporter des renseignements au sujet de Pétion, n'est-ce pas ?

Le lieutenant répondit par une mimique neutre.

— Je vais vous dire ce qu'il avait à vous annoncer. Mais avant cela, vous devez savoir où vous avez mis les pieds. Je ne serai pas long : sachez simplement que l'Irlande vit sous le joug anglais depuis maintenant

1. Oliver Cromwell (1599-1658) est la grande figure des guerres civiles anglaises de la moitié du *XVII*e siècle, qui aboutissent à la décapitation du roi Charles Ier. En 1649, il dirige une expédition militaire sanglante en Irlande. Ses cavaliers portent une cuirasse et sont donc surnommés les *ironsides* (côtes de fer). Après la mort de Cromwell, la royauté est rétablie. Son corps est déterré et sa tête restera exposée devant l'abbaye de Westminster pendant vingt-quatre ans !

cent cinquante ans. Les protestants se sont emparés de toutes les terres catholiques, ils ont brûlé des villages, ils ont fait déporter des milliers d'enfants. Ils siègent au gouvernement et au Parlement, ils veulent l'argent, les terres et le pouvoir. Ceci a trop duré. Nous, les United Irishmen, voulons chasser les habits rouges, conquérir notre liberté, comme vous les Français l'avez fait, comme les Américains aussi[1]. Nous sommes prêts à vous aider, pour peu que vous nous aidiez en retour…

— Vous servez donc d'agent à la France…

— Tout juste, sourit FitzGerald. Nous pouvons vous être d'un secours précieux, nous avons des amis partout, dans la police, dans la justice, et même au gouvernement. J'ai connu La Fayette pendant la guerre d'indépendance, en Amérique. Mes amis et moi n'avons pas hésité à lui fournir ce qu'il demandait.

À mesure qu'il parlait, son visage s'animait et son expression arrogante laissait place à l'enthousiasme. Une flamme ardente brillait dans son regard, la même que Victor avait vue chez Marat ou Robespierre. Cependant, quelque chose l'étonnait : La Fayette n'était plus au pouvoir, il n'était même plus député. Par quel moyen comptait-il aider les Irlandais en retour ?

— Et qu'avez-vous appris ?

— Jeffrey était un garçon brillant. Il avait des choses très intéressantes à vous révéler, Monsieur Dauterive. Complexes, mais très intéressantes. Connaissez-vous un dénommé Parker-Forth ? (Le lieutenant secoua le menton.) Pétion, lui, le connaît bien. Durant son séjour à Londres, il l'a rencontré presque tous les jours.

— Qui est-ce ?

FitzGerald se caressait un favori, un pli d'inquiétude barrant son front.

---

1. Les trois principaux groupes qui luttent pour l'indépendance de l'Irlande sont alors les United Irishmen, les Défenseurs et le Comité catholique.

— Parker-Forth est un agent de Pitt, le Premier ministre. Un homme extrêmement dangereux.

Le gendarme sentit son cœur battre plus fort. Ses pensées se bousculaient, il avait l'impression de replonger dans un océan de boue, cette noirceur qui semblait toujours accompagner la révolution. Pétion le Jacobin, Pétion le vertueux, le meilleur ami de Robespierre, Pétion qui ne parlait que de liberté et de fraternité serait payé par les Anglais ?

Le jeune homme sentit ses larmes monter, il ne savait pas si c'était de honte ou de colère. Une fois encore, La Fayette avait eu raison : la candidature de Pétion à l'élection municipale cachait peut-être autre chose. Il devait revenir à Paris et arracher le masque de ce Janus[1].

— Je conçois que la chose est étonnante, reprit FitzGerald d'une voix adoucie.

— Pas tant que vous pensez… Avez-vous une preuve de ce que vous me dites ?

— Quelques-unes, oui. (Il leva la main, comme pour prendre celle du jeune homme sous la sienne, puis se ravisa en se levant d'un coup.) Avez-vous faim, Monsieur Dauterive ?

— Pas tellement. Un peu.

— Dans ce cas, suivez-moi. Une affaire importante m'attend à Londres, je dois avancer l'heure du repas.

Sans préciser si Victor était concerné ou non par cette *affaire*, il le guida jusqu'à une petite salle à manger attenante.

***

Le Nègre répondait au surnom de Tony Small, qui lui correspondait assez puisqu'il mesurait à peine plus de cinq pieds[2] ; l'autre, le colosse au crâne rasé, se dénom-

1. Dieu romain à deux visages (l'un tourné vers le passé, l'autre vers le futur).
2. 1,50 mètre.

mait Lawless. Il s'était changé, comme Dauterive, et portait maintenant un frac bleu rayé de jaune d'un assez mauvais goût. Ils saluèrent aimablement le gendarme une fois que son hôte les eut présentés.

Malgré la saison, et à la surprise de Victor, les Irlandais semblaient se régaler de poulet et de viande froide, sans sauce, ni soupe ni légumes, arrosés d'un vin âcre presque glacial. Tous paraissaient perdus dans leurs pensées.

FitzGerald reprit le fil de sa conversation :

— Vous devez comprendre deux choses, Monsieur Dauterive. D'abord, l'Angleterre n'a pas supporté sa défaite dans la guerre d'Indépendance, défaite qu'elle attribue – à juste titre – à l'aide de la France aux *insurgents* Américains. Pitt et le roi George rêvent de revanche, jamais ils ne pardonneront. L'autre chose que vous devez savoir, c'est que les Anglais sont passés maîtres dans l'art de l'espionnage. Ils tissent leur toile dans des endroits et auprès de personnes qui vous étonneraient si vous les connaissiez. L'or anglais coule à flots, il agite des marionnettes à travers toute l'Europe. Parker-Forth est l'homme qui tire sur les ficelles pour la France.

— Et Pétion serait son jouet ?

— Les choses sont plus compliquées, sourit FitzGerald, avant de lui dresser un portrait complet de Nathaniel Parker-Forth.

Âgé de quarante-huit ans, cet avocat d'origine irlandaise s'était lancé très jeune dans la finance. Habile pour les négociations et les spéculations boursières, il l'était aussi devenu en politique et en diplomatie secrète, et le roi George l'avait nommé son *envoyé spécial* à la Cour de Versailles. Il devait à la fois informer Londres sur les projets français concernant la guerre d'indépendance d'Amérique, mais aussi les contrarier en sous-main. C'est à cette époque qu'il avait fait la connaissance du duc d'Orléans, une connaissance très intime.

— Il est devenu son confident le plus proche, mais aussi son homme d'affaires : Parker-Forth gère tous ses biens en Angleterre, et ils sont nombreux. Il lui a trouvé ses maisons à Londres, et il place son or en Bourse. Et nous parlons là de millions de livres. En récompense, Orléans a doté Parker d'une rente annuelle de douze mille livres, et il l'héberge gratuitement dans sa maison à Chapel Street, près de Park Lane. Ce qui n'empêche pas l'essentiel : Parker-Forth n'a jamais cessé de servir Pitt.

— Orléans connait-il le véritable rôle de Parker ?

— Il est probable que non… Ne faites pas cette tête. Parker-Forth sait tromper son monde. Il se promène à Paris comme s'il était chez lui. Tout le monde le croit le meilleur ami de la France et des révolutionnaires. La Luzerne, votre ambassadeur à Londres, avait bien quelques doutes à son sujet, mais personne ne l'a écouté et, malheureusement, il est mort en septembre.

Victor répondit d'un haussement d'épaules.

— Tout ceci ne servira guère au marquis de La Fayette. Sans preuves, ce ne serait qu'une rumeur lancée contre Pétion. Et Paris est plein de rumeurs.

FitzGerald avait abandonné sa mine condescendante. Il approuva d'un air grave.

— Très juste, Sir. S'il est certain que Parker-Forth influence Pétion, nous ne savons pas de quelle manière. Soit il le manipule, soit il lui donne des ordres et Pétion lui obéit en toute connaissance de cause. Rien ne nous permet de trancher. Mais en vérité, ceci n'est pas important au regard des informations essentielles que vous devrez transmettre à votre maître. Donnez-moi un instant je vous prie…

Il échangea quelques mots avec ses compagnons, qui s'étaient levés pour ranger la table. Tandis que Tony Small s'activait, l'autre semblait lui demander des précisions. Il se frottait le crâne tout en examinant Dauterive.

À la fin, il acquiesça d'un grognement et sortit avec son compagnon.

— Monsieur Lawless se méfie de vous, reprit FitzGerald, amusé. Au fond, je le comprends : nous sommes entourés d'espions. Je vous disais donc, des informations essentielles. Je ne vous révélerai pas comment Jeffrey les a obtenues ; moins vous en saurez, mieux ce sera pour vous si vous êtes pris. (Il s'était mis à parler plus bas, fixant Victor d'un air sombre, si bien que ce dernier se sentit frissonner.) J'ignore ce qui s'est passé, mais peu après m'avoir rencontré, Jeffrey a été pris par la police de Pitt. Il a été contraint de parler, je suppose sous la torture, car c'était un patriote. Puis on lui a tranché la tête, je l'ai appris ce matin. Dieu l'ait en sa sainte garde… (Devant l'air effaré de Victor, il eut un sourire triste.) Les Anglais ne nous font aucune grâce, Monsieur Dauterive. Je vous assure qu'il vaut mieux avoir la tête tranchée que d'endurer leurs supplices. Leur imagination est sans limites. Je ne vous dis pas ça pour vous effrayer, mais pour que vous compreniez bien votre situation. Attendez-vous au pire si la police nous surprend. Pour moi, j'userai de ceci contre moi s'il le faut.

Il avait sorti un poignard de sa redingote, qu'il tenait serré dans son étui. À nouveau, Victor frissonna. Cet homme si élégant, l'air léger, lui parlait de tuer et de mourir comme on aurait parlé de danser la valse.

— J'en termine. Ainsi, Jeffrey a parlé de vous et de votre ami Charpier à la police. C'est pourquoi votre ami député a été arrêté. Sans votre déguisement, vous étiez pris vous aussi : la plupart des aubergistes de cette ville sont des indicateurs de police.

Victor ouvrit la bouche, stupéfait.

— Pour votre ami, ne craignez rien. Il sera renvoyé en France sans dommages, puisqu'il est député. Quant à vous, c'est une autre affaire. Ils ne sont pas sots, ils vont chercher à comprendre de quelle manière vous leur avez échappé. D'ici qu'ils se doutent que vous bénéficiez de notre aide, il n'y a qu'un pas qu'ils franchiront bien vite. *Ergo*[1] ils peuvent craindre à raison que vous finissiez par apprendre les informations qu'a obtenues Jeffrey. (Il avait toujours ce sourire triste, que Victor commençait à mieux comprendre, un sourire teinté de violence et de deuils.) Je vous le dis tout net, Monsieur Dauterive : ils vous tueront plutôt que de courir le risque que vous regagniez la France.

Pendant quelques secondes, le lieutenant ne trouva rien à répondre.

— J'envisageais mon voyage autrement, finit-il par dire d'un ton qui se voulait léger, mais sa voix s'enroua. Et si vous me les donniez, ces informations essentielles ?

— Elles sont très simples. Nous avons appris que Parker-Forth prépare une machination en France, ou un complot, appelez ça comme vous voudrez.

— Quel genre de complot ?

— Nous ne savons rien de précis. Seulement qu'il consistera à *frapper la Révolution dans son cœur* – ce sont les mots mêmes de l'informateur de Jeffrey. L'homme qui mènera les opérations en France – aux ordres de Parker-Forth – est un certain comte Farcy. Nous ne savons s'il s'agit d'un vrai nom ou d'un pseudonyme. Connaissez-vous cette personne ?

— Jamais entendu. Est-ce que Pétion joue un rôle dans cette affaire ?

— Excellente question, Sir. Nous n'en savons rien. Et avant que vous ne posiez la question, sachez que Pétion *n'est pas* le comte Farcy.

— Comment en êtes-vous si sûr ?

1. Donc (en latin).

— Parce que Pétion a quitté Londres depuis belle lurette. Et que Parker-Forth a rendez-vous avec le comte Farcy ce soir même, à Chapel Street.

— Fichtre…

— Comme vous dites. Si vous nous faites l'honneur de nous accompagner ce soir, vous connaîtrez le visage de Farcy. Et vous pourrez prévenir ce complot. Enfin, si vous parvenez à regagner la France.

Cette fois, Victor répondit à son espèce de sourire fataliste.

20

Samedi 10 décembre, huit heures du soir

Sur la Tamise, Charpier (lui qui n'aimait pas l'eau !) avait dû prendre une embarcation à voile, menée par un batelier en habit vert aux armes du lord-maire. La nuit enveloppait un fleuve si large qu'on n'en distinguait pas l'autre rive, dans un air marin mêlé de vase. Le député était suivi comme son ombre par un inconnu en manteau et tricorne sombres, la nuque épaisse, une brute silencieuse aux manières étonnamment policées.

Au milieu de la nuit, ils débarquèrent dans un port, que Charpier reconnut pour être Gravesend. Une calèche les attendait, avec deux cavaliers munis de lanterne. Ils reprirent la route. Les hommes de Pitt avaient eu des attentions : il trouva dans un panier un flacon de vin, quelques tranches de *roast-beef* et du pain noir. Il se mit à manger, mélancolique, tandis que les chevaux prenaient le grand trot dans la nuit noire.

Il repensait à Parker, l'homme aux yeux morts. *Londres est une ville dangereuse.* Son regard était cruel, un regard de bourreau. Autrefois, Charpier avait illustré l'Apocalypse de Jean pour l'épouse d'un fermier général. Un passage en particulier l'avait marqué, comme s'il le concernait personnellement : *Je vis les morts, grands et petits, qui se tenaient devant Dieu. On ouvrit le livre de vie, et les vivants et les morts furent jugés selon leurs œuvres.* Il avait dessiné la scène, on y voyait un ange céleste au regard foudroyant, et devant lui des humains agenouillés, qui attendaient sa sentence. Parker ressemblait à cet ange exterminateur.

Charpier frissonna. Autrefois il avait haï le petit gendarme, il avait même reçu l'ordre de le tuer, et il l'aurait fait si ce dernier n'avait pas été si coriace. À l'époque, il le prenait pour un imbécile, un idéaliste à la botte de La Fayette, mais il savait maintenant que les choses n'étaient pas si simples. Jamais Dauterive ne l'aurait admis, mais au fond, ils se ressemblaient. Ils luttaient pour leur liberté, chacun à sa façon. Il l'avait cru arrogant mais ce n'était que de la timidité. Maintenant, il détestait l'idée de devoir l'abandonner. Mais qu'y pouvait-il ?

La voiture avait fait une embardée ; elle repartit lentement sous le fouet du cocher. Le député se consola en se disant qu'il s'en sortait une fois encore, et cela lui fit presque honte.

***

Qui était vraiment cet homme ? Il disait s'appeler Edward FitzGerald, cinquième fils d'un duc dont il avait oublié le nom. Victor n'avait aucun moyen de le vérifier. Et puis, que devait-il penser de toutes ces révélations ?

Jeffrey, l'agent irlandais torturé et décapité ; Pétion, soi-disant agent anglais ; ce comte Farcy envoyé d'Angleterre par Pitt pour *frapper la Révolution dans son cœur.* C'était peut-être vrai ; mais peut-être n'était-ce qu'un tissu de mensonges, destiné à tromper La Fayette.

Victor regardait FitzGerald, qui observait le paysage par le carreau. À la nuit tombée, ils étaient montés dans une calèche avec Lawless, le colosse. Tony Small, le Nègre, se trouvait sur la banquette à côté du cocher. Et ils avançaient lentement dans une obscurité presque totale, semée de flocons hésitants.

Une demi-heure après leur départ, ils traversèrent une succession de misérables cabanes et de terrains vagues ; sans doute les faubourgs de Londres. Sorti de son une espèce de léthargie, FitzGerald eut un long échange avec Lawless. Le gros homme semblait protester, désignant Victor du doigt, visage empourpré.

FitzGerald poussa un profond soupir avant de s'adresser au gendarme.

— Nous sommes bientôt arrivés. (L'officier voyait par la vitre des façades plus riches qui lui firent penser aux avenues qu'ils avaient empruntées, le jour de leur arrivée.) Tony Small restera avec moi près du cab. Je ne puis vous accompagner, mon visage est trop connu. Mais monsieur Lawless vous conduira. Vous ne pourrez pas manquer de voir le visage de ce comte Farcy. Ensuite…

Lawless reprit la parole mais son chef le fit taire d'une voix ferme.

— Monsieur Lawless refuse que vous soyez armé. Je ne suis pas de cet avis, mais enfin, puisque c'est lui qui est avec vous…

Il se tut brusquement et leur voyage se termina dans un silence morose. Lawless avait sorti un petit pistolet semblable au modèle de la gendarmerie pour vérifier le silex. Entre ses gros doigts, l'arme paraissait un jouet d'enfant. La voiture s'arrêta.

— Une fois que vous aurez vu à quoi ressemble Farcy, nous vous aiderons à regagner la France, chuchota FitzGerald. Les ports doivent être surveillés par la police de monsieur Pitt, mais soyez sans crainte…

Il parut vouloir ajouter quelque chose mais s'en abstint. Victor lut un peu de regret dans son regard. Puis il lui prit la main et la serra longuement.

— Prenez garde à vous, Sir…

Il fit un signe à Lawless et se renfonça dans l'ombre. La rue où ils s'étaient garés était assez large, bordée d'un parc et de maisons de maître, la plupart protégées au rez-de-chaussée par des grilles en fer. La chaussée scintillait sous un froid dur, à la lueur pâle des lanternes publiques.

Lawless savait exactement où il allait. Il s'approcha d'une façade, observa rapidement l'artère puis, se tournant vers Victor, un doigt sur les lèvres, lui fit signe de se couler dans l'ombre du mur. Il siffla et la porte s'ouvrit après une courte attente sur une femme pâle comme une morte. Elle leur fit signe et ils suivirent cette espèce de fantôme dans un couloir de service interminable, au sol de tomettes qui résonnait sous leurs pas. Au bout d'un certain temps, ils descendirent une volée de marches où flottait une odeur de renfermé, puis en remontèrent une autre. Victor ne voyait que le dos de Lawless, devinant devant eux le pas pressé de leur hôtesse, ses petits talons et le froissement de sa robe. Elle s'éclairait d'une minuscule lanterne. Il supposa qu'il s'agissait d'une gouvernante ou d'une domestique.

Après un long trajet par les couloirs de service, ils s'arrêtèrent. Tout était silencieux, glacial au point que le lieutenant s'étonnait de ne pas voir de buée sortir de sa bouche. Les Irlandais avaient récupéré, Dieu sait comment, le manteau que Charpier lui avait offert ; il remonta le col jusqu'au menton.

Lawless se tourna vers Victor, l'œil rond, le front mouillé de sueur. Il le prit par l'épaule et le poussa devant un fenestron dont émanait une vague lueur. Il lui chuchotait quelque chose à l'oreille et le jeune homme s'aperçut qu'il ne faisait que répéter le même mot : *Farcy (mais à cause de son accent on n'y comprenait rien)*. La fenêtre poussiéreuse, un coin cassé délivrant un courant d'air mordant, donnait sur une cour intérieure assez grande pour accueillir trois voitures. Ses pavés neufs luisaient à peine dans la nuit, il n'y avait pas de lanterne. À gauche, elle paraissait s'ouvrir sur un porche.

Un long moment passa. Le regard de Lawless allait de la cour au visage de Victor, dans un ballet sans fin. Il avait sorti de sa poche son petit pistolet pour en vérifier le chien. Plus loin, leur guide attendait dans l'ombre du couloir, immobile.

En s'efforçant d'ordonner ses pensées, Victor s'aperçut soudain qu'il ignorait où il se trouvait, et qu'il serait incapable d'en sortir seul. Dans son souvenir, le corridor passait devant trois ou quatre portes, des départs de couloirs, des escaliers noyés d'obscurité. Il mit un certain temps à s'apercevoir que Lawless lui serrait le poignet en cadence. *Farcy... Farcy...* Son cœur s'accéléra.

Le portail s'ouvrit. Une silhouette traversa la cour, se découpant sur l'éclat terne d'une lampe à huile. Des bruits de pas, un chuchotement.

Lawless lui montrait frénétiquement le porche.

L'inconnu avança. Il avait des fers sous les semelles et cela résonnait fort. Victor se souviendrait de cet instant, il s'en souviendrait toute sa vie.

Il vit son nez, absurdement. Et il le reconnut aussitôt. Un grand nez osseux, des joues plus creuses qu'autrefois. Une allure qu'il connaissait entre mille, la bouche gourmande, l'air hautain qu'il avait toujours eu, mais qui s'était accentué depuis qu'il était officier, son regard sombre si différent du sien. Il portait un manteau et un bicorne noirs, des gants et des bas blancs malgré le froid. Quand l'avait-il vu la dernière fois ? Il calculait en silence, terriblement concentré comme si cela avait une quelconque importance. Il avait seize ans, c'était donc en 1788, il se souvenait de leur altercation, de sa fureur incontrôlable, du métayer qui s'était interposé. François n'avait pas osé se plaindre à leur père. Il l'avait toujours craint.

La rupture datait de bien avant. Longtemps ils avaient tout partagé, leurs trois ans d'écart ne comptaient pas. Mais il y avait eu le père. Dès l'instant où il avait pris Victor en grippe, son frère aussi l'avait rejeté, pour imiter le marquis, ou alors parce qu'il craignait la disgrâce. Il le fuyait ou s'en prenait à lui. Heureusement, il avait vite quitté le château pour un collège militaire, si bien qu'ils ne se voyaient plus qu'en été, et alors ils ne partageaient plus rien.

Farcy, donc. Voilà ce qu'il était devenu. Victor devina qu'il avait déserté, comme tant d'officiers aristocrates, qu'il vivait à Londres dans la gêne sans doute, il suffisait de voir l'état de ses habits. Il fit quelques pas et disparut. Puis tout retomba dans le silence.

Victor se rendit compte que Lawless lui parlait, qu'il le tirait par la manche en lui montrant le couloir. Son haleine sentait le vin et l'oignon, son front luisait de sueur. Dehors, une porte claqua, lointaine, un éclat de voix en français, mais à cette distance, on ne comprenait pas les mots. C'était un cauchemar, il se réveillerait bientôt, sûr.

Farcy. François.

Un immense dégoût l'avait pris, une envie de fuir, de ne plus être lui-même. À présent, ils refaisaient le chemin dans l'autre sens, les couloirs, les escaliers, la servante qui courait presque devant, ses petits talons claquant dans le noir. Pendant un temps, Victor s'était dit qu'il avait mal vu, qu'il s'agissait peut-être d'un sosie, mais non, il ne pouvait pas s'être trompé. Pas sur François, il le connaissait trop. L'homme qui devait *frapper la Révolution dans son cœur*, ce prétendu comte Farcy s'appelait en réalité François Brunel de Saulon. Son frère.

À cette pensée obsédante, la nausée lui revint.

Il se retrouva dans la rue, sans savoir comment. La fraîcheur lui fit du bien.

Lawless marchait très vite devant, s'arrêtant parfois pour l'encourager dans sa langue. Il s'arrêta à un coin de rue, le visage ruisselant. Il lui parla à nouveau, le regard posé partout autour d'eux, nerveux, rapide, comme une bête aux abois. La voiture. La voiture n'était plus là, voilà ce qu'il essayait de lui dire.

Dauterive sentit un grand vide en lui.

Le gros Lawless s'interrompit net, le poussa brusquement et se mit à courir comme s'il avait le diable aux trousses. Stupéfait, Victor le vit décharger son pistolet sur deux promeneurs, qui s'écartèrent en criant. Lorsqu'ils se redressèrent dans un nuage de poudre, Lawless avait disparu. Il n'y avait toujours pas de fiacre. Ce *n'étaient pas* des promeneurs.

Victor fit demi-tour. Au pas accéléré, puis en courant. Les policiers le suivaient. Il en vit d'autres surgir sur l'avenue, lui barrant le passage.

21

Dimanche 11 décembre, deux heures du matin

On lui avait retiré ses bottes et son manteau. D'épuisement, il s'était assis par terre, le dos contre cette muraille d'un autre âge, les bas, la chemise et les fesses aussitôt trempés. Victor avait déjà eu froid, bien sûr. Certains soirs, au collège, il étudiait sous une couverture, des mitaines aux mains, se réchauffant à la lueur d'une chandelle. Tout chez les Oratoriens était froid, le réfectoire, les salles de classe, l'église, les dortoirs et les chambres, même en été. C'était dur, interminable parfois, mais il ne se souvenait pas que cela ait été douloureux.

Un tremblement le prit, violent, épuisant. Il sentait ses épaules se nouer, ses bras, son ventre, le froid l'enserrait dans sa poigne d'acier, broyant son dos, ses jambes, ses doigts et ses pieds qu'il ne sentait plus.

Après sa capture, six policiers l'avaient fait monter dans un fiacre sans un mot, vêtus de sombre et gantés, leurs visages mangés par l'ombre. L'un d'eux pointait un pistolet sur lui, impassible. Les vitres étaient occultées.

Au bout d'un moment le fiacre s'était arrêté, Victor avait entendu quelque chose s'ouvrir, pas un simple portail, mais de lourds vantaux qui grinçaient, comme au vieux Châtelet de Paris. Le fiacre avait encore roulé dans le fracas des roues, puis s'était immobilisé.

Ils étaient au pied d'une forteresse en moellons noirs entourée d'une enceinte de trente pieds de haut. Des torches scintillaient dans l'obscurité. Sur le chemin de ronde, Victor surprit une silhouette armée d'une hallebarde qui, sans ce décor sinistre, aurait pu passer pour un figurant de théâtre. Une porte s'ouvrit sur un soldat vêtu de la même façon, à la fois ridicule et terrifiante, pourpoint rouge bardé de larges galons dorés et noirs, fraise en dentelle blanche, bas blancs, l'air tout droit sorti d'un tableau de la Renaissance. Un homme en habit noir l'accompagnait.

D'une bourrade, on l'avait fait avancer jusqu'à un escalier à vis. Deux ou trois niveaux plus bas, ils avaient emprunté un long couloir qui renvoyait bruyamment l'écho de leur pas. L'homme au pourpoint ridicule ouvrait la marche, au rythme dansant de sa lanterne. Enfin, ils avaient propulsé Dauterive dans une pièce d'à peine vingt pieds carrés, sans fenêtre. On lui avait alors ôté presque tous ses vêtements sans un mot, comme dans une cérémonie terrible.

Depuis cet instant, Victor n'avait cessé de grelotter. Au bout d'un très long moment, il s'était laissé glisser contre le mur, les genoux entre les bras. Ses dents s'entrechoquaient, ses pensées aussi, confuses, le froid, la peur, Pétion, La Fayette et Chapier. Et surtout François. François, Farcy.

Une voix venait jusqu'à lui. Il comprit au bout d'un moment qu'un visiteur se dressait devant lui, le col relevé très haut. Il ne distinguait rien de sa figure, à part son étrange perruque ronde. Le froid abominable lui coupait le souffle ; il tentait vainement de refréner ses tremblements.

— Je reconnais que l'endroit n'est pas des plus confortables, déclara l'homme dans un halo de buée. (Il avait une voix très urbaine, teintée d'intonations anglaises légères.) Mais il fallait que l'on s'assure de votre personne. Êtes-vous bien monsieur Dauterive ?

Le jeune homme luttait contre ses frissons. Il releva la tête, les dents serrées.

— Vous avez tort de le prendre ainsi. Si vous ne parlez pas, d'autres que moi s'occuperont de vous. Et je vous assure qu'ils n'apprécient pas qu'on se taise. Pas du tout. Je dirais même qu'ils détestent. Ils vous feront parler, ils sont très habiles pour cela. Vous me comprenez ? Est-ce vraiment ce que vous voulez ?

Dauterive tentait vainement de distinguer ses traits. Il voyait à peine ses lèvres presque immobiles et ses sourcils arqués, tout le reste baignait dans l'obscurité. Il fit un signe et deux hommes surgis de nulle part relevèrent Victor avec aisance, comme des équarrisseurs. L'un d'eux prit son bras gauche dans sa poigne de fer et le tendit vers l'avant. Dans un ballet bien réglé, deux autres personnages avaient fait leur apparition ; un soldat en pourpoint, porteur d'une lanterne sourde ; un particulier vêtu de noir, petit mais solide, le visage prognathe, d'une indifférence absolue. Il portait au bout des doigts un instrument en acier, dont l'éclat froid fit défaillir Victor.

— Je pose à nouveau ma question, fit leur chef d'un ton las. (On aurait dit que tout ça le dégoûtait un peu.) Êtes-vous bien monsieur Dauterive ?

— Pour vous servir, haleta le lieutenant, qui tentait en vain de desserrer l'étreinte sur son poignet. À qui ai-je l'honneur ?

— Je vous conjure de me répondre, sans quoi vous n'allez pas aimer ce que va faire monsieur Sharkey. Connaissez-vous un dénommé Jeffrey ?

Victor répondit par une violente ruade, aussitôt maîtrisée. Le visage de son questionneur apparaissait maintenant dans la lumière. Il avait les joues roses, gonflées par l'abus d'alcool ou de bonne chère, une bouche gourmande, les yeux apparaissant à peine derrière de lourdes paupières, une curieuse petite perruque ronde. Dans de telles circonstances, son calme était effrayant.

— Il faut parler maintenant, Monsieur. Vous aviez rendez-vous avec monsieur Jeffrey, n'est-ce pas ?

Le lieutenant tentait toujours de retirer son bras, par réflexe, même s'il savait ses efforts inutiles. Dans une image affreuse, il revoyait certains des animaux qu'il avait autrefois piégés, enfant. Beaucoup s'étranglaient en voulant se libérer du collet, d'autres se rongeaient les pattes. Un jour, une palombe s'était décapitée à force de tirer, il revoyait encore son bec et ses yeux vitreux au bout d'une traînée rouge, dans un flot de plumes.

— Jeffrey vous a-t-il laissé un message ?

— Connais pas.

La sueur lui piquait les yeux. Sans pouvoir s'en empêcher, il tirait sur son poignet, comme la palombe sur son cou. Ça ne servait à rien, il enrageait d'essayer tout de même. Il hoquetait de peur, jamais il n'aurait imaginé cela.

— Lui, il vous connaît. Enfin, il vous connaissait… (L'homme à la perruque ronde échangea un regard avec celui qui faisait face à Dauterive.) C'est en tout cas ce qu'il nous a affirmé. Et je le crois.

— Il vous aura menti.

— Jeffrey aussi a eu du mal à parler. Il a fallu que monsieur Sharkey lui ôte tous les… comment dites-vous, déjà… oui, les ongles… les ongles de la main droite. Voyez-vous, je suis bon. Avec vous, nous commencerons par la main gauche… À moins que vous ne soyez gaucher ?

À son signal, le petit homme attrapa les doigts de Victor. Il avait une poigne de brute, mais le geste rare et précis. Un artisan.

— Et vous, Monsieur Dauterive, combien de doigts tiendrez-vous ?

Il lança un ordre en anglais.

Dans un geste lent, Sharkey leva ce qu'il tenait à la main sous les yeux du gendarme. C'était une pince, une sale petite pince en fer toute simple, un peu rouillée. La prunelle du bourreau, sombre, un peu vide, apparaissait dans l'écartement des mâchoires. Il les referma dans un claquement, qui fit sursauter Victor.

— Eh bien Monsieur Dauterive. Quel message Jeffrey vous a-t-il transmis ?

— Connais pas.

La peur contractait son visage, son ventre, il sentit ses jambes et sa vessie le lâcher mais les assistants du bourreau le tenaient fermement. On lui prit un doigt. L'annulaire. Il se débattit frénétiquement, le bras toujours en avant.

La morsure de la pince. Les deux hommes à ses côtés étaient forts comme des bœufs, c'est à peine s'ils remuaient malgré ses gesticulations. Il cria. Le fer écartait les chairs autour de l'ongle, pinçait, tirait. Le jeune homme lança son pied en avant, rencontrant de la chair molle. Le bourreau avait lâché prise et reculé de plusieurs pas, surpris. Il lui prit à nouveau le poignet, le doigt, l'ongle. Tira. Le gendarme sentait la chaleur des geôliers contre lui, leurs sueurs, leurs haleines. Ils grognaient, surpris par sa résistance. Dans un craquement humide, le jeune homme sentit que la pince achevait son œuvre. L'ongle tenait encore à son doigt, Dieu sait comment. D'un coup sec, Sharkey le déchaussa pour de bon. Une douleur fulgurante se diffusa dans tous les nerfs de son bras, dans son torse, explosa dans sa tête.

Le bourreau, habile, refermait déjà son petit instrument sur l'ongle de son index.

— Il vous reste neuf ongles intacts, mon cher. Quel message avez-vous reçu de Jeffrey ?

— Je vous tuerai…

Victor salivait horriblement, l'envie de cracher au visage de ce monstre froid le prit, en même temps qu'une peur infernale. Il cracha par terre, manqua son coup et sentit que cela coulait sur son menton. Et la douleur, intense, frappait la cadence depuis son doigt déchiré.

— Non, vous ne me tuerez pas. C'est moi qui vous ferai tuer. Mais auparavant, vous me direz ce que vous savez, mon ami. Tout le monde parle ici. Il vous reste neuf ongles.

— Allez au diable, je n'ai pas vu votre Jeffrey.

— Non bien sûr, puisqu'il est mort. Mais vous avez eu son message, n'est-ce pas ? Réfléchissez bien…

À son ordre le bourreau commença à tirer sur l'index. La douleur reprenait, presque aussi vive, peut-être plus encore. Son questionneur ne le lâchait pas des yeux.

— Vous ne connaissez personne dans cette ville, vous ne parlez pas notre langue. Où avez-vous passé ces dernières heures ? Qui vous a indiqué la maison de monsieur Parker ?

— Connais pas.

Le bourreau tirait déjà sur son ongle. Il se débattit, plus fort encore, mais toujours en vain. Il avait la sensation de s'enfoncer dans une nasse en acier ; toujours l'image de cette palombe décapitée.

— Que veniez-vous faire là ? Qui vous y a fait entrer ?

— Vous posez trop de question, je m'y perds.

— Sharkey va vous aider à vous y retrouver, insolent. Qui avez-vous vu ? Qui vous a fait entrer ?

— Personne, je me suis caché là. Votre foutue ville est pleine de canailles…

Un ordre, en anglais. Il comprit, sans trop y croire, qu'on le relâchait. Par réflexe il se prit la main gauche dans le poignet. Avec le noir, il ne voyait pas son doigt mais il sentait le sang couler, une espèce de morceau de chair tremblotait, comme de la viande autour d'une côtelette. À chaque battement de son cœur, une douleur énorme se répandait jusqu'au bout de ses orteils.

Un coup formidable, inattendu, le fit plier en deux. À genoux, il en reçut un deuxième dans les côtes. Il balaya l'air du bras droit, sans rien rencontrer. D'autres coups lui coupèrent la respiration. Le sol, contre ses joues, était rude, visqueux, glacé.

La lumière disparut, il se retrouva de nouveau dans le noir, souffle coupé, avec la sensation de se trouver plongé au fond des Enfers.

22

Dimanche 11 décembre, dix heures et quart du matin

Le paysage défilait de part et d'autre de la chaussée, déclinant toutes les nuances de blanc et de gris, jusqu'à se fondre au loin dans l'horizon laiteux. Il avait givré. À Paris, la boue des rues s'était durcie sous une couche cristalline et la Seine coulait plus lentement, comme si elle hésitait avant de se figer. Bientôt, imaginait Olympe, la glace apparaîtrait et l'on verrait, comme aux autres hivers, des blocs l'encombrer peu à peu, puis la prendre entièrement.

Le fiacre passa les faubourgs et franchit l'octroi à la barrière d'Enfer, avec ses deux pavillons ornés de frises[1]. Au-delà des murs, on ne voyait pas plus de vingt pas de la grand-route d'Orléans. Le cocher avait allumé un falot et les grelots des harnais sonnaient étrangement, comme étouffés dans le brouillard. Ils dépassèrent deux marcheuses courbées sous leurs capuches, fantômes humains.

L'écrivaine souriait vaguement, le regard perdu dans ce décor irréel. Cinq jours qu'elle avait quitté sa maison d'Auteuil pour un hôtel meublé, non loin du Théâtre-Français. Comme toujours, cent projets tournaient dans son esprit. Sa *Déclaration des droits de la femme et de*

1. Aujourd'hui place Denfert-Rochereau, dans le XIVe arrondissement de Paris.

la citoyenne, à l'automne, n'avait suscité que des moqueries, on l'avait traitée de Messaline[1], de Circé[2]. Même la reine l'avait superbement ignorée. Mais Olympe n'était pas femme à se décourager. Elle formait un nouveau projet, une proposition de loi sur le divorce. Le mariage à perpétuité, ce *tombeau de la confiance et de l'amour*, avait produit plus d'horreurs et de drames que tous les tyrans réunis. L'hymen vous forçait parfois à partager votre existence avec votre bourreau, à lui baiser la main en espérant vainement l'attendrir. Il fallait vivre infâme ou mourir malheureux. Veuve à dix-huit ans, elle avait eu la force de ne pas se remarier et de ne pas porter le nom de son époux, malgré les protestations de son entourage. Elle voulait cette liberté pour les autres.

Cela ne la détournait pas d'une autre entreprise, tout aussi ardue, dont l'idée lui était venue lors de sa dernière entrevue avec Victor. L'histoire de cette jeune fille disparue à Saint-Maur après avoir été internée dans un couvent des Pénitentes l'avait instantanément passionnée. Mais le refus du jeune homme, lorsqu'elle lui avait offert ses services, l'avait exaspérée. Il fallait être *revêtu de l'autorité de la loi* pour agir, avait-il dit. Elle se souvenait de ses mots exacts, de sa mine hautaine. Quel imbécile ! Pourquoi les femmes ne seraient-elles pas capables de mener des enquêtes policières ?

Quelques jours de recherches avaient suffi pour qu'elle reçoive une première information. À présent, elle était sûre de mener son plan jusqu'à son terme.

Depuis un moment, la route longeait une vallée, sur leur gauche. En apercevant l'énorme aqueduc d'Arcueil – le repère dont il était question dans le courrier (il

1. Mère de l'empereur Britannicus, connue pour sa conduite scandaleuse.

2. Empoisonneuse et sorcière qui, dans *L'Odyssée*, transforme les hommes en porcs.

alimentait en eau toute la rive gauche de Paris[1]), Olympe demanda au cocher de s'arrêter. La maison qu'elle cherchait se trouvait cinq cents pieds en contrebas, au fondement du monument.

Puis elle finit le trajet à pied, manquant à chaque pas de déraper sur la neige qui tapissait le chemin, jusqu'au fond du vallon. Arrivée en bas, hors d'haleine et les jambes tremblantes, Olympe rabattit sa capuche.

Un épais brouillard montait du sol, tout était blanc, et figé dans le silence. Cinq ou six misérables maisons – presque des cabanes – s'accolaient aux gigantesques arches en pierre de taille. Elle ne vit personne et se demanda soudain ce qu'elle faisait là.

Les habitations paraissaient de fortune, faites de pierres volées sur des chantiers. On aurait dit un repaire de brigands. L'écrivaine pensa à Victor ; qu'aurait-il fait dans sa situation ?

Tandis qu'elle avançait à pas menus, cette pensée la contraria profondément.

Au début, elle pensait agir pour la cause des femmes, prouver qu'elle valait autant qu'un homme, qu'elle aussi pourrait enquêter ou servir la justice. Mais ce qu'elle voulait aussi – surtout – c'était étonner Victor, lui plaire. Dans une image fugace, elle revit son sourire rare, ses yeux azur, et la peau claire de son torse.

L'arrivée d'une petite fille la fit presque sursauter. Elle la conduisit vers l'une des cabanes en pierre où se trouvaient deux femmes et quantité d'enfants sales dans une demi-pénombre qui empestait le feu de cheminée.

L'arrivée de l'écrivaine n'aurait pas causé plus de surprise que celle de la reine en personne. Les occupants de cette espèce de grotte la menèrent en procession

1. Sa construction fut lancée par Henri IV et il reprenait le tracé d'un aqueduc romain construit 1 500 ans plus tôt.

vers une maison de l'autre côté d'un terrain vague, où trônaient les vestiges d'une charrette.

Une femme lui ouvrit, petite, le visage fané, les yeux rapprochés, vêtue d'une robe en laine bleue et d'un fichu mité. La cinquantaine, elle paraissait une vieillarde.

— Madeleine Prévost ? répéta-t-elle d'un ton méfiant, tout en examinant les curieux derrière Olympe. D'un regard, elle en fit fuir la moitié.

— C'est ma nièce. Et vous, qui c'est que vous êtes ?

Avec beaucoup de réalisme et de conviction (ne fréquentait-elle pas les meilleurs comédiens de Paris depuis près d'une dizaine d'années ?), l'écrivaine raconta l'histoire qu'elle avait inventée de toutes pièces : mandatée par un notaire parisien, elle devait enquêter sur la vie d'une jeune femme noble de Saint-Maur, qui avait fait un court séjour au couvent des Pénitentes. Pour une question complexe d'héritage, elle devait recueillir le témoignage des personnes croisées lors de son internement chez les sœurs.

Après l'avoir écoutée jusqu'au bout, fort étonnée, la maîtresse de maison haussa les épaules et conduisit Olympe à l'intérieur, où se trouvait sa nièce : Madeleine Prévost, ancienne religieuse au couvent des Pénitentes.

Le regard nettement plus bigle que celui de sa tante, elle était aussi plus petite et plus maigre. Elle pria sa visiteuse de s'asseoir face à elle, dans une salle à manger poussiéreuse et glaciale, à peine éclairée d'une lampe à huile.

— C'est bien compliqué, déclara-t-elle lorsqu'Olympe lui eut répété son histoire.

Ses yeux se posaient partout sans jamais s'arrêter. Elle portait une méchante robe de laine et un bonnet, ses petites mains rougies par le froid et le travail. Elle demanda des précisions sur le notaire, sur l'identité d'Olympe, et l'intérêt qu'elle avait à mener cette espèce d'enquête. L'écrivaine, à qui l'imagination ne faisait jamais défaut, répondit à tout sans ciller.

— C'est bien. Mais c'est compliqué. Comment s'appelle cette jeune fille, dites-vous ?

— Anne-Louise Ferrières, répondit Olympe, qui sentit son cœur battre plus vite.

La déception arriva presque aussitôt : jamais elle n'avait entendu ce nom.

Sur une table derrière elle, Olympe remarqua un amas de pièces de tissu blanches et bleues, des éléments d'uniformes. Elle avait les doigts piquetés de coups d'aiguille.

— C'était une assez belle jeune fille, le visage fin, une excellente cavalière. On m'a dit qu'elle aimait lire et écrire. Elle a été placée au couvent à la fin de l'automne 1787, elle est repartie un peu avant la Noël.

— Deux mois ? (Elle lui lança un regard étonné.) Personne ne restait deux mois !

— Pourquoi pas ?

L'ancienne religieuse rougit.

— Je n'en sais rien. Personne ne restait seulement deux mois, c'est tout.

L'espace d'un instant, elle planta son regard bigleux dans celui d'Olympe. Elle ouvrit la bouche puis la referma.

— Il n'y avait pas tant de jeunes filles, tout de même. On m'a dit environ cent cinquante. Vous ne la connaissiez pas mais vous l'avez forcément vue, non ?

L'ancienne religieuse redressa le menton, piquée au vif. Olympe crut voir scintiller ses yeux.

— J'étais à la blanchisserie, je ne parlais pas aux filles. Et puis qu'est-ce que ça peut faire…

Décontenancée, Olympe tenta une autre approche. Le notaire avait exigé de tout savoir de son séjour aux Pénitentes. Tout savoir, et notamment les raisons de son internement. Quelqu'un devait bien pouvoir la renseigner, n'est-ce pas ?

— Je sais rien. Tout le monde sont partis. Les filles étaient là pour que Dieu les prenne en pitié. Voilà pourquoi elles étaient là.

Son regard de loucheuse croisa celui, parfait, d'Olympe. Ses traits s'étaient durcis, elle semblait lui reprocher sa présence.

— J'ai à faire, fit-elle en repoussant brusquement sa chaise.

Sa tante devait écouter, car elle passa immédiatement le nez par l'encadrement de la porte, les bras mouillés, manches retroussées jusqu'aux coudes.

— J'espère bien que c'est fini, dit-elle en fusillant leur visiteuse du regard. Parce qu'on a six habits à finir avant ce soir. Et les courses au marché d'Arcueil. Je vais pas pouvoir tout faire toute seule.

Madeleine Prévost lança un regard noir à Olympe. Elle n'avait donc quitté les fers du couvent que pour ceux de sa famille. L'écrivaine perçut sa colère, mais autre chose aussi. La peur ?

— Combien vous paye-t-on pour coudre un uniforme ?

— Qu'est-ce que ça peut vous faire ? demanda la tante.

— Laisse… C'est un demi-écu l'habit. Pourquoi ?

— Je vous en donne deux si vous répondez à mes questions, proposa Olympe, les joues brusquement empourprées.

L'attitude des deux femmes l'irritait prodigieusement. Elle ne s'était pas préparée à cela. Et elle n'avait aucun moyen de les contraindre à parler (pas *revêtue de l'autorité de la loi* – cette brute de Victor avait donc raison).

La tante s'était approchée d'elle, les deux poings sur les hanches.

— Six livres, comme ça ? C'est si important ?

— Ça l'est. Maître Bachelet m'a donné une mission et

je dois l'accomplir. Allons. Vous savez bien qui peut me renseigner, tout de même !

— Je sais rien ! s'exclama l'ancienne religieuse. Même pour cent livres. Maintenant, partez.

— Vous avez tort…

— Fichez-le camp, oui !

Avec ses yeux divergents, la colère lui donnait un air pathétique. Elle repoussa sa chaise et se remit à coudre, à grands gestes nerveux.

Masquant son dépit par un grand sourire, Olympe gagna dignement la sortie. À peine avait-elle fait trois pas dans la neige, retrouvant presque avec surprise la clarté du jour, que la porte de la masure s'ouvrit de nouveau.

Madeleine Prévost courut jusqu'à elle en relevant le bas de sa robe.

— Si vous tenez tant à savoir ce qui s'est passé au couvent, trouvez une femme qui s'appelle la Montjean.

Elle s'était approchée d'Olympe à la toucher, les traits frémissants. De près, elle dégageait une odeur forte de sueur et de feu de bois. Elle lui prit le bras.

— Ce qui s'est passé ?

— La Montjean, c'est son nom. C'était la domestique de l'infirmerie. Elle a de la famille à Vaugirard. La Montjean, à Vaugirard, vous vous souviendrez ?

— Que sait-elle ?

— Elle sait ce qu'elle sait. Ça devrait vous suffire.

L'ancienne religieuse repartit en courant et claqua la porte derrière elle. Une seconde plus tard à peine, Olympe entendit des cris dans la maison.

***

Le cocher renâcla quand son étrange cliente lui annonça son intention de changer de destination. Vaugirard, Madame était bien bonne ! Le prix de la course allait doubler avec ça. Sans compter qu'il fallait quitter la route d'Orléans pour des chemins de traverse qu'il connaissait mal. Et peut-être bien qu'ils s'y embourberaient, vu que le givre était en train de fondre.

L'écrivaine négocia un prix de trois livres et vingt sols pour la course. Et elle lui payerait la soupe et à boire à Vaugirard (si jamais ils y arrivaient, car il continuait à prétendre que l'affaire n'était pas gagnée).

Arrivés au carrefour de la Croix des sages[1], ils tournèrent à droite, se heurtant bientôt au tout récent mur des fermiers généraux, qui avait tant irrité les Parisiens. Le droit de péage pour les marchandises entrant dans la capitale venait à peine d'être aboli[2]. Ils firent demi-tour au milieu d'un cimetière et arrivèrent vers midi à Vaugirard, petit village planté dans la plaine de Grenelle, entre les champs, les vignes et les moulins à vent.

En avançant dans l'unique rue, bordée de belles demeures, l'apprentie enquêtrice se demanda soudain comment s'y prendre (contrairement au cocher qui, à peine arrivé, cherchait un cabaret, tous les sens en éveil. Il s'arrêta brusquement devant une maison bancale, le *Restaurant Saint-Lambert*, serra le frein à vis et s'y précipita comme si sa vie en dépendait. Olympe le rejoignit quelques minutes plus tard, indécise. Une demi-douzaine de charretiers et de paysans causaient dans la pénombre, dans une forte odeur de soupe aux choux. Inutile de compter sur le conducteur : penché sur une table, il vidait son premier pichet.

L'irruption de l'écrivaine n'était pas passée inaperçue. Le tenancier, habit râpé et perruque, s'approcha d'elle en la regardant de travers. Mal à l'aise, Olympe lui exposa succinctement la raison de sa venue.

1. Aujourd'hui dans le XIVe arrondissement de Paris.

2. L'enceinte a été construite entre 1784 et 1790. Percée de portes appelées *barrières*, elle permettait aux fermiers généraux de prélever des taxes, en partie reversées à l'État.

Le cabaretier avança les lèvres dans une moue d'ignorance.

— Je vois pas. (Puis, se tournant vers les clients :) Une bonne femme qui s'appelle la Montjean, ça vous dit ?

Lesdits clients levèrent à peine le nez de leurs conversations ou de leurs jeux de dés.

— Deux pièces d'argent pour celui qui me mènera chez elle, ajouta Olympe en s'éclaircissant la voix, les joues en feu.

Elle brandissait les demi-écus au-dessus de sa tête. Une jolie somme, qui représentait plus de trois jours de travail pour un manouvrier. Un silence abyssal lui répondit. Le cabaretier écarta les deux mains d'un air désolé.

Olympe sourit vaillamment et ressortit. La rue principale était vide, hormis deux laboureurs qui cheminaient aux côtés d'un gros cheval. Leurs silhouettes noires se découpèrent un instant contre le blanc du ciel. Elle fit quelques pas, hésitante.

Pour Dauterive, les choses auraient été très simples : il se serait rendu à la brigade de gendarmerie ou à la municipalité, et il l'aurait trouvée, la Montjean. C'était facile, *revêtu de l'autorité*. Cette pensée déprimante lui donna un regain d'énergie. Pourquoi n'irait-elle pas voir tous ces gens, elle aussi ? Ça ne devait pas être si compliqué : il lui suffirait d'enrober son histoire, d'être persuasive. Victor se servait de la loi ; elle userait de ses charmes.

Alors qu'elle retournait vers le cabaret pour y demander le chemin de la mairie, elle se heurta presque à un petit personnage vêtu d'une houppelande lie-de-vin. Elle crut d'abord qu'il s'agissait d'un enfant, mais c'était un homme d'un âge incertain, le visage mangé de poils, l'air buté. Il ôta son feutre avec un grand sourire édenté.

— N'avez pas peur, Madame. C'est bien deux pièces d'argent que vous donnez ?

Elle acquiesça, un peu sur le recul.

— C'est la mère Mojan que vous voulez ?

— Montjean. La mère Montjean, vous la connaissez ?

Il exhiba de nouveau ses chicots clairsemés.

— Sûr que je la connais ! C'est à deux cents pas d'ici. Vers les vignes.

Pendant quelques secondes, Olympe hésita. Puis lui fit signe qu'elle était prête à le suivre.

— D'abord la pièce, si vous voulez bin.

De nouveau, elle se raidit.

— Certainement pas, mon ami. Je vous payerai quand nous serons devant la mère Montjean.

Il plissa les yeux d'un air contrarié, puis haussa une épaule et se mit à marcher d'un pas vif comme si le sol n'était pas gelé, si bien qu'Olympe arrivait à peine à le suivre. Il emprunta un chemin entre deux maisons, puis obliqua le long d'un mur. De temps en temps, il se retournait et grimaçait un sourire, puis repartait. Après une grande bâtisse de trois étages, qui ressemblait à un couvent ou à un collège, le chemin, plus étroit, montait vers une grande étendue de vignes.

— Dites… fit Olympe.

Il ne parut pas l'entendre, puis fit soudain volte-face au milieu du chemin, jambes écartées, regard papillotant. Pour la première fois seulement, elle remarqua sa pâleur extrême.

— Maint'nant, je veux mes deux pièces.

D'un geste nerveux, sans jamais cesser de surveiller les alentours, il écarta sa houppelande, dévoilant, passé dans un baudrier en cuir, un sabre-briquet[1] d'une vingtaine de pouces. La lame était piquée de rouille par endroits, ébréchée à d'autres, mais finement aiguisée, suffisamment pour trancher un poignet d'un seul coup.

1. Petit sabre d'une soixantaine de centimètres, réservé aux grenadiers et aux troupes d'élite.

— Je n'ai pas de… commença Olympe, comprenant aussitôt qu'il valait mieux se taire, puisqu'elle avait été assez naïve pour montrer ses demi-écus.

Elle recula d'un pas, le cœur en feu, le ventre serré.

Après un regard vers le chemin puis vers les vignes – il ne venait personne –, le voleur tira son sabre d'un coup. Puis tendit l'autre main, une paume calleuse, striée de plis anciens.

— Ça suffit. Donnez les pièces.

Il tremblait des pieds à la tête, le visage soudain très mauvais. Ils firent un pas chacun, elle en arrière, lui en avant. Puis deux événements se produisirent, tout à fait inattendus.

Un éclair sombre, comme un serpent qui volait dans l'air, venu de nulle part ; le voleur poussa un grand cri, en même temps que résonnait un claquement sonore. Il fit un bond en arrière, si précipitamment qu'il en perdit l'équilibre.

Le cocher lança de nouveau son fouet vers lui avec une bordée d'insultes. Cette fois, le voleur disparut au milieu des vignes toutes blanches, un peu ridicule avec sa houppelande qui volait sur ses fesses. Dans l'aventure, il avait perdu son chapeau de feutre. Comme pour célébrer sa victoire, le cocher se racla le fond de la gorge et le décora d'un puissant crachat.

Rétrospectivement, Olympe s'était mis à trembler, si violemment qu'elle en avait presque la nausée. Elle retint un hoquet en portant son mouchoir à la bouche.

***

L'écrivaine retrouva Paris avec soulagement. Le froid n'avait pas faibli, et son cœur se serrait à la vue de mendiants, certains les pieds nus ou enveloppés de chiffons, qui attendaient aux portes des tavernes.

La voiture contourna l'ancien domaine de Saint-Germain-des-Prés et se faufila, dans des rues toujours plus étroites et encombrées, jusqu'à l'église Saint-Séverin. Elle paya ses quatre-vingts sols, soulagée que le cocher ne lui fasse pas d'autres remontrances. Oui, elle avait été imprudente ; oui, elle aurait dû éviter de se promener seule, si loin de Paris, par de telles températures ; non, une femme ne pouvait pas mener une espèce d'enquête de police sans l'aide d'un homme.

À cette heure, la presse était grande. Elle se plaqua contre le mur pour laisser passer un livreur de miroirs. Le ciel dansait une valse vertigineuse, dans le cadre doré qu'il portait à même le dos. Elle entrevit le reflet de son visage, étonnée de se voir si pâle. Que devait-elle faire ? Demander de l'aide à Victor ? Un fin grésil tourbillonnait, elle sentit une goutte glacée se déposer sur ses lèvres, fondre doucement, un baiser piquant.

La logeuse du jeune homme n'était pas là. Olympe grimpa les étages dans l'obscurité. On entendait des bruits de voix, de pleurs d'enfants, dans un mélange d'odeurs pauvres, d'urine, de vieux légumes. Pourquoi donc cette grosse bête de lieutenant s'obstinait-il à vivre ici, avec ses deux mille livres de traitement ?

Arrivée à son étage, elle frappa à sa porte : personne. Elle repensait aux traits réguliers de Victor, à ses yeux rêveurs, à la violence qu'elle devinait en lui. Sur le palier, tout était silencieux, glacial. Une sourde angoisse l'étreignit brusquement. Dans quelle histoire s'était-il encore lancé ?

La boulangère du rez-de-chaussée informa Olympe que monsieur le lieutenant était parti pour plusieurs jours, peut-être plusieurs semaines. *Monsieur le lieutenant*, songea Olympe, moqueuse. Victor avait beau faire le modeste, il aimait tenir son rang, finalement.

— Est-il parti avec Joseph ?

Le visage de la mère François s'était verrouillé.

— Eh bien parlez. Est-il avec cet enfant, oui ou non ?

La boulangère glissa un œil vers le fournil, dans l'arrière-boutique.

— Il n'est pas là, annonça-t-elle à contrecœur.

Elle s'interrompit pour servir une cliente qui venait d'entrer. Puis elle la raccompagna en l'accablant d'attentions jusqu'à la porte de la boutique.

— Où est Joseph, s'il n'est pas avec monsieur Dauterive ? s'enquit Olympe.

La boulangère rougit jusqu'à la racine des cheveux.

— Ça ne vous regarde pas.

— Ce n'est certes pas à vous d'en juger !

Elles se turent un instant, la mère François rouge écarlate, Olympe les yeux brillants, les narines palpitantes.

— Eh ben si vous voulez savoir, fit le boulanger en surgissant de son atelier, Joseph n'est qu'un petit voleur. Il s'est enfui.

Il s'essuya rageusement le front du revers de la main, y déposant une traînée blanche. Olympe sentit son cœur battre sourdement. Joseph, un voleur ?

— Que voulez-vous dire…

— Je dis ce que je dis. Il nous a volé trois petits pains et des gâteaux. On n'en veut pas, des voleurs !

Elle eut envie de protester, une boule au ventre. Un voleur, lui ? C'était impossible. En même temps, sa raison lui criait le contraire : les gamins comme lui, les miséreux rejetés par la ville, volaient, c'était une vérité, aussi vraie que l'hiver apportait la neige, que les femmes enfantaient dans la douleur. Ils volaient parce qu'ils crevaient de faim, et parce qu'ils ne savaient rien faire d'autre. Victor l'avait laissé seul pour partir en voyage, et voilà le résultat.

— Où est il ? demanda Olympe, la voix blanche.

Le père François eut un grand geste.

— Qu'est-ce que j'en sais ! J'espère seulement que le commissaire va l'attraper. On n'en veut pas, des voleurs.

Il fit demi-tour, l'air buté.

Olympe cherchait ses mots, lèvres tremblantes. Mais seules les larmes venaient. Si le garçon était pris, c'en serait fini de lui. La prison pour enfants, on savait ce que c'était : la faim, la misère, parmi les gueux et les fous de l'Hôpital général, avec les pires coquins. Un quasi-tombeau.

23

Dimanche 11 décembre, dix heures trente du matin

Les coups frappaient à intervalles réguliers, depuis l'extrémité de son annulaire gauche – comme s'il était une sorte de petit cœur autonome. Et la douleur se diffusait dans tout le reste du corps, jusqu'aux lobes d'oreilles, aux orteils, aux tempes et dans le fond de sa gorge. Et la douleur revenait comme une vague, vive et infatigable. Comment pouvait-on souffrir autant ?

En se retournant contre le mur pour essayer de se réchauffer, Victor avait heurté le sol du bout du doigt. Et il en avait hurlé, maudissant la terre entière. Il entendait encore l'horrible bruit de succion, ce craquement mouillé lorsque son ongle était parti d'un coup. Le choc l'avait touché jusqu'au fond du cœur. Mais il n'avait pas parlé. Il n'avait rien dit, ni sur Jeffrey, ni sur Charpier, FitzGerald ou ses amis. Et encore moins sur ce qu'il avait vu dans la cour avant de se faire arrêter.

Mais pourrait-il supporter d'autres ongles arrachés ?

Sans fenêtre, il était impossible de savoir l'heure, mais il jugea que la matinée était bien engagée.

— On est donc dimanche, dit-il à voix basse, absurdement.

Il ne sentait plus ses pieds depuis longtemps, il ne tremblait même plus. Il n'éprouvait que lassitude et faiblesse, un engourdissement presque bienfaisant. C'est ce qui arrive quand on meurt de froid, marmonna-t-il. Mais non, ça n'arriverait pas. Il mourrait, mais pas de froid.

La prison restait silencieuse, coupée de tous les bruits du monde. À un moment, il entendit l'écho lointain d'un rire, irréel.

Alors qu'il croyait dormir, des bruits de pas se rapprochèrent. Il sut que c'était pour lui. Et tandis que la clef jouait dans la grosse serrure, il sentit la peur l'électriser. Sa bouche s'ouvrit malgré lui, et il resta assis contre le mur, les genoux contre le menton, comme un enfant, tous sentiments envolés.

L'homme à la perruque courte entra, enveloppé dans son grand manteau au col relevé. Il l'examina avec un sourire doux (à moins que ce ne fût une grimace de dégoût, comme lorsqu'il avait ordonné qu'on lui arrache le premier ongle). À sa demande, les deux policiers relevèrent Victor, tout raide. Il frémissait déjà. Il ne supporterait pas la pince une deuxième fois. Sans un mot, ils l'entravèrent dans une longue chaîne dont ils passèrent l'extrémité autour de son cou, qu'ils refermèrent avec un gros cadenas. C'était lourd, froid et grotesque.

— Charmant, tout ça… dit le jeune homme, l'articulation pâteuse. Vous avez pensé à mes bottes ?

Il s'aperçut qu'il tenait assez bien sur ses jambes, malgré la faim et le froid. Mais il mourait de soif et sa voix lui avait râpé la gorge.

Personne ne lui répondit et ils remontèrent l'escalier par lequel ils étaient arrivés quelques heures plus tôt. Dauterive progressait maladroitement dans un concert de cliquetis, serré de près par un gardien. L'un de ces ridicules hallebardiers en pourpoint rouge ouvrait la marche, large comme une barrique.

Une pluie blême noyait les hauts murs noirs, si hauts qu'on voyait à peine le jour. Déjà on poussait Victor dans un fiacre. Il avait eu le temps de voir son escorte, quatre cavaliers en longs manteaux d'ordonnance et casques à chenille. Quelques hommes, militaires et civils, montaient la garde autour de la porte, et d'autres sur le chemin de ronde.

Comme lors de son arrivée, il était fermement encadré sur sa banquette par deux inconnus en noir, chapeautés et gantés. Un troisième personnage lui faisait face, le petit homme aux traits chiffonné et au visage prognathe : Sharkey, le bourreau, masque pâle et renfrogné. Victor sentit un long frisson glacé le parcourir.

La voiture s'arrêta sous le porche, on entendit manœuvrer l'énorme porte, puis elle repartit. On devinait la ville autour, la foule des passants, des marchands ambulants et des charrettes. Au fond, cela ressemblait beaucoup à Paris. Souvent, ils s'arrêtaient. Les cavaliers criaient des ordres, dans cette langue dure, puis on repartait. Victor arquait le dos de toutes ses forces pour éviter que son doigt ne touche la banquette. Il n'y parvenait jamais et chaque halte, chaque départ étaient un nouveau choc, un nouveau supplice.

Ils avancèrent ainsi longtemps, sans que personne ne prononce un mot. Au contact de ses voisins, le jeune homme se réchauffait presque. Son pied droit fourmillait, retrouvant peu à peu sa sensibilité. Un arrêt plus brusque que les autres le projeta sur Sharkey qui, d'un geste vif, le retint par les épaules. Leurs yeux se croisèrent. Les siens étaient gris et indifférents, ceux d'une bête. À nouveau, Victor sentit un souffle d'horreur passer en lui.

La pause se prolongeait. L'un des policiers écarta le rideau qui occultait le carreau, et pencha la tête à l'extérieur. Après un bref échange, il se renfonça à sa place ; quelques instants passèrent, la voiture repartit enfin mais s'arrêta presque aussitôt, très brusquement. La poignée joua, la portière s'ouvrit, une main passa, armée d'un pistolet. Un coup de feu.

Comme dans une pantomime (mais une pantomime d'horreur), Victor vit la face de Sharkey se creuser d'une cavité rouge grosse comme le poing, dans une gerbe écarlate dont jaillit son globe oculaire. Il s'effondra sans un mot sur les genoux du policier face à lui. Dehors, c'étaient des cris de surprise ou de rage ; des hennissements, des jurons, des hurlements de femmes. Deux autres détonations retentirent. La portière, qu'un des policiers tentait de refermer, s'ouvrit de nouveau, comme poussée par un ressort. Une main (la même que celle qui venait de tirer, une autre ?) s'empara de la chaîne qui ligotait Dauterive et le tira dehors. Il roula sur le pavé.

FitzGerald.

Malgré le masque (un simple tissu triangulaire percé de deux trous ronds), son regard était reconnaissable entre mille. Il parlait à Victor mais ce dernier n'entendait rien, les oreilles sifflantes à cause du coup de feu. Ils se mirent à courir en compagnie d'un autre homme qui accompagnait l'Irlandais, un gros personnage, le lieutenant devina qu'il s'agissait du colosse qui l'avait escorté chez Parker, mais il ne se souvenait plus de son nom. Deux coups de feu claquèrent encore, délivrant leurs nuées noires. Le fourgon de la police s'était arrêté au beau milieu d'un carrefour, bloqué par une charrette de foin. Dans un éclair, Victor vit des passants qui couraient en courbant le dos. Un cavalier geignait dans une flaque de sang, la tête nue, blafard. Au passage, Lawless (Victor venait brusquement de se rappeler son nom) lui asséna un violent coup de pied. Sa tête heurta le pavé dans un choc sourd.

— C'est la guerre, Monsieur Dauterive, dit FitzGerald en entraînant Victor vers une ruelle adjacente.

Le jeune homme croisa les yeux d'une femme, son regard clair plein de peur et d'horreur. Statufiée, elle regarda les fuyards enfourcher trois montures qui attendaient là, sous la garde d'un complice masqué. Ils partirent au triple galop. Un dernier coup de feu résonna encore, et ce fut le calme de rues plus larges.

***

Victor leva lentement la main. À la place de l'ongle, son annulaire s'ornait de concrétions noirâtres. Le doigt tout entier avait viré au jaune. À elle seule, la vision portait au cœur : on aurait dit un petit animal à la tête écrasée.

— Avec ça, je vais pouvoir briller en société, grogna le jeune homme.

Tomy Small, le petit Nègre, avait posé sur la table un bol rempli d'une pâte blanche, qu'il entreprit de lui appliquer. Au premier contact, Victor fit un bond en arrière. FitzGerald proposa que deux hommes le tiennent, comme cela se faisait en chirurgie, mais le gendarme refusa. Tony Small reprit alors ses soins, à petits tamponnements délicats, détachant peu à peu les caillots de sang. Dauterive serrait les dents, la chemise trempée de sueur.

— L'odeur est assez déplaisante, dit FitzGerald qui assistait à l'opération, impavide, mais c'est très efficace contre la gangrène. Je crois qu'il y a du jaune d'œuf, de l'huile d'olive et de la térébenthine. Également une plante chinoise mais j'en oublie toujours le nom.

Victor ne répondit pas, trop occupé à essayer de ne pas hurler. Cependant son hôte continuait à lui faire la conversation.

— J'ai connu Tony *the Faith*[1] il y a dix ans, lors de la bataille d'Eutaw Springs. Sans lui et sans ses onguents, je ne vous parlerais pas à l'heure qu'il est. Et il en connaît bien d'autres, à croire que les médecines africaines sont

1. Tony le fidèle.

plus efficaces que celles de nos savants de la faculté. Voilà, c'est fini.

Le domestique avait enfin relâché l'annulaire de Victor, mais pendant encore quelques minutes, la douleur continua à frapper la cadence. Dans le silence revenu, on entendit derrière la porte des éclats de voix, femmes et hommes.

À la fin de leur cavalcade, ils avaient abandonné leurs montures pour un fiacre qui attendait à un carrefour. Après avoir traversé un faubourg noyé de pluie, ils s'étaient arrêtés dans une ruelle bourbeuse, encadrée de murs de brique, où donnait une porte.

Derrière, c'était une arrière-boutique assez profonde, mais large d'à peine plus d'une toise (un homme couché aurait à peine tenu), garnie de ballots jusqu'au plafond. L'ameublement : deux chaises, une table luisante de crasse, où trônait une chandelle presque entièrement consumée. Cela sentait la poussière et le renfermé. On avait ôté ses chaînes au jeune homme puis, avec un large sourire, Tony Small l'avait couvert d'une épaisse courtepointe en laine[1], lui avait servi une soupe épaisse, un genre de millet bouilli dans du lait, en même temps qu'un pichet de bière. Ensuite il avait retiré sa chemise pour le frictionner avec de l'eau camphrée puis s'était occupé de son doigt, en homme habitué aux blessures.

— Brandy ? proposa FitzGerald en sortant une flasque de son habit, gravée à ses armoiries.

Victor tendit la main ; la liqueur, brûlante, lui fit oublier le doigt martyrisé. Son hôte en but une longue gorgée avant de revisser le bouchon en acier.

— Vous avez eu de la chance, mon cher. Dieu sait pourquoi, ils ont voulu vous transférer vers une autre prison.

1. Une couverture.

J'y ai à peine cru quand nous l'avons appris. J'ai même pensé qu'il s'agissait d'un piège…

Dauterive inclina la tête.

— Je suppose que je dois vous remercier.

— Ce fut un plaisir. Non seulement nous vous avons sauvé, mais nous avons aussi eu deux ou trois Rouges, et ce porc de Sharkey. Qu'ils aillent au diable !

Un éclair passa dans ses prunelles sombres. Il prit une autre rasade de son brandy, en proposa à Dauterive qui l'imita. La chaleur revenait peu à peu.

À nouveau, ils entendirent une conversation de l'autre côté de la porte. Une voix de femme revenait, avec un rire joyeux.

— Ne vous en faites pas, vous êtes en lieu sûr.

— Je n'en doute pas. Pourquoi faites-vous tout ça ?

Lord FitzGerald leva un sourcil circonspect.

— De quoi voulez-vous parler ?

— Vous savez très bien. Cette embuscade en plein Londres. Vous risquez votre vie et celle de vos hommes, vous auriez pu tuer des passants. Je ne suis pas si important.

— Oh que si, vous l'êtes, Sir. Sinon tous les agents de Pitt ne seraient pas en train de retourner la ville à cet instant précis.

— C'est réjouissant.

— C'est ainsi. Mais vous ne risquez rien, pas tant que vous êtes ici…

D'un geste ironique, il lui montrait le misérable office comme s'il s'agissait d'un palais. Soudain plus sérieux, il fixa Victor quelques secondes.

— Vous avez surpris l'un des secrets de Pitt, c'est assez pour qu'il lance tous ses agents à vos trousses. Dites-moi : qu'avez-vous vu chez Parker ?

Le lieutenant grimaça. Puis baissa les yeux un instant sur son doigt blessé. Une vision très nette lui revenait, ce visage osseux, cette bouche gourmande. Il revoyait exactement François, sa démarche fière, ses vêtements. Ses bas blancs malgré le froid.

— Je n'ai rien vu, murmura-t-il et regardant fixement son interlocuteur. Les battements de son cœur l'étouffaient presque. Il ferma les yeux un instant.

— Rien ? Vous voulez dire que vous n'avez pas vu Farcy ? Lawless l'a bien vu, lui.

Victor s'arrêta de respirer. Lawless, il l'avait oublié, celui-là. Il avait forcément fait son rapport.

— Ce n'est pas ce que je veux dire, répondit-il avec effort. Je veux dire que je serais incapable de reconnaître cet homme.

— Mais… Vous n'étiez qu'à dix pas de lui, n'est-ce pas ?

Le lieutenant affichait un visage d'ange, le souffle calme. Il hocha la tête lentement.

— Il faisait très sombre.

Le mensonge était venu tout naturellement, sans qu'il lui en coûte. Bien sûr, François n'était qu'un imbécile arrogant, il ne l'avait jamais beaucoup aimé. Mais c'était son frère.

Lord FitzGerald lui prit le bras avec un fin sourire.

— Vous avez besoin de calme. Reposez-vous, nous allons vous faire rentrer à Paris. Pitt a des espions dans tous les ports de ce pays, mais nous en avons aussi. Et vous ne serez pas seul : monsieur Lawless va vous accompagner jusqu'à Paris. Vous ne serez pas trop de deux pour identifier ce Farcy… et pour l'anéantir.

Cette fois, il accompagna sa phrase d'un petit rire.

24

Dimanche 11 décembre, huit heures du soir

Le reste de la journée s'écoula dans une tranquillité morne, vaguement angoissante. FitzGerald et son domestique étaient partis, laissant le lieutenant sous la protection de Lawless. Le colosse à la nuque rase avait déposé sur une chaise son frac bleu rayé de jaune, puis, bien en évidence, deux pistolets courts dont il avait plusieurs fois vérifié le chargement.

Dauterive l'observait en douce. C'était un homme en qui tout paraissait brutal, le menton, les bras et les mains ; même le regard, bestial, exagérément globuleux. Chaque bruit le faisait sursauter. Il tendait la main vers ses armes, l'œil écarquillé. Donc, il l'accompagnerait à Paris. Et il dirait tout ce qu'il avait vu, sans finasser. Victor ne savait que penser. Se débarrasser de lui ? Ce serait possible en France, mais au nom de quoi le ferait-il ? Pour épargner son frère ? Mais son frère n'était-il pas l'instrument du gouvernement anglais dans un projet terrifiant, *frapper la Révolution dans son cœur* ? Était-ce de sa faute à lui, s'il s'était engagé dans cette stupide aventure ?

Lawless l'interrompit. Par signe, il lui demandait s'il voulait manger. Victor acquiesça et l'Irlandais revint bientôt chargé d'une assiette de viande froide, de gros morceaux de pain noir et de pichets de bière. La viande, trop poivrée, dégageait de vagues arômes de pourriture.

Le jeune homme mastiquait lentement, rêveur. De l'autre côté de la porte, c'était l'écho d'un autre monde, une planète insouciante où les gens s'occupaient de leurs affaires, parlaient et riaient. Une voix de femme revenait régulièrement. Une marchande ? Mais de quoi… De peaux, de tissu ? Ils avaient essayé de déplacer les ballots entassés le long du mur pour en faire une couche, sans parvenir à rien tant ils étaient lourds. Il se sentait soudain épuisé, envahi de chaleur, le ventre plein, ivre de bière et de brandy.

Plus tard, la porte de la boutique s'ouvrit. Lawless prit le paquet enveloppé de papier qu'on lui tendait : une nouvelle tenue pour le gendarme, courte veste bleue à gros boutons d'argent, façon carmagnole[1], gilet, pantalon jaune en laine et petit chapeau rond. Victor passa le tout maladroitement, à cause de sa main gauche qu'il tentait de préserver des chocs, à cause de ses courbatures aussi. Son torse était parsemé de bleus. Seuls les souliers, d'étranges petits escarpins à boucles d'argent, bien légers pour la saison, étaient trop petits.

Quelques heures passèrent avant que trois coups rapides retentissent à la porte qui donnait sur la rue, puis deux plus lents, et ainsi de suite. Le garde du corps ouvrit doucement, et Dauterive vit alors qu'il portait à la ceinture un petit poignard. FitzGerald entra en coup de vent, son grand manteau perlé de pluie, les joues rosies. Il paraissait nerveux lui aussi, mais moins que Lawless.

— Tout est prêt, mon cher. Nos routes se séparent ici. Douvres est trop dangereux, vous embarquez depuis Newhaven. Si tout va bien, vous serez à Paris jeudi ou vendredi. (Il le regarda un instant, d'un air ému.) Dieu

1. Veste étroite à collet, et basques courtes, très en vogue dans les milieux populaires. C'est également le titre d'une chanson révolutionnaire.

vous garde, vous et monsieur Lawless. Vous portez sur vos épaules un grand poids.

***

Ils quittèrent Londres et la voiture s'enfonça dans la pénombre de la campagne. Lawless semblait toujours aussi inquiet, la main sous le frac, sans doute au contact de son pistolet. Dauterive se réveilla bien plus tard, en pleine nuit, alors qu'ils s'étaient arrêtés dans un village. Ils se reposèrent quelques heures dans une maison qui sentait l'ail et le feu de bois, le fiacre garé dans la cour, puis repartirent dans la nuit. Certaines haltes se prolongeaient étrangement, en pleine campagne, ou alors ils faisaient des détours par des chemins de traverse. Peu à peu, l'aube sale dévoilait un paysage désolé, une lande noyée de pluie. Alors que la faim se faisait sentir, Victor entendit soudain le murmure du ressac, les cris des mouettes et des goélands. Il pleuvait toujours, désespérément.

Le fiacre descendit une petite route vers l'étendue de la mer, le jeune homme recevant l'odeur d'iode et de poisson comme une bouffée d'espoir. Par sa fenêtre, derrière le rideau entrouvert, il entrevoyait une chaussée boueuse bordée de maisons noires, la plupart à un étage. Comme à Paris, les artisans travaillaient à la vue de tous. Des femmes proposaient leurs marchandises sur des caisses ou des petits tréteaux, des enfants passaient, chargés de lourds paniers, dans une senteur forte d'huître et de vase.

Le fiacre arrêté au pied d'un escalier de bois, Lawless fit signe au lieutenant de le suivre et ils s'engouffrèrent au premier étage, dans un intérieur sombre, mais nettement plus bourgeois que ne le laissait imaginer le bâtiment. Un tout jeune homme, un rouquin aux joues tachetées de son, se tenait en sentinelle près de la porte, un pistolet à portée de main. Il échangea un sourire de connivence avec les deux arrivants et reprit sa surveillance.

La maîtresse de maison, belle femme en robe mauve, fichu croisé sur le buste, leur apporta de quoi manger, une épaisse soupe aux saveurs campagnardes, où flottaient des carottes, des morceaux d'oignon et des herbes. Victor y découvrit trois petits morceaux d'une viande qu'il ne réussit pas à identifier. *Partridge soup, partdrige soup*, répétait le jeune rouquin depuis sa fenêtre. Il battait des mains en mimant l'envol d'un oiseau. Victor, amusé, lui répondit d'une moue d'incompréhension[1]. Lawless mangeait à peine. C'était étrange de voir un tel gaillard aussi sensible à l'inquiétude. À moins, songea Victor, que le danger fût encore plus important qu'il ne l'imaginait ? Après sa soupe, la femme brune apporta un gâteau fumant. Il était salé, farci de morceaux de lard et de champignons. Le gendarme termina consciencieusement le pichet de bière que son hôtesse avait apporté, avec l'impression de faire un repas de prince.

La journée se déroula lentement, jusqu'à ce qu'enfin la porte s'ouvre. C'était le moment. Escorté de loin par le rouquin, de près par Lawless, le lieutenant parcourut la rue principale en direction de la mer. Ils croisèrent des marins, mais surtout des femmes en robes rayées bleues ou rouges, certaines chargées de grandes hottes en osier pleines de poissons. Habillé comme il l'était, Victor passait parfaitement inaperçu. Ils longèrent une grande et belle auberge et montèrent à bord d'un deux-mâts. Le jeune rouquin les salua et Lawless referma derrière eux la porte de la cabine du capitaine, l'air soulagé.

La nuit tombait, et Dauterive supposa qu'ils n'appareilleraient que le lendemain. Il commençait à se faire

1. En fait, la *partridge soup* est une soupe traditionnelle à la perdrix.

à l'idée de revoir la France, sans savoir s'il devait s'en réjouir.

La cabine, étroite, empestait le tabac froid et la saumure. Une table fixe occupait presque tout l'espace, entourée d'une banquette garnie de coussins. Des reflets argentés dansaient mollement dans une rangée de hublots. Soudain, Victor entendit la mélodie lointaine d'un violon. Une femme chantait, en français. Le public réclamait le silence.

— *Plaisir d'amour ne dure qu'un moment... Chagrin d'amour dure toute la vie...*

Seule cette voix s'élevait désormais, cristalline. Tout le reste s'effaçait, le clapotis contre la coque, le vent dans les cordages, les cris des mouettes et les rires des hommes. Victor écoutait, le front posé contre les hublots, comme devaient sans doute le faire les voyageurs dans la grande auberge, car cela ne pouvait pas venir d'ailleurs.

— *J'ai tout quitté pour l'ingrate Sylvie... Elle me quitte et prend un autre amant. Plaisir d'amour ne dure...*

Autrefois la reine avait entonné cette chanson à Versailles devant ses intimes, Fersen, Polignac ou Artois. Victor en conçut une infinie tristesse, non par nostalgie (comment regretter ce monde qui s'était perdu lui-même ?), mais parce que, justement, il était mort à jamais, et cette certitude était le signe d'une révolution sans retour, toujours plus inquiétante. Et comme pour mieux le lui signifier, il voyait sous son regard, posé sur la vitre, son annulaire meurtri.

Une clameur enthousiaste salua la fin de la chanson. Puis la nuit s'installa pour de bon et le lieutenant s'étendit sur l'une des couchettes. Le navire balançait doucement sous lui en craquant. Que dirait-il à La Fayette, une fois revenu à Paris ? Il s'imaginait face à lui, obstinément muet. Et le marquis s'irritait en arpentant la pièce, selon son habitude. Que savait-il de Pétion ? Qui était ce Farcy dont ce gros Irlandais lui avait parlé ? Il savait *quelque chose*, n'est-ce pas ? Où alors il savait mais il ne voulait pas le lui dire.

Et plus le jeune homme niait, plus le marquis criait.

Il se réveilla en sueur, la gorge sèche, avec une furieuse envie de se soulager. Avec toute cette bière, ce n'était pas étonnant. Son doigt recommençait à tirer. Il avait dû le cogner pendant son sommeil. Curieusement, Lawless avait disparu. Ne trouvant pas de pot d'aisance, le lieutenant sortit sur le pont. Le jeune rouquin n'était pas là non plus et ce constat lui déplut : depuis qu'ils avaient fui Londres, aucun de ses gardiens ne l'avait quitté d'une semelle. Son absence était anormale, autant que celle de Lawless.

Il pissa dans la mer, par-dessus le bastingage. On distinguait à peine les quais sous un ciel d'encre, et la frise blanchâtre des façades des maisons. Le froid, vif, piquait les mains et le visage. Victor revint dans la cabine pour la fouiller. Il n'y trouva rien d'intéressant, des cartes, de gros registres, une chope de bière en étain… En regagnant le pont, il sentait les battements sourds de son cœur. C'est alors qu'il vit Lawless. Le colosse arrivait droit sur lui, blafard, le front luisant de sueur.

Il lui prit le bras en lui parlant, très vite. Alternativement, il montrait la cabine, puis le pont désert, les quais invisibles. Il fit signe au gendarme de le suivre.

— Où ? Où est-ce qu'on va ? fit Dauterive en dégageant son bras.

L'Irlandais était essoufflé, il sentait la sueur. Sur sa cravate blanche, un peu dénouée, Victor remarqua soudain la présence d'une tache sombre, un petit rond très net. L'haleine de Lawless lui parut assez désagréable, un mélange d'alcool fort, de dents pourries. Il reprit sèchement son coude.

— Le rouquin. Où est-il ? dit le gendarme.

Il lui montrait le gaillard d'arrière, désert. Lawless tirait sur sa manche, les mots se bousculant dans sa bouche, certains revenant toujours : *Pitt*, *police*, *danger* (prononcé à la façon anglaise, ce dernier terme était le plus fréquent). Le jeune homme se laissa guider vers la passerelle et ils descendirent sur le quai.

Lawless marchait très vite en surveillant les alentours, une veine saillait à son front, le séparant en deux exactement. Sa main refermée sur le bras du gendarme était d'une force inouïe. Dauterive y remarqua soudain des écorchures, dont l'une laissait perler le sang.

***

Le petit rouquin était méconnaissable. Deux ou trois dents cassées, l'arcade sourcilière éclatée comme un fruit trop mûr, la lèvre ouverte, ballante. Il essayait de relever le menton, hébété. La douleur était trop intense. Ou la peur.

La surprise avait été totale. Même pas eu le temps de tendre la main vers son pistolet. Des traîtres, il y en avait même chez les United Irishmen. Il le savait, on l'avait prévenu. On l'avait descendu du bateau, trois hommes l'avaient entouré, deux marins et un bourgeois vêtu de noir, tandis que Lawless s'éloignait en vitesse. Les coups s'abattaient, de canne, de poing, de gourdin. Une fois anéanti, il avait été emporté deux ou trois rues plus loin.

On entendait une voix féminine, quelque part. Une femme qui chantait à l'auberge, en français, et c'était magnifique, mais le jeune homme savait qu'il serait mort bientôt, peut-être ce soir même. Il était tombé sur les genoux après une bourrade plus forte que les autres. On l'avait jeté dans une voiture qui attendait le long d'un mur, rideaux tirés.

À l'intérieur l'attendait un homme en redingote sombre et perruque courte. Il était petit, le visage rose et gonflé, des paupières lourdes qui accentuaient son dédain. Le sourire pâle et lointain, il le dévisageait comme un cadavre un sursis.

***

Brusquement, le lieutenant se libéra. Lawless ne s'y attendait pas. Il regarda le jeune homme, l'air sincèrement étonné, et se remit à lui servir sa prose. Toujours les mêmes mots ; *danger*, *Pitt*, *police*… Tout était perdu, il fallait fuir ! Mais cela ne marchait pas. Quelque chose avait changé dans le regard du petit Français. Il y avait des doutes, de la peur aussi, mais pas cette peur qui paralyse. Ses yeux azur avaient viré au noir.

Il se jeta sur lui, de toute la force de ses deux cents livres ; Victor l'attendait, mais il se retrouva projeté au sol. C'était donc ça : jamais ils n'avaient été seuls pendant leur fuite vers la mer. Son ange gardien avait attendu qu'ils soient sur le bateau pour agir. Il s'était débarrassé du petit rouquin, et maintenant il voulait le livrer lui.

Toutes ses idées s'éclaircissaient d'un coup. Lawless n'était pas inquiet pour leur sécurité : il attendait simplement le bon moment pour trahir.

Ils roulèrent dans la boue glacée de la rue, une impasse entre deux maisons du port. L'Irlandais écrasait Victor de tout son poids ; habilement, il évitait ses ruades, particulièrement dans les parties intimes. Lawless savait que l'affaire serait rude : sous ses airs naïfs, le lieutenant français ne devait pas être là par hasard. Mais il ne s'attendait pas à une telle résistance. Victor se débattait sous lui, comme un poisson qui glisse entre les doigts. Il reçut un coup au flanc qui lui coupa le souffle. Le jeune homme avait roulé sur le côté. L'Irlandais le reprit, coinçant ses jambes entre les siennes, puis un bras sous son coude. Leurs souffles résonnaient fort dans l'impasse. Lentement, Lawless parvint à serrer la gorge de son adversaire entre ses doigts. Il avait une main énorme, rugueuse, assez forte pour l'étouffer. Il vit la panique dans les yeux du jeune homme, accentua sa prise. L'autre se débattait, haletant, cherchait l'air. Lawless insistait, les yeux exorbités, marmonnant des bribes de mots entre ses dents serrées. Sa veine, au milieu du front, palpitait sous l'effort.

Il voulut en terminer, assura sa prise, le regard brouillé par la transpiration. Alors il ressentit un choc mat, profond, en même temps qu'une douleur indicible.

Mon couteau, pensa-t-il. Le couteau qu'il portait toujours à la ceinture, sous l'habit. *Bon Dieu.* Les yeux exorbités, il retomba lourdement sur le petit jeune homme. *Bon Dieu, les livres sterling, la maison, Margaret…* Il comprit que le Français l'avait eu, que tout finirait là, dans cette impasse. Et il tomba sur le côté, lentement, comme un gros arbre coupé.

25

Dimanche 11 décembre, onze heures quarante du soir

Avant de le jeter à l'eau, Dauterive avait fouillé l'Irlandais, ne trouvant sur lui rien d'autre que la miniature d'une femme au teint pâle, et deux pistolets courts qu'il empocha de suite. Puis il avait nettoyé son couteau et sa main couverts de sang sur son habit. Bizarrement, le cadavre était entré tout droit dans la mer, presque sans bruit. Dans un souvenir atroce, le lieutenant revit sa bouche grande ouverte, sa surprise lorsqu'il avait senti la lame lui percer le ventre. Il essuya son front. À chaque souffle, il dégageait un nuage de vapeur. Il n'était pas blessé, mais son habit de marin, et particulièrement son pantalon clair, était couvert de boue. Son annulaire le lançait abominablement, il sentait une chaleur poisseuse rouler dans les plis de sa paume.

Tout dormait, les réverbères perçaient à peine le brouillard, mais dans une demi-heure, il y aurait des policiers partout. Le jeune homme s'approcha du quai où était amarrée une dizaine de bâtiments, goélettes et brigantins. Après avoir inspecté les pavillons sur les mats – cela lui prit du temps à cause de l'obscurité –, il grimpa sur la passerelle d'un des navires français.

Le marin de quart sursauta en le voyant brusquement à ses côtés. C'était un petit homme au visage déplaisant, semé de nævus et de rides, l'air fier. Il se redressa de toute sa petite taille, pas le moins du monde impressionné.

— Y a rien à chaparder ici. Vous voulez quoi ?

— Voir ton capitaine.

— Il est pas là. Vous feriez mieux de filer avant que je donne l'alerte.

Il s'avança d'un pas vers Dauterive mais ce dernier écarta le pan de sa veste et le menaça d'un poignard.

— Je ne suis pas venu discuter. Mène-moi à ton capitaine.

L'homme avait pâli.

— Cinq louis d'or pour toi si tu m'aides, ajouta Dauterive, sans relâcher son arme.

Le matelot cligna des yeux. C'était une somme très importante, pas loin de ce qu'il pouvait gagner en une année.

— Je suis pas un enfant. Montrez-moi l'or, déjà.

Le gendarme réfléchit un instant. Il pointa son poignard sous la gorge du petit marin.

— Voilà mon marché. Soit tu me mènes maintenant à ton capitaine, et tu auras tes cinq louis une fois en France. Tu as ma parole d'officier. Soit tu vas faire un tour dans le bassin.

Il appuyait si fort la pointe que son interlocuteur dut faire un pas en arrière. Il se heurta au bastingage et manqua de basculer. Une vague de sueur brillait sur son front et Dauterive comprit que, comme la plupart des marins, l'homme ne savait pas nager.

***

— Alors ?

— Alors, rien, répondit le policier.

Il avait les joues cramoisies, le col de son mauvais manteau relevé haut, portant avec lui la froidure humide de la nuit.

Les yeux de Parker-Forth s'étrécirent. Il restait parfaitement immobile, comme un saurien au bord d'un lac, les deux mains posées bien à plat sur la table de sa petite chambre d'auberge. Son teint se marquait de plaques plus colorées au cou et au front. Grâce aux informations laissées par Lawless tout le long du chemin, ils savaient que le petit Français était à Newhaven, en attente d'un bateau pour la France. Quelques minutes plus tôt, il pensait encore que tout se réglerait très vite, mais il commençait à en douter.

— Ce gros porc d'irlandais a dû se faire avoir, fit-il après un long silence. Êtes-vous bien certain de ne pas connaître le nom du bateau ?

Le policier secoua la tête, le regard baissé.

— Non, Sir, désolé.

— Vous êtes des imbéciles. C'était la première chose à demander à Lawless.

Au fond de lui, il s'en voulait aussi d'avoir fait tuer le petit rouquin. Il les aurait renseignés, bien sûr.

— Nous ne pensions pas que…

— Fermez-la, nom de Dieu !

Il ponctua sa phrase d'un coup de poing sur la table. Ses mains étaient petites, un peu boudinées. Il se leva d'un bond.

— Ce cafard a eu Lawless, c'est évident. Mais il ne peut pas aller bien loin. Il n'a pas d'argent, il ne parle pas anglais. Je veux que vous réveilliez le maire de cette foutue ville…

— Maintenant ?

Parker abattit de nouveau la main, faisant tinter le bouchon de cristal d'une carafe remplie d'un liquide ambré.

— Réveillez le maire de cette foutue ville, dans l'instant. Lui, ses foutus agents, et sa foutue police. Je veux que personne n'entre ou ne sorte d'ici sans que je le sache.

Réveillez le lieutenant Simpson. Je veux des patrouilles sur le port. Et qu'on fouille tous les bateaux, un par un. Et toutes les foutues auberges, et tous les foutus voyageurs français de cette ville. Et dites bien que ce foutu Dauterive est dangereux, mais que je le veux, mort ou vif. Mort ou vif, vous me comprenez ?

***

Le lendemain matin, ils n'avaient toujours rien trouvé. Ni à midi, alors qu'un jour pâle perçait difficilement les traînées de brouillard. Selon les instructions de Parker, tout avait été méthodiquement fouillé, les navires français ou anglais, russes ou suédois. Sans surprise, on avait attrapé une dizaine de passagers clandestins, mais le seul Français parmi eux était un barbon de soixante ans, moitié marin moitié vagabond. On l'avait jeté dans une geôle, histoire de lui faire passer le goût des voyages. Les auberges, les commerces et les entrepôts, tout avait été perquisitionné. Des dragons en longs manteaux gris contrôlaient les voyageurs sur les routes de Londres, Eastbourne et Brighton.

Parker dirigeait les opérations depuis sa chambre d'auberge, tel un général sur sa colline, déployant ses troupes et lançant des assauts. Et cela ne donnait rien. Sa mine virait au rouge brique.

En ville, les patrons pêcheurs commençaient à murmurer parce qu'on leur avait interdit de prendre la mer. Et leur recette du jour, alors ? Ils avaient des familles, des marins à faire vivre ! À trois reprises, Bowles, le représentant des marchands, était venu se plaindre auprès du maire, outré que le service de paquebots vers la France soit retardé, alors que le temps était au beau. C'est que ce n'était pas si fréquent en cette saison. Le patron du brigantin russe, en particulier, poussait de hauts cris. C'était un géant de six pieds six pouces, une énorme barbe se confondant avec les poils de sa pelisse en fourrure, des sourcils d'ours. Il avait failli jeter à l'eau l'un des policiers qui fouillaient son bateau.

Une petite centaine de voyageurs patientaient, répartis dans les auberges du front de mer, les plus aisés se trouvant au *Lion noir*, la plus vaste et la plus réputée de Newhaven. Une chanteuse d'environ quinze ans, le teint pâle et les lèvres vermeilles, une grâce d'ange, avait improvisé un tour de chant, accompagnée de son père et de son petit frère au violon. Le spectacle était charmant, elle chantait du Gluck et du Grétry, ce qui n'était pas étonnant car la famille venait de Liège, dans les Pays-Bas autrichiens. Les Pirotte tournaient depuis six mois dans les capitales européennes, comme la famille Mozart vingt ans plus tôt. C'était la voix pure de cette jeune fille qu'avait entendue le lieutenant Dauterive la veille au soir.

Le public de fortune fit un triomphe à l'artiste, ce qui permit à madame Pirotte et à sa servante – solide personne d'une vingtaine d'années – de récolter l'équivalent de douze guinées d'or dans le public enthousiaste. De guerre lasse, vers trois heures de l'après-midi, tandis qu'un vent favorable se levait, Parker céda. On vit aussitôt les navires se charger de leurs malles et passagers, lever la voile et prendre le large un à un sous l'œil impuissant des policiers.

Parker laissa ses instructions et s'embarqua à son tour vers la France.

26

Lundi 12 décembre, neuf heures trente du matin

Avant de partir pour Vaugirard, Olympe était passée rue Saint-Séverin, où elle apprit que Victor n'avait toujours pas reparu. L'écrivaine prit un fiacre place du Petit-Pont, l'ancien emplacement de la forteresse du Petit-Châtelet. Une demi-heure plus tard, elle arrivait au centre du village, au pied de la maison commune, un ancien séminaire apparemment.

Un peu surpris de recevoir la visite d'une dame parisienne, le maire fut encore plus surpris en découvrant une aussi belle femme en cape de bonne laine, bottines, gants fourrés et bonnet de renard.

Il se présenta avec cérémonie ; c'était un grand personnage d'environ soixante-dix ans, les yeux très clairs et attentifs, le visage grave sillonné de rides profondes, portant habit à la française et perruque à trois rouleaux.

— Une femme Montjean, dites-vous. Je vois fort bien. Mais à qui ai-je l'honneur ?

Comme la veille à Arcueil, Olympe, le cœur battant, débita son histoire d'héritage et de notaire parisien. Elle devait en savoir le plus possible sur une jeune personne qui avait séjourné au couvent des Pénitentes, où la femme Montjean travaillait comme domestique.

Le maire l'écoutait, visage impénétrable.

— Je vois qui est cette citoyenne, déclara-t-il d'une voix lente et grave. (Tout en lui était cérémonie.) Mais je crains que vous n'arriviez un peu tard. Puis-je vous demander de patienter un peu ?

Comme Olympe le dévisageait, interloquée, il disparut quelques instants avant de réapparaître, emmitouflé dans un gros manteau d'hiver.

Dix minutes plus tard, ils arrivèrent dans une rue bordée de modestes maisons aux cheminées fumantes. Une fine couverture neigeuse crissait sous leurs pas. Deux fois, Olympe manqua de glisser, puis ce fut le maire lui-même.

Celui-ci avançait d'un pas lent, la tête baissée d'un air pensif, comme si ce déplacement était pour lui d'une gravité extrême.

— Nous y voici, dit-il en désignant une masure dont sortait un groupe de villageois. C'est bien ce que je craignais.

Olympe suivit son regard. Un prêtre arrivait à l'autre bout de la rue en se dandinant lui aussi pour éviter de déraper. Elle sentit un goût amer envahir sa gorge.

***

À l'intérieur, tout n'était que tristesse et pauvreté. Un sol de terre battue, des murs gercés d'humidité, du papier huilé à la fenêtre. Et c'était sans compter le froid de gueux qui y régnait.

Trois ou quatre paysans debout autour d'un lit étroit s'étaient retournés en voyant arriver d'abord le prêtre, puis Olympe et monsieur le maire. Une vieille marmonnait un chapelet, assise au chevet de la mourante. Elle vint à la rencontre du curé en se signant trois fois.

— C'est la fin, mon père.

Une toux déchirante les fit se retourner.

— C'est bien ce que je vous annonçais, dit le maire à

Olympe d'une voix sépulcrale. (Puis il s'adressa à la vieille bigote.) Peut-on lui parler ? Cette dame voulait causer à la citoy…

La toux recommençait, elle faisait mal à entendre et se finit dans un râle.

— Vous avez votre réponse, fit la vieille en regardant Olympe. Elle avait la figure terreuse, toute ridée, une grenouille de bénitier entièrement vêtue de noir.

Tandis que le prêtre sortait de sa sacoche en cuir le nécessaire à extrême-onction – un coffret en étain contenant les huiles consacrées – puis passait l'étole par-dessus son manteau, Olympe s'approcha du lit. La mourante paraissait avoir soixante ans, le menton tendu vers le plafond noir de fumée, la peau grise et les joues creuses d'une édentée, le front luisant.

Le curé réussit à lui faire avaler un morceau d'hostie, puis une gorgée de vin dont elle recracha presque tout. Des souvenirs revenaient à Olympe, cette prière des morts que tout le monde murmurait avec le curé, sans y songer.

— *Per istam sanctam unctionem et suam piissimam misericordiam adiuvet te Dominus gratia Spiritus*[1]…

— Qui c'est ? dit la mourante d'une voix rauque, aussitôt brisée par la toux.

— Parlez pas, la Montjean.

La petite vieille lui tamponnait le front avec un mouchoir humide.

Le prêtre se remit à prier.

— *Sancti, ut a peccatis liberatum te salvet atque propitius allevet*[2].

— Qui c'est ? fit de nouveau la Montjean en tendant le

1. Par cette onction sainte, que le Seigneur, en sa grande bonté vous réconforte par la grâce de l'Esprit…

2. … Saint. Ainsi, vous ayant libéré de tous péchés, qu'il vous sauve et vous relève.

doigt vers Olympe. Mais s'adressait-elle vraiment à elle ? Tout le monde s'était retourné, surpris.

— Je suis une amie. Je viens vous parler du couvent des Pénitentes.

Le prêtre, la petite vieille, le maire sursautèrent, indignés. Mais la Montjean gardait le doigt tendu.

— Les Pénitentes, répondit-elle, la voix encombrée. Je le savais…

Une interminable toux l'interrompit. Le prêtre reprit ses prières, les yeux fermés ; la vieille avait sorti son chapelet.

Lentement, la Montjean leva l'index vers le curé, sa main tachée par la vieillesse, maigre et veinée de bleu. Autrefois, elle avait dû être plus forte, l'attache du poignet était solide. Elle ouvrit les yeux et chercha du regard autour d'elle.

— Il faut qu'on paye… murmura-t-elle en retrouvant Olympe. Il faut qu'on paye pour nos péchés…

L'éclat de ses yeux ternissait, comme si ces quelques mots consumaient ses dernières forces. Elle battit des cils et déglutit.

— Quels péchés ? fit le prêtre. Parlez, ma fille. Dieu vous attend, c'est le moment.

L'ancienne domestique s'efforça d'inspirer. L'air passait difficilement dans sa gorge. Elle referma les yeux très lentement.

Elle ouvrit encore la bouche et l'on entendit distinctement un souffle bref et presque indistinct, un petit souffle qui disait : *C'est fini, cette fois, c'est vraiment fini.*

Deux heures sonnaient au clocher de Vaugirard. Le glas se mit à tinter.

27

Lundi 11 décembre, onze heures du matin

La traversée avait été affreuse, il fallait bien s'y attendre en cette saison. À peine les falaises crayeuses de Newhaven disparues, un vent aigre s'était levé, qui glaçait les mains et les visages.

Parmi les passagers, seul Parker était demeuré un long moment sur le pont du brigantin, bien campé sur ses jambes, le visage rouge giflé par le grésil. Un marin lui proposa de regagner la cabine, sur le gaillard d'arrière ; il l'envoya au diable. Comment ce démon de Dauterive avait-il pu leur échapper ? Il se tenait fermement au bastingage en bois peint. L'étrave se soulevait lentement puis retombait dans des gerbes d'écume.

De toute façon, il fallait qu'il gagne la France puisqu'il devait y retrouver Farcy – du moins celui qu'il appelait ainsi. Les choses étaient si faciles avec celui-là ! Il croyait dur comme fer à la réalité, à l'*utilité* de sa mission (le mot fit sourire Parker). Il irait jusqu'au bout, sans se poser de question. Mais l'autre, ce Dauterive… la bouche gourmande de l'Anglais se contracta avec colère. Une secousse plus violente manqua de le faire tomber, et la vague se brisa sur le pont, énorme.

Les autres voyageurs s'étaient réfugiés dans la cabine à l'arrière, nauséeux. Son domestique s'agrippait aux bords de sa couchette, ses grosses mains d'assassin contractées par la terreur. Sur terre, il valait dix hommes, mais il n'avait pas le pied marin. Parker lui-même était peu à peu gagné par le malaise. À chaque nouvelle vague, le navire montait plus haut, plongeait vers l'avant en craquant de la quille au sommet des mâts.

Dans trois ou quatre jours, cinq peut-être, calcula l'Anglais en se cramponnant à la table de la cabine, ils atteindraient Paris. Si vraiment il avait réussi à fuir l'Angleterre, ce Dauterive ne devrait pas être si difficile à retrouver. Il était gendarme, proche de La Fayette et de Charpier, et la capitale n'était pas si grande.

***

À quinze ans à peine, Manon Pirotte avait les traits délicats, le teint blanc comme la neige semé de taches de rousseur. Se sentant observée, elle battit des cils et reporta son attention sur l'alignement des maisons sur le quai, à l'entrée du port de Dieppe. Il devait être 4 heures de l'après-midi. Une nuée de mouettes criait en survolant le brigantin. L'air glacial embaumait la marée.

La jeune fille glissa à nouveau le regard de côté, mais cette fois la servante ne l'observait plus. Le visage dissimulé sous sa capuche, cette dernière examinait le paysage. Seuls apparaissaient son menton volontaire et son nez droit. Les yeux azur, tantôt rêveurs, tantôt remplis de colère, restaient dissimulés. La jeune Pirotte ne put s'empêcher de le regretter.

Nichée entre deux falaises, Dieppe lui parut une ville assez riche comparativement à toutes celles qu'ils avaient visitées depuis maintenant deux ans que durait leur tournée musicale. La plupart des maisons comportaient deux ou trois étages, certaines en pierre, les autres à colombages.

Leur bateau amarré, ils débarquèrent. Alors que la servante s'emparait d'un bagage, un portefaix se précipita sur elle.

— Ça alors, laissez donc ma petite dame ! Les gros machins, ça nous connait !

Des rires gras lui répondirent (heureusement, il ne remarqua pas les éclairs assassins dans le regard de la domestique). Même le brave monsieur Pirotte ne pouvait s'empêcher de rigoler, le ventre tressautant et les pommettes vermeilles. Puis toute la famille gagna la *Licorne royale*, établissement le plus prestigieux de la ville, situé entre un maître écailler et un marchand de curiosités.

— Mes enfants, je me suis renseigné : nous aurons une diligence demain matin à neuf heures, déclara Pirotte en ôtant sa grande redingote, dans l'une des deux chambres qu'ils occupaient. On entendait par la fenêtre les cris d'une marchande ambulante. Il se tourna vers leur servante d'un air aimable.

— Comptez-vous nous accompagner, cher Monsieur ?

— Certainement jusqu'à Paris, répondit Dauterive en posant sur une chaise le manteau à capuche qu'il portait depuis le début de la traversée.

Il fit quelques pas pour reprendre son souffle ; aussi grande et forte que soit la dame Pirotte, ses vêtements restaient tout de même bien étroits pour lui.

— Dans trois jours, nous serons à Paris, m'a dit l'employé. Charmant garçon d'ailleurs. Mes enfants, il me tarde de jouer devant le roi. Manon, tu chanteras devant le roi ! Devant le roi, par tous les saints du ciel…

— Ne dites pas de sottises, Monsieur Pirotte, déclara son épouse en le fixant d'un œil rond, la tête inclinée – ce qui lui donnait l'apparence d'un animal de basse-cour.

— Pardon, Madame. Mais tout de même, devant le roi de France… Depuis qu'on attendait ça. Quand pourrez-vous nous présenter, Monsieur Dauterive ?

Victor sourit, une main levée.

— Avec leurs Majestés, on ne peut rien assurer…

Pirotte rit de contentement, comme si cette réponse (pourtant bien peu engageante) lui ouvrait les portes du paradis.

Depuis que le violoniste et sa famille avaient entamé leur tournée européenne – lui et son fils au violon, Manon au chant, madame à la caisse – , ils avaient visité la cour d'Autriche, celles de Turin et de Londres, ainsi que toutes sortes de personnes de qualité. Mais la cour de France manquait à leur tableau. À sa demande, Dauterive décrivit pour la quinzième fois le palais des Tuileries, s'étonnant encore de son art de conteur (il n'y avait jamais mis les pieds, hormis dans le grand escalier d'honneur ; une autre fois, il avait déposé un pli au poste de garde). Pirotte tapotait des doigts sur son ventre, la mine extatique ; sa femme paraissait déjà compter les louis d'or ; quant à Manon, elle dévorait Victor du regard.

La veille au soir, tombant sur le musicien et sa femme à l'auberge du *Lion noir*, à Newhaven (alors qu'il cherchait le capitaine d'un bateau), il leur avait servi la fable la plus improbable qui soit, sans réfléchir : poursuivi par un grand d'Angleterre qui refusait de lui rembourser une dette d'honneur, et qui tentait de le faire jeter en prison, il avait dû se déguiser en marin pour fuir. Il offrait dix mille livres à qui l'aiderait à gagner la France. Sans doute Pirotte aurait-il refusé s'il avait été seul, mais il y avait sa femme.

— Dix mille livres, avait-elle répété en le scrutant de son œil rond. Quand nous les donnez-vous ?

— Dès que nous serons à Paris. Je suis officier et gentilhomme, vous avez ma parole.

Les joues de Pirotte s'étaient décolorées en un instant. La grande salle de l'auberge était presque vide. Dehors, dans la nuit, on entendait des ordres en anglais.

— Tout ça me paraît… votre parole, je n'en doute pas, mais qui nous dit…

Il s'épongeait la nuque avec un grand mouchoir.

— Nous ne sommes que des petits musiciens, nous ne voulons pas d'ennuis, avait dit la mère Pirotte d'une voix à peine distincte.

— Dix mille livres. Quatre cents louis d'or.

Son cœur tambourinait fort. Les Pirotte échangeaient des regards, entre peur et cupidité. Quatre cents pièces d'or, c'était de quoi s'acheter une maison, de quoi vivre plusieurs années sans travailler ! Mais ces cris, dehors…

— Vous avez ma parole d'officier de gendarmerie. Je suis aux ordres de l'Assemblée nationale et du marquis de La Fayette.

À ces mots, les Pirotte, surtout madame, avaient paru brusquement très intéressés. La Fayette ? Vraiment ? Mais s'il le connaissait, lui, l'homme le plus puissant de France, n'avait-il pas un accès à la Cour ? Victor s'était engouffré dans la brèche. Bien sûr qu'il y avait accès. Pour peu qu'ils l'aident à traverser la Manche, non seulement ils toucheraient quatre cents louis d'or, mais en plus, ils pourraient se produire devant Louis XVI en personne.

La mère Pirotte, qui avait le sens pratique, avait fouillé dans sa malle avec l'idée de déguiser Victor en domestique. Et c'est sous cette apparence qu'il avait pu fuir Newhaven, le lendemain.

Lorsque le lieutenant en eut fini avec une énième description de la Cour, le musicien poussa un profond soupir, les joues encore roses de plaisir. Leur arrivée à Dieppe n'avait pas suffi à combler son insatiable curiosité.

— Ah… Les Tuileries, mon cher, quelle gloire. J'aurais

préféré Versailles, bien sûr, mais sa Majesté n'y réside plus, n'est-ce pas ?

Victor avait secoué la tête, un peu amer. Ils paraissaient ignorer que le roi était presque prisonnier de son peuple, à Paris (et que La Fayette était en quasi-disgrâce depuis l'affaire du Champ-de-Mars).

— Mais Paris, c'est très bien. C'est ce qui nous manquait, n'est-ce pas Manon ? Le roi aime donc la musique ?

— Et la reine plus encore.

— Ah… venez dans mes bras, mon bon.

Il serra Victor à l'étouffer, ne le relâchant que pour l'étreindre avec plus de force encore.

— Foi de Pirotte, j'ai une faim de loup, moi. Pas vous, les enfants ? D'après l'aubergiste, les huîtres de Dieppe sont les meilleures de Normandie.

Le lieutenant avait rajusté le bonnet en dentelle qui dissimulait ses cheveux courts, se demandant combien de temps encore il aurait à le supporter.

***

La nuit avait passé.

À la sortie de la ville, le paysage se présentait comme une aimable succession de collines recouvertes de neige. Au loin, des alignements d'arbres dessinaient les crêtes en pointillé. Le postillon avançait lentement, par peur de verser dans le fossé, surtout pour ne pas casser les jambes des chevaux. Personne n'aurait aimé se retrouver immobilisé en pleine campagne par un temps pareil.

C'est à peine si la diligence avait traversé un ou deux hameaux depuis qu'ils avaient quitté Dieppe. La neige étouffait bizarrement le fracas habituel des roues, les chevaux fumaient sous l'effort, laissant filer leur odeur chaude.

Emmitouflés des couvertures, les six passagers ne disaient mot. Pirotte ronflait, béat, digérant encore l'énorme quantité d'huîtres avalées la veille ; madame tricotait d'un air appliqué. Manon, le visage encadré d'un bonnet de fourrure, rêvait, les yeux perdus dans le décor. Deux personnes accompagnaient les Pirotte : un commis d'âge mûr et une domestique au visage encapuchonné de noir.

Au sommet d'une côte, on entendit le postillon crier, puis actionner son frein. Une grande secousse projeta les voyageurs les uns contre les autres et la voiture s'immobilisa dans un petit dérapage. L'un des chevaux, contrarié, hennit doucement.

Pirotte venait d'ouvrir les yeux, les lèvres humides.

— Allons bon, encore un essieu cassé.

— Ne dites pas de sottises, Monsieur Pirotte. Si l'essieu était cassé nous l'aurions entendu et la voiture serait penchée.

Madame Pirotte s'était redressée de toute sa taille, son œil rond de gallinacé aux aguets.

À peine avait-elle fini de parler que la porte s'ouvrit sur un cavalier en grand manteau fourré, le chapeau enfoncé jusqu'aux sourcils, un foulard masquant ses traits. Seul son regard apparaissait, deux yeux très clairs, froids et indifférents.

— Nous n'avons pas d'argent, bredouilla le père Pirotte, blafard.

Madame le fit taire en lui prenant le poignet.

— Il ne vous sera fait aucun mal, fit l'homme (son français se teintait d'un accent pointu). Veuillez descendre, Mademoiselle.

Du bout du canon du pistolet, et l'on devinait une espèce de sourire dans son regard, il désignait la domestique vêtue de noir.

Cette dernière dévisagea ses voisins, comme pour leur demander leur avis, ou du secours, mais les yeux se détournaient. Elle se signa deux fois, très rapidement, avant de s'extirper à grand-peine de l'habitacle. À la portière, un homme au visage masqué déplia le marche-pied pour l'aider à descendre.

Sur un signe du cavalier au pistolet, il abaissa sa capuche d'un coup sec. La dame n'avait pas eu le temps de crier, elle restait figée, la bouche en cul-de-poule. C'était une personne au visage flasque d'une quarantaine d'années, les cheveux contenus par un ruban de velours, dont dépassaient deux grandes boucles d'oreilles. Elle recula d'un pas, les mains tendues devant elle.

— Pitié… par pitié… Je n'ai pas grand-chose mais je donnerai tout. Pitié messeigneurs…

Le cavalier ne put retenir un geste de contrariété.

— Où est votre domestique ? fit-il en se tournant vers le couple belge, dans la diligence.

Le père Pirotte ouvrit la bouche, mais pas un son n'en sortit.

— Nous n'avons pas de domestique, rétorqua son épouse.

— Vous en aviez une à Newhaven. Elle a collecté l'argent des spectateurs, à l'auberge du *Lion noir*. Des témoins l'ont vue sur le bateau avec vous, et débarquer à Dieppe. Vous avez dormi dans la même chambre, à la *Licorne royale*.

Les Pirotte échangèrent un regard douloureux. Le père, surtout, semblait sur le point de défaillir.

— Ce n'était pas notre domestique, murmura madame.

— Dans ce cas, qui était-ce ?

La mère Pirotte avala sa salive. Parker releva lentement son arme sur elle. Puis, se ravisant, sur Manon.

— Que… que faites-vous ?

— Répondez, je vous prie. Qui était cette personne ?

D'un coup, avalant un mot sur deux si bien que le cavalier dut lui faire répéter certaines phrases, Pirotte déclara tout ce qu'il savait de Dauterive. Au moment où il s'apprêtait aussi à révéler que le fugitif leur avait promis quatre cents louis d'or, sa femme le fit taire d'un regard expressif.

— Bien, dit Parker sans cesser de viser Manon, en plein visage. Où est-il ?

— Nous ne savons pas. Il nous a quittés hier soir.

Parker releva le chien du mécanisme.

— Il est parti pour Paris !

Pirotte avait les joues terreuses, la voix soudain haut perchée.

— Il est parti hier soir. On ne sait rien d'autre, je vous en prie ! Je vous en supplie, Monsieur !

L'agent anglais baissa enfin son pistolet, prenant soin d'en désarmer le chien. Il hochait la tête, rempli de colère, un peu admiratif malgré lui. Les musiciens ! La ruse était grosse, tellement énorme qu'il n'y avait pas songé d'abord. C'est seulement en débarquant à Dieppe, et en y revoyant les Pirotte, qu'il avait commencé à se douter.

Par acquit de conscience, il fit fouiller l'habitable et le toit. Cela fait, il donna un ordre bref et les trois hommes qu'il avait recrutés remontèrent en selle, ainsi que son domestique. La troupe disparut bientôt dans un tourbillon de neige.

Pendant un long moment, la diligence resta en travers de la chaussée. Ni le postillon, ni les voyageurs n'osaient bouger, comme s'ils redoutaient une nouvelle attaque.

Troisième partie

28

Vendredi 16 décembre, sept heures du soir

Cette histoire de guerre commençait à le fatiguer. Vers les huit heures du soir, Charpier quitta la salle du manège, siège de l'Assemblée nationale depuis octobre 1789. Dehors, il faisait un froid de loup mais des myriades d'étoiles scintillaient. Il fit quelques pas, la tête vide.

La grande affaire du jour avait été le discours du roi. Ce dernier, en habit à la française de soie bleue, le ventre imposant barré du cordon bleu de l'ordre du Saint-Esprit, l'œil rond et très bleu, avait répondu aux vœux de l'Assemblée : ce serait la guerre.

Si l'électeur de Trèves ne dispersait pas les attroupements d'émigrés sur son territoire, il serait considéré comme un ennemi de la France.

— Je prends les mesures militaires les plus propres à faire respecter ces déclarations, avait déclaré Louis XVI d'une voix terne. Et si elles ne sont point écoutées, alors, Messieurs, il ne restera plus qu'à proposer la guerre… (Les regards fiévreux de sept cent quarante-six députés convergeaient vers lui.) La guerre, qu'un peuple qui a solennellement juré de renoncer aux conquêtes ne fait jamais sans nécessité, mais qu'une nation généreuse et libre sait entreprendre lorsque sa propre sûreté, lorsque l'honneur le commandent.

La salle avait éclaté en acclamations, si nourries que le roi lui-même en avait paru surpris. Charpier s'était levé comme les autres, plus par convenance que par enthousiasme. Car au fond, tout cela lui déplaisait fort, voire l'effrayait. Certes, il y avait bien une armée d'aristocrates à nos frontières, à Coblence, à Trèves ou Mayence, commandés par le comte d'Artois et le prince de Condé. Ils menaçaient de revenir à Paris pour châtier les révolutionnaires, mais ils n'étaient que quelques centaines d'officiers sans troupe et personne ne les soutenait, ni l'Autriche, ni la Prusse, ni les princes allemands, et certainement pas l'Angleterre. Alors pourquoi la guerre ? Pourquoi interrompre le cours de la Révolution, dépenser des fortunes pour l'armée, envoyer la jeunesse aux frontières ?

Pourtant, l'opinion devenait générale chez les patriotes. Ceux qui s'y opposaient étaient considérés comme des traîtres, des amis des aristocrates. Même paré de tout son prestige, Robespierre n'avait pas réussi à la combattre. On n'attendait plus qu'une déclaration officielle. Trois armées étaient rassemblées aux frontières, cent cinquante mille hommes. On disait que La Fayette réclamait un commandement, que le ministre Narbonne y était favorable mais que le roi et la reine s'y opposaient, par détestation.

Rue Saint-Honoré, l'ancien commissaire repoussa la nuée de mendiants qui entourait les fiacres, plein de colère. Le roi voulait la guerre ; le ministre voulait la guerre ; La Fayette voulait la guerre, et une armée ; les maîtres de l'Assemblée nationale, Brissot et ses amis de la Gironde, voulaient la guerre. Instinctivement, Charpier se méfiait de ces nouveaux députés, ces beaux parleurs qui n'avaient que des mots terribles à la bouche, comme si leurs paroles n'avaient aucune conséquence, qu'elles n'étaient que théorie. L'un d'eux, un certain Condorcet, parlait de la *nécessité* pour le peuple *d'exercer le droit terrible de la guerre*, contre les *hordes d'émigrés*.

La figure sévère de Charpier se plissa. Le peuple désirait-il vraiment exercer ce *droit terrible de la guerre* ? Passé la place du Palais-Royal, il emprunta la rue des Poulies. Autour, c'était un dédale de voies tordues que les lanternes publiques éclairaient mal, des coupe-gorge qu'il valait mieux éviter, même en plein jour. Un peuple de pauvres hères vivait entassé là, mangeant à peine une fois par jour, des portefaix, manouvriers chassés de province, gibier de potence et de l'Hôpital général, une foule invisible aux joues creuses, ignorante, terrorisée par la faim. Ces gens-là voulaient-ils *exercer le droit terrible de la guerre* ? Se sentaient-ils *outragés* par des *hordes d'émigrés* ?

Ces Brissot, ces Condorcet, ces députés de la Gironde ne pouvaient pas ignorer que la poignée d'aristocrates réunis à Coblence ou à Trèves ne représentaient aucun danger. Alors pourquoi la guerre ? Étaient-ils des idéalistes, voulant porter la Révolution partout en Europe ? Ou agissaient-ils pour d'obscurs intérêts ? Mais alors lesquels ? Charpier n'était pas le seul, parmi les députés, à se perdre en conjectures. Qui dirigeait la manœuvre ? Qui en deviendrait le maître ? Pour l'instant, il se voyait comme dans le brouillard d'une bataille navale, ignorant d'où venaient les coups, mais se gardant d'y répondre, de peur de se tromper d'ennemi.

Depuis qu'il habitait à Paris, il n'avait jamais quitté la section du Théâtre-Français (avant les réformes administratives, c'était le quartier Saint-André-des-Arts). Ses revenus augmentant, il s'était installé dans un appartement de trois pièces, rue de la Comédie, face au *Procope* où il avait ses habitudes, comme de nombreux membres des Cordeliers. Perdu dans ses pensées, il n'avait pas remarqué à quel point le froid était vif, il sentait à peine ses pieds et ses doigts le lançaient douloureusement.

Alors qu'il se réjouissait déjà à l'idée de retrouver ses bons chaussons, face à l'âtre du salon, le ventre plein, une présence inhabituelle le fit se retourner. Un homme qui l'attendait, caché dans un recoin, lui barrait la route. Charpier recula d'un pas, la main à la poche. Le visage de l'inconnu apparut à la lueur ténue d'une des lanternes de la rue. Un jeune homme d'à peine vingt ans, la mine un peu boudeuse et les traits élégants. Vêtu d'une étrange tenue de marin, il le dévisageait avec un sourire tranquille, à la fois naïf et distant.

Charpier hocha le menton.

— Oh. Vous n'êtes donc plus à Londres…

Ses yeux brillants démentaient le ton froid, et il eut presque envie de prendre Dauterive dans les bras tant il était soulagé – il avait l'impression de retrouver le fils prodigue. Mais de son côté, le lieutenant restait immobile. Très lentement, il sortit un court pistolet de dessous sa veste et le pointa sur lui.

— Je suppose que vous ne vous attendiez pas à me revoir.

Le regard du député allait du canon du pistolet au visage impassible de Victor ; ses yeux avaient viré au noir.

— Que comptez-vous faire ? dit-il après un silence. Des marcheurs passaient derrière eux sans les remarquer. Il entendait, à quelques pas de là, les conversations du *Procope*.

D'un mouvement du canon, Dauterive lui désigna l'entrée de son immeuble.

***

À vrai dire, Charpier avait imaginé plusieurs fois le retour du lieutenant, sans jamais le croire possible. Comment aurait-il pu échapper à toutes les polices anglaises, sans argent et sans parler la langue ? Et comment quitter l'île dans ces conditions, tous les ports sous surveillance ? Il passait chaque hypothèse en revue, non sans amertume. Jamais ils n'auraient dû partir ainsi, pour une mission aussi floue.

D'un pas lourd, il conduisit l'officier jusqu'au deuxième étage. Ce n'était pas le plus lumineux, mais on y trouvait les appartements les plus grands. Au premier coup sur la porte, il entendit s'approcher le pas léger d'Emira et le battant s'ouvrit. De la journée, il n'aimait rien tant que cet instant-là, c'était le seul qu'il appréciait pleinement, sans arrière-pensée ni réserve. De deux ans sa cadette, Emira n'était son épouse que depuis quelques mois, mais il l'avait connue bien des années plus tôt, lors d'un voyage à Paris. Les deux jeunes gens s'étaient promis l'un à l'autre, et rien n'aurait pu les faire renoncer à leur serment. Non pas qu'Emira soit particulièrement belle, elle avait son âge, petite, les hanches pleines, les traits ingrats, le teint maladif, mais Charpier lui trouvait toute la grâce du monde. Il ne vivait que pour elle, comme elle ne vivait que pour lui. Le monde aurait pu s'écrouler autour d'eux qu'ils s'en seraient moqués, du moment qu'ils se tenaient la main. Deux ou trois fois par jour, il lui faisait porter un billet tendre et il attendait sa réponse, fébrile comme un jeune homme.

Au premier regard, elle pâlit. Charpier s'effaça pour laisser entrer le gendarme, intimant le silence à sa femme d'un battement de cils.

— Je vous présente Victor Dauterive, dit-il tout bas, les dents serrées. Ce jeune homme fait affaire avec moi.

Une délicieuse odeur de ragoût flottait dans l'air. On entendait au loin le tintement de casseroles et de couverts.

— Nous souperons plus tard, dit-il en entraînant l'officier jusqu'au salon, dont il referma soigneusement la porte.

À peine entré, Dauterive reprit son arme en main.

— Est-ce bien utile ?

— Quand on parle à un traître, oui.

Charpier leva les yeux au ciel en se laissant tomber sur une chaise. Les murs étaient tendus de papier neuf, les fenêtres garnies de rideaux dont le satin luisait faiblement sous la flamme d'un chandelier à trois branches.

— Raisonnez un peu. Pourquoi vous aurais-je trahi ?

— Pour l'instant, c'est moi qui pose les questions. Qui vous a payé pour me livrer ?

Le député soupira. L'ombre découpait durement une moitié de son visage.

— Ne dites pas de sottises, je ne vous…

Victor leva la main gauche dans le halo des chandelles. L'extrémité de son annulaire était noire et sèche, comme brûlée. Heureusement, il s'était souvenu pendant le voyage de la recette de l'onguent de Tony *the Faith*, le domestique de FitzGerald (jaune d'œuf, huile d'olive et térébenthine), et il s'en était fait fabriquer durant le trajet jusqu'à Paris. La douleur avait largement été amoindrie.

À Dieppe, il avait pensé à prendre la voiture en compagnie des Pirotte, sous son déguisement. Mais il avait préféré partir le soir même par la diligence de Paris (ignorant que cette précaution lui avait sauvé la vie).

— Je ne sais même pas comment je suis encore vivant. Je ne devais pas rentrer en France, n'est-ce pas ?

— Il n'a jamais été question de cela. Que s'est-il passé avec votre doigt ? On vous a torturé ?

Les traits du jeune homme avaient durci. Il restait immobile, debout derrière la table. Charpier eut l'impression fugace qu'il s'apprêtait à la renverser, et à le frapper.

— Peu importe. Quelles consignes avez-vous reçues avant notre départ, me concernant ?

— Vous concernant, aucune ! Nous devions…

Le lieutenant pointa son arme sur lui.

— … que faites-vous ?

— Je vous écoute. Essayez de ne pas me mentir.

Avec une moue contrariée, Charpier raconta son interpellation par Parker et ses hommes, puis l'interrogatoire qui avait suivi. L'Anglais, lui dit-il, s'intéressait uniquement à leur contact à Londres, ce fameux Jeffrey qui ne s'était pas présenté. Compte-tenu de son statut de député, il n'avait eu d'autre choix que de le renvoyer en France. Dès son arrivée à Paris, l'ancien commissaire avait tout raconté à La Fayette, lequel ne l'avait qu'à moitié cru.

Le lieutenant eut un bref sourire.

— Avouez que vous n'êtes pas un homme très fiable.

— Cessez de me parler sur ce ton, on dirait votre maître. Que croyez-vous ? Que seuls vous, les aristocrates, êtes capables de loyauté ?

Leurs regards enflammés se croisèrent.

— Que vous a demandé Parker exactement ? s'enquit Dauterive.

— Je viens de vous le dire, cher Monsieur : savoir où vous étiez, et surtout ce que nous savions de Jeffrey.

— Et ?

— Et quoi ? Je ne savais rien, qu'aurais-je pu lui dire ? Je ne savais même pas où vous étiez. Parker vous cherchait. Votre doigt, c'est lui ?

Victor acquiesça du menton. Dans un frisson, il revoyait ce qu'il venait de vivre en quelques jours ; son séjour à la tour de Londres ; Sharkey, le bourreau prognathe ; son évasion puis la trahison de Lawless. Surtout, il repensait à ce qu'il avait vu, dans la nuit londonienne. François… François, Farcy. Comment cet imbécile en était-il arrivé là ?

Cent fois il avait essayé de se figurer le cheminement de son frère. Sans doute ce dernier avait-il déserté son poste d'officier pour émigrer. On l'avait recruté, quelque part en Europe, à Londres, Turin ou Coblence, peut-être Parker lui-même. Comment lui avait-on présenté sa mission ? Lui avait-on dit qu'il devrait *frapper la Révolution dans son cœur*, ou lui avait-il fait croire autre chose ? Surtout, lui avait-on dit que le véritable commanditaire de sa mission était Pitt ? C'était peu probable.

Deux ans plus tôt, en février 1790, un certain marquis de Favras préparait un complot visant à faire évader Louis XVI des Tuileries. Arrêté, il n'avait pas parlé, mais on disait qu'il avait été manipulé par le comte de Provence, frère aîné du roi, pour d'obscures raisons. Provence n'avait pas été inquiété et Favras avait été pendu. Et si François était pris, lui aussi ? Et s'il était pris par lui, Victor ?

— Depuis mon retour à Paris, je me suis renseigné sur ce Parker, reprit Charpier, ce qui fit sursauter le jeune homme. Il serait l'agent du duc d'Orléans en Angleterre. Il paraît qu'il connaît fort bien Pétion.

— Et ?

— Et c'est tout. Pétion fréquente les amis du duc d'Orléans, nous le savions avant de partir. De toute façon, cela n'intéresse plus notre cher marquis. L'avez-vous vu depuis votre retour ?

Victor n'écoutait qu'à moitié, pensant toujours à François, songeant même à en parler à Charpier. Mais il décida qu'il n'en ferait rien. Il retrouverait François seul, et il l'empêcherait d'agir.

Le député l'observait, un mince sourire aux lèvres.

— Vous me paraissez bien songeur. Je vous demandais si vous avez vu La Fayette.

— Non. Pourquoi dites-vous que Pétion ne l'intéresse plus ?

Charpier sourit plus franchement ; cela creusait les plis sur ses joues.

— Vous n'êtes donc pas au courant... Les élections ont eu lieu, et votre ami le marquis a obtenu trois mille voix, contre sept mille à son concurrent. Une déroute, mon cher. Pétion est maire de Paris depuis deux jours. Notre petit voyage à Londres n'aura servi à rien.

***

Ils s'étaient installés pour souper dans la salle à manger. Abasourdi, Victor avait avalé le ragoût de mouton sans un mot, l'arrosant d'un excellent vin de Bordeaux, que Charpier n'était pas le dernier à apprécier.

Il y avait une domestique en cuisine, mais seule Emira les servait, couvant du regard son mari. Jamais il ne manquait de lui faire un compliment sur sa tenue (une robe en indienne verte, un grand fichu de laine claire, les cheveux noirs ramenés sous un long ruban de velours), son service, ou la façon dont elle avait dressé un bouquet sur la table.

L'ancien graveur causait du quartier, du plaisir qu'il avait à y habiter, des restaurants et du *Procope*, dont le patron était un ami. Puis la conversation se porta sur les élections. Au début, tout paraissait fort simple : Bailly quittait son poste de maire, La Fayette le remplaçait. Ils avaient les mêmes idées politiques, les mêmes électeurs. L'affaire paraissait si sûre que les soutiens du héros des Deux-Mondes n'avaient pas daigné mener campagne.

— Les manœuvres ont commencé lundi, au conseil de la commune. La grande nouvelle était qu'un des candidats, un certain Desmeuniers, était soutenu par une *très grande dame*... je vous laisse imaginer laquelle...

— La reine ? fit Dauterive, interloqué.

— Elle-même. Je vous passe les débats qui ont eu lieu au conseil quand on a appris cela, entre le club de l'Évêché, les démocrates, et celui de La Chapelle, les conservateurs.

Le lieutenant, bien peu au fait des querelles au sein de l'assemblée municipale, ne chercha pas à en savoir davantage.

— À y penser, la manœuvre est remarquable. Une véritable mécanique de précision. Et d'ailleurs…

Il hocha la tête, comme s'il comprenait brusquement quelque chose.

— Et d'ailleurs ?…

— Finissons-en d'abord avec l'élection. Donc, pendant trois jours, tout Paris ne parle que de ce Desmeuniers qui serait le candidat soutenu par Marie-Antoinette. Il jure du contraire, bien sûr, la presse se déchaîne jusqu'à ce qu'arrive mercredi, jour de l'élection. Magnifique manœuvre de diversion. Car soudain, sans que personne n'y ait songé, Pétion nous est présenté comme le sauveur de la Révolution, un homme intègre et droit qui mérite tous les suffrages. Cinquante articles de presse l'encensent, il est désigné comme le sauveur, le messie que Paris attendait. Et juste à ce moment-là, la presse tombe sur La Fayette, prétendu successeur naturel de Bailly. Il est traîné dans la boue, c'est un noble allié à la maison de Noailles, un démagogue, un indolent incapable de travailler seul. On le décrit comme un assassin, le boucher du Champ-de-Mars, l'ami de la Cour. Bref, il est l'homme à abattre. La campagne était toute préparée, votre maître et ses amis n'ont rien vu venir. Rien pu faire. Les électeurs auraient voté pour le diable en personne plutôt que pour lui.

Le visage de Victor s'était durci.

— Pétion le Vertueux, donc. Et que faut-il comprendre de cette histoire, selon vous ?

— Deux choses, mon cher… un peu de vin ? (Le jeune homme accepta d'un geste de la main.) Soit il s'agit d'un brusque mouvement de la majorité des électeurs parisiens en faveur des Jacobins… mais j'y crois peu. La majorité qui a élu Bailly a toujours été effrayée par le parti de gauche, elle a applaudi la répression du Champ-de-Mars. Je doute qu'elle ait viré de bord en deux jours.

— Et donc ?

— Je vous ai parlé tout à l'heure d'une mécanique de précision. Qui, selon vous, dans ce pays, a une longue habitude des manœuvres occultes, des manipulations, des conspirations ? Qui sait parfaitement pousser un favori, lancer des rumeurs, flatter, mentir, promettre, payer des libellistes ? Qui dispose de fortunes considérables pour mener ce genre de campagnes ?

Les deux hommes échangèrent un regard presque complice. Victor se sentit frissonner.

— La Cour…

— Elle-même. Depuis que Versailles existe, l'intrigue existe. Elle a été élevée au rang d'un art. Croyez-vous que ces gens aient perdu leurs habitudes depuis qu'ils sont aux Tuileries ? Croyez-vous qu'une fois le roi réduit en captivité, il se contente de gouverner tranquillement, en attendant la suite des événements ? Moi, je ne le pense pas. Tout a été fait pour discréditer La Fayette, largement et au dernier moment. Pétion n'avait plus d'opposant, il est passé.

— La Cour aurait poussé un Jacobin à la mairie de Paris ? La faction la plus acharnée contre le roi ?

— La Cour est constante : elle payait Mirabeau, elle a payé Danton, et elle en continue à en payer d'autres. Elle veut que des agitateurs chauffent la populace. Aux Tuileries, certains pensent qu'en favorisant les plus démocrates, ceux qu'ils appellent les *niveleurs*, ils plongeront le pays dans l'anarchie. Ils souhaitent que la bourgeoisie et le parti de l'ordre prennent peur et se rallient au trône. Voilà pourquoi ils veulent Pétion à la mairie.

Victor tournait pensivement son verre à la lueur du chandelier.

— Le piège pourrait leur exploser dans les mains.

— Ce n'est pas dans leurs calculs. Ils pensent que leurs obligés les épargneront toujours, quoiqu'il arrive. Et puis Marie-Antoinette déteste La Fayette. Autrefois ils étaient amis, mais elle l'accuse d'avoir introduit des idées *pernicieuses* en France. Elle le voit comme un traître à l'aristocratie. Ma foi, elle n'a pas forcément tort. Si lui et ses amis n'avaient pas rejoint le tiers état en juin 1789, il n'y aurait jamais eu ni Assemblée nationale, ni prise de la Bastille et abolition des privilèges.

— Elle se vengerait…

— En plus de jouer la politique du pire, elle humilie La Fayette. Ce n'est certainement pas pour lui déplaire.

Emira était revenue avec un plateau d'entremets et de gâteaux à la pomme. Charpier suivait chacun de ses gestes avec attention, comme s'il craignait qu'elle n'ait un accident. Il l'accompagna du regard jusqu'à ce qu'elle quitte la pièce.

— C'est la spécialité d'Emira, goûtez, dit-il en lui tendant une coupelle en faïence dans laquelle tremblotait une crème couleur vanille. Vous devriez songer à vous établir, mon cher. Moi, j'ai trop attendu et je le regrette.

Victor se redressa, gêné.

— Comment a réagi La Fayette ?

— Je ne fais pas partie de ses confidents, figurez-vous.

— Et vous ? Qu'en pensez-vous ?

Charpier eut un rire froid, il paraissait content de la question.

— Je pense que tout le monde avance masqué depuis deux ans, et qu'il va bien falloir se dévoiler un jour. La Cour joue la politique du pire, elle refuse de suivre sincèrement la Révolution. Votre ami La Fayette veut concilier tout le monde, il désire une concorde nationale, mais personne n'en veut, de sa concorde. Alors on le pousse dehors. Peut-être est-ce mieux ainsi. Maintenant, il faudra aller au bout, il faudra qu'un parti l'emporte, soit nous, les patriotes, soit le roi. Pour qu'une maladie guérisse, il faut parfois de grands accès de fièvre.

29

Vendredi 16 décembre, neuf heures du soir

Victor n'était parti que depuis dix jours, mais Paris lui semblait métamorphosé. Sûrement davantage à cause de ce qu'il venait d'apprendre que de la neige qui persistait. La Révolution ressemblait de plus en plus à un fleuve échappé de son lit, ses eaux glaciales montaient en silence, puissantes, sans que nul ne puisse s'y opposer. Un jour, Robespierre avait prédit que ceux qui prétendaient diriger ou interrompre son cours seraient emportés comme de faibles insectes. Il avait eu raison.

Le jeune homme sentit une bouffée de bonheur en revoyant le clocher de Saint-Séverin. Il était pressé de retrouver Joseph, de l'écouter babiller dans son jargon, à la chaleur du poêle, heureux de retrouver ses chers vieux livres, ses pantoufles et son nécessaire à dessin. Feignant de ne pas remarquer l'étonnement de sa logeuse devant sa tenue de marin, il monta quatre à quatre jusqu'au troisième étage. Le froid était glacial dans l'immeuble, avec ce mélange de bruits et d'odeurs parfois répugnantes.

Au premier regard, Victor comprit. Ce n'était pas seulement la poussière, toujours plus ou moins présente, mais cette odeur de renfermé, cette impression de choses abandonnées. La table était propre, la paillasse de Joseph roulée à sa place ; rien n'avait bougé sur sa table à dessin, ni les crayons, ni les fusains, les feuilles ou les carnets. Le garçon avait bien retenu la leçon, empilant une réserve de bûchettes derrière le poêle. L'une d'elles, dans le fourneau, était à demi consumée. Victor se souvenait l'avoir lui-même chargée. Il avança vers la fenêtre, perplexe.

Était-il reparti en Mayenne ?

Une passante se hâtait dans la rue, il entendait claquer ses sabots sur le sol dur. À l'ombre de l'église où se réfugiaient habituellement les mendiants, le lieutenant distingua un homme emmailloté dans une masse de chiffons. On aurait dit un mort.

Il eut envie de ressortir, puis se ravisa, battit le briquet pour allumer un chandelier, fouilla l'appartement. La boîte en fer dans laquelle il serrait ses économies (une douzaine de louis d'or, autant d'écus et une trentaine de pièces en cuivre, de quoi se payer deux très bons chevaux) était intacte. Bien à leur place sous le meuble, il découvrit les chaussures de Joseph. Cela lui fit un coup au cœur, l'impression qu'un désastre redouté mais inéluctable, s'était finalement produit. C'était donc ça. Victor se souvenait de leur conversation, le soir de son départ... Des larmes lui montèrent aux yeux, de colère et de peine. Il pensait à ses mots durs, à ses promesses non tenues. Il ne lui avait rien appris. Au contraire, il avait été dur, exigeant, changeant. Jamais il ne lui avait offert de jouet, il ne faisait que s'agacer de lui. Les habits, les chaussures, c'était simplement pour qu'il ne lui fasse pas honte, pour *conserver son rang*. Il avait été aussi indifférent que La Fayette l'était parfois avec lui, il avait oublié l'injustice dont il avait lui-même souffert, enfant.

D'un geste brusque, il lança la cafetière dans un coin de la pièce. Il aurait voulu qu'elle casse une vitre mais elle rebondit contre une chaise avec un bruit de cloche. Il repoussa le siège d'un coup de talon et le meuble dansa sur ses pieds, sans tomber. Il avait envie de le prendre et de le rompre sur la table.

***

Son calme revenu, il remarqua enfin trois billets posés en évidence sur la table. Les deux premiers portaient l'écriture d'Olympe. Ils lui firent du bien sans qu'il eût besoin de les ouvrir. Il rêvait de repos, de la douceur d'une voix féminine, il pensait à ses yeux mordorés et moqueurs. L'idée que Joseph se soit réfugié chez elle lui traversa l'esprit. Ça n'aurait pas été absurde. Après tout, il était parti longtemps en lui laissant à peine de quoi vivre. Et Joseph connaissait le chemin d'Auteuil.

Il ouvrit d'abord le troisième billet, sur lequel son nom était tracé d'une écriture élégante qu'il ne reconnut pas :

Je vous prie, Monsieur, de bien vouloir excuser mon audace. J'ai la faiblesse de croire que vous gardez quelques souvenirs de notre rencontre, à l'atelier de monsieur David. De mon côté, croyez que je ne l'ai pas oubliée, pas plus que je n'ai oublié votre proposition, à laquelle je désire donner une suite positive. Le lieutenant, un peu troublé, comprit vite qui lui avait écrit. *J'espère*, poursuivait l'inconnue en manteau rouge, *que vous me ferez l'honneur et le plaisir d'accepter cette demande et que nous nous reverrons. J'attends votre réponse par billet ou de vive voix. Vous me trouverez facilement en me demandant à l'hôtel de Clermont, rue de Varenne.*

Votre bien dévouée. MS de Bellegarde.

Il revoyait fort bien la jeune femme en cape et manchon de renard dans l'atelier de David. Il se souvenait de leur échange et de son rire, de son parfum musqué. Une aristocrate, donc, qui se piquait de peinture. Pourtant, curieusement, le billet le laissa de marbre. Il y sentait trop d'artifice, une modestie forcée, comme si tout cela n'était qu'un jeu. Olympe était si différente !

Il abandonna le papier et prit les deux courriers de son amie. Comme il l'avait supposé, le premier était une invitation pour le théâtre. L'autre était nettement plus long. Il le lut avec une surprise grandissante, et bientôt avec colère.

Mon cher Victor, écrivait-elle. *Je suis bien fâchée que vous n'ayez pas jugé utile de répondre à mon invitation d'hier. Tant pis, vous avez raté la lecture d'un beau poème de mon ami Cubières* (ce qui tombait bien : Victor n'appréciait guère ce grand ami d'Olympe, qu'il jugeait trop frivole)[1]. *Nous en aurions profité pour nous entretenir. Je suis fâchée, Victor : je vous croyais sensible à ce que je pense, j'avais toujours cru trouver en vous une oreille amie.* – Où diable voulait-elle en venir ? – *Pourtant vous m'avez injustement repoussée, alors que je n'ai jamais agi autrement qu'en amie pour vous. Je vous ai dit, Victor, que je connaissais le monde des couvents bien mieux que vous ne le connaîtrez jamais. J'ai écrit une pièce sur ce sujet, j'ai rencontré des femmes qui m'ont livré leur âme, je sais ce qu'il s'y passe...*

C'était donc ça ! Victor fut tenté de froisser le papier. Mais de quoi cette femme se mêlait-elle donc ?

J'ai entrepris, poursuivait-elle, *le travail que vous songiez à m'interdire...* C'était pure mauvaise foi. Jamais il ne lui avait rien *interdit*. Il lui avait simplement dit qu'elle ne pouvait agir sans l'autorité de la loi, une simple vérité. *Aussi entreprends-je une tâche qui*

1. Michel de Cubières, né 1752, est un auteur français prolifique mais sans grand talent.

vous étonnera, et nous verrons alors si les femmes sont trop sottes pour accomplir des investigations de police. J'ai appris qu'une ancienne religieuse s'était retirée dans le village d'Arcueil, deux lieues au sud de Paris. Elle a des informations à me fournir sur mademoiselle Ferrières.

— Et comment comptez-vous lui soutirer ces informations ? grogna Victor.

Je compte me rendre sur place et...

— Sottises ! Et que ferez-vous, douce amie, si cette femme refuse de vous parler ? Lui donner des soufflets ? Quelle…

Le billet froissé rejoignit celui de la jeune aristocrate sur la table.

Décidément, rien n'allait comme il voulait. Voilà qu'Olympe se mettait à enquêter, comme s'il suffisait de volonté pour arracher leurs secrets à des gens. Enfin, que croyait-elle ? Ses pensées le portaient sur le vieux manoir des Ferrières, à Saint-Maur, sur Baroux le fiancé, sur le marquis de Travanet avec son rire et ses façons grossières, sur la face ronde et large de la supérieure du couvent. Remontant plus loin encore, il se souvint de la servante morte noyée dans la rivière. Surtout, il revoyait le visage blafard d'Anne-Louise Ferrières, son crâne défoncé. Il gardait, soigneusement serré dans ses papiers, le dessin qu'il en avait fait.

Tout ce que ferait Olympe ne servirait à rien. L'affaire était close. La jeune fille de la Marne devait être enterrée depuis longtemps, et toute procédure avec elle.

Il posa le front contre la vitre. Il y avait encore du monde, des pauvres gens qui se hâtaient dans la nuit vers on ne savait quoi. Il avait dû se cogner durant sa colère, tout à l'heure, car une douleur aiguë remontait de son annulaire, cruel souvenir de ce qu'il avait vécu à Londres. Il repensait à cette vision presque irréelle, la silhouette de son frère, ce visage osseux au grand nez ; une apparition qui le hantait et dont il ne pouvait parler à personne.

Il eut soudain la certitude que François se trouvait à Paris.

Comme lui.

30

Samedi 17 décembre, dix heures et quart du matin

— Pétion serait donc un agent anglais…La Fayette s'arrêta à la fenêtre, mains croisées dans le dos. Il portait une redingote en velours, des bottes souples, la cravate dénouée. Des bruits familiers montaient de la cour d'honneur de l'hôtel de Noailles, que le marquis appréciait d'autant plus qu'il n'avait plus à se cacher. Il avait détesté cette clandestinité forcée avant les élections, il la regrettait même. N'aurait-il pas mieux fait de se montrer au grand jour, d'annoncer clairement ses ambitions, plutôt que d'agir en coulisse ?

L'échec avait été cuisant, bien plus qu'il ne l'aurait jamais admis.

— Je n'ai pas dit cela, répondit Victor. Parker-Forth paraît agir comme un représentant du pouvoir anglais. Mais rien ne m'assure que Pétion soit à ses ordres.

— À nous de le prouver, intervint une voix calme, assez grave. Mais n'est-ce pas un peu tard ?

Assis à une table, Charpier remuait pensivement une cuiller en argent dans sa tasse de café. Il la reposa avant d'avaler une gorgée. Les trois hommes se tenaient dans le petit cabinet du marquis, au premier étage de son hôtel particulier. Dehors, le jour pâle se piquait de flocons légers.

Le front à la vitre, La Fayette observait les Tuileries où vivait la malheureuse famille royale, au milieu d'un océan de haine. Avec ses amis Feuillants, il était le seul à pouvoir sauver la monarchie, et pourtant Marie-Antoinette continuait à l'accabler de mépris. L'effondrement de l'autorité royale n'avait rien changé à ses manières. Comme aux plus beaux jours de Versailles, lorsqu'elle plaçait ici ou là ses protégés, elle l'avait écarté par ses manœuvres de la mairie de Paris, quelle folie ! Préférait-elle donc périr que d'être sauvée par lui ?

Charpier répéta sa question.

— Non, il n'est pas trop tard, répondit La Fayette d'une voix claire. Pétion n'est pas encore investi.

Son visage semblait serein. Rien ne paraissait pouvoir entamer son assurance, celle d'un homme qui a libéré un continent à vingt ans.

— Et donc ?

— Donc… (Le marquis se mit à arpenter la pièce.) Savez-vous que Danton a été élu substitut du procureur de la commune ?

Aucun de ses deux visiteurs ne réagit.

— La commune de Paris est dans les mains des pires ennemis de Leurs Majestés. Il faut agir, vite.

— Que suggérez-vous ? fit l'ancien graveur.

Une moue dure lui creusait deux grands plis amers aux joues. À côté de lui, Victor tournait pensivement une cuiller entre ses doigts. La Fayette s'arrêta pour l'observer.

— Êtes-vous avec nous, lieutenant ?

Jamais il ne l'appelait ainsi.

— Je vous écoute, fit ce dernier en se redressant.

— On ne dirait pas. Qu'en pensez-vous, vous ?

Victor sentit sa gorge se serrer. Pétion était bien le cadet de ses soucis. Une chaleur parcourait sa nuque et son dos, une espèce de honte, un malaise qu'il avait rarement ressenti aussi fort. Pendant une fraction de seconde, il hésita à parler de son frère, mais il se tut finalement, le regard rivé sur sa tasse.

— Il faut enquêter…

La Fayette échangea un coup d'œil avec Charpier, surpris par son laconisme.

— Sur ?

— Sur Parker, dit-il lentement, les yeux fixés sur le parquet à chevrons. Il est connu à Paris. Trouvons s'il est en lien avec Pétion, s'il le fait travailler pour lui. Si c'est le cas, nous pourrons diffuser l'information.

— Et le discréditer, conclut Charpier qui l'écoutait avec attention, la tête penchée de côté. Cela me paraît frappé au coin du bon sens. Qu'en pensez-vous, Monsieur… (il s'était interrompu au moment de dire : *Monsieur le marquis*).

Celui-ci approuva d'un signe las.

— Alors il nous faut de l'argent, reprit le député après un silence. Il y aura des domestiques à soudoyer, toutes les choses habituelles…

La Fayette grimaça un sourire.

— Combien ?

— Trois mille livres. Et deux mille de rétribution pour moi.

Il tourna la tête vers Dauterive mais n'ajouta rien.

Le marquis hocha la tête, un rien méprisant.

— Ne traînez pas, Monsieur Charpier. Une fois que Pétion sera en place, tout cela ne nous servirait à rien. Vous avez une semaine.

Le député inclina la nuque, le masque froid, puis les trois hommes se séparèrent.

***

Dehors, la neige voletait dans un vent aigre. Un porteur d'eau, ses deux seaux remplis à ras bord, força Dauterive et Charpier à s'écarter, s'éloignant en pestant dans son patois. En face, sur le trottoir, deux petits gagne-deniers nettoyaient à grande eau la vitre étincelante d'un maître bottier, à l'énorme enseigne en bois peint en rouge qui rappela à Victor une aventure de l'été précédent.

Ayant contemplé lui aussi ce décor, Charpier recoiffa son chapeau rond à boucle d'argent. Le col de son manteau relevé haut, ganté de frais, il ressemblait plus à un homme d'affaires qu'à un représentant du peuple. Victor, lui, grelottait avec sa tenue d'été en drap fin et son manteau d'ordonnance. Ils firent quelques pas sans un mot. Onze heures sonnaient à l'un des anciens couvents de la rue. Les passants, surtout des domestiques et des ménagères, étaient nombreux.

— Que diriez-vous de boire quelque chose ? fit Charpier en avisant un vinaigrier.

— Je n'ai pas soif.

— Nous avons à causer de notre nouvelle tâche.

Victor haussa une épaule, maussade, même si, depuis leur expédition en Angleterre, ses sentiments à l'égard de Charpier étaient plus nuancés. Du dégoût, il penchait maintenant parfois vers une sorte d'admiration. Le député avait une science étonnante de la politique, l'art de mener sa barque, la tête froide au milieu des tempêtes. Par moments, il se disait qu'un tel allié pourrait un jour lui être fort utile.

L'ancien graveur n'avait peut-être pas la grandeur d'âme d'un La Fayette, il était dur, parfois cruel, mais n'était-ce pas ce genre d'homme qui pourrait faire triompher la Révolution ? Un instant, le gendarme fut sur le point de lui dévoiler son secret, mais il renonça. Il devait s'en tenir à son plan : retrouver – seul – cet imbécile de François, l'empêcher d'agir et lui épargner l'échafaud.

Il n'y avait chez le vinaigrier que quatre chalands qui causaient entre eux avec de gros rires. L'établissement, tout en longueur, comptait une demi-douzaine de tables, les murs sales ornés de fresques naïves. On apercevait au fond une cour intérieure. La patronne, une montagne de graisse, trônait derrière son comptoir, immobile. L'odeur aigre du vin se mêlait agréablement à la senteur boisée d'un gros poêle en faïence.

Charpier reposa son gobelet d'alcool vide, claquant la langue contre son palais. Il souriait froidement, selon son habitude.

— Comme vous savez, je connais assez bien l'entourage du duc d'Orléans. C'est là que nous apprendrons où Parker se trouve. Je me rends de ce pas au Palais-Royal, je serai vite fixé. Vous, allez aux Jacobins, voyez ce que fait Pétion, et où il est ces jours-ci.

Le lieutenant approuva mollement du menton. Il tournait entre ses doigts son gobelet d'étain. Son interlocuteur le scrutait toujours avec ce sourire austère, qui marquait ses joues de longs plis.

— Est-ce tout ce que vous me répondez ?

— Que faudrait-il dire d'autre ?

— Vous prenez mes ordres sans discuter, je m'en étonne, mon cher. Cela ne vous ressemble guère.

— Nous avons un travail, vous l'avez dit vous-même. Il faut bien que quelqu'un dirige les opérations.

Prononçant ces mots, il se demandait comment il ferait pour se renseigner sur François-Farcy sans que son allié de circonstance ne s'en aperçoive. Il chassa l'idée aussitôt. On verrait bien.

Des exclamations les firent se retourner. Un grand et gros barbu en tablier de cuir entrait comme sur une scène. Les artisans attablés le saluèrent avec des cris de joie, même la matrone au comptoir parut s'agiter un peu (en fait, seuls ses yeux scintillaient derrière ses lourdes paupières).

— Ah, vous voilà, bandes de traîtres ! C'est qu'ils se gobergent sans moi, hein, la mère Vigneau ?

La montagne de graisse rougit imperceptiblement sous sa couche de blanc.

— Je veux un flacon de votre poire pour moi et mes amis, citoyenne, qu'on se réchauffe un peu le gosier à défaut d'autre chose.

Les artisans s'esclaffèrent, avec des allusions graveleuses que la mère Vigneau ignora avec superbe. D'un signe de l'index, elle ordonna à son commis de servir le barbu.

— Qu'avez-vous donc ? s'enquit Charpier qui observait toujours le gendarme.

— Rien.

— Vous êtes changé. Est-ce à cause de ce qui vous est arrivé à Londres ?

Il pointait le doigt sur l'annulaire de Victor, soigneusement pansé. Le jeune homme sentit une chaleur l'envahir (il venait de s'apercevoir que La Fayette n'avait pas remarqué ce détail, et cela lui causait du dépit).

— Je ne vois pas ce que vous voulez dire.

— Bien sûr que si. Vous n'avez presque rien dit tout à l'heure. Votre maître ne s'en rend peut-être pas compte, mais moi, je vous vois. Et maintenant, vous prenez mes ordres sans discuter. Vous n'êtes pas vous-même. Que s'est-il passé à Londres ?

Victor haussa les épaules, impassible, mais une ondée de sueur couvrit son dos et ses reins. Son interlocuteur soupira en battant des paupières. Avec ses yeux très bleus bordés de cils noirs, il avait l'air maquillé.

— Admettons que vous soyez fatigué. Ce ne serait pas anormal après tout.

— C'est vous qui me fatiguez, citoyen. Mêlez-vous donc plutôt de ce qui vous regarde.

— Plaise à Dieu que tout cela ne me regarde pas, mon cher.

Les artisans portaient un toast à Pétion le Vertueux, leur nouveau maire. Quant à Bailly, c'était un traître, un égorgeur du peuple. Ils invitèrent Dauterive et son compagnon à se joindre à eux, et ces derniers s'exécutèrent de bonne grâce.

— Brisons là, fit Charpier en se resservant. Retrouvons-nous à 2 heures ici, le temps de collecter nos informations. Quoi encore ?

— Je préfère ce soir. Six heures.

Le député haussa le menton, déconcerté.

— Vous avez besoin de tout l'après-midi pour trouver une information ?

— Je vous laisse, j'ai à faire, répondit Victor en repoussant sa chaise.

Ses yeux avaient viré au noir.

— À faire ? Qu'avez-vous à faire ?

Le gendarme réglait déjà son écot au comptoir. Ayant rajusté le col de son manteau d'ordonnance, il sortit sans un regard pour Charpier.

31

Samedi 17 décembre, deux heures de l'après-midi

Pris par le temps, Victor s'acheta une tenue de seconde main chez un tailleur de la rue des Poulies : habit gris à col montant et boutons de verre, gilet jaune et culottes noisette, qu'il compléta par des gants de chevreau et un chapeau rond (il refusa le tricorne que le commerçant cherchait à tout prix à lui vendre).

Rajustant son manteau d'ordonnance, il se rendit ensuite rue Saint-Honoré, au club des Jacobins, où il soutira quelques renseignements sur Pétion, avant de marcher vers le Châtelet d'un bon pas, au milieu de la foule des quais, heureux de retrouver sa ville.

De délicieuses odeurs s'échappaient des rôtisseries, autour de la grande boucherie. On entendait les mouettes, les cris des marchands de rue et des colporteurs, des bouchers jetaient leurs seaux d'eau rougie aux pieds des passants, dans des fumées vaguement écœurantes.

Le jeune homme songea à passer voir son vieil ami Duperrier, qui classait les archives dans le vieux Châtelet, mais il y renonça, craignant les bavardages et les récriminations de son vieil ami, au sujet de la Révolution. Il se rendit donc directement à la morgue, au sous-sol de la forteresse. Le gardien, une connaissance, le fit descendre dans le caveau humide et glacial où étaient exposés les cadavres. En entrant, Dauterive entendit une sorte de gémissement d'horreur. Plus haut, une femme apparaissait à une lucarne, secouée de violents sanglots.

— On a du monde en ce moment, fit le gardien en clignant de l'œil à Victor.

Son haleine embuée jaunissait à la lueur des falots suspendus aux murs.

La municipalité exposait à la morgue les corps non réclamés à Paris. Au fil des tragédies du siècle, elle subissait de brusques affluences. Au printemps 1770, plus de cent trente Parisiens qui assistaient à un feu d'artifice donné en l'honneur du mariage du futur Louis XVI étaient morts écrasés dans une affreuse bousculade. Nombre de cadavres s'étaient retrouvés là. Ça avait été la même chose en 1789, après la révolte des ouvriers du fabricant de papiers peints Réveillon : deux cents morts. Même chose encore après la chute de la Bastille ou la fusillade du Champ-de-Mars. Et cela recommençait chaque hiver, à moindre échelle évidemment. Au matin, les fonctionnaires de la ville relevaient les morts de froid, dans leur mansarde ou sur les quais, des cachectiques, des vieillards de quarante ans aux pieds nus, torturés d'engelures.

Une douzaine de dépouilles attendaient ce matin-là qu'on vienne les identifier, dont une fillette et un bébé, retrouvés serrés l'un contre l'autre sur les marches de Saint-Sulpice, expliqua le gardien en les montrant de son doigt ganté de laine.

— Personne viendra pour eux, dit-il sans pitié ni tristesse.

Le cœur du lieutenant se serra car on les avait allongés côte à côte. La fillette avait six ans à peine, les lèvres blêmes, un visage de poupée figé dans un froid éternel.

Il décrivit Joseph du mieux qu'il put.

— Un boiteux ? (Le gardien mâchouillait ses lèvres

dans une moue d'ignorance.) Ça se voit pas quand ils sont ici.

— Son pied droit est déformé. Il a la jambe moins forte.

Le cerbère secoua la tête.

— Ça m'dit rien.

— Dix ans environ, trois pieds six ou sept pouces, des taches de rousseur, les yeux bleus.

— Non. Vraiment non.

À l'étage, ils consultèrent les registres. Aucun mort ressemblant à Joseph n'avait été retrouvé ces dernières semaines.

***

Du Châtelet, le jeune homme n'avait que quelques minutes de marche à pied jusqu'au palais de justice, où il voulait interroger le marquis d'Ormesson, un magistrat qu'il avait connu l'été précédent.

Mais ce dernier croulait sous le travail qu'impliquait les récentes et importantes réformes : non seulement la justice devait appliquer le nouveau code pénal, la même loi et les mêmes peines pour tous (tout condamné à mort *aurait la tête tranchée*, quel que soit son rang), mais il fallait aussi fermer toutes les anciennes juridictions et mettre en place les nouvelles.

Il ne put donc le renseigner ni sur Farcy, ni sur Joseph. Dauterive préféra ne pas insister. Après tout si d'Ormesson était honnête homme, il ne savait rien de lui. Était-il royaliste ? Feuillant ? Jacobin ? Que ferait-il s'il venait à apprendre la véritable identité de Farcy ?

Le magistrat le considérait avec attention.

— Comment dites-vous que s'appelle cet homme ?

— Non, non, c'est sans importance.

Victor prit son inspiration. Par la fenêtre, on voyait la flèche de la Sainte-Chapelle. Le vieux palais de Justice avait été entièrement réaménagé une dizaine d'années auparavant ; cela avait coûté si cher qu'il avait fallu lever un impôt spécial à Paris.

— Dans ce cas…

D'Ormesson prit un papier devant lui, paupières baissées, signifiant ainsi au gendarme que l'entretien en resterait là. Ce dernier le remercia et s'empressa de filer, priant le ciel pour que son interlocuteur ne cherche pas à en savoir plus au sujet du *comte Farcy*.

***

Reconnaissant Victor, Gris-Poil se mit à broncher en frappant du sabot sur le sol. Le lieutenant constata avec plaisir – et surprise – que son écurie, place Maubert, était parfaitement propre et entretenue. Le cheval le bousculait du front, les naseaux frémissants, tout chauds. Il avait la robe brillante, les crins bien brossés, la stalle était propre et le râtelier garni de foin.

Le lieutenant sentit son cœur s'accélérer. Il rejoignit la salle de l'auberge. À cette heure – midi sonnait – , elle était remplie de monde, artisans, voyageurs, une famille étrangère curieusement couverte, qui lui fit penser aux Pirotte, les Belges.

L'aubergiste, petit homme vif, toujours souriant mais âpre au gain, sortait des poulets de sa broche.

— Bien sûr que l'écurie est propre, dit-il en lui lançant un regard soupçonneux. Vous me payez douze livres le mois, non ?

— Qui s'en occupe ?

Le petit homme déposait ses volailles fumantes sur un grand plat sans le regarder.

— Michel, mon garçon d'écurie. Et votre petit boiteux. Il passe tous les jours il me semble.

L'aubergiste repartait. Dauterive le retint par la manche, son cœur battant la chamade.

— Vous croyez, ou vous êtes sûr ?

— Pourquoi je mentirais ? Je l'ai vu ce matin même, pendant la livraison de foin. C'est bien le cheval gris, non ?

— Il vient tous les jours ?

L'aubergiste haussa une épaule.

— Faut croire. Il a l'air de l'aimer, votre cheval. Ça me fait penser que vous me devez le mois de décembre.

— Je vous payerai demain, dit Victor en le relâchant. Si vous le voyez… Non, rien…

L'aubergiste qui le dévisageait avec méfiance, parut soulagé d'en finir avec cette conversation. Il insista pour servir au gendarme un demi-poulet, assorti de potage et d'un plat de haricot, et lui offrit même un pichet de vin de Vaugirard. Les conversations allaient bon train autour du lieutenant mais il n'écoutait rien. Joseph, donc, venait tous les jours. Mais alors pourquoi avait-il quitté l'appartement, et où vivait-il ? Dormait-il avec Gris-Poil ?

Son repas avalé, il exigea de payer puis visita de nouveau l'écurie, sans succès. Ensuite, il fila vers la rue Saint-Séverin. Personne. Le boulanger et ses commis nettoyaient la boutique en silence, le geste machinal.

— Oh, Monsieur le lieutenant, fit le père François avec un sourire las. Allez, vous autres, ne bégoulez pas comme ça, finissez donc.

Il s'essuya le front du revers du poignet. La mère François vint les rejoindre et ils parlèrent du froid qui s'installait, des premières neiges, de la Seine qui commençait à geler. Ils interrogèrent Dauterive au sujet de son voyage – le jeune homme éluda en deux phrases ; cependant, la mère François louchait sur son pansement.

— Avez-vous vu Joseph ces jours-ci ?

— Non, pourquoi ? Il était pas avec vous ?

Le boulanger regardait Victor avec une candeur forcée qui lui mit aussitôt la puce à l'oreille. Son épouse n'avait pas l'air plus franche : elle fit mine de partir, se souvenant brusquement d'une course à faire, le front et les joues roses. Le lieutenant fit un pas de côté pour lui bloquer le passage. Son regard avait viré au noir.

— Votre affaire attendra, mère François. Qu'est-ce qui vous prend, tous les deux ? Où est Joseph ?

***

— Et vous êtes ?

— Je viens de vous le dire : Victor Dauterive, lieutenant de gendarmerie.

Le commissaire de police de la section des Thermes-de-Julien accueillait le jeune homme dans le petit vestibule à l'entrée de son appartement. Âgé d'une quarantaine d'années, le visage rond, pâle et sévère, il était en veste d'intérieur et sans perruque, mais coiffé d'une calotte brodée.

— Lieutenant, vraiment, fit-il en le décortiquant du regard. (Au passage, il parut noter le bandage du jeune homme, à l'annulaire.) Je ne tiens pas audience à mon domicile. Je m'étonne que vous ne le sachiez pas.

Victor expliqua brièvement ce qui l'amenait. Le commissaire l'écoutait, raide, visage hermétique, l'air d'être sur le point d'exploser de colère à chaque instant.

— S'il y a eu des vols, dit le jeune homme, je les réparerai. Joseph est un excellent garçon qui mérite l'indulgence. On ne peut pas jeter en prison tous les enfants qui font des bêtises, non ?

— Est-ce tout ?

Les narines du commissaire frémissaient. Il semblait plus pâle, la voix plus lente et froide.

— Qu'a-t-il volé ? Les boulangers n'ont même pas su me le dire.

— Pensez-vous que j'agis par caprice ou par méchanceté ?

— Je n'ai pas dit ça.

— Maître François, boulanger à Saint-Séverin, le citoyen Duval, maître vannier, le citoyen Pontillon, joaillier, ont porté plainte. Ils ont vu ce Joseph avec sa bande. Deux de ces fripons, arrêtés, disent que c'est le boiteux qui commandait. Vous voulez lire les procès-verbaux ?

Son regard s'était durci. On aurait dit un juge prononçant un arrêt de mort.

— Votre boiteux (il prononça ces mots avec un dégoût méprisant qui faillit faire bondir le lieutenant) est le chef d'une bande de petits voleurs. Je comprends qu'il ait pu vous abuser, vous êtes jeune. Mon métier à moi est de faire respecter la loi. Ce devrait être aussi le vôtre.

— Tous les délits ne se valent pas, fit Victor avec effort. (Une brusque douleur à la main gauche lui rappela qu'il était en train de serrer les poings – il inspira profondément.) Je suis plus attaché que quiconque à faire respecter la loi et l'ordre. Et je peux réparer ce qui a été fait. Dites-moi ce qu'il a pris, je rembourserai ces gens.

— Encore une fois, c'est sans importance.

Le commissaire fit un pas vers la porte, il était plus lourd que le gendarme et sans doute pensait-il le faire reculer mais ce dernier restait bien campé sur ses jambes, pâle, une lueur sombre au fond des prunelles.

— J'irai voir les plaignants avec lui. Il s'excusera, il travaillera pour s'amender s'il le faut. C'est donc tellement important pour vous, cette affaire ?

Les traits du policier parurent se relâcher.

— Et pour vous ? C'est un parent à vous ?

— Non.

— Quoi, alors ? un domestique ? autre chose ?

Son regard dur fouillait celui de Victor. Le jeune homme se sentit presque rougir.

— Ce n'est qu'un enfant abandonné que j'ai recueilli et… ça ne change rien. Il ne mérite pas toute cette rigueur. Vous êtes croyant, je vois, dit Dauterive en pointant le doigt sur les gravures dans le vestibule ; le Christ au Golgotha, dans des couleurs de fin du monde ; le Christ portant sa croix ; Christ prêchant devant une foule. Plus loin, il y avait une statuette de la Vierge.

— Quel est…

— Si vous êtes croyant, vous croyez en la miséricorde et au pardon, non ? Cet enfant ne mérite pas le pardon ?

— Si nous ne sévissons pas maintenant, que pensez-vous qu'il arrivera plus tard ? Imaginez-vous qu'il continuera à voler des petits pains ?

— Et si c'était le fils de votre président de section, ou celui du colonel de la Garde nationale ? Vous le jetteriez comme ça à l'Hôpital général, avec les pires voleurs de Paris ? Savez-vous comment les boiteux sont traités en prison ? N'avez-vous pas de pitié ?

À peine prononcées, Victor regretta ses paroles. Elles l'avaient soulagé, mais au visage de son interlocuteur, il comprit qu'il avait été trop loin.

Le commissaire fit un pas en avant, le forçant à reculer sur le palier. Une nourrice chargée de deux enfants arrivait. Les deux hommes s'écartèrent pour la laisser monter.

— Voyez-vous Monsieur, reprit Larcher, j'étais autrefois inspecteur de la navigation dans cette ville. Il n'est pas un fonctionnaire de la municipalité que je ne connaisse. Mes policiers sont parfaitement diligents. Justice sera faite. Je retrouverai votre boiteux et il ira en prison, là où est sa place. Je vous en donne ma parole d'honneur.

Pendant une fraction de seconde, Victor fut tenté de le prendre à la gorge, mais il ne voulait pas trop aggraver les choses. Il salua le commissaire avec raideur et repartit dans l'escalier, le cœur lourd.

32

Samedi 17 décembre, sept heures du soir

Le lieutenant parvint en fin d'après-midi en haut de la rue Racine, au pied de l'hôtel meublé dans lequel Olympe louait un appartement. On voyait, à deux pas de là, ce théâtre de l'Odéon à l'antique, inauguré par Marie-Antoinette neuf ans plus tôt. Tout le quartier avait alors été refait à neuf et, luxe suprême, on avait même pourvu les chaussées de trottoirs. Reconnaissant Victor, la concierge le laissa monter jusqu'au deuxième étage avec un sourire.

— Madame de Gouges n'est pas là, lui apprit sa domestique.

C'était une jeunette de l'âge de Dauterive, les joues rondes et le nez pointu, de grands cernes sous les yeux. Son mouchoir un peu dénoué dévoilait la naissance d'une gorge de nacre. Victor sentit une bouffée de sensualité l'échauffer. Il avala sa salive.

— Elle est partie hier soir, elle voulait passer le dimanche à Auteuil. Vous désirez lui laisser un mot ?

Il inclina la tête. Le salon, rideaux tirés, était presque aussi sombre que l'entrée. Il y régnait des relents de soupe rance. Assis à un secrétaire à rouleau, le lieutenant traça quelques lignes.

Chère amie,

J'ai bien reçu vos billets dont je vous remercie. Veuillez m'excuser d'être resté silencieux, mais j'étais absent de Paris. Une affaire va sans doute m'occuper quelque temps encore, aussi pardonnez-moi d'avance si je ne réponds pas toujours à vos envois. Pour la jeune fille de Saint-Maur, le malheur a fait qu'on l'a retrouvée morte. Ainsi, l'enquête est close, j'en suis le premier désolé mais ce sont les règles de la justice, et l'on ne peut y déroger.

Envoyez-moi je vous prie de vos nouvelles, je suis impatient de les connaître.

Votre bien sincère.

Victor.

Un instant, il laissa la plume en l'air, il eut envie d'ajouter une mention, mais il ne savait laquelle exactement. Dans un éclair, il revit l'éclat mordoré de son regard.

Il rédigea un post-scriptum :

Joseph a disparu et je suis au supplice. Je crains qu'il n'ait eu de mauvaises fréquentations, vous savez comme à Paris tout est possible. Tout cela vient de moi, j'ai été injuste avec lui et maintenant je crains pour sa sûreté. Si vous l'avez vu, s'il est passé vous voir durant mon absence, dites-le moi s'il vous plaît. Il a le commissaire de police de la section après lui, c'est un butor qui va le jeter en prison s'il l'arrête, et il serait perdu. Si vous tenez aussi à Joseph et vouliez exercer vos talents d'enquêtrice, nous devrions en parler, chère Madame.

Pendant qu'il écrivait, la petite servante était restée proche de lui, il sentait sa chaleur et son odeur fade.

Faute de cendre ou de sable, il souffla sur le papier pour en sécher l'encre.

***

— Les grands esprits se rejoignent, mon cher. Vous êtes en avance et moi aussi.

Assis chez le vinaigrier de la rue Saint-Honoré, un flacon largement entamé devant lui, Charpier remplit un gobelet et le tendit à Victor, qui refusa d'un geste. Dehors, le jour déclinait dans des tourbillons de neige paresseux. L'établissement était nettement plus rempli que le matin, mais la seule femme restait la patronne, montagne de chair immobile derrière son comptoir – Victor se dit qu'elle était demoiselle, ou alors qu'elle avait étouffé son mari sous ses immenses mamelles. Ses petits commis passaient comme des ombres, chargés de pichets et de gobelets d'étain.

— Belle tenue, dit Charpier après que le gendarme eut ôté son couvre-chef. Mais vous devriez mettre un autre manteau, il sent trop le militaire.

Il désignait sa capote d'un air un peu moqueur.

— J'attends que vous m'en offriez un, fit Victor en s'asseyant, tout en examinant le public, mais personne ne prenait garde à eux.

— Ce sera fait dès que vous prendrez meilleur soin de vos habits.

La conversation se déroulait sur un ton grinçant mais sans agressivité. Il s'en fallait de peu pour qu'ils sourient.

— Alors, qu'avez-vous appris ? dit Charpier en reposant son gobelet, après une bonne lampée.

Victor haussa une épaule.

— Pétion est à Paris. Il est rentré le 25 novembre de son voyage à Londres et depuis, il n'a pas quitté la ville.

— Fort bien. Vous l'avez su aux Jacobins ?

— Tout juste. Comme vous me le demandiez, Monsieur. (Toujours ce ton ironique.) Par Favier, le secrétaire.

— Méfiez-vous de lui. Il est bête comme une oie.

— Et bavard comme une pie. Deux oiseaux en un seul homme. Mais c'est tout ce qu'on lui demande.

Le député eut un sourire froid.

— Autre chose ?

— Rien d'intéressant pour nous : Pétion loge avec sa femme et son fils dans un hôtel garni de la rue Saint-Honoré, lequel appartient à un certain de Lunel, pharmacien, qui serait son beau-frère ou son cousin. Vous connaissez ?

Charpier secoua la tête.

— J'ai essayé de savoir si Pétion voyait du monde, et qui, mais ce bon Favier n'a pas su me le dire. Et vous ? Parker ?

La conversation se déroulait facilement, comme s'ils travaillaient ensemble depuis des années. Jamais Victor n'avait atteint une telle complicité avec La Fayette, il sentait toujours le poids de son autorité, cette distance qui ne venait pas seulement de leur différence d'âge.

— Il est arrivé à Paris vendredi soir, presque en même temps que vous si je ne m'abuse.

Le cœur du jeune homme se mit à battre plus fort. Il revoyait son visage rond, rouge, sa perruque de prédicateur, pensait à nouveau aux cachots de la tour de Londres.

L'Anglais, expliqua l'ancien commissaire, logeait dans un hôtel particulier de la rue de la Tissanderie, tout près de l'Hôtel de ville. En plein déclin depuis l'émergence du faubourg Saint-Germain et de la Chaussée-d'Antin, ce quartier du Marais étendait ses venelles puantes entre la place de Grève, la prison de la Force et le marché des Innocents. Il ne faisait pas bon s'y aventurer la nuit tombée.

— Savez-vous si Parker a vu Pétion ?

— J'ai placé une surveillance devant chez lui, fit Charpier avec un sourire froid. Attendons un peu avant de relever les filets. Il faudrait avoir quelqu'un dans la place, c'est encore ce qui se fait de mieux. Nous devrons agir de même chez notre ami Pétion.

— J'aimerais me charger de Parker, si vous m'y autorisez.

L'ancien graveur dévisagea Victor d'un air songeur.

— Comme vous voudrez. Mais méfiez-vous, la colère n'est pas bonne conseillère. Nous sommes là pour accomplir une mission, pas pour nous venger.

Le jeune homme sourit à son tour, très brièvement.

***

La nuit tombait, brutale. Au milieu de la chaussée, un allumeur de réverbères descendait une lanterne arrimée à sa poulie. Après avoir évité un fiacre, il ôta le couvercle pour nettoyer l'huile, dans une odeur écœurante. Il portait sur la tête une grande boîte en fer-blanc dans laquelle il rangeait ses mèches neuves.

Il suffit au lieutenant de quelques minutes de marche sur le sol gelé pour ne plus sentir ses pieds. Il manqua de glisser à deux reprises. La rue de la Tissanderie se trouvait derrière la place de Grève. Large d'à peine plus de deux toises, semée de loin en loin de tas d'ordures, elle s'élargissait en son milieu pour former une placette où donnait un grand mur percé d'une porte cochère. On devinait derrière la cour du vieil hôtel particulier où logeait Parker.

Le jeune homme examina les environs, se demandant si François était déjà passé là, ou même s'il y demeurait. Cette dernière hypothèse lui parut absurde, il l'écarta, non sans un frisson d'inquiétude.

À cette heure, toutes les échoppes étaient fermées avec leurs panneaux de bois, mis à part quelques tavernes et un regrattier, bondé (on y servait les restes de repas des riches, accommodés de sauces assez fortes pour en masquer les odeurs faisandées). Comme toujours, une foule de pauvres gens cherchait un abri pour la nuit.

Peut-être y avait-il parmi eux l'un des mouchards de Charpier. Peut-être même que ce dernier le suivait du regard à cet instant précis. Victor haussa les épaules. Il traversa rive gauche, remonta jusqu'à la place Maubert, sans y trouver trace de Joseph. Déçu, il redescendit vers Saint-Séverin par la rue Gallande.

Il ne remarqua pas une frêle silhouette enveloppée d'une cape sombre, qui l'accompagnait de loin.

33

Dimanche 18 décembre, sept heures trois quarts du matin

— Ils sont cinq chez Parker. Enfin, cinq en plus de lui : son domestique, un Anglais à ce qu'il paraît. Une espèce de brute qu'on dirait un bœuf. Je pense qu'il a trente ou trente-cinq ans…

— Nous verrons plus tard pour les signalements, fit brusquement Charpier.

Avec Dauterive, ils s'étaient installés dans une taverne toute proche de la rue de la Tissanderie, face à un homme d'une trentaine d'années, petit mais carré, les mâchoires proéminentes, qui semblait en rumination permanente. Il n'était pas mouche[1] par hasard : anodin avec son frac de grosse laine et ses cheveux gras en catogan, mais l'œil et l'esprit aux aguets. On était dimanche et les tables autour d'eux étaient à peu près vides.

Le mouchard soupira en faisant jouer ses maxillaires, en homme habitué à se faire rabrouer.

— Je poursuis, fit-il en tournant entre ses doigts une pipe en terre. Donc le gros domestique ; une bonne femme qui fait la cuisine ; une fille de chambre…

— Parker est-il marié ? demanda Charpier.

1. Indicateur de police.

— Non, célibataire, mais il collectionne les maîtresses. Et pour terminer, un cocher et un petit commis.

Victor fit une moue de doute.

— Cinq, ce n'est pas beaucoup…

Pour ne pas risquer d'être reconnu, le jeune homme avait changé son apparence, se procurant chez un fripier du Vieux-Louvre une redingote, des culottes brunes et un grand carrick de cocher gris à triple collet[1] qui lui faisait une carrure de lutteur. Il dissimulait son visage sous une longue perruque brune et des lunettes teintées, assorties d'un tricorne. Ainsi vêtu, il avait tout du maquignon.

— Non, pas beaucoup pour une grande maison comme ça, confirma l'informateur en hochant la tête.

Bizarrement, il terminait chaque phrase en baissant les yeux, comme s'il remâchait sa colère.

Charpier considéra le lieutenant.

— Qu'en pensez-vous, mon cher ?

— Qu'il nous faut trouver des alliés dans la place. Je tenterais bien auprès de la petite lingère.

Le député sourit sans qu'aucun trait de son visage ne se détende.

— Moi, j'aurais commencé par le secrétaire à votre place. Mais à votre guise, après tout, vous n'avez pas les mêmes atouts que moi. Qu'en pensez-vous, Bachelu. De quoi a-t-elle l'air ?

Le petit homme répondit d'une grimace sceptique, tout en jetant un coup d'œil vers un coupeur de bois en grosse veste qui venait de s'asseoir auprès d'eux.

— Je la trouve maigrelette mais ce que j'en dis… (Il exhibait un sourire crasseux où manquait quelques dents.) Par contre…

Il continuait à détailler leur nouveau voisin, comme si quelque chose dans son apparence ne le satisfaisait pas.

1. Grand manteau à capeline sur les épaules.

— Quoi ?

— Avec ce froid, on ne peut pas rester tout le temps dans la rue. D'abord on en crèverait. Et puis c'est un coup à se faire remarquer…

— Venez-en au fait, mon cher Bachelu.

— J'y viens. Il y a un garni juste en-face. C'est pas bien glorieux mais les chambres donnent sur l'hôtel.

Il guetta sur les traits de Charpier son assentiment. De fait, l'ancien graveur hocha le menton, presque imperceptiblement.

— Très bien, occupez-vous de ça. (Il se leva.) J'ai à faire, je repasserai vous voir d'ici ce soir.

Tout en parlant, il tirait une bourse de ses basques, qu'il déposa sur la table. Son tintement fit briller l'œil du mouchard.

— Pour votre chambre. N'en faites pas abus, dit-il en se coiffant de son petit chapeau rond.

L'instant d'après, sa silhouette se perdait parmi cent autres dans la rue, puis sous le porche qui menait à la rue du Mouton.

***

Pour cinq pièces d'argent, écus et demi-écus, ils louèrent un garni, qui l'était aussi peu que possible avec son lit étroit et deux pauvres meubles écaillés. En écartant un antique rideau de velours, Victor et son compagnon bénéficiaient d'une vue parfaite sur l'hôtel particulier de Parker.

Bachelu prit une chaise et colla son front au carreau, sans impatience. De profil, avec son nez pointu et sa mâchoire toujours en mouvement, il ressemblait à un carnivore aux aguets, à la brutalité à peine masquée.

Au-dessus d'eux, l'immeuble se révélait particulièrement bruyant, sans doute parce qu'on était dimanche.

L'escalier tremblait en permanence sous le passage de ses habitants, on entendait les enfants crier, courir partout.

La cuisinière sortit de l'hôtel particulier une heure après leur arrivée, puis un colosse en frac et culottes noires, chaussé de hautes bottes, la démarche puissante, une tête avenante plantée sur un cou de taureau. Il fuma un peu, se dirigea vers la remise à voitures, puis retourna dans le bâtiment principal et tout redevint calme.

— Vous êtes sûr que Parker est là ? demanda Victor au mouchard.

L'autre lui envoya un bref regard plein de dédain.

— Vous vous ennuyez avec moi ? (Il ne masquait pas une ironie très parisienne.) Oh oh !

Une silhouette féminine en longue cape brune descendait le perron. Elle traversa rapidement la cour jusqu'à la rue, à cette heure assez encombrée.

— C'est la fille de chambre. Elle doit avoir son après-midi. C'est pas celle-là que vous vouliez *approcher* ?

Il exhibait son sourire édenté, avec au fond des yeux une lueur de vice.

Dauterive se contenta de se lever en prenant son tricorne.

— Vous inquiétez pas, je garde la boutique.

Le lieutenant ne répondit rien. Bachelu commençait à l'agacer sérieusement avec son insolence. Il claqua la porte et descendit l'escalier quatre à quatre.

— Et bonne parlure ! lui avait lancé le mouchard.

Malgré le froid vif, l'officier retrouva la rue avec plaisir. Il apercevait la capuche de la jeune femme trente pas devant, dans le flot des passants. Elle gagna la place de Grève d'un bon train, se signant au pied du gibet où deux voleurs avaient été pendus la veille. Les cadavres étaient déjà décrochés, conformément à la nouvelle loi qui interdisait l'exposition des suppliciés (ce qui avait fort déplu aux Parisiens, toujours friands de ces spectacles).

De loin, Dauterive vit ses camarades de garde à l'Hôtel de ville, il ne les enviait absolument pas. Non pas à cause de leur immobilité forcée, dans le froid, mais parce qu'il commençait à aimer ce qu'il faisait. Quand leurs jours défilaient, tous identiques, quand ils ne voyaient jamais que les mêmes visages, les mêmes uniformes, il vivait tout autre chose. Une aventure dangereuse, certes, incertaine et parfois cruelle, mais exaltante. Et n'était-ce pas cela, la vie ? Pour la première fois depuis longtemps, il se sentit à sa place.

La jeune fille traversa la Seine où commençaient à défiler de gros blocs de glace, puis se dirigea vers le faubourg Saint-Marcel, rive gauche, l'un des plus pauvres de la capitale. Après s'être arrêtée chez un marchand de rubans, elle remonta la rue Mouffetard de sa marche vive.

Une demi-heure plus tard elle arrivait dans un immeuble de deux étages entre l'atelier d'un tonnelier et un jardin en friche, blanchi par le gel. Un enfant qui courait vers le boulevard de l'Hôpital, tout récent, heurta Victor puis reprit sa course. C'était un petit garçon aux joues rondes, hirsute. Le lieutenant songea à Joseph, tristement. S'il n'avait pas été si sot, il l'aurait à ses côtés, un allié fidèle, le meilleur des soutiens. Au lieu de cela, il se retrouvait seul avec des hommes comme Bachelu, des mouchards sans honneur et sans parole. Comment retrouverait-il François avec une telle engeance ?

Alors que le jour s'éteignait dans de grandes déchirures rosées, la jeune fille ressortit enfin. Pour la première fois, le gendarme la vit de face, pâle, inquiète, les joues semées de petite vérole, les lèvres exsangues et de grands yeux pâles.

Dauterive, ayant l'air de surgir de la rue de Bièvre, vint lui couper la route, manquant de la faire tomber. Il la retint par le bras. Dans le choc, elle avait perdu son bonnet fourré, et poussé un cri de frayeur.

Victor s'excusa en lui rendant son béguin. Puis il la poussa de nouveau. Une fenêtre venait de s'ouvrir : ils évitèrent de peu le contenu d'un pot de chambre. La merde avait éclaboussé un couple de passants qui se mirent à vociférer.

— Est-ce tout ? fit la jeune fille en se recoiffant.

Ses doigts tremblaient, de froid ou de peur.

— C'était ça ou le pot d'aisance, dit Dauterive en s'inclinant avec un sourire

— Ah ouiche. Vous êtes un vrai chevalier, alors, lui dit-elle avec une courte révérence.

Et elle reprit sa marche.

— Où allez-vous comme ça ?

— Je ne crois pas que cela vous regarde.

— Je suis en visite à Paris, je me suis perdu.

Elle lui lança un regard en coin.

— Vous connaissez la ville. Je loge vers la place de Grève. Pourriez-vous m'y reconduire, je ne sais pas où je suis. Je ne suis pas méchant homme.

— Si vous le dites !

Ils arrivaient en bas de la rue Mouffetard. Vers la gauche, les toits montaient vers la montagne Sainte-Geneviève. La silhouette sombre de ce nouveau Panthéon dévolu aux grands hommes de la patrie (on y avait enterré Mirabeau en grande cérémonie) se dressait en contre-jour, devant un ciel orangé. La jeune fille regardait autour d'eux sans ralentir le rythme de sa marche. Elle aussi se rendait vers la place de Grève, dit-elle. Il pouvait la suivre, si toutefois il restait honnête et ne l'importunait pas.

— Vous doutez de mes intentions ?

Elle ne daigna pas répondre. De profil, elle gardait son air sérieux. Péniblement, Victor tentait de lui faire la conversation, racontant une existence imaginaire de maquignon, quelque part à Chartres. Il avait la désagréable impression d'être un enfant babillard aux côtés d'un adulte.

— Et vous, où logez-vous ? lui dit-il alors qu'ils descendaient sur la place Maubert.

Il se mit à regarder partout autour de lui, mais point de Joseph.

La domestique s'était drapée dans un silence lointain.

— Je ne voyais pas à mal, c'était simple curiosité.

— Vous êtes pourtant bien indiscret.

Le gendarme bouillonnait d'impuissance. Il posa d'autres questions sur Paris, sur le nombre de ponts sur la Seine, sur les maisons qu'on venait d'y détruire, ce qui l'étonnait fort, mais elle ne répondait que par bribes, jusqu'à ce qu'ils traversent l'île de la Cité et parviennent en vue du gibet, place de Grève, où elle se signa de nouveau.

— Vous venez de Chartres, dites-vous ?

Elle s'était arrêtée net, un peu essoufflée

— Oui, pourquoi ?

— Paris n'est point Chartres. C'est une grande ville, on y fait parfois de mauvaises rencontres. Et parfois, ça se termine mal.

Elle lui montrait la potence du doigt. Il faisait presque nuit, les passants devenaient plus rares, de même que les bateaux sur la Seine. On entendait au loin un violon et des rires, dans l'un des cabarets de la place. La jeune femme salua Dauterive et s'éloigna d'un pas vif, presque en courant.

***

— Goffé, vous trichez une fois encore, c'est nous prendre pour des bambins. Vous avez dit quarante-neuf.

La dame Goffé parlait si fort que sa voix montait jusqu'au sixième étage.

— Moi, tricheur ? Non mais vous avez entendu c'te garce ?

— Il me semble que vous avez annoncé quarante-neuf points, l'ami.

— Et vous vous y mettez, vous aussi…

Ledit Goffé déplia ses six pieds quatre pouces[1] et, d'un geste solennel, jeta ses cartes sur la table encombrée d'une bouteille de vin et de trois godets, dont l'un se renversa.

— J'sais pas compter peut-être, bande de foutus gueux ? Toi, va nous prendre une autre bouteille dans la réserve, fit-il en menaçant d'une taloche l'un des cinq enfants qui jouaient dans la petite pièce.

Entre la dispute des joueurs de piquet[2] et les cris des gamins, le vacarme était tel que la mère Goffé mit un certain temps à remarquer qu'on frappait à la porte. Elle ouvrit, alors que son mari prenait son ami au collet, un petit maigre qui se débattit vivement, guère impressionné.

Ils se mirent à hurler, puis se turent en remarquant un homme d'une cinquantaine d'années en habit bourgeois, debout au milieu de la pièce. Le maigre éclairage de la lampe à huile dessinait vaguement un visage sévère marqué de deux longs plis aux joues.

— Vous êtes ? dit Goffé, la voix étranglée.

Il se doutait pourtant bien de la réponse.

— Accompagnez-moi dehors, je vous l'apprendrai, répondit l'homme avec une courtoisie froide, un peu moqueuse. Je sais que nous sommes dimanche et que je vous surprends dans votre intérieur, mais Madame ne s'y opposera pas.

Le géant approuva en avalant sa salive.

---

1. 1,98 m.

2. L'un des jeux de cartes les plus en vogue.

— Qu'est-ce que vous lui voulez ? C'est la police ? Les joues enluminées de la dame Goffé étaient devenues grises. Qu'est-ce qu'il a fait, encore ?

— N'ayez pas peur, nous ne sortons qu'un instant, sourit Charpier, tandis que le grand Goffé passait son manteau, les épaules basses.

Les deux hommes se retrouvèrent quelque temps plus tard dans un fiacre garé dans la rue, en bas de l'immeuble.

— On reste ici ?

— C'est l'affaire d'une minute.

— Tant mieux. Et vous êtes ? J'ai pas l'honneur de vous connaître.

Charpier se présenta. Le visage de son interlocuteur, pourtant plongé dans l'ombre, lui sembla soudain livide.

— Le Comité de surveillance de l'Assemblée nationale… C'est quoi ça, je comprends pas ? C'est la police ?

Le député sourit avec aménité.

— En quelque sorte, mon ami. Disons que c'est une sorte de ministère de l'Intérieur, mais qu'il dépend de la représentation nationale. Est-ce plus clair ?

— Je sais pas. Je crois.

— Maintenant, parlons net. Tu t'appelles Goffé mais on te surnomme aussi Cornu ou l'Anguille. Tu as été fouetté et marqué en juillet 1785 place du Vieux-Marché à Rouen.

Les yeux du brigand s'étrécirent. Il inspira longuement. De très mauvais souvenirs affluaient en cortège.

— Comment vont tes affaires ? Il paraît que tu fabriques toujours de belles clés ?

— C'est des histoires anciennes, fit Goffé en se renfonçant dans l'obscurité de la banquette.

— Tu mens, mais peu importe. On m'a dit que tu étais domestique au service du citoyen Pétion ?

— Pourquoi me demander puisque vous savez ? Je suis son maître d'hôtel.

— Quelle chance a cet homme, répondit Charpier avec un sourire froid.

Il laissa s'éloigner deux passants dont l'un s'était arrêté pour pisser contre le mur, près du fiacre.

— Je vous écoute, murmura le maître d'hôtel.

Il regardait un point imaginaire dans le noir, l'air accablé.

— Tu seras mes yeux et mes oreilles chez ton maître Pétion. Je veux tout savoir de lui. Je veux tout savoir des personnes qu'il rencontre ou qu'il reçoit. Le nom, l'adresse, tout.

— Très bien. Vous saurez.

— Pétion compte dans ses relations un certain Anglais qui s'appelle Parker. Cela te parle ?

— Un peu, oui. Un rougeaud qui habite près de la place de Grève. Il ne l'a pas vu ces derniers jours. Enfin, pas que je sache.

— Et d'habitude, il le voit souvent ?

— Assez, oui. Mais je n'assiste pas à tous leurs entretiens. Ils se parlent anglais en plus.

Charpier prit une rasade au goulot de sa flasque. Pendant un instant, il songea à la proposer à son interlocuteur mais l'idée le dégoûtait.

Ils se turent un moment.

— Pétion touche de l'argent.

— Continue…

— Beaucoup d'argent. Je sais pas d'où ça vient mais ça coule à flots. Je le sais parce que j'ai vu la bourse. Il y avait, je sais pas… des centaines de pièces, des louis d'or. Je sais qu'il a touché pareil plusieurs fois, au moins deux fois. Une fois en juillet, et l'autre en octobre.

Le député faisait le calcul. Plusieurs centaines de louis d'or, c'était une fortune. Et à plusieurs reprises. Qui le payait, et pourquoi ?

— Tâche de savoir d'où ça vient. S'il y a des papiers,

quoique cela m'étonnerait, essaye de savoir où ils sont serrés, nous nous en occuperons. Quoi d'autre ?

Goffé souriait à demi, un peu par dépit peut-être, ou alors parce que ça l'amusait de trahir les petits secrets de ses maîtres. On ne voyait plus que le bas de son visage.

— Madame sort beaucoup. On peut dire ce qu'on veut, mais ils n'ont qu'un fils et ils s'en occupent pas, l'un comme l'autre. Pauvre gamin.

L'ancien commissaire semblait n'avoir rien entendu.

— Elle a un amant ?

— Peut-être. Moi je sais pas.

— Les domestiques n'en disent rien ?

— Je l'aurais su et je vous l'aurais dit.

— Crois-tu que l'amant puisse être Parker ?

Goffé se contenta d'un haussement d'épaules, en signe d'ignorance. Dans le mouvement, il eut un petit hoquet, avec un arrière-goût vineux. Il se sentit soudain épuisé, écœuré de ce qu'était sa vie.

***

Déçu et vexé, Dauterive rechignait à retourner rue de la Tissanderie. Après avoir observé un instant la foule, place de Grève, il s'approcha du quai. Avec la nuit, la Seine était un gouffre noir où flottaient les lanternes aux mâts des bateaux. Un battement sourd et régulier se mêlait au grondement du fleuve. C'étaient les roues à aube de la pompe du pont Notre-Dame, qui approvisionnait une trentaine de fontaines publiques en ville. Soixante pieds plus bas, les flots brillaient dans des tourbillons puissants.

Aucun des hommes à la solde de Charpier ne l'aiderait à retrouver François, c'était une évidence. Seule une personne pouvait le lui permettre : Duperrier. L'ancien greffier au Châtelet connaissait tous les policiers de Paris, il avait accès aux archives et ne lui avait jamais refusé son concours, même en cas de danger. Justement, son logis se trouvait à deux pas d'ici. Victor franchit rapidement le pont Notre-Dame, pavé de neuf depuis qu'on y avait rasé les maisons, jusqu'à une pharmacie de la rue de la Juiverie. Après avoir ôté sa perruque brune et ses fausses lunettes (sans remarquer une silhouette mince qui l'observait, depuis le renfoncement d'une porte), il se fit connaître au concierge et grimpa à l'étage. À cette heure, il s'attendait à découvrir le fumet d'un bon repas, mais un tout autre spectacle l'attendait.

Pour lui ouvrir, ce n'était pas son vieil ami mais un homme en veste sans manches noire, les bras de chemise découvrant des avant-bras velus. Le pharmacien du rez-de-chaussée. Derrière son épaule, l'appartement exhalait un mélange de senteurs très déplaisantes, soufre, herbes pharmaceutiques et excréments. L'odeur de la maladie.

Le jeune homme fut pris d'une émotion puissante, incapable de bouger pendant quelques instants.

Duperrier se trouvait sous un amas de couvertures, comme écrasé sous leur poids, les yeux mi-clos, le front crayeux et luisant. Son souffle était court et rapide, un peu rauque, il avait l'air de dormir. Une petite table, à côté du lit d'alcôve, s'encombrait de pots et de flacons. Sa domestique, qui s'activait à alimenter le poêle, eut un sourire éteint en apercevant Victor.

— Ah. On vous a dit ?

— Dit quoi ?

Les battements de son cœur l'étouffaient presque.

Le visage de l'ancien greffier du Châtelet semblait encore plus émacié que d'ordinaire, ses lèvres minces et roses, marquées de salive séchée.

Le pharmacien, homme joufflu à l'air bonasse, prit le jeune homme par le bras.

— Notre ami a trop travaillé ces derniers temps. Il a dû prendre froid. Il se plaignait de douleurs au ventre et à la tête, il a beaucoup toussé. Je crois que la fièvre est partie mais il s'est beaucoup affaibli.

— Ouais. Il tousse toujours beaucoup, fit remarquer la servante avant d'emporter un pot rempli à ras bord.

L'odeur était insupportable. Victor sentit d'un coup la colère l'envahir. Pas contre le destin, la dureté des temps ou contre la maladie, mais contre lui-même, sa négligence, ses égoïsmes. Son regard était tombé sur la petite table, avec ces potions dérisoires. Il eut envie de tout envoyer voltiger.

Duperrier se mit brusquement à respirer plus fort, jusqu'à ce qu'une toux déchirante le prenne. La servante s'était précipitée pour écarter Victor. Lorsque ce fut terminé, son ami parut le regarder, mais presque aussitôt ses yeux se refermèrent. Sa barbe mal rasée lui donnait un air négligé absolument inhabituel. Dauterive voyait se dessiner de minuscules veinules sur la peau fragile des paupières. Il sentait les larmes mouiller le coin de ses lèvres.

— Ne faites pas cette figure, dit le pharmacien. (Victor s'aperçut qu'il lui tenait toujours le bras.) C'est un parent ?

Dauterive secoua la tête.

— Maudit Châtelet, dit-il, puis sa voix s'étrangla.

Il songeait à tout ce qu'il avait vécu en compagnie du greffier, l'été dernier. La mort avait frappé autour d'eux à plusieurs reprises. Et maintenant, c'était son tour. Il sentit d'autres sanglots monter, irrépressibles, et les regrets aussi.

Sur son lit, Duperrier haletait, les yeux clos. Le jeune homme songea qu'il ne savait presque rien de lui, de sa famille ou de ses amis, rien, par exemple, sur ce qui l'avait conduit à rester vieux garçon. Au moment de sortir, son œil accrocha l'une des innombrables images pieuses de l'appartement, un prêtre en soutane, besace en bandoulière et bâton à la main, qui cheminait non loin d'un calvaire. Cela lui fit aussitôt penser à la mère supérieure du couvent des Pénitentes. Quel était déjà son nom ? Elle s'était presque effacée de sa mémoire, emportée par le tourbillon du présent.

— Est-ce que… Combien de temps…

L'apothicaire déroulait ses manches de chemise, puis remettait sa veste et son habit.

— Votre ami est faible. Mais il n'est pas encore parti si c'est là votre question. Surveillez la fièvre et la diarrhée, fit-il à l'attention de la domestique qui était revenue. S'il se réveille et s'il ne va pas trop mal, vous pourrez lui redonner de la poudre des Chartreux. Passez me voir à la boutique si quelque chose ne va pas.

La servante hocha le menton ; elle aussi avait les yeux rouges. Le pharmacien prit une inspiration comme pour ajouter autre chose, mais il se contenta de presser la main de Victor avant de sortir.

34

Dimanche 18 décembre, sept heures du soir

Bachelu était toujours en faction, assis à califourchon sur une chaise, le menton sur le dossier, immobile. Il détourna à peine le regard de la fenêtre en entendant entrer Victor.

— Alors, du nouveau ? demanda ce dernier en s'éclaircissant la voix.

Seul un homme avait rendu visite à Parker, expliqua le policier. Vérification faite (le lieutenant en déduisit que Charpier avait placé une équipe de mouchards autour de l'hôtel particulier), ils avaient su que ce visiteur s'appelait Thomas Christie et qu'il travaillait pour les établissements Turnbull et Forbes, une banque britannique.

— Il a environ trente-cinq ans, petit, des marques de petite vérole.

Dauterive soupira, soulagé – ce n'était pas François-Farcy.

Personne d'autre n'était passé et à cette heure, Parker soupait seul. D'un coup de menton, le mouchard montra la façade. Au deuxième étage, les rideaux de soie filtraient l'or des chandelles.

— Et vous, la fille ? Ça a donné quoi ?

Il ne quittait pas l'hôtel des yeux, mais Victor eut la

sensation d'une attention accrue. Ce Bachelu était bien plus vif qu'il ne le laissait paraître.

Il haussa une épaule.

— Rien. Elle s'est méfiée.

— Vraiment. (Cette fois, le policier lui lança un regard narquois.) Encore une Sainte-Nitouche, hein…

Victor s'abstint de répondre. Une drôle d'odeur flottait dans l'air ; il aperçut des restes de repas à même le sol, miettes, os de poulet, une bouteille de vin.

— Je vous ai pas attendu pour le festin, reprit le mouchard, qui avait surpris son regard. Vous avez qu'à rentrer chez vous. S'il y a du neuf, on vous enverra chercher, inquiétez-vous pas.

Comme le lieutenant hésitait, ils prolongèrent un moment leur observation. Un fiacre passait dans la rue. Avec le sol durci, le fer des roues et celui des chevaux résonnaient jusqu'en haut des immeubles.

Le silence retomba.

***

Une fois sorti, le lieutenant n'eut pas le courage de repasser voir Duperrier. Il avait eu trop de peine, et du remords aussi. Et qu'est-ce que ça changerait ? Il gagna la rive gauche par le Petit-Pont, frissonnant face à tant d'incertitudes. Devait-il vraiment préférer cette vie-là à celle de ses camarades, à la garde de l'Hôtel de ville ?

L'église Saint-Séverin n'était qu'à deux pas, mais il tourna à main gauche pour gagner la place Maubert. Il ne vit pas Joseph parmi les ombres qui se cherchaient un refuge avant la nuit. Et des larmes de colère et d'impuissance montèrent, à nouveau.

Pour un dimanche soir, l'auberge n'était pas si tranquille. Une trentaine de pratiques soupaient à leur table, dans une agréable odeur de viande rôtie et de soupe qui lui mit instantanément l'eau à la bouche.

Le patron arrivait déjà vers Victor, un sourire plaqué sur son visage luisant de transpiration.

— Ah. Alors vous l'avez vu ?

— Vu qui ?

Son cœur se mit à tambouriner.

— Votre petit boiteux…

— Quoi ?

Il avait presque crié. L'aubergiste fit prudemment un pas en arrière. Deux voyageurs d'âge mûr aux ventres avantageux s'étaient arrêtés de parler.

— Qu'est-ce que vous dites ? Vous l'avez vu ?

— Oui. À l'instant.

L'aubergiste regardait autour de lui, inquiet en voyant son hôte filer en courant.

***

À part les chevaux, le seul occupant de l'écurie était un adolescent dégingandé, les joues marquées d'acné, qui entassait la paille souillée sur une brouette à la lueur d'une lanterne sourde. Le plus souvent, toutes ces ordures finissaient dans la rue, au mépris des règlements, avant d'aller à la Seine ; à certains endroits, il se formait de véritables marécages, qui faisaient de Paris l'une des villes les plus sales du monde

Le garçon d'écurie regarda Dauterive d'un air inquiet. Non, il n'avait vu personne.

— Tu es sûr ? Un garçon d'une dizaine d'années, des taches de rousseur sur le visage, le regard malin. Ton patron m'a dit qu'il venait de le voir…

Son interlocuteur secoua la tête, l'air de se tenir sur ses gardes. Non, vraiment, il n'avait vu personne.

Le gendarme explora la cour de l'auberge et ses recoins, puis revint à l'écurie. Pourquoi ce petit imbécile se cachait-il ? Les accusations du commissaire de quartier étaient-elles donc vraies ? Mais dans ce cas, pourquoi continuait-il à venir ici ?

— Ça va ? lui demanda l'adolescent en se curant le nez.

— Oui. Bien sûr que ça va.

Il s'approcha de la stalle de Gris-Poil, qui le reconnut en le poussant du front. Il redressait les oreilles, le regard brillant, comme pour lui dire que lui aussi ressentait quelque chose de bon, et qu'il ne fallait pas perdre espoir. Victor lui caressa longuement les flancs et la croupe.

— On ressortira bientôt, mon vieux. La neige finit toujours par fondre. (La bête frappait du sabot sur le sol, en agitant les crins de sa queue.) Ça finira bien, tu verras.

Puis il ressortit et donna deux pièces de cuivre au garçon d'écurie qui l'observait, incrédule, le menton sur le haut du balai.

— Si tu revois Joseph, dis-lui que je l'attends, qu'il n'a rien à craindre. Deux autres sols pour toi si je le retrouve.

Le garçon acquiesça, le regard plus vif.

Victor dîna de très bon appétit dans la grand-salle, non sans essuyer le bavardage intéressé du patron, qui revenait sans cesse à lui, au point qu'il crut que ce dernier avait un service à lui demander. Mais non. Avant de regagner son logis, il passa par les écuries, tranquilles et sombres. Toujours pas de Joseph.

Il rentra. La neige flottait autour des réverbères dans des scintillements fugaces. Comme depuis la veille, une silhouette mince l'accompagnait de loin, dans l'ombre des façades.

***

L'appartement était absolument glacial, pas seulement à cause du poêle éteint. Par la fenêtre, le lieutenant remarqua que la rue commençait à blanchir ; cela se voyait même du troisième étage, même dans la nuit.

Une fatigue immense le gagnait d'un coup. Il ôta son carrick et sa redingote, baillant à en pleurer. Il prit le temps de retirer son pansement, de se laver le doigt à la bassine et d'en confectionner un nouveau. Puis il enleva ses bottes et ses bas pour masser ses pieds endoloris par le froid. À peine sous les draps, il entendit un grattement à la porte. Il n'avait aucune envie de ressortir, mais le bruit reprit aussitôt. Cet instant-là lui en rappelait un autre, il ne savait lequel exactement, puis la mémoire lui revint. C'était l'été dernier : il était prisonnier et Joseph l'avait délivré en passant par une fenêtre. Avec exactement les mêmes petits frottements.

Joseph.

Il se leva d'un bond, sans rien passer par-dessus sa chemise.

Ce n'était pas le petit vas-y-dire, mais une jeune femme menue, à peine plus grande que lui. Derrière elle les degrés étaient plongés dans une obscurité presque absolue, par un froid de tombeau. Un frisson le parcourut.

— Êtes-vous le lieutenant Dauterive ?

L'inconnue avait une voix acide, un peu pointue. Il ne voyait pas son visage, à peine ses lèvres dans une vague lueur blanchâtre, reflet lointain de la lune. Il inclina la tête en serrant les dents pour lutter contre le froid.

— Et vous êtes ?

— Je viens vous apprendre d'intéressantes informations au sujet de monsieur Parker. Vous le connaissez, je crois.

Son accent était étrange, entre distinction et maladresse, comme si elle devait choisir chaque mot. De nouveau, le lieutenant approuva puis, comme elle semblait attendre, il s'effaça pour la laisser entrer. Elle ne sentait pas très bon, un mélange d'odeurs de la rue et de cheval. Elle avançait presque en silence, le visage et le corps dissimulés sous une capeline, qui couvrait un long manteau. Dessous, il devinait ses bottines crottées.

Le palier et l'escalier étaient vides. Il referma et battit le briquet, tremblant de froid. Cependant sa visiteuse avait fait glisser sa capuche. Les traits plus qu'agréables, elle devait avoir une trentaine d'années, la peau claire presque diaphane, le nez fin et deux grands yeux sombres, inquiets. Sous son bonnet de laine, ses cheveux blonds paraissaient très tirés en arrière, si fort qu'il en eut presque mal pour elle.

— Vous êtes seul ? demanda-t-elle toujours avec ce curieux accent.

Elle était étrangère, peut-être anglaise. Cette observation mit le lieutenant mal à l'aise. Il avait passé sa redingote sur les épaules. Très loin dans les étages, on entendait une grosse voix d'homme. Une femme répondait d'un ton geignard.

— Je vous écoute, dit Victor.

— Ma démarche doit vous paraître bien impertinente, dit-elle, les narines frémissantes.

Elle regardait sans cesse autour d'eux, inquiète.

— Ce n'est pas grave. Que vouliez-vous me dire ?

— Plusieurs choses au sujet de monsieur Parker. Me permettez-vous ?

D'un geste, il l'autorisa à ôter son manteau. Elle portait dessous une tenue d'équitation composée d'un habit à gros boutons, d'une robe et d'une veste de soie couleur crème. Ils restaient debout face à face, à peine éclairés par la chandelle.

— J'ai bien à me plaindre de monsieur Parker. Vous savez où il vit, n'est-ce pas ?

— Je croyais que vous vouliez me dire *des choses* sur lui, répondit Victor d'un ton plus sec.

— Je sais bien. Mais ce n'est pas si simple. (Elle fit un pas vers lui.) Êtes-vous un homme de confiance ?

Cette formule avait de quoi surprendre de la part d'une inconnue qui débarquait chez lui avec autant de mystère. Elle s'approcha à le toucher. De près, elle dégageait une odeur chaude, un peu troublante déjà.

— J'ai froid, dit-elle tout bas.

Ses yeux accrochèrent ceux du gendarme qui respirait plus amplement, gagné par l'émotion. Voilà des jours et des jours qu'il ne faisait que voyager, endurer les dangers et les inquiétudes. Il fit un pas en arrière, heurtant sa chaise qui l'arrêta. La jeune femme sourit, comme rassurée.

— Je vous fais peur ?

Elle fit encore un pas, jusqu'à ce que leurs bustes s'effleurent. Il sentait son parfum de rose boisée, sa chaleur, son souffle qui soulevait le tissu blanc de sa chemise, sous la veste. La dentelle de son jabot frémissait à son rythme et il eut soudain l'irrésistible envie d'y porter les doigts pour la défaire, voir la peau de son cou, en sentir la douceur.

Lentement, comme pour ne pas l'effrayer, elle leva la main gauche pour la passer sur sa nuque, faisant ainsi naître des frissons. Il oublia tout le reste. Elle se penchait déjà, et déjà leurs lèvres s'effleuraient, souffles accélérés.

Il posa une main dans son dos, éprouvant la douceur de ses reins, leur plénitude, le rythme gracieux de sa respiration. Leurs lèvres se quittaient, se retrouvaient.

Un petit bruit – il ne sut pas le définir – interrompit leur baiser, l'espace d'une seconde, moins peut-être. Un impact presque imperceptible, bois contre bois. Il ouvrit les yeux. Quelque chose de clair, un objet, passait dans le noir, au niveau de leurs cuisses. Elle déposa à nouveau ses lèvres sur les siennes avec plus d'insistance, comme si c'était une urgence.

Il s'écarta d'elle avec une vitesse qui le surprit lui-même. À ce moment précis, elle abaissait son poignard sur lui.

La lame avait frôlé son buste, heurtant la table. La jeune femme arma de nouveau son bras, lèvres pincées, regard de charbon. Son visage ne reflétait pas d'émotion, aucune colère. Elle travaillait.

D'une violente ruade, Victor la fit reculer de quelques pas. Mais il se prit les pieds dans une chaise et tomba. L'instant suivant, elle arrivait sur lui, bras levé. Il lui saisit le poignet et ils s'observèrent fixement, haletants.

Il y eut un autre bruit. Et le lieutenant hurla en même temps qu'un coup de feu et un nuage de poudre grise envahissaient sa chambre. La fille avait poussé un cri elle aussi, plus violent que le sien, qui aurait pu être de plaisir mais qui était celui de la mort. Elle laissa échapper son poignard, les yeux incrédules, déjà vitreux, essayant absurdement de se toucher le dos. Puis elle s'affaissa sur Victor, comme pour l'enlacer. Elle était chaude encore, un peu lourde, il sursauta quand leurs joues se touchèrent.

35

Dimanche 18 décembre, neuf heures et quart du soir

Elle respirait encore, imperceptiblement. Une mousse rosée sortait de ses lèvres, qui crevait en bulles minuscules sous son souffle court.

— Qui est-ce ?

— Aucune idée…

Charpier lança un regard à Victor mais ce dernier ne lui prêtait pas attention, pris dans un mélange de frayeur et d'écœurement. Sans l'intervention du député, il aurait été allongé sur le parquet à la place de la jeune femme, un couteau planté dans la gorge. Il repensait à sa détermination et à son sang-froid. Elle n'en était certainement pas à son coup d'essai. Anglaise, certainement ; il n'était pas difficile d'imaginer le nom de son donneur d'ordre.

Mais il n'en avait rien dit à Charpier ou à Bachelu (c'est lui qui avait tiré, une seule balle dans le dos, exactement entre les omoplates). Remarquant plus tôt dans l'après-midi que Victor était suivi, les deux hommes avaient filé l'inconnue, jusqu'à ce qu'elle entre dans l'immeuble du lieutenant. Alors ils étaient intervenus.

Et maintenant, la jeune femme en tenue de cavalière reposait sur le dos comme un pantin brisé, les yeux vides. Un poumon devait être touché car on entendait sa respiration siffler. Elle n'en avait plus pour longtemps, avait déclaré Bachelu, sûrement que la colonne vertébrale était touchée. Aussi les trois hommes avaient-ils été bien surpris lorsqu'elle avait battu des cils, et qu'elle avait repris connaissance.

— Vous ne l'aviez jamais vue ?

Dauterive secoua la tête. Trois fois que l'ancien commissaire posait la même question.

Ce dernier adressa un signe du menton à Bachelu.

— Faites vite. Nous aurons bientôt de la visite.

Le mouchard s'accroupit pour fouiller la jeune femme, indifférent à ses râles, le geste précis, l'arme sur le sol à portée de main, comme un détrousseur de cadavre. Il serrait les mâchoires, ce qui faisait saillir ses veines au front.

— Vous lui faites mal, dit Victor dans un murmure.

Tout lui paraissait irréel, comme s'il n'était que le spectateur impuissant d'un affreux cauchemard.

— Elle ne sent plus rien, répondit Charpier d'un ton glacial. Je vous trouve bien léger tout de même. Comment cette dame vous a-t-elle menacé aussi facilement ?

Victor avait déjà tout raconté, mais le député n'eut pas l'air de le croire.

— En tout cas soyez plus prudent à l'avenir, reprit-il. Si vous aviez pris vos précautions, Bachelu n'aurait pas été forcé de tirer.

Derrière la porte, l'immeuble était en révolution. Le concierge était monté deux minutes après le coup de feu, tout pâle, son bougeoir à la main, ses grosses joues et son front luisants de transpiration malgré le froid. Un locataire était parti chercher la Garde, un autre un médecin. L'apparieuse du premier avait voulu entrer, mais Charpier l'avait brusquement repoussée. Qu'elle ne se mêle point des affaires de l'Assemblée nationale !

Bachelu lâcha une exclamation de plaisir. Il brandissait une bourse.

— C'était dans sa ceinture. Pas mal.

Il la tendit à Charpier, qui compta vingt louis d'or, presque autant de demi-louis et de pièces en argent, et quantité de pièces en cuivre. Au moins mille livres.

— Fichtre, fit le député sans qu'aucun trait de son visage ne bouge. Rien d'autre ?

Il se retourna en entendant frapper à la porte. On entendait un piétinement sur le palier, toute la cage d'escalier bruissait de conversations.

— Allons bon. Les imbéciles de la Garde nationale. Allons-y.

Victor leva une main, stupéfait.

— Allons-y, où ?

— Finissez de vous habiller et trouvez une couverture.

— Vous n'allez pas l'emmener dans cet état !

Charpier poussa un soupir.

— Ne prenez pas vos grands airs. Si la police la prend, ils la placeront à l'Hôpital général et elle crèvera en deux jours. Et s'ils vous arrêtent, ils vont vous interroger. De quoi leur parlerez-vous ? De vos missions d'espionnage en Angleterre pour le compte de La Fayette ? de Pétion ? Je serais vous, j'éviterais cela.

— Où comptez-vous l'emmener ?

— Nous verrons. Où qu'elle soit, elle sera toujours mieux soignée qu'à l'hôpital.

Victor n'insista pas. Il enfila en toute hâte son habit, ses culottes et ses bottes. Puis il s'interrompit en retenant un hurlement. Son pansement, arraché pendant la lutte, dévoilait un ongle à vif. Chaque goutte de sang portait à son cœur. Serrant les dents, il déchira un mouchoir pour s'en faire une compresse à la hâte.

Ils prirent une couverture avec Bachelu, qu'ils glissèrent sous la jeune femme (dos brûlant, poisseux, elle geignait, la bouche ouverte maculée de sang). À peine se relevaient-ils que des coups résonnaient à la porte.

— Bon Dieu, fit Charpier en grimaçant.

Les frappements redoublaient, si bien qu'il n'eut d'autre choix que d'ouvrir. Trois gardes nationaux apparurent, visages rouges et bicornes enfoncés jusqu'aux sourcils, leurs longs manteaux couverts de neige. Un homme les accompagnait, vêtu de sombre, chapeauté, le col relevé haut, très essoufflé.

Victor reconnut Larcher, le commissaire de police de la section.

Son regard passa sur tous les occupants de la pièce, rempli tour à tour de méfiance, d'étonnement à la vue de la jeune fille au sol, puis de colère en découvrant Victor, qui avait pris son air le plus naïf.

— Tiens donc. Vous... fit-il non sans une espèce de mépris.

Le jeune homme s'abstint de répondre. Les choses étaient déjà assez compliquées.

— L'on me rapporte qu'une femme a été assassinée, ajouta-t-il d'un ton solennel.

— Personne n'a été assassiné, rétorqua Charpier. Cette jeune femme est une parente. Ma pauvre nièce. Il y a eu un accident avec le pistolet de monsieur.

Il désignait Bachelu qui serrait les mandibules, impassible.

— Puis-je savoir qui vous êtes ? lui répondit le commissaire sans un regard pour ce dernier.

D'autres gardes arrivaient, le souffle court, l'air de bourgeois déguisés en soldats. Ils se postèrent à la porte tandis que Charpier déclinait sa qualité d'ancien policier, désormais député et membre du Comité de surveillance de l'Assemblée nationale.

Le commissaire Larcher eut un haut-le-cœur. Puis, sans paraître accorder le moindre crédit à ce qu'il venait d'entendre, il questionna Bachelu sur son identité, les raisons de sa présence et les causes de l'accident (d'un ton plus que sceptique). Le mouchard expliqua que la demoiselle avait touché le pistolet et que le coup était parti par mégarde.

Nicolas Larcher avala sa salive. Il n'était pas assez sot pour ne pas deviner qu'on se jouait de lui, mais n'avait visiblement aucune idée sur la conduite à adopter. Il se tourna vers Dauterive, très pâle, les narines frémissantes.

— Je suppose que vous allez aussi me raconter que c'est un accident ?

— Que dire d'autre ?

Le commissaire inspira longuement, sa face ronde encore plus pâle. Son regard tomba sur la jeune fille. Une mousse rosée roulait jusqu'à son menton, gouttait sur le plancher.

— Je vais vous arrêter, fit-il à voix basse. Tous.

— Allons, allons. Je suis député et membre du Comité de surveillance de l'Assemblée nationale. Ce citoyen est commis de bureau à l'Assemblée (il désignait Bachelu, à la grande surprise de Victor. Drôle de commis de bureau !). Et monsieur est officier de gendarmerie. Ne pensez-vous pas en faire un peu trop ?

— Un officier que je…

— Ma nièce a besoin de soins, fit Charpier d'un ton sec. Vous feriez mieux de nous trouver un fiacre.

— Un fiacre ? Où pensez-vous aller qui…

Sans un regard pour lui, le député fit signe à Victor et Bachelu d'emporter la blessée. Paralysés, le commissaire et ses gardes regardèrent les deux hommes soulever la jeune femme, l'un par les chevilles, l'autre par les aisselles, l'installer dans une couverture puis sortir pas à pas de l'appartement.

— Je vous interdis… murmura le commissaire.

— Pousse-toi donc, lui dit Bachelu d'un ton sec.

Douché, Larcher s'écarta sans un mot.

Leur cortège descendit lentement l'escalier encombré de curieux ; d'abord Charpier, puis la jeune femme pantelante, enfin des gardes qui se cognaient partout avec leurs baïonnettes et leurs gibernes. L'un d'eux perdit son bicorne, qui finit sous le sabot d'une commère. Tout l'escalier tremblait.

Ils retrouvèrent la rue. Charpier avait déjà arrêté un fiacre de passage.

***

Bachelu habitait un immeuble ventru de la rue du Cœur-Volant[1], non loin de la foire Saint-Germain, la façade à colombages crasseuse et bombée, à croire que le bâtiment était sur le point de s'effondrer ; le mortier ou les tuiles manquaient à de nombreux endroits. Pendant les quelques minutes du trajet, le visage de la jeune femme avait pris une teinte cireuse. Sans les cahots du pavé, elle aurait vraiment eu l'air d'un cadavre.

Charpier donna la pièce au cocher et ils grimpèrent la cage d'escalier, étroite et très raide, les marches disjointes et poisseuses. Avec son annulaire gauche qui le lançait abominablement, le lieutenant peinait à tenir la couverture. L'Anglaise glissait, ses jambes pliaient comme pour fuir leur brancard improvisé.

Ils arrivèrent au quatrième étage hors d'haleine, Victor étouffant de chaleur sous son carrick, Bachelu la face trempée de sueur, mâchoires et veines du front plus saillantes que jamais. Ils échangèrent un regard de soulagement.

Après leur avoir recommandé le silence, le policier ouvrit la porte, laissant échapper une lourde odeur de chou ou de rave. Sa femme accourut, une dame replète au visage sévère, en robe d'intérieur, portant un bonnet de

1. Aujourd'hui rue Grégoire-de-Tours, dans le VIe arrondissement de Paris.

piqué. En quelques mots, il lui expliqua la situation sans jamais la regarder dans les yeux.

— Très bien, répondit-elle sans émotion. Nous la mettrons dans notre chambre. Mathieu ira chercher le docteur Mariette. Tu as de l'argent, j'espère ?

Son expression était un peu préoccupée, mais sans plus. Bachelu acquiesça, non sans avoir consulté Charpier du regard.

— Alors tout ira bien, fit la femme Bachelu. Attendez un peu ici. (Quelques instants plus tard elle revenait, un petit bougeoir à la main.) Suivez-moi et évitez de réveiller mon monde.

Le petit policier approuva gravement en regardant les deux autres, comme pour leur faire comprendre qu'elle était la maîtresse des lieux et qu'ils avaient intérêt à ne pas la contrarier.

Ils soulevèrent la blessée et traversèrent d'abord une salle à manger hérissée de chaises. Comme dans bien des appartements parisiens, pièces et couloirs semblaient s'enchevêtrer sans logique. Dans une chambre à coucher, Victor compta six ou sept petits visages endormis ; certains paraissaient très jeunes. Une voix s'inquiéta à leur passage mais la citoyenne Bachelu la fit taire, rassurante. Ce n'était rien.

Dans une troisième pièce, elle leur indiqua le plus grand des lits. Malgré l'étroitesse des lieux, il y avait là deux autres couches, dont celle d'un garçon d'une quinzaine d'années que sa mère réveilla doucement : qu'il aille chercher au plus vite le docteur Mariette, rue Guisarde, au-dessus du confiseur.

Sans un regard pour l'Anglaise, l'adolescent s'habilla et sortit sous l'œil attendri de ses parents. La jeune femme, livide, respirait encore. Victor eut envie d'essuyer le sang à la commissure de ses lèvres, mais il n'avait rien pour cela. Alors il lui prit la main, chaude, élégante, les doigts nerveux, presque masculins.

Il sentait sur lui le regard de Charpier, celui de Bachelu aussi et de sa femme, d'un calme absolu. On aurait dit qu'elle soignait tous les jours des blessés par balle.

— Vous la connaissiez ? demanda-t-elle au jeune homme.

Il secoua la tête.

— Paraît-il que non, commenta Charpier, grinçant.

À sa demande, Bachelu fouilla de nouveau la blessée, découvrant rapidement un billet plié en quatre :

Victor Dauterive, au-dessus du boulanger François, face à Saint-Séverin.

— Connaissez-vous l'écriture ? demanda Charpier.

Le lieutenant secoua la tête. Bachelu se releva, n'ayant rien trouvé d'autre.

***

Les trois hommes s'étaient installés dans la minuscule salle à manger. On pouvait à peine y circuler, une fois les chaises placées autour de la table à rallonge. Victor se demanda comment la famille du mouchard pouvait bien dîner ici, avec cette ribambelle d'enfants.

L'intérieur, papier peint passé aux murs, vaisselier bancal, un grand crucifix, était celui d'une famille modeste mais rangée, comme il en existait sans doute des dizaines de mille à Paris. On devinait une vie de labeur et de privations, une famille qui mangeait plus de pain que de viande, et veillait à sa réputation. Et pourtant le père Bachelu était un homme redoutable, qui avait déjà tué sans doute. Ces derniers mois, Victor avait vu trop de faux-semblants, trop de masques portés pour s'en étonner. On pouvait être un assassin et aimer ses enfants. Charpier, cynique et ambitieux, dur, semblait très amoureux de sa femme. Bachelu, le mouchard, capable de tirer dans le dos d'une femme, devait aller à la messe en habit du dimanche, avec femme et enfants.

La citoyenne Bachelu, justement, leur apportait une assiette chargée de pâté, de grosses tranches de pain gris et une bouteille de vin. Elle fila sans un bruit, comme elle était entrée. Les trois hommes avaient entassé leurs manteaux, chapeaux, écharpes et gants sur une des chaises et s'étaient laissés tomber sur place. Victor bailla, épuisé.

— Alors, que fait-on ? demanda Charpier en remplissant le verre qu'il venait de vider d'un coup.

Les deux autres n'avaient toujours rien bu.

— On attend le médecin. Au prix qu'il est payé, vous inquiétez pas, il saura quoi faire. Et pis il dira rien, il me connaît.

— Je ne parle pas de cette jeune femme. Je parle de vous, mon cher.

Il dévisageait froidement Victor, avec son étrange regard bleu bordé de noir.

— Moi ? Moi quoi ?

— Ne vous faites plus bête que vous n'êtes. Cette jeune femme a tenté de vous tuer. Ça n'était pas un accident, nous sommes d'accord ?

— Non. Bien sûr que non.

— Ravi de vous l'entendre dire. Dans ce cas, il va falloir nous expliquer pourquoi elle a fait cela.

Dauterive sentit son cœur battre plus fort.

— Comment je le saurais ?

Le député penchait la tête de côté, retrouvant ses réflexes de policier, à supposer qu'il les ait jamais perdus. Bachelu, lui, paraissait absent et regardait rouler le vin au fond de son verre. On entendit passer un fiacre dans la rue, le pas du cheval étouffé par la distance et la neige.

— Mon cher Dauterive, je sais que vous ne m'estimez guère. Mais moi, je ne vous mésestime pas. Il s'est passé quelque chose à Londres. (Il pointait l'index sur son doigt blessé.) Quelque chose que vous avez peut-être raconté à votre maître, mais que vous ne m'avez pas dit, à moi. Vous devez comprendre, mon cher, que je suis à vos côtés. Je suis votre partenaire. Nous gagnons ensemble, ou nous perdons ensemble. Il n'y a point d'autre issue, nous sommes dans la même barque, que vous le vouliez ou non. Je dois savoir ce que vous me cachez.

— Il n'y a rien à savoir.

— Moi, je crois que si. Vous avez surpris une information à Londres. Une information suffisamment importante pour que Parker vous fasse arrêter et qu'il vous fasse torturer. Et maintenant, il envoie une tueuse à vos trousses.

— Qui vous dit qu'elle est envoyée par Parker ?

Charpier eut un rire silencieux (ses yeux restaient glacés).

— Et par qui d'autre, selon vous ?

— Je ne sais pas. À nous de le trouver.

Le député se plongea un instant dans ses réflexions.

— Vous avez des mines d'enfant de chœur, mon cher, mais je commence à vous connaître. C'est vous qui avez insisté pour surveiller Parker… (À ces mots, le gendarme sentit sa bouche s'assécher.) Et c'est d'ailleurs votre insistance qui a éveillé mes soupçons. J'ai demandé à mon ami Bachelu de garder un œil sur vous. Que vouliez-vous faire ? Vous venger de Parker pour ce qu'il vous a fait subir ?

— Vous avez trop d'imagination.

— Quoi, alors ?

La bouche du gendarme se crispa imperceptiblement. Bachelu semblait fasciné par le fond de son verre, mais les veines saillaient à son front. Pendant quelques secondes, on n'entendit plus que le mécanisme patient d'une horloge.

— Parker prépare un attentat à Paris, dit Victor, la voix très basse.

Le sang tambourinait à ses tempes, en même temps qu'il se sentait profondément soulagé. Charpier ne parut qu'à moitié surpris. Il échangea un regard entendu avec le mouchard.

— Quel attentat ? Est-ce en lien avec Pétion ?

— Je ne sais pas.

— Pourquoi ne m'avez-vous rien dit ?

Victor ne répondit pas, le visage fermé.

— D'accord. La Fayette le sait-il ?

— Pas encore. Je voulais agir seul.

— Seul ? (Il leva les yeux au plafond.) Vous êtes fou, décidément. Pourquoi ? Vous n'avez aucune chance…

— Parce que je n'ai pas confiance en vous. Est-ce assez ?

Leurs regards se croisèrent, étincelants.

— Très bien, murmura le député. Et maintenant vous daignez me solliciter… Peut-on vous demander en quoi consiste cet attentat ?

Le lieutenant raconta à contrecœur le peu qu'il savait : un complot anglais devait *frapper la Révolution dans son cœur*. L'agent principal, aux ordres de Parker-Forth, était un certain *comte Farcy*, dont il ne savait rien, ni son âge ni son apparence, ni même s'il s'agissait d'un pseudonyme. Charpier et Bachelu l'écoutaient sans ciller, sans paraître remarquer ses joues brûlantes, sa voix pâteuse. À chaque mot, Victor revoyait la grande silhouette de son frère aîné, sa tenue défraîchie, son visage osseux au nez en bec d'aigle.

À la fin, il prit son verre et le but à petites lampées, la tête vide, incapable de savoir s'il était un traître ou un honnête homme, un patriote ou un assassin fratricide. Combien de temps Charpier mettrait-il à trouver la véritable identité du comte Farcy ? Mais comment, d'un autre côté, arrêter le projet fou de son frère ? Seul, il n'en aurait jamais la force ni les moyens. Une bouffée de rage le prit. Contre Charpier, contre La Fayette qui encore une fois le plongeait au cœur du danger. Contre Parker et l'Angleterre, mais surtout contre cet imbécile de frère imbu de lui, incapable de comprendre qu'il n'était qu'un jouet dans la main de puissants conspirateurs.

— Comte Farcy, dit Charpier en jetant un coup d'œil à Bachelu. Ce nom vous dit quelque chose ?

Le mouchard fit une moue d'ignorance en roulant des mâchoires.

— Non, mais on peut chercher. À quoi il ressemble ?

— Je viens de vous dire que je n'en sais rien, répondit Victor avec humeur.

Charpier vida son verre d'un coup sec, puis son regard se troubla, perdu dans une infinité de conjectures.

— *Frapper la Révolution dans son cœur.* Qu'est-ce que le cœur de la Révolution ? L'Assemblée ? Le roi ?

— Ça peut être les Jacobins, les Cordeliers, ajouta Victor, Danton, Marat, Brissot, Pétion… Ça peut être des dizaines de citoyens, des dizaines de lieux ou de façons de faire. Dieu sait ce que ces imbéciles ont en tête. Est-ce que…

D'un coup, il n'eut plus la force de parler. Il se sentait pris dans une machine géante qui allait le broyer, lui, son honneur, et peut-être aussi son âme. Pour arrêter cela, ils n'auraient pas d'autre solution que de trouver François et de le tuer. Des larmes montèrent, qu'il réprima avec peine.

QUATRIÈME PARTIE

36

Lundi 19 décembre, huit heures du matin

Un rayon de soleil caressait le paysage nappé de blanc, faisant scintiller les branches alourdies et le sommet du mur. Cela rappelait à Olympe un voyage très ancien dans le Causse de Caylus, ou le Bas-Quercy, elle avait oublié. Elle avait dix ans, s'appelait encore Marie Gouze et parlait l'occitan. Trente-cinq ans plus tard, elle sentait encore l'épaule de sa mère contre la sienne, dans la voiture, elle revoyait les traits pâles de sa sœur, qui allait se marier. Tout autour, la vallée était un chaos noyé de blanc, les rocs, la végétation, les rares villages et les reliefs adoucis sous la neige.

À ce souvenir, l'écrivaine sentit briller ses yeux. Vêtue de son nouvel ensemble – caraco et jupes de satin vert d'eau –, elle se coiffait en songeant à sa nouvelle pièce, bien avancée durant la nuit, *La Nécessité du divorce*. Elle la voulait définitive, exemplaire, une œuvre qui ferait date et frapperait les esprits. Madame Dazinval, épouse trompée, menaçait son mari volage de divorce ; ce dernier, effrayé, la suppliait de lui pardonner, de ne pas le quitter, lui jurait d'arrêter ses errements. Ce serait la démonstration que le divorce rompait la fatalité du mariage, le transformait en une association entre deux adultes libres.

Il lui restait un acte à dicter mais elle n'en aurait pas le temps ce lundi.

Coiffée, très légèrement poudrée, elle s'examina dans le miroir avant de rejoindre la cuisine, où elle grignota un morceau de brioche en buvant du café, relisant encore une fois le courrier reçu deux jours plus tôt.

Ce matin, elle allait enfin savoir la vérité.

Son fiacre l'attendait, garé plus loin dans la rue à cause d'un échafaudage, le long d'un mur. Un soleil pâle brillait, loin vers la Seine. Tout était calme et blanc. Olympe donna l'ordre au cocher de filer vers Arcueil.

***

Ils passèrent la Seine par le bac. La puissante corporation des passeurs d'eau venait d'être abolie, comme toutes les autres, mais le personnel n'avait pas changé, grossier et impudent, trichant sans cesse et abusant sur les tarifs. Le batelier ne consentit à quitter l'embarcadère qu'une fois sa recette minimale de trois livres atteinte. Puis il quadrupla le prix, prétextant les risques que lui faisaient courir les blocs de glace. Ni les menaces ni les injures d'un marchand de bestiaux ne le firent changer d'avis. Il était bien onze heures lorsque l'embarcation s'élança majestueusement dans les flots, le long du câble tendu en hauteur qui reliait les deux rives.

Le cocher traversa la plaine de Grenelle jusqu'à Vaugirard puis gagna la grand-route d'Orléans par des chemins de traverse.

Deux heures et demie après son départ, Olympe arrivait dans le ravin au pied de l'aqueduc d'Arcueil, transie de froid et saupoudrée de neige jusqu'aux genoux. Pendant la descente à pied, son bonnet avait glissé en arrière, dévoilant une longue mèche brune qu'elle ne songeait pas à recoiffer.

Comme la première fois, la vieille tante de Madeleine Prévost lui ouvrit la porte de sa masure. Elle eut un sursaut de recul en découvrant Olympe qui lui souriait largement.

— Ma nièce n'est pas là, lui lança-t-elle. (Elle paraissait sur le point de refermer la porte, le bout du nez dépassant tout juste de l'entrebâillement.) Vous lui voulez quoi, encore ?

— C'est elle qui m'a écrit. Elle voulait me voir…

Dans son courrier, Madeleine Prévost l'avait suppliée de passer la voir à Arcueil *au sujet de l'affaire qu'elle savait*. Il ne pouvait s'agir que du couvent des Pénitentes.

— Eh ben elle est pas là, fit la vieille en essayant de pousser le battant, mais Olympe l'en empêcha du bout de la bottine.

— Elle est ici, n'est-ce pas ?

Malgré ses brusques soupçons, l'écrivaine s'efforçait de garder son sourire.

— Je viens de vous dire que non. Vous avez qu'à voir si vous me croyez pas. Et pressez-vous, vous faites entrer le froid !

La gorge d'Olympe se serrait de plus en plus fort. Elle obéit, mal à l'aise. Elle était venue seule, sans avertir personne de son déplacement, même pas ce jeune sot de Dauterive (ce qu'elle regrettait un peu tout de même).

Il faisait toujours aussi froid que lors de sa première visite. Dans la salle, où les carreaux en papier huilé laissaient à peine passer le jour, la table et les deux chaises étaient encombrées d'uniformes à moitié assemblés. Olympe sourit bravement.

— Quand votre nièce sera-t-elle là ?

— J'en sais rien.

La tante s'empara d'un habit bleu, le regard fuyant. Tous les boutons manquaient à la manche passepoilée d'écarlate.

— C'est bientôt la guerre, vous savez ? (Sa visiteuse approuva du menton.) Ma foi, tant mieux, nous aurons de l'ouvrage. Ces messieurs m'ont demandé trente-cinq uniformes. C'est pour des artilleurs, ça. Du bon tissu, à deux livres l'aune.

Avec un frisson, Olympe observait les mains noueuses de la vieille, ses doigts piqués. Elle pensait à tous ces hommes qui allaient partir aux frontières, à ces rois d'Europe qui prenaient les armes contre la France.

— Du bon tissu, c'est ce qu'il faut à nos soldats. Pour votre nièce, Madeleine… Où est-elle ?

— Elle a dû partir…

— Je ne comprends pas. Dans son courrier, elle me disait que je pouvais toujours la trouver ici, qu'elle ne quittait jamais la maison.

— Elle vous a écrit, à vous ? Pourquoi faire ?

— Je vous l'ai dit. Elle avait des choses à m'apprendre.

— Lesquelles ? Elle ferait mieux de pas se mêler de *tout ça*.

— *Tout ça*, que voulez-vous dire ?

La vieille la regarda en silence. Dans ses yeux gris, il y avait soudain moins d'agressivité, une inquiétude presque palpable.

— Est-ce qu'elle voulait me parler du couvent des Pénitentes ?

La vieille secoua la tête.

— Je n'en sais rien.

— Où est-elle partie ?

— À Paris. Il nous manquait du fil. Il faut bien que quelqu'un y aille, non ?

— Quand revient-elle ?

— J'en sais rien, elle est partie vendredi. Elle devrait être rentrée depuis longtemps.

Tout en parlant, elle plaquait un plastron pour le coudre sur le devant de l'habit, piquant l'aiguille, l'enfonçant et tirant d'un geste sec, toujours le même, rapide comme un automate.

Olympe écarquilla les yeux. Elle sentait son cœur battre à grands coups sourds.

— Depuis vendredi ? Et vous ne faites rien ?

— Faire quoi ? J'ai trente-cinq uniformes à finir et trois petits à nourrir.

Surprise, Olympe regarda autour d'elle. Il n'y avait aucun jouet, pas le moindre habit d'enfant. Ils devaient être placés, ou travailler ailleurs. La vieille coupa son fil entre le peu de dents qui lui restaient et fit un nœud rapide.

— C'est pas Madeleine qui va m'aider de toute façon, elle sait rien faire. Ils fichaient rien dans leur couvent.

— Je croyais qu'elle était blanchisseuse ?

— Blanchisseuse à la mode des bonnes sœurs. Elle avait des domestiques, quoi.

Pendant quelques instants, Olympe ne sut que dire, ce qui n'était pas dans ses habitudes. Le plastron côté gauche fini, la vieille s'attaquait à son pendant droit. Elle se demanda comment elle allait aussi vite avec aussi peu de lumière.

— Savez-vous où Madeleine devait aller, à Paris ?

— Au quartier qu'il y a des tisseurs. C'est vers la place de Grève il paraît. Une rue comme ça où on trouve les boutiques.

— Rue de la Tissanderie ?

— C'est ça, fit la tante en s'arrêtant de coudre, soudain intéressée. Vous connaissez ?

— De nom.

Déçue par cette réponse, la femme s'absorba à nouveau dans son ouvrage. Et c'était terrible. Trop occupée à sa propre survie et à celle de ses enfants, elle n'avait tout simplement pas le temps de s'inquiéter de la disparition de sa nièce. Personne ne s'en alarmerait d'ailleurs, gendarmes ou juges. Une ancienne religieuse disparue, morte de froid ou même assassinée, la belle affaire.

Olympe en eut les larmes aux yeux.

Son uniforme terminé, la bonne femme le lissa du revers de la main et le déposa sur une chaise. Il ne manquait plus que les boutons. C'était un beau travail, bien fait, des coutures solides.

Un jour, un très jeune homme porterait cet habit. Et ce jeune homme serait peut-être tué, et son sang viendrait imbiber ce tissu jusqu'à ce qu'il pèse des livres.

Olympe pensait à Victor.

***

Après avoir eu toutes les peines du monde à regagner son fiacre, dont le cocher par chance n'avait pas eu la fantaisie de repartir (ce qui la soulagea profondément), l'écrivaine lui ordonna de reprendre le chemin d'Auteuil.

— Vers Auteuil ? Vous êtes sûre ? demanda le cocher en balayant l'horizon d'un grand geste.

Toute à sa déception, Olympe n'avait pas remarqué les épaisses nuées jaunâtres, dans le ciel ; le vent était totalement retombé, tous les bruits semblaient étouffés. Elle confirma son ordre, mais bientôt ils virent arriver des vagues épaisses de flocons. Le cocher ralentit son allure. On ne voyait plus rien autour, ni devant.

Peu après, il s'arrêta, voyant qu'il avait raté le chemin de traverse, vers Vaugirard. Il prit ses chevaux par le harnais et leur fit faire demi-tour sur la chaussée. Puis il remonta sur son siège, chapeau et manteau couverts de neige. Il s'arrêta cent pas plus loin : la chaussée n'apparaissait même plus sous la couverture immaculée. Il se tourna pour toquer au carreau.

— On ferait mieux de faire demi-tour. Même si on arrive au bac, il voudra pas nous prendre.

Olympe soupira, contrariée.

— Et que proposez-vous ?

— On peut passer par Paris. Le faubourg est à une lieue d'ici. Et pis si on verse, on aura du monde pour nous aider. Alors qu'ici…

Il attendait ses ordres, impavide, ses sourcils comiquement hérissés de blanc. L'écrivaine soupira de nouveau et lui donna l'ordre qu'il attendait.

Pensive, elle se renfonça dans sa banquette. La buée s'étalait sur sa vitre en faisant de drôles de dessins, des larmes d'eau qui tremblaient au pas lent des chevaux. Et derrière le décor défilait, arbres et champs indistincts.

Où était passée l'ancienne religieuse ? Partie vendredi matin, elle avait dû arriver à Paris dans l'après-midi. Cela lui laissait la journée de samedi pour faire ses achats, et celle de dimanche pour rentrer. Avait-elle été victime d'un accident ? d'un vol ? (L'écrivaine considérait soudain ses lacunes en matière d'enquête : elle avait oublié de demander à la tante combien d'argent la voyageuse transportait).

À moins que ce ne fût un piège : quelqu'un avait appris que l'ancienne religieuse voulait se confier à Olympe et l'aurait éliminée. L'indifférence de la tante n'était peut-être que du soulagement, ou du remords… Olympe regrettait de ne pas l'avoir interrogée plus durement.

Elle redressa soudain la tête. La trajectoire de la voiture se modifiait d'une étrange façon. On ne roulait plus, on glissait, et on glissait de travers ; le cocher pestait sur son siège. Ou parlait-il à quelqu'un ? Finalement, le fiacre se pencha sur le côté, tandis que les chevaux hennissaient.

Olympe bascula irrésistiblement, les paumes vers avant, tapant contre la paroi, puis la banquette, puis l'habitacle, puis roulant cul par-dessus tête tandis que fiacre versait dans un grand craquement. Elle se retrouva assise sur une vitre, jupons retroussés jusqu'au ventre, étourdie par le choc.

Pendant un temps, elle fut incapable d'une quelconque réaction. Les chevaux bronchaient doucement. Une roue tournait dans un grincement lent.

Tant bien que mal, elle finit par se hisser hors du fiacre qui s'était couché sur le rebord de la chaussée. Les deux chevaux attendaient, impavides. Le cocher avait disparu.

Elle sentit un coup au cœur. Il neigeait toujours d'abondance, à ne pas voir ses pieds. Elle crut entendre un bruit. Des silhouettes marchaient vers elle dans la tempête. Trois hommes, en long manteau ou en cape.

Olympe pensa qu'elle était seule et qu'elle n'était pas armée.

37

Lundi 19 décembre, neuf heures du matin

Victor avait mal dormi, hanté par le visage livide de la jeune Anglaise. À cette heure, elle devait être morte. La plupart des blessés aux poumons ne survivaient pas, avait dit le médecin, la veille au soir, alors qu'il passait de la charpie mouillée de vinaigre sur l'ouverture, une déchirure rosée en forme d'étoile. La fille respirait en sifflant, elle ne s'était pas réveillée.

Vers minuit, Dauterive avait regagné le quartier Saint-Séverin. Les rues désertes se tapissaient de neige et deux hommes surgis d'un porche lui avaient coupé le chemin, rue de la Harpe. Le plus grand grimaçait un sourire agressif, ses grosses lèvres gercées pleines de furoncles. Lentement, le gendarme avait pointé son arme sur lui. Les deux hommes n'avaient pas demandé leur reste.

Sitôt levé, le jeune homme battit le briquet et se refit un pansement à la lueur de sa chandelle. Il n'avait presque plus de charpie. Dans un coin traînait ce qu'il prit pour un chiffon. C'était l'une des deux chemises de Joseph, et cette découverte éveilla sa colère, mêlée d'inquiétude. Mais que voulait-il, à la fin ? Mourir de froid et de faim dans un recoin ?

Il hésita un instant avant de déchirer le vêtement, mais son annulaire lui faisait trop mal. L'extrémité de son doigt, rougeâtre, le démangeait sourdement, avec des pincements de douleur. Il nettoya la plaie à l'eau, appliqua son mélange d'huile et de térébenthine, les dents serrées, puis sortit. Dehors, la neige tombait toujours.

Comme il le pressentait, Joseph n'était pas à l'auberge. Le garçon d'écurie ne l'avait pas vu, contrairement à son patron qui pensait l'avoir entraperçu le matin même. D'ailleurs, la stalle de Gris-Poil était propre, la paille changée de frais. Victor, perplexe, prit le temps de déjeuner d'un bol de café, accompagné de tranches de pain beurrées, puis, Joseph ne se présentant toujours pas, reprit son chemin.

Avec le blanc qui s'étendait partout, la ville paraissait soudain propre, presque joyeuse. Des enfants se lançaient des boules de neige, il y avait un air de nouveauté, comme si la vie allait soudain être moins dure et qu'on aurait moins faim. Après la rue des Cordeliers, Victor se dirigea vers la foire Saint-Germain – un vaste ensemble, mélange de marché et de lieu de divertissement – puis vers la rue du Cœur-Volant, où habitait Bachelu.

À part les enfants, qui jouaient sous la surveillance d'une aînée dans l'une des premières pièces, tout le monde se trouvait dans la chambre du fond, dans ce qui sembla à Dauterive un tableau de la *Pietà* – la Vierge pleurant son fils mort : au centre, dans le rôle du Christ, la petite Anglaise, allongée demie nue ; penché sur elle, le médecin, *Mater dolorosa* aux manches retroussées ; Bachelu tenait le rôle d'un disciple, presque couché sur les pieds de la victime, agité de soubresauts violents, le front couvert de sueur.

On entendait de profonds gémissements, qui prenaient aux tripes et paraissaient ne jamais devoir finir. Charpier s'était réfugié dans un coin de la pièce, la redingote boutonnée jusqu'au menton. On ne pouvait voir si cette affaire le dégoûtait ou le fâchait.

La jeune fille eut un sursaut plus violent que les autres, accompagné d'un juron anglais. Elle était découverte jusqu'aux reins, le drap repoussé plus bas que les chevilles ; le médecin s'affairait dans son dos. Bachelu avait failli lâcher prise.

— Bon Dieu ! dit-il en remarquant Dauterive. Aidez-moi à lui tenir les jambes. Les jambes !

Le jeune homme eut toutes les peines du monde à lui obéir. Elle ruait entre leurs bras, comme un animal prisonnier, ses petits seins nus tressautaient, luisants de sueur. Armé d'une longue pince en acier, le chirurgien fouillait la plaie avec de petits gestes circulaires, très précis.

Il poussa une exclamation, les doigts tremblant sous l'effort :

— Sacredieu, tenez-la bien !

Après une recherche interminable, il ressortit enfin la balle, accompagnée d'un filet rouge sombre. Elle roula sur le drap, vite arrêtée dans sa pellicule de sang. Victor frissonna : elle était presque aussi grosse qu'un noyau de pêche, de quoi provoquer d'affreux dégâts. Cependant le médecin priait ses deux assistants improvisés de ne pas bouger pendant qu'il nettoyait la plaie palpitante au vinaigre – madame Bachelu lui tendait de la charpie. Puis il la sécha et la pansa rapidement, en plusieurs tours autour du buste.

L'opération terminée, la jeune femme s'effondra sur le dos sans un mot, les lèvres blanches mais le souffle apaisé.

— Il faudra nettoyer au vinaigre deux fois par jour, et changer avec du linge propre. Je reviendrai ce soir. (Il prit machinalement le verre d'alcool que lui tendait Bachelu et le vida d'un coup.) Peste ! Encore cette chose ?

Le policier sourit.

— Elle vient de Bernay.

L'information parut déplaire à son interlocuteur, qui se rembrunit tout en remontant ses lunettes sur son nez en trompette. Sans cela, il avait l'air très bonhomme, le poil gris lui faisant une auréole broussailleuse autour de son crâne chauve, les joues roses et bien remplies.

— Le vinaigre, deux fois par jour, fit-il en rendant son verre à Bachelu. Avec un peu de chance, elle s'en sortira. Ma foi, elle est plus solide que j'aurais pensé.

Il parlait de la jeune femme comme d'une bête blessée. Cette dernière le fixait d'un regard étincelant entre ses paupières entrouvertes.

L'œil du médecin tomba sur le doigt de Victor.

— Et ça, c'était hier aussi ? Faites donc voir.

Dauterive s'aperçut que son pansement s'était à nouveau défait, mais curieusement, il ne ressentait pas de douleur. Le médecin l'examina, approuvant gravement les soins que Victor lui décrivit, puis il remit en place le linge.

— Très bien, votre remède. La plante, c'est du styrax, j'ai déjà vu ça aux Indes mais à Paris, vous aurez du mal à en trouver. Ne vous en faites pas, la plaie est saine. Et n'oubliez pas, jeune homme : du vinaigre deux fois par jour.

Il causait tout en se rhabillant, sous le regard haineux de la jeune fille.

Après avoir noué sa cravate noire un peu douteuse, il prit une petite fiole dans sa trousse en cuir et la donna à Victor.

— Du baume du père Tranquille. Mettez ça sur la plaie avant de dormir. Ça soulage tous les maux.

Le lieutenant ne put s'empêcher de porter le bouchon à son nez ; c'était une huile verdâtre aux senteurs herbacées, un peu piquantes.

***

— M'est avis que la p'tite garce nous apprécie pas beaucoup, déclara Bachelu avec cet air sombre et contracté qu'il avait presque toujours. (Son regard errait dans la pièce.) J'aimerais autant qu'on l'emporte ailleurs. J'ai dû faire dormir Mathieu et Marie-Josèphe avec les autres, on est assez serrés comme ça, ici.

— Pas pour l'instant. Le médecin a été très clair. Il faut éviter les déplacements.

— Pour qu'elle crève ici ? J'aime autant pas, et madame Bachelu non plus.

Charpier n'écoutait plus. Il vida son verre et fit claquer sa langue.

— Qu'est-ce que c'est que cette horreur ?

Bachelu lâcha un petit rire fier.

— C'est ma pomme. Ça vient de Bernay. Ce bon docteur Mariette m'aide dans mes mélanges. Il avait pas envie, mais je lui ai pas laissé le choix.

Il semblait attendre une remarque de la part de l'ancien commissaire mais ce dernier s'occupait uniquement de son verre, qu'il remplit à nouveau largement, avant de le vider d'un trait.

Les deux hommes étaient assis dans le minuscule salon du mouchard, autour d'une bouteille d'alcool. Debout à la fenêtre, Victor regardait vers l'extérieur, le visage impénétrable. Il faisait très sombre, les petits carreaux s'obscurcissaient de buée et de flocons ; derrière, la rumeur de la rue était étrangement étouffée.

— Elle s'appelle Lady Arabella Winter, déclara Charpier en détachant bien les syllabes, comme chaque fois qu'il parlait anglais.

Un silence étonné suivit cette annonce. Victor échangea un regard avec Bachelu alors que le député répétait ce qu'il venait de dire, le masque impénétrable, mais on voyait bien qu'il savourait ses effets.

— C'est elle qui vous l'a dit ? demanda Bachelu, la

lippe soupçonneuse, tandis que Dauterive se répétait le patronyme à mi-voix.

Winter. Lady Arabella Winter.

— Non, répondit Charpier avec un geste de désinvolture. Mais tout à l'heure, elle me l'a confirmé.

Il leur expliqua qu'il tenait cette information d'un certain inspecteur Gandolphe, lequel œuvrait pour l'ancienne lieutenance de police au *bureau des étrangers*. Ce cabinet dont le fonctionnement avait été porté à sa perfection sous le règne précédent permettait aux autorités de savoir très précisément qui fréquentait la capitale et pour quelles raisons. À peine arrivé à Paris, chaque étranger était connu dans toute son intimité par la police parisienne, lui, ses relations, ses manies ou ses vices. Louis XV lui-même se délectait avec une curiosité malsaine des secrets les plus croustillants.

Exécrables façons qui, certes, faisaient régner l'ordre, mais n'avaient pas été pour rien dans la détestation de l'autorité royale, et son lent délitement.

Un temps désorganisée, la surveillance des étrangers fonctionnait à nouveau, dit Charpier. En principe, le sieur Gandolphe n'aurait pas dû l'aider (il dépendait du ministère de l'Intérieur), mais il ne tenait pas à se fâcher avec le Comité de surveillance de l'Assemblée.

— Les temps changent, conclut le député avec un sourire froid.

— Que sait-on sur cette lady Winter ? demanda le gendarme, guère intéressé par ce long développement. Connaît-elle Parker ?

— Sans aucun doute. C'est une habituée de son hôtel particulier de la rue de la Tissanderie.

Tout en parlant il sortit un papier de sa manche, le déplia à bonne distance du regard, en homme dont la vue faiblit :

— Lady Arabella Winter, dit-il, née Williams. Elle a grandi à Londres puis à Genève, où elle est parente d'une famille de banquiers suisses, les Mallet. Elle a épousé en 1782 un officier d'artillerie de marine anglais, un certain Winter, dont elle s'est séparée pour venir vivre en France, depuis environ cinq ans. D'après ce que l'on sait, ajouta-t-il en relevant le nez de ses notes, elle a surtout vécu à Nîmes. Depuis 1790, elle habite Paris avec un certain abbé d'Alençon, prêtre défroqué âgé de trente-deux ans qui se fait appeler « monsieur d'Alençon ». Taille très courte, barbe rousse, je vous passe les détails, ils sont sans intérêt pour nous… Lady Winter loge avec lui dans un garni de la rue des Deux-Portes. C'est à vingt pas de la rue de la Tissanderie. Autre point intéressant : elle navigue fréquemment entre la France et l'Angleterre, passant tantôt par Le Tréport, tantôt par Cayeux ou Dieppe. On l'a vue embarquer à Calais, habillée en homme, veste et pantalon de drap bleu, chapeau rond. Elle avait l'air d'un petit mousse. Elle séjourne souvent à Rouen, où elle a des relations. À Paris, elle reçoit régulièrement du monde, des étrangers, mais aussi des banquiers et des députés. Pétion fait partie du nombre.

— Ouais. Et ça mène à quoi, tout ça ? fit Bachelu sans relever le nez du parquet.

— Peut-être au comte Farcy, ajouta Victor, aussitôt envahi par un immense malaise.

— Nous sommes d'accord, dit Charpier, repliant son papier sans remarquer la pâleur du lieutenant (dans la demi-pénombre de la pièce, on distinguait à peine les visages). Parker a voulu vous faire taire, mon cher. Il vous envoie un émissaire à sa façon. Ce qui confirme que votre information était juste : ce projet d'attentat n'est pas une chimère.

Bachelu agita les deux mains en signe de protestation.

— Alors, pourquoi qu'on l'arrête pas, ce Parker ?

— On n'arrête pas un homme tel que lui sans éléments probants. C'est un intime du duc d'Orléans.

— … de surcroît, citoyen anglais, conclut Dauterive. D'ailleurs, nous n'avons pas la moindre preuve contre lui.

Ils retrouvaient l'espèce de complicité naturelle qu'ils avaient ressentie plusieurs fois depuis leur départ en Angleterre.

Le mouchard fit un geste vague.

— Des preuves. Si vous me laissez entrer chez lui, on lui en trouvera tant que vous voudrez, des preuves. On le foutra en prison et les choses seront réglées.

— Pas si bête, répondit le député avec un sourire mauvais. Qu'en pensez-vous, mon cher ? fit-il à l'adresse de Victor.

— Pour arrêter ce complot, ce n'est pas Parker qu'il nous faut. C'est Farcy…

Il eut presque du mal à terminer sa phrase tant sa gorge se serrait…

À cet instant, un cri strident retentit à l'autre bout de l'appartement.

Bachelu se précipita dans la pièce voisine, où les enfants se chamaillaient. Il fit la grosse voix, mais les pleurs et les cris redoublèrent. Seule l'intervention de sa dame fit revenir le calme. Il revint, très rouge, les veines saillant au front et aux tempes. Charpier en avait profité pour se verser un demi-verre, qu'il contempla un instant avant de le vider d'une lampée.

— Ce n'est pas faux… reprit-il, concentré. Arrêter Parker ne changerait rien. Cela pourrait même déclencher l'attentat que nous voulons empêcher, par réaction. Donc…

— … surveillons-le d'aussi près que possible, enchaîna Victor. Et Pétion aussi. Avec un peu de chance, l'un ou l'autre nous mènera à ce… Farcy. En attendant, cherchons du côté de la fille…

Les yeux de l'ancien graveur brillèrent un peu dans la pénombre, mais peut-être n'était-ce dû, songea Victor, qu'à tout cet alcool qu'il avalait.

***

L'appartement où vivaient Lady Winter et son amant, le ci-devant abbé d'Alençon, surplombait un porche, à l'entrée de la rue des Deux-Portes. Bachelu avait déniché cette information en moins d'un quart d'heure, tandis que Victor et Charpier patientaient à l'abri d'une taverne.

La concierge déblayait la neige à grands coups de balai. Elle s'interrompit en voyant s'approcher ses trois visiteurs, le sourcil soupçonneux.

— Monsieur d'Alençon ? Il est parti. Vous êtes qui ?

Le ton était aussi désagréable que le regard. Elle ne se démonta pas lorsque Charpier lui apprit qu'ils venaient visiter son appartement sur réquisition de l'Assemblée nationale.

— C'est bien dommage, mais personne est là. Faudra repasser.

— Ont-ils des domestiques ? demanda Dauterive.

Elle se raidit.

— Je vous ai dit que…

Bachelu l'avait giflée, si fort qu'elle en avait presque perdu l'équilibre. Elle lâcha son balai en poussant un cri, plus surprise encore lorsque le policier la poussa vers l'entrée, dans un corridor étroit.

Ses deux compagnons n'avaient eu le temps d'intervenir. Sidéré, le lieutenant sentit un goût amer lui envahir la bouche, tandis que ses jambes se mettaient à flageoler. Même Charpier paraissait figé. Ils durent s'y mettre à deux pour retenir Bachelu.

— Bon Dieu, fit l'ancien graveur, est-ce que vous êtes devenu fou ?

Le policier se dégagea rageusement, les traits déformés. Il avait beau être petit, il dégageait une force impressionnante. Plaquée au mur, la concierge haletait en regardant les trois hommes, la joue rougie. Comme Bachelu levait à nouveau le bras, elle se tassa en poussant un petit cri.

— Finissons-en, chère Madame, fit Charpier, la voix un peu tremblante. Prenez la clé et faites donc votre devoir.

— L'appartement est vide.

Il poussa un soupir, tête penchée. En vérité, rien ne relevait moins de son devoir (et n'était moins légal) que cette visite domiciliaire. Désormais, perquisitions et arrestations n'avaient lieu qu'avec un ordre écrit de l'autorité judiciaire. C'était même l'une des dispositions essentielles du futur code pénal.

Mais la concierge qui, naturellement ignorait tout cela, ne discuta pas plus et mena les trois hommes jusqu'au premier étage, d'un pas lourd. La serrure à peine ouverte, Bachelu la poussa sans ménagement. Il avait sorti une arme, Victor aussi. L'appartement, en forme de L, donnait d'un côté sur la rue, de l'autre sur une cour intérieure. Tout était silencieux et sombre, poussiéreux.

Il n'y avait personne, et depuis un moment. Du bout de sa grosse chaussure, Bachelu ouvrit la dernière porte, une réserve où s'alignaient d'abondantes provisions, boîtes de sucre et de café, huile, charcuterie à profusion, bougies, terrines. Le ci-devant abbé d'Alençon et sa compagne appréciaient la bonne chère. Le policier passait la main un peu partout, ouvrait les pots et les reposait sans précaution. L'un d'eux glissa et se brisa au sol dans un nuage de poussière orangée aux senteurs exotiques. Déjà reparti, Bachelu s'occupait du salon.

— S'ils ne sont pas là, savez-vous où ils peuvent être ? demanda Victor à la concierge.

— Comment que je le saurais ? fit-elle de mauvaise grâce.

De blanche, sa figure était passée à cramoisie, sûrement sous le coup de l'émotion, mais aussi de la chaleur.

Ils passèrent dans le boudoir où Lady Winter devait s'apprêter. Victor vida les tiroirs de sa coiffeuse. Agacé de ne rien trouver, Bachelu se montrait de plus en plus brutal ; du linge tombait au sol, des flacons, des boîtes de poudre.

Dans un petit salon de musique, le policier ouvrit une desserte remplie de vaisselle en porcelaine. Il s'amusait presque à la jeter au sol et à chaque impact, la concierge retenait un sursaut douloureux.

— Vous êtes sûre de ne rien savoir ? lui demanda Charpier.

De nouveau, elle secoua la tête.

— Il faut vraiment que vous cassiez tout ?

Dans un tiroir, Victor dénicha une liasse de courriers, certains en anglais, qu'il confia au député. La plupart des autres ne révélaient rien de bien intéressant. Découragé, le gendarme reposa le tout sur le bord du meuble, assez mal car la liasse se répandit sur le sol. Il ne chercha pas à les retenir. En les piétinant, il pensait à tout ce qu'il venait de vivre ces dernières semaines. À La Fayette, et à cet imbécile de François qui le mettaient dans cette situation impossible.

Mais alors qu'ils s'apprêtaient à quitter la pièce, l'une des lignes attira son regard : le verso d'un courrier qu'il avait d'abord mal observé. Il le relut, sourcils froncés. Puis le tendit à Charpier. À côté, Bachelu continuait à saccager le décor, retournant un siège pour en arracher les sangles, extrayant méthodiquement les gravures de leurs cadres.

Le député se tourna vers la concierge. Le contour de son visage apparaissait à peine dans la pénombre.

— Arcueil, qu'est-ce que c'est ?

Elle avala sa salive, les yeux papillotants.

— Arcueil ?

Sa voix parut se bloquer. Elle lança un petit regard en coin vers la pièce voisine, où l'on entendait le pas lourd de Bachelu, ses grognements de déception. Une goutte de sueur roulait sur sa tempe.

— *Nous allons venir quelques jours à Arcueil*, fit Victor en lisant le revers d'un courrier ramassé. Ici : *Nous nous verrons à la propriété.* Ils ont quoi là-bas, une maison ?

— Non. Certainement pas.

Sans qu'ils le voient arriver, Bachelu était là. Il écarta calmement Victor, arma son bras droit, mais cette fois le lieutenant se jeta sur son poignet, stupéfait de la violence du coup qui venait. Le petit homme chercha à se dégager, mais n'y parvint pas.

— Bon Dieu. La prochaine fois, c'est moi qui vous frappe. C'est une femme.

L'indicateur se dégagea d'une ruade. Il respirait plus fort, le buste bien droit, prêt à frapper à nouveau avec cette lueur sauvage au fond des prunelles.

— Ah ouiche. Mais une bonne femme qui se fout de nous. Hein ? Il y a quoi, à Arcueil ?

Pendant un instant, Victor se vit hors de lui-même, comme étranger à cette scène. Tout cela était si irréel.

— Parle ! cria Bachelu.

Tout le monde avait sursauté, même Charpier ; la concierge se recroquevillait contre le mur, plus rouge que jamais.

38

Lundi 19 décembre, midi

La voiture de tête roulait doucement, soulevant une poudre immaculée. Derrière suivaient un autre fiacre rempli de policiers, puis une demi-douzaine de cavaliers de la Garde nationale, en grandes bottes et manteaux de laine bleue. Les rares marcheurs se rangeaient vite sur le bas-côté lorsqu'ils croisaient ce convoi.

Après la Croix-des-Sages, ils filèrent vers le sud, sur la route d'Orléans. Personne ne disait rien. Bercé par le mouvement des grandes suspensions à lames, Victor observait tantôt le paysage, tantôt ses compagnons, se remémorant les aveux de la concierge. Elle avait bien vite raconté que monsieur d'Alençon et madame Winter louaient une maison de campagne à Arcueil. Mais ils lui avaient interdit d'en parler (Bachelu s'était moqué d'elle, alors qu'elle pleurait toutes les larmes de son corps : pourquoi diable évoquer cette maison s'il s'agissait d'un secret ? Elle avait répondu entre deux sanglots qu'il fallait bien leur transmettre le courrier). D'après elle, ce devait être une assez grande maison, d'Alençon ayant plusieurs fois parlé du parc et des lapins qu'on y tirait.

Après un trajet assez long, ils virent le clocher d'Arcueil. Un cabriolet de couleur verte roulait dans l'autre sens, la capote de cuir relevée. Penché au carreau, Victor vit son conducteur, un tout jeune homme aux joues roses, qui souriait en parlant à sa passagère. Laquelle portait une toque de renard retenant assez mal une longue chevelure noire.

Il eut un coup au cœur…

Ce visage aux contours doux, ces mèches rebelles, ces yeux mordorés… sans le bonnet de fourrure, Victor aurait été sûr d'apercevoir Olympe. La vision dura le temps d'un éclair, il se retourna brusquement pour voir s'éloigner l'arrière du cabriolet dans un nuage blanc.

— Qu'avez-vous ? fit Charpier.

Le lieutenant se rencogna sur sa banquette, impassible, mais le cœur lui battant fort. Que pouvait faire Olympe ici ? D'étranges idées lui traversaient soudain l'esprit. Était-elle en lien avec ces gens, à Arcueil ? Était-elle espionne ? Non, bien sûr, c'était absurde.

Le convoi s'arrêta peu avant la sortie du village. Bachelu, qui se renseignait de loin en loin, remonta en voiture et ils suivirent la route pendant encore un quart de lieue avant de tourner vers un chemin descendant à flanc de vallée. Le train ralentit puis s'arrêta pour de bon. Dans le silence, on entendait plus que le souffle de forge des chevaux et le murmure de l'eau. Les hommes descendaient peu à peu de voiture, un peu tendus, leurs regards se perdaient vers les hautes frondaisons enrobées de neige qui brillaient sous un soleil timide.

Charpier répéta ses consignes : le mur du parc étant infranchissable, ils devraient donc forcer le portail et passer par l'allée principale. Le logis comptait une vingtaine de pièces, sur trois étages et deux ailes. On ignorait le nombre de particuliers qui s'y trouvaient, mais ces derniers étaient possiblement des espions à la solde de l'Angleterre. Ils devaient tout faire pour les arrêter vivants.

— Et pour la rivière ? dit Dauterive en désignant la vallée.

— La rivière ? Eh bien quoi ?

— Le parc est en pente, je ne serais pas étonné qu'elle passe en bas et que les habitants de la maison cherchent à fuir par là. C'est ce que je ferais à leur place.

— Pas faux, fit observer l'un des cavaliers, un sous-officier rubicond.

Charpier réfléchit un instant avant de hocher la tête.

— Dans ce cas, Bachelu, prenez trois cavaliers et partez surveiller la rivière.

Le mouchard eut un sursaut de surprise, mais obéit sans un mot.

Charpier attendit qu'il parte pour donner le signal du départ mais ils se heurtèrent presque aussitôt à un solide portail, derrière lequel s'étendait un grand parc enfoui sous la neige.

— Je vous dois mes remerciements, dit Charpier au lieutenant.

— Pour quelle raison ?

— Pour Bachelu. Je préfère qu'il soit loin de nous.

— Vous avez peur qu'il vous tire dans le dos ?

L'ancien graveur sourit. Il sortait un pistolet, en vérifiait le chien et le silex.

— C'est qu'il s'emporte facilement. Il serait capable d'assassiner Farcy si on le trouve. Et celui-là je le veux vivant.

Un frisson de terreur parcourut Victor. Il eut l'impression que le froid était plus vif.

Après quelques minutes d'efforts, la chaîne du portail céda dans un grincement métallique et ils passèrent dans le parc, laissant deux militaires en faction. Une allée tournait entre des arbres immenses. Tout était calme et glacial, on entendait uniquement les chants des oiseaux et le crissement des pas sur l'épais tapis de neige fraîche.

Victor marchait en tête, surpris par le nombre d'oiseaux qui chantaient encore. Bientôt, il vit apparaître un manoir de soixante pieds de large[1] sur trente de haut, en brique et pierre de taille, encadré de deux pavillons carrés.

Il s'arrêta à l'orée d'un jardin à la française noyé de blanc, qui formait un glacis. De part et d'autre du perron, deux lions assis en pierre semblaient jouer les sentinelles, leurs grosses têtes impassibles, pattes posées sur des globes.

Hormis cela, il n'y avait pas le moindre signe de vie. Charpier s'apprêtait à donner des ordres quand Victor lui mit la main sur le bras. Du menton, il lui désignait l'une des cheminées, qui laissait échapper de la fumée. Il se sentait parfaitement calme, avec l'impression déjà ressentie d'agir avec un parfait détachement, mécaniquement, comme s'il n'était plus lui-même.

Derrière une balustrade, le parc descendait très en pente, laissant voir le sommet des arbres, et plus loin l'autre versant du vallon.

Charpier envoya trois hommes de ce côté. Puis il fit signe à Victor, et ils reprirent leur marche vers le bâtiment. Le gravier crissait sous la neige à chacun de leurs pas. Toujours aucun bruit, aucun signe de vie, et pourtant il était difficile d'imaginer que personne ne les ait vus venir. Le gendarme avait sorti un pistolet.

Dix pas encore, ils seraient sur le perron. Par une fenêtre, au rez-de-chaussée, Victor distinguait un galon brodé retenant un rideau jaune. Derrière, on devinait des meubles et un miroir. Cinq pas. Victor voyait de près la gueule indifférente des lions sculptés, il entrevoyait sous la neige la verdeur de la pierre, son grain grossier.

1. Environ vingt mètres.

Il y eut un bruit, vitre contre fer, un mécanisme. Le mécanisme d'une fenêtre.

Presque au même instant, le premier coup de feu résonna sur toute l'étendue du parc. Un nuage de poudre grise s'éleva vers le ciel, et une volée de canards dans une fuite éperdue. Une autre fenêtre s'ouvrit. Dans une vision très nette, très courte, l'officier vit un canon de fusil, et derrière ce canon un œil le regardait fixement. Il y eut un éclair suivi d'un coup de tonnerre.

Charpier avait disparu. Un troisième coup de feu retentit. Victor comprit en l'entendant jurer que le député était touché. Il l'aperçut deux pas derrière lui, couché au sol et se tenant le côté du ventre, tout pâle ; son chapeau rond s'était posé à l'envers, grotesque. Lui-même s'était baissé d'instinct, au même instant qu'un vrombissement lui frôlait l'oreille. Une peur intolérable le prenait tout entier, paralysante. Sans réfléchir, il visa l'une des fenêtres et pressa la détente, le poignet tremblant. Il y eut un bruit de vaisselle cassée et un juron.

L'un des deux inspecteurs avait riposté lui aussi. Victor força Charpier à se relever, ils firent retraite jusqu'à l'allée.

— Ces jean-foutre m'ont assassiné, fit Charpier entre les dents. (Il boitait bas en cherchant l'air, livide et couvert de sueur.)

— Le ventre. On en meurt. Bon Di…

Il hoqueta et vomit sur son manteau avant de se laisser tomber sur les fesses, le poing serré dans son ventre. Dauterive et le policier le traînèrent jusqu'à un arbre pour l'y adosser.

— Emira… Vous lui direz, à Emira…

— On n'en est pas encore là, fit l'officier.

Il se redressa, indécis. L'autre policier revenait vers eux, hors d'haleine. À côté d'eux, son collègue poussait une balle et sa bourre dans le canon de sa carabine avec une baguette, un peu pensif, comme un cuisinier qui remuerait sa casserole. Victor l'imita avec son pistolet, le temps de reprendre ses esprits.

Rien n'avait bougé vers le château. Il coula un regard vers la fenêtre sur laquelle il avait tiré. Un autre battant était ouvert au rez-de-chaussée, on voyait frissonner le rideau de tulle. Et la cheminée fumait toujours placidement dans l'air très sec et le parc très silencieux.

— Qu'est-ce qu'on fait ? lui demanda le policier.

— On ne va pas attendre là. Soit ils…

Ils sursautèrent tous les deux. Des cris résonnaient de l'autre côté du château, suivis d'un nouvel échange de tirs. Deux palombes passèrent à toute volée, frappant l'air au rythme de leurs ailes. Victor s'élança vers le château, d'abord à petits pas, puis plus vite. Comme il s'y attendait, il y parvinrent sans accident. Au pied d'un bel escalier de marbre gris, le vestibule était désert, tout comme les pièces au rez-de-chaussée. Dans l'âtre d'un salon meublé de soie rose, une bûche achevait de se consumer, derrière un pare-feu en laiton. La fenêtre était ouverte, un carreau éclaté. Une traînée vermeille partait de la croisée, on voyait nettement la trace de doigts près d'une chaise renversée.

Les taches rondes, toutes fraîches, suivaient l'enfilade des pièces jusqu'à l'extrémité du bâtiment. Derrière la petite porte de service, tout était très calme dehors, c'en était même étonnant.

Les empreintes dans la neige cheminaient avec une symétrie parfaite, qui rappelèrent à Victor ses premières chasses avec le marquis de Saulon, son père. Ils s'enfonçaient dans les collines, vierges encore de tout passage humain, des branches chargées de neige leur giflant le visage, voyant au sol ce que Victor voyait à cet instant précis : la trace d'une fuite éclaboussée de sang.

En gravissant le versant, l'œil tendu vers les fourrés, ils découvrirent la marque d'un corps étalé dans la neige, comme le moule d'une statue. On voyait parfaitement la forme du buste et d'une jambe. Autour, la neige était piétinée, teintée de rose ; les autres l'avaient aidé à se relever. Ils trouvèrent une écharpe de soie ensanglantée accrochée à des ronces.

Ils repartirent.

Victor sentait son cœur s'accélérer. Par moments, il croyait entendre d'autres pas, le souffle des fugitifs. Ce n'était qu'une impression car eux-mêmes faisaient bien trop de bruit pour percevoir quoi que soit ; ils couraient presque maintenant. Bientôt ces hommes seraient acculés aux limites du parc, les issues étaient gardées. François était-il parmi eux ? Blessé ? Alors qu'il apercevait le mur d'enceinte au travers des arbres, des coups de feu éclatèrent, lointains. Le château, encore. Victor et les deux policiers se regardèrent, perplexes.

À présent, la végétation plus dense ralentissait leur progression mais ils finirent par les voir, trois cents pas plus loin : deux hommes en supportaient un troisième, ils marchaient très lentement le long du mur, environnés de grands nuages de vapeur.

Le lieutenant prit le bras du policier le plus proche.

— Je vais leur bloquer le chemin. Vous, continuez à les suivre et empêchez-les de retourner vers le parc.

Mais à peine avait-il parcouru trois enjambées qu'ils entendirent, droit devant eux (sans rien voir) le bruit d'une cavalcade. Les fuyards forcèrent l'allure sans s'occuper des gémissements du blessé, ni des ronces qui s'enroulaient à leurs jambes, la neige s'envolant en tous sens à leur passage.

Victor, qui tentait de faire un grand tour pour leur barrer le passage, avançait bien moins vite. Il se débarrassa de son carrick qui se prenait aux branches. Les trois fugitifs atteignirent une allée perpendiculaire au mur au moment précis où arrivaient deux cavaliers, qui tenaient une troisième monture par la bride. Ils y hissèrent le blessé en toute hâte, sans tenir compte de ses cris de douleur. L'un d'eux, voyant arriver Dauterive, visa et tira. Le jeune homme avait plongé.

Lorsqu'il se releva, la joue droite piquée d'éclats d'écorce, les deux fuyards étaient à cheval. Ils prirent tous la direction du mur. Le gendarme se rétablit et courut à leur poursuite, vainement car il se doutait déjà de ce qu'il trouverait. Et en effet, il découvrit une brèche dans l'enceinte, assez large pour permettre le passage d'une charrette. Derrière, c'était un chemin creux. Les cinq fugitifs prenaient le large sans même se retourner.

Avant qu'ils disparaissent dans une volée de poudre immaculée, Victor perçut un bruit étrange, comme un couinement. Les plaintes du blessé. Un homme assez grand, mince, couché en travers de la selle et dont les longues jambes battaient le flanc noir de sa monture.

39

Mardi 20 décembre, huit heures et demie du matin

Croisant un convoi de deux fiacres et de cavaliers de la Garde nationale (sans se douter le moins du monde que Dauterive en était l'un des occupants), Olympe se remémorait les événements de la matinée avec un mélange d'étonnement et de frayeur rétrospective.

Tout avait commencé la veille, lorsque trois silhouettes s'étaient approchées de son fiacre accidenté en pleine tempête. Pendant quelques instants, elle avait craint pour sa vie.

Mais ces trois hommes n'étaient pas venus l'assassiner, bien au contraire. Remarquant la voiture renversée, le sieur Grosbois, la petite quarantaine, le visage épais, rose, content de soi, lui avait aussitôt proposé l'hospitalité. Il habitait au village, à une demi-lieue de là. Les deux rustauds qui l'accompagnaient étaient restés pour aider le cocher à sortir de l'ornière.

Ainsi, l'écrivaine avait dormi dans la ferme fortifiée de cette famille de riches paysans. Le père Grosbois avait passé la soirée à se vanter de ses nombreuses vignes sur les coteaux de Cachan, de ses carrières à Arcueil, et surtout des terres de l'ancienne abbaye achetées comme *bien national* lors d'une vente à la chandelle, l'année précédente. Olympe approuvait poliment en masquant son agacement. Puis il avait évoqué la guerre. Il était pour ! On n'allait pas se laisser faire par les aristocrates, ces monstres qui avaient sucé le sang du peuple pendant des siècles ! (Il s'inquiétait surtout au sujet de ses biens nationaux fraîchement acquis, mais l'écrivaine était trop fatiguée pour le contredire).

Seul le grand-père avait élevé la voix.

— Tu dis des sottises, Jean-François. Que feras-tu quand il faudra que tes fils partent à nos frontières ? Veux-tu qu'ils se fassent déchirer par le canon ?

Il pointait l'index sur ses aînés, deux garçons de seize ou dix-sept ans, copies conformes, en plus minces, de leur géniteur.

Le reste du repas s'était déroulé dans un silence tendu.

***

Le lendemain, l'aîné des Grosbois avait été chargé de ramener Olympe à Paris. Mais aux environs d'Arcueil, l'écrivaine avait été prise de remords. Quelqu'un savait bien quelque chose au sujet de cette pauvre jeune disparue, c'était évident. Tout se savait dans les couvents, même les affaires les plus inavouables. Le temps, les rumeurs, les jalousies, la curiosité de femmes enfermées, aucun secret ne résistait à cela.

Elle avait donc prié son jeune conducteur de changer de chemin.

Quelques instants plus tard, elle frappait à la porte de la dame Prévost, au pied de l'aqueduc. Elle avait manqué de pousser un cri : Madeleine Prévost, l'ancienne religieuse prétendument disparue, se tenait devant elle.

— Je vous croyais perdue ?

— Vous voyez bien que non, avait répondu son hôtesse en la faisant entrer. Je suis rentrée ce matin, je vous attendais.

À l'intérieur, il faisait toujours aussi sombre et froid. La tante travaillait là sans un mot, penchée sous la lumière fade des carreaux de papier huilé, le geste mécanique. Elle ne leva même pas l'œil.

L'ancienne religieuse lui raconta son périple (seul son œil droit fixait Olympe, l'autre battait la campagne, ce qui, en d'autres circonstances, n'aurait pas manqué de la faire rire) : surprise par le mauvais temps, elle s'était réfugiée à Paris, à l'hospice des enfants malades récemment ouvert par madame Necker, où elle connaissait du monde. Finalement, elle avait pris la voiture d'un abbé qui partait pour Orléans.

Son récit achevé, elle baissa le nez et se tut un moment. Olympe la remercia doucement pour sa lettre.

— Vous avez vu la mère Montjean, celle qui travaillait à la pharmacie ? murmura l'ancienne religieuse.

Olympe secoua la tête, la gorge serrée.

— Elle… n'était plus à Vaugirard.

— Ah…

Madeleine Prévost ne la regardait toujours pas, il était difficile de savoir ce qu'elle pensait. Et dans son coin, la tante marmottait qu'on se fichait bien de tout ça, que c'était pas leurs affaires. Olympe ne répondait pas, sentant l'équilibre précaire de leur espèce de conversation. À tout instant, elle craignait que la tante ne se lève pour la chasser, sans autre forme de procès. Madeleine Prévost serait bien incapable de s'y opposer.

— Alors, que voul…

L'ancienne blanchisseuse la regarda intensément, les yeux pleins de larmes.

— On tuait les enfants…

Même la tante s'interrompit, l'aiguille levée au niveau du menton. Elle fixa sa nièce, l'œil rond, puis Olympe. Puis dehors, comme si quelqu'un avait pu les entendre.

— Les enfants… Quels enfants ? Que voulez-vous dire ?

Elle avait la bouche sèche, le cœur frémissant.

— On faisait venir les jeunes filles pour accoucher. On tuait les bébés ensuite. Voilà.

Olympe sentit ses yeux lui piquer. Elle eut du mal à rassembler ses idées pour la question suivante.

— Anne-Louise Ferrières… aussi ?

— Je sais pas. Je ne sais pas qui c'est, je vous ai pas menti là-dessus. Mais je devais… il fallait que je le dise. Non ?

Son visage se plissait comme celui d'un enfant, deux rivières coulaient jusqu'à ses lèvres, sans qu'elle ne fît rien pour les retenir. Pour une fois, elle regardait Olympe droit dans les yeux ; et son regard, même comiquement loucheur, exprimait toute la souffrance du monde.

À cet instant précis, Olympe en voulut à l'univers entier, et particulièrement aux hommes. Une rage froide l'envahit, une rage folle, et elle eut envie de sortir et de courir, et de crier jusqu'à en perdre les sens.

***

Voilà ce que l'écrivaine venait d'apprendre, quittant Arcueil et croisant sans le savoir le fiacre du lieutenant Dauterive.

Son jeune conducteur n'avait rien remarqué et continuait à deviser gaiement. Leur conversation finit par se tarir et il la déposa en bas de la rue d'Enfer, à quelques pas de son garni. La petite servante, mal réveillée, parut surprise de voir Olympe. Des relents de repas flottaient dans l'appartement mais sa maîtresse ne lui fit pas d'observations. Elle n'était pas dupe : sans doute piochait-elle dans ses réserves de sucre ou de café, parfois même invitait-elle du monde à manger ici ; il faudrait bien qu'elle la congédie, mais elle n'avait pas l'esprit à ça. Elle se contenta de prendre son courrier. Son vieil ami Mercier (encore lui) était passé le matin et avait laissé un billet. Un jeune homme lui avait aussi rendu visite, expliqua la domestique, un certain monsieur Daurive ou Dautive ; elle avait d'abord cru que c'était son fils, mais non.

— Quand est-il passé ? répondit Olympe d'un ton sec.

Elle enleva sa toque en renard, puis son manteau.

— Ce matin, répondit la servante sans lever le petit doigt pour l'aider.

Elle arborait un sourire distant.

— Je ne parle pas de Mercier, je parle de monsieur Dauterive, fit Olympe en lui arrachant le billet.

— Ah, çui-là. Il est passé samedi dans la matinée.

Tandis qu'elle restait à ses côtés par curiosité, comme pour lire le mot (alors qu'elle en était probablement incapable), l'écrivaine la chassa.

Elle avait eu envie d'un peu de bouillon chaud, mais il aurait fallu donner d'autres consignes qu'elle aurait dû corriger par-derrière. Aux premières lignes qu'elle découvrit, assise à son petit secrétaire, une violente émotion la gagna.

Pour la jeune fille de Saint-Maur, écrivait Victor, *le malheur a fait qu'on la retrouve morte. Ainsi l'enquête est close, j'en suis le premier désolé mais ce sont les règles de la justice, vous savez qu'on ne peut y déroger...*

Morte... Le mot dansait devant ses yeux.

Mais morte de quoi, morte comment ? Et *l'enquête était close*, ajoutait-il durement, comme s'il s'agissait d'un détail administratif sans importance.

Olympe relâcha le papier, les yeux perdus dans le vague. L'enquête était close, soit. Mais personne ne savait rien. Personne ne savait que le couvent des Pénitentes servait de lieu d'avortement et d'accouchement pour les jeunes filles comme Anne-Louise. Un enfantement clandestin pour étouffer le scandale, loin des regards du monde. En apparence, on accueillait celles qui avaient fauté. Dans la réalité, c'était une affreuse machine à faire disparaître les fruits du péché.

Il fallait préserver l'honneur des familles. Le fœtus *décroché* disparaissait. Le flux sanguin reprenait et avec lui la possibilité d'une vie sociale.

***

Olympe frissonnait d'horreur, regardant défiler depuis la vitre de son fiacre les jardins et les chantiers du faubourg. Le couvent des Pénitentes se trouvait à cinq lieues au nord de Paris, par la route de Chantilly. Ils passèrent Saint-Denis, puis Sarcelles, à peine au trot car la chaussée était entièrement gelée. Aux alentours de Villiers-le-Bel, le cocher s'engagea à main droite dans une forêt aux allures fantomatiques, jusqu'aux bâtiments conventuels, isolés dans une immensité blanche.

Tout paraissait figé et mort depuis longtemps. Seuls quelques corbeaux s'éloignèrent à petits sauts en voyant se garer la voiture.

— Eh ben, faut-y le vouloir, pour venir jusqu'ici… fit le cocher d'une voix traînante, sans bouger de sa banquette.

Olympe descendit lentement le marchepied. Cent fois pendant son trajet elle avait imaginé son arrivée ici, prévoyant cent dialogues et cent manières d'y répondre. Et maintenant qu'elle était là, ses pensées s'envolaient. Sans la colère qui l'avait prise à Arcueil et qui persistait encore, une colère teintée de dégoût et de révolte, elle aurait fait demi-tour.

Le cœur au bord des lèvres, elle parcourut une allée de tilleuls qui menait à un pavillon, où elle frappa à la porte. Vingt pas derrière elle, le cocher observait la scène, immobile. L'un des chevaux tirait nerveusement sur son harnais, on voyait fumer la robe des deux bêtes. Comme personne ne répondait, Olympe poursuivit jusqu'au porche d'entrée du couvent, où elle tira sur une chaînette. Un grand silence passait sur la vallée, uniquement troublé par le son aigre de la cloche et le cri des corbeaux.

Elle recula de quelques pas. Derrière les murs gris, semblables à ceux d'une prison, on voyait la flèche d'une église et les toits de bâtiments plus récents. Et si elle arrivait trop tard ? Le couvent et ses dépendances étaient promis à la vente, lui avait dit Victor, les dernières religieuses avaient peut-être déjà quitté les lieux.

Pendant quelques secondes, elle observa le paysage, dépitée. La neige allait revenir, on voyait le ciel se colorer de lait sombre. Elle devrait vite rentrer. Puis, dans ce vaste silence cotonneux, la porte d'entrée s'ouvrit lentement. Dans l'encadrement, Olympe découvrit le visage large et rose d'une religieuse, encadré d'une guimpe blanche. À son air à la fois suffisant et plein de méfiance, elle comprit qu'il ne pouvait s'agir que de la mère supérieure.

— Et vous êtes ? fit cette dernière d'une voix forte.

En attendant la réponse, elle examinait l'écrivaine de la tête aux pieds, puis les alentours.

Pendant un court instant, Olympe se sentit démunie. Puis, sans réfléchir, elle se lança dans une histoire, la plus menaçante qu'elle puisse inventer.

— Je représente ici la loi, déclara-t-elle d'un ton ferme. Messieurs Jacques-Étienne Blanchet, procureur du Châtelet de Paris, et son agent, le commandant Dauterive, de la gendarmerie nationale, m'ont chargée de vous questionner.

Les mots et les noms qui lui venaient presque naturellement, nés de son imagination féconde, eurent un effet magique, faisant papilloter les yeux de la mère supérieure.

— Me questionner. Et à quel sujet, je vous prie ? Qui êtes-vous ?

— Olympe de Gouges, pour vous servir. Le fait n'est pas habituel qu'une femme se fasse l'auxiliaire de la justice. Mais les magistrats ont préféré… éviter un scandale, et m'envoyer en sorte de… plénipotentiaire. Il s'agit de prévenir les poursuites judiciaires à votre encontre. Car je dois vous avertir qu'elles ne vous seront pas favorables.

Elle avait l'impression de dicter une pièce de théâtre. Sa prose ne devait d'ailleurs pas être si mauvaise, à en juger par l'effet qu'elle provoquait chez son interlocutrice. Déjà couperosé, son visage avait viré à l'écarlate. Elle remuait la bouche comme pour y mâcher une réponse.

— Je m'y attendais… finit-elle par murmurer, les dents serrées. (Elle regardait par-dessus l'épaule d'Olympe, trop émue ou en colère pour s'étonner de sa démarche.) Ces messieurs envoient donc une femme. Ils n'ont honte de rien. Mais nous partirons, c'était prévu. Elle eut un grand geste circulaire qui fit sursauter Olympe. Tout sera à vous. Tout ! C'est bien ce que vous vouliez, non ?

— Il ne s'agit pas de cela, répondit l'écrivaine en gardant son ton sévère.

— De quoi alors ?

— Ne pourrions-nous pas nous entretenir à l'intérieur ?

D'un petit geste sec, Marguerite Perret de Beauchamps l'invita à la suivre à l'intérieur.

***

— Je vous écoute, fit la supérieure d'un ton glacial.

Les deux femmes s'étaient installées dans une cellule de la partie ancienne du couvent. Un désordre étonnant régnait dans la pièce, avec d'âcres remugles de soupe, de sueur et d'oignon, une espèce de bric-à-brac, une marmite froide sur un poêle, deux vieilles chaises, une armoire, une malle grande ouverte, pleine de poussière et de vieux livres.

La mère supérieure avait conduit Olympe au milieu de ces bâtiments qui ressemblaient à une prison. L'écrivaine avait la sensation d'être épiée de chacune des fenêtres, mais en réalité tout était vide. Elles n'avaient pas échangé un mot durant leur trajet, les murs épais renvoyaient leurs pas en écho, jusqu'aux confins de l'édifice.

— On me parle d'infanticides, répondit Olympe en fixant son interlocutrice droit dans les yeux. Qu'avez-vous à dire ?

Un soufflet ou la pire des insultes auraient sans doute provoqué moins de réactions. La religieuse se mangeait les lèvres, le menton carré tremblant, de fureur, ou de honte, ou d'émotion. À cet instant précis, Olympe comprit, le cœur glacé, que Madeleine Prévost lui avait dit la vérité.

— Je ne sais pas de quoi vous parlez… murmura son interlocutrice après un long silence.

— Mais si, vous le savez très bien. Je vous parle des pensionnaires qui venaient ici parce qu'elles étaient grosses. Et dont vous avez tué les enfants.

La mère supérieure avait le teint tellement écarlate que, l'espace d'un instant, Olympe s'imagina qu'elle allait éclater (mais ce n'était pas amusant du tout).

— Je n'ai… aucun enfant n'a été tué ici… Vous êtes un monstre. Qui vous envoie ?

— Je vous l'ai dit. Le commandant Daut…

— C'est ce Travanet. Cet homme est un monstre. Il dit que je lui ai envoyé des lettres injurieuses, ou que j'ai envoyé le Nantais pour l'assassiner. Et voilà qu'il invente cette machination… des accusations fausses. Dieu ait pitié de lui. Et de vous aussi. N'avez-vous pas honte ?

Son menton et ses lèvres tremblaient, elle inspirait avec peine.

— Je ne suis pas aux ordres de ce monsieur, répondit Olympe, qui faisait de gros efforts pour conserver son calme. Il s'agit de vous, ma mère. De vous et des infanticides que vous avez pratiqués ici pendant des années.

L'espace de quelques secondes, la religieuse parut se plonger dans d'obscures pensées. Olympe sentait son imagination s'enflammer : qui était ce Nantais ? Victor ne lui en avait pas parlé. Une sorte d'homme de main ? Et s'il arrivait ici ? Son cœur tambourinait plus fort à chaque instant, au point de l'étouffer.

— Qui vous a parlé de ça ?

— Peu importe. Il y a des témoignages. Nous trouverons les corps et vous irez en justice.

Leurs regards se croisèrent durement. Celui de la religieuse, outragé, apeuré ; celui d'Olympe, plein de ressentiment. Elle avait trop vécu pour ignorer ce que vivaient les femmes lors d'une grossesse non désirée. Presque toujours, elles préféraient agir seules pour mettre un terme à leur état, selon des recettes transmises depuis la nuit des temps. Des recettes qu'elle-même ne connaissait que trop bien. Les saignées ou l'exposition à la chaleur pour à nouveau *liquéfier le sang* ; l'absorption de décoctions diverses, au saule blanc, au persil, ou au navet, on connaissait des dizaines de plantes. D'autres utilisaient des purgatifs comme l'huile de ricin (la colique provoquée pouvait, disait-on, remonter jusqu'à la matrice et en faire écouler le fruit). Bien souvent, tout cela restait sans effet, et les femmes en venaient aux manœuvres plus dangereuses. Courir longtemps, porter de lourdes charges, se suspendre par les bras ou se porter des coups au ventre, tout était bon. Olympe enrageait en pensant à cette somme de douleurs et d'angoisse, de panique, de honte. Devoir se mutiler, subir le martyre pour se soumettre à l'ordre établi, la loi des mâles. Combien de temps encore elle et ses sœurs devraient ne connaître de l'amour que ses tromperies et ses douleurs ?

L'écrivaine se mordit les lèvres, songeant à ce qu'elle avait vécu, bien des années plus tôt, cette boule rougeâtre qu'une sage-femme lui avait arrachée, ce sang qui souillait tout, jusqu'à son âme. Et ses larmes montaient, elle pensait à cette jeune fille qui avait aussi connu cela, son innocence noyée dans le sang d'un fruit avorté.

Car si les herbes, les purgatifs et les mauvais traitements ne donnaient rien, il fallait pratiquer l'instrumentation de la matrice, avec tous les risques que cela comportait. Olympe se demanda comment les choses se passaient au couvent.

— Il n'y a aucun corps à trouver ici, fit la mère supérieure très lentement, la voix blanche. Nous n'avons… nous ne faisions qu'aider les familles. Ce Travanet est un monstre. Qu'il vienne. Qu'il vienne lui-même me dire ça !

— Je vous répète que ça ne vient pas de lui.

— Et moi je vous répète que nous n'avons pas tué d'enfants ici. Dieu ne l'aurait pas permis. *Je* ne l'aurais pas permis.

Marguerite Perret se mordait violemment les lèvres, regard baissé, menton tremblant, écarlate. Elle se signa, le geste furtif.

— Combien d'enfants sont morts ici ? fit doucement Olympe.

La religieuse lui lança un regard furieux.

— Aucun. Je vous dis qu'aucun enfant n'est mort ici.

— Vous mentez, sacrediou ! Les familles vous envoyaient leurs filles, et vous les gardiez ici le temps de la fausse couche. Je sais comment ces choses se passent. Parfois le fruit ne part pas, il ne se décroche pas et dans ce cas, il faut aller le chercher. Et vous alliez…

Elle ne réussit pas à finir sa phrase, les paupières remplies de larmes.

— Ne… Nous ne faisons pas ça. Je vous supplie de me croire.

— Vous mentez, Madame. Vous mentez… (Olympe détourna le regard pour s'essuyer les yeux.) Vous avez eu ici une pensionnaire appelée Anne-Louise Ferrières, elle est arrivée à l'hiver 1787 et elle est restée deux mois. Vous souvenez-vous d'elle ?

Surprise, la mère supérieure hésita pendant de longues secondes. Puis ses traits se refermèrent.

— Je me souviens. Mais elle n'est pas venue en hiver. Elle est venue plus tôt, à l'été.

— Est-ce important ? dit Olympe, surprise.

— Ça l'est. C'est une chose que nous avions convenue avec la famille. Elle n'est pas restée deux mois, mais cinq ou six mois. Le temps que l'enfant sorte. Je me souviens que les parents se sont disputés. Le père voulait vendre une terre pour financer le séjour, mais la mère et la sœur ont refusé. On ne peut pas… il faut de l'argent, ici.

Elle gardait les yeux obstinément baissés, presque clos comme à confesse.

— Et que s'est-il passé ?

— Nous l'avons quand même gardée jusqu'au bout. Le logis et le couvert n'étaient pas payés, mais… Et lorsque l'enfant est né, nous l'avons gardé et elle est partie. C'était un peu avant Noël 1787, je m'en souviens bien. Il faisait un temps comme aujourd'hui, pire encore. Je crois…

— Gardé ? Vous avez gardé cet enfant ? Je pensais que…

— Je sais ce que vous pensez. Mais on vous a menti. (Marguerite Perret avait redressé la tête, l'œil étincelant.) Je vous l'ai dit, Madame : nous n'avons jamais tué d'enfants ici. Sans doute des avortons sont morts, quand… ils sortaient trop tôt. Mais ce n'était pas de notre fait.

Ici, nous sommes toujours allées au bout des grossesses. Nous le faisions pour les familles avant tout.

— Et pour l'argent. Toute la bonne société se passait le mot, n'est-ce pas ?

— Et que se serait-il passé sans nous ? Elles auraient accouché seules, ou avec je ne sais quelle guérisseuse. N'est-ce pas mieux ici ?

— Le mieux serait de ne pas avoir à se cacher, répliqua Olympe avec dégoût. Que savez-vous de la disparition d'Anne-Louise Ferrières ? Est-ce lié à cet enfant ?

— Peut-être, répondit la mère supérieure en battant rapidement des cils. Elle est passée me voir il y a presque un mois.

Olympe sursauta presque, son cœur recommençait à battre la chamade.

— Ici ? Que voulait-elle ?

— Elle avait appris que son enfant était vivant…

L'écrivaine fit un violent effort pour reprendre le fil de ses pensées.

— Vous voulez dire qu'elle le *croyait* mort ?

L'abbesse regarda Olympe avec une immense lassitude.

— Les filles ne devaient pas savoir ce que devenait l'enfant. C'était une règle. Les familles ne voulaient pas de petits bâtards, que ces sottes s'obstinent, avec leurs grandes idées d'amour… qu'elles n'essayent pas de récupérer le… Alors oui, on leur disait que l'enfant était mort-né. Enfin, celles qui voulaient savoir…

— Et c'est ce que vous avez dit à Anne-Louise.

— À elle comme à toutes les autres.

— Alors comment a-t-elle su que son enfant était vivant ?

La mère supérieure eut l'air soudain très lasse.

— Je n'en sais rien… mais ce que je sais, c'est qu'elle n'aurait jamais dû savoir… Jamais.

— Et pourtant, elle l'a appris, dit Olympe en marchant jusqu'à la fenêtre.

Le cloître était absolument vide, d'une quiétude absolue. Voyant l'alignement parfait des colonnes, elle eut l'impression bizarre de sortir d'un long cauchemar. Ce qui s'était passé ici… C'était une abomination. Ni plus ni moins qu'un cauchemar.

Une intuition lui traversa soudain l'esprit.

— Vous rappelez-vous le jour où Anne-Louise est venue vous voir ?

La mère supérieure se souvenait, sans aucun doute. Olympe fit le calcul : c'était exactement la veille de sa disparition, à Saint-Maur.

— Et… lui avez-vous dit où était cet enfant ?

Son interlocutrice acquiesça d'un battement de cils.

40

Mardi 20 décembre, deux heures trois quarts de l'après-midi

Au début elle n'avait pas voulu parler.

Puis elle avait tout avoué, peut-être parce qu'elle avait honte et qu'elle voulait en finir. L'enfant d'Anne-Louise Ferrières avait survécu à l'accouchement. On l'avait placé en nourrice à Sannois, près de Paris.

Elle consentit à y mener Olympe. Peut-être saurait-on enfin ce qui avait conduit à la disparition de la jeune femme. La mère supérieure était sortie de son couvent, l'air hautain d'un général qui se rend de mauvaise grâce. Elle eut un mouvement de recul en découvrant le fiacre qui les attendait, au bout de l'allée de tilleuls.

— C'est à plus d'une heure de route… êtes-vous sûre…

— Je dois savoir, avait répondu Olympe, sèchement.

Elles avaient pris la route vers Saint-Denis. L'écrivaine regardait sa passagère, son visage rond redevenu inexpressif, les yeux perdus dans les collines enneigées. Avec sa cagoule, on aurait dit un de ces portraits de femmes, dans certains tableaux de la Renaissance. Sauf que ses traits n'exprimaient aucune pureté, mais plutôt la lassitude, le remords des choses sales qui ne passent pas.

En nourrice, donc. Cela n'avait rien d'étonnant : depuis le début de ce siècle, cet usage avait pris d'incroyables proportions. Les mères ne voulaient plus ni s'occuper de leurs enfants, ni les allaiter. Marquises, duchesses, bourgeoises, femmes de notaire ou de laboureur, elles se débarrassaient du nourrisson à peine né. Les premières pour préserver leur vie sociale (et parce que les maris voulaient reprendre au plus vite leurs droits sur elles) ; les autres parce qu'elles étaient trop pauvres pour arrêter de travailler ne serait-ce qu'un mois.

Rares étaient ceux à s'en indigner, comme son vieil ami Mercier. Marie-Antoinette – qui avait eu tant de mal à accoucher – s'en était émue ; pour célébrer la naissance de son premier enfant, elle avait promis à cent jeunes filles pauvres à marier une dot de quinze livres si elles allaitaient leur premier enfant. Rousseau lui-même fustigeait ces femmes qui *avaient cessé d'être mères*, se souvint Olympe.

Une heure après leur départ, après Saint-Denis, le fiacre prit la route de Pontoise, à une vitesse d'escargot. Marguerite Perret somnolait. Peu avant le bourg d'Épinay, Olympe vit s'ouvrir sur leur gauche la vallée de la Seine, immensité blanche griffée des fumées de bourgs épars.

L'après-midi était bien avancé quand elles arrivèrent enfin à Sannois, gros village accroché sur une butte couronnée de deux moulins en bois. Il semblait relativement riche : quelques grosses fermes à portes cochères, des auberges, de grandes propriétés. Le cocher s'engagea vers les hauteurs, jusqu'à deux bâtisses décrépites, de part et d'autre d'une mare gelée. Une grange au toit crevé complétait le décor. À l'arrivée du fiacre, deux poules s'enfuirent en caquetant.

À peine le cocher avait-il serré le frein qu'une petite femme en robe effrangée surgit du bâtiment principal, la face blême et les mains sales. Le regard méfiant, elle paraissait sur le point de s'enfuir ou de mordre.

À cet instant, Olympe sentit son cœur se glacer. Comment une telle femme, dans un tel endroit, pouvait-elle prendre soin d'un nourrisson, veiller à sa santé et à son bien-être ? Elle avait bien plus de trente-cinq ans, il était probable qu'elle soit *sèche*, c'est-à-dire incapable d'allaiter (ce qui était courant avec un tel besoin de nourrices). Pour subvenir à la demande des familles parisiennes, on faisait venir les femmes par charrettes entières de leurs campagnes. Au bureau de placement, les familles les engageaient à tarifs réglementés, et elles repartaient avec les bébés. Nombre d'entre eux ne survivaient pas à ce voyage-là. Le sort des autres n'était guère plus enviable, une grande partie mourait de mauvais traitements, du manque d'hygiène ou tout simplement d'attention.

— Êtes-vous Thérèse Millaud ? demanda la mère supérieure.

Elle venait de manquer de glisser sur le sol glacé, se rattrapant *in extremis* au bras d'Olympe. La bonne femme répondit par l'affirmative. Son regard sur le qui-vive passait rapidement de l'une à l'autre de ses visiteuses.

— Je suppose que vous savez qui je suis, enchaîna Marguerite Perret.

Pour toute réponse, la mère Millaud lui lança un regard noir.

— En janvier 1788, reprit la religieuse, nous vous avons confié un enfant. Une fille qui s'appelait Marie-Angélique. Elle devrait avoir quatre ans aujourd'hui. Je…

Son débit se ralentit puis elle se tut, désemparée. Son regard errait sur ce décor de misère, glacé de neige, puis sur la bonne femme qui attendait la suite, les traits plissés dans une expression violente.

— Vous êtes toujours nourrice, n'est-ce pas ? fit Olympe d'un ton qu'elle aurait voulu rude, mais sa voix s'étrangla elle aussi. (Et la bonne femme de hocher la tête, toujours silencieuse.) Peut-on voir où sont vos nourrissons ?

— Y en a qu'un, fit son interlocutrice d'un ton très bas, comme si la réponse lui coûtait.

D'un pas lourd, elle guida ses visiteuses à l'intérieur de sa ferme, une salle unique froide et sombre, qui empestait l'étable et la crasse humaine. Derrière la table jonchée de coques de noix brisées se dressaient deux bancs et un lit clos où était suspendu un petit ballot de tissu. Une marmite bouillait doucement dans l'âtre.

Quelque chose bougeait dans la pièce, avec des petits bruits de gorge.

Olympe et la religieuse échangèrent un coup d'œil. Elles mirent un certain temps à comprendre que cela venait du lit. Il n'y avait pas besoin d'ouvrir les panneaux de bois. Ce que l'écrivaine avait pris pour un sac, suspendu aux barreaux tournés du haut du meuble, était en réalité un petit enfant strictement emmailloté dans ses langes. On aurait dit un pendu, un crucifié qui battait un peu des bras, ses petites joues rouges et sèches, le menton plein de saleté et de bouillie séchée. À chaque fois qu'il bougeait, le panneau de bois résonnait comme un tambour. Il regarda Olympe avec des yeux ronds très bleus, remplis de surprise. Il pouvait avoir cinq ou six mois. L'écrivaine eut un hoquet de dégoût.

— Qui est cet enfant ? dit-elle après un silence, dans lequel elle ne reconnut pas sa voix.

À ses côtés Marguerite Perret semblait statufiée, la face plus rouge encore que d'ordinaire.

— Qu'est-ce que ça peut vous faire ?

— Rien. Je vous repose la question. Les religieuses vous ont confié un enfant en janvier 1788, une petite fille. Qu'est-elle devenue ?

La bonne femme eut un haussement d'épaule.

— Je sais-t-y, moi… Vous croyez que je me souviens de tout ?

Olympe, offusquée, se tourna vers la mère supérieure. Cette dernière semblait étouffer, écarlate.

— Cette femme était payée, n'est-ce pas ? Elle était payée tous les mois… N'avez-vous jamais demandé… (Elle s'adressa à nouveau à la nourrice.) Qu'est devenue cette petite fille ? Êtes-vous muette ?

Nouveau silence. Elle se sentit envahie par un sentiment affreux. La supérieure gardait les yeux au sol ; la nourrice conservait son air fier, méchant. La réponse se trouvait dans le décor, cette salle sombre et puante, ce nourrisson suspendu à son clou comme un paquet de linge… L'écrivaine eut envie de le décrocher, de le prendre dans ses bras et de s'enfuir. Elle en oubliait presque ce pourquoi elle était venue. C'était trop d'injustice, trop de cruauté.

— Cette enfant est morte, n'est-ce pas ? dit-elle dans le silence.

La nourrice acquiesça.

— Au bout de trois mois. Qu'est-ce que vous croyez ? Avec ce qu'on me donne…

Elle regardait la mère supérieure avec un mépris insondable.

— Taisez-vous. Mais taisez-vous, mon Dieu. N'avez-vous pas honte ? Vous aviez… je payais au tarif !

— Avez-vous vu la mère, récemment ?

Les traits de la paysanne se tordirent dans une expression mauvaise.

— Je suis nourrice. Je suis point payée pour…

— Mais sacrediou, allez-vous répondre ? (Olympe, furieuse, tendait le doigt vers elle.) C'est une question simple qui appelle une réponse simple. Je ne suis pas la Justice, je ne suis pas l'Église. Je suis une mère et je vous demande si une autre mère est passée ici, et si elle a voulu reprendre son enfant. Est-ce trop pour vous que de dire la vérité, juste une fois ?

Surprise, la nourrice fit un pas en arrière. Elle ouvrit la bouche.

— Eh bien répondez, on dirait un poisson mort ! Est-ce que la mère de cette enfant est passée ici récemment, oui ou non ?

— Oui, répondit la fermière entre ses dents.

— Que voulait-elle ?

— La même chose que vous. Voir le mioche… et…

— Et ? Dois-je vous tirer les mots de la bouche un par un ?

Elle était essoufflée, toute rouge. La nourrice haussa une épaule, toute insolence disparue.

— Et c'est tout. Quand j'y ai dit pour le mioche, elle me croyait pas…

— Avec vous, ce n'est pourtant pas étonnant !

— Elle voulait être sûre, elle me croyait pas… Elle a même demandé à son mari de me frapper.

Olympe, estomaquée, échangea un regard avec la mère supérieure.

— Son mari ?

La nourrice répéta ce qu'elle venait de dire, sans comprendre ce qui pouvait provoquer autant de surprise chez ses deux visiteuses.

***

La nuit tombait doucement sur Paris. Rarement Olympe s'était sentie aussi heureuse de retrouver la ville, aussi étroite et encombrée fût-elle. Les gens s'étaient habitués à la neige, ils marchaient avec aisance le long des ornières. Dans le faubourg, un groupe d'enfants se chamaillait autour d'un bonhomme de neige mais ce spectacle la rendit triste. Combien d'autres étaient morts avant que ceux-là ne survivent ? Elle croyait voir les rescapés d'une armée de spectres, ces milliers de petits fantômes innocents emportés par la cruauté et l'égoïsme des hommes.

Comme elle s'y attendait (son optimisme naturel avait souffert ces derniers jours), Victor n'était pas chez lui, ni le petit Joseph. De vrais fantômes, ceux-là aussi. Où diable étaient-ils donc passés ? Elle pestait tout en se faisant conduire rue Racine où elle retrouva, sans surprise, sa petite servante occupée à ne rien faire.

Installée à son bureau, elle rédigea un billet, ce qui lui prit du temps, car elle n'avait pas l'habitude d'écrire seule.

Mon cher ami,
Je viens vers vous puisqu'il semble que vous ne soyez guère présent à Paris ces derniers temps. Mais je tiens à vous informer de ce que je viens d'apprendre.
Sachez donc que :
1°) le couvent des Pénitentes servait d'asyle aux jeunes filles engrossées, et leur permettait d'accoucher ou d'avorter le fruit de leurs amours ;
2°) A.-L. Ferrières a accouché sur place d'une petite fille dénommée Marie-Angélique, au début de l'année 1788. Ces tigresses de bonnes sœurs lui ont fait accroire que son enfant était mort, par crainte d'un scandale supplémentaire ;
3°) je ne sais comment, A.-L. Ferrières a appris que cet enfant n'était pas mort. La veille de sa disparition, elle est venue voir la mère supérieure du couvent des Pénitentes, laquelle lui a livré le nom d'une nourrice à Sannois.
4°) ce même jour, A.-L. Fer. s'est rendue chez cette nourrice à Sannois, où elle a appris que sa petite fille était morte depuis longtemps (la nourrice est une coquine qui mérite le fouet mais ce n'est pas le sujet) ;

5°) pour ce voyage chez la nourrice, A.-L. Fer. était accompagnée de son mari. Saviez-vous que cette fille était mariée ? Est-ce l'ancien fiancé ? En tout cas, cet homme a menacé la nourrice, puis ils sont repartis tous deux.
5°) A.-L. Fer. a disparu le lendemain même de cet événement.
Voici, mon cher Victor, les informations que j'ai obtenues, bien que je ne sois pas « revêtue de l'autorité de la loi ». Je suis lasse de mes voyages et je vais me reposer à Auteuil, où j'attends de vos nouvelles si vous jugez bon de m'en donner.
Je serais charmée de recevoir vos avis, avant que je n'aille voir la famille Ferrières à Saint-Maur, qui certainement s'intéressera fort à tout cela.
Votre amie bien dévouée.

Elle signa son billet avec colère, comme si Victor était un peu coupable dans cette affaire. Ce qui était injuste bien sûr, mais le spectacle de cette cruauté, de cette injustice, l'avait mise hors d'elle. Le mot cacheté à la cire verte, elle commanda un fiacre et reprit la route d'Auteuil.

***

Ainsi, songeait Olympe tandis que sa voiture traversait lentement l'île de la Cité, Anne-Louise Ferrières n'avait sans doute jamais cessé de fréquenter le jeune homme avec qui elle s'était enfuie quatre ans plus tôt. C'était lui, sans doute, le *mari* dont avait parlé cette horrible matrone, à Sannois. Victor lui avait dit son nom, mais elle l'avait oublié. L'héritier d'une riche famille d'armateurs de Bordeaux, ça elle s'en souvenait.

Quelques mystères subsistaient cependant.

Qui, d'abord, avait appris à la malheureuse jeune femme que son enfant n'était pas mort ? Une ancienne religieuse ? À force de réfléchir, Olympe en vint à la conclusion que l'information venait soit d'une ancienne pensionnaire, dont elle aurait pu rester l'amie, soit de son fiancé, qui aurait pu mener une espèce d'enquête.

Dans ce cas, la suite se tenait : les deux amoureux auraient formé le vœu de fuir avec leur enfant. Que s'était-il passé ensuite, mystère. S'étaient-ils disputés après avoir découvert le sort terrible de leur petite fille ? Sinon, quoi d'autre ?

Olympe défaillait de faim et de fatigue. Le fiacre longeait à présent la Seine sur leur gauche, après la place Louis-XV. La nuit bleuissait les collines. Quelques étoiles scintillaient. Demain il ferait beau, sans doute.

Ils passèrent sous Chaillot, puis Passy.

Tout était silencieux, on sentait parfois des odeurs de feu de bois, venues de maisons invisibles. L'écrivaine songeait avec tristesse au sort de tous ces enfants, paisiblement endormis à cette heure, et qui devraient affronter un monde si dur. Elle bâilla à s'en décrocher la mâchoire. Ses yeux pleuraient un peu, mais ce devait être la fatigue.

Dans quelques minutes, elle demanderait à sa cuisinière de lui réchauffer un bouillon, elle mangerait une pomme cuite en buvant du vin de Suresnes. La servante passerait la bouillotte en cuivre dans ses draps, puis elle dormirait tout son saoul. Et demain, le monde lui paraîtrait moins triste, peut-être.

Le fiacre payé, elle fit quelques pas rue du Buis. Dans l'ombre du mur, on devinait la forme compliquée de l'échafaudage qu'elle avait vu la veille au matin, cela lui paraissait des siècles en arrière. Un petit craquement lui fit lever les yeux. Une ombre passait, au sommet. Elle eut un coup au cœur.

Puis tout alla très vite. Très nettement, elle vit une poutre se balancer dans le vide puis tomber. Qui pouvait être assez stupide pour jouer les équilibristes à cette heure, et dans le noir ? se dit-elle. La poutre rebondit dans la structure avec un vacarme infernal, la faisant vaciller tout entière. Olympe fit un bond en arrière, tout en réalisant qu'elle n'aurait pas le temps de fuir.

Une barre s'abattit à côté d'elle, la touchant dans le pli des mollets. Elle tomba aussitôt le nez dans la neige. D'autres pièces de bois s'entrechoquaient au-dessus d'elle dans un vacarme terrifiant.

41

Mardi 20 décembre, sept heures du soir

— Sacré nom de Dieu, vous me faites mal !

Charpier tenta de se relever mais trois hommes le maintenaient immobilisé sur sa couche : un grand policier mal rasé, portant boucle d'oreille, l'air d'un brigand, les deux autres étant Bachelu et Dauterive. Fermement maintenu, le député en fut quitte pour une bordée de jurons (toujours les mêmes d'ailleurs, assez retenus, comme s'il tenait malgré tout à son langage).

— J'y suis presque, fit le chirurgien qui opérait au-dessus de lui, dents serrées, le front constellé de gouttelettes.

Il était en chemise, les manches roulées jusqu'aux coudes, armé d'une longue pince en acier. Les quatre hommes se trouvaient dans une étroite chambre d'enfant, chez Bachelu. Décidément, se dit Victor, occupé à maintenir Charpier, l'appartement du mouchard-policier-fonctionnaire se transformait peu à peu en dispensaire. Un étrange dispensaire qui aurait embaumé la soupe aux choux.

Rentré la veille de son expédition à Arcueil, le lieutenant avait pris le commandement, et renvoyé les gardes nationaux et les policiers chez eux. Charpier n'était pas touché au ventre comme il l'avait cru, mais dans le gras de la hanche. Ce qui changeait tout car, bien qu'impressionnante, la blessure était tout à fait curable. Bachelu l'avait pansé comme il avait pu, tandis que le député s'évanouissait à plusieurs reprises. Entre deux pertes de conscience, il avait exigé que l'on n'avertisse surtout pas Émira, sa femme, car il craignait qu'elle n'en meure d'inquiétude. Puis une forte fièvre s'était emparée de lui, toute la nuit.

À l'aube, il n'y paraissait plus rien et l'on avait appelé le chirurgien.

— Nous y voilà, fit ce dernier en fouillant la plaie avec sa pince. Elle était en train de ressortir par-derrière.

— Finissez-en avant que je vous étrangle, grogna Charpier, qui ne pouvait s'empêcher de se débattre.

Le médecin – le même qui avait opéré l'Anglaise – fit pousser le patient sur le côté ; avec un grognement de plaisir, il découvrit la balle entre les plis du drap, imbibée de sang.

— Eh bien, c'est un vrai petit hôpital de bord, ici !

Il remontait ses petites lunettes sur son nez en trompette, s'essuyait le front et les mains, passait de la charpie vinaigrée sur la plaie, qu'il pansa avec des gestes rapides.

— Et vous, votre doigt ? demanda-t-il ensuite à Victor.

Ce dernier leva son annulaire. Il parut satisfait de la cicatrisation, nettoya la plaie et refit son bandage.

— Au diable le chirurgien de marine, grommela Charpier une fois que ce dernier eut quitté la pièce. Ces bougres-là n'aiment rien tant que de torturer leurs pratiques.

Il gisait sur le dos, les traits tendus, mal rasé, son torse gris et maigre bandé de blanc. Onze heures sonnaient à une église toute proche, peut-être la ci-devant abbaye de Saint-Germain-des-Prés.

Quelques instants plus tard, Victor, Bachelu et le député, toujours alité, tenaient réunion dans la petite chambre à coucher. L'espace était si réduit qu'ils purent à peine placer deux chaises.

— Cinq hommes se trouvaient à Arcueil, résuma Dauterive. Nous n'avons le signalement pour aucun, à part le blessé, qui est semble-t-il d'assez haute taille. (À ces mots, il sentit sa gorge se nouer.) Ils se sont enfuis à cinq sur trois montures. Il est impossible qu'il n'y ait aucun témoin.

— De deux choses l'une, reprit doucement Charpier, les yeux mi-clos : soit ils persistent dans l'intention de préparer leur attentat, et dans ce cas ils ont regagné Paris, soit ils ont fui. Mais, même dans cette hypothèse, j'aimerais mieux qu'on les retrouve, je ne vous le cache pas.

Il grimaça en laissant retomber la tête dans l'oreiller.

— Sûr qu'on va les retrouver. Ce matin, j'ai envoyé du monde vers Arcueil. Ils vont demander aux cabarets et aux auberges sur la route. Quelqu'un a forcément vu le blessé. Dommage, on aurait dû faire ça hier.

— Votre zèle vous fait honneur, mon cher Bachelu, dit Charpier avec un sourire douloureux. Mais ne vous en faites pas, nous allons les retrouver.

— Ouais. Moi, je dis qu'on pourrait en savoir plus, et tout de suite encore. (Du menton, il désignait la chambre voisine.) L'Anglaise doit en savoir long.

— Je l'ai interrogée, répondit le député d'une voix lasse.

— Pas comme je ferais. Elle se fout de nous, saleté de moucharde.

Il crispait la mâchoire et le poing, l'œil soudain plus fixe.

— C'est une femme, fit Victor, le cœur battant sourdement.

Au fond de lui, il voyait bien pourtant que Bachelu n'avait pas tort : Winter était une espionne et une tueuse, qui détenait forcément des informations sur Parker, ses projets ou ses relations. Pourtant il répugnait à lui arracher quoi que ce soit par la violence. L'ancien régime avait aboli toute forme de torture. Fallait-il y recourir de nouveau, même pour défendre les idées nouvelles ? Heureusement, Charpier repoussa la proposition de Bachelu. Celui-ci crispa les mâchoires mais n'insista pas. Cependant son œil noir lançait des éclairs en direction de Victor.

Épuisé, le député ferma les paupières. Les deux plis durs à ses joues semblaient plus marqués que jamais.

***

Vers midi, Bachelu et Dauterive se présentèrent à l'entrée du ci-devant couvent des Feuillants, rue Saint-Honoré, où se trouvait l'administration de l'Assemblée nationale, dont son Comité de surveillance. Le policier voulait y trouver du renfort. Après avoir montré son laissez-passer au garde, ils entrèrent dans la cour de l'ancien monastère.

Victor crut pénétrer dans un autre monde. Devant une belle église à colonnades baroques, on ne voyait que des commis ou des députés affairés, leur portefeuille sous le bras. Saluant ici ou là des têtes connues, Bachelu indiquait au lieutenant les Comités de l'agriculture, de la marine ou des pétitions qui siégeaient dans les anciens bâtiments moniaux. Le jeune homme sentit un frisson de fierté le parcourir. Quelle différence avec les Tuileries, morne palais hérissé de sentinelles ! Ici, il sentait battre le cœur de la nation.

Au bout du passage couvert, Bachelu grimpa au premier étage, dans un ancien dortoir où travaillaient quatre ou cinq hommes, autour d'un petit poêle à charbon. Après un salut à la ronde, il examina son courrier, écrivit deux ou trois billets qu'il confia à l'un des commis, puis fit signe à Victor de le raccompagner dehors. Un soleil froid s'était levé sur la rue Saint-Honoré, pas assez vigoureux pour faire fondre la neige.

— Je croyais qu'on était venus chercher du monde, s'étonna le gendarme.

— N'ayez crainte, ils nous rejoignent au *Chat noir*.

Quelques instants plus tard, les deux hommes poussaient la porte d'une taverne de la rue des Moineaux, à quelques centaines de pas de là. Par ce froid polaire, le *Chat noir* était rempli à ne pouvoir y poser le pied, mais Bachelu semblait avoir ses habitudes et le patron leur indiqua un petit cabinet à l'arrière de l'établissement. Bientôt, trois hommes les rejoignirent, dont l'un des policiers qui les avait accompagnés dans leur expédition de la veille, à Arcueil.

— Alors ? Bonne chasse ? demanda Bachelu à ce dernier une fois qu'ils se furent restaurés d'une bonne soupe et d'un plat de veau.

Victor, qui ne faisait que courir depuis deux jours, se sentait presque étourdi d'avoir tant mangé en si peu de temps.

L'homme à qui il s'adressait – crasseux, l'air d'un paysan endimanché dans son habit de velours élimé – sourit largement. Il empestait l'ail et le mauvais vin.

— Bonne chasse, tu as vu juste. Ils sont rentrés directement à Paris par la grand-route. Ils ont demandé de l'eau et du tissu à une ferme.

Il avait un accent un peu chantant, bonhomme.

— La charpie pour le blessé, fit Bachelu.

— Aucun doute. La fermière a même vu qu'ils faisaient descendre le blessé de cheval. Y z-y-ont pansé le bras, et y sont repartis de suite.

— A-t-elle vu leurs visages ? leurs vêtements ? demanda Dauterive en s'efforçant à la froideur.

— À part leur chef, non. Un garçon de ferme m'a dit

qu'il avait cinquante ans au moins, le visage et les lèvres minces, l'œil gris, des éperons en acier et des bottes, un manteau-capote dans les tons gris, assez usé. Les autres, personne n'a rien vu.

— Même pas le blessé ?

Victor masqua son trouble en avalant un verre de vin âpre qui lui brûla la gorge.

— Pas plus. Ensuite, reprit l'homme, y sont repartis vers Paris. Y z-ont été deux cavaliers à passer la barrière Saint-Jacques. Le blessé était avec çui-là. Ça s'est vu, parce qu'y tenait à peine en selle, ce bougre-là. (À nouveau, l'émotion reprit le lieutenant.) On a vu sa figure : il a dans les quarante ou quarante-cinq ans, le nez petit, les yeux bleus, les cheveux blonds un peu poudrés, assez longs, l'air très fier. Ça vous dit ?

— Rien, non, dit Bachelu en faisant saillir ses mâchoires. On fera des recherches. (Victor se sentit submergé par le soulagement – ce n'était toujours pas François.) Et ensuite ?

— Ensuite j'ai perdu leur trace.

— Et les trois autres ? dit le gendarme, impassible. Si je compte bien, ils étaient cinq.

— Le compte est juste, camarade, répondit leur interlocuteur. J'ai chargé mon ami Gaudillon d'aller inspecter les autres barrières. (Il exhiba de nouveau son large sourire, exhalant par la même occasion des relents de pourriture prononcée.) On a vu passer deux particuliers par la barrière Croulebarbe[1].

— À pied ?

— À pied. Au moulin à eau, sur la Bièvre, y avait un groupe de bonnes femmes. Elles étaient étonnées parce qu-y z-allaient à pied, justement, alors qu-y z-étaient couverts comme des cavaliers.

1. Aujourd'hui dans le XIIIe arrondissement de Paris, dans le boulevard Blanqui.

— Quelles figures ? dit Bachelu d'un ton froid, regard fuyant.

— Le premier était de taille petite, environ cinq pieds[1], l'allure vive comme quelqu'un dans la force de l'âge. Il avait un chapeau à trois cornes et le col relevé sur les joues. L'autre était plus grand, à peu près six pieds[2], entre vingt-cinq et trente ans. (Le souffle de Victor commençait à se raccourcir.) Il a la figure maigre, un nez fort, des yeux sombres assez grands, l'air très insolent comme un aristocrate. Celui-là portait un chapeau bicorne, un manteau noir et des bottes de cavalier.

Le lieutenant s'empressa de remplir à nouveau son verre pour le vider à petites gorgées. Cette fois il n'y avait plus de doute : François faisait partie des conspirateurs. Il se sentait pris entre l'horreur de sa situation – il fallait arrêter ces hommes, peut-être les tuer ou les envoyer à l'échafaud – et le soulagement – au moins, il ne l'avait pas blessé.

— Ce qui fait qu'il nous manque un cheval et un homme, dit-il d'une voix neutre.

— Exact, camarade, le dernier des cinq fuyards. Mais çui-là, il a disparu. Pffuitt, envolé l'oiseau ! J'ai demandé à…

Bachelu leva une main, l'air contrarié.

— On verra plus tard… Finis avec les deux que tu dis. Où qu'ils sont allés ?

L'homme en habit vert sourit à nouveau largement (même Bachelu eut un petit recul pour éviter ses relents).

— Pas très loin. Ils ont pris un fiacre. (Un silence, il savourait le moment, en véritable policier.) Un fiacre de louage, on a le numéro.

***

1. 1,55 m.

2. 1,80 m.

Depuis 1790, le monopole qui prévalait dans les transports parisiens avait laissé place à la libre concurrence : désormais, n'importe quel particulier pouvait se lancer dans le métier, pourvu qu'il respecte la réglementation. Le nombre de voitures avait explosé, ainsi que l'indiscipline pourtant déjà légendaire des cochers.

Malgré ce désordre, tous les fiacres de place ou de remise[1] devaient se signaler auprès du département de police de la municipalité, ainsi, Bachelu et Dauterive apprirent que le fiacre numéro 149 appartenait à un sieur Gérard, rue Barbette, à un quart de lieue de la place de Grève. Ils s'y rendirent sur-le-champ. En partant, Dauterive aperçut des enfants qui s'amusaient à glisser sur les berges gelées de la Seine (le fleuve était entièrement pris dans la glace). Non sans amertume, il pensa à Joseph. Chaque instant passé augmentait le risque que le petit boiteux soit arrêté par la police.

Une demi-heure plus tard, les deux hommes arrivaient dans l'arrière-cour d'un vinaigrier, où se trouvait la compagnie de fiacres. Avec sa face rouge mangée par la barbe et sa pipe en terre cuite, le patron était une caricature du cocher parisien. Il les reçut dans une grange qui servait à la fois de garage à voitures, d'écurie et de bureau (ç'aurait pu aussi être un dépotoir).

— Oh oh, fit-il, les dents à peine desserrées. Ces messieurs de la police.

— Où est votre fiacre ? rétorqua Bachelu.

Le barbu expliqua que celui-ci tournait en ce moment dans Paris, avec l'un des associés. La compagnie était en effet une association entre lui et deux particuliers, les sieurs Duflot et Mamy.

1. Le fiacre de place stationne avec son conducteur dans des emplacements réservés, contrairement au fiacre de remise que le client loue et va chercher à la compagnie.

— Nous avons une voiture, mais trois chevaux, ajouta-t-il. Quand on aura quatre ou cinq bêtes, elle tournera même jour et nuit.

On voyait qu'il aurait bien aimé en dire plus, mais il devinait aussi que ses interlocuteurs n'avaient aucune intention de l'écouter.

— Qui conduisait hier ? demanda Bachelu.

Une lueur d'inquiétude traversa le regard du barbu, qui fourragea longuement sa barbe.

— C'était Mamy, pourquoi ? Il s'est passé quelque chose ?

Victor et Bachelu échangèrent un coup d'œil.

— Où peut-on le trouver, votre Mamy ?

— J'aimerais bien le savoir, figurez-vous.

— Qu'est-ce à dire ? Comment ça ?

— C'est-à-dire qu'on a retrouvé le fiacre près de chez lui hier. Vide. C'est sa dame qu'est venue nous l'apporter. Mais elle avait pas vu son homme. Il a disparu. Y s'est passé quelque chose ?

Cette fois, il ne cherchait plus à dissimuler son inquiétude.

***

— Il est sans doute blessé au bras, une quarantaine d'années, les yeux bleus, les cheveux blonds poudrés. Vous êtes sûr de ne pas l'avoir vu ?

Pour la dixième fois en une heure, le policier en habit vert répétait les mêmes descriptions. Avec ses auxiliaires, ils s'étaient réparti la tâche entre les quelque soixante-dix officines de pharmacie que comptait la capitale, mais aussi les hôpitaux, dispensaires et médecins.

Il donna le signalement des autres fugitifs : leur chef au visage mince d'une cinquantaine d'années, le grand plus jeune à l'air insolent et le petit, aperçus près du moulin à eau de la barrière Croulebarbe. Le pharmacien, homme mûr aux joues rondes, impressionné et bredouillant, n'avait vu personne, pas plus que sa femme ou ses commis, d'ailleurs.

Le policier en habit vert hocha la tête, l'air peu convaincu.

— Vous êtes bien au courant que les chirurgiens et les médecins doivent prévenir la police de la section si y soignent un blessé par balle, ou si…

— Bien sûr, que nous…

— M'interrompez pas, gros père… et vous êtes aussi au courant que les gens de votre espèce n'ont pas le droit de vendre des poudres et des drogues si y a pas une ordonnance du médecin ?

— Oui, bien sûr. Je…

— Alors vous savez votre devoir… Et c'est pareil pour tout le monde ici. (Dans un silence lourd, il posa le regard sur tous les occupants de l'officine, un par un.) Si jamais j'apprends que vous m'avez roulé dans la farine, je reviendrai ici avec mon ami, et je vous ferai chanter à ma façon.

D'un geste vif, il avait sorti de sa manche *l'ami* en question, un nerf de bœuf torsadé d'un pied de long, qu'il déposa sur le comptoir en bois sombre, la dragonne passée autour du poignet. On entendit un silence. Le gros pharmacien avala sa salive en jurant sur l'honneur qu'ici plus qu'en tout autre lieu de Paris, les lois étaient parfaitement respectées. Et d'ailleurs…

— Seuls les actes comptent, l'interrompit son visiteur en remmanchant son arme. Autre chose : connaissez-vous un certain comte Farcy ?

Le pharmacien échangea un regard piteux avec ses employés, puis secoua la tête avec un petit son qui semblait être un *non*.

— Si vous entendez ce nom-là, si vous entendez qu'on

cherche des drogues pour un blessé, remuez-vous le gigot et accourez à l'Hôtel de ville de Paris. Vous demandez le citoyen Azur au département de police, c'est bien compris ? Le citoyen Azur, c'est moi, jugea-t-il utile de préciser en scrutant à nouveau les occupants de l'officine.

Puis il sourit et sortit d'un pas tranquille, heureux de la peur qu'il inspirait, mais assez mécontent parce qu'il lui restait encore au moins vingt pharmacies à visiter.

***

Victor et son nouveau compère trouvèrent sans trop de difficulté le logement du citoyen Mamy, l'un des trois copropriétaires du fiacre 149. Il ne s'y trouvait pas et sa femme non plus.

Le jour déclinait sur le faubourg Saint-Marcel, une étendue de maisons pauvres, de dépôts de bois, de terrains vagues et de cabanes, sans doute le quartier le plus déshérité de la capitale (sa seule richesse était la fabrique des Gobelins, mais ceux qui y travaillaient ne vivaient pas ici).

Les tavernes ne manquaient pas dans ce secteur industrieux. Ils découvrirent bientôt que le sieur Mamy les fréquentait à peu près toutes : un bavard au gosier pentu qui se vantait partout de son entreprise de transport (sans que personne n'y porte grand crédit).

À la nuit tombée, le patron d'un café face à l'ancien jardin des Apothicaires, leur apprit qu'il avait vu Mamy attablé en compagnie de deux hommes pas plus tard que la veille.

— Comment étaient ces particuliers ? demanda Victor, la gorge serrée.

À ses côtés, Bachelu se contentait de dévisager le gargotier.

— Il a fait quelque chose, Mamy ?

Le gendarme répéta sa question d'un ton plus sec.

D'une voix mouillée, le patron décrivit un premier personnage entre deux âges, trente ou quarante ans, petit, la figure décidée, couvert d'un chapeau tricorne et d'un grand manteau ; l'autre pouvait avoir une vingtaine d'années, grand et mince, le cheveu sombre ramené en catogan, des bottes, un habit et un manteau noir, l'épée au côté, une allure de gentilhomme.

Victor n'avait pas besoin d'en entendre plus pour savoir qu'il s'agissait de son frère. De nouveau, il sentit une émotion puissante le parcourir, entre peur, pitié et colère. Le bistrotier parlait toujours, bavard et précis : une heure environ après leur arrivée, et malgré l'insistance du cocher qui réclamait d'autres pichets, les trois hommes étaient repartis, Mamy titubant entre ses deux commensaux. Plus personne ne les avait revus et le fiacre avait été retrouvé vide quelques minutes plus tard.

— Leur compte est bon, commenta Bachelu d'un air mauvais alors qu'ils quittaient le café. Le policier marchait vite en se frottant les mains, le masque contracté et l'œil froid.

***

Ils prirent un fiacre rue Mouffetard, pas loin de Saint-Étienne-du-Mont. De là, Victor n'était plus qu'à deux pas de la place Maubert, et par conséquent de Saint-Séverin, mais il ne voulait pas quitter son compère de circonstance, prévoyant qu'on aurait bientôt des nouvelles des fugitifs d'Arcueil.

Bachelu ne disait mot, les yeux mi-clos comme ceux d'un chat, bercé par le cahot des roues sur le pavé. Grâce à la neige sur la chaussée, l'habituel grondement du fer sur le sol s'atténuait un peu. La nuit approchant, les rues étaient presque désertes à présent, et les passants se hâtaient de retrouver leur toit. Sous un porche, Victor aperçut trois mendiants serrés les uns contre les autres. On ne distinguait rien de leurs traits, à peine des taches blafardes dans le noir. Demain, on trouverait peut-être l'un d'entre eux figé sous une pellicule blanche, la face et les lèvres rongées par le gel.

Alors que la voiture passait près de la fontaine, place Maubert, le lieutenant se surprit une fois encore à maudire Joseph. Pourquoi s'était-il mis à voler ? Ne lui avait-il pas tout donné ? Pendant un instant, il s'imagina que le petit boiteux n'était plus à Paris, qu'il avait retrouvé sa famille en Mayenne. Pensées absurdes. L'aubergiste l'avait vu, pourquoi aurait-il menti ? Le garçon se cachait bel et bien à Paris, à la merci du froid mortel et du premier policier de passage. Tout ça finirait mal.

La voix de Bachelu le tira de ses sombres réflexions.

— C'est pas là que vous habitez ? reprit-il d'un ton distant.

Dans l'obscurité, on ne devinait que son profil carnassier.

Victor répondit par l'affirmative.

— Vous voulez quoi exactement ?

Le jeune homme sentit son cœur s'accélérer. De quoi parlait-il ?

— Vous savez bien. Vous me collez au train. Vous avez décidé de m'accompagner chez moi… Pour quoi faire ? Vous voulez quoi ?

— On pourrait avoir besoin de moi, murmura Dauterive.

— Si on a besoin de vous, on ira vous chercher. Vous me faites pas confiance, hein…

Ils échangèrent un regard vif dans le noir.

— Prenez-le comme vous voulez. Le citoyen Charpier nous a confié une mission, je la mène jusqu'au bout…

Il se garda de préciser que le commanditaire réel de leur action était le marquis de La Fayette.

Bachelu répondit d'un petit souffle vaguement méprisant et le silence retomba. Le fiacre passa rue Galande, puis au pied de l'église Saint-Séverin, sans que Victor dise un mot pour l'arrêter.

42

Mardi 20 décembre, onze heures et demie du soir

Il y avait, sous les combles du château de Saulon, un endroit qu'ils appelaient le royaume. Une longue nef en forme de vaisseau renversé, qui leur paraissait aussi vaste et mystérieuse qu'une cathédrale. Des siècles de poussière s'accumulaient sur des vieilles choses, des malles remplies d'objets usés, de pièces d'armure. Un jour, il avait pris le pouvoir. François déchu, il était devenu le prince de cette cour de fantaisie, composée de petits paysans et de voisins moins fortunés.

Cette nuit-là, ils devaient être une quinzaine, en arc de cercle au centre du grenier, une bougie éclairait la scène, les visages apparaissaient à peine. Face à lui, ce n'étaient plus des enfants, mais des figures plus inquiétantes et plus âgées. Victor comprit qu'il était leur accusé. L'un d'eux ouvrait mécaniquement la bouche, dans un cri silencieux. C'était Charpier. Il lui reprochait sa blessure. Le jeune homme ne pouvait pas parler. D'autres visages apparaissaient. La Fayette, l'expression pleine de reproches. Puis Olympe. Pourquoi ne lui répondait-il pas ? Ne voyait-il pas qu'elle l'aimait, qu'elle voulait qu'ils se découvrent et se donnent l'un à l'autre ? Le cercle s'écarta et le jeune homme vit que Duperrier aussi était là, en chemise, presque nu. Mort.

Victor sentit la sueur glacer son front. À présent, deux hommes avançaient vers lui, en chuchotant (le toit des combles ressemblait vraiment à une cathédrale). Leurs pas traînaient sur le plancher. L'air empestait la soupe aux choux. Une lanterne sourde jetait des éclats fugaces sur leurs visages. Son père, le marquis ; et à sa droite, François, le visage blême, la chemise tachée de sang. La tristesse submergea Victor et il se mit à pleurer à chaudes larmes.

Le bruit des pas, bien réel, finit par le réveiller. Encore embrumé de sommeil, le coin de l'œil humide, il vit passer devant lui trois silhouettes à petits pas discrets. Il mit quelques secondes avant de revenir à lui. Il était allongé sur une paillasse, dans l'une des chambres des enfants de Bachelu.

Son cœur fit un bond. Avec un autre homme, le mouchard soutenait Arabella Winter, une couverture jetée sur les épaules, un bâillon lui écrasant le bas du visage. Les yeux de la fille roulaient, agrandis par la terreur.

Tout à fait réveillé, le lieutenant se leva d'un bond.

— Où allez-vous comme ça ?

— Moins fort, vous allez réveiller les mioches, répliqua Bachelu en l'écartant du bras.

Dauterive devina que l'Anglaise ne s'était pas laissée faire : le policier, front mouillé de sueur, paraissait hors de lui. Il fit un pas de côté pour leur barrer le chemin. À nouveau, Bachelu le repoussa du plat de la main.

— Poussez-vous de là, vous, sacré nom…

Sa prisonnière s'agrippait aux barreaux d'un des lits. L'autre policier lui tordit le poignet. Elle céda après une courte lutte.

Victor revint à la charge.

— Laissez-la…

— Ta gueule, nom de Dieu.

L'Anglaise se débattait toujours malgré sa faiblesse, ils avaient du mal à avancer, gênés par toutes ces chaises et ces meubles. Le complice de Bachelu prit son poignet et le tordit ; elle poussa un gémissement sourd sous son bâillon.

Encore une fois, Victor se jeta au-devant d'eux.

— Où allez-vous ?

— Je t'ai dit moins fort, nom de Dieu !

Bachelu roulait des yeux vers l'arrière de l'appartement. On ne savait pas ce qu'il craignait le plus : réveiller ses enfants, sa femme, ou Charpier qui dormait tout au fond. D'un coup, il lâcha l'Anglaise pour prendre Victor par la gorge, et le jeune homme eut un mal infini à se dégager de son emprise. Après une première passe d'arme, ils reculèrent chacun de deux pas, se faisant toujours face, les regards étincelants.

— Fous le camp, c'est la dernière fois que je te le dis, gronda Bachelu.

Et comme le gendarme lui bloquait toujours le passage, il prit soudain une pose étrange, les deux jambes fléchies et les poings en avant. Il se redressa, pivota légèrement le buste, leva la jambe droite et la lança à pleine volée dans la figure du lieutenant.

Victor n'avait rien vu venir. Il partit valser en arrière dans un groupe de chaises, avec l'impression que le choc lui avait arraché la tête. Puis resta un moment sonné sur le parquet, sans savoir où il se trouvait, ni dans quelle posture. Un second coup de pied le cueillit au creux de l'estomac. Un flot de bile lui râpa la gorge et il rendit une bonne partie de ce qu'il avait dans le ventre.

— Foutu talon-rouge, conclut le policier en se rajustant, l'air froid, mais content de lui.

Victor se mit lentement à quatre pattes, souffle coupé, des étoiles plein les yeux. Son ventre le lançait abominablement, et son annulaire aussi. Le pansement avait dû sauter pendant sa chute. Il constata avec surprise (et un peu de satisfaction aussi) que les deux policiers n'avaient toujours pas quitté l'appartement avec l'Anglaise, contrariés par l'arrivée d'autres personnes. D'abord la mère Bachelu, la trogne furieuse, puis quelques enfants, ahuris. Dans un grand silence, Charpier apparut à son tour, livide, se tenant d'une main au chambranle.

D'un regard, il fit le tour de la pièce, s'attardant sur l'Anglaise puis sur Bachelu. Il prit son inspiration :

— Raccompagnez cette fille à son lit.

Le policier allait parler, mais on toqua à la porte.

Ils se regardèrent tous tandis que Victor se remettait péniblement sur pied. C'était Azur, le policier de la municipalité parisienne à l'allure de paysan, son grand manteau moucheté de neige fraîche.

Exactement comme Charpier, il détailla la scène et ses protagonistes. Puis sourit largement.

— Eh ben. Ça a chauffé par ici ?

Personne ne lui répondit. Bachelu avait été contraint de relâcher le bras de sa captive.

— J'apprends à notre ami l'art de la savate, déclara-t-il avec un air de défi.

Victor cherchait vainement quelque chose pour s'essuyer la bouche, trop secoué pour être en colère.

— On vous entend depuis l'escalier.

— Qu'est-ce que ça peut te foutre ? rétorqua Bachelu. Ferme donc la porte.

— Et toi, tu as entendu monsieur Charpier. Remets madame au lit, on n'a plus besoin d'elle. (Du menton, il désignait l'Anglaise.) J'ai à vous causer, à vous tous. (Arabella Winter sortie, il reprit la parole.) Hardy, rue des Saint-Jacques, dit-il d'un air satisfait. Tous les hommes présents s'entre-regardèrent.

— Quoi, Hardy ? fit Bachelu.

— C'est un pharmacien. Hier dans la matinée, un particulier est venu lui demander du camphre et de l'ammoniaque, y paraît que c'est pour panser un blessé. Et du quiquignat aussi.

— Du quinquina, corrigea Charpier d'une voix presque inaudible.

Victor s'essuyait les lèvres avec un tissu effiloché que lui avait passé madame Bachelu. Il sentit son rythme cardiaque s'accélérer sourdement.

— Il a une cinquantaine d'années, le visage mince, les yeux gris. C'est un de nos bonshommes d'Arcueil, sûr.

— On a son adresse ? demanda Dauterive, avec l'impression que chaque mot lui coûtait un effort surhumain.

Son estomac grondait douloureusement, au rythme du cœur.

Azur sourit finement.

— Les comploteurs ont loué un garni rue des Saint-Jacques. Ils sont quatre si on compte le blessé, mais y devrait pas trop nous embêter çui-là…

Son sourire de triomphe écœura Dauterive au plus profond de son âme.

43

Mercredi 21 décembre, six heures du matin

Après avoir trouvé (difficilement) deux fiacres, le petit convoi mené par Dauterive prit la direction de la rue des Saint-Jacques, au sud de la ville. Le quartier comptait nombre de ci-devant établissements religieux, Chartreux, Bénédictins, Ursulines ou Carmélites, mais la plupart vides, vendus comme bien nationaux ou sur le point de l'être. De loin en loin, on apercevait leurs façades austères, au fond de grands jardins.

Charpier avait donné ses consignes aux six hommes du petit groupe avant l'expédition : il ne voulait pas de coups de feu, pas de violences. À la fin, il avait posé une lourde bourse sur la table.

— Un louis d'or pour chacun maintenant. Un autre après, si vous me ramenez ces gens vivants.

La récompense était énorme. Un silence quasi religieux s'était fait pendant que les hommes recevaient leur première pièce.

— Et si on est obligés de tirer ? avait demandé Azur d'un ton désinvolte, faisant tourner le louis d'or entre ses doigts.

L'image gravée – la tête altière du roi de France et de Navarre – parut presque incongrue à Victor. Louis XVI était-il encore vraiment le maître en ce royaume ?

— Il me les faut vivants. Ces gens doivent témoigner.

Le lieutenant, qui commandait, fit arrêter les voitures à trois cents pas de l'immeuble. La rue était déserte, mal éclairée de réverbères à huile. Un fin grésil dansait dans le ciel. Même Azur, d'ordinaire plutôt moqueur, avait l'air très sérieux. Sans doute songeait-il à ses deux louis d'or.

Ils se dirigèrent à pied vers le garni, croisant quelques manouvriers ou des ouvriers qui se rendaient au travail. Remarquant l'allure des six policiers, ils accéléraient le pas.

L'immeuble, entre un boulanger et l'échoppe d'un encadreur, était d'assez bonne tenue pour le peu qu'on en devinait : un rez-de-chaussée composé de boutiques, deux étages en pierre de taille, un toit d'ardoise mansardé.

La concierge, déjà alertée, tendit en tremblant une clé à Azur, comme s'il s'agissait d'une sainte relique. Le policier la lui arracha.

— Mais est-ce que…

— J'espère pour toi que tu t'es pas avisée de prévenir nos p'tits oiseaux, lui dit-il d'un ton brutal.

— Non… Mais non…

Elle était au bord de l'évanouissement.

— Alors disparais dans ton trou, la mère, et qu'on te revoie pas.

Leur hôtesse envolée, Azur fit signe à Dauterive d'entrer dans le bâtiment, avec une courbette moqueuse. Après l'avoir rapidement inspecté – il était sombre, plongé dans le silence – , l'officier en fit vérifier les issues. On entrait par une haute porte où donnait la loge des gardiens. Le couloir menait d'un côté aux escaliers, de l'autre vers une cour intérieure, laquelle était close d'un côté par un mur sur lequel s'appuyait un appentis. On devinait derrière un haut bâtiment. Victor apprit qu'il s'agissait du ci-devant couvent des Ursulines.

Le gendarme réfléchissait à toute vitesse, l'esprit froid, étrangement débarrassé de toute angoisse. Ayant placé un homme dans la cour et un autre dans la cage d'escalier, avec pour consigne absolue de ne faire usage de leurs armes qu'en cas de nécessité, il entraîna les trois derniers derrière lui. L'escalier lui parut relativement propre et large. Pour une fois, il n'y flottait pas le remugle écœurant habituel de tant de maisons parisiennes. Sans autre péripétie que le gémissement des marches à leur passage, ils parvinrent à la porte du garni, au premier étage. Dans le silence revenu, leurs souffles résonnaient légèrement. À part cela, aucun bruit.

Lentement, Victor sortit la clé. Et tandis que le panneton soulevait le mécanisme, il sentit une peur atroce l'envahir. Dans quelques minutes, le piège se refermerait. Il livrerait François à la police. Et il tomberait avec lui.

Il avait protégé son frère contre-révolutionnaire, c'est donc qu'ils étaient complices ! Victor et François Brunel de Saulon, main dans la main, l'aîné conspirant, le cadet le protégeant grâce à son poste dans la gendarmerie. Bien sûr !

Il dut reprendre son souffle. Malgré lui, il cherchait une idée pour gagner du temps.

— C'est pas la bonne clé ? chuchota Bachelu, tout en lançant un regard furieux à Azur.

Avec force postillons (difficiles à supporter, conjugués à son haleine pleine d'ail), ce dernier répliqua qu'il n'y avait pas d'erreur, que c'était la bonne clé, qu'il avait même menacé les concierges de son nerf de bœuf. Foutre, il ne doutait pas qu'ils lui aient obéi. Dieu que cet homme empestait de la bouche, songea le lieutenant en battant des paupières.

La serrure céda. Le cœur au bord des lèvres, Victor se glissa dans l'entrée. L'obscurité était totale. Il avait sorti son pistolet et l'avait armé. Les trois autres suivirent.

À nouveau, il s'arrêta net. Quelqu'un d'autre marchait dans l'appartement. Il entendait ses pas étouffés, réguliers comme ceux d'un chat. Il se raidit, les policiers aussi, surpris. Mais ce n'était que le bruissement de son propre sang, aux tempes.

Le vestibule donnait sur un salon noyé d'ombre, d'autant plus vaste qu'il n'était presque pas meublé. Victor échangea un regard circonspect avec ses acolytes. Et si les locataires avaient fui ?

Ils hésitèrent. Quatre portes donnaient dans cette pièce, deux de chaque côté. Victor inspira un grand coup puis désigna l'une d'elles un peu au hasard. Et ce diable de parquet qui grinçait tant qu'il pouvait. Alors qu'il se retournait, furieux, vers Azur, il y eut un déclic, métallique, puis une explosion d'une violence formidable.

Pris d'une terreur panique, Victor tira d'instinct. Il y eut un bruit de vitre cassée. Azur aussi avait déchargé son arme, presque en même temps. Il vit son visage entouré de fumée grise, tandis qu'ils refluaient précipitamment vers le corridor d'entrée, tremblant de peur et de rage.

— Ils vont s'enfuir, souffla Dauterive.

Dans sa course, il s'était encore ouvert le doigt mais il ne sentait pas la douleur. On entendait de l'autre côté des chuchotements et des bruits de pas.

Bachelu crispait les maxillaires d'un air furieux. Il parut vouloir parler, puis d'un coup poussa le battant, tendit son pistolet et tira. Quelques secondes s'écoulèrent et il ouvrit la porte, en grand cette fois. Rien ne bougeait. Ils se ruèrent en avant.

L'appartement leur parut immense, ils traversaient des enfilades de pièces sombres, s'arrêtant à peine aux portes. Ils découvrirent une chambre à coucher, le lit défait, les draps encore chauds. Les occupants ne se cachaient plus ; on entendait plus loin leurs pas bruyants, leurs souffles ; Victor et les policiers leur criaient de se rendre. Dans une autre pièce, ils trouvèrent un homme assis par terre, appuyé au mur. Il était en chemise, le bras pris dans une attelle. Ses yeux étaient larmoyants, son front couvert de sueur. Il ne fit pas un geste.

Le logement, en forme de U, faisait tout le tour du premier étage. Après avoir traversé un office de cuisine, le lieutenant s'emmêla les pieds dans une chaise renversée, puis Bachelu. Ils débouchèrent dans un cabinet où bâillait une fenêtre grande ouverte.

Celle-ci donnait sur la cour, juste au-dessus d'un appentis. À croire que le lieu avait été choisi tout exprès pour faciliter la fuite. Deux hommes venaient d'y prendre pied (où diable était passé le troisième ? se demanda Victor, inquiet). Ils progressaient lentement avec de grands moulinets des bras, attentifs à ne pas glisser sur les tuiles gelées. Devant, c'était François, aucun doute, les pieds nus, en chemise et caleçon de toile. Il arrivait au bout du toit qui donnait au-dessus des jardins du couvent, à cette heure un gouffre sombre. L'autre était en retard, peut-être parce qu'il avait pris le temps d'enfiler des bottes et un habit.

Victor s'était débarrassé de son carrick. Il enjamba le garde-corps. Dans son champ de vision, Bachelu s'agitait. Il vit soudain – trop tard – le canon de son arme. Déjà le coup partait, qui résonna jusqu'au dernier étage de l'immeuble. Presque dans un rêve, le gendarme vit le plus petit des deux fuyards sursauter, comme touché par le fouet. Il fit un pas de côté, l'air d'un ivrogne qui cherche son chemin, puis bascula dans le vide.

Il y eut un affreux bruit mat, comme un gros sac de farine qui touche le sol.

Victor avait pris le canon de Bachelu dans sa main.

— Nom de Dieu. On avait dit vivants.

— Il est pas forcément crevé… fit Bachelu, sans chercher à résister.

Méprisant, le lieutenant le repoussa en arrière. Puis il bondit sur l'appentis au moment même où François en sautait pour disparaître dans les jardins des Ursulines.

***

Il se reçut à son tour – assez mal – au beau milieu d'un buisson raidi par le gel. Il lui fallut un moment pour s'en extraire, dans un nuage de particules glacées, des branches et des feuilles dures qui lui griffaient les mains.

Il reprit son souffle. Des carrés de végétation s'alignaient, rectilignes, séparés par des allées arborées. Un mur d'enceinte bornait le paysage, avant le vide du faubourg. La nuit était plus sombre que jamais mais il finit tout de même par entrevoir la silhouette de François, alors que ce dernier s'engouffrait dans un bâtiment.

Il y parvint à son tour, non sans déraper à plusieurs reprises, découvrant derrière la vieille porte en chêne une longue galerie au plafond à croisées d'ogives. Des pas menus résonnaient sur la droite. Victor se souvint que son frère avait les pieds nus. Jusqu'où espérait-il fuir comme ça ?

Une bouffée de colère le prit, il eut envie de l'appeler par son prénom mais il songeait à Bachelu qui le suivait peut-être. L'écho de ses bottes retentissait largement dans la coursive. À un angle, il s'arrêta net : une petite porte s'ouvrait sur le côté, lentement. De surprise, il eut un haut-le-cœur.

Son pistolet était déchargé. Il le prit par le canon. L'huis s'ouvrit d'un coup sur une grande forme blanche et noire au visage illuminé de flammes (des flammes bien réelles). Vision de cauchemar. Il poussa un braillement de terreur, exactement au même instant que l'apparition. Sans cesser de crier, cette dernière jeta sa chandelle sur Victor et tourna les talons en courant. Quelques secondes passèrent, puis un concert de cris s'éleva, comme si cent femmes au moins s'étaient cachées en l'entendant venir. Le jeune homme, ahuri, découvrit dans un réfectoire abandonné l'étrange vision d'une armée de nonnes s'enfuyant en tous sens, les bras levés et poussant des hurlements.

Le temps qu'il ressorte enfin, après de longues explications, le jardin était plus désert que jamais. Il se dit que les couvents ne lui portaient pas chance ces derniers temps.

44

Mercredi 21 décembre, dix heures du matin

Dans le salon, on retrouva le cadavre d'un homme d'environ cinquante ans, le visage mince et le teint blême pour autant qu'on puisse en juger, car une balle avait emporté la moitié supérieure de son crâne. Il gisait dans une flaque de cervelle et de sang à la lueur des bougies, dans le salon même où il avait tenté d'arrêter les policiers.

— En voilà un qu'a pas dû souvent gagner à la loterie, avait déclaré Azur pour toute oraison funèbre.

C'était le moins qu'on puisse dire : lors de la courte fusillade, deux balles seulement avaient été tirées par les policiers, et au jugé encore. Celle de Victor avait fait éclater un miroir. L'autre, il fallait vraiment de la déveine pour l'attraper en pleine tête, dans l'obscurité d'une aussi vaste pièce.

Un second corps, remonté de la cour, gisait sur un sofa, la face crispée dans la mort. Bachelu l'avait touché à la cuisse mais après une chute de plus de deux toises de hauteur, il s'était brisé la nuque sur le pavé.

Seul un des conjurés avait fui, le grand jeune inconnu mince aux cheveux dénoués signalé barrière de Croulebarbe. Mais il était presque nu et sans arme : sa capture ne faisait plus guère de doutes. Trois hommes le recherchaient dans le quartier, bientôt la Garde nationale viendrait les renforcer.

Ils sortirent leur unique prisonnier pour l'asseoir sur la banquette d'un fiacre, à côté de Bachelu. Grelottant de fièvre, le front et les joues roses et mouillées de sueur, il avait une quarantaine d'années, mais portant beau, les traits réguliers, et malgré sa situation assez calme et sûr de lui, avec au fond du regard ce dédain propre à la plupart des aristocrates. On avait jeté sur ses épaules une redingote en laine.

Dauterive se pencha à la portière pour donner l'adresse de Bachelu.

— Chez moi, j'aimerais autant pas, fit ce dernier d'un ton sec.

Il jeta un ordre au cocher. *Qu'il se rende à l'endroit convenu.*

Victor sentit un goût amer envahir sa bouche.

— De quoi parlez-vous ? Quel endroit convenu ?

Le policier s'était rassis, échangeant un coup d'œil avec Azur qui se trouvait aux côtés du jeune homme.

— Il y a trop de monde chez moi. J'aime autant pas déranger madame.

Malgré son ton apparemment neutre, et même assez respectueux, il était impossible de ne pas remarquer son ironie. Une veine saillait à sa tempe. Le cocher tourna sans hésiter rue des Fossés-Saint-Michel.

— Vous n'avez pas répondu, fit-il.

Sa colère commençait à monter, mais sa voix était moins ferme qu'il aurait voulu.

— Bachelu a raison, expliqua Azur d'un ton bonhomme : il y a trop de monde là-bas.

Et il se tut brusquement. Victor comprit que les deux policiers s'étaient concertés et n'avaient aucunement l'intention de s'expliquer. Obéissaient-ils à une consigne secrète de Charpier ? Il fit mine de plonger la main dans la poche de son carrick, tout en se rendant compte qu'il n'avait même pas rechargé son arme.

— À votre place, j'essayerais pas, fit doucement Azur, tandis que Bachelu souriait imperceptiblement.

D'un geste très vif, le premier sortit de sa manche son nerf de bœuf, qu'il posa sur une cuisse, la dragonne passée autour de son poignet. Victor sentit son cœur s'accélérer, sourdement. Il s'éclaircit calmement la voix.

— Où allons-nous ?

Ni Azur ni Bachelu ne prirent la peine de répondre. Le blessé avait suivi l'échange en s'efforçant au calme, mais il tremblait convulsivement et la peur se lisait dans son regard. Il toisa finalement Dauterive, l'air de lui dire : *Ces gens-là sont des brigands, à quoi vous attendiez-vous donc ?* Sa redingote avait glissé, dévoilant la blessure de son bras pansée dans une attelle de fortune. La charpie imbibée de sang séché suintait, laissant filer du pus jusqu'à son poignet.

Et comme il dévisageait Azur avec toujours plus de mépris, ce dernier leva soudain sa matraque et lui frappa le visage, dans un claquement mat.

— Baisse les yeux, toi !

Dans le même mouvement, Bachelu avait sorti une arme et la pointait sur Victor, comme par inadvertance.

Le blessé avait crié de surprise et de douleur. Une griffure rouge sur la pommette, il gardait la tête baissée en se protégeant du bras.

***

Le fiacre roula une bonne demi-heure sans qu'il ne se produise rien, Victor figé dans un silence hostile, oppressé par la peur. Avec l'obscurité, on ne voyait pas grand-chose mais il comprit que la voiture passait dans les faubourgs avant de redescendre vers la Seine. Ils traversèrent le fleuve et s'engagèrent sur l'île de Louviers.

Cette bande de terre d'environ en amont de l'île Saint-Louis abritait quelques fabriques et servait d'entrepôt de bois à ciel ouvert. D'énormes quantités de troncs, poutres ou madriers destinés aux chantiers ou aux ébénistes de la capitale s'alignaient dans une sorte d'étrange cité végétale. Le jeune homme eut un frisson d'horreur. Avec le fleuve gelé, les arrivages de bois flotté étaient interrompus : habituellement grouillante de monde, l'île devait être quasi déserte.

La voiture s'arrêta devant une baraque, entre deux murs de rondins. Les policiers ordonnèrent à Victor d'aider le blessé, qui marchait à petits pas hésitants, grelottant toujours de fièvre malgré le froid saisissant. Ils passèrent la porte de ce qui ressemblait à un comptoir de négociants, où Bachelu lui désigna une chaise sans un mot, comme il l'aurait fait pour un domestique.

L'homme se laissa tomber avec un gémissement, écartant le bras de son buste. De près, il dégageait une odeur aigre de transpiration, mais aussi de saleté, et d'autre chose de bien plus déplaisant. Le pus qui s'écoulait de sa blessure ? Tandis que Bachelu battait le briquet pour allumer une petite lampe à huile, l'officier entendit Azur refermer la porte à clé derrière eux.

Le malaise du lieutenant s'amplifiait, au point de l'empêcher de raisonner. Les mêmes questions tournaient sans fin. Les deux policiers agissaient-ils de leur propre initiative ou sous les ordres de Charpier ? À moins que cela ne vienne d'un autre commanditaire… mais qui ? Que savaient-ils au sujet de François ?

Il sentit une main se poser sur son épaule. Bachelu le repoussa dans un coin de la pièce, le regard plein de haine. La haine des petits, des frustrés, qui rappelait à Victor un certain Garat l'Américain, connu quelques mois plus tôt. Il l'avait jugé comme un monstre, un tueur sans foi ni loi avant de comprendre que sa violence était le fruit d'une vie d'humiliation. Combien étaient-ils comme Garat, comme Bachelu, qui n'attendaient que ces temps troublés pour laisser libre cours à leur instinct de vengeance ?

— Et qu'est-ce que vous comptez faire ? lui demanda-t-il le plus calmement possible.

— Levez les bras.

Le lieutenant obéit, rassuré tout de même en constatant que le policier le vouvoyait toujours.

Les mâchoires saillantes, ce dernier s'empara de son pistolet, puis de son poignard passé à la ceinture, dans un fourreau.

— Monsieur a le sang bleu, fit-il avec un rire, mais Monsieur se promène avec un couteau comme un vrai petit grinche[1] de la cour des miracles.

Il sentait mauvais, la sueur et le vin. Du bout du doigt, il repoussa l'officier vers une chaise, devant une armoire remplie de registres, où il le fit asseoir.

Puis il se posta derrière lui, le pistolet au bout du bras.

— Vous n'allez pas…

D'une calotte, Bachelu le fit taire.

Le gendarme sentit son cœur s'emballer. La peur le prenait à la gorge, au ventre, lui coupait les jambes. Il devinait l'éclat froid du pistolet de Bachelu pointé droit vers sa nuque.

Sur sa chaise, le blessé suivait la scène avec distance, secoué parfois d'énormes frissons.

— Je vous aime pas beaucoup, officier, dit lentement Bachelu. Vous êtes pas franc du collier et vous nous dites pas tout. Mais vous travaillez pour monsieur Charpier, alors faites pas de bêtises et on vous fera pas de mal.

Victor garda le silence un instant, à la fois ulcéré et terrorisé.

1. Voleur, en argot.

— Pourquoi dites-vous que je vous cache des choses ?

— Et vous, pourquoi vous protégez l'Anglaise ? Vous la connaissez ? C'est quoi la raison ?

— Je vous l'ai dit : c'est une femme.

— Ouais. Et elle a voulu vous tuer. Sans moi, vous seriez mort.

— Eh bien je ne suis pas mort.

— Pas encore.

Il rit sans bruit, Azur aussi. À tout instant, le jeune homme s'attendait à recevoir un nouveau coup. Un liquide chaud coulait entre ses doigts. Il s'aperçut que la plaie s'était rouverte. Une violente douleur en sourdait à chaque battement de son sang.

— Et lui, vous le connaissez ?

Bachelu pointait négligemment son pistolet en direction du blessé.

— Foutre non.

— Vraiment ? C'est un aristocrate pourtant.

— La Fayette aussi est un aristocrate…

Avant même d'avoir fini sa phrase, il comprit qu'il aurait mieux fait de se taire.

— La Fayette est un traître, comme tous les Feuillants, dit Bachelu en agitant le canon de son arme. (À force de remuer les mâchoires dans une mimique involontaire, il avait l'air un peu grotesque.) Il a massacré le peuple au Champ-de-Mars cet été. Ça vous dit rien ?

Victor inspira largement. Il avait terriblement mal à l'annulaire, mais la sensation physique de la peur s'atténuait peu à peu. Ou alors il s'y habituait.

— Je vous dis que je ne connais pas cet homme, fit-il d'une voix ferme.

— Et les autres ?

— Personne, dit-il très vite. (Trop peut-être.) Pourquoi je les connaîtrais ?

Une ondée de chaleur parcourut son dos, mais Bachelu n'avait pas particulièrement réagi.

— Ils sont aristocrates. Vous êtes aristocrate.

Il haussa une épaule. Quelques secondes s'écoulèrent. Les deux policiers échangèrent un coup d'œil puis, sans prononcer le moindre mot, Azur leva tranquillement son nerf de bœuf et l'abattit sur l'épaule du blessé.

Victor avait hurlé, mais bien moins fort que le prisonnier. Il eut la tentation de se lever, mais Bachelu le tenait en respect de son arme. Son cœur se mit à tambouriner fortement. Azur arma le bras et donna deux autres coups. On entendait à chaque fois le même bruit, le cinglement de la matraque, puis le choc dans les chairs, mat, qui résonnait dans toute la pièce. Deux fois de suite, le blessé hurla.

Azur s'interrompit aussi soudainement qu'il avait commencé et releva la tête de l'homme blond en l'attrapant par les cheveux.

— Ton nom, dit-il en le regardant fixement, sans émotion.

Sa victime haletait, les dents serrées, le front couvert de sueur.

— Cet homme est blessé. Je vous ferai jeter en prison, fit Victor, la voix déformée par l'émotion, prêt à bondir.

Un contact froid dans la nuque lui ôta toute envie de bouger.

— Vous êtes bien sûr de pas le connaître ? lui demanda Bachelu.

— Je vous ai déjà répondu.

Le policier fit un autre signe à Azur qui, visiblement, n'attendait que cela. Il assenait ses coups consciencieusement, en bon artisan. À chaque fois, il visait un nouvel endroit. Le sifflement, le choc, le hurlement.

— Ton nom ? demanda-t-il à nouveau après cette nouvelle série.

Le lieutenant avait l'impression que cela avait duré des heures.

— Allez vous promener, dit l'homme blond qui reçut en retour deux nouveaux coups.

— C'est… un… blessé… articula Victor, entre deux braillements du prisonnier.

Il avait l'impression que son cœur allait exploser. Comment ces hommes pouvaient-ils être aussi cruels ?

Deux fois de suite, le blessé résista. Azur calculait l'angle et la force de ses coups, serein. Comme sa victime protégeait son bras blessé, il changea d'idée et concentra ses attaques sur cet endroit-là. Il était bien campé sur ses jambes, un drôle de sourire aux lèvres, et Victor pensa alors qu'il ne puait pas seulement de la bouche, mais aussi de l'âme. Des envies de meurtre le prenaient à chaque nouvel hurlement.

Un claquement plus fort que les autres arracha au blessé un cri inhumain. Il se jeta au sol en se recroquevillant sur lui-même comme une araignée morte, les deux bras au-dessus de la tête. La chaise s'était un peu déplacée, mais sans tomber.

— Tu as beau… tu parleras, canaille, fit Azur en le prenant par le bras.

Le bandage s'était défait, dévoilant une plaie brunâtre, suintante. L'autre essayait de lui échapper en rampant. Il le releva sans peine, et tous deux haletaient.

— Tu parleras, canaille… Tout le monde parle…

Victor se leva d'un bond en renversant sa chaise… Il pensait recevoir un coup ou une balle, mais il ne se passa rien car le blessé venait de parler.

Azur eut un sourire.

— Plus fort, l'ami.

— Le Bras des Forges… (Le blessé avala sa salive.) Je m'appelle Sébastien Le Bras… des Forges de Boishardy.

— Eh ben. Tout ça pour ça.

Azur le relâcha comme un paquet avant de se tourner vers son acolyte, dubitatif. Mais il avait raison : tout le monde parlait, ce n'était qu'une question de temps.

Victor fit un pas en avant mais il sentit aussitôt le canon de Bachelu entre ses omoplates.

— Faites pas de bêtises, Monsieur l'officier, il en vaut pas la peine… et puis on a ce qu'on voulait, pas vrai ?

Le lieutenant se rassit, écœuré au-delà de toute mesure.

***

Le blessé avait été réinstallé sur sa chaise, donnant l'impression de n'y tenir que par une volonté farouche. Ses joues semblaient s'être creusées, son regard surtout avait changé. S'y était installée la peur, cette lueur dans la prunelle des bêtes devant le fouet des maîtres.

Donc il s'appelait Sébastien Le Bras des Forges de Boishardy, natif de Bréhand, en Bretagne, âgé de quarante-trois ans. Officier au ci-devant régiment de Royal-La Marine, il s'était mis en congé. Victor, guère surpris par ces révélations, en fut malgré tout soulagé. Au moins il n'appartenait pas au régiment de la Fère-Artillerie, celui de François.

— C'est vous qu'étiez à Arcueil, fit Bachelu d'une voix douce, ce qui, chez lui, n'était pas forcément bon signe.

Le Bras battit des cils en regardant Bachelu, puis Azur, qui se tapotait le genou avec son nerf de bœuf. Il confirma d'un mouvement du menton.

— On a trouvé de la poudre et des mèches incendiaires là-bas. C'est pour quoi ?

Le blessé avala sa salive, le regard tremblant. Il sursauta en voyant Azur lever légèrement sa trique.

— C'était qui, les autres ?

Le Bras hésita de nouveau, mais le simple mouvement de la main de son tortionnaire suffit à lui redonner sa langue. L'homme de cinquante ans au visage maigre, tué quelques heures plus tôt rue des Saint-Jacques, s'appelait Vincent du Breil de Pontbriand, un Breton lui aussi, mais il ne savait exactement de quelle ville. Celui tombé du toit était un certain de La Bourdonnaye, encore un Breton. Victor se sentit frémir en comprenant que ses confessions ne s'arrêteraient pas là. Un quatrième individu qui se trouvait à Arcueil, expliqua en effet le blessé, avait profité de leur retour à Paris pour disparaître.

— On s'en fiche de celui-là, il a foutu le camp, rétorqua Bachelu avec un geste agacé. Parle-nous du grand, celui qu'est parti par le toit.

— C'est le comte Farcy. Celui qui nous a recrutés.

— Farcy. Il a pas de prénom cet homme ?

— J'ai entendu Tinténiac l'appeler François.

Victor sentit son cœur s'emballer. Heureusement, aucun des deux policiers ne prenait garde à lui.

— François, comte Farcy, c'est ça ?

— Oui. C'est lui qui nous a recrutés, tous. Il connaissait de Tinténiac, celui qui a disparu. Ils étaient officiers dans le même régiment d'artillerie.

— Quel régiment d'artillerie ?

— Je ne sais, je ne l'ai entendu qu'une fois, je ne suis même pas sûr qu'il s'agisse d'un régiment d'artillerie.

— C'est tout ?

De nouveau, Le Bras avala lourdement sa salive. Dauterive s'aperçut qu'il n'avait pas cessé un instant de trembler. Des gouttes vermeilles roulaient d'une blessure à sa joue, s'accrochant aux poils de sa barbe.

— Où il se cache, Farcy ? Il a de la famille ? des amis ?

Le blessé secoua la tête. Cela se vit à peine tant ses frissons l'agitaient.

— Très bien, je te crois, fit Azur.

Puis il se mit à marcher dans la pièce, préoccupé, jetant des regards à son compère. Dauterive restait impassible, mais il eut comme un énorme soupir intérieur. On ne connaissait donc pas le véritable nom de François. Avec un peu de chance, s'il échappait aux poursuites cette nuit…

— Quoi que t'en penses, toi ?

Azur s'était planté face à Bachelu, se battant les mollets avec l'extrémité de son nerf de bœuf.

— Ça m'embête un peu, répondit celui-ci d'un air préoccupé. Ces mèches incendiaires, ça m'embête. Je sais pas pourquoi, j'aurais aimé en savoir plus. Pas toi ?

Le policier afficha une mine contrite en se tournant lentement vers Le Bras, qui suivait la scène, pris entre l'épuisement, la douleur et les spasmes de fièvre. Victor ouvrit la bouche. Le nerf de bœuf avait sifflé et s'était abattu sur le bras blessé du conspirateur. Ce dernier hurla en reculant d'un bond. Un peu de sang avait jailli. Azur avança d'un pas, ajusta son coup et le lâcha avec toute la violence dont il était sans doute capable. Nouvel hurlement, déchirant celui-là. Victor s'était à demi levé, aussitôt arrêté par le canon de Bachelu, cette fois sur sa tempe.

— Rassis-toi, camarade. C'est lui ou c'est toi.

Il obéit, révulsé.

Azur n'en finissait plus, calme et appliqué comme un bourreau de métier. L'un des coups avait rouvert la plaie de Le Bras, sur son visage. Il roula sur le sol, hurla qu'il dirait tout ce qu'on voudrait. Comme à regret, Azur lui hacha la cuisse d'un dernier coup et se redressa, son nerf de bœuf rouge de sang.

— C'est prévu vendredi, haleta Le Bras.

Il se protégeait la tête, la main valide sur la nuque, obstacle dérisoire.

— Vendredi quoi, imbécile ? Qu'est-ce qu'est prévu ?

— Vendredi, à la mairie. Le jour de l'investiture.

— L'investiture de qui ?

— Du nouveau maire, Pétion.

— C'était pour ça les mèches incendiaires ? demanda Bachelu.

Le Bras fit oui de la tête. De grosses larmes de honte et de douleur parcouraient son visage.

— Parle.

— Une machine infernale. C'est Farcy qui doit la fabriquer. C'est un ancien artilleur. C'était pour ça, les mèches.

Azur leva son nerf de bœuf, Le Bras se replia encore sur lui-même.

— Vendredi. T'es sûr ?

Le blessé acquiesça du menton. Sa morve se mêlait à ses larmes. Il tremblait, sanglotait, suppliait.

Victor s'aperçut qu'il avait serré le poing à s'en faire hurler et que le sang gouttait de son annulaire jusqu'au sol. Il se sentit lui aussi submergé de honte.

45

Mercredi 21 décembre, trois heures de l'après-midi

À l'aube, deux hommes étaient venus prendre Le Bras pour l'emporter *quelque part où on prendrait soin de lui*, avait dit Bachelu d'une voix neutre avant de libérer Victor. Le gendarme s'était retrouvé dehors, glacé, tout étonné d'être toujours en vie. Sans doute que les policiers craignaient de déplaire à Charpier en s'en prenant à lui.

Mais il se sentait plus vieux de dix ans.

Une fine couche de neige fraîche s'était posée durant la nuit, le jour était terne et sans nuance. Il fut surpris de revoir tout ce monde vivant, les ouvriers, les porteurs d'eau. Il croyait encore entendre le bruit sourd du nerf de bœuf dans les chairs du pauvre Le Bras, ses cris perçants.

À présent, François n'avait aucune chance de s'en tirer, c'était une question d'heures. Certes, il connaissait la ville puisqu'il avait été à l'école militaire, mais il n'avait pas d'argent et Paris était quadrillé par la police et les mouchards de Charpier. Victor n'avait aucune chance de mettre la main sur lui avant tous ces gens.

Pris par ses pensées, il était arrivé sur le quai, près de l'ancien Petit-Châtelet. En croisant deux gamins qui poussaient une charrette remplie de charbon de terre, une idée lui vint brusquement. Deux minutes plus tard, il arrivait place Maubert, en vue de l'auberge.

C'était jour de marché, la presse était considérable. Il aperçut plusieurs ménagères chargées d'un grand nombre de victuailles, et se souvint brusquement de la date : Noël dans trois jours ! Cela lui fit prendre conscience de sa solitude. Il n'avait ni foyer ni famille, personne avec qui célébrer cet instant. Lorsqu'il était enfant, on faisait maigre durant les veillées, avant la messe de minuit, au premier rang de l'église avec son frère et sa sœur. Et là, plus rien. L'enfant frêle qu'il était, naïf et innocent, avait disparu pour toujours.

La foule habituelle de chalands s'écoulait devant les étals, sous le regard brûlant de dizaines de mendiants. Deux hommes de la Garde nationale battaient de la semelle à l'entrée de la rue Galande, le nez rouge et les yeux larmoyants.

Avec tout ce monde, le jeune homme ne vit le porche d'entrée de l'auberge qu'au dernier moment. En y arrivant, son cœur fit un bond. Une petite silhouette en sortait à cet instant précis.

Joseph.

Il n'y avait aucun doute possible. Stupéfait, le garçon s'arrêta net lui aussi. Victor nota qu'il ne portait plus les vêtements qu'il lui avait payés, mais un habit gris et des culottes roses. Il avait troqué ses chaussures contre deux sabots fourrés de paille, ce qui l'irrita.

Leurs regards se croisèrent. C'était vraiment Joseph, avec son air malin et son petit menton, son nez retroussé, ses yeux azur qui lui parurent teintés d'une sorte de tristesse, ou alors c'était de la peur, ou du remords. Dauterive fit un pas vers lui, les yeux gonflés de larmes. L'enfant se reprit et se mit à courir comme il savait le faire, aussi rapide et léger qu'un chat. Si Victor n'avait vu son visage, il l'aurait reconnu à sa démarche, chaloupée ; la même exactement que lors de leur première rencontre, l'été dernier.

Il aurait été vain de chercher à le rattraper dans cette foule. Pendant quelques instants, le jeune homme vit sa tignasse dépasser des étalages avant de disparaître pour de bon derrière un chariot, et ce fut tout. Apparition fulgurante qui le laissa pantois.

Un cri guttural lancé par une voix toute proche le fit soudain sursauter. Un colporteur édenté, courbé sous son énorme sac, qui répéta son cri en fixant Victor comme s'il lui lançait un défi.

— Peaux de lapins ! Les belles peaux de lapins !

En même temps, il lui présentait son bras droit couvert de dépouilles. Pour un aussi petit gabarit, il avait une voix extraordinaire et le jeune homme l'entendait encore alors qu'il arrivait en vue du clocher de Saint-Séverin, à trois cents pas de là.

Joseph se cachait dans le quartier et venait chaque jour s'occuper de Gris-Poil. Mais pourquoi ? Pourquoi se cacher ? Et pourquoi le garçon d'écurie ne l'avait-il jamais vu ?

***

Son appartement lui parut plus triste et froid que jamais. Il devrait ressortir s'il voulait manger quelque chose, mais pour l'instant il n'en avait pas envie. Trop de pensées tristes se bousculaient, trop de peurs et d'incertitudes.

Avec une pincée d'émotion, il découvrit sur le parquet un mot d'Olympe. Il lui sembla qu'ils ne s'étaient pas vus depuis des semaines. Rompant la cire verte du cachet, il enviait son amie, sa liberté. Elle maîtrisait son destin bien mieux que lui, vivant ouvertement ses passions, le théâtre, l'écriture. N'était-elle pas un exemple ? À quoi rimait cette vie remplie de danger ? À quoi servait de combattre pour la liberté quand on n'était pas libre soi-même ?

Un cri lointain le tira de ses réflexions, et il eut brusquement honte.

Poussant un soupir, il entama la lecture du billet, gagné dès les premiers mots par la stupéfaction, puis par la colère. Elle s'obstinait ! Une sourde envie lui prit de froisser le courrier et de le jeter. Mais il y avait cette phrase :

1°) Le couvent des Pénitentes servait d'asile aux jeunes filles engrossées, et leur permettait d'accoucher ou d'avorter le fruit de leurs amours.

Il fronça les sourcils, toujours plus étonné à sa lecture, s'interrompant pour digérer les informations, pour les confronter à ce qu'il savait lui-même.

Tout lui revenait peu à peu ; les étranges hésitations de la famille Ferrières, à Saint-Maur ; la colère de la mère, les silences du père ; le malaise de la supérieure du couvent, ses phrases interrompues… Finalement les accusations de Travanet, l'acquéreur potentiel du couvent, contre sa supérieure, étaient fondées : en prenant possession des bâtiments, il risquait de mettre à jour de sordides secrets. Marguerite Perret avait désespérément tenté de lui faire abandonner son projet : elle l'avait menacé, puis elle avait fait tirer sur Dauterive lorsqu'il s'était invité dans l'histoire. Comme la famille Ferrières, elle était prête à tout plutôt que d'encourir le déshonneur.

Presque directement passé du collège aux affaires judiciaires, Victor n'avait pas subodoré une affaire pareille. Mais pas Olympe. Dieu sait comment elle avait appris tout cela, mais il fallait reconnaître qu'elle s'était nettement mieux débrouillée que lui. La disparition d'Anne-Louise Ferrières, son meurtre probable, tout cela tournait donc autour de cette grossesse clandestine.

Restait à découvrir le nom de l'assassin de la jeune fille. Et pour l'instant seul un nom lui venait à l'esprit. Mais quand pourrait-il s'en occuper ?

Le nez à la fenêtre, Victor regardait la rue trois étages plus bas. Un cavalier passa, puis un enfant chargé de bouteilles, et ses pensées dérivèrent à nouveau vers Joseph. Encore une contrariété ! Il sortit sa montre à cadran d'acier et regarda l'heure. Déjà midi. Il prit la décision de se changer, de panser son doigt, ensuite de dîner.

***

Son repas avalé dans une taverne de la rue du Foin, le jeune homme se rendit rue Racine, trouvant chez Olympe porte close. Sans doute se trouvait-elle à Auteuil.

Il décida à contrecœur de se rendre rue du Cœur-Volant chez Bachelu, quartier général de Charpier depuis qu'il était blessé.

Il trouva le député allongé en chemise sur son lit. Une barbe de deux jours envahissait ses joues et creusait son visage, et Victor eut l'impression que chaque parole lui coûtait. Il dégageait cette odeur âcre, celle des vieux, qu'il ne lui avait jamais remarquée auparavant.

Bachelu et ses hommes cherchaient Farcy dans tout Paris, lui dit-il. S'il continue à nous échapper, nous préviendrons la Commune et ferons annuler la cérémonie de vendredi.

Il se tut pour dévisager le lieutenant. Bachelu lui avait-il fait part de ses doutes ?

— Avouez, reprit-il, que tout ceci est bien plaisant.

Il se passa la langue sur les lèvres et ferma les yeux un instant. Mariette, le chirurgien de marine que Victor avait croisé en arrivant, lui avait raconté que la blessure n'était pas infectée, et que le député serait sur pied d'ici quelques semaines.

— Plaisant ?

— Ne vous faites pas plus naïf que vous n'êtes, mon cher. Cette affaire a commencé parce que La Fayette voulait des informations pour discréditer Pétion. Et nous voilà en train de déjouer un attentat contre ce même Pétion, attentat manigancé par Parker, un proche de Pétion, par ailleurs espion au service de Pitt. Ne trouvez-vous pas que les cartes se battent une manière étrange ? Avez-vous informé votre maître, au moins ?

— Je l'en informerai.

— Vraiment. D'ordinaire, vous êtes plus prompt à lui faire vos rapports. Vous nous cachez des choses, cher ami. À lui comme à moi.

— Je ne cache rien, dit Victor, la gorge serrée. Je lui parlerai et je doute qu'il trouve tout cela *plaisant*, comme vous dites. Je lui dirai aussi avec quel genre d'hommes vous œuvrez.

Le député eut un petit rire aussitôt interrompu par une grimace.

— Votre maître a fait la guerre en Amérique. Il sait fort bien qui sont les espions, et comment ils *travaillent*. (Il tourna la tête de côté.) Donnez-moi de l'eau, je vous prie.

Il but à petites gorgées, l'eau lui coulant sur le menton.

Dauterive soutint son regard sans ciller, mais son cœur battait plus fort. Il eut la certitude que Charpier *savait*, pour son frère. Plus étrange encore, il dut se retenir de ne pas tout lui avouer, comme s'il lui était redevable de quelque chose.

***

Bachelu fit son apparition vers sept heures du soir, les yeux brillants et l'air content de lui, Azur sur les talons. Ils sentaient le vin et le graillon, transportant avec eux le froid du dehors.

Toujours aucune nouvelle de Farcy ! Ce diable-là s'était comme évaporé, expliquèrent les deux hommes. On verrait tout ça demain…

Victor retrouva la rue en fin d'après-midi, avec des sentiments mitigés. La nuit tombait déjà mais beaucoup d'échoppes restaient ouvertes. Face à lui s'ouvrait l'atelier d'un maître fondeur. À la lueur de lampes à l'huile, des ouvriers en longs tabliers et bonnets blancs s'activaient le long d'un comptoir. D'autres ébarbaient les caractères d'imprimerie à peine fondus avec des gestes d'automates, indifférents au passage incessant des grouillots. Ces gens travaillaient dur, souvent pour moins de vingt sols par jour (le prix de cinq ou six livres de pain). Ils rentraient chez eux chaque soir abrutis de fatigue, et ils devaient alors affronter toutes ces choses que Victor découvrait, amours contrariées, jalousies et trahison.

Il reprit sa marche, sans la moindre envie de retrouver son appartement, qui lui faisait penser à une coquille vide. Olympe n'était toujours pas chez elle, rue Racine. Ses pas le dirigèrent vers le palais du Luxembourg. Son propriétaire, le comte de Provence, s'était enfui vers les Pays-Bas autrichiens en juin dernier, le même jour exactement que Louis XVI, son frère. Depuis, tout était abandonné, on devinait un parc immense, figé dans son enveloppe glacée.

Le jeune homme était arrivé rue de Vaugirard sans y penser. Il s'aperçut qu'un visage s'imposait à lui, un souvenir qu'il n'avait pas réellement accepté, celui d'une jeune femme aux traits parfaits, retrouvée morte dans les bois, par un froid semblable à celui de ce soir.

Une jeune femme qui n'avait pas obtenu justice.

***

La rue Monsieur n'était plus très loin maintenant, à moins d'un quart de lieue. Victor se souvenait exactement du trajet qu'il avait fait avec Joseph. Il faisait nuit comme maintenant, mais sans la neige. Il se souvenait de l'instant où le garçon avait perdu sa chaussure, trop grande pour son pied boiteux, de l'agacement qu'il avait alors ressenti. À présent, il n'en gardait que du remords.

Devant l'hôtel particulier de Baroux, le promis d'Anne-Louise, le Suisse géant, n'avait pas bougé, avec son visage rouge et brutal, mais cette fois il n'y avait ni fiacres ni fenêtres illuminées, ni musique de chambre. Il commença par protester (après tout, c'était son métier) : Monsieur n'acceptait aucune visite à cette heure.

— Le *citoyen* Baroux n'a pas d'heure pour moi, répliqua le gendarme avec un sourire froid, s'avançant d'un pas, mais le Suisse lui barra la route.

Il le dominait de la tête et des épaules.

— Vous êtes ?

— La mémoire vous fait défaut à ce point ? Ou faut-il que je revienne avec un mandat d'amener et une patrouille de la Garde nationale ?

Le colosse soupira et le conduisit jusqu'au perron d'un pas lourd et traînant. Puis il l'installa dans une antichambre au rez-de-chaussée sous la surveillance d'un jeune homme en livrée. Cinq bonnes minutes plus tard, un autre domestique mieux habillé, visage et poitrail larges, fit son apparition.

— Monsieur Baroux ne peut vous recevoir. Il en est profondément contrit.

Victor fronça le sourcil.

— Donc le *citoyen* Baroux (il insistait sur le mot) est ici en ce moment…

— *Je vous dis* qu'il ne reçoit point. Il doit sortir à *l'Opéra*.

Il articulait bien les syllabes, comme s'il craignait de ne pas être compris.

— Oh… Avec une belle cravate en soie, je suppose ?

Le ton de Victor restait aimable, mais ses yeux l'étaient bien moins.

Le majordome se redressa en regardant autour de lui.

— Je… Il…

— Je suis un maître en matière de cravate. Conduisez-moi à monsieur Baroux, vous ne serez pas déçu. (Il se dirigea vers la sortie de la pièce.) Je suppose qu'il est à l'étage ?

— Non. Non non.

Le majordome voulut le retenir, mais n'osa pas. Déjà Victor arrivait au vestibule, illuminé des mille feux d'un haut lustre en cristal. Il s'engouffra dans l'escalier.

— Par ici, je suppose ?

Son interlocuteur le poursuivait en courant, blanc d'affolement.

— Monsieur Baroux ne permet pas… bredouilla-t-il.

Il appela à l'aide, d'abord timidement puis de plus en plus fort.

Le gendarme passa quelques portes, le gros majordome sur les talons. Une soubrette tenta de lui barrer la route, il lui ordonna de ne point entraver la marche de la justice, et ils arrivèrent ainsi jusqu'au boudoir où Baroux se livrait aux mains d'un valet et de deux femmes de chambre.

— Oh Monsieur, Monsieur, fit le majordome, tremblant de confusion. (Il semblait au bord de l'évanouissement.) Je ne voulais pas…

Au cours de leur traversée du bâtiment, un certain nombre de poursuivants avaient emboîté le pas au lieutenant, sans qu'aucun n'ose intervenir. Ils arrivaient tous peu à peu dans le boudoir.

Sans sa perruque, Baroux avait l'air plus rustaud que jamais. Avec sa carrure, c'était peut-être le seul dans la pièce à pouvoir en imposer au gendarme, mais il n'en avait visiblement pas plus envie que les autres. Dauterive, un peu essoufflé, lut dans ses yeux de la colère, mais aussi de la crainte.

— Que dois-je faire avec vous ? lui dit-il lentement, alors que ses domestiques entouraient l'officier. Vous faire bâtonner, ou simplement vous faire jeter à la rue ?

Mais son regard peu résolu démentait le ton martial.

— Je crois que vous feriez mieux de m'écouter, répondit Victor d'une voix calme.

Baroux se pinça les lèvres. Il était en chemise et culotte, la veste ouverte, l'air d'un paysan en habit du dimanche.

Lentement, battant un peu des cils, il fit signe à ses gens de le laisser seul avec son visiteur, ce dernier s'inclinant avec sérieux pour le remercier.

— Je vous conseille de vous asseoir. Ce que j'ai à vous dire ne sera pas agréable.

***

Au récit du lieutenant, le visage du fiancé d'Anne-Louise Ferrières afficha toute une série d'émotions, surprise, peine, colère, regrets, inquiétude, mille autres choses encore. Il restait collé au fond de son siège, comme s'il prenait une volée de gifles, ses épaisses mains cramponnées à l'acajou des accoudoirs.

Plusieurs fois il tenta d'interrompre Victor, mais ce dernier lui intimait le silence, l'index levé. Il se doutait qu'il n'avait pas grand-chose à objecter, et qu'il voulait plutôt faire une pause. Il avait l'air assommé, comme une bête blessée au moment de l'hallali.

À la fin, il resta silencieux, de grosses larmes d'enfant coulant le long de ses grosses joues. Il resta prostré jusqu'à ce que le gendarme lui tende un mouchoir qui traînait sur une table ronde en marbre.

— Anne-Louise… fit-il à voix basse.

Un sanglot l'interrompit, il eut un geste de colère.

Le lieutenant le scrutait en silence, impressionné par la douleur de ce colosse.

— Pour Anne-Louis… êtes-vous sûr…

Victor sentit sa gorge se serrer.

— Qu'elle soit… partie. Oui.

— Pas ça, fit Baroux. Qu'elle soit… qu'on l'ait…

— … tuée ? (Son interlocuteur avala sa salive en hochant le menton.) Je n'en suis pas sûr, mais c'est possible. Le juge n'a pas voulu faire d'enquête.

Il n'évoqua pas la plaie sur le front de sa fiancée, ses chairs éclatées. Il ne dit pas non plus qu'on s'était empressé de l'enterrer.

— Pourquoi n'a-t-on pas mené d'enquête ?

— Je demanderai au juge, fit Victor d'un air sombre. Je suppose qu'il voulait éviter le scandale. Et la famille aussi.

Tout en parlant, il raisonnait. S'il y avait bien eu meurtre, et si Baroux n'y était pour rien, qui avait pu le commettre ? Quelqu'un de sa famille ? Mais qui, et pour quelles raisons ?

— Pour le bébé, reprit-il, vous ne saviez pas ?

Baroux écarta ses deux grosses mains.

— Comment je l'aurais su ?

— Il y a des signes, non ?

— Je n'en ai rien vu. Vous… (Il haussa une épaule.) Et après tout, qu'est-ce que ça fait ? Si j'avais su… un enfant de moi… Mon…

Son visage se crispa et il éclata en sanglots. Le premier accès passé, devant un Victor statufié, un deuxième suivit aussitôt, interminable. À ce moment, la poignée de la porte joua et Baroux se leva d'un bond.

— Foutez-nous la paix, sacré nom de Dieu ! Foutez-moi la paix !

— Mais l'opéra… fit la voix derrière la porte, tandis qu'il la repoussait brutalement.

Il retourna jusqu'à son fauteuil, où il se laissa tomber comme une masse. De longues minutes passèrent.

— J'ai connu Anne-Louise par des amis communs, commença-t-il enfin. Une partie de chasse… Elle ne sortait pour ainsi dire jamais du Mesnil. Mais… ce jour-là, il y avait une partie de chasse, je m'y étais rendu, je ne sais pas pourquoi. Je ne voulais pas, à vrai dire. Et… Elle était venue avec César.

— César ?

— Son cheval. Une belle bête. Un arabe bai. Une belle bête, vraiment. Elle en prenait soin, vous n'avez pas idée. Nous avons parlé, et surtout nous avons… Je me souviens qu'il pleuvait et qu'on s'est retrouvés dans un pavillon de chasse. Enfin, une sorte de kiosque. C'était quelque chose que je n'oublierai pas. Elle avait des yeux… des yeux comme je n'avais jamais vu. Des yeux doux, avec un visage… Elle était la plus belle personne que j'aie jamais rencontrée, elle n'aimait pas que je lui dise. Vous l'avez vue, vous. Vous…

Il s'interrompit, comprenant au regard de Dauterive l'absurdité de ce qu'il disait. Il essuya une larme du revers de la main.

— C'était comme si on se connaissait déjà. Vous voyez… Mais j'ai vite compris qu'on ne pourrait jamais se marier.

Il se perdit à nouveau dans ses souvenirs. Un sourire amer planait sur ses lèvres, des lèvres épaisses et sensuelles, sans doute, Victor ne l'avait jamais remarqué.

— Pourquoi je vous dis tout ça…

— Quand Anne-Louise est venue chez la nourrice pour rechercher son enfant, un homme l'accompagnait. Ce n'est pas vous… (Baroux relevait un regard furieux vers Victor.) … et je vous crois. Mais qui, alors ?

Le jeune homme secoua la tête, les yeux perdus dans le vide, le menton posé sur la poitrine.

— Un domestique ?

— Je ne sais. Ferrières, sûrement pas. C'était un militaire, un homme sans malice. Je ne le vois pas... Sait-on... à quoi ressemble cet homme ?

Dauterive secoua la tête. La lettre d'Olympe n'était qu'un résumé, un compte-rendu. Savait-elle autre chose ?

— Mais cette nourrice, fit Baroux, un peu surpris, elle ne vous a pas dit à quoi il ressemblait ?

Le gendarme répondit qu'il ne s'était pas chargé lui-même de cette partie des investigations. Pour en savoir plus, il faudrait interroger de nouveau cette nourrice.

— Mais pour ça, il faudra attendre quelques jours. J'ai beaucoup à faire en ce moment.

Baroux n'écoutait qu'à moitié.

— Pourquoi est-ce qu'Anne-Louise aurait voulu récupérer l'enfant ? demanda-t-il soudain.

— Je n'en sais rien. Pour le reprendre et l'élever ?

— Sûrement pas. Les Ferrières n'ont pas le sou, et ils ont peur pour leur réputation. Comment ils auraient expliqué ça autour d'eux ? Qu'ils recueillaient un orphelin pour l'amour du Christ ? Pas le genre, surtout celui de la vieille salope...

— La mère, vous voulez dire ?

Il acquiesça du menton.

— C'est elle qui a fait échouer le mariage. Pour... tout un tas de raisons. Ils ne pouvaient pas payer la dot.

— Quelle importance ? Vous n'en aviez aucun besoin, n'est-ce pas ?

Baroux eut un nouveau regard de colère.

— Bien sûr que non ! Ils le savaient, je leur avais dit. J'aurais pourvu à tout.

— Mais ils ne voulaient pas quand même...

— Ils craignaient... Je suis roturier. Vous comprenez ?

Victor approuva d'une mimique découragée.

— Et si...

— Quoi ?

— Et si Anne-Louise était venue avec un autre homme chez la nourrice. Je veux dire, avec… un autre fiancé. (Les yeux de Baroux lancèrent des éclairs.) Vous savez très bien ce que je veux dire. Ça faisait quatre ans que vous ne vous étiez pas vus. Vous n'aviez pas échangé de nouvelles… (Son hôte approuva d'une mimique revêche.) Elle aurait pu rencontrer un autre homme, imaginer que vous l'aviez abandonnée.

— Je ne l'ai pas abandonnée ! C'est elle qui… enfin ses parents…

— Je sais très bien, mais elle l'ignorait, non ?

— Oui. Oui, sûrement, ils ont tout caché, c'est sûr.

— Je crois aussi. Dans ce cas, elle aurait pu vouloir vous oublier. Rencontrer quelqu'un d'autre. Ils auraient appris d'une manière ou d'une autre que l'enfant n'était pas mort né, qu'il était en nourrice. Ils auraient pu vouloir le reprendre et s'enfuir, s'installer ailleurs…

— Non. C'est impossible. Impossible.

Il se leva brusquement et partit coller son nez au carreau.

Anne-Louise enceinte… Comment n'avait-il pas su…

D'autres larmes montaient, irrépressibles. Et l'angoisse aussi, car certains souvenirs revenaient.

CINQUIÈME PARTIE

46

Jeudi 22 décembre, sept heures quarante-cinq du matin

— Eh bien, qu'est-ce que tu as à me regarder comme ça ?Joséphine, la cuisinière, dévisageait Olympe, l'œil plein de reproches. Voilà presque cinq ans que l'écrivaine l'employait, elle aimait ses plats, sa bonne humeur et surtout ses merveilleuses facultés d'adaptation (Olympe ayant l'habitude de ne jamais respecter l'heure des repas, ni de la prévenir quand elle invitait du monde). Elle devinait aussi que Joséphine n'était pas indifférente à son grand combat pour la liberté des femmes. Toutes deux avaient autant de caractère l'une que l'autre.

— Le fiacre est arrivé, reprit la cuisinière.

— Eh bien dis-lui de se garer dans la rue, et offre quelque chose au cocher, mais pas trop d'alcool. J'arrive.

Elle se leva en retenant une grimace. Ses jambes la faisaient encore souffrir, et son dos. L'effondrement de l'échafaudage, deux jours plus tôt, lui avait causé la plus grande frayeur de toute son existence. Pendant quelques secondes elle avait cru mourir, mais paradoxalement, l'accumulation des poutrelles, au-dessus d'elle, lui avait sauvé la vie.

Le patron du chantier s'était platement excusé, bafouillant qu'il ne comprenait pas, que tout était pourtant bien arrimé, que les planchers n'auraient pas dû céder. Un officier municipal s'était déplacé à la demande de Catherine Helvétius, voisine et amie d'Olympe, mais n'avait pas pu déterminer la cause de cet effondrement.

L'écrivaine gardait pour elle un souvenir précis : les chuchotements et les bruits de pas sur le sommet de la structure, avant que celle-ci ne cède. Des voleurs, peut-être. Ou alors quelqu'un d'autre, mais qui, et pour quelles raisons ?

L'écrivaine revêtit une redingote en soie rayée, puis passa à l'office pour prendre un peu de café chaud. Joséphine s'affairait, boudeuse.

— Eh bien quoi ?

— Sauf votre respect, vous n'êtes guère raisonnable…

Un instant, Olympe se demanda à quoi la cuisinière faisait référence. À son enquête ?

— Je te remercie de ta sollicitude, ma chère Joséphine mais je me porte comme un charme. Tout va bien.

— Tant mieux si vous vous portez bien. Mais que fait-on pour *ce dimanche* ?

L'écrivaine fronça les sourcils.

— Et que se passe-t-il donc, *ce dimanche* ?

— Ce dimanche, c'est le 25 décembre. Noël, vous savez…

— Oh…

— Et je ne sais toujours pas ce que je dois préparer. Quand c'est que je ferai les courses ? Je ne sais pas même pas si Pierre vient. Est-il de garde aux Tuileries ? Je ne sais rien, rien de rien !

Olympe se souvint brusquement qu'elle avait en effet invité son fils – officier d'artillerie de la Garde nationale – à Auteuil ce dimanche. Elle en informa donc Joséphine, la priant de pourvoir à tout (non sans la flatter d'une manière éhontée), puis elle sortit de la pièce en coup de vent. Son secrétaire l'attendait dans le salon, un jeune homme pâle en habit noir, avec un embryon de moustache, toujours mal coiffé.

Par la fenêtre, elle voyait l'étincellement du jardin blanc sous le soleil. Deux rouges-gorges sautillaient au pied d'un arbuste, à la recherche de nourriture.

— Êtes-vous prêt ? dit-elle au jeune homme avec un sourire crispé.

Au fond, elle ne se sentait pas si fière.

— Je dois mettre mon manteau ?

— Il me semble que oui. Nous avons trois heures de route jusqu'à Saint-Maur. Le cocher me dit qu'on ne peut pas prendre le bac et qu'il faut traverser Paris.

Le secrétaire se mordit les lèvres.

— Je reviens.

Ils grimpèrent dans le fiacre, accompagnés des grognements désapprobateurs de Joséphine. Aller aussi loin par ce temps, alors qu'elle n'était pas rétablie, c'était point raisonnable. Et si le fiacre versait dans le fossé, comme l'autre jour ? On disait que le bois de Vincennes était infesté de brigands et de loups. Et la nuit arrivait à quatre heures !

Olympe répondit d'un grand sourire et referma la portière. La voiture à peine démarrée, elle sortit de son manchon fourré un pistolet court qu'elle tendit à son secrétaire.

— Ne faites pas cette tête. Savez-vous vous servir de ceci ?

Il déglutit en hochant le menton. Le fiacre prenait le trot sur la route de Paris. Sous la colline de Passy, ils longeaient les parcs de magnifiques châteaux.

— En principe, fit Olympe, vous n'aurez pas à l'utiliser. Contentez-vous de le montrer si jamais les choses tournaient mal.

Le jeune homme approuva sans ajouter un mot. Il tenait l'arme entre deux doigts avec dégoût, comme s'il s'agissait d'un animal mort.

***

Au septième coup de cloche, Victor se réveilla avec une idée très nette de ce qu'il fallait faire. Charpier était hors jeu, cloué dans son lit ; Olympe avait disparu ; le vieux Duperrier se mourait (à cette pensée, il eut une vague de tristesse). Seul un homme était assez puissant pour le tirer de là. Il se leva sans prendre le temps de lancer un feu, se frictionna les cheveux à l'eau de Cologne, puis se frotta les dents à l'eau du sieur Botot tout en songeant à ce qu'il pourrait lui dire.

En vérité, les choses étaient simples : il ne devrait rien lui cacher. Certes, La Fayette n'avait pas toujours été tendre avec lui ces derniers temps, il l'avait négligé et s'était parfois servi de lui. Mais il ne l'avait jamais abandonné. Et surtout, Victor n'oubliait pas que le marquis lui avait offert la liberté.

Il enfila une chemise propre, sa redingote, ses bottes, puis graissa ses deux pistolets d'ordonnance. Les policiers lui avaient rendu son poignard, il le passa dans son étui à la taille. Puis, revêtu de son chapeau tricorne et de son grand carrick à trois collets, il dévala les trois étages. À peine dehors, un domestique vint l'aborder. Le jeune homme fronça le sourcil en reconnaissant les couleurs de sa livrée.

Baroux l'attendait dans un coupé de ville noir, garé sur le parvis de Saint-Séverin. D'un geste, il l'invita à monter mais Victor refusa, contrarié.

Le fiancé d'Anne-Louise était blafard, des poches sous les yeux et mal rasé, l'haleine chargée d'alcool.

— Allez, montez, j'ai à vous parler. J'ai pas dormi de la nuit. (À nouveau, le gendarme refusa.) Je veux savoir qui est cet homme, à Sannois, fit-il, des éclairs sombres au fond des yeux.

Victor soupira.

— J'aimerais aussi. Mais je n'ai pas le temps.

— Alors donnez-moi l'adresse de la nourrice, je lui demanderai bien tout seul.

— Laissez-moi trois jours.

Il prit une inspiration puis salua son interlocuteur et reprit son chemin vers la place Maubert.

Baroux le rejoignit vingt pas plus loin, tout essoufflé. À son air furieux, le lieutenant crut qu'il allait le prendre au col, mais il se contenta de marcher à ses côtés. Malgré sa figure de spadassin, il était tout sauf une brute.

— J'ai réfléchi. Je pense savoir qui est la femme.

— Celle qui est passée chez la nourrice ? On le sait déjà, non ?

— Ce n'était pas Anne-Louise.

Ils débouchaient à grands pas sur la place Maubert. Du regard, Victor scrutait déjà l'entrée de l'auberge, mais il n'y vit pas Joseph, bien sûr. Et si le garçon ne revenait pas du tout ? Il se tourna soudain vers Baroux, réalisant enfin – avec stupeur – ce qu'il venait d'entendre.

— Et ce serait qui, selon vous ?

— Jeanne, la sœur. La sœur aînée. J'ai bien réfléchi. Si vous me laissez vous expliquer, vous comprendrez.

Le regard du lieutenant flottait sur la place. Un chiffonnier parlait très fort avec le conducteur d'une charrette de briques.

Jeanne… Il se souvenait vaguement de son visage très quelconque, assez disgracieux (à part les yeux peut-être). Plus vraiment une jeune fille, célibataire et rondelette, toujours dans les pas de sa mère à qui elle ressemblait, trait pour trait (tandis qu'Anne-Louise avait le visage fin et le regard du père). Lorsqu'il l'avait interrogée dans le manoir glacé des Ferrières, elle avait semblé très peinée par la disparition d'Anne-Louise.

— Pour quelle raison aurait-elle voulu prendre cet enfant ?

Le visage de Baroux était soudain très tendu, comme si cette question impliquait toute une série de conséquences.

— La jalousie…

Il se tut brusquement en regardant autour d'eux. Victor comprit qu'il répugnait à continuer la conversation en pleine rue. Maintenant, le chiffonnier et le charretier s'empoignaient par les habits.

— Je dois d'abord savoir qui était l'homme à Sannois, fit Baroux, soudain plus pressant. Venez avec moi chez elle.

Le lieutenant se caressa l'arête du nez.

— Je n'ai pas de temps. Lundi.

— Alors donnez-moi l'adresse de la nourrice.

— Je ne la sais pas, ce n'est pas moi qui l'ai interrogée.

Il se remit en marche vers l'auberge. Sur la place, le chiffonnier et le charretier échangeaient des coups à présent, sous les encouragements des badauds.

— Pourquoi vous ne voulez pas m'aider ? fit Baroux en le rejoignant.

Il le prit par la manche, battant des cils comme s'il allait pleurer. Ses lèvres tremblaient.

— Êtes-vous certain de ce que vous dites, pour Jeanne ?

— Presque.

— Pouvez-vous me mener dans votre voiture ?

— Je vous l'ai proposé.

Baroux paraissait infiniment soulagé. Sur la place, la bagarre tournait à l'émeute mais ni lui ni Victor ne portaient la moindre attention.

— Allons-y. Mais pas chez la nourrice. Rue Saint-Honoré. Vous me raconterez en route.

***

Le coupé avançait lentement quai des Augustins, au milieu de la foule habituelle des portefaix, des passants, innombrable diversité parisienne. Saisi par le récit de Baroux, Dauterive ne regardait rien du décor, de ces grandes ombres projetées devant eux par un dur soleil d'hiver.

— J'ai été comme vous, j'ai rien compris, murmura l'ancien fiancé d'Anne-Louise, après un long silence. Comment j'aurais pu ?

— Vous êtes sûr de ce que vous dites ?

Baroux soupira profondément.

— Oh oui. Quand on voit Jeanne, on croit que c'est une bonne personne. Mais ce qu'elle est vraiment, c'est autre chose. Ceux qui savent, c'est sa famille. Vous voulez que je vous dise ? Ils ont peur d'elle. Dire que j'ai été assez sot pour me confier à elle !

Il crispa le poing, le regard dans le vague.

Victor se perdait en conjectures. Jeanne, folle de jalousie envers sa sœur cadette. Cette jeune femme flétrie, sans avenir, sans fortune, sans beauté, sans amour, crevait de haine. Plus il écoutait son voisin, plus cette vérité lui éclatait aux yeux. Comment avait-il pu ne rien voir ?

Au début, lui avait raconté Baroux, Jeanne s'était montrée d'un commerce agréable, complice de sa liaison clandestine. Par amour pour sa cadette, pour qu'elle ne s'expose pas trop, elle s'était faite leur messagère.

— Je la retrouvais au bord de la Marne. Je lui donnais des mots pour Anne-Louise. (À chaque fois qu'il prononçait ce nom, ses yeux brillaient.) Elle avait l'air heureuse pour sa sœur. On parlait d'elle. Enfin, je lui parlais d'elle.

Dauterive écoutait, glacé. À chaque fois que Baroux lui racontait ses amours, ses espoirs, Jeanne devait haïr un peu plus fort sa cadette. Chaque mot devait être une torture. Elle était laide ; Anne-Louise était charmante. Elle était vieille fille, confite en dévotion dans l'ombre de sa mère ; Anne-Louise dessinait, montait, lisait des livres et s'enivrait d'amour…

Après le Pont-Neuf, le coupé tourna devant le Vieux-Louvre, face aux alignements d'échoppes de fripiers.

— Quand avez-vous compris ?

— Bien trop tard, au moment de notre arrestation. À cet instant, j'étais… je voulais en finir… (Baroux fixa Victor du regard, les joues baignées de larmes.) Oui, en finir. Je ne l'ai pas fait, je n'ai pas mangé pendant des jours. J'ai réfléchi, et j'ai compris. C'était tout simple : Jeanne était la seule à savoir où nous étions partis. C'est elle. Elle qui nous a dénoncés.

Il s'essuya le visage du revers de la main en secouant la tête, l'air encore incrédule.

— Je ne sais même pas si Anne-Louise l'a su. Peut-être qu'elle a compris, ou qu'on le lui a dit. Enfin sa famille. Au début (à nouveau, ses larmes coulaient), je ne voulais pas qu'elle… que ce monstre soit notre intermédiaire, je n'aimais pas l'idée. Je pensais que ce n'était pas utile, qu'elle pourrait nous dénoncer, même sans le vouloir. Elle m'avait répondu que Jeanne était plus que sa sœur. C'était… comme une autre elle-même. Qu'elles s'aimaient plus que tout au monde, que jamais elles ne se trahiraient. Tu parles !

Il serra son énorme poing, alors que le coupé passait devant la façade du Palais-Royal. Bientôt il faudrait interrompre sa confession, songeait Victor : l'hôtel particulier de La Fayette n'était plus qu'à trois cents pas.

— Après toute cette histoire, notre arrestation, reprit Baroux en s'essuyant la joue, je suis retourné à Saint-

Maur. Je voulais des nouvelles d'Anne-Louise. Je me souviens, c'était le 5 mars 1788, il y a quatre ans exactement. J'ai guetté Jeanne, elle ne s'y attendait pas… Vous auriez vu sa figure. Elle est devenue toute pâle… et là, j'ai compris. La trahison, c'était elle. Je lui ai dit ce que je pensais, elle s'est mise à pleurer, elle m'a dit que oui, c'était elle qui avait tout raconté, que ses parents l'avaient forcée à parler. Elle mentait. Il suffisait de voir sa tête…

La voiture s'était arrêtée devant le porche de l'hôtel de Noailles, mais Victor ne s'en rendit même pas compte.

— Au fond, elle était contente. De voir ma peine, la peine de sa sœur. Ça se voyait dans ses yeux. Alors j'ai continué, je lui ai dit que personne ne l'avait forcée à raconter. Elle a changé de figure. Oh Seigneur, comment une personne peut-elle changer comme ça… Elle a haussé une épaule. Et alors elle m'a dit avec son air tout fier…

Il se tut, ulcéré. Victor se sentait un peu sur sa faim. En fait de preuve, c'était tout de même un peu léger.

— Elle vous aurait dénoncés par jalousie ?

— Cette fille est folle. Elle n'avait pas supporté qu'on s'aime. Elle savait bien ce qui se serait passé, surtout si l'enfant était né. On se serait mariés, et tout le monde aurait été forcé d'accepter. Et c'était elle l'aînée, c'est elle qui aurait dû se marier. Je le lui ai dit. Ça l'a fait rire. Vous l'auriez vue, avec ses mines…

Baroux fut submergé par un nouvel accès de larmes. Ses joues étaient sales comme celles d'un enfant en peine. Victor en frissonna de tristesse.

— Et donc, elle serait passée chez la nourrice ?

— J'en suis sûr.

— Pour prendre l'enfant ?

— Pour le tuer. Elle a dû apprendre qu'il n'était pas mort-né, je ne sais pas comment… Elle n'a pas dû le supporter. (Il hoqueta en essayant d'endiguer d'autres larmes.) Elle voulait le prendre…

— Mais elle n'a pas pu, bien sûr. Anne-Louise est morte le lendemain. Vous pensez… que c'est elle ?

Victor arrivait à peine à croire en ses propres paroles.

— Seigneur, vous auriez vu ses yeux, répondit Baroux d'un ton farouche. Il agrippait Victor par la manche. Je sais de quoi elle est capable. C'est elle.

***

L'esprit occupé par ce qu'il venait d'apprendre, Dauterive se présenta au portier de l'hôtel de Noailles. Bientôt le majordome vint l'accueillir, avec sa componction habituelle.

— Monsieur le marquis est absent, déclara-t-il après les salutations d'usage.

— Quand sera-t-il là ?

Le domestique toisa Victor avec hauteur. Il n'ignorait pas que les liens entre le jeune homme et La Fayette se distendaient quelque peu ces derniers temps, et estimait sans doute devoir calquer sa propre attitude sur celle de son maître.

— Monsieur le marquis sera de retour dans au moins une semaine. Il est à Jussac chez son beau-père, monsieur le duc de Noailles.

Le lieutenant sentit un grand froid l'envahir. Dans son souvenir, Jussac se trouvait quelque part en Auvergne, au bas mot à trois ou quatre jours de voyage. Ce que le majordome lui confirma.

Il refusa la soupe que ce dernier lui proposait (la soupe, comme pour un commissionnaire !), réfléchissant à la possibilité de laisser un billet à son mentor, puis renonça. Cela ne lui serait d'aucune aide.

***

Sans rechigner, Baroux conduisit l'officier rue du Cœur-Volant, rive gauche. On approchait doucement de midi, les rues étroites étaient encombrées, éclaboussées de soleil. En y réfléchissant bien, racontait Baroux, la jalousie de Jeanne éclatait à chaque souvenir. Elle ne s'attachait pas à sa cadette par amour, mais pour se nourrir d'elle, pour *vivre* un petit quelque chose, elle dont l'existence était si morne. Et pour l'influencer, aussi.

— Je voulais qu'on parte vers chez moi, vers Bordeaux, expliqua le jeune homme. Loin de Saint-Maur, qu'on ne puisse pas nous retrouver. Je connais ma région. Anne-Louise n'a pas voulu. Sa sœur lui avait promis son aide… son appui… Elle voulait… (Il secoua la tête en versant de nouvelles larmes.) Elle avait fait ça par gentillesse, j'ai laissé faire. Maintenant, je me demande si elle n'avait pas peur.

— De sa propre sœur ?

— J'ai eu le temps de réfléchir : ce n'était pas normal. Anne-Louise ne se confiait pas parce qu'elle le *voulait*, mais parce qu'elle y était comme *forcée*, vous comprenez ? Elle *ne pouvait pas* faire autrement, l'autre ne l'aurait pas supporté. Est-ce que vous voyez ce que je veux dire ?

— Je crois, oui.

— Les parents, au fond, ils s'en moquaient, de moi et d'Anne… Le père aurait dit oui. Il l'aimait fort, sa fille ; elle aussi, elle l'aimait tendrement… (Il renifla bruyamment.) Il aurait dit oui. Il n'y aurait même pas eu de scandale ; de toute façon, les Ferrières ne fréquentent personne, alors… La mère aussi, elle aurait dit oui. Elle aurait bien été forcée, surtout avec le bébé. Mais celle qui ne voulait pas, c'était Jeanne. C'est pour ça qu'elle s'est arrangée pour savoir où on allait, pour que ce ne soit pas trop loin. Pour que ça rate. Et c'est aussi pour ça qu'elle a voulu tuer l'enfant, quand elle a su.

— Et l'homme ?

— Il n'y a pas grandes possibilités, fit Baroux d'un air sombre.

Le coupé arrivait rue du Cœur-Volant.

— J'ai à faire, dit Victor en ouvrant la portière. Et ça ne peut pas être différé. De toute façon, rien ne bougera d'ici lundi.

Il sauta au sol.

— Mais pourquoi lundi ? fit Baroux.

Il le considérait d'un air désespéré.

— D'ici là, j'aurai réglé mes affaires. Enfin, en principe. Nous irons à Saint-Maur. En attendant, ne faites rien sans moi, Monsieur Baroux. Si ce que vous me dites est vrai, Jeanne Ferrières est dangereuse.

***

Le ciel s'était couvert alors que le fiacre quittait enfin le bois de Vincennes, vers Saint-Maur. Après plusieurs haltes, Olympe finit par apprendre que la famille Ferrières vivait au bord de la Marne dans un vieux manoir nommé le Mesnil.

Plus ils avançaient, plus le paysage semblait désolé. Le bourg de La Varenne ne leur fit pas meilleure impression, figé dans la crasse et la neige, avec sa chaussée noirâtre. La rivière semblait prise par la glace. Le cocher s'engagea sur le chemin de halage, se perdit un peu, revint sur ses pas et trouva finalement l'espèce de fortin moyenâgeux qu'on leur avait décrit.

Olympe s'avança dans la cour déserte, le cœur battant. Il n'y avait ni lumière ni trace de vie. La cheminée lézardée semblait morte, tout comme la haie sauvage qui entourait la cour. De quoi ces gens voulaient-ils donc se protéger ? Dieu, qu'elle comprenait Anne-Louise à présent ! Comment pouvait-on trouver le bonheur dans ce tombeau ?

Elle se demanda si tout le monde n'était pas parti (pour aller où par de telles températures ?) mais la porte finit par s'ouvrir sur une femme entre deux âges, ni jeune ni vieille, assez petite et très quelconque, le visage rond encadré d'un bonnet. Elle portait un vieux casaquin et une robe usée aux manches, et se protégeait du froid glacial dans un fichu d'une couleur indéfinie.

À sa mise, Olympe crut un instant qu'il s'agissait d'une domestique ou d'une sorte de gouvernante mais elle se présenta avec une certaine assurance.

— Jeanne Ferrières, je suis la fille aînée de cette maison. À qui ai-je l'honneur ?

L'écrivaine se fit connaître à son tour, expliquant brièvement les raisons de sa venue. Une vague de tristesse passa sur les traits de son interlocutrice.

— Anne-Louise, fit-elle lentement, le regard baissé. Que voulez-vous nous dire qu'on ne sache pas déjà… Vous savez…

Elle essuya furtivement sa grosse joue (bien qu'Olympe n'y ait pas vu la moindre larme), mais n'ajouta rien et s'effaça sans un bruit pour ouvrir en grand la porte.

— Vos parents ne sont pas là ? fit l'écrivaine, saisie par le froid et le silence qui régnaient à l'intérieur.

47

Jeudi 22 décembre, midi et demie

— C'est encore loin ?

— On y est presque… encore deux cents pas.

Jeanne marchait devant, assez rapidement malgré sa petite taille et son embonpoint, Olympe, quelques pas en arrière, embarrassée par son grand manteau. Deux fois son bonnet s'était accroché dans les branchages, elle s'était arrêtée pour le remettre. Les deux femmes progressaient le long de la Marne dans un enchevêtrement de ronces et de taillis, en surplomb de la rivière totalement prise par la glace.

La fille Ferrières poussa une exclamation.

— Par ici ! La barque est là !

Lorsque Olympe la rejoignit, elle s'affairait déjà à la tirer vers la rivière, mais elle renonça, l'avant pris dans des entrelacs de branches aussi solides que des cordages.

— L'île Saint-Hilaire est en face, fit la jeune femme, essoufflée. Elle tendait son doigt boudiné vers une bande boiseuse à trente pas de la berge, affleurant à peine de la surface.

— La Marne est gelée. Peut-être que nous pourrions traverser à pied. Il paraît qu'à Paris, c'est possible, et la Seine est beaucoup plus large, non ?

L'écrivaine eut une moue perplexe.

— Est-ce bien utile ?

— C'est là qu'Anne-Louise, ma sœur… (Jeanne Ferrières eut un petit battement de cils…) Il faut que vous voyiez. Ce n'est pas un accident, vous avez raison. J'en suis sûre. Venez…

Elle lui serrait le poignet avec une force insoupçonnée.

— Très bien.

L'écrivaine ne se sentait pas très à l'aise, se demandant même un peu ce qu'elle faisait là. Mais lors de leur entretien, au manoir, l'attitude de Jeanne l'avait chamboulée. Au fur et à mesure qu'elle lui racontait ce qu'elle savait, la jeune femme se métamorphosait. Ça avait d'abord été la colère, puis une peine infinie. Elle avait sangloté violemment, elle s'était même absentée pour se rafraîchir. Lorsqu'elle était revenue, le teint défait, une flamme brûlait dans ses prunelles.

— Mes parents sont des monstres, avait-elle sifflé entre ses dents.

Puis elle s'était assise lourdement, faisait crisser les pieds de sa chaise sur les tommettes.

— Que voulez-vous dire ? avait demandé Olympe, le cœur tambourinant.

— Je me doutais qu'ils avaient tué Anne-Louise. Maintenant, j'en suis sûre. Ma pauvre sœur avait une grande blessure, là. (Elle passait le doigt à la naissance de ses cheveux, repoussant son bonnet.) Mais ils ont dit à monsieur Gruchet de ne point faire de procédure. Et ils l'ont vite enterrée. Je veux qu'elle soit vengée. Vengée !

Elle lui avait pris les doigts et les serrait en la dévisageant. Ses yeux étaient très grands, noirs avec des paillettes d'or, c'était la seule chose un peu gracieuse en elle. Olympe avait frissonné en reprenant sa main.

— Qui est monsieur Gruchet ?

— Le juge de paix. Oh, celui-ci…

Elle se pinçait les lèvres avec une expression hautaine.

— Mais… Pourquoi vos parents auraient-ils… supprimé votre sœur ?

— Parce qu'Anne-Louise savait, pour le bébé.

— Qu'il n'était pas mort-né ? Qu'il vivait ?

Jeanne avait acquiescé. Elle se torturait les doigts avec furie.

— Quand ma sœur est rentrée de chez la nourrice, elle m'a parlé. Elle avait appris la vérité, que son bébé… était mort, à force de mauvais soins. Je lui ai dit qu'il ne fallait pas, mais… elle leur a dit…

— Je ne comprends pas…

— Qu'est-ce que vous ne comprenez pas ! (Olympe avait sursauté.) Ils n'ont pas supporté. Ils l'ont frappée. Là !

À nouveau, elle avait montré sa tempe d'un geste un peu frénétique. Puis elle avait caché son visage au creux des mains.

Ensuite, elle avait voulu montrer à Olympe l'endroit où sa sœur avait été retrouvée morte, un pavillon abandonné de l'île Saint-Hilaire, en face. Oui, il fallait qu'elle voie, qu'elle comprenne à quel point leurs parents étaient des monstres !

Le secrétaire d'Olympe était resté au Mesnil, où il devrait attendre les parents, leur raconter une histoire pour qu'ils ne devinent rien. L'écrivaine s'étonnait pourtant : pourquoi ne pas aller parler au juge, qu'on en finisse ? Mais rien à faire, Jeanne voulait lui montrer l'endroit. Sa violente tristesse l'avait impressionnée. Après tout, que risquait-elle en la suivant ?

L'écrivaine jeta un regard en arrière. À cette distance, on ne voyait plus le Mesnil, la végétation se confondait avec un ciel plombé, chargé de neige.

L'aînée des Ferrières traversait déjà la Marne, cherchant son équilibre avec des moulinets du bras. De loin, elle semblait encore plus petite, silhouette épaisse et ridicule avec sa robe et son fichu. Elle fit signe à Olympe de la suivre, et cette dernière entreprit à son tour la traversée, découvrant avec surprise une glace à certains endroits translucide, à d'autres très épaisse, dure comme du calcaire. Dessous, on entendait le grondement du courant, la surface grinçait parfois, comme si elle allait céder. Alors Olympe accéléra en évitant les zones où affleurait l'eau.

Elle arriva sans encombre sur l'île, se demandant bien ce qu'elle y trouverait. Jeanne Ferrières l'aida à escalader la berge aussi raide et glissante qu'un mur de pierre.

— C'est à deux pas d'ici, fit-elle en reprenant sa marche d'un pas décidé.

Olympe la suivit entre deux murs de branchages, jusqu'à ce qu'apparaisse une façade noircie, noyée dans la végétation.

À présent, elles étaient seules au monde. L'écrivaine songeait soudain à l'homme qui avait accompagné Anne-Louise chez la nourrice à Sannois. Elle n'avait pas posé la question à Jeanne. Qui pouvait-ce être ? Son ancien fiancé ?

La maison, une sorte de pavillon de chasse, semblait abandonnée depuis des années. La porte vermoulue coincée par les ronces bâillait sur une salle en terre battue, avec pour seul meuble un vieux banc. Il y avait un évier en pierre dévoré par la mousse, les traces d'un feu de bois très ancien, dans une puissante odeur de tourbe et de pourriture. Olympe buta dans une bouteille abandonnée.

— Quelqu'un vient parfois ici ?

Jeanne lui répondit avec un drôle de sourire.

— C'est ici que ma chère sœur est morte, répondit-elle. (Elle s'essuya la joue, mais bien que le toit crevé laisse à peine passer le jour, l'écrivaine vit clairement qu'il n'y avait pas de larmes.) Ici... marmonna-t-elle en pointant le doigt sur une ouverture au bout de la pièce. (Olympe fronça le sourcil, s'avançant d'un pas vers l'ouverture en question, Jeanne s'écartant pour l'inviter à s'approcher.) Elle est tombée là. Là, exactement.

On entendait un vague murmure, une vague puanteur flottait dans l'espace. Olympe écrasa un empilement de carreaux brisés. L'un d'eux, remarqua-t-elle, était en forme d'étoile.

L'écrivaine s'habituait à la demi-pénombre. L'embrasure dominait un genre de fosse encombrée d'objets étranges, branches, ronces, choses abandonnées, comme des vêtements tire-bouchonnés, et qui semblait remplie d'eau gelée. Et cette odeur toujours plus vive, celle d'un animal crevé, sûrement. C'était presque une tombe, avec ses mauvaises odeurs, ses cauchemars, un noir dantesque.

— Elle a écrit là, murmura Jeanne. Voyez. Avant de mourir.

Son visage était noyé dans l'ombre et la puanteur.

— Je ne comprends pas. Où ? Où a-t-elle écrit ?

Le sang cognait à ses tempes, presque douloureusement. Tout avait l'air irréel.

— Penchez-vous, vous verrez. Un peu plus bas, là.

Avant qu'Olympe ait le temps de se retirer, car le doute à présent n'était plus permis (comment avait-elle pu être aussi sotte !), la fille Ferrières se pencha comme un éclair, lui prit la cheville, la souleva et la fit basculer dans le trou.

La surprise n'avait pas été totale, mais tout de même. Olympe tomba tête la première, heurtant une chose très dure. La douleur lui fit pousser un cri. En même temps, elle entendit très nettement le crissement d'une couche de glace qui se fend. Et le son se prolongea, inexorable, jusqu'à ce que sa jambe droite s'immerge d'un coup dans l'eau gelée, jusqu'au genou.

Pendant une seconde, elle se sentit submergée de panique. Elle agitait la jambe pour essayer de la ressortir, mais n'y arrivait pas. Ses jupons ou autre chose la retenaient.

— C'est une ancienne cave, entendit-elle dans le noir, au-dessus d'elle. La silhouette de Jeanne se découpait dans l'ouverture, le visage indistinct.

— On l'avait condamnée, mais vous voyez que rien n'est parfait dans notre monde. Je vous ai menti.

— À quel propos ? hoqueta Olympe, surprise de devoir entamer cette conversation.

Son dernier mot prononcé, la glace céda brusquement et sa jambe entra dans l'eau, cette fois jusqu'à la cuisse. Le froid la paralysait, elle cherchait autour d'elle à quoi s'agripper. Mais les parois de la cavité étaient lisses, et en tout cas trop éloignées pour lui offrir le moindre secours. Elle tenta de s'aider de sa jambe émergée pour se hisser sur la glace mais ses bottines glissaient. Pour tout résultat, elle obtint un grincement prolongé. La couche de glace s'affaissa d'un coup sous son buste.

— Ce n'est pas ici que je me suis occupée de ma chère sœur, reprit Jeanne avec une souveraine indifférence, mais on sentait qu'elle ne perdait pas une miette du spectacle. (Olympe avait beau chercher, elle ne voyait absolument pas quoi répondre.) Vous ne voulez pas savoir où ?

— Cela ne m'intéresse pas, fit l'écrivaine entre les dents.

Sa voix commençait à trembler. Dieu que ce froid était cruel. La puanteur venait du fond de la cavité, palpable, quasiment insoutenable à présent.

— C'est moi qui suis passée à Sannois.

— Sannois ?

— Chez la nourrice.

— Vous feriez mieux de me sortir de là. Vous serez pendue.

— Et vous morte.

Elle poussa un soupir et disparut de son champ de vision. Olympe entendit son pas dans la maison, sur les détritus qui craquaient. Puis il y eut des han d'effort.

L'écrivaine tenta encore de se hisser hors de son trou, mais chaque geste ne faisait que l'enfoncer plus, dans des gifles d'eau glacée. Elle s'arrêta, terrorisée. Son œil s'était habitué à l'obscurité. Elle hurla de terreur tandis que la courte silhouette de Jeanne réapparaissait, six bons pieds au-dessus d'elle.

— Ah, quand même, vous l'avez vu ? fit cette dernière d'un ton satisfait.

On ne distinguait toujours pas ses traits.

— Qui est-ce ?…

L'écrivaine claquait des dents. La glace grinçait et s'affaissait sous son ventre. Tout finirait par rompre, elle serait entraînée au fond par le poids de ses jupes. Elle mourrait. Pures sciences physiques. Comment pouvait-on être aussi fou ? se dit-elle dans un accès de rage, se réprimant pour ne pas trop bouger.

— C'est Beauvisage.

Olympe eut envie de rire, le nom lui semblait grotesque. De Beauvisage, donc, elle ne voyait qu'une main puante, verdâtre, des doigts refermés pour l'éternité sur une proie imaginaire.

— Il a eu de la chance, lui, il s'est cassé les reins en tombant. Mais vous… fit Jeanne en reculant d'un pas.

Avec un grand han d'effort, elle jeta ce qu'elle portait dans la fosse. Une éclaboussure d'eau noire, un craquement. Aux violents mouvements de la glace qui se rompait pour de bon, Olympe comprit qu'il s'agissait d'une lourde pierre ; dans le même instant, elle sentit son autre jambe attirée dans l'eau. Elle s'y enfonça d'un coup jusqu'au menton, tout droit.

Le froid lui coupait la respiration. Elle agitait les pieds dans l'eau, avec d'extrêmes difficultés à cause des tissus, pièges humides, collants et lourds. Elle n'avait pas pied, c'était une certitude.

— On… Va… Savoir… fit-elle entre deux hoquets.

L'autre l'observa un moment avant de répondre.

— Non, on ne saura rien. Je dirai que vous vous êtes perdue.

— Vous… êtes… folle…

Sans doute la phrase fit-elle mal à Jeanne, car elle ne répondit pas immédiatement. Olympe avait trouvé une fissure pour s'accrocher, mais ça ne durerait pas longtemps. Trop froid.

— Beauvisage m'a trahi, comme tous les autres. Voulez-vous savoir comment je l'ai fait venir ici ?

L'écrivaine eut envie de lui répondre, quelque chose comme *Allez au diable*, mais elle n'en eut pas la force. Cent mille couteaux lui fouillaient le buste et les jambes, c'était à en crier. Elle se mit à claquer des dents. À présent tout était clair : Jeanne avait tué sa sœur parce qu'elle avait eu du bonheur, c'était aussi simple que ça. Ces choses-là n'existaient pas qu'au théâtre.

Elle devait se concentrer pour respirer, mais le réflexe devenait douloureux. Ses forces l'abandonnaient, ses vêtements pesaient des centaines de livres. Elle comprit qu'elle allait mourir là, tétanisée de froid et de terreur.

48

Jeudi 22 décembre, six heures trente de l'après-midi

Une voix errait dans la pièce, d'abord un peu floue, diluée dans l'espace, puis de plus en plus nette et précise, comme la chanson d'un marcheur lointain qui sortirait peu à peu du brouillard, une voix qu'elle reconnaissait entre mille.

Elle le vit d'abord de dos, qui houspillait la servante. Qu'elle rapporte du bois, bon sang. L'autre protestait qu'il n'y en avait pas. Eh bien qu'elle prenne des chaises ou des tableaux et on verrait bien s'il n'y en avait pas, du bois. Un feu ronflait avec des craquements, jetait des lueurs ambrées sur les murs sales, des fumées humides.

On l'avait sortie de la fosse à demi-morte, dégoulinante d'eau crasse et d'ordures, les cheveux sur les yeux, ne tenant plus sur ses jambes. La terreur l'enserrait encore. Elle cherchait l'air. Il neigeait et Jeanne hurlait, au-delà de tout sentiment.

— Sacredieu, s'était exclamé Dauterive, mais son œil furieux démentait son ton joyeux, quelle idée de se baigner par ce temps.

— Et tout habillée encore, voulut répondre Olympe.

Mais les mots ne passèrent pas la barrière de ses lèvres congelées.

Quelque part, Jeanne vociférait toujours, d'une voix affreuse, sortie du fond des tripes. Il y avait aussi un homme en manteau, la tête d'un paysan, deux fois plus grand et plus large que Victor, et d'autres personnes qui s'agitaient, ou au contraire semblaient pétrifiées.

Au manoir, Olympe avait été déshabillée, frictionnée avec de l'alcool, rhabillée d'une chemise sèche et fourrée dans le lit glacial d'une chambre plus glaciale encore. Et Dauterive dirigeait la manœuvre, curieusement vêtu d'un grand carrick de cocher. Ce garçon n'aimait décidément rien tant que les travestissements, se dit-elle, puis un violent frisson l'interrompit.

— Des bûches pour ce feu, bon Dieu ! s'exclama le jeune homme en bousculant un majordome. (L'homme eut un sursaut indigné et sortit.) Et dépêchez-vous, sinon c'est votre propre lit que je mets à la cheminée.

***

— Où est Jeanne ?

Ce fut la première chose qu'elle eut la force de demander. Elle se sentait épuisée, brisée en deux, mais le sang fourmillait à nouveau dans ses membres grâce au bouillon brûlant et à l'alcool qu'on lui avait administrés.

— Jeanne est sous bonne garde, ne vous inquiétez pas, répondit Dauterive. Vous vouliez la voir ?

Olympe battit faiblement des paupières.

— Je vous prie de ne pas vous moquer.

— Loin de moi cette idée. Elle a reconnu avoir poussé Beauvisage dans la fosse, mais elle n'a rien voulu avouer pour sa sœur. Que vous a-t-elle dit ?

— Que c'était bien elle.

Il eut un large sourire.

— Diable, c'est que vous ne reculez devant rien, pour obtenir les aveux.

— Serviteur…

Ils parlaient sans s'occuper des autres, jusqu'à ce que Victor les lui présente. Le petit grison barbu, haut comme trois pommes, c'était le fameux Gruchet, juge de paix du canton. À ses côtés se tenaient Hacar, son assesseur, puis Baroux, en habit de drap fin et bottes souples, l'homme à la tête de paysan.

— C'est donc vous ?

Elle le dévisageait, entre curiosité et méfiance. Le fiancé d'Anne-Louise paraissait ravagé de tristesse. Il ne dit rien.

— Et où sont les parents ?

— Dans une autre pièce, Madame, intervint Gruchet, très droit, la mine renfrognée. Je me chargerai de les entendre plus tard, ajouta-t-il en se redressant d'un air pompeux.

— Vous sentez-vous assez bien pour faire votre déposition ? demanda Dauterive d'un ton neutre.

À la mine contrariée du petit barbu, Olympe comprit que ce dernier n'avait aucune envie de voir Victor se mêler à cette procédure.

— Mais avec plaisir, dit-elle.

L'assesseur assis à une petite table, elle déroula son récit.

— Peut-on savoir à quel titre vous vous êtes autorisée à intervenir dans cette affaire ? lui demanda Gruchet d'un ton sec, une fois qu'elle en eut fini.

— Au titre de femme et de citoyenne, répondit l'écrivaine en échangeant un coup d'œil avec Victor.

Gruchet haussa les épaules et prit la déposition que venait de sabler Hacar. Il la lui tendit, après l'avoir relue en diagonale.

— Maintenez-vous vos accusations contre Jeanne Ferrières ?

Olympe approuva d'un hochement de tête. Elle prit la plume que lui proposait le juge et signa. Gruchet, satisfait, sortit soudain en leur commandant à tous de l'attendre.

— Je suppose, murmura Olympe après un long soupir, que je vous dois des remerciements, et des excuses.

Victor se tripotait le bout du nez.

— Vous pouvez surtout remercier le destin. Sans monsieur Baroux, ici présent, vous seriez morte à l'heure qu'il est.

La jeune femme sentit la chaleur diminuer d'un coup. L'odeur du cadavre de Beauvisage, l'eau glacée, l'ombre de Jeanne Ferrières. Elle ferma les yeux un instant.

— N'y pensez plus, dit Dauterive, embarrassé.

En quelques mots, il lui raconta ce qui l'avait conduit jusqu'à elle. Baroux voulait absolument interroger la nourrice. Ils s'étaient donc rendus à Auteuil pour obtenir son adresse, et c'est là qu'ils avaient appris le départ d'Olympe vers Saint-Maur. Ils avaient mis moins d'une heure à venir à bride abattue.

Une question de son amie le tira de ses réflexions.

— Ce qui va se passer ? Vous sentez-vous capable de marcher ?

— Il me semble que oui, pourquoi ?

— Le citoyen Hacar ici présent vous hébergera pour cette nuit. Moi, je dois repartir.

— Je vous signale que monsieur Gruchet nous a dit qu'il fallait l'attendre.

Dauterive répondit avec un sourire de parfait faux naïf.

***

Le juge de paix sursauta en voyant Dauterive entrer dans le cabinet du baron (ou le réduit crasseux qui en tenait lieu).

— Il me semble avoir mal entendu, dit-il d'une voix un peu rauque, l'air offusqué

— Mais si, vous avez entendu. Je vous laisse. Quant à

madame de Gouges, sa déposition est enregistrée, elle n'a plus rien à faire ici.

Le couple Ferrières, debout côte à côte devant une antique armoire en chêne sombre, semblait statufié. Victor eut soudain pitié d'eux. Ils ne méritaient pas toutes ces horreurs.

— Je vous ai commandé de rester, murmura Gruchet, tout pâle. (Ses narines frémissantes et sa grosse barbe lui donnaient un air de Neptune en colère.) Je veux enregistrer votre déposition.

— Vous la recevrez.

— Je la veux maintenant.

Ils se toisèrent un instant, le visage de Victor parfaitement lisse, comme s'il cherchait vainement un sentiment à exprimer. Puis, se tournant vers Olympe (dissimulée sous une couverture grisâtre), Baroux et Hacar, il leur fit signe d'aller.

— Je vous avertis… Monsieur Hacar !

— Fichez-lui la paix, à ce garçon. Je viens de le réquisitionner. Et maintenant, à moi de vous avertir. S'il arrivait un autre malheur dans cette maison, si Jeanne Ferrières commettait je ne sais quelle autre folie, je vous en tiendrai pour responsable.

Il s'était arrêté à la porte. Du perron, Baroux appelait son cocher.

Il se tourna vers les Ferrières.

— Vous le saviez, n'est-ce pas ? (La baronne fuyait son regard, mais pas le père, qui le considérait les yeux rougis, pleins de tout le désespoir du monde.) Vous le saviez ?

— Impertinent… murmura la mère Ferrières. Vous insultez notre douleur, vous devriez avoir honte…

Olympe, qui observait la scène par-dessus l'épaule du gendarme, fut frappée de sa ressemblance avec Jeanne. Même visage large et hautain, mêmes joues rondes, le teint pâle et le regard sombre. Elle paraissait à bout de nerfs.

— Jeanne a tué sa sœur par jalousie. Vous saviez qu'elle la détestait au-delà de toute raison. Ne me dites pas le contraire.

— Jeanne est une bonne fille…

Dans le silence épais, il vit le baron prendre la main de sa femme. Elle s'en débarrassa avec horreur.

— Une bonne fille, mais une fille dérangée. Elle n'a pas supporté que sa sœur soit amoureuse. Qu'elle ait un enfant…

— Un enfant ! Hors mariage !

— Allons, Monsieur, dit le baron en faisant un pas vers lui. Allons…

Elle aussi fit un pas, il la retint et ils se chamaillèrent un instant, dans un tableau atroce. Baroux tenta de s'interposer, la baronne se jeta à sa figure toutes griffes dehors. Il fallut l'intervention d'un garde pour les séparer. Elle tremblait de rage.

— Lieutenant, je crois que vous feriez mieux de sortir, fit Gruchet d'une voix blanche.

— Vous saviez tout ça, reprit Dauterive.

Une espèce de colère le prenait. Il repensait au visage magnifique d'Anne-Louise. Même figée dans la mort, elle était belle, de cette beauté diaphane, comme une peinture de Botticelli, l'image était intacte. Elle avait voulu sa liberté, cette famille monstrueuse l'en avait privée, elle lui avait même ôté la vie. Ils étaient tous coupables.

— Vous le saviez, qu'Anne-Louise avait le crâne défoncé et que ce n'était pas un accident. Vous le saviez bien, non ? Vous vous doutiez bien que c'était Jeanne.

La baronne semblait avoir du mal à respirer, murée dans sa fierté imbécile, en mère outragée. Son mari, lui, pleurait doucement.

— Bien sûr que vous vous en doutiez. Votre servante imaginait quelque chose, elle vous avait peut-être entendu parler, elle voulait me le dire. Jeanne l'a appris et elle l'a jetée dans la Marne.

Il revit, dans un souvenir pénible, cette nuit pluvieuse, le cri de désespoir de cette fille, il revoyait très bien son visage. On l'avait noyée comme une bête. Il sursauta en entendant rire madame Ferrières, un petit rire qui se termina en coassement.

— Cette fille était une voleuse. Elle…

— Taisez-vous ! Elle est morte parce qu'elle voulait me parler. Vous le savez très bien. Et pour Jeanne aussi, vous saviez. Elle vous racontait tout. Elle n'a pas supporté que sa sœur s'enfuie, elle s'était arrangée pour connaître le lieu de son asile, elle vous l'avait dit.

— Allons Victor, tenta Olympe. Ce n'est pas utile…

Elle posa la main sur son épaule. Sous le tissu de drap, elle le sentait vibrer de colère.

— La mère et la fille, jalouses d'Anne-Louise. Parce qu'elle lisait, parce qu'elle dessinait, parce qu'elle allait se marier avec un homme qui l'aimait et qui avait de l'argent. Qui se moquait bien qu'elle ait une dot ou pas. C'était trop pour vous deux, hein ? (Il se planta devant la baronne, qui recula d'un pas.) Dites-le, que vous n'êtes pas jalouse *vous-même*, et que Jeanne a agi entièrement seule. Dites-le !

— C'en est trop. Monsieur Gruchet…

— Je n'ai pas fini ! Et vous, Gruchet, restez où vous êtes. Qui a dit à Jeanne qu'il y avait eu un enfant, et que cet enfant n'était pas mort ? Qui l'a dit ? Qui lui a dit où se trouvait le couvent des Pénitentes ?

— Personne n'a rien fait de cela, fit la baronne avec difficulté.

— Vous l'avez fait, intervint sèchement Olympe. (Tous les témoins se retournèrent vers elle, stupéfaits.) Marguerite Perret, la supérieure des Pénitentes, me l'a confirmé : vous et votre mari étiez les seuls à savoir que l'enfant n'était pas mort-né. Si Jeanne l'a appris, c'est par vous.

La mère Ferrières inspira largement mais ne trouva rien à dire. Ses yeux lançaient des éclairs de haine.

— Anne-Louise est passée au couvent la veille de sa mort, reprit l'écrivaine. Elle avait appris pour l'enfant. Elle voulait sans doute le reprendre, certainement avec vous, Monsieur.

Elle se tournait vers Baroux.

L'ancien fiancé secoua le menton, les yeux brillants de larmes et les lèvres tremblantes, comme à chaque fois qu'on évoquait la mémoire de son aimée.

— Non Olympe, ce n'est pas exactement ça, fit Dauterive.

— Comment ça ? Anne-Louise est passée au couvent, la mère supérieure me l'a confirmé.

— Oui. Mais quelqu'un était venu *avant elle*. Je vous fiche mon billet que la nourrice nous le confirmera.

— Qui ?

— Faites venir Jeanne, elle va nous le dire elle-même.

Tout le monde se regardait sans oser bouger.

— C'est hors de question, murmura le juge.

— Hacar, faites entrer Jeanne Ferrières. Qu'on en finisse une bonne fois.

L'assesseur osa un pas, mais son supérieur l'interrompit d'un regard furieux.

— Restez où vous êtes mon ami. C'est moi qui dirige cette procéd…

Victor ouvrait déjà le salon contigu où attendait Jeanne, sous la surveillance d'un garde. Elle poussa un cri en le voyant entrer, le bras levé comme éviter ses coups, et cela sentait la comédie à plein nez, pauvre comédie de petite fille mal poussée. Il la ramena sans difficulté jusqu'à la pièce où ils se trouvaient tous. Jeanne avait changé de posture. Elle croisait les bras d'un air méprisant.

— Dauterive, cessez immédiatement, menaça le juge. Si vous continuez, j'envoie un rapport à votre ministre.

— Et moi au vôtre, citoyen. Je lui expliquerai comment vous avez couvert trois meurtres.

Le magistrat roula des yeux exaspérés, mais garda le silence.

***

— Jeanne Ferrières, dit Dauterive, je vous accuse d'avoir assassiné votre sœur Anne-Louise, votre servante Manon, et votre cocher Beauvisage.

Sa voix résonnait dans le salon, dans tout le manoir.

— Après avoir appris, sans doute par votre mère, que votre sœur avait eu un enfant, vous vous êtes rendue à Sannois chez sa nourrice, je suppose pour le supprimer. Pour complice, poursuivit-il en fixant Jeanne, vous vous êtes faite accompagner par le cocher de la famille, le seul à pouvoir vous mener aussi loin de Saint-Maur. Là, déception. Ou joie, je ne sais : vous apprenez que la petite fille est morte depuis longtemps… (Jeanne contractait les lèvres dans une expression haineuse qui fit frissonner Olympe.) Vous rentrez donc à Saint-Maur. Toute personne normale aurait annoncé cette horreur à Anne-Louise. Mais vous, non.

— Je comprends pas, dit Hacar en fourrageant ses gros favoris noirs. Elle lui aurait rien dit ?

— Ça n'aurait pas été assez cruel à son goût. La supérieure du couvent des Pénitentes est formelle : quand Anne-Louise est passée la voir, la veille de sa mort, elle croyait que sa fille était vivante. Elle voulait *la reprendre*. Me trompé-je, Olympe ?

L'écrivaine approuva en hochant du menton. Elle commençait à comprendre, elle aussi. Il fixa Jeanne

Ferrières, qui détourna aussitôt le regard. Sa mère restait distante et hautaine. Seul le père semblait vivre un déchirement.

— Vous lui avez donc fait croire que son enfant vivait. Quel jeu amusant, n'est-ce pas ? La veille de sa mort, la pauvre Anne-Louise file à Villiers-le-Bel, au couvent, espérant reprendre son enfant. La supérieure n'a d'autre choix que de lui donner l'adresse de la nourrice, qui lui apprend la vérité. Anne-Louise rentre à Saint-Maur, elle ne comprend pas, elle est désespérée. Elle demande à vous voir. Pourquoi l'enfant est-il mort ? Et là, vous lui dites tout, pour lui faire le plus de mal possible, qu'elle regrette bien. Vous vous êtes bien amusée, n'est-ce pas ?

Il considéra Jeanne qui ne cillait toujours pas, c'en était effrayant.

— Que s'est-il passé, ensuite, je ne sais. Une dispute, ou alors vous avez vu rouge, comme avec Manon ou Beauvisage, quand vous avez compris qu'ils allaient parler. Pourquoi ne pas nous dire ce qu'il s'est passé ? reprit-il plus doucement.

— Il ne s'est rien passé, murmura la jeune femme en lui lançant un bref coup d'œil.

Son comportement avait encore changé, elle semblait maintenant plongée dans l'apathie.

Il y eut un long silence. Le baron paraissait fusillé debout. Sa femme était raide, ses mâchoires roulaient sous sa peau et un moment, Dauterive pensa à Bachelu. Ils avaient la même taille, cette même méchanceté.

— Vous croyez tout savoir du haut de vos vingt ans, murmura-t-elle avec effort. Mais vous ne savez rien. Rien !

Elle avait crié d'un ton très aigu, comme si la rancœur de toute une vie sortait d'un coup.

***

Dehors, il neigeait d'abondance.

— Êtes-vous sûr de devoir rentrer à Paris ? demanda Olympe, après que le lieutenant l'eut aidée à grimper dans le coupé de Baroux.

Une couverture s'était prise dans le marchepied. Hacar s'affairait à la décoincer, les épaules aussitôt poudrées de blanc.

— Ce soir, vous dormirez chez monsieur et madame Hacar, vous verrez que ce sont des gens agréables. Nous nous parlerons la semaine prochaine. Enfin je pense.

— Que va-t-il se passer, à votre avis ?

Elle montrait du bout du doigt le vieux manoir, fantôme noir dans la tempête naissante.

— Gruchet va passer le restant de ses jours à grogner contre moi.

— Bah, cet imbécile ! s'exclama Hacar.

— C'est un magistrat, répondit sèchement Dauterive. Ni lui ni les Ferrières ne veulent d'un procès public. Ce serait un scandale absolu et personne ne le souhaite.

— Pas de procès ? Il ferait beau voir !

— On trouvera un médecin pour dire que Jeanne Ferrières n'a pas toute sa raison. On la placera à l'Hôpital général où dans une maison d'aliénés, et l'affaire sera faite.

Il referma la portière d'Olympe sans s'occuper des protestations indignées de l'assesseur.

— Me pardonnez-vous ?

— Vous n'avez rien fait de mal.

— Je n'aurais pas dû me mêler à tout ça. Vous m'aviez mise au défi, j'ai voulu y répondre. J'ai été sotte.

— Vous ne l'êtes pas, sourit le jeune homme.

Il essuya les flocons qui s'accrochaient à ses sourcils. Il songeait à ses propres paroles, à son arrogance lorsqu'il lui avait dit qu'elle ne pourrait pas agir sans être *revêtue de l'autorité de la loi.* Quand serait-il moins présomptueux, quand se réformerait-il ?

— Merci, mon ami.

— Ne me remerciez pas. Sans vous, cette affaire n'aurait pas été résolue.

— Bien aimable de reconnaître mes mérites. Mais vous ne m'avez pas dit pourquoi vous deviez partir, ne put-elle s'empêcher de dire.

Pour un peu elle aurait rougi. Décidément.

Il sourit.

— Je vous dépose chez monsieur Hacar. Nous serons un peu serrés jusque là-bas, mais ce n'est pas très loin.

Il y avait dans son ton une espèce de tendresse qui sembla le gêner.

Bientôt leur voiture s'enfonça au cœur d'un rideau de neige, puis dans le gouffre de la nuit.

49

Vendredi 23 décembre, quatre heures trente du matin

Tout était silencieux, vraiment très silencieux comme lorsqu'il chassait avec son père dans les collines. Lorsque la neige tombe, il n'y a plus aucun bruit, même pas celui des flocons touchant le sol. Et à Paris, c'était pareil ; peut-être à cause de l'heure très matinale, se dit le jeune homme.

Il se souvenait des hivers quand il était à l'école militaire. La cloche du lever sonnait à 5 heures, tous les cadets se retrouvaient à la chapelle, deux ou trois cents visages chiffonnés alignés sur les bancs, avec les mêmes cravates noires, les mêmes uniformes stricts, bleu de Prusse à parements rouges. Tout alors était ordonné, comme un livre de mathématiques. Il y avait le roi et la noblesse, l'Église, les corporations et le peuple, tout dessous. Qui aurait pu penser que tout cela soit aussi fragile ?

Certains le supposaient, des bavards qui lisaient trop, des philosophes qui voulaient *révolutionner* l'univers. Lui, il ne le croyait pas. On ne changeait pas ce que la Providence avait fait, ce que Dieu avait voulu. Il fallait se battre pour que tout redevienne comme avant.

Il était prêt.

François bâilla en regardant autour de lui. Il n'avait pas dormi de la nuit, son visage aux traits osseux tendu, pas rasé. L'atelier de menuiserie dans lequel il avait dormi sentait bon le bois, les copeaux frais ou anciens, l'odeur de graisse des outils en acier qui luisaient faiblement dans l'ombre.

La charrette attendait dans la remise, chargée de trois tonneaux de poudre. Les mèches incendiaires, celles du moins qu'il avait réussi à préserver, étaient sèches, bien en place.

Dans deux heures exactement, il sortirait, grimé en paysan, et il irait se garer devant L'Hôtel de ville. À l'arrivée de Pétion, l'infâme, il ferait tout sauter, lui et sa prétendue *municipalité*. François grimaça. Tout ça le répugnait, mais il fallait montrer au monde que les sujets du roi de France ne voulaient pas de cette *Révolution*, cette folie de tout vouloir niveler, comme si les hommes étaient égaux !

Ensuite, Von Hazel lui avait promis un commandement dans l'armée des princes, à Coblence. Et ils viendraient à Paris nettoyer toute cette ordure. Un drôle d'homme, ce Von Hazel, avec son accent étranger, sa figure rouge, sa perruque courte qui lui donnait l'air d'un magistrat. Un ancien officier du roi, qui œuvrait pour le compte des princes Allemands, mais aussi de l'Autriche et du royaume de Piémont. La reine, disait-il, le soutenait discrètement. L'attentat devait frapper la Révolution en plein cœur, c'est ce qu'il lui avait expliqué à Londres, à leur première rencontre. À Paris, il le lui avait redit, plusieurs fois. Il fallait que les agitateurs craignent le roi, qu'ils s'enfuient dès la guerre commencée, car on leur déclarerait la guerre, et leurs cadavres se balanceraient à tous les ponts, tous les réverbères de Paris.

Le jeune officier (en fait, il ne l'était plus depuis sa désertion du régiment de la Fère en août 1790, mais il se considérait toujours au service du roi) finit de s'habiller, trop nerveux pour se recoucher sur son petit lit de sangle.

Les yeux fixés vers les solives poussiéreuses, il retournait des réflexions troublantes.

À Arcueil, parmi les poursuivants, il se souvenait d'un tout jeune homme, policier certainement vu sa mise quelconque. Il n'avait pas vraiment pris garde. Tout s'était passé si vite, Le Bras des Forges blessé, leur fuite éperdue, leur dispersion. Rue des Saint-Jacques, ç'avait été différent. Il avait très bien vu cette silhouette au visage élégant, naïf. Caché dans un recoin du cloître, il l'avait vu passer. Il faisait sombre mais tout de même… Comment Victor aurait-il pu être à sa poursuite ? Bien sûr, c'était un traître, paraît-il lié à l'autre traître, La Fayette. Mais qu'aurait-il fait là, avec ces assassins soldés ? L'aurait-il suivi, dénoncé ? Mais comment, à quel moment ? Tout de même, pas à Londres… Comment ce petit prétentieux aurait-il su, pour Von Hazel ?

Il chassa ces pensées absurdes. Non, ça ne *pouvait pas* être Victor.

L'aube arrivait lentement. Il neigeait toujours. Des silhouettes passaient à petits pas dans la rue, brouillées dans une dentelle flottante. Le menuisier et ses apprentis devaient s'être levés, car depuis un certain temps, François les entendait parler et se déplacer.

Il referma sa blouse de paysan et traversa la cour, jetant au passage un coup d'œil vers la remise. La voiture était là, dissimulée sous une bâche en grosse toile. Rien qu'à cette vue, la peur monta d'un cran, mais il se dit que personne ne se méfierait. Depuis deux ans, Paris n'était qu'anarchie. Qui se soucierait d'un rustaud en charrette ?

Le menuisier s'affairait comme toujours à son poêle, un grand bonhomme affligé d'un énorme grain de beauté sur la joue, bavard comme une commère. Il se retourna à demi, juste pour voir qui entrait. Grogna un *bonjour* à peine audible.

François fronça le sourcil. Ce n'était pas dans ses manières. La porte à peine refermée, il sursauta en découvrant une jeune femme assise au milieu de la cuisine, dans un grand manteau blanchi par la neige, d'une pâleur presque mortelle. Son cœur se mit à cogner lourdement à ses tempes.

— Que… faites-vous là ?…

N'aurait-elle pas dû être morte ? *N'était-elle pas morte ?*

Discrètement, le menuisier s'écarta du poêle, puis sortit de la pièce. Étrange comme dans un songe. François hésita. Il n'était pas armé. Deux silhouettes surgirent dans son dos, bloquant sa retraite. Et quand il voulut reculer, il sentit un contact froid dans sa nuque. Le canon d'une arme.

— Avancez, Monsieur.

Une voix d'homme, moqueuse. Il eut un instant d'hésitation mais, d'une pression, son gardien le fit avancer. La porte se referma derrière eux.

Arabella Winter observait la scène, toujours assise, bizarre spectatrice d'une pantomime.

— Que faites-vous ici ? murmura François, mais elle ne semblait pas avoir la force de répondre.

Un autre homme lui faisait face, très pâle lui aussi, la cinquantaine, deux traits durs aux joues, mal rasé, des yeux bleus bordés de noir. Il se tenait appuyé au mur, un pistolet à la main. Aussi faible qu'il paraisse, ses doigts ne tremblaient pas. François reconnut l'un de leurs assaillants du château d'Arcueil. Il se souvenait l'avoir vu blessé, deux hommes l'avaient tiré à l'abri d'un arbre.

Les deux autres, dans son dos…

Il se laissa fouiller, pousser au milieu de la pièce. Se retourna, le cœur au bord des lèvres, comme s'il montait à l'échafaud. De violentes émotions remontaient, des souvenirs qu'il croyait disparus ; une bagarre violente, alors qu'ils n'avaient que dix ans, les réprimandes dures de leur père, Victor fouetté par les mots, lui effrayé, déchiré entre deux loyautés, entre pitié et plaisir ; le jour où son cadet avait pris le pouvoir sur lui dans leurs assemblées secrètes, au grenier ; le ressentiment qui avait suivi et qui avait duré.

Ensuite, ils ne s'étaient guère revus. En garnison, il avait su que Victor servait un ami de la famille, procureur de la maréchaussée à Sens. Puis il s'était enfui à Paris sous la protection de La Fayette, ce fantoche ridicule.

— Et on dit toujours que c'est moi le rêveur de la famille, constata Victor d'un ton froid, très légèrement ironique. Reprenez-vous donc et asseyez-vous.

Il était accompagné d'un homme de petite taille mais solide, qui semblait mâcher sa rancœur et pointait sur lui son pistolet. François lut dans ses yeux qu'il n'hésiterait pas un instant à tirer, et peut-être même qu'il y prendrait plaisir.

***

L'homme au visage marqué de deux traits durs s'appelait Charpier, député de l'Assemblée nationale. François avait ricané mais il l'avait interrompu d'un geste sec. Son visage blafard était parcouru de tics nerveux, en fait, des grimaces de douleur. Il avait dû finir par s'asseoir.

— Ne me forcez pas à élever le ton, fit-il entre ses dents serrées. Et n'essayez pas non plus de bouger, monsieur Bachelu se ferait un plaisir de vous brûler la cervelle. À Arcueil, vous et vos amis avez cherché à m'assassiner, et je pourrais vouloir me venger. Laissez-moi terminer.

— Qui vous en empêche ? répondit François en se redressant, bravache.

— Cessez vos fanfaronnades et écoutez-moi : le 10 décembre dernier, vous avez rencontré un certain baron Von Hazel dans un hôtel particulier à Londres, à Chapel Street, près de Park Lane.

Le jeune homme pâlit. Puis secoua le visage avec hauteur.

— Je n'ai rien à vous dire…

Mais sa voix s'éraillait.

Victor l'observait sans surprise. La vie militaire n'avait donc rien changé à son caractère, bien au contraire. Les jeunes officiers issus de la noblesse cultivaient le mépris et l'inhumanité pour la troupe, ne se privant jamais, se vantant même de multiplier les punitions corporelles.

— Le baron Von Hazel n'existe pas, murmura Charpier d'un ton las.

— Imbécile ! C'est un brave homme qui sert notre roi depuis plus de vingt ans.

— Il y a en effet un baron Von Hazel, corrigea son interlocuteur. C'est un Bavarois de naissance, qui servait notre roi depuis 1765. Mais cet homme a quitté la France pour vivre dans ses terres à Viborg, au Danemark. Il…

— Il n'a pas…

— Von Hazel ne possède aucun bien à Londres, et ne s'est pas déplacé dans ce pays depuis sept ans exactement.

— Ce sont des absurdités…

— L'homme que vous avez rencontré à Londres, le voici… Montrez-le-lui, mon cher…

Victor sortit de sa poche un papier et le déplia sous les yeux de son frère. Un portrait de Parker.

— Joli dessin, ironisa François Brunel de Saulon, piqué au vif. Et alors ?

— Cet homme, fit Arabella Winter qui ne perdait une miette de l'échange malgré son épuisement, s'appelle Nathaniel Parker-Forth. Sujet anglais au service de William Pitt, Premier ministre de sa majesté George III. Vous comprenez ce que ça veut dire ?

Elle battit des cils et laissa aller sa tête contre le dossier de sa chaise.

François la dévisagea, estomaqué.

— Mais… et vous ? Qui êtes-vous alors ?

— Je suis anglaise aussi, Monsieur. Pas danoise, et pas une cousine de Von Hazel.

Ses yeux s'étaient agrandis, il serra les deux poings.

— Vous trahissez notre cause.

— Il n'y a pas de *cause*. Je vous évite l'échafaud, Monsieur, et je l'évite moi aussi. Vous devriez remercier votre frère.

François fit un effort pour ne pas accorder de regard à Victor, repoussant son dessin d'un revers de la main. Il commençait à comprendre. Londres…

— Parker vous a abusé, déclara le député d'un ton froid. Cet attentat avait pour but de semer le trouble dans la Révolution, sans doute d'attiser la colère des patriotes…

— Fi, les patriotes !

— Et de jeter la France dans une guerre qui arrange bien l'Angleterre.

— Sottises ! Monsieur Von Hazel n'est… il n'est pas cel…

— Épargnez-nous vos discours, fit Charpier, vous n'êtes qu'un sot. Vous ne comprenez rien ! Vous êtes face à un fleuve immense, vous n'en détournerez pas le cours. Vous serez emporté. (Victor nota avec surprise que le député citait une expression de Robespierre, lui qui penchait plutôt vers Danton et les Cordeliers.) S'il ne tenait qu'à moi, reprit-il avec une colère froide, je vous livrerais volontiers à la corde, mais il paraît que vous avez un frère.

Le visage de François se tordit de dépit.

— Et quel frère…

— Qui a pris tous les risques pour vous, animal que vous êtes. Voici ce à quoi je consens : vous serez reconduit à la frontière de votre choix. Même chose pour votre amie Arabella Winter et pour Le Bras des Forges, s'il avait survécu.

Le jeune aristocrate accusa le coup, livide.

— Je pourrais revenir…

— Comme vous voudrez, mon cher, mais ne vous faites pas prendre. Votre frère ne sera pas toujours là pour vous protéger. Et maintenant, fichez le camp d'ici.

Le jeune homme se redressa, tremblant d'indignation.

— Je reviendrai. (Il se tourna vers Victor.) Je reviendrai et je détruirai tout ce que vous avez fait.

Le lieutenant sentit son cœur se serrer, avec l'envie de pleurer et de se mettre en colère, de laisser exploser sa rage.

— Vous êtes fou. Il est trop tard pour rien détruire.

— Père saura.

Il le toisait avec son regard noir, sa haute taille, son arrogance, sa peur aussi d'avoir échappé à la mort.

Victor inspira largement.

— Où sont-ils ?

Son frère prit un temps pour lui répondre.

— Françoise-Augustine avec Chesnel, à Turin. Père et mère, toujours à Saulon. Ma foi, je ne sais pas pourquoi je vous dis ça. Sachez que je leur écrirai, je dirai à père ce que vous êtes devenu.

— Il le sait déjà, répondit le lieutenant dans un sourire crispé.

Un an plus tôt, le marquis avait tenté de le faire enlever, en plein Paris. Il avait fallu un miracle pour que l'affaire échoue. Mais sa liberté restait fragile. Il était encore mineur et dépendrait légalement de son autorité pendant encore presque deux ans.

D'un geste vaguement ironique, Bachelu indiqua à François la sortie. Ce dernier hocha la tête puis considéra

Victor. Son visage lui parut entièrement nouveau, à la fois celui de la honte et de la haine.

— Nous nous reverrons, mon frère, dit-il sans desserrer les lèvres.

Il titubait presque de rage.

— Je ne le souhaite pas.

— Nous nous reverrons. Tout commence.

Puis il se laissa pousser hors de la pièce, grande silhouette un peu voûtée, la même, finalement, pensa Victor, que lorsqu'ils étaient enfants tous les deux.

50

Lundi 26 décembre, huit heures et quart du matin

La phalange était passée du noirâtre au rouge, puis au rosé et maintenant l'ongle repoussait lentement, comme la peau neuve d'un serpent. La douleur s'était estompée, il sentait simplement parfois une intense démangeaison. Il appliqua tout de même l'onguent que Tony the Faith lui avait appris à confectionner, et referma son bandage.

Il boutonnait son uniforme, sans plaisir. Bientôt les factions reprendraient à l'Hôtel de ville, cela ne l'enchantait guère mais c'était aussi le retour à une vie normale. En apercevant son nécessaire à dessin, il ressentit une bouffée de plaisir. Il retournerait à l'atelier de David, il se souvenait de la belle inconnue, ses yeux bleus. *MS de Bellegarde*... (maintenant il se rappelait de son nom, dans le billet. Était-ce un signe ?). Il l'avait rencontrée au tout début du mois, ce n'était pas si vieux. Il s'excuserait d'avoir tardé à lui répondre. Quant à David, il ferait la tête, comme souvent, mais il le reprendrait parmi ses élèves.

Pour la première fois depuis longtemps, le poêle délivrait sa douce chaleur. Victor s'arrêta le nez au carreau pour observer les passants du matin. Une épaisse couche s'était posée ces derniers jours, les voitures creusaient de profondes ornières sur la chaussée, au pied de Saint-Séverin. Noël était passé sans qu'il s'en aperçoive. De toute façon, il n'aurait pas eu le cœur à le fêter sans Joseph.

Mais il avait rendu visite à son vieil ami Duperrier qui se remettait peu à peu, contre toute attente. Ils avaient passé deux heures à causer devant la cheminée, le vieillard plus gracile et chenu que jamais, maigri de dix livres. Mais bien vivant, les yeux toujours pétillants derrière ses épais sourcils blancs.

— Je n'ai plus guère d'amis à Paris, lui avait-il dit à la fin, lui prenant la main. (Ses doigts fins et noueux tremblaient.) Je ne vous reçois pas comme il convient. (Il était fin gastronome, expert en toutes sortes de recettes.) Mais vous reviendrez, n'est-ce pas ? C'est que, figurez-vous, vous êtes mon seul confident, Victor. N'oubliez pas votre vieil ami, et songez que la mort ne m'épargnera pas toujours.

— Ne dites pas de sottises, grand-p…

Et il s'interrompit, parce que Duperrier n'aurait pas aimé qu'il l'appelle ainsi, et que cela leur aurait rappelé un ami commun tué quelques mois plus tôt.

— Je ne dis pas de sottises. La mort ne m'épargnera pas toujours. J'y serai avant vous, Victor. Avant vous…

Des larmes perlaient dans les yeux du lieutenant. Il n'avait pas pu répondre. Fallait-il se résoudre à voir mourir tous ceux qu'on aimait ?

Il consulta sa montre à cadran d'acier. Dix heures, il était temps de partir. La Fayette, enfin de retour, l'avait immédiatement convoqué à l'hôtel de Noailles, mais il n'avait aucune envie de s'y rendre.

Trop de choses avaient changé.

Il n'avait pas oublié l'attitude du marquis avant son départ en Angleterre, sa défiance, ses menaces de le renvoyer à son père. Sur le coup, il en avait été blessé, et ces quelques semaines n'avaient rien arrangé à l'affaire. Non qu'il soit rancunier, il avait trop haï ce trait de caractère chez son père pour y céder lui-même. Simplement, l'aventure à Londres, le dilemme qu'il avait dû affronter seul, sa rancœur d'être à nouveau jeté comme un pantin dans le danger, tout cela l'avait meurtri. La plaie palpitait, encore à vif.

Il n'était plus ce tout jeune homme à la naïveté immense, se réfugiant sous l'aile du héros des Deux-Mondes. Il avait éprouvé trop de souffrance, trop de peurs, affronté trop de mensonges.

Qu'allait-il lui dire ? Que devait-il lui dire ?

Retrouvant la fraîcheur de la rue avec plaisir, il s'acheta quelques pains, avala un café au lait très sucré puis s'engagea dans les ruelles serrées qui s'ouvraient au pied de l'église. Deux enfants poussaient avec un bâton le cadavre aplati d'un chat, tout raide ; ils semblaient beaucoup s'amuser, même quand le charcutier les chassa à grands cris. Des odeurs de soupe et de cuisine envahissaient l'air, venues d'échoppes, et l'on voyait partout des Parisiens affairés, des mendiants dégoûtants, scrofuleux.

Depuis deux jours, Victor passait régulièrement place Maubert, il avait à nouveau interrogé l'aubergiste et ses domestiques. Il avait même passé tout le dimanche à l'auberge, jusqu'à très tard le soir. À minuit passé, il était lentement rentré chez lui, balançant entre colère et tristesse. Joseph avait disparu pour de bon, et pourtant l'écurie de Gris-Poil continuait d'être parfaitement entretenue. Et certainement pas par l'aubergiste ou ses commis.

Rue de la Comédie, face au café *Procope*, il monta chez Charpier. Le député l'attendait, tout pâle et les traits tirés, mais propre, bien rasé, et ne sentant plus le vieux comme les autres jours. Émira l'entourait de ses petites attentions, il se laissait faire comme un enfant en protestant pour la forme.

— Vous prendrez soin de lui, n'est-ce pas ? dit-elle à Victor, ouvrant la porte de l'appartement.

— Je serai comme un père.

Charpier embrassa son épouse et ils descendirent péniblement l'escalier, jusqu'au fiacre que le lieutenant avait arrêté dans la rue.

— J'ai expliqué à votre maître que je n'étais point en état de me déplacer, mais il n'a pas daigné me répondre, dit le député en s'asseyant avec une grimace tendue.

Victor, agacé, donna l'ordre au cocher d'aller. Une demi-heure plus tard, le Pont-Neuf traversé (ils roulaient au pas à cause de la neige et du monde), ils arrivaient à l'hôtel de Noailles.

Plus ils avançaient, plus le jeune homme se sentait fébrile, comme un élève peu scrupuleux qui doit rendre des comptes à son maître. Il ne savait toujours pas ce qu'il dirait à La Fayette. Lui devait-il encore la vérité ?

***

Grimper le grand escalier d'honneur fut une rude épreuve pour Charpier, au point que le lieutenant dut demander de l'aide. Chaque nouveau pas semblait pour le député une torture, surtout quand il levait la jambe. Dans l'antichambre, à l'étage, Victor fut surpris de constater que La Fayette ne les attendait pas. On les fit asseoir en compagnie d'un gros artisan d'âge mûr (traiteur ? maître tapissier ?) accompagné de son commis.

Deux ou trois fois, des laquais traversèrent la pièce sans plus les regarder que l'horloge en bronze doré sur la cheminée. Le majordome passa, lui aussi, Victor l'agrippa par la manche.

— Je croyais que nous avions rendez-vous à 11 heures, il est presque midi.

Le domestique lui rendit un regard peu amène.

— Le temps de monsieur le marquis est précieux, déclara-t-il avec hauteur. Patientez encore.

Puis il se dégagea et repartit comme une demoiselle offensée.

De longues minutes s'écoulèrent avant que la porte ne s'ouvre enfin sur le marquis, accompagné de quatre ou cinq jeunes officiers d'état-major. La plupart avaient à peu près l'âge de Dauterive, certains plus jeunes encore, garçons de bonnes familles sanglés dans leurs uniformes en drap fin, à galons et glands d'or, sabres d'apparat, leurs plumes d'aigrette ou d'autruche frissonnant au vent.

— Ah, mes amis ! s'exclama La Fayette avec son habituel enthousiasme, c'est très bien que vous soyez là. Venez avec moi, Narbonne m'attend au ministère de la Guerre.

Avant même que Victor n'ouvre la bouche, il passa son bras sous le sien et l'entraîna hors de la pièce.

— C'est que monsieur Charpier est encore blessé, dit le policier en se raidissant. Il faut l'aider.

— Qu'il demande aux domestiques, répondit le marquis d'un ton désinvolte. (Il l'entraîna jusqu'au grand escalier sans plus s'occuper du député, dévalant les marches jusqu'au vestibule d'entrée.) Alors, dites-moi un peu, qu'avez-vous appris sur ce Pétion, finalement ?

D'un même élan, ils dévalaient le perron et montaient dans sa voiture, la berline capitonnée de velours bleu qu'il utilisait pour lui et sa famille. Victor ne répondit pas immédiatement. Il avait empêché le cocher de refermer la portière et regardait vers l'entrée, jusqu'à ce que Charpier finisse par apparaître, claudiquant, le visage défiguré par la souffrance. La Fayette fronça légèrement le sourcil, tandis que les brillants officiers de son état-major regardaient passer le député avec dédain.

Le laquais dut presque soulever Charpier jusqu'à la berline.

— Que vous arrive-t-il donc, dit le marquis.

À son ton, courtois mais indifférent, Dauterive sentit la colère monter. L'état de l'ancien graveur ne lui inspirait aucune pitié, il semblait surtout impatient.

— Une mauvaise affaire, répondit le député en s'asseyant avec un gémissement sourd, tandis que le convoi s'ébranlait enfin.

La Fayette hocha le menton sans remarquer l'expression soudain fermée de Dauterive.

— J'espère que cela va s'arranger… Bon, Pétion maintenant. Faites vite, le ministre m'attend.

Ils n'étaient qu'à un quart de lieue de la rue Saint-Dominique, siège du ministère. Le jeune homme raconta donc assez brièvement la tentative d'assassinat d'Arabella Winter, la fusillade à Arcueil avec la blessure de Charpier, celle de la rue des Saint-Jacques, la mort des deux conjurés, l'arrestation du troisième, et la *fuite* du dernier, le comte Farcy. À mesure qu'il parlait, son cœur battait à grands coups sourds et la chaleur le gagnait. Son visage avait beau rester impassible, refléter la plus parfaite sincérité, il était en train de mentir délibérément à son protecteur, comme il ne l'avait jamais fait.

La Fayette buvait ses paroles, le regard bienveillant. Et Victor devinait à ses côtés l'approbation discrète de Charpier, qui ajoutait parfois un détail.

— Faire exploser une charrette remplie de poudre… murmura le marquis, une fois qu'il eut terminé.

— Devant l'Hôtel de ville, précisa Charpier.

La Fayette n'ajouta rien. La berline remontait lentement le port de la Grenouillère[1] vers le palais Bourbon. Victor frissonna. Les entassements de bois de construction lui rappelaient ceux de l'île Louviers.

1. Aujourd'hui quai d'Orsay, dans le VIIe arrondissement de Paris.

— Ces gens-là veulent donc nous faire revenir au Moyen Âge… reprit La Fayette, le regard perdu vers le fleuve glacé. Et ce Farcy, qu'est-il devenu ? Ce nom ne me dit rien, peut-être s'agit-il d'un surnom ?

— Nous ne savons rien de plus, répondit Victor avec hâte, s'efforçant de ne pas regarder son voisin qui observait le paysage par le carreau.

À l'hôtel de Bourbon, la voiture quitta le quai pour la rue de Bourgogne.

— Il aurait donc quitté Paris…

— Certainement, fit Charpier dans un filet de voix. Nous avons retrouvé la charrette piégée, nous avons arrêté le menuisier mais il ne savait rien. Le signalement de Farcy n'est guère précis…

La Fayette semblait accaparé par d'autres pensées. Au lieu de tourner rue Saint-Dominique, la voiture poursuivait sa route.

— Où allons-nous ? s'étonna Dauterive, qui sentit presque aussitôt l'émotion le regagner.

Le marquis lui fit un sourire aimable.

— Vous vous alarmez de bien peu de chose, Victor. Le nouveau ministère de la Guerre se trouve rue de Varenne, à l'hôtel de Castries. Dommage tout de même qu'on n'en sache pas plus au sujet de ce Farcy…

Le lieutenant eut la sensation très nette qu'il disait cela pour la forme. Rue de Varenne, la berline s'arrêta au pied d'un majestueux portique en pierre de taille, encadré par deux sentinelles aux visages rougis.

— Vous m'aviez habitué à mieux, vous deux, laissa tomber La Fayette avec un peu de sécheresse. Et pour Pétion ? Savez-vous s'il a pris part à cette affaire ?

Victor écarta les mains d'un air circonspect.

— Rien ne le prouve, intervint Charpier. Parker est sous surveillance constante et il n'a pas rencontré Pétion.

— L'instigateur de cet attentat serait donc Parker, et Parker seul ?

— C'est mon avis.

— Victor ?

— Il semblerait, fit le jeune homme sans réussir à mettre dans sa réponse autant de conviction qu'il l'aurait voulu.

— Très bien, fit La Fayette après un temps de réflexion. (Il ouvrit sa portière avant que le valet ne s'en occupe et sauta souplement au sol.) Victor, accompagnez-moi.

Sans avoir eu le temps de réfléchir, le jeune homme suivit son maître à l'intérieur du ministère de la Guerre. Son cœur recommençait à battre sourdement.

***

Avec La Fayette, ils grimpèrent un assez bel escalier, que gâtait le manque de lumière. Ils croisaient des militaires très occupés, les uns porteurs de grands portefeuilles, les autres de courriers ou de registres. De nouveau, Dauterive se sentit frissonner. Il ne fallait pas être grand clerc pour comprendre ce qui se passait là.

Louis-Marie de Narbonne-Lara était un assez bel homme, âgé d'une trentaine d'années, portant l'uniforme bleu à parements dorés, veste et culottes rouges de maréchal de camp. Victor avait entendu dire qu'il était un des fils naturels de Louis XV, il en avait d'ailleurs la prestance et l'assurance avec ses traits durs, un peu trop résolus au point d'en paraître obtus. Il était surtout l'amant de la fille de Necker, l'influente Germaine de Staël dont il était la chose, disait-on, au point qu'elle lui dictait ses discours officiels.

La Fayette lui présenta Victor comme l'un de ses plus habiles et fidèles enquêteurs, sans préciser toutefois qu'il appartenait à la gendarmerie, ce qui irrita fort le jeune homme.

— Racontez, mon cher Victor, tout ce que vous savez du complot.

L'espace d'un instant, le jeune homme se demanda si son maître voulait le forcer à dire *tout ce qu'il savait*, ou s'il s'agissait simplement de redire son rapport au ministre. Il opta pour la seconde solution, peu à peu rassuré au visage satisfait du marquis. Visiblement, celui-ci ne se doutait toujours de rien. Ce constat le remplit de honte.

Narbonne écouta jusqu'à la fin sans mot dire.

— FitzGerald est-il certain de ce qu'il raconte au sujet de Parker ? dit-il une fois que le lieutenant eut terminé, son regard noir posé sur lui.

— Qu'il soit l'agent de Pitt ? C'est ce qu'il affirme, mais je n'ai aucune preuve, si c'est là votre question.

Narbonne échangea un regard entendu avec La Fayette.

— Cette charrette infernale, il s'agissait bien de la faire sauter à l'Hôtel de ville, n'est-ce pas ?

— Le jour de l'investiture du nouveau maire, confirma Victor.

Le ministre consulta à nouveau La Fayette du regard.

— Vous aviez raison, Monsieur. La neutralité de l'Angleterre n'est qu'une façade. Pitt veut se venger de Yorktown.

Dauterive eut l'impression de prendre une discussion en cours. Dix ans plus tôt, Yorktown avait signé la défaite anglaise, lors de la guerre d'Indépendance. Mais ce n'était qu'une simple péripétie dans l'antagonisme séculaire qui opposait la France et l'Angleterre pour la domination du monde.

La Révolution offrait une occasion de revanche unique pour les Britanniques. Quoi de plus facile, dans de telles circonstances, que de pousser au désordre, et pourquoi pas à la guerre ?

Narbonne fit quelques pas jusqu'à la haute croisée à petits carreaux. Le ciel était gris à l'infini, on devinait sur la droite la cour d'un autre hôtel particulier.

— Au bas mot, il nous manque cinquante mille hommes sous les armes, murmura-t-il d'un air sombre, comme s'il se parlait à lui-même. L'administration fonctionne aussi mal que possible, les volontaires sont désorganisés. La défiance et l'indiscipline partout, et beaucoup d'officiers sont émigrés. Et ils nous poussent à la guerre… La manœuvre est habile, certes…

Considérant soudain la présence de Dauterive, il s'interrompit. Le gendarme comprit que la tension sur ses traits provenait moins de son arrogance que d'une inquiétude immense.

Il s'approcha de Victor.

— Monsieur, je dois vous remercier. Nous ne pourrons pas faire état publiquement de vos investigations, ni de cet attentat que vous avez empêché, mais sachez que le ministre que je suis ne l'oubliera pas. Le roi sera informé, soyez-en certain.

De près, il avait un regard bleu très profond, des lèvres gourmandes. Victor sentit un frisson de fierté. Son interlocuteur lui pressa le bras avec chaleur et le raccompagna. La Fayette le suivait du regard, un sourire affectueux aux lèvres qui le remplit de bonheur. Il se sentit rougir et salua militairement avant de quitter la pièce.

Le marquis le rejoignit presque aussitôt dans le couloir, les yeux brillants.

— Je suis fier de vous Victor, vous avez toujours été à la hauteur de mes espérances. Je ne regrette pas… Je ne regrette pas…

Brusquement, il l'étreignit, et le jeune homme sentit s'envoler tout ressentiment, en même temps qu'une honte affreuse le submergeait. Alors qu'il allait lui confesser son secret, La Fayette, pressé de parler, l'interrompit malgré lui.

— Narbonne m'attend. Ce que vous avez découvert n'a pas de prix. J'aurai besoin de vous, Victor. Je ne sais si vous resterez gendarme ou si je vous verserai dans mon état-major, nous verrons. Mais tenez-vous prêt. Nous partons après-demain, mercredi.

— Où ? fit Dauterive d'une voix blanche.

Le mot le sonnait comme un coup au plexus. Mercredi ? Où partaient-ils mercredi ?

— Je vais commander une armée. Nous commencerons par une tournée d'inspection à Reims. Je vous veux à mes côtés. N'ayez crainte, tout sera arrangé avec votre colonel.

Il lui souriait largement, pressant ses épaules entre ses mains, le dominant de la tête comme un père son fils. Victor eut envie de protester. Pourquoi tant de hâte ? Il avait à peine eu le temps de se poser rue Saint-Séverin, de revoir Olympe. Et mille autres choses lui venaient aussi en tête.

— Soyez à l'hôtel de Noailles ce mercredi à 6 heures du matin. Nous prendrons la berline. Prévenez vos logeurs et payez vos termes, vous prendrez votre cheval et une cantine. Je dois vous laisser, ces deux jours vont vite passer.

Victor inspira largement.

— Je dois raccompagner Charpier chez lui, il est très mal en point. Puis-je utiliser votre berline ?

Le marquis acquiesça d'un vague sourire et fit demi-tour vers le bureau du ministre sans plus se soucier de lui.

***

Dauterive sortit glacé. La guerre. Un départ mercredi. Tandis que la berline prenait le chemin de la rue de la Comédie, il raconta toute l'entrevue à Charpier. L'euphorie était vite passée. Maintenant, il avait presque envie de vomir.

Tout quitter, et partir pour la guerre…

Le député le laissa parler jusqu'au bout, l'expression maussade. Ils traversaient le carrefour de la Croix-Rouge, encombré d'un flot de passants, l'air parcouru de fumets appétissants.

— Donc, aucune question ? fit Charpier avec une sobriété plutôt inhabituelle.

— Aucune. Il ne se doute de rien pour mon frère. Je suppose que je dois vous remercier.

Le député émit un rire sans joie.

— Pour votre frère ? Je n'ai pas plus intérêt que vous à l'évoquer. J'ai abrégé une mission, j'ai laissé deux criminels s'enfuir et j'ai soudoyé mes hommes pour qu'ils ne parlent pas…

— Êtes-vous certain que Bachelu se taira ?

— Je l'ai assez payé. Il n'y gagnerait rien d'ailleurs, sinon de la suspicion à son égard.

— Et vous, qu'avez-vous à y gagner ?

Il jeta un coup d'œil au député, mais celui-ci ne le regardait pas, les traits tirés. À chaque cahot de la route, il expirait brutalement par le nez, les doigts crispés sur une poignée de maintien en laiton.

— La conspiration a échoué et La Fayette a eu l'information qu'il recherchait, c'est tout ce qui compte, finit-il par lâcher.

Jusqu'à ce qu'ils arrivent rue de la Comédie, dans un encombrement toujours plus grand, les deux hommes ne prononcèrent plus un mot. La berline se gara devant le café *Procope*, très animé à cette heure. À travers les vitres embuées, Victor distinguait les murs chauds, et des visages qui allaient et venaient, et qui riaient dans un grand murmure.

— Je vous aime bien, mon cher. J'ai voulu vous préserver. À quoi aurait servi d'arrêter votre frère ?

Le jeune homme prit une inspiration pour répondre mais il l'arrêta, la main levée. Une main vieillie, mais élégante et nerveuse, certainement pas celle d'un tueur.

— Je sais que vous ne m'aimez pas, et vous avez de bonnes raisons pour cela. Mais le passé est le passé. Je vais vous déplaire un peu plus mais tant pis, je vous le dis : votre maître se sert de vous comme de son instrument. Non, laissez-moi terminer… Il se moque bien de savoir si les coupables de l'attentat sont arrêtés ou non. Vous comprenez à quoi vous avez servi, j'espère.

Victor ne répondit pas, songeant avec tristesse que Charpier ne faisait qu'exprimer ce qu'il ressentait lui-même, et cela ne datait pas d'aujourd'hui.

— Le roi et la reine refusaient de confier une armée à La Fayette. Ils l'estiment responsable de tout ce qui s'est passé, ils ne lui pardonnent pas son attitude au 14 juillet, ni celle du 6 octobre[1], et encore moins celle de l'été dernier à Varennes. Après l'affaire du Champ-de-Mars, ils l'espéraient définitivement sorti du jeu politique, et vous avez vu les efforts de la Cour pour qu'il ne devienne pas maire de Paris. Avec la guerre, c'est une autre histoire qui commence. S'il prend la tête d'une armée, ce serait son retour aux plus hautes fonctions. Je pense que votre maître savait déjà plus ou moins ce que tramait Parker, grâce à ses amis irlandais. Il voulait convaincre Narbonne à tout prix, en agitant la menace anglaise. Ce complot lui offre l'argument rêvé : si les Anglais poussent au désordre et à la guerre, celle-ci devient inévitable. Ils vont financer la coalition des rois, peut-être même qu'un jour, ils y entreront. Dans un tel péril, Narbonne ne peut

1. En octobre 1789, une foule d'émeutiers force la famille royale à quitter Versailles pour Paris sans que la Garde nationale l'en empêche. L'épisode marque une forme d'abdication du pouvoir.

plus hésiter, il doit donner son armée à La Fayette, le seul avec son parti Feuillant à clairement soutenir une monarchie constitutionnelle.

Victor se tut un long moment. Tout cela se tenait parfaitement.

Son voisin le regardait, une lueur vaguement amusée au fond du regard, comme s'il suivait le cheminement de sa pensée.

— Nous sommes peu de chose, dit-il en se calant dans sa banquette. Qui aurait dit voici trois ans que nous discuterions de ces affaires-là, ici même, à Paris ? Moi, un petit graveur à Chartres, vous, un petit chevalier fâché avec son père. Et me voici député de la nation, et vous servant la justice. N'est-ce pas une étrange chose ?

Victor s'efforça de ne pas sourire, cela se transforma en grimace.

— La Fayette nous trahira, mon cher. Et savez-vous pourquoi ? Parce qu'il n'aura pas le choix. Le roi *ne veut pas* de la monarchie constitutionnelle. Nous aurons d'autres trahisons, c'est écrit, comme il était écrit que César franchirait le Rubicon. Ne vous trompez pas de camp.

— Vous le connaissez mal, riposta Dauterive, mal à l'aise. Voilà des années qu'on dit qu'il est un César. Il s'est toujours plié à la loi.

— Nous verrons. Moi, je vous offre de travailler pour le Comité de surveillance de l'Assemblée. Vous serez bien payé, fonctionnaire de l'État, vous serez à l'abri de votre père. Ne voyez-vous pas que nous formons une bonne équipe ?

— Je vous ai déjà répondu, répliqua Victor en détournant le regard.

Il se souvenait de chaque mot de leur conversation au café de Chartres, juste avant qu'ils ne partent pour Londres. Il refusait toujours la main tendue de l'ancien graveur, en enfant têtu.

— D'immenses mouvements se font, mon ami. Nous devrons achever la Révolution, elle n'est pas faite.

Le jeune homme eut un mouvement de surprise, mais il lui prit la main.

— Voyez comme tout a changé en un an. Dans un an encore, tout aura encore changé, soyez-en certain. Ne vous trompez pas de camp, mon cher, je vous le dis.

Il n'y avait dans son ton nulle menace, mais au contraire une forme d'imploration comme s'il craignait qu'ils ne redeviennent ennemis, pareillement à l'hiver dernier.

— Je vais suivre La Fayette, répondit sèchement Dauterive.

Il eut l'idée d'ajouter quelque chose, mais il n'avait pas envie de se justifier. La Fayette ne l'avait peut-être pas si bien traité, il l'avait plongé dans des périls affreux, mais il était militaire, et n'était-ce pas là le sort de tout militaire que d'obéir à son ministre ? Et puis le marquis portait un poids énorme sur ses épaules, il avait su offrir au royaume une Constitution. Il saurait bien le guider dans les périls qui s'ouvraient.

— Je m'en doutais répondit Charpier en lui lâchant la main. (Une lueur d'amitié scintillait au fond de ses prunelles.) Vous êtes trop idéaliste, mon cher Dauterive. Tâchez de ne pas vous perdre. (Il ouvrit la portière.) Et songez que ma proposition tiendra toujours. Me ferez-vous la grâce de m'aider à remonter les marches ?

Cette fois, Victor ne put s'empêcher de sourire.

51

Lundi 26 décembre, deux heures de l'après-midi

Après avoir dîné dans une taverne rive gauche, Dauterive se présenta au poste de garde du palais des Tuileries, devant l'immense grille, où il déclina son nom et la raison de sa venue. Un sous-officier arriva bientôt, le visage impénétrable sous son haut bonnet à poil d'ours. Il portait un long manteau d'hiver, les mains et les joues rougies par le froid glacial. Derrière lui, la cour d'honneur était presque vide à part d'autres sentinelles, et deux valets qui repoussaient la neige en tas.

— Votre visite était prévue ? s'enquit le sergent.

Au signe négatif de Dauterive, il fit une moue dubitative. Mais il revint quelques minutes plus tard et lui fit signe de le suivre.

Le palais avait un air lugubre. En septembre, raconta le sergent, il y avait eu de grandes réjouissances pour la nouvelle Constitution. Maintenant, tout allait mal. La reine se cachait pour aller à la messe, très tôt le matin. Il n'était plus question qu'elle prenne l'air à Saint-Cloud avec ses enfants, et quant au roi, il ne sortait carrément plus du tout. La famille royale vivait dans la suspicion, dans l'insulte générale. Un coquin avait été arrêté, il chiait dans le jardin, juste sous leurs fenêtres. D'autres venaient brailler le *Ça ira*, ou lire des feuilles populaires, les ordures du *Père Duchesne*.

Victor ne put s'empêcher de penser à cette nuit de juin, lorsque la famille royale avait fui. Et dire qu'il avait contribué à leur échec !

Tout en parlant, ils traversaient le vestibule au sol de marbre à damiers, les murs ornés de colonnes doriques. Leurs souliers militaires et leurs bottes claquaient et résonnaient fort dans le grand escalier d'honneur, sous le haut plafond.

Plus loin, ils furent arrêtés par des valets et des grenadiers : le roi recevait une délégation de colons. Une trentaine de visiteurs encombrait un cabinet, la plupart vêtus d'habits noirs sur lesquels tranchaient les queues blanches de leurs perruques. Au fond de la pièce, Dauterive aperçut le visage large et pâle du roi qui dominait l'assistance de sa haute stature.

Cela lui fit un coup au cœur. Il n'était plus le monarque débonnaire et plein d'autorité d'autrefois, mais un personnage empâté, le teint hâve et bouffi, l'air absent, la parole mécanique, comme un acteur qui ne croit plus en son rôle.

Le sergent tira Victor de ses réflexions.

— La voie est libre, la délégation doit voir la reine maintenant. Suivez-moi.

Ils traversèrent une galerie agrémentée de fresques murales, d'énormes lustres et de tapisseries de chasse façon grand siècle. Sur la gauche, on apercevait la cour, dans un mélange de sale et de gris.

Dauterive se retrouva seul dans le luxe simple d'une antichambre au bout du bâtiment, dont les hautes fenêtres donnaient sur les jardins et la Seine.

Une femme d'une quarantaine d'années finit par arriver, vêtue d'une robe à l'anglaise en taffetas de soie, brodée de motifs floraux, la gorge couverte d'un fichu bouffant[1]. Ni belle ni franchement laide, elle avait les traits réguliers, les yeux très bleus et une bouche charnue, le tout dégageant infiniment de charme. Le regard de Jeanne-Renée de Bombelles, ci-devant marquise de Travanet, pétillait d'intelligence et d'une certaine ironie bienveillante. Cependant, elle semblait assez nerveuse.

— Vous m'avez oubliée, Monsieur Dauterive, fit-elle avec un sourire moqueur Je vous attendais vendredi.

Il salua avec raideur, un peu intimidé mais elle ne parut pas le remarquer et l'invita à s'asseoir.

— Eh bien je n'ai pas de chance, sourit-elle en s'emparant d'un siège. Il ne se passe rien ici, et vous me visitez précisément le jour où la Cour (ses yeux pétillèrent) ne sait plus où donner de la tête.

Elle eut un petit rire entendu, comme pour se moquer d'elle-même.

La délégation qu'il venait de croiser représentait les colons de Saint-Domingue, lui dit-elle, au désespoir depuis que la révolte avait éclaté. Des centaines d'entre eux avaient été massacrés par des hordes de monstres, de cannibales. Mais l'Assemblée refusait d'intervenir. Le corps expéditionnaire avait été empêché de partir, si bien que les malheureux colons n'avaient eu d'autre choix que de demander de l'aide à l'Espagne et à l'Angleterre.

— Avec leurs folles idées, soupira l'ancienne marquise de Travanet, les amis des Noirs vont ruiner six millions de Français et notre commerce extérieur sera détruit.

Elle n'avait pas complètement tort, pensa Victor : le sucre et le café rapportaient des fortunes au royaume. Mais les hommes noirs n'avaient-ils pas droit à la liberté, comme le voulaient La Fayette ou Condorcet ? Et les

1. Composée d'un corsage ajusté cousu à la jupe, c'est la robe la plus confortable du moment.

colons, avec leur cupidité brutale, n'avaient-ils pas provoqué eux-mêmes la tempête ?

— Savez-vous ce que leur a dit le Dauphin ? reprit son hôtesse, attendrie : qu'il mettrait le discours de monsieur Cormier sous sa veste du côté gauche, parce ce que c'est le côté du cœur.

L'ex-marquise eut un sourire triste.

— Je vois le côté où vous penchez. Mais méfiez-vous tout de même : la fureur des gens sans éducation n'a pas de limites, nous l'éprouvons tous les jours ici. Passons. (Elle semblait à nouveau parfaitement détendue.) Vous vouliez tout savoir sur Travanet, mon cher ancien mari ? Il s'est mis en tête d'acheter un couvent, fi donc ! Si vous saviez comme il se soucie de la religion !

— Il se moque de la religion. Il veut le transformer en fabrique de coton, à la façon anglaise.

— Vous me l'avez écrit. Cet homme n'est jamais à court d'idées pour gagner de l'argent.

Elle regarda par la fenêtre. Des promeneurs passaient dans les jardins couverts de blanc, au pied des fenêtres. On entendait au loin des enfants. Madame de Bombelles dévisagea à nouveau le jeune homme, très sérieuse, un peu anxieuse.

— Monsieur de Travanet et moi sommes séparés, vous ne l'ignorez pas. Nous n'avons plus rien à voir l'un avec l'autre.

— Je sais.

Elle se leva d'un coup, si bien qu'il pensa un moment qu'elle allait s'en tenir là. L'horloge marquait cinq heures de l'après-midi.

— Croyez-vous vraiment que je puisse vous aider ?

Elle le considérait, mutine, le regard en coin.

— Vous savez forcément des choses sur Travanet que j'ignore.

Son hôtesse afficha un air plus grave.

— Ce palais est une prison, fit-elle soudain. Parfois je m'en étonne. Venir de Versailles pour cet endroit, avec ces gens… il me semble que c'est un mauvais rêve et que je vais me réveiller.

Le jeune homme l'observait de profil, son visage un peu ingrat où passaient des vagues d'émotion. Elle rit avec amertume.

— Vous vous demandez si je n'ai pas perdu la raison, n'est-ce pas ? Je vous assure qu'il y aurait de quoi. Attendez-moi ici, jeune homme. Je consens à vous aider.

Elle sortit en coup de vent et quelques minutes passèrent, que le lieutenant employa à considérer rêveusement tantôt le plumet tricolore de son bicorne, tantôt les peintures célestes du plafond. Enfin, Jeanne-Renée de Bombelles revint, un grand sourire aux lèvres.

Elle lui tendit le bras et le pria de le suivre, traversant d'abord un petit cabinet de travail, puis un boudoir. Dans un salon l'attendait madame Élisabeth, sœur cadette du roi. Victor salua la princesse, le cœur serré. La dernière fois qu'il l'avait croisée, c'était à Varennes.

***

Avec son visage rond et son nez fort, elle ressemblait assez à son frère aîné, mais plus vive, l'œil attentif, la bouche gourmande et le menton volontaire. Elle portait une robe de satin rose fané, ses cheveux blonds soigneusement poudrés. Son visage reflétait de la sérénité ainsi qu'une volonté sans faille.

— Ma petite Bombinette, fit-elle soudain à l'attention de Jeanne-Renée de Bombelles, je te bénis ! Voilà la journée la plus animée que nous ayons eue depuis six mois !

Elle eut un rire en cascade. Sur le moment, Victor fut incapable de déterminer s'il s'agissait d'insouciance ou tout simplement de courage.

La conversation porta rapidement sur Travanet.

Il y avait beaucoup à dire. Madame de Bombelles – de près, elle dégageait un parfum capiteux – raconta comment elle avait rencontré puis épousé Jean-Joseph Bourguet, alors brillant officier des mousquetaires du roi, jeune homme charmeur et ambitieux, rempli d'audace.

Quelques semaines avaient suffi pour qu'il se montre sous son véritable jour, un personnage aux goûts frustes, avide, menteur et sans scrupule. Même son titre de noblesse était faux, Travanet n'était pas un marquisat mais un simple lieu-dit de la campagne albigeoise. En prononçant ces mots, Jeanne-Renée de Bombelles contenait ses larmes. Madame Élisabeth lui prit la main avec douceur.

— Seule une chose l'intéressait en moi, dit-elle d'un ton amer : mon amitié avec la sœur du roi. (Les deux femmes échangèrent un regard attendri.) Il savait que nous étions très proches, rien d'autre ne comptait pour lui.

L'état militaire ne lui convenait pas. Il était indiscipliné, querelleur, joueur, capable de passer ses nuits aux tables, n'hésitant pas à tricher pour mieux dépouiller ses compagnons de vice. Or, à cette époque, la Cour tout entière était prise d'une véritable furie pour le jeu. Certains soirs, le Trianon, Marly ou Versailles ressemblaient davantage à des tripots qu'à des palais, c'était à qui dépenserait le plus pour éblouir les autres.

— Jouez-vous, Monsieur Dauterive ? demanda soudain Madame Élisabeth en le scrutant avec sérieux.

— Non pas. Le hasard n'est pas mon meilleur ami.

Il aurait été bien incapable de savoir pourquoi il avait dit cela, mais la réponse parut infiniment satisfaire la princesse. De son côté, Jeanne-Renée de Bombelles hochait la tête avec un sourire malheureux.

— Seule existe la Providence divine, dit madame Élisabeth. Mais les hommes ont trop voulu l'oublier.

— Toujours est-il, reprit sa voisine, qu'à force d'insistance et de cajoleries, Travanet a réussi à devenir banquier de jeu à la Cour, et bientôt le banquier de jeu favori de sa majesté la reine. Vous savez ce que cela signifie ?

Victor fit un signe d'approbation. Pour jouer au pharaon ou au biribi, il fallait un banquier de jeu. Maître de la table, c'est lui qui tirait les cartes du pharaon et désignait les cases gagnantes. Habile à compter, il pouvait rapidement faire fortune. Il suffisait de ne point tricher trop ouvertement et de ménager les puissants.

En quelques mois, Travanet était devenu l'idole de la Cour, raconta son ancienne épouse. C'était lui que voulait notre reine, et personne d'autre. Et partant, Artois, Polignac, Lamballe et tous les grands, ravis d'être presque ouvertement volés par cette canaille, puisqu'il était à la mode. Ils aimaient ses expressions vulgaires, sa rudesse et ses airs de coquin de taverne, son aplomb indécent. Quelques vauriens l'accompagnaient, de la plus basse qualité, à peine sortis du ruisseau. Mais il faut croire que l'odeur de la boue leur chatouillait agréablement les narines.

Madame Élisabeth approuvait avec force, le regard assombri.

— Combien de fois ai-je dit à ma chère belle-sœur à quel point ces passions n'étaient pas dignes d'elle…

— Comme ses bals à l'opéra…

— Même le roi s'en était ému, et plusieurs fois. Mais vous le connaissez, il est trop bon, il n'osait rien dire. En 1777, sa majesté l'empereur Joseph d'Autriche est venu à Versailles à la demande de Marie-Thérèse, leur mère impératrice. Lorsqu'il a vu ce qu'il s'y passait, ces milliers de louis perdus en quelques instants, ces nuits indécentes où sa sœur se consumait, il en conçut les plus grandes alarmes. Marie-Antoinette lui a ri au nez. Si nous avions su !

— Et Travanet ?

L'ancienne marquise soupira avec dégoût.

— Son ascension ne connaissait pas de bornes. Être banquier de jeu de la reine, c'était être le confident et le créditeur de la cassette du roi, et des familles les plus riches du royaume. Avec les fortunes accumulées au jeu, il s'est lancé dans les affaires et il est devenu actionnaire de diverses compagnies. Il a acheté un hôtel particulier à Paris, une seigneurie au nord de Paris. Dès le début de la Révolution, il s'est fait le défenseur de la cause égalitariste, ennemi acharné de la Cour et des privilégiés à qui pourtant il devait tout. Cet homme, dit Jeanne-Renée de Bombelles, n'a pas d'idées. Sa marotte, sa grande et seule idée, c'est l'argent et la satisfaction de lui-même. Il sacrifierait tout pour cela. Dire que… le scélérat !

Un hoquet de pleurs l'interrompit.

— Arrêtez donc, ma Bombinette, fit madame Élisabeth en lui embrassant la main. Vous allez me faire pleurer. Tous ces gens nous ont fait bien du mal.

Renée-Jeanne lui souriait entre ses larmes, et elles restèrent un long moment silencieuses, saisies par ce passé qui semblait aujourd'hui leur éclater à la figure. Cependant Victor se caressait l'arête du nez, songeur.

Des impressions, des souvenirs lui revenaient en mémoire. Un embryon de vérité émergeait soudain du brouillard.

52

Mardi 27 décembre, onze heures et demie du matin

Des coups sourds résonnaient dans l'air. Ils les avaient entendus de loin et, lorsqu'ils arrivèrent, ceux-ci s'étaient amplifiés et multipliés dans une symphonie brutale. Le couvent des Pénitentes qui, la première fois, avait paru à Victor un havre de solitude, un mystère dans son écrin de nature, semblait maintenant éclos, comme ouvert au monde d'un coup.

L'officier échangea un regard avec son voisin de banquette. Leur fiacre entamait la lente descente vers le pavillon d'accueil. Face à eux, le troisième voyageur se laissait bercer par les cahots de la route, trop accablé – et perclus de douleur – pour réagir.

Deux charrettes attendaient près du pavillon, chargées à ras bord de gros moellons poussiéreux. Une file d'ouvriers sortait du couvent, poussant leurs brouettes dans un vacarme assourdissant, coups de marteaux et de masse, chocs des madriers tombant au sol, fracas du fer des roues. Un nuage gris environnait les démolisseurs, spectacle grandiose et déprimant.

Laissant son prisonnier à la garde du policier Azur, le jeune homme passa le porche du couvent. Dans un coin de la cour, des enfants en haillons empilaient d'antiques tuiles, houspillés par un contremaître aux joues marquées de petite vérole. D'autres guère plus âgés entassaient le bois, chaises branlantes, bouts de meubles, un fauteuil que Victor avait aperçu dans la petite pièce qu'occupait la mère supérieure.

Travanet trônait au beau milieu du cloître, vêtu d'un immense manteau rouge à col de fourrure, cheveux au vent. Un groupe d'hommes en noir, que Victor supposa architectes ou géomètres, lui soumettait un plan, pointant parfois du doigt certains détails sur place.

La scène avait quelque chose d'indéniablement militaire. Au centre, l'état-major. Autour, une armée de dépeceurs qui démontaient déjà la flèche de l'église dont toutes les tuiles avaient disparu, charpente à nu. Un énorme madrier accroché à sa poulie descendait par à-coups le long de la tour.

— Mes compliments, monsieur Bourguet, lança Victor.

Sa première tentative resta inaudible. Il haussa la voix et cette fois le ci-devant marquis le dévisagea, l'œil sombre, la mâchoire conquérante. Puis il sourit avec commisération.

— Tiens donc, le jeune… Dauterive ? C'est ça ?

— Tout juste. Je suis désolé d'interrompre votre réunion.

Il n'avait pas l'air désolé du tout et lui rendait au contraire un regard noir.

— Vous n'interrompez rien. Attendez-moi donc là-bas (il montrait une extrémité du cloître).

— Hélas, je n'ai pas le temps.

— Il va falloir pourtant. Je suis déjà bon de vous laisser me parler. Tout gendarme que vous êtes, je vous signale que vous êtes chez moi et que vous n'avez rien à y foutre.

Les hommes en noir échangèrent des regards embarrassés ; d'autres s'intéressaient soudain à leurs chaussures.

— Depuis une semaine, tout ça est à moi, reprit Travanet avec un geste large. Je vais transformer ces vieilleries en quelque chose d'utile, et j'ai déjà perdu beaucoup de temps avec ces nonnettes. Si vous avez un papier à me donner, donnez-le-moi sinon, foutez le camp. Maintenant, reprenons. Monsieur Ferrand…

La veille, avait appris Victor, Travanet avait acquis le couvent pour plus de 400 000 livres, répartis en trois lots. Ce qui était un fort bon prix… mais il est vrai qu'aucun autre acheteur ne s'était présenté à la vente aux enchères…

Guère surpris par la réaction du ci-devant marquis, le lieutenant hocha lentement la tête et tourna les talons. Il regagna son fiacre, en fit descendre son prisonnier, avec l'aide d'Azur, et tous trois regagnèrent le cloître.

D'un geste brutal, l'officier poussa son prisonnier au sol, quasiment sur les pieds de Travanet. Les hommes en noir s'étaient écartés, surpris en voyant Victor dégainer son sabre, le lever et les disperser à grands coups de plat de lame. Ils s'enfuirent comme une volée d'oiseaux.

En haut de la tour, les ouvriers ne s'étaient aperçus de rien. Ils arrimaient une autre poutre à sa corde.

Travanet ne s'était nullement démonté. Il eut un rire clair, un peu artificiel toutefois.

— Vous êtes vraiment l'abruti le plus parfait que j'aie jamais rencontré. Est-ce que vous savez qui je suis ?

— Vous êtes un brigand. Et vous, vous savez qui est cet homme, n'est-ce pas ?

L'homme en question, le prisonnier, s'était péniblement redressé sur les genoux mais n'osait pas un geste de plus. Il était pâle, le front couturé de zébrures cramoisies, une paupière gonflée de teinte jaunâtre, la lèvre inférieure fendue en deux.

— Évidemment que je sais qui c'est. Qu'est-ce qui lui est arrivé, à cet imbécile de Jeunet ?

Ses yeux pétillaient de rage, mais aussi de mépris. Victor et Azur avaient surpris le secrétaire de Travanet à l'aube. Il leur avait tout avoué sous les coups de nerf de bœuf.

— Voyez-vous, j'ai beaucoup pensé à vous ces derniers temps.

— Vraiment ? Alors attendez-moi dans mon coupé, je viendrai vous fourrer le cul dès que j'en aurai fini avec ces messieurs, ricana Travanet. (Il déployait ses grandes dents gourmandes, sa bouche de carnassier.) Et revenez, vous autres !

Les hommes en noir se gardaient d'obéir. Deux d'entre eux avaient déjà fui le cloître. Dauterive restait très calme, mais le front brûlant sous la provocation.

— C'est moi qui en termine. Vous m'aviez montré vos prétendues lettres de menaces, vous vous souvenez ?

— Bien sûr que je me souviens.

— Vous avez essayé de me faire croire qu'elles venaient de la mère supérieure. Mais j'ai réfléchi. Cette femme est peut-être sotte, mais elle savait très bien que la vente avait été décidée et que rien ne pouvait l'empêcher.

— Elle a tout fait pour l'empêcher !

— C'est faux. Elle n'en avait pas les moyens, et elle savait très bien que ça n'aurait rien changé. J'aurais dû le comprendre plus vite.

— Pas les moyens ? Elle ! Allez donc !

— J'ai donc rendu visite à monsieur Dubois, vous connaissez ?

— Pas du tout.

Travanet avait pourtant cillé, imperceptiblement.

Victor eut un sourire.

— Bien sûr que si. Dubois était votre principal concurrent pour l'achat du couvent, vous l'avez rencontré au moins à deux reprises, devant témoins. Il m'a appris que lui aussi avait reçu des menaces de mort…

— Ça suffit maintenant, je vais appeler la…

Il fit un pas sur le côté, mais pas assez vite pour éviter un coup du plat du sabre sur le bras. Dans la cour, quelqu'un avait poussé un cri. Travanet devint cramoisi.

— Espèce de… Nom de D…

— Taisez-vous et ne bougez plus. Plus un mot… C'est moi qui parle…

L'ancien militaire ouvrait les narines comme un taureau furieux en se massant le coude. Azur, qui ne le quittait pas du regard, sortit son nerf de bœuf.

— Ces lettres de menace, Travanet, c'est vous qui les écriviez. À vous-même… Et à votre concurrent.

— Vous êtes dément. Et qui dit ça, d'abord ?

— Jeunet dit ça. (Victor désignait l'homme au sol, pitoyable.) J'ai appris très récemment qu'il vous sert depuis le temps que vous étiez banquier de jeu à Versailles, et même avant, à l'armée. Ce matin, je lui ai rendu visite, raison de son retard, mais vous lui pardonnerez. Et comme j'étais pressé, j'ai prié mon ami Azur de *l'aider* à parler.

Travanet respirait plus fort, les poings serrés.

— Quand je suis arrivé dans cette histoire, vous étiez très heureux de me les montrer, ces lettres. Enfin un témoin officiel ! Et vous avez eu une autre idée, pour que je comprenne bien que tout ça était sérieux. Me faire tirer dessus pendant que je visitais le couvent.

Le marquis eut un instant de faiblesse, ses yeux allaient de Dauterive à son homme de main, toujours à quatre pattes. Mais il se reprit vite.

— Jeunet nous a juré ses grands dieux qu'il n'avait pas tiré lui-même, que c'était un autre ancien soldat de votre régiment. Je n'en crois rien mais peu importe. Mais il m'a bien dit que les ordres venaient de vous…

— Pardi, tant qu'on y est !

— On verra ce que décide le juge, répliqua Dauterive avec un sourire sec.

Il y eut un silence. Dans la tour, les ouvriers faisaient lentement glisser leur madrier au bout de sa corde. Le cloître était désert.

Travanet avait l'air bizarrement rassuré.

— Le juge de paix est un ami, dit-il avec un sourire. C'est moi qui l'ai fait élire.

— Je sais. Il ne sera pas saisi. Il existe un tribunal criminel à Paris, je suis sûr que votre histoire l'intéressera. Ma foi, je ne sais pas bien ce que prévoit le code pour complicité d'assassinat sur la personne d'un officier de gendarmerie. La mort, peut-être. Non ?

Azur rigolait en dévoilant ses mauvaises dents. Il n'était pas le dernier à savourer l'instant. D'un coup de botte, il intima l'ordre à leur prisonnier de se relever et ils quittèrent les lieux sans que Travanet ne réagisse. Il restait figé au centre du jardin blanc, les deux poings serrés, bien campé sur ses jambes mais malgré tout l'air absent. Arrivé à la porte, Dauterive se retourna, le doigt levé vers la flèche de l'église.

— Faites attention à vous, l'ami.

Le madrier arrivait lentement sur le sol, dans un couinement.

— À bientôt… devant le juge !

— Allez au diable, murmura Travanet, trop bas pour qu'ils puissent l'entendre.

Dans la partie plus récente du couvent, l'homme au visage grêlé bousculait l'un de ses petits ouvriers. Tonnerre de Dieu, il ne leur offrait pas le gîte et le couvert pour qu'ils ne fichent rien ! Il s'arrêta net, le bras levé, sous le regard du lieutenant.

— Eh ben… Je les nourris pas à rien fiche, pas vrai ?

Les enfants étaient une demi-douzaine, de huit à douze ans, déjà vieux avant l'âge, vêtus de quasi haillons et les joues creuses.

— Ça doit pas lui coûter cher en becquetance, fit remarquer Azur d'un ton traînant, plein de rancœur.

D'un signe du doigt, Dauterive fit signe au contremaître de s'approcher.

— Oui, vous…

L'homme fit quelques pas de guingois tout en lançant des regards furieux à un enfant qui observait la scène. Lequel reprit aussitôt sa tâche harassante.

À la demande du gendarme, l'inconnu déclina son nom et l'endroit où il logeait.

— J'ai le droit de les faire travailler…

Il surveillait toujours sa petite troupe par-dessus son épaule.

— Je sais. Je vais te remercier. Grâce à toi, je viens de comprendre quelque chose d'important. Vois-tu, je devrais te donner une bonne correction mais je ne le ferai pas : c'est ma façon de te remercier, François Leplat, de Sarcelles. C'est bien ça ?

Le contremaître acquiesça.

— Et je suppose que tu habites une maison à Sarcelles, François Leplat ?

— Oui… Mais j…

— Alors si j'apprends que tu continues à maltraiter ces enfants, François Leplat, de Sarcelles, je viendrai personnellement mettre le feu à ta demeure.

Il avait tout débité d'un ton neutre, mais le contremaître baissa les yeux, frémissant de peur et de colère.

Quelques instants plus tard, Victor et Azur regagnaient le fiacre, y poussant Jeunet plus mort que vif.

— Où est-ce que vous m'emmenez ?

— Aux cachots du Châtelet, à ta place, rétorqua Azur,

puis il referma la porte. Vous allez vraiment le surveiller, ce contremaître ? Si j'avais été vous, je lui aurais cassé le nez.

— J'ai une dette envers lui, fit Victor, donnant l'ordre au cocher de reprendre la route. (Il eut un sourire fataliste.) Vous avez raison, il aurait mieux valu lui casser le nez. Mais pour l'instant, nous avons d'autres enfants à sauver…

53

Mardi 27 décembre, dix heures et quart du soir

En le voyant, il comprit qu'il n'avait plus qu'à fuir. Il jeta son balai, se rua hors de l'écurie, renversant au passage une voyageuse dans la cour, puis contourna une charrette de foin avant de retrouver la place Maubert. Il se croyait presque sauvé mais il fit un vol plané spectaculaire, touchant durement le sol gelé six pieds plus loin. S'il était presque assommé, la terreur lui aurait donné assez de forces pour courir encore très vite et très loin, mais une main de fer l'empoigna à l'épaule et le remit sur pied.

L'adolescent commença à geindre et à pleurer à voix haute, ça marchait la plupart du temps et d'ailleurs, des passants s'apitoyaient. Mais son gardien (l'auteur du magnifique croc-en-jambe), un homme en habit vert à la tête de paysan rusé, lui décocha une formidable gifle qui fit danser des étoiles dans ses yeux.

— L'écoutez pas, messieurs dames, clama Azur avec son sourire édenté. Ce petit coquin dirige une bande de voleurs. Hein, petit gueux !

Il lui pinça si durement l'oreille que le gamin hurla.

— Arrêtez ça tout de suite !

Dauterive arrivait à son tour, l'œil noir. Il se planta devant le garçon d'écurie. La nuit commençait à tomber doucement, ils arrivaient à peine du Châtelet où ils avaient écroué Jeunet.

— Michel, c'est bien ça ?

L'adolescent tremblait en baissant le regard.

— Michel comment ?

— Toussaint.

— C'est ton vrai nom ?

Il hocha le menton. Comme il commençait à regarder sur le côté, Azur lui reprit cruellement l'oreille.

— Non !

— Si tu veux qu'il arrête, tu n'as qu'à parler. Où est Joseph ?

— Je sais pas qui c'…

Une deuxième gifle (pas aussi forte que la première, celle d'Azur) le fit presque trébucher. Victor avait armé son bras pour un revers.

— Tu t'es bien moqué de moi, hein ?

Le garçon d'écurie le regardait, l'air de ne pas comprendre.

— Tu sais où est Joseph. Tu le sais forcément puisque tu le forces à travailler pour toi. Ne me dis pas non. Ne me dis pas non…

Il eut envie de frapper à nouveau, emporté par une colère qu'il avait rarement éprouvée à ce point.

***

L'endroit était presque impossible à trouver, dans un terrain vague, au début du faubourg Saint-Victor. À un moment, Michel avait de nouveau tenté de fuir et il s'en était fallu de peu pour qu'il y réussisse, mais Dauterive avait fini par le plaquer au sol. Jamais à court d'idées, Azur lui avait lié les poignets dans le dos avec une manche arrachée à sa chemise. Et maintenant, le garçon d'écurie grelottait de froid en les guidant vers une vieille barrière.

Un système de guet avait été prévu, des ficelles qui tenaient un assemblage de planches, de manière à prévenir toute intrusion, mais Michel leur avait expliqué comment le contourner. Il faisait nuit noire à présent. Le pistolet au poing, Dauterive marchait lentement en avant, attentif à ne pas trébucher. On devinait sous la neige des ronces et des tas d'ordures.

La cabane se dressait au bout d'une allée, sombre et silencieuse. Un instant, le lieutenant se dit qu'il n'y avait plus personne, qu'ils arrivaient trop tard. Il fit signe à Azur de bloquer l'autre issue qui donnait vers une friche. Puis il poussa la porte de la botte.

L'obscurité était plus épaisse que ce qu'il avait imaginé. La pièce (il s'agissait d'une sorte de grange) devait faire six pieds sur dix, les murs et le toit en planches mal ajustées, il y régnait une odeur de nourriture et de crasse humaine, l'odeur de la peur.

Des cris s'élevaient, des petits cris d'enfants. Dans l'ombre, Victor voyait leurs formes se mouvoir, très vite et en silence. Des gamins des rues habitués à fuir la police ou les adultes, bien trop rusés, trop méchants pour leur âge.

L'un d'eux disparut par la porte. Il avait vu ses cheveux blonds, et ne chercha pas à le reprendre. Un autre tentait de soulever l'une des planches de la paroi, il le prit par le bras et le renvoya au fond, avec les autres. Son cœur battait à l'étouffer, il ne voyait pas leurs visages mais des taches blanches, et ils chuchotaient et ils tentaient de filer par toutes les issues possibles.

Et si Joseph n'était pas là ?

Azur arrivait avec le garçon d'écurie. Il battit le briquet et alluma un bout de chandelle tiré du fond de ses basques.

Des visages, à peine éclairés dans une lueur tremblotante. Victor lisait la terreur dans leurs regards, la nuit profonde d'enfants maltraités, sans amour et sans avenir. La bande du garçon d'écurie, Michel. Il était tombé sur Joseph dès le départ pour Londres. Le petit garçon n'avait pas pu se défendre. Comment aurait-il pu ? D'abord, il le forçait à faire toutes les tâches à l'auberge à sa place. Et puis il le faisait aussi voler, lui, et d'autres. En échange, il leur offrait cet abri misérable, un peu de pain, un peu de feu, et ceux qui voulaient fuir, il les frappait durement.

Voilà pourquoi le patron de l'auberge avait cru apercevoir Joseph. Et voilà pourquoi Michel, son palefrenier, prétendait ne pas l'avoir vu.

Il avait fallu que Dauterive entrevoie cet homme au visage grêlé, dans la cour du couvent, pour tout comprendre.

Ses yeux se brouillaient, il sentit qu'il pleurait à l'instant où leurs regards se croisèrent. Joseph se tenait à l'écart, comme s'il ne se sentait pas digne d'être sauvé. Mais c'était vraiment lui, c'était bien lui avec son visage aux traits fins, ses yeux si malins d'ordinaire, mais qui reflétaient alors toute la détresse du monde.

Le cœur de Victor se gonflait, de toutes les colères et de ses peurs, et de son remords immense. Il se fit le serment que jamais plus il ne serait injuste, comme l'avait été son père avec lui. Il l'élèverait vers la connaissance et vers la liberté, parce qu'il le méritait, comme tout être au monde. Et cette soudaine résolution, irréversible, lui fit monter un sanglot.

Joseph avait couru jusqu'à lui, au point de presque le faire tomber. Le lieutenant sentait contre lui la chaleur de son corps, ses petits bras qui le serraient avec toute la force du monde, comme s'il voulait rester là pour toujours.

ÉPILOGUE

Mercredi 28 décembre 1791, minuit et trente minutes

Joséphine avait fini par ouvrir, le visage tout bouffi de sommeil.

— C'est vous ? grogna-t-elle en reconnaissant Dauterive.

Il était seul, le jardin un gouffre sombre derrière son dos. Gris-Poil, la robe luisante, dégageait un halo de buée claire.

— Vous savez l'heure que c'est ?

Elle le regardait attacher sa monture à un anneau dans la façade. Il ne répondit rien et elle se dépêcha de refermer la porte derrière lui. Olympe achevait de s'habiller. Par la fenêtre, elle avait reconnu Victor et sentait son cœur tambouriner à grands coups. Le ciel, au-dessus d'Auteuil, était d'un noir d'encre. On entendait un vent léger agiter les branches, et le grésil d'une neige serrée qui voletait, paresseuse. Elle tentait de ramener ses cheveux sous son bonnet (sans y parvenir du tout), nouait son fichu sur le devant de sa robe de chambre, nerveuse.

***

Lorsque Victor lui apprit pour Joseph, l'écrivaine sentit une ondée de chaleur lui parcourir le dos et l'esprit. Elle ne chercha pas à retenir ses larmes, et lui fit tout raconter deux ou trois fois de rang. Finalement la cuisinière demanda la permission de se retirer. Elle tombait de fatigue et devinait aussi qu'elle était un peu de trop à présent.

— J'espère que vous traiterez mieux votre Joseph, maintenant, dit Olympe dès qu'ils furent seuls.

Dauterive acquiesça, soudain plus grave.

— Je n'ai pas fait tout ça pour le perdre à nouveau. Et j'ai compris certaines choses…

Un éclair de tristesse et de remords passait dans son regard. Elle lui sourit.

— Je vous connais, Victor. Vous n'êtes pas méchant… Alors dites-moi, maintenant. Il y a autre chose, n'est-ce pas ?

Elle l'observait avec patience, la tête un peu penchée sur le côté. Tous deux s'étaient installés dans le petit salon, un bon feu réchauffait la pièce, illuminant une moitié du visage d'Olympe, comme s'il était passé à l'or fin. Victor sentait une émotion inconnue l'étreindre, comme un souvenir trop longtemps resté caché en lui, et qui sortait d'un coup. Il lui prit la main, elle chercha à la retirer mais il serra plus fort.

— Je pars demain. À l'armée. Je pars avec La Fayette.

Les yeux mordorés d'Olympe brillèrent intensément. Il eut l'impression qu'elle avait rosi. On entendait le vent souffler à nouveau, faisant ployer les arbres. La neige tombait, plus dure, on aurait presque dit des grains de riz qui frappaient les carreaux. Demain, on ramasserait d'autres morts de froid.

Elle essaya encore de dégager sa main. Lui sentait son cœur s'accélérer, il ne la laissait pas faire, il se rapprocha d'elle encore, le sang frappait à coups sourds à ses tempes, et dans tout son corps, même aux endroits les plus intimes. Il regardait sa bouche, ourlée, fraîche et rose et douce.

— Ne faites pas ça Victor, lui dit-elle dans un souffle, si bas qu'on aurait pu croire qu'elle n'avait pas parlé.

Il ne disait rien, une infinité de mots passaient dans sa tête, sans qu'il puisse en prononcer aucun. Il l'avait désirée tout le long du chemin, il la désirait encore mais maintenant, il avait peur.

— Est-ce vraiment cela que vous voulez ?

Elle le regardait, leurs regards se caressaient. Pour réponse, il battit des paupières.

— Nous allons regretter.

Sa voix avait changé, celle d'une femme, il y devinait une envie semblable à la sienne. Elle prit les devants, se pencha brusquement et lui baisa les lèvres. Oh ce souvenir devait rester gravé pour toujours en lui. Puis elle se retira. Pendant un instant, le temps se suspendit. Le craquement du bois embrasé dans la cheminée, le tapement des flocons contre la vitre, le vent sur la forêt.

— Soyez sage.

— Je suis sage.

— Vous reviendrez me voir, n'est-ce pas, dit Olympe en reculant le buste jusqu'au dossier de sa chaise.

C'était sa réponse, définitive. Elle souriait avec un peu de tristesse, de regret peut-être, mais il comprit qu'elle avait peur de souffrir, et peut-être plus encore qu'il souffre, lui. Il lui en fut reconnaissant.

— Vous reviendrez me voir ?

— Bien sûr que je reviendrai, pourquoi ?

— Parce que vous allez à la guerre.

Ses paupières se gonflaient de larmes.

— Mais je reviendrai.

— Avons-nous donc voulu cette guerre ?

— Je ne sais pas, dit Victor, la gorge serrée. Je ne sais pas.

— Est-ce cela que nous voulions ? Oh seigneur.

Cette fois, elle pleurait pour de bon. Il se passa du temps puis un sourire finit par percer ses larmes et ils s'étreignirent. Et lorsqu'ils se séparèrent, leurs lèvres se frôlèrent à nouveau, mais cette fois ce n'était plus pareil.

***

L'aube se levait sur Paris lorsqu'il revit la Seine, blafarde dans son écrin de joncs gelés, dans une lumière presque morte née. L'hiver passerait, le grand fleuve coulerait de nouveau, et le temps et la vie. Dieu seul savait ce que la providence réservait à la Révolution. Le temps d'un éclair, une pensée le parcourut. Et s'il ne rejoignait pas La Fayette, s'il ne partait pas à la guerre ?

Une chose était sûre, dans ce vieux Paris, rue Saint-Séverin, Joseph l'attendait avec leurs bagages, c'était une certitude et c'était une victoire, la promesse qu'il y aurait un avenir. Dans quelques jours, ce serait la nouvelle année, 1792. De grandes et terribles choses les attendaient. Il sentit de nouveau l'émotion l'étreindre mais ce n'était pas de la tristesse.

NOTE AU LECTEUR

J'espère que vous avez pris autant de plaisir à lire cette nouvelle enquête de Victor Dauterive que j'en ai pris à l'écrire pour vous. Je vous dois maintenant quelques éclaircissements.

Qu'est-ce qui est vrai ? Qu'est-ce qui est inventé ?

Vous le savez sans doute, Victor Dauterive est un personnage imaginaire, de même que ses proches, Joseph et Duperrier, notamment. Charpier n'a pas existé mais m'a été inspiré par un homme politique bien réel : Antoine Louis François Sergent, dit Sergent-Marceau, graveur né à Chartres, membre des Jacobins, secrétaire du duc de Chartres puis député conventionnel.

La famille Ferrières est inventée mais s'inspire d'une aristocratie pauvre bien réelle. D'anciennes familles, ruinées au fil temps, refusaient de déroger, c'est-à-dire de travailler. Grandes pourvoyeuses de militaires, méprisant l'aristocratie de Cour et la bourgeoisie d'affaires, elles se refusaient à toute mésalliance, au risque de la précarité.

Plusieurs critères s'imposaient au moment de choisir le décor où ils vivraient : ils devaient habiter un endroit assez reculé de Paris (pour l'époque), mais pas trop non plus pour que les différents déplacements de Victor ou d'Olympe restent réalistes. En cherchant dans les archives, je suis tombé sur un ouvrage datant de 1903 :

Histoire de Saint-Maur-des-Fossés depuis les origines jusqu'à nos jours, par Émile Galtier (pour les curieux, il est téléchargeable gratuitement sur Internet). Mon décor était trouvé. Tous les détails sur l'ancien Saint-Maur sont exacts : la pauvreté, l'emprise des possessions du duc de Condé et sa fuite en 1789, les bisbilles entre habitants de la Branche-du-Pont-de-Saint-Maur (futur Joinville-le-Pont) et Saint-Maur-des-Fossés. Le Mesnil existait, mais n'était qu'une paisible ferme et non l'espèce de forteresse que je décris. Enfin le serrurier-assesseur Hacar a aussi existé : il fut l'un des premiers maires de Saint-Maur, de 1795 à 1800. Je me suis autorisé à lui créer un physique et un caractère.

J'ai retranscrit le plus fidèlement possible le parcours de Jérôme Pétion, le futur maire de Paris : membre des Jacobins, il est très populaire au moment de la dissolution de la première Assemblée nationale constituante. Cela tient sans doute à son rôle lors de la fuite de Varennes : il avait en effet été choisi par ses pairs pour représenter l'Assemblée auprès de la famille royale, lors de son piteux rapatriement après Varennes.

Pétion le Vertueux, très proche de Robespierre, fréquentait le parti d'Orléans. Ce qui explique ce mystérieux voyage à Londres en compagnie de madame de Genlis, l'ancienne maîtresse du duc, devenue sa conseillère politique. Ce séjour est évoqué dans *L'Ami des citoyens*, le journal de Tallien. Personne n'en connaît le but, ce qui ne veut pas dire qu'il faille y soupçonner un complot.

Il semble que l'élection de Pétion à la mairie de Paris ait vraiment été soutenue par la Cour. On sait que Marie-Antoinette détestait La Fayette, et il n'est pas absurde de penser qu'elle ait voulu l'écarter de ce poste, qui l'aurait à nouveau rapproché du pouvoir. Mais pourquoi choisir Pétion, Jacobin bon teint qui combattait ouvertement la monarchie constitutionnelle ? On pourrait y déceler le double jeu du couple royal entrepris dès l'été 1789, qui consistait à déchaîner la Révolution en sous-main pour effrayer, et en détacher ses partisans plus modérés.

Avec deux fois moins de suffrages que son rival, La Fayette avait subi une défaite cinglante. Il minimise l'épisode dans ses mémoires, prétendant qu'il ne voulait pas vraiment être candidat, mais que ses amis politiques l'y auraient poussé. Je ne me risquerai pas à parler à la place du héros des Deux-Mondes, et lui laisse sur ce point le dernier mot.

***

Bien que la description de son caractère relève de l'imagination pure, Jean-Joseph Bourguet, ci-devant marquis de Travanet, a réellement existé. Son parcours fut tel que je le décris : ancien officier, aventurier et habile financier, il était devenu banquier de jeu de la reine Marie-Antoinette grâce à son mariage. Ici, je me suis permis de tordre un peu l'histoire : son épouse, Jeanne-Renée de Bombelles, était en effet une proche de madame Élisabeth, sœur de Louis XVI, mais la plus proche (et sa dame de compagnie) était en réalité sa belle-sœur, Angélique de Bombelles. C'est elle qui avait suivi madame Élisabeth aux Tuileries, et qui portait le surnom de Bombinette. Je me suis permis cette simplification pour les besoins de l'intrigue.

À la Révolution, le véritable marquis de Travanet a abandonné la particule pour embrasser les idées révolutionnaires. Commandant de la garde nationale de Viarmes (aujourd'hui dans le Val-d'Oise), juré au tribunal de Montmorency, il était président du district de Gonesse. Surtout, il s'intéressait aux nouvelles techniques industrielles venues d'Angleterre. C'est dans ce cadre qu'il cherchait à acheter d'anciens bâtiments conventuels vendus comme bien nationaux, assez vastes pour y placer la fabrique de tissu dont il rêvait.

Le couvent de Pénitentes que je décris dans le livre est imaginaire, le fruit d'un mélange entre plusieurs établissements ayant réellement existé, notamment l'abbaye de Royaumont, aujourd'hui dans le département du Val-d'Oise, à une cinquantaine de kilomètres au nord de Paris. Vendus comme biens nationaux, ces vastes bâtiments ont été acquis en 1791 par le véritable Travanet pour la somme de 642 341 livres, l'équivalent du prix d'un château. L'église a été aussitôt abattue et les bâtiments transformés en filature de coton.

L'achat n'a pas fait l'objet des péripéties que je raconte dans ce livre. En 1791, les ordres religieux étaient en plein déclin et le couvent n'était plus habité que par une dizaine de moines cisterciens. Ils ont quitté les lieux sans difficulté. Après avoir installé sa fabrique, Travanet a été incarcéré pour d'obscures raisons en 1793. Finalement libéré, il est mort deux ans plus tard.

L'autre source de mon inspiration est le couvent des Madelonnettes, à Paris, où se situe aujourd'hui le lycée Turgot, dans le IIIe arrondissement. Il était dirigé par des religieuses de l'ordre des filles de Marie-Madeleine, qui recueillaient les filles perdues ou les prostituées. D'autres ordres et maisons de ce genre existaient en France, dénommés parfois couvents de Pénitentes. Rapidement, ces lieux de secours sont devenus des prisons, exactement comme je le décris : femmes adultères ou volages, ou qui créent un problème lors d'un héritage. La plupart étaient d'ailleurs enfermées par lettres de cachet, ce qui les privait d'un recours juridique.

Le système d'avortements et d'accouchements clandestins au sein du couvent est pure fiction (même s'il est probable que certaines jeunes filles de bonne famille ressemblant à Anne-Louise Ferrières aient pu être écartées du monde le temps d'un accouchement gênant). S'il était mal, voir très mal vu, l'avortement était toléré, à condition de rester discret. Ce qui n'en diminuait pas les risques terribles. À l'époque, l'embryon n'était pas considéré comme un être humain, *faire sortir le fruit*, comme on disait, n'était donc pas un geste criminel, comme il l'est devenu les décennies suivantes.

Pour rester sur ce thème, la description que je fais des nourrices est conforme à la réalité. Les contemporains s'en offusquaient, même Marie-Antoinette qui avait mené campagne pour l'allaitement des mères. Il existait à Paris un véritable commerce de nourrices : elles arrivaient de leurs lointaines provinces par charrettes entières, étaient recrutées par les familles dans des bureaux et repartaient avec les bébés confiés par les familles. Dans leurs villages, les nourrices étaient plus ou moins contrôlées par les curés, ce qui n'empêchait pas les abus, avec un taux de mortalité assez effrayant. Ce système a perduré longtemps dans le siècle suivant.

***

Venons-en à Londres. Il serait naïf de croire que l'Angleterre ait suivi la Révolution française d'un œil placide. D'abord, l'île avait vécu un siècle plus tôt deux révolutions sanglantes : la première marquée par la décapitation du roi Charles Ier en 1649, la seconde en 1689, qui place sur le trône une famille hollandaise et protestante. Si la Révolution française avait été plutôt bien vue à ses débuts (c'était le triomphe de certains principes anglais sur la liberté et le parlementarisme), elle effraie assez rapidement. Ses idées démocrates pourraient donner de mauvaises idées aux ouvriers et aux paysans anglais.

Ensuite, la France et l'Angleterre sont en guerre. Une guerre plus ou moins ouverte dont le but est la domination du monde, et qui a commencé à la Renaissance. En 1763, l'Angleterre, alliée avec la Prusse, gagne la guerre de Sept Ans, cette première guerre mondiale. La France, humiliée, doit céder l'Inde, le Canada et l'est de l'Amérique du Nord (tous les territoires à l'est du Mississippi).

Louis XVI prend une revanche éclatante lors de la guerre d'indépendance américaine, ruinant un siècle d'efforts britanniques pour coloniser ces territoires.

Inutile de dire qu'en 1789, le désir de revanche est brûlant. La Révolution française est une occasion en or pour les Anglais de déstabiliser l'ennemi héréditaire. Rapidement, les agents anglais cherchent à exciter les troubles, même si Pitt, le Premier ministre, feint le désintérêt. Mais comment croire que le sort de son plus grand concurrent le laisse indifférent ?

Le rôle trouble des agents anglais est étayé par de nombreuses preuves, la plus connue étant la *lettre anglaise*, document saisi en 1793 qui atteste que le gouvernement britannique missionne des provocateurs pour porter le désordre en France.

Le personnage de Nathaniel Park-Forth a existé, à peu près tel que je le décris. Proche à la fois de Pitt, le Premier ministre anglais, et du duc d'Orléans, ce qui est pour le moins curieux, il avait un pied de chaque côté de la Manche. Néanmoins, le projet d'attentat que je raconte est totalement inventé, ainsi que l'intervention d'Arabella Winter, personnage de fiction (qui s'inspire néanmoins d'espionnes de ce temps).

Pour en terminer avec la partie anglaise de cette histoire, lord Edward FitzGerald, cinquième fils du duc de Leinster a réellement existé, et vraiment appartenu à la résistance irlandaise contre les Britanniques. La lutte sauvage opposant les deux nations cousines a commencé très tôt pour ne se terminer qu'au *XX*e siècle.

***

Pour documenter ce roman, j'ai lu : *Histoire de Saint-Maur-des-Fossés depuis les origines jusqu'à nos jours* publié en 1903 par Émile Galtier. Les détails sur l'atelier de David sont extraits de *Louis David. Son école et son temps*, souvenirs de E.J. Delecluze, parus à Paris en 1855. L'épisode de l'élection ratée de La Fayette est relaté dans les mémoires d'un de ses proches : *Souvenirs du lieutenant général comte Mathieu Dumas* (de 1770 à 1836, publiés par son fils en 1839), mais aussi dans le tome premier des *Mémoires, correspondance et manuscrits du général La Fayette*, publié par sa famille à Bruxelles en 1837.

J'ai trouvé des informations sur la lutte entre Anglais et Irlandais dans *L'Irlande à l'époque de la Révolution française* de Harry T. Dickinson (annales historiques de la Révolution française), et dans *Il était une fois Dublin* de Pierre Joannon aux Éditions Perrin.

Le Vaugirard de l'Ancien Régime est décrit dans *Histoire de Vaugirard ancien et moderne* par L. Gaudreau, curé du lieu, chanoine honoraire de Grenoble (Paris, 1842).

Pour connaître l'histoire du véritable marquis de Travanet et son achat de l'abbaye de Royaumont, il existe ce document de Françoise Klein datant de 2007 : *Du monastère à l'usine. Les frères Travanet à Royaumont (1791-1795).*

Deux essais m'ont permis de relater la vie dans les couvents des Pénitentes : Filles abandonnées, perdues ou repenties. Le refuge de Nancy aux XVIIe et XVIIIe siècles, d'Hélène Say (revue *VST*, n° 2, 2010), et Saint Vincent de Paul et l'internement des mineurs au XVIIe siècle, de Gérard Guyon (*Revue d'histoire de l'Église de France*, t. 78, n° 200, 1992).

J'ai trouvé les détails sur l'avortement sur le site Internet de la Société d'histoire de la naissance (www.

societe-histoire-naissance.fr), sur la page de Marie-France Morel consacrée à L'histoire de l'avortement. Emmanuel Le Roy-Ladurie a écrit une passionnante (et glaçante) étude sur L'allaitement mercenaire en France au *XVIII*e siècle (*Communications*, n° 31, 1979).

Enfin, deux ouvrages m'ont aidé à en savoir plus sur Madame Élisabeth, la sœur de Louis XVI : *Histoire de madame Élisabeth* de Mme Guénard, paru en 1802, et *Madame Élisabeth, sœur de Louis XVI* par Élisabeth Reynaud.

Vitesse et durée des voyages au temps de la poste aux chevaux (Théotiste Jamaux-Gohier, 2007) m'a été très utile pour calculer les temps de déplacement. On trouve une bonne description des fiacres parisiens dans *Un secteur des transports parisiens. Le fiacre, de la libre entreprise au monopole* (1790-1855) de Nicholas Papayanis (*Histoire, économie et société*, 5e année, n° 4, 1986, p. 559-572). Enfin, pour la description des plats et recettes, je me suis aidé comme souvent de *La Cuisine bourgeoise suivie de l'office à l'usage de tous ceux qui se mêlent des dépenses de la maison* (chez Guichard, imprimeur, 1815).

Je me suis beaucoup appuyé sur différents livres de l'historien Olivier Blanc et sur les conférences d'Henri Guillemin (certaines sont en ligne). Autres auteurs de référence : François Furet, Denis Richet, Mona Ozouf, Albert Mathiez, Albert Soboul, Jean Massin, Jean-Christian Petitfils (je consulte régulièrement sa biographie de Louis XVI). Il m'arrive aussi souvent d'ouvrir les livres des contemporains, la comtesse de Boigne, Louis-Sébastien Mercier et Restif de La Bretonne.

On trouve enfin beaucoup de documentation sur Internet, que ce soit pour l'iconographie ou pour les archives. Ainsi, l'intégrale de *L'Ami du peuple*, de Marat, du *Père Duchesne*, des *Révolutions de France et de Brabant* de Camille Desmoulins, les poids et mesures avec leur logiciel de conversion, les rapports de l'Assemblée nationale, les lois… Sans oublier le fameux plan de Turgot, qui détaille les rues de Paris en 1734-1736. La ville ayant beaucoup évolué par la suite, je me réfère à un site extraordinaire tenu par Miche Huard : *Atlas historique de Paris* (paris-atlas-historique.fr). Si vous êtes amoureux de Paris et de son histoire, foncez !

Vos remarques et avis sont les bienvenus, j'y porte la plus grande attention et j'y réponds autant que possible.

JCPORTES.COM

Remerciements

Mes remerciements vont à ma Première Lectrice, sa présence, sa foi, sa patience et son attention, qui me tirent toujours vers le haut.

Merci à Alex et Vickie pour leur soutien, à Gilles Legardinier, pour ses encouragements et ses conseils.

Une pensée à Laura, Marlou, Véro, mes précieuses alliées pour la relecture.

À Fred pour son amitié.

Enfin à Frédéric Thibault et à l'équipe de City Éditions.

Je voudrais exprimer ma gratitude à Michel Huard, qui a mis à ma disposition une version simplifiée de sa carte de Paris en 1790 (*paris-atlas-historique.fr*).

Je salue enfin les libraires qui me font confiance depuis le début de cette série, ainsi que les blogs et sites toujours plus nombreux. Je salue leurs animatrices et animateurs avec qui j'ai parfois eu le plaisir d'échanger, merci pour leur passion du livre ! Je n'oublie pas enfin les médiathèques ou bibliothèques qui me font l'honneur de m'accueillir, parfois jusqu'au Québec, ce qui est une immense fierté.

Je dédie ce livre à toutes les lectrices et lecteurs qui ont aimé Victor Dauterive comme je l'aime, et vous donne rendez-vous dès maintenant pour la terrible année 1792…

L'AFFAIRE DES CORPS SANS TÊTE

JEAN-CHRISTOPHE PORTES

1791. On découvre des cadavres dans la Seine, nus et la tête coupée. Malgré l'émoi populaire, Victor Dauterive, jeune officier de la nouvelle Gendarmerie n'a guère le temps de s'en préoccuper : Lafayette, son mentor, l'a chargé d'arrêter Marat, ce dangereux agitateur qui appelle au meurtre des aristocrates. Mais la mission tourne vite au cauchemar. Les vainqueurs de la Bastille sont-ils de vrais patriotes ou des activistes corrompus ? Existe-t-il vraiment un Comité secret agissant en sous-main pour le roi ? Et n'y aurait-il pas un lien avec ces corps flottant dans la Seine ? Peu à peu, Victor Dauterive lève le voile sur un effrayant complot, une conspiration qui pourrait changer le cours de la Révolution...

Une enquête de Victor Dauterive dans la France révolutionnaire.

L'Affaire de l'Homme à l'Escarpin

Jean-Christophe Portes

Paris, 1791. Un jeune homme est découvert assassiné dans un quartier populaire. Il est nu, à l'exception d'une paire d'escarpins vernis et cela ressemble à un vol qui a mal tourné. Mais quand on apprend que le jeune homme fréquentait les milieux homosexuels et qu'il travaillait pour un journal politique, l'affaire prend une tout autre tournure. Le gendarme Victor Dauterive découvre que cet assassinat est lié aux intrigues se jouant au plus haut niveau du pouvoir. Depuis la fuite à Varennes, Louis XVI a été suspendu de ses fonctions et, dans l'ombre, le parti du duc d'Orléans fait tout pour s'emparer du pouvoir. Dans les bas-fonds de la capitale, entre aristocrates et révolutionnaires, Dauterive ne sait plus à qui se fier. La corruption, l'avidité et les trahisons sont monnaie courante et le danger est à chaque coin de rue. Surtout quand on s'approche un peu trop près de la vérité...

Une nouvelle enquête de Victor Dauterive dans la France révolutionnaire.

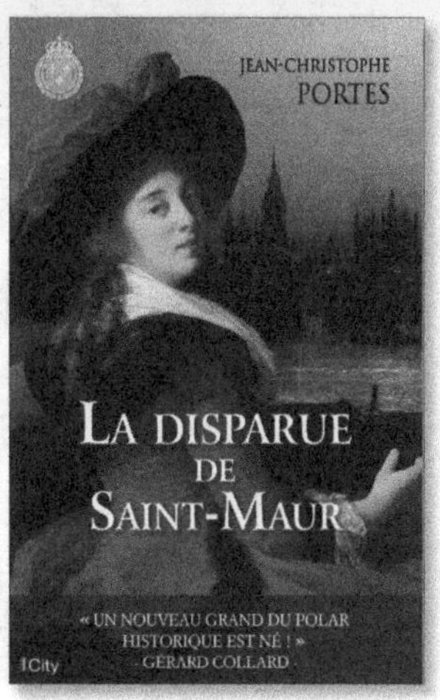

LA DISPARUE DE SAINT-MAUR

JEAN-CHRISTOPHE PORTES

En cet hiver 1791, la France est au bord du chaos. Depuis sa fuite à Varennes, Louis XVI est totalement discrédité. Royalistes et nouveaux députés se menacent, armes à la main et la tension est extrême. C'est dans ce contexte explosif qu'Anne-Louise Ferrières disparaît. La belle et mystérieuse fille d'aristocrates désargentés, encore célibataire à trente ans, n'a pas été vue depuis une semaine. Et une semaine, avec ce froid polaire... Plus personne ne s'attend à la retrouver en vie. Enlèvement ? Suicide ? Fuite ? Étrangement, la question semble laisser sa famille de glace. Loin de dissuader le gendarme Victor Dauterive, cette indifférence hostile excite sa curiosité. Et il flaire chez les Ferrières des manigances qui débordent largement le cadre familial…

« Un nouveau grand du polar historique est né ! » (Gérard Collard)

L'ESPION DES TUILERIES

JEAN-CHRISTOPHE PORTES

En 1792, la guerre entre la France et l'Autriche éclate. C'est dans ce contexte très explosif que le gendarme Victor Dauterive est chargé d'une délicate mission : escorter un convoi transportant la paye de l'armée, une petite fortune de 500 000 livres. L'affaire tourne au désastre quand le convoi est brutalement attaqué et dévalisé. Dauterive se lance alors sur les traces des voleurs qui sèment des cadavres dans leur fuite. La piste le conduit jusqu'aux Tuileries, au cœur du chaudron révolutionnaire. Le palais, infesté d'espions, est le centre de toutes les convoitises et de tous les complots. Des bas-fonds de la ville au sommet de l'État, entre révolutionnaires et partisans du Roi, le jeune officier va devoir choisir son camp dans un jeu qui pourrait bien devenir mortel...

Une enquête de Victor Dauterive dans la France révolutionnaire.

LA TRAHISON DES JACOBINS

JEAN-CHRISTOPHE PORTES

Été 1792. Alors que l'armée austro-prussienne menace Paris, le lieutenant Victor Dauterive se préoccupe surtout de la disparition de Joseph, son petit serviteur. Le garçon a été enlevé et a sans doute disparu dans l'enfer de Bicêtre, la prison des fous, des voleurs et des enfants…

Mais une autre mission l'éloigne de ses recherches lorsqu'un policier, qui s'intéressait à une affaire de corruption dans l'entourage de Danton, est retrouvé assassiné. Ce n'est que le premier d'une série de meurtres qui continue avec celui de la femme de chambre de Marie-Antoinette et qui laisse présager le pire. Entre trahisons, complots et espionnage, Dauterive va devoir mener une nouvelle enquête à haut risque. À l'heure où se prépare l'invasion des Tuileries, il va devoir choisir son camp… et tenter de survivre.

Une enquête de Victor Dauterive dans la France révolutionnaire.

Achevé d'imprimer en août 2020
sur les presses de la Nouvelle Imprimerie Laballery
58500 Clamecy
Numéro d'impression : 008127

Imprimé en France

La Nouvelle Imprimerie Laballery est titulaire de la marque Imprim'Vert®